AtV

Brad Meltzer hat an der Universität von Columbia Jura studiert und lebt mit seiner Frau in Maryland. Alle seine Romane standen ganz oben auf den amerikanischen Bestsellerlisten
Im Aufbau Taschenbuch Verlag ist von ihm außerdem der Thriller »Das Spiel« erschienen.

Die Brüder Charlie und Oliver Caruso arbeiten bei einer Privatbank, die so exklusiv ist, daß jeder Kunde erst einmal zwei Millionen Dollar mitbringen muß, ehe er ein Konto eröffnen darf. Kein Wunder, daß Oliver auf gewisse Gedanken kommt, als seine Beförderung ausbleibt. Er plant den Coup seines Lebens. Auf dem Konto eines offensichtlich Verstorbenen liegen drei Millionen Dollar, die todsicher niemand vermissen wird. Die Transaktion gelingt – scheinbar. Doch dann liegen plötzlich dreihundert Millionen auf Olivers Konto in der Karibik – und in der Bank schrillen alle Alarmglocken.

Brad Meltzer

Die Bank

Thriller

Aus dem Amerikanischen
von Wolfgang Thon

Aufbau Taschenbuch Verlag

Die Originalausgabe unter dem Titel »The Millionaires«
erschien 2002 bei Warner Books, New York.

ISBN 3-7466-2178-X

4. Auflage 2005

Umschlaggestaltung gold, Fesel/Dieterich
unter Verwendung eines Fotos
von Hirooki Aoki, photonica
Druck und Binden
GGP Media GmbH, Pößneck
Printed in Germany

www.aufbau-taschenbuch.de

Für Cori,
die mich jeden Tag aufs neue verblüfft.

Für Dotti Rubin und Evelyn Meltzer,
mein Kindermädchen und meine Großmutter,
die mich meine Vergangenheit gelehrt
und mir dabei den Weg in meine Zukunft
gezeigt haben.

Und im Gedenken an
Ben Rubin und Sol Meltzer,
Papa und Opa,
deren Vermächtnis immer noch
unsere ganze Familie berührt.

Dreiundzwanzig Prozent der Befragten sagten, sie würden stehlen, wenn sie nicht erwischt werden könnten.

... aber wenn man außerhalb des Gesetzes leben will, muß man ehrlich sein.

Bob Dylan

1. Kapitel

Ich weiß, was ich will. Und ich weiß auch, wer ich sein will. Deshalb habe ich diesen Job überhaupt angenommen ... und deshalb gebe ich mich jetzt, vier Jahre später, immer noch mit Klienten ab. Und ihren Ansprüchen. Und ihren dicken Geldbündeln. Vor allem wollen sie im Hintergrund bleiben, worauf diese Bank spezialisiert ist. In anderen Fällen bevorzugen sie einen etwas persönlicheren Touch. Mein Telefon klingelt, und ich fahre meinen Charme hoch. »Hier spricht Oliver Caruso«, melde ich mich. »Was kann ich für Sie tun?«

»Wo zum Teufel ist Ihr Boß?« Die Südstaatenstimme schnarrt wie eine Kettensäge in meinem Ohr.

»Wie ... Wie bitte?«

»Piß dir nicht ins Hemd, Caruso! Ich will mein *Geld*!«

Erst als er das Wort *Geld* sagt, erkenne ich den Akzent. Tanner Drew, der größte Spekulant in Luxuswolkenkratzern in New York City und der Oberste Patriarch des Drew Family-Office. In der Welt der Superreichen ist ein Family-Office das höchste, was man erreichen kann. Rockefeller. Rothschild. Gates und Soros. Sobald man es eingerichtet hat, überwacht das Family-Office alle Berater, Anwälte und Bankiers, die das Geld der Familie verwalten. Das sind bezahlte Profis, die jeden Pfennig maximieren sollen. Man spricht nicht mehr mit der Familie, sondern mit dem Office. Wenn also der Chef des Familienclans mich persönlich anruft ... werden mir wohl einige Zähne gezogen.

»Ist die Überweisung noch nicht eingegangen, Mr. Drew?«

»Damit liegst du verdammt richtig, Klugscheißer! Sie ist noch nicht eingegangen! Wie willst du das geradebiegen? Dein Boß hat mir versprochen, daß das Geld bis um vierzehn Uhr hier ist! Vierzehn Uhr!« Er schreit.

»Es tut mir leid, Sir, aber Mr. Lapidus ist ...«

»Es interessiert mich nicht die Bohne, wo er ist ... Der Kerl von *Forbes* hat mir den heutigen Tag als Deadline gesetzt; ich habe deinem Boß diese Deadline weitergegeben, und jetzt setze ich dir diese Deadline! Was gibt es da noch lange zu reden?«

Mein Mund ist trocken. Jedes Jahr listet die *Forbes* die vierhundert reichsten Individuen der Vereinigten Staaten auf. Letztes Jahr war Tanner Drew Nummer 403. Darüber war er alles andere als erfreut. Also hat er sich in den Kopf gesetzt, dieses Jahr drei Plätze aufzusteigen. Pech für mich, daß das einzige, was dem im Weg steht, eine Vierzig-Millionen-Dollar-Überweisung auf sein persönliches Konto ist, die wir anscheinend noch nicht getätigt haben.

»Warten Sie bitte eine Sekunde, Sir, ich ...«

»Wage es ja nicht, mich in die Warteschlei...!«

Ich drücke den Knopf *Gespräch halten* und bete um Regen. Nachdem ich eine Schnellwahltaste gedrückt habe, warte ich auf die Stimme von Judy Sklar, Lapidus' Sekretärin. Aber mir antwortet nur ihre Voicemail. Da sich ihr Chef für den Rest des Tages mit seinen Partnern zurückgezogen hat, gibt es für sie keinen Grund zu bleiben. Ich lege auf und wähle erneut. Diesmal gehe ich sofort auf DEFCON EINS. Das ist das Mobiltelefon von Henry Lapidus. Nach dem ersten Klingeln meldet sich niemand. Nach dem zweiten auch nicht. Beim dritten Klingeln starre ich hilflos auf das blinkende rote Licht an meinem Telefon. Tanner Drew wartet noch immer.

Ich schalte zu ihm um und greife mir mein eigenes Mobiltelefon.

»Ich warte nur auf den Rückruf von Mister Lapidus«, erkläre ich ihm.

»Bürschchen, wenn du mich noch einmal in die Warteschleife schickst ...!«

Ich höre ihm nicht zu. Statt dessen fliegen meine Finger über die Tasten meines Handys und wählen die Nummer von Lapidus' Pager. Als ich das Signal höre, drücke ich die Nummer meines Privatanschlusses und füge die Zahl

»1822« hinzu. Der Code für den absoluten Notfall: zweimal 911.

»... noch eine von deinen vedammten Entschuldigungen. Ich will nur hören, daß die Überweisung getätigt wurde!«

»Ich verstehe, Sir.«

»Nein, mein Junge. Das tust du nicht!«

Komm schon, flehe ich und starre auf mein Handy. Klingle endlich!

»Wann geht eure letzte Überweisung raus?« faucht Tanner mich an.

»Eigentlich schließen wir offiziell um fünfzehn Uhr ...« Meine Wanduhr verrät mir, daß es bereits Viertel nach drei ist.

»... aber manchmal können wir es auch bis um sechzehn Uhr verlängern.« Als er nicht antwortet, frage ich: »Auf welches Konto bei welcher Bank sollte das Geld gehen?«

Er gibt mir rasch die Daten, die ich auf einen Notizblock kritzele. Schließlich fragt er mich: »Oliver Caruso, richtig? So heißen Sie doch?« Seine Stimme ist leise und glatt.

»Ja, Sir.«

»Gut, Mr. Caruso. Mehr brauche ich nicht zu wissen.« Mit diesen Worten legt er auf. Ich schaue auf mein Handy. Immer noch nichts.

Innerhalb von drei Minuten habe ich alle Partner angepiept und angewählt, zu deren Nummern ich Zugang habe. Niemand antwortet mir. Wir reden hier von einem Konto über hundertfünfundzwanzig Millionen Dollar. Ich ziehe meinen Mantel aus und lockere meine Krawatte. Auf dem Adreßbuch des Intranets finde ich nach kurzer Suche die Nummer des University Clubs, wohin sich die Partner gewöhnlich zurückziehen. Ich schwöre, daß ich meinen Herzschlag hören kann, als ich sie wähle.

»Sie haben den University Club erreicht«, antwortet eine weibliche Stimme.

»Hi, ich suche Henry Lapi...«

»Wenn Sie mit der Club-Vermittlung oder einem Gästezimmer sprechen wollen, dann wählen Sie bitte die Null«, fährt die Automatenstimme fort.

Ich drücke die Null, und eine weitere Maschinenstimme sagt: »Alle Plätze sind belegt. Bitte bleiben Sie dran …« Ich nehme mein Handy und wähle wie verrückt. Ich suche jemanden, der weisungsbefugt ist. Baraff … Bernstein … Mary von der Buchführung … Sie sind alle weg.

Ich hasse Freitage kurz vor Weihnachten. Wo stecken bloß alle?

In meinem Ohr wiederholt die Automatenstimme: »Alle Plätze sind belegt. Bitte bleiben Sie dran …«

Ich bin versucht, den Panikknopf zu drücken und Shep zu rufen, den Sicherheitschef der Bank. Aber nein … Er ist viel zu pedantisch. Ohne eine korrekte Unterschrift läßt er mir das niemals durchgehen. Wenn ich also niemanden finden kann, der eine Überweisung autorisiert, dann muß ich wenigstens jemanden im Büro auftreiben, der …

Ich hab's.

Mein Bruder.

An das eine Ohr presse ich den Hörer und an das andere mein Handy. Ich schließe die Augen, während ich zuhöre, wie sein Telefon klingelt. Einmal … zweimal …

»Hier ist Charlie«, antwortet er.

»Du bist noch da?«

»Nein, ich bin vor einer Stunde gegangen«, witzelt er unbewegt. »Das hier ist nur ein Auswuchs deiner Phantasie.«

Ich übergehe den Scherz. »Weißt du noch, wo Mary von der Buchführung ihren Usernamen und ihr Paßwort verwahrt?«

»Ich denke schon … Warum fragst du?«

»Rühr dich nicht von der Stelle! Ich bin gleich bei dir!«

Meine Finger tanzen wie der Blitz über die Tasten meines Telefons und leiten alle Anrufe auf mein Handy um … Falls der University Club abnehmen sollte.

Dann stürme ich aus meinem Büro und steuere geradewegs auf den Privatfahrstuhl am Ende des dunklen, mahagonigetäfelten Flurs zu. Es ist mir egal, daß er für Klienten reserviert ist. Ich tippe Lapidus' sechsstelligen Code auf der Tastatur über dem Rufknopf ein, und die Tür gleitet auf. Das würde Shep sicher auch nicht gefallen.

Schon im Hineingehen drücke ich auf *Tür schließen*. Ich habe letzte Woche in einem Buch gelesen, daß die meisten Knöpfe mit dieser Aufschrift gar nicht funktionieren. Sie sollen nur Leuten, die es eilig haben, das Gefühl geben, daß sie alles im Griff hätten. Ich wische den Schweiß von meiner Stirn und drücke trotzdem auf den Knopf. Und dann noch einmal. Drei Etagen.

»So«, verkündet Charlie und lächelt, als er von einem Stapel Dokumente hochschaut. Er wirft mir über den Rand seiner altmodischen Hornbrille einen prüfenden Blick zu. Er trägt diese Brille schon seit Jahren, lange bevor sie modern wurde. Dasselbe gilt auch für sein weißes Hemd und seine zerknitterte Hose. Beides sind Erbstücke aus meinem Kleiderschrank, aber an seinem schlanken Körper wirken sie perfekt. Das ist der typische City-Stil. Niemals zu adrett. »Wer hat sich denn da in die Slums verirrt?« begrüßt er mich.

Ich ignoriere den Seitenhieb. Daran habe ich mich in den letzten Monaten gewöhnt, genauer gesagt, im letzten halben Jahr. Damals habe ich ihm den Job in der Bank verschafft. Er brauchte das Geld, und Mom und ich brauchten Hilfe bei den Rechnungen. Hätte es sich nur um Gas, Strom und Miete gehandelt, wäre das kein Problem gewesen, doch unsere Krankenhausrechnungen ... Charlie hat das immer als seine persönliche Angelegenheit betrachtet. Nur deshalb hat er den Job überhaupt angenommen. Und auch wenn er es als Möglichkeit sieht, seinen Beitrag zu leisten, während er seine Musik schreibt, fällt es ihm bestimmt nicht leicht, mich da oben in einem eigenen Büro zu sehen, mit einem Schreibtisch aus Walnußholz und einem Ledersessel, während er hier unten in den kleinen Verschlägen aus beigefarbenem Resopal hockt.

»Was ist los?« erkundigt er sich, während ich mir die

Augen reibe. »Macht das Neonlicht dich krank? Wenn du willst, gehe ich kurz hoch und hole deine Lampe ... Ich könnte auch deinen Perserteppich mitbringen ...«

»Kannst du bitte eine Sekunde die Klappe halten?«

»Was ist passiert?« Schlagartig wird er ernst. »Geht es um Mom?«

Das ist immer die erste Frage, wenn er mich aufgeregt erlebt. Vor allem, seit die Schuldeneintreiber ihr letzte Woche richtig angst gemacht haben. »Nein, es geht nicht um Mom ...«

»Dann mach so was gefälligst nicht! Mir wäre fast das Kotzen gekommen!«

»Tut mir leid ... Es ist nur ... Mir läuft die Zeit weg. Einer unserer Klienten ... Lapidus sollte eine Überweisung tätigen, und mir hat eben jemand die Hölle heiß gemacht, weil sie immer noch nicht angekommen ist.«

Charlie legt seine derben schwarzen Schuhe auf den Schreibtisch, kippt den Stuhl nach hinten und schnappt sich eine gelbe Dose mit Knetgummi von der Ecke des Tisches. Er hält sie sich an die Nase, lupft den Deckel von der Knetmasse und schnüffelt den Geruch unserer Kindheit ein. Dann lacht er. Es ist das typische hohe Kleiner-Bruder-Lachen.

»Wie kommst du darauf, daß das komisch ist?« will ich wissen.

»Deshalb machst du dir Sorgen? Irgendein Kerl hat sein Spielgeld nicht gekriegt? Sag ihm, er soll bis Montag warten.«

»Der Kerl heißt Tanner Drew.«

Charlie läßt den Stuhl abrupt nach vorn kippen. »Ist das dein Ernst?« fragt er. »Wieviel?«

Ich antworte nicht.

»Komm schon, Ollie. Ich mach auch keinen Aufstand deswegen.«

Ich sage immer noch nichts.

»Hör mal, wenn du nicht damit rausrücken willst, warum bist du dann überhaupt runtergekommen?«

Meine Antwort ist nur ein Flüstern. »Vierzig Millionen Dollar.«

»Vierzig Millionen?« schreit er. »Bist du auf Droge?«

»Du hast doch gesagt, du willst keinen Aufstand machen!«

»Ollie, hier geht es nicht um ein paar Peanuts. Das ist eine achtstellige Summe! Selbst für einen Tanner ist das kein Kleingeld. Und dem Kerl gehört die halbe City ... « Er verstummt schlagartig. Er begreift, daß meine Nerven zum Zerreißen gespannt sind.

»Ich könnte wirklich deine Hilfe brauchen«, sage ich und beobachte seine Reaktion.

Für jeden anderen wäre das ein gefundenes Fressen – ein Eingeständnis von Schwäche, das die Waagschale zwischen Walnußschreibtisch und beigefarbenem Resopal für immer neu ausrichten könnte.

Mein Bruder sieht mir offen in die Augen. »Sag mir, was ich für dich tun soll.«

Ich sitze auf Charlies Stuhl und tippe Lapidus' Usernamen und sein Paßwort in die Tastatur. Ich hocke zwar nicht ganz oben auf dem Totempfahl, aber immerhin bin ich ein Juniorpartner. Der jüngste Juniorpartner zudem und der einzige, der direkt Lapidus unterstellt ist. In einer Firma mit nur zwölf Seniorpartnern bringt mich allein das schon weiter nach oben als die meisten anderen. Und wie ich ist auch Lapidus nicht mit einer Kreditkarte in der Tasche aufgewachsen. Aber der richtige Job beim richtigen Boß hat ihn auf die richtige Business School geführt, die ihn dann mit Privataufzügen nach oben katapultiert hat. Und jetzt ist er gewillt, diesen Gefallen weiterzugeben. Wie er mir schon vom ersten Tag an eingebleut hat: Der einfachste Plan funktioniert immer am besten. Ich helfe ihm, und er hilft mir. Wie Charlie suchen wir alle unseren eigenen Weg, eine Schuld zurückzuzahlen.

Während ich mich auf dem Stuhl vorbeuge, warte ich, daß der Computer endlich hochfährt. Charlie sitzt hinter mir auf der Armlehne an meinen Rücken gelehnt und stützt sich auf meiner Schulter ab. Wenn ich meinen Kopf ein wenig neige, sehe ich unsere verzerrten Spiegelbilder auf dem gewölbten Computerschirm. Wenn ich schnell blinzle, sehen wir wie Kinder aus. Aber in dem Moment erscheint Tanner Drews Konto auf dem Bildschirm, und löscht alles andere aus.

Charlies Blick wird sofort von dem Kontostand angezogen. 126 023 164,27 Dollar. »Mein Konto ist so blank, daß ich nicht mal Mineralwasser zu meinen Mahlzeiten bestelle, und der Kerl glaubt, er hätte einen Grund, sich zu beschweren?«

Was soll ich dagegen sagen? Selbst für unsere Bank ist das eine Menge Kleingeld. Eine Bank wie Greene & Greene allerdings nur eine Bank zu nennen hieße zu behaupten, Einstein wäre ganz gut in Mathe.

Greene & Greene ist das, was man eine »Privatbank« nennt. Und das beschreibt sehr gut unsere Hauptdienstleistung: Diskretion. Aus diesem Grund nehmen wir auch nicht von jedem Geld. Im Gegenteil: Wir suchen uns unsere Klienten aus, nicht umgekehrt. Wie die meisten Banken fordern wir eine Mindesteinlage. Der feine Unterschied ist, daß unsere Mindesteinlage zwei Millionen Dollar beträgt. Und zwar nur, um ein Konto zu eröffnen. Kommt jemand mit fünf Millionen an, sagen wir: »Fein, das ist ein guter Anfang.« Bei fünfzehn Millionen lautet unser Kommentar: »Wir würden uns gern mit Ihnen unterhalten.« Und ab fünfundsiebzig Millionen betanken wir einen Privatjet und stehen bei unserem Kunden auf der Matte – Mr. Drew, jawohl, Sir.

»Ich wußte es«, sage ich und deute auf den Bildschirm. »Lapidus hat es nicht einmal im System vermerkt. Anscheinend hat er die ganze Angelegenheit vollkommen vergessen.« Nachdem ich ein anderes von Lapidus' Paßwörtern eingetippt habe, gebe ich die ersten Ziffern der Zahlungsanweisung ein.

»Bist du sicher, daß du einfach sein Paßwort benutzen kannst?«

»Keine Angst, das ist vollkommen in Ordnung.«

»Vielleicht sollten wir den Sicherheitsdienst rufen, dann kann Shep ...«

»Ich will nicht mit Shep reden!« unterbreche ich ihn sofort. Ich weiß, was dabei herauskommt.

Charlie schüttelt den Kopf und blickt wieder auf den Bildschirm. Unter »In Bearbeitung« sieht er drei Scheckzahlungen, alle an eine »Kelli Turnley« gerichtet.

»Ich wette, das ist seine Geliebte«, sagt er.

»Warum?« frage ich. »Weil sie zufällig *Kelli* heißt?«

»Jenni, Candi, Brandi ... Es ist wie eine Familienkarte zum Playboyschloß: Gib mir das ›i‹, und du kommst rein.«

»Zum ersten irrst du dich, und zum zweiten ist das zweifellos das Dümmste, was ich je gehört habe. Und zum dritten ...«

»Wie war noch mal der Name von Dads erster Freundin? Laß mich kurz nachdenken ... War es nicht Randi?« Ich schiebe rasch den Stuhl zurück, katapultiere Charlie von der Lehne und stürme aus dem Büro.

»Willst du nicht wissen, wie es ihr so ergangen ist?« ruft er mir hinterher.

Ich stürme den Flur entlang und konzentriere mich auf mein Handy. Noch immer dringt die Ansage des University Clubs aus dem Hörer. Wütend lege ich auf und drücke die Wiederholungstaste. Diesmal erwische ich eine lebende Stimme.

»University Club. Was kann ich für Sie tun?«

»Ich versuche, Henry Lapidus zu erreichen. Er befindet sich in einer Konferenz in einem Ihrer Säle.«

»Bitte warten Sie, Sir, dann versuche ich ...«

»Stellen Sie mich nicht durch! Ich muß ihn jetzt sprechen!«

»Ich bin nur die Vermittlung, Sir. Mehr als Sie nach unten durchstellen kann ich leider nicht.«

Es klickt, und dann höre ich ein anderes Geräusch. »Sie sprechen mit dem Konferenzzentrum des University Clubs. Alle Leitungen sind belegt. Bitte bleiben Sie dran.«

Ich umklammere das Handy fester, während ich den Flur entlanglaufe und vor einer neutralen Metalltür stehenbleibe. Es ist *der Käfig*, wie er in der Bank genannt wird. Hier befindet sich eines der wenigen Privatbüros auf dieser Etage, und außerdem beherbergt er unser gesamtes Geldüberweisungssystem. Bargeld, Schecks, telegrafische Anweisungen, alles nimmt hier seinen Anfang.

Natürlich befindet sich ein Tastencode über dem Türknauf. Lapidus' Code verschafft mir auch hier Zugang. Der geschäftsführende Direktor kommt schließlich überall hinein.

Zehn Schritte hinter mir betritt Charlie das Büro. Es ist für sechs Personen ausgelegt. Der rechteckige Raum befindet sich an der Rückwand des dritten Stocks, aber drinnen sieht es hier genauso aus wie in den Kabinen. Neonlicht, genormte Schreibtische, grauer Teppichboden. Der einzige Unterschied sind die riesigen Rechenmaschinen, die auf jedem Schreibtisch stehen.

»Warum mußt du immer gleich in die Luft gehen?« fragt Charlie, nachdem er mich eingeholt hat.

»Können wir bitte hier nicht darüber reden?«

»Sag mir einfach, warum du ...?«

»Weil ich hier arbeite!« schreie ich und drehe mich auf dem Absatz herum. »Und weil du hier arbeitest! Und weil unsere Privatangelegenheiten zu Hause bleiben sollten!« Er hält einen kleinen Notizblock und einen Stift in den Händen. Der Student des Lebens. »Und komm nicht auf die Idee, das aufzuschreiben!« warne ich ihn. »Ich will das nicht in einem deiner Songs hören!«

Charlie starrt auf den Boden und überlegt, ob das einen Streit wert ist. »Wie du willst«, sagt er und läßt den Block sinken. Er streitet nie, wenn es um seine Kunst geht.

»Danke«, sage ich und gehe weiter. Aber als ich mich Marys Schreibtisch nähere, höre ich, wie er hinter mir kritzelt. »Was machst du da?«

»Tut mir leid!« Er lacht und schreibt noch schnell ein letztes Wort auf. »Okay, fertig.«

»Was hast du aufgeschrieben?« will ich wissen.

»Nichts, nur ein ...«

»Was hast du da aufgeschrieben?«

Er hält mir den Block hin. *»Ich will das nicht in einem deiner Songs hören«*, liest er ab. »Wäre das nicht ein guter Titel für ein Album?«

Ohne zu antworten, schaue ich wieder auf Marys Schreibtisch. »Kannst du mir bitte zeigen, wo sie ihr Paßwort versteckt?«

Charlie schlendert zu dem aufgeräumtesten Schreibtisch im Raum, streicht spöttisch ein imaginäres Staubflöckchen von Marys Stuhl, setzt sich und greift nach den drei Bilderrahmen aus Plastik, die auf ihrem Schreibtisch stehen. Sie zeigen einen etwa zwölf Jahre alten Jungen mit einem Football, einen Neunjährigen in einem Baseballdreß und ein sechsjähriges Mädchen, das mit einem Fußball posiert. Charlie greift, ohne zu zögern, zu dem Football-Bild und dreht es um. Am Fuß des Rahmens stehen ihr Username und das Paßwort: marydamski-3BUG5E. Charlie schüttelt lächelnd den Kopf. »Der Erstgeborene. Wie immer der Meistgeliebte.«

»Woher wußtest du ...?«

»Mary mag vielleicht die Königin der Zahlen sein, aber sie haßt Computer. Als ich einmal hier hereingeplatzt bin, hat sie mich nach einem guten Versteck gefragt, und ich habe ihr geraten, die Fotos zu benutzen.«

Typisch Charlie. Jedermanns Kumpel.

Ich stelle Marys Computer an und streife mit einem kurzen Blick die Uhr an der Wand. 15:37 Uhr. Ich habe noch knapp fünfundzwanzig Minuten. Ich tippe ihr Paßwort ein und gehe dann direkt auf »Auszahlungen«. Tanners Überweisung leuchtet auf Marys Bildschirm auf – und wartet auf die endgültige Bestätigung. Ich tippe den Code von Tanners Bank ein und dann die Kontonummer, die er mir gegeben hat.

Höhe der Auszahlung? Es tut fast weh, die Zahl einzugeben. *40000000 Dollar*.

»Das sind eine Menge Peanuts«, sagt Charlie.

Ich schaue erneut zur Wanduhr. 15:45 Uhr. Noch eine Viertelstunde.

Hinter mir kritzelt Charlie erneut etwas auf seinen Block. Diesmal ist es sein Mantra: *Schnapp dir die Welt; iß einen Löwenzahn*. Ich klicke auf *Send*. Jetzt ist es fast erledigt.

»Darf ich dir eine Frage stellen?« ruft Charlie. Noch bevor ich antworten kann, sagt er: »Wäre es nicht cool, wenn es sich dabei nur um einen riesigen Schwindel handeln würde?«

»Was?«

»Ich meine diese ganze Nummer … den Anruf, das Gebrüll …« Er lacht, als er es sich ausmalt. »Woher weißt du bei all dem Streß, ob es sich wirklich um den echten Tanner Drew gehandelt hat?«

Ich sitze stocksteif da. »Wie bitte?«

»Ich meine, der Kerl hat ein Family-Office. Woher weißt du überhaupt, wie seine Stimme wirklich klingt?«

Ich lasse die Maus los und versuche das eiskalte Gefühl zu ignorieren, das mir bis ins Kreuz hinunterläuft. Dann sehe ich meinen Bruder an. Er hat aufgehört zu schreiben.

2. Kapitel

»Was willst du damit sagen? Daß es ein Schwindel war?«

»Ich habe keine Ahnung. Aber denk doch mal, wie einfach das wäre. Irgendein Kerl ruft an, droht dir, will seine vierzig Millionen Dollar haben, gibt dir eine Kontonummer und sagt: ›Tu's!‹«

Ich starre auf die elfstellige Kontonummer, die vor mir auf dem Bildschirm glüht. »Nein«, sage ich schließlich störrisch. »Das kann nicht sein.«

»Es kann nicht sein? Es ist genau wie dieser Roman, den sie jedes Jahr in einer neuen Variation bringen: Der Bösewicht legt den beflissenen Helden von Anfang an rein …«

»Das hier ist kein blödes Buch!« schreie ich ihn an. »Das hier ist mein Leben!«

»Es ist unser beider Leben«, verbessert er mich. »Und ich will nur sagen, daß in dem Moment, in dem du die Taste drückst, dieses Geld auch direkt an eine Bank auf den Bahamas gehen könnte.«

Ich starre unverwandt auf die Kontonummer. Je länger ich hinsehe, desto heller glüht sie.

»Und du weißt auch, wer die Prügel einstecken wird, wenn das Geld verschwindet …«

Er spricht die Worte sehr betont aus. Wir wissen beide, daß Greene & Greene keine normale Bank ist. Citibank, Bank of America, das alles sind große, gesichtslose Firmen. Greene & Greene ist ein überschaubarer Laden. Dadurch sind wir von einigen Auskünften befreit, welche die Regierung fordert, was uns im Interesse unserer Klienten erlaubt, unauffällig zu bleiben, was unseren Namen aus den Zeitungen heraushält, was uns wiederum ermöglicht, uns die Klienten herauszupicken, die wir haben wollen. Wie ich schon sagte: Man eröffnet nicht einfach ein Konto bei Greene.

Dafür gelingt es den Partnern, einen bedeutenden Berg Wohlstand unter einem unglaublich kleinen Dach anzuhäufen. Und was noch wichtiger ist, denke ich, während ich auf die Vierzig-Millionen-Dollar-Überweisung an Tanner starre, daß jeder Partner persönlich für alle Bestände der Bank verantwortlich ist. Bei der letzten Zählung haben wir dreizehn Milliarden Dollar verwaltet. Milliarden. Das sind neun Nullen. Geteilt durch zwölf Partner.

Vergiß Tanner … Ich kann nur noch an Lapidus denken. Er ist mein Boß. Und die Person, die mir meine Entlassungspapiere in den Rachen schieben wird, wenn ich einen der größten Klienten der Bank verprelle. »Es ist völlig unmöglich, daß dies alles nur ein Schwindel ist«, wiederhole ich. »Ich habe erst letzte Woche gehört, wie Lapidus von der Überweisung geredet hat. Ich meine, schließlich ruft Tanner ja nicht aus dem Nichts an.«

»Es sei denn, natürlich, Lapidus steckt mit drin …«
»Würdest du bitte aufhören? Du hörst dich ja an wie … wie …«
»Wie jemand, der weiß, wovon er redet?«
»Nein, wie ein paranoider Verrückter, der jeden Kontakt zur Realität verloren hat.«
»Ich muß dir mitteilen, daß mich das Wort ›Verrückter‹ beleidigt.«
»Vielleicht sollten wir ihn anrufen, um sicherzugehen.«
»Keine schlechte Idee«, stimmt Charlie mir zu.
Die Uhr an der Wand verrät mir, daß mir noch vier Minuten bleiben. Was ist das Schlimmste, das ein Telefonanruf auslösen kann?
Hastig suche ich im Klientenverzeichnis nach Tanners Privatnummer. Aber es steht nur seine Family-Office-Nummer drin. Manchmal kann einem dieses Getue wegen der Privatsphäre ziemlich auf die Nerven gehen. Ich habe aber keine Alternative, wähle die Nummer und schaue auf die Uhr. Dreieinhalb Minuten.
»Drew, Family-Office«, meldet sich eine Frau.
»Hier spricht Oliver Caruso von Greene & Greene. Ich muß mit Mister Drew sprechen. Es handelt sich um einen Notfall.«
»Um was für einen Notfall handelt es sich?« erkundigt sie sich schnippisch. Ich sehe ihr verächtliches Gesicht vor mir.
»Um einen Vierzig-Millionen-Dollar-Notfall.«
Pause. »Bitte warten Sie.«
»Holen sie ihn ran?« erkundigt sich Charlie.
Ich ignoriere die Frage, klicke mich wieder auf das drahtlose Überweisungsmenü zurück und setze den Mauszeiger auf *Send*. Charlie hat wieder seinen Platz auf meiner Stuhllehne eingenommen.
Dreißig Sekunden später habe ich die Sekretärin wieder in der Leitung. »Es tut mir leid, Mr. Caruso. In seinem Büro nimmt niemand ab.«
»Hat er ein Handy?«

»Sir, Sie scheinen nicht zu verstehen ...«

»Ich verstehe sogar sehr gut. Wie war noch mal Ihr Name? Nur damit ich Mr. Drew sagen kann, mit wem ich gesprochen habe.«

Pause. »Warten Sie bitte.«

Wir haben noch eine Minute und zehn Sekunden. Ich weiß, daß die Bank mit dem Fed-Express synchronisiert ist, aber man kann die Dinge eben nur bis zu einem gewissen Maß beschleunigen.

»Was hast du vor?« fragt Charlie.

»Wir schaffen es«, beruhige ich ihn.

Noch fünfzig Sekunden.

Mein Blick klebt an dem digitalen Knopf auf dem Bildschirm, auf dem *Send* steht. Ich habe den Bildschirmrand längst über die Zeile mit den »40 000 000 Dollar« weitergescrollt, aber im Moment ist das alles, was ich sehe. Ich schalte die Freisprecheinrichtung des Telefons an, damit ich die Hände bewegen kann.

Noch dreißig Sekunden.

»Wo, zum Teufel, steckt diese Frau?«

Meine Hand zittert so stark, daß der Mauszeiger auf dem Bildschirm tanzt. Wir haben keine Chance.

»Das war's«, erklärt Charlie. »Zeit für eine Entscheidung.«

Damit hat er recht. Das Problem ist nur, ich ... Ich kann einfach nicht. Ich werfe einen hilfesuchenden Blick über die Schulter auf meinen Bruder. Er sagt kein Wort, aber ich kann trotzdem alles hören. Er weiß, wo wir herkommen. Er weiß, daß ich mich hier vier Jahre lang abgestrampelt habe. Dieser Job bedeutet für uns alle den Ausweg aus der Notaufnahme. Als uns noch zwanzig Sekunden bleiben, nickt er unmerklich.

Mehr brauche ich nicht. Ein kleiner Anstoß, den Löwenzahn zu essen. Ich drehe mich wieder zum Bildschirm um. *Drück auf die Taste!* ermahne ich mich. Aber als ich es tun will, erstarre ich. Mir wird schummrig vor Augen.

»Mach schon!« schreit Charlie.

Die Worte hallen laut, aber wir sind verloren. Es sind nur noch ein paar Sekunden.

»Oliver, drück die verdammte Taste!«

Er sagt noch etwas, aber ich spüre nur, wie er hart an meinem Hemd zerrt. Charlie zieht mich aus dem Weg und beugt sich vor. Ich sehe, wie seine Hand herunterdonnert und wie er die Maus mit der Faust trifft. Das *Send*-Icon auf dem Bildschirm blinkt, wird invers und leuchtet dann wieder positiv. Drei Sekunden später flammt ein rechteckiges Kästchen auf.

Status: Arbeitet

»Bedeutet das, wir …?«

Status: Akzeptiert

Charlie wird jetzt klar, was wir da sehen. Mir auch.

Status: Zahlung ausgeführt

Das war's. Sie ist unterwegs. Die Vierzig-Millionen-Dollar-E-Mail.

Wir blicken beide auf den Lautsprecher des Telefons und warten auf eine Antwort. Doch es herrscht nur grausames Schweigen. Mein Mund steht offen. Wir atmen beide schwer, allerdings aus vollkommen anderen Gründen. Kämpfen und fliehen. Ich drehe mich zu meinem Bruder um, meinem jüngeren Bruder, aber er sagt kein Wort. In dem Moment ertönt ein Knacken im Hörer. Eine Stimme.

»Caruso.« Tanner Drews knurriger Südstaatenakzent ist so unverkennbar wie ein Messer an der Kehle. »Wenn dieser Anruf keine Bestätigung ist, können Sie gleich anfangen zu beten.«

»Das … das ist er, Sir.« Ich kämpfe gegen ein Grinsen an. »Er ist nur eine Bestätigung.«

»Schön. Wiedersehen.« Er knallt den Hörer auf die Gabel.

Ich drehe mich um, aber es ist schon zu spät. Mein Bruder ist weg.

Ich verlasse hastig den Käfig und suche nach Charlie. Wie immer ist er auch diesmal zu schnell für mich. An seiner

Kabine packe ich den oberen Rand der Wand, ziehe mich hoch und schaue hinein. Er hat die Füße auf den Schreibtisch gelegt und kritzelt etwas in ein grünes Spiralnotizbuch. Die Kappe des Stifts hat er im Mund, und er ist in seine Gedanken versunken.

»Und? War Tanner glücklich?« fragt er, ohne sich umzudrehen.

»Ja, er war begeistert. Er mußte mir immer wieder danken. Schließlich habe ich so etwas gesagt wie: ›Nein, Sie müssen mich nicht im *Forbes* erwähnen. Es reicht mir völlig, daß ich Sie unter die Top 400 gehievt habe.‹«

»Großartig.« Endlich sieht Charlie mich an. »Ich bin froh, daß es geklappt hat.«

Ich hasse es, wenn er das tut. »Mach schon«, bettle ich. »Sag es.«

Er stellt die Füße auf den Boden und wirft sein Notizbuch auf den Schreibtisch. Es landet direkt neben der Dose mit der Knetmasse, die nur ein paar Zentimeter von seiner Kollektion grüner Soldaten entfernt ist, die sich unter dem schwarzweißen Autoaufkleber an seinem Bildschirm befinden, auf dem steht: »Ich verkaufe mich dem Kerl jeden Tag!«

»Hör mal, tut mir leid, daß ich so paralysiert war«, erkläre ich.

»Mach dir keine Sorgen, Bruderherz. Das passiert jedem.«

Meine Güte, dieses Temperament. »Also bist du nicht enttäuscht von mir?«

»Enttäuscht? Das war dein Laffe, nicht meiner.«

»Ich weiß ... aber ... du verspottest mich doch immer, weil ich so weich werde.«

»Oh, du bist eindeutig weich. All dieses vornehme und selbstbewußte Getue ... Du bist ein ausgewachsener Babypopo.«

»Charlie ...!«

»Aber kein weicher Babypopo. Sondern eher einer von diesen durch und durch harten Babyhintern. Wie der von einem Sumobaby.«

Ich muß über den Scherz unwillkürlich lächeln. Er ist zwar nicht so gut wie der von vor drei Monaten, als er versucht hat, einen ganzen Tag wie ein Pirat zu reden, was er auch geschafft hat. »Wie wäre es, wenn du heute abend zu mir kommst, damit ich mich mit einem Abendessen bei dir bedanken kann?«

Charlie hält inne und mustert mich aufmerksam. »Nur, wenn wir keine Limousine nehmen.«

»Wirst du wohl aufhören? Du weißt doch, daß die Bank das zahlt, nach dem, was wir heute geleistet haben.«

Er schüttelt mißbilligend den Kopf. »Du hast dich echt verändert, Mann. Ich kenne dich nicht mal mehr ...«

»Gut, gut, vergiß die Limousine. Was hältst du von einem Taxi?«

»Was hältst du von der U-Bahn?«

»Ich zahle.«

»Okay, nehmen wir das Taxi.«

Zehn Minuten später warten wir im sechsten Stock auf den Aufzug. »Glaubst du, daß sie dir einen Orden verleihen?«

»Wofür?« frage ich. »Dafür, daß ich meine Arbeit getan habe?«

»Du hast deine Arbeit getan? He, jetzt klingst du wie einer dieser Helden von nebenan, der eben ein Dutzend Kätzchen aus einem brennenden Gebäude gerettet hat. Sieh den Tatsachen ins Auge, Superman: Du hast gerade diesen Laden vor einem Vierzig-Millionen-Dollar-Alptraum bewahrt.«

»Tu mir einen Gefallen und fahr die Werbung für mich ein wenig runter. Auch wenn es für einen guten Zweck war, haben wir trotzdem die Paßwörter von anderen dafür gestohlen.«

»Und?«

»Du weißt genau, wie streng sie das hier mit der Sicherheit halten ...«

Noch bevor ich zu Ende reden kann, ertönt die Glocke,

und die Aufzugtüren gleiten auf. Um diese Zeit habe ich eigentlich erwartet, daß er leer ist, aber statt dessen lehnt ein Kerl mit der breiten Brust eines Footballprofis an der Rückwand. Es ist Shep Graves, Chef des Sicherheitsdienstes unserer Bank. Er trägt ein Hemd und einen Schlips, die er nur in einem Laden für Übergrößen gekauft haben kann. Und er weiß auch, wie er seine Schultern zurücknehmen muß, damit seine Enddreißiger-Figur möglichst jung und stark aussieht. Wenn er seinen Job erfüllen soll, nämlich unsere dreizehn Milliarden zu beschützen, muß er auch so wirken. Ich beschließe abrupt, unser Gespräch über Tanner Drew zu beenden, als wir den Lift betreten. Tatsächlich unterhält sich keiner aus der Bank mit Shep über etwas anderes als über Belanglosigkeiten.

»Shep!« ruft Charlie bei seinem Anblick. »Wie geht es meinem Lieblingsschrecken aller Wirtschaftskriminellen?« Shep streckt seine Hand aus, und Charlie tippt auf seine Finger, als wären es Pianotasten.

»Hast du mitgekriegt, was sie an der Madison vorhaben?« fragt Shep mit dem unbeholfenen Grinsen eines Boxers. »Sie haben da ein Mädchen, das Football spielen will. Bei den Jungs.«

»Gut, so sollte es sein. Wann sehen wir sie spielen?« erkundigt sich Charlie.

»In zwei Wochen gibt's ein öffentliches Training ...«

Charlie grinst. »Du fährst, ich zahle ...«

»Öffentliches Training ist kostenlos.«

»Gut, dann zahle ich für dich mit«, meint Charlie. Er bemerkt, daß ich schweige, und winkt mich in den Aufzug. »Shep, kennst du meinen Bruder Oliver?«

Wir nicken uns zu. »Schön, Sie zu sehen«, sagen wir gleichzeitig.

»Shep war auf der Madison«, sagt Charlie und spielt stolz auf unseren alten Rivalen während der Highschool-Zeit in Brooklyn an.

»Sie sind also auch auf die Sheepshead Bay gegangen?« erkundigt sich Shep. Es ist nur eine einfache Frage, aber der

Tonfall seiner Stimme ... Irgendwie hört es sich wie ein Verhör an.

Ich nicke, drehe mich um und drücke den Knopf *Tür schließen*. Ich schlage noch einmal darauf, und schließlich gleitet die Tür zu.

»Was treibt ihr Jungs denn noch hier? Die anderen sind alle längst weg«, meint Shep beiläufig. »Gibt's was Interessantes?«

»Nein!« erwidere ich hastig. »Dasselbe wie immer.«

Charlie wirft mir einen verärgerten Blick zu. »Wußtest du, daß Shep mal beim Secret Service war?«

»Großartig«, erwidere ich. Mein Blick klebt förmlich auf dem fünfgängigen Menu über dem Rufknopf. Die Bank hat ihren eigenen Küchenchef für Klienten. Eine einfache Methode, um Eindruck zu schinden. Heute gab es Lammkoteletts mit Rosmarin-Risotto. Vermutlich für einen Zwanzig- bis Fünfundzwanzig-Millionen-Dollar-Klienten. Lammkoteletts gibt's nur bei mehr als fünfzehn Millionen.

Der Lift bremst vor dem fünften Stock, und Shep stößt sich mit den Ellbogen ab. »Hier muß ich raus«, verkündet er und tritt zur Tür. »Schönes Wochenende.«

»Dir auch«, ruft Charlie ihm hinterher. Wir schweigen beide, bis die Tür sich wieder geschlossen hat. »Was hast du denn?« fragt Charlie dann. »Seit wann bist du so ein Griesgram? Shep ist ein netter Kerl. Du mußtest ihn nicht so auflaufen lassen.«

»Das einzige, was der Kerl tut, ist, herumzuschleichen und sich verdächtig zu benehmen. Da tauchst du auf, und plötzlich ist er Mister Sonnenschein.«

»Genau in dem Punkt irrst du dich. Er ist immer Mister Sonnenschein. Du bist so beschäftigt, dich bei Lapidus und Tanner Drew und all den anderen großen Tieren einzuschmeicheln, daß du ganz vergessen hast, daß auch die kleinen Leute sprechen können.«

»Ich hatte dich gebeten, damit aufzuhören ...«

»Wann hast du dich das letzte Mal mit einem Taxifahrer unterhalten, Ollie? Und ich meine damit nicht, daß du ihm sagst: ›53rd Ecke Lex‹. Ich meine eine ausgewachsene Konversation.«

»Das glaubst du also? Daß ich ein intellektueller Snob bin?«

»Für einen intellektuellen Snob bist du nicht gebildet genug, aber du bist ein kultureller Snob.« Die Aufzugtür gleitet auf, und Charlie eilt in die Lobby, in der ein Labyrinth aus großartigen antiken Rollschreibtischen steht, die genau die richtige gediegene Atmosphäre von altem Geld verbreiten. Wenn Klienten kommen und es hier von Bankiers nur so wimmelt, dann ist dieser Raum das erste, was sie zu Gesicht bekommen. Es sei denn, wir versuchen eine große Nummer an Land zu ziehen. In dem Fall schleusen wir den Betreffenden direkt durch den Privateingang auf der Rückseite und führen ihn am Küchenchef Charles und seiner edlen Küche vorbei. Charlie rennt weiter. Ich bin direkt hinter ihm. »Mach dir keine Sorgen«, ruft er mir zu. »Ich liebe dich trotzdem, selbst wenn Shep es nicht tut.«

Am Nebenausgang tippen wir unseren Code in die Tastatur direkt neben der dicken Stahltür. Sie öffnet sich mit einem Klicken, und wir gelangen in einen kurzen Vorraum, an dessen anderem Ende sich eine Drehtür befindet. In unserem Wirtschaftszweig nennen wir so etwas eine Menschenfalle. Die Drehtür öffnet sich erst, wenn die Tür hinter uns geschlossen wird. Gibt es ein Problem, dann schließen sich beide, und man sitzt fest.

Unbekümmert zieht Charlie die Metalltür hinter sich zu. Ein leises Zischen ertönt. Titaniumbolzen rasten ein. Danach ertönt ein lautes Klacken vor uns. Die magnetischen Schlösser geben die Drehtür frei. An beiden Enden des Raumes befinden sich Kameras, die so gut versteckt sind, daß nicht einmal wir wissen, wo sie angebracht sind.

»Komm schon«, fordert mich Charlie auf und stürmt weiter. Wir kreiseln durch die Drehtür und werden auf das von schmutzigem Schnee bedeckte Trottoir der Park Avenue gespuckt. Hinter uns verschwindet die bescheidene Ziegelfassade der Bank unverdächtig in der niedrigen

Architektur. Aus genau diesem Grund wendet man sich überhaupt an eine Privatbank. Es ist wie eine amerikanische Version einer Schweizer Bank, wo man die Geheimnisse der Klienten sicher schützt. Deshalb ist auch das einzige Zeichen an der Vorderseite ein Messingschild, das speziell so entworfen wurde, daß man es übersieht. *Greene & Greene, gegr. 1870* steht darauf. Obwohl nur sehr wenige Leute von Privatbanken auch nur gehört haben, sind sie näher, als man glaubt. Es ist das kleine, unauffällige Gebäude, an dem die Menschen jeden Tag vorübergehen. Das Haus ohne Leuchtschrift, bei dessen Anblick sich die Leute immer fragen: »Was ist da eigentlich drin?«

Charlie springt über einen frisch geschippten Schneehaufen und tritt an die Straße. Ein kurzer Wink verschafft uns sofort ein Taxi, ein Gaspedal befördert uns aus der City, und ein Blick von meinem Bruder bringt mich dazu, den Fahrer zu fragen: »Wie läuft's denn so?«

»Geht so«, antwortet der Cabby. »Und selbst?«

»Großartig«, erwidere ich und starre aus dem Fenster in den dunklen Himmel. Vor einer Stunde habe ich noch vierzig Millionen Dollar berührt. Und nun hocke ich im Fond eines verbeulten Taxis. Als wir über die Brooklyn Bridge fahren, werfe ich einen Blick über die Schulter. Die ganze City mit ihren Lichtern und ihrer beeindruckenden Skyline wird von dem Rückfenster eingefaßt. Je weiter wir fahren, desto kleiner wird das Bild. Als wir zu Hause ankommen, ist es verschwunden.

Schließlich hält das Taxi vor einem Sandsteinhaus aus den zwanziger Jahren kurz hinter der Grenze zu Brooklyn Heights. Technisch gesehen liegt es im rauheren Viertel Red Hook, aber die Adresse lautet noch Brooklyn. Sicher, in der Treppe fehlen ein oder zwei Ziegelsteine, die Eisenstangen vor dem Fenster meiner Souterrainwohnung sind zerbrochen und rostig, doch die günstige Miete erlaubt mir, in einer Gegend zu wohnen, die ich gern meine Heimat nenne. Plötzlich sehe ich, wer auf meiner Treppe wartet.

Unsere Blicke treffen sich, und ich weiß, daß ich in der Klemme stecke.

Charlie sieht meine Miene und folgt meinem Blick. »Meine Güte«, flüstert er. »Wie schön, dich zu kennen.«

3. Kapitel

»Hier, bezahl du!« rufe ich und werfe Charlie meine Brieftasche zu. Gleichzeitig trete ich die Tür des Taxis weiter auf. Mein Bruder fischt einen Zwanzig-Dollar-Schein heraus, sagt dem Fahrer, er solle den Rest behalten, und hüpft aus dem Taxi. Die Show will er sich auf keinen Fall entgehen lassen.

Noch während ich über das Eis schlittere, stammele ich schon eine Entschuldigung. »Beth, es tut mir so leid. Ich habe es vollkommen vergessen!«

»Was vergessen?« Ihre Stimme ist so ruhig und freundlich, wie sie nur sein kann.

»Unser Abendessen ... ich habe dich doch eingeladen ...«

»Keine Sorge, ist schon alles erledigt.« Während sie spricht, fällt mir auf, daß sie ihr langes braunes Haar vollkommen glatt geföhnt hat.

»Sie hat einfach keinen Pepp«, flüstert Charlie, während er unschuldig hinter mir steht.

»Ich habe einen Schlüssel, schon vergessen?« fragt Beth und tritt um mich herum. Ich bin immer noch verwirrt.

»Wohin gehst du?«

»Ich hole Wasser. Es ist alle.«

»Beth, warum läßt du mich nicht ...?«

»Entspann dich ... Ich bin gleich zurück.« Sie dreht sich von mir weg, und dann sieht sie Charlie.

»Alles paletti, Süße?« Er breitet die Arme aus, als wolle er sie umarmen.

»Hi, Charlie.«

Beth versucht, um ihn herumzugehen, aber er schneidet ihr den Weg ab. »Wie läuft's denn so?«

»Gut.«

»Und deine Familie? Wie geht's denen?«

»Auch gut«, erwidert sie und lächelt ihr bestes Verteidigungslächeln. Es ist kein ärgerliches Lächeln, kein abgekämpftes Lächeln, nicht einmal ein wütendes Geh-mir-aus-den-Augen-Lächeln. Nur ein nettes, beruhigendes Beth-Lächeln.

»Und was hältst du von Vanillegeschmack bei Eiscreme?« fragt Charlie weiter und hebt seine teuflische Augenbraue.

»Charlie!« sage ich drohend.

»Was?« An Beth gewandt, fügt er hinzu: »Also macht es dir nichts aus, wenn ich einfach in euer Abendessen platze?«

Sie sieht mich an und richtet ihren Blick dann wieder auf Charlie. »Vielleicht sollte ich euch beide lieber allein lassen.«

»Sei nicht albern«, mische ich mich ein.

»Ist schon okay«, sagt sie und beschwichtigt mich mit einer Handbewegung. Sie beschwert sich nie. »Ihr beide solltet ein wenig Zeit miteinander verbringen. Oliver, ich rufe dich später an.«

Bevor einer von uns beiden sie aufhalten kann, geht sie davon. Charlies Blick klebt an ihren Stiefeln. »Meine Güte, in meiner Studentinnenverbindung haben alle solche Stiefel getragen«, flüstert er. Ich kneife ihn in den Rücken, doch damit kann ich ihn nicht zum Schweigen bringen. Beths beigefarbener Kamelhaarmantel bläht sich hinter ihr auf. »Wie Darth Vader – nur viel langweiliger.«

Er weiß, daß sie ihn nicht hören kann, was es noch schlimmer macht.

»Ich würde mein linkes Ei dafür geben, miterleben zu dürfen, wie sie ausrutscht und auf den Hintern fällt«, sagt er, während sie aus unserem Blickfeld verschwindet. »Aber soviel Glück habe ich nicht. Bye-bye, Baby.«

Ich werfe Charlie einen bösen Blick zu. »Warum mußt du dich immer über sie lustig machen?«

»Tut mir leid. Sie macht es mir zu leicht.«

Ich drehe mich abrupt herum und stürme zur Haustür.

»Was?« fragt er.

Ich schreie ihn an, ohne ihn dabei anzusehen. »Du kannst manchmal wirklich ein ziemlicher Mistkerl sein, weißt du das?«

Er denkt eine Sekunde darüber nach. »Ich glaube, das stimmt.«

Ich weigere mich immer noch, ihn anzusehen. Er weiß, daß er zu weit gegangen ist. »Komm schon, Ollie, ich necke sie doch nur«, sagt er und folgt mir in das heruntergekommene Treppenhaus. »Ich sage das doch nur, weil ich heimlich in sie verliebt bin.«

Ich öffne das erste Schloß und tue so, als wäre er Luft. Das hält etwa zwei Sekunden vor. »Warum haßt du sie so sehr?«

»Ich hasse nicht sie, ich … ich hasse einfach alles, wofür sie steht. Ihre Stiefel, ihr ruhiges Lächeln, ihre Unfähigkeit, eine Meinung über etwas auszudrücken … Das ist nicht das, was ich … was du für dich selbst wollen solltest.«

»Ach wirklich?«

»Ich meine es ernst«, sagt er, während ich mich mit dem dritten Türschloß abmühe. »Es ist dasselbe wie dieses winzige Souterrain-Apartment. Ich will dich nicht beleidigen, aber es ist so, als wenn du die blaue Pille einwirfst und in dem Alptraum einer blöden Sitcom aufwachst.«

»Du magst einfach Brooklyn Heights nicht.«

»Du wohnst nicht in Brooklyn Heights. Du wohnst in Red Hook, kapiert?«

Als ich die Tür öffne, folgt mir Charlie in die Wohnung.

»Wow, wer hat denn hier dekoriert«, sagt er beim Eintreten.

»Ich weiß nicht, wovon du sprichst.«

»Spiel mir bloß nicht den Bescheidenen vor, Versace. Als du hier eingezogen bist, hattest du eine gebrauchte, fleckige Matratze von der Fürsorge, einen Kleiderschrank, den du aus unserem alten Schlafzimmer hast mitgehen lassen, und den Tisch und die Stühle, die Mom und ich dir zum Einzug mitgebracht haben. Und was muß ich heute auf dem Bett sehen? Eine todschicke Tagesdecke von Calvin Klein? Und auf dem Tisch die Imitation einer Ralph-Lauren-Tischdecke, auf der wunderschön für zwei gedeckt ist. Auch wenn ich zu schätzen weiß, was du tust, Bruderherz, ist das hier doch wie die Existenz von Gästehandtüchern. Das Ganze ist ein Symptom für ein grundlegenderes Problem.«

Er wiederholt die letzten Worte für sich. »*Symptom für ein grundlegenderes Problem.*« In der Küche bleibt er stehen, holt Block und Stift heraus und schreibt das auf. »*Für manche ist das Leben ein einziges Vorsprechen*«, fügt er hinzu. Er nickt, während er rasch eine Melodie summt. Wenn er in diesen Zustand gerät, dauert es einige Minuten, also lasse ich ihn in Ruhe. Plötzlich hält er inne und kritzelt dann hastig drauflos. Der Stift kratzt wie verrückt über das Papier. Als er das Blatt umschlägt, erhasche ich einen kurzen Blick auf eine winzige, perfekte Skizze eines Mannes, der sich vor einem Vorhang verbeugt. Er ist fertig mit Schreiben, nun zeichnet er.

Es war das erste, was ihm völlig natürlich zugeflogen ist, und wenn Charlie will, kann er ein unglaublicher Künstler sein. So unglaublich sogar, daß die New York School of Visual Arts ihm ein komplettes College-Stipendium gewährt hat. Nach zwei Jahren haben sie versucht, ihn auf kommerzielle Arbeiten zu lenken. Werbung und Illustration. »Davon kann man gut leben«, haben sie ihm gesagt. Aber in dem Moment, als Charlie Karriere und Kunst zusammenlaufen sah, ist er ausgestiegen und hat die beiden letzten Jahre am Brooklyn College Musik studiert. Ich habe ihn zwei volle Tage lang angeschrien. Er hat erwidert, daß es im Leben um mehr geht als darum, ein neues Logo für ein Waschmittel zu entwerfen.

Ich höre, wie er den Rest der Wohnung besichtigt und in der Luft herumschnüffelt. »Hier riecht's nach Oliver«, verkündet er. »Raumspray und Turnschuhmief.«

»Raus aus meinem Bad!« rufe ich von meinem Bett aus.

Ich habe meinen Aktenkoffer aufgeklappt und gehe meine Post durch.

»Hörst du denn niemals auf?« fragt mich Charlie. »Es ist Wochenende – entspann dich endlich.«

»Ich muß das hier noch fertigmachen«, gebe ich zurück.

»Hör zu, dieser Scherz mit der Vanille tut mir leid …«

»Ich muß das hier fertigmachen!« wiederhole ich.

Diesen Tonfall kennt er. Er schweigt und macht es sich am Fußende des Bettes gemütlich.

Zwei Minuten später funktioniert sein Trick mit der fehlenden Geräuschkulisse. »Manchmal hasse ich die Reichen!« stöhne ich.

»Nein, tust du nicht«, spottet er. »Du liebst sie. Du hast sie immer geliebt.«

»Ich meine es ernst«, sage ich. »Es ist so, kaum kriegen sie ein bißchen Kohle in die Finger, verlieren sie schon den Kontakt zur Wirklichkeit. Sieh dir nur den Kerl hier an …« Ich ziehe das oberste Blatt vom Stapel. »Dieser Idiot hat fünf Jahre lang drei Millionen Dollar verlegt. Fünf Jahre hat er sie vollkommen vergessen! Aber kaum sagen wir ihm, daß wir sie ihm wegnehmen werden, schon schreit er los und will sie wiederhaben!«

Er liest den Brief, der von jemandem namens Marty Duckworth unterzeichnet worden ist. »*Danke für Ihr Schreiben … Bitte nehmen Sie zur Kenntnis, daß ich ein neues Konto bei folgender New Yorker Bank eröffnet habe … Bitte überweisen Sie den Restbetrag der Summe dorthin.*« Für Charlie sieht das aus wie eine ganz normale Überweisungsanforderung. »Ich verstehe nicht.«

Ich fuchtele mit dem schmalen Papierstapel hin und her. »Es ist ein abgetretenes Konto.« Ich weiß, daß er mir nicht folgen kann, also fahre ich fort: »Nach New Yorker Rechtsprechung fällt das Geld auf einem Konto an den Staat, wenn ein Inhaber es fünf Jahre lang nicht nutzt.«

»Das ergibt doch keinen Sinn. Wer würde sein eigenes Geld versauern lassen?«

»Meistens Leute, die gestorben sind«, sage ich. »So was

passiert in jeder Bank landesweit. Wenn jemand stirbt oder krank wird und vergessen hat, seiner Familie von seinem Konto zu erzählen. Das Geld liegt oft jahrelang dort, und wenn es keine Aktivitäten auf dem Konto gibt, wird es irgendwann als *passiv* gekennzeichnet.«

»Also überweisen wir das Geld nach fünf Jahren einfach dem Staat?«

»Nach viereinhalb Jahren sind wir verpflichtet, einen Warnbrief loszuschicken. Darin steht: ›Ihr Guthaben wird dem Staat überwiesen.‹ Spätestens dann wird jeder, der noch am Leben ist, reagieren. Das ist auch für uns besser, denn so bleibt das Geld in der Bank.«

»Und das gehört zu deinem Bereich? Du hast nur mit toten Leuten zu tun? Mann, und ich dachte schon, meine Fähigkeiten, was Kundenbetreuung angeht, wären mies.«

»Lach nicht … Einige dieser Leute leben noch. Sie haben einfach nur vergessen, wo sie ihr Geld plaziert haben.«

»Du meinst solche Leute wie Mister Duckworth hier?«

»Das ist unser Mann«, sage ich. »Es ist nur bedauerlich, daß er das Geld auf eine andere Bank überweisen will.«

Charlie blickt auf den gefaxten Brief. Er fährt mit dem Finger über die verschwommene Unterschrift. Dann gleitet sein Blick zur obersten Zeile der Seite. Etwas fällt ihm auf. Ich folge seinem Finger. Er liegt unter der Telefonnummer am oberen Rand des Fax.

»Wann hast du diesen Brief bekommen?« fragt Charlie.

»Irgendwann heute im Lauf des Tages, warum?«

»Und wann wird das Geld dem Staat übergeben?«

»Montag. Deshalb hat er wohl dieses Fax geschickt.«

»Ja«, sagt Charlie, aber ich merke, daß er nicht wirklich zuhört. Sein Gesicht ist rot angelaufen.

»Was stimmt denn nicht?« frage ich ihn.

»Sieh mal her«, sagt er und deutet auf die Absendernummer am oberen Rand des Briefes. »Kommt dir diese Nummer bekannt vor?«

Ich nehme das Blatt in die Hand und mustere sie prüfend. »Hab ich noch nie zuvor gesehen. Warum? Kennst du sie?«

»Könnte man sagen …«

»Charlie, komm zur Sache …«

»Es ist die Nummer von Kinko, dem Copy-Shop um die Ecke.«

Ich zwinge mich zu einem nervösen Lachen. »Was redest du da?«

»Was ich dir sage … Die Bank erlaubt uns nicht, das Fax für unsere persönlichen Angelegenheiten zu nutzen. Wenn also Franklin oder Royce mir Notenblätter schicken müssen, dann gehen sie zu Kinko und schicken sie exakt von dieser Nummer los.«

Ich starre auf den Brief. »Warum sollte uns ein Millionär, der sich zehntausend eigene Faxmaschinen leisten und geradewegs in unsere Bank marschieren könnte, ein Fax aus einem Copy-Shop um die Ecke schicken?«

Charlies Lächeln ist mir viel zu aufgeregt. »Vielleicht haben wir es ja gar nicht mit einem Millionär zu tun.«

»Meinst du, daß Duckworth diesen Brief nicht selbst gefaxt hat?«

»Hast du in letzter Zeit mit ihm gesprochen?«

»Wir sind nicht dazu verpflichtet …« Ich unterbreche mich, als mir klar wird, worauf er hinauswill. »Wir schicken nur einen Brief an seine letzte bekannte Adresse und einen an seine Familie«, fahre ich fort. »Aber wenn wir sichergehen wollen … Es gibt noch eine Adresse, die lange geöffnet hat …« Ich setze mich auf, stelle den Lautsprecher an und wähle eine Nummer.

»Wen rufst du an?«

Wir hören eine Tonbandstimme. »Willkommen bei der Sozialver…«

Ich höre nicht weiter zu, sondern wähle die Eins, dann die Null und dann die Zwei auf der Tastatur. Ich habe schon häufiger hier angerufen. Musik dringt aus dem Lautsprecher.

»Die Beatles«, bemerkt Charlie. »Let It Be.«

»Leise!« zische ich ihn an.

»Danke für Ihren Anruf bei der Sozialversicherung«,

meldet sich schließlich eine weibliche Stimme. »Was kann ich für Sie tun?«

»Hallo, ich bin Oliver Caruso von der Bank Greene & Greene in New York«, antworte ich mit der übertrieben freundlichen Stimme, bei der sich Charlie immer der Magen umdreht. »Ich frage mich, ob Sie uns wohl helfen können. Wir haben hier einen Kreditantrag vorliegen und wollten nur die Sozialversicherungsnummer des Antragstellers bestätigen lassen.«

»Haben Sie ein Aktenzeichen?« fragt die Frau.

Ich gebe ihr die neunstellige Identitätsnummer der Bank. Wenn sie die haben, kommen wir an alle privaten Informationen. So lautet das Gesetz. Gott segne Amerika.

»Und welche Nummer wollen Sie überprüfen?« erkundigt sich die Frau.

Ich lese Duckworths Sozialversicherungsnummer von dem Ausdruck des abgetretenen Kontos ab. »Sie läuft unter dem Namen Marty oder Martin.«

Eine Sekunde verstreicht, dann noch eine. »Sagten Sie, es ginge um einen Kreditantrag?« Die Frau klingt verwirrt.

»Ja«, erwidere ich beunruhigt. »Warum?«

»Weil in unseren Unterlagen der 12. Juni dieses Jahres als Todesdatum eingetragen ist.«

»Ich verstehe nicht ganz …«

»Wenn Sie nach Martin Duckworth suchen … Er ist vor sechs Monaten gestorben.«

4. Kapitel

Ich beende das Gespräch. Charlie und ich starren auf das Fax. »Ich glaub das einfach nicht.«

»Ich auch nicht.« Charlie jubiliert förmlich. »Wie sehr nach *Akte X* riecht dieser Moment?«

»Das ist kein Spaß«, erwidere ich. »Wer das auch geschickt hat … Er wäre beinahe mit drei Millionen Dollar davonspaziert.«

»Wie meinst du das?«

»Es ist ein perfektes Verbrechen, wenn man genauer darüber nachdenkt. Gib dich als jemand aus, der gestorben ist, fordere sein Geld ein, und sobald das Konto reaktiviert ist, machst du den Laden dicht und verschwindest. Schließlich dürfte sich Marty Duckworth kaum beschweren.«

»Aber was ist mit der Regierung?« fragt Charlie. »Wird denen das Fehlen des Geldes nicht auffallen?«

»Die haben ja keine Ahnung«, erwidere ich und schwenke die Hauptliste mit den abgetretenen Konten. »Wir schicken denen nur einen Ausdruck abzüglich allem, was reaktiviert ist. Und die freuen sich einfach nur über ein bißchen Bargeld.«

Charlie zappelt unruhig auf dem Bett herum. Ich kann förmlich sehen, wie seine Zahnräder arbeiten. Wenn man den Löwenzahn ißt, dann wird alles ein aufregender Ritt. »Wer, glaubst du, war es?« bricht es schließlich aus ihm heraus.

»Keine Ahnung ... Aber es muß jemand aus der Bank gewesen sein.«

Er schaut mich erstaunt an. »Glaubst du wirklich?«

»Wer sollte sonst wissen, wann wir die letzten Warnbriefe herausgeschickt haben? Ganz zu schweigen davon, daß die Person vom Copy-Shop um die Ecke gefaxt hat.«

Charlie nickt automatisch. »Und was machen wir jetzt?«

»Machst du Witze? Wir warten bis Montag, und dann nageln wir den Mistkerl fest.«

Er nickt weiter. »Bist du sicher?«

»Was heißt das: ›Bist du sicher?‹ Was sollen wir sonst tun? Es uns selbst unter den Nagel reißen?«

»Das habe ich nicht gesagt, aber ...« Erneut läuft Charlies Gesicht rot an. »Wäre es nicht cool, drei Millionen Dollar zu besitzen? Ich meine, das wäre wie ... das wäre wie ...«

»Es wäre so, als hätte man Geld«, unterbreche ich ihn.

»Nicht nur Geld. Wir reden hier von drei Millionen Scheinchen.« Charlie springt auf und fängt an, schneller zu reden. »Wenn du mir so viel Geld geben würdest, dann ...

würde ich mir einen weißen Anzug kaufen und ein Glas Rotwein erheben und Sachen sagen wie: ›Ich habe einen alten Freund zum Abendessen eingeladen …‹«

»Ich nicht.« Ich schüttle den Kopf. »Ich würde das Krankenhaus bezahlen, mich um die Rechnungen kümmern und dann das übrige Geld investieren …«

»Komm schon, Geizhals, was ist los mit dir? Du mußt doch irgendeine verrückte Sehnsucht haben … Mach mir den Elvis … Was würdest du dir kaufen?«

»Muß ich mir denn was kaufen?« Ich denke einen Moment darüber nach. »Ich würde mir eine komplette Auslegware gönnen …«

»Auslegware? Mehr hast du nicht drauf …?«

»Für meinen Minizeppelin!« unterbreche ich ihn. »Einen Minizeppelin, den wir im Hof anketten.«

Darüber muß Charlie lauthals lachen. Das Spiel läuft. Seine Augen funkeln herausfordernd. »Ich würde mir einen Zirkus kaufen.«

»Ich würde den Cirque du Soleil kaufen.«

»Ich würde den Cirque du Soleil kaufen und ihn auf Cirque du Sole umtaufen. Das wäre eine unerhört atemberaubende Extravaganz.«

Ich kämpfe gegen mein Lächeln und gebe mich nicht so schnell geschlagen. »Im Bad würde ich den Klositz mit Fell überziehen, so richtig gutes Fell, was man diesen teuren Nagern über die Ohren zieht.«

»Das ist süß«, stimmt mir Charlie zu. »Aber nicht so süß wie meine goldüberzogene Pasta.«

»Mein diamantbesetztes Mandelbrot.«

»Saphirübersäte Heidelbeermuffins.«

»Hummer mit Rippchen gefüllt … Oder Rippchen mit Hummer gefüllt! Vielleicht sogar beides!« schreie ich.

Charlie nickt. »Ich kaufe mir das Internet. Mit allen Pornosites.«

»Nett. Und sehr geschmackvoll.«

»Ich tue mein Bestes.«

»Das weiß ich doch. Deshalb kaufe ich dir Orlando.«

»Reden wir hier über Tony Orlando oder über Florida?« fragt Charlie.

Ich sehe ihn unbewegt an. »Beides.«

»Beides?« Charlie lacht. Endlich habe ich ihn beeindruckt.

»Da war die Pause!« rufe ich. »Zähl es sofort aus!« Es ist lange her, seit er zuerst aufgegeben hat. Trotzdem genieße ich es. Es passiert nicht jeden Tag, daß man einen Meister in seinem eigenen Spiel schlägt.

»Siehst du, genau davon rede ich«, sagt er schließlich. »Warum sollten wir noch einen Tag länger in der Bank herumsitzen, wenn wir statt dessen Luftschiffe, einen Zirkus und jede Menge Hummer haben könnten?«

»Du hast ja so recht, Charles«, sage ich mit meinem besten britischen Akzent. »Und das beste wäre, daß niemand herausfinden würde, daß das Geld weg ist.«

Charlie wird ganz ruhig. »Das würden sie tatsächlich nicht, stimmt's?«

Ich falle aus der Rolle. »Wovon redest du da?«

»Wäre es wirklich so verrückt, Ollie?« Seine Stimme klingt plötzlich bitterernst. »Wer würde das Geld wirklich vermissen? Der Besitzer ist tot. Jemand anders will es stehlen. Und wenn die Regierung es bekommt ... Sie würde die Summe selbstverständlich für wohltätige Zwecke verwenden.«

So einfach ist das. Ich setze mich kerzengerade hin. »Charlie, ich hasse es, dir deine siebzehnte Phantasie an diesem Tag zu ruinieren, aber was du da vorschlägst, ist illegal. Sprich mir nach: Illegal!«

Er wirft mir einen Blick zu, den ich seit unserem letzten Streit über Mom nicht mehr gesehen habe. Der Mistkerl. Es ist ihm Ernst.

»Du hast es selbst gesagt, Oliver. Es ist das perfekte Verbrechen ...«

»Das bedeutet noch lange nicht, daß es Rechtens wäre.«

»Halt mir keinen Vortrag über Recht und Unrecht! Die Reichen und die großen Konzerne bestehlen den Staat den ganzen Tag, und keiner sagt ein Wort. Nur nennen sie das nicht stehlen, sondern Hintertürchen und Firmeninteresse.«

Der typische Träumer. »Komm schon, Charlie, du weißt selbst, daß die Welt nicht perfekt ist ...«

»Ich verlange auch keine Perfektion, aber weißt du, wie viele Schlupflöcher das Steuergesetz für die Reichen eingebaut hat? Oder für einen großen Konzern, der sich einen guten Lobbyisten leisten kann? Wenn Leute wie Tanner Drew ein bestimmtes Steuerformular ausfüllen, bezahlen sie anschließend so gut wie keinen Cent Einkommenssteuer. Mom dagegen, die kaum achtundzwanzig Riesen im Jahr verdient, muß die Hälfte davon geradewegs an Uncle Sam abdrücken.«

»Das stimmt nicht. Ich habe mit den Leuten von der Bank ...«

»Sag mir nicht, daß die ihr ein paar Kröten rausgeholt haben, Oliver. Das macht keinen Unterschied. Mit der Hypothek, den Kreditkarten und allem anderen, mit dem Dad uns hat sitzenlassen – weißt du, wie lange wir daran abstottern werden? Das schließt nicht mal die Summe ein, die wir dem Krankenhaus schulden. Wieviel sind das jetzt? Achtzigtausend? Zweiundachtzigtausend?«

»Einundachtzigtausendvierhundertfünfzig Dollar«, stelle ich klar. »Aber nur weil du dich schuldig fühlst, was das Krankenhaus angeht, müssen wir noch lange nicht ...«

»Das hat nichts mit Schuldgefühlen zu tun. Hier geht es um achtzigtausend Dollar, Ollie! Ist dir eigentlich klar, wieviel das ist? Und es wird mit jedem Arztbesuch mehr!«

»Ich habe einen Plan ...«

»Ach ja, richtig, dein großartiger Fünfzig-Schritte-Plan: Lapidus und die Bank verschaffen dir einen Zugang zur Business School, was dich die Karriereleiter hinaufkatapultiert und unsere Schulden in Luft auflöst? Trifft es das in etwa? Ich unterbreche dich nicht gern, Ollie, aber du bist seit vier Jahren in der Bank, und Mom atmet immer noch Krankenhausmief. Wir schaffen kaum den Tropfen auf den heißen Stein. Das hier ist unsere Chance, sie da rauszuholen. Denk mal daran, um wie viele Jahre das ihr Leben verlängert. Sie muß nicht mehr zweiter Klasse leben ...«

»Sie ist nicht zweite Klasse!«

»Ist sie wohl, Ollie, und wir auch«, widerspricht Charlie. »Tut mir leid, wenn ich dir dein kostbares Selbstbild ruiniere, aber es wird Zeit, daß wir einen Weg finden, sie da rauszuholen. Jeder hat eine zweite Chance verdient, vor allem Mom.«

Charlies Worte gehen mir geradewegs in den Magen und lösen dort ein eigenartiges Gefühl aus. Er weiß genau, was er tut. Sich um Mom zu kümmern hatte immer höchste Priorität. Für uns beide. Was aber noch lange nicht heißt, daß ich ihm über die Klippe folgen muß. »Ich brauche deswegen nicht zum Dieb zu werden.«

»Wer hat denn was von Diebstahl gesagt?« erwidert Charlie herausfordernd. »Diebe bestehlen Menschen. Dieses Geld gehört niemandem. Duckworth ist tot, du hast versucht, dich mit seiner Familie in Verbindung zu setzen, und er hat keine mehr. Wir reißen uns nur etwas Bargeld unter den Nagel, das von niemandem vermißt wird. Und selbst wenn etwas schiefgeht, können wir die Schuld dem geben, der uns den Brief gefaxt hat. Ich meine, derjenige dürfte nicht gerade wild darauf sein, mit Steinen nach uns zu werfen.«

»Also gut, Lenin, sollten wir diesen Batzen Geld nicht dem Volk zurückgeben, sind wir den Rest unseres Lebens auf der Flucht, wenn wir die Kohle auf der Straße auch nur vorzeigen. Das ist ganz sicher der beste Weg, Mom zu helfen ... Wir lassen sie einfach im Stich und ...«

»Wir lassen niemanden im Stich.« Charlie gibt nicht nach. »Wir machen genau dasselbe, was dieser Kerl vorhatte. Wir schaffen das Geld aus der Bank und fassen es nicht an, bis wir genau wissen, daß es sicher ist. Nach sieben Jahren schließt das FBI den Fall ab.«

»Wer sagt das?«

»Ich hab das neulich in einem Artikel in der *Village Voice* gelesen ...«

»Ausgerechnet in der *Village Voice*?«

»Das war kein Blödsinn. Es dauert schlappe sieben Jahre, dann sind wir nichts als ein weiterer ungelöster Fall. Die Akte ist geschlossen.«

»Und was machen wir dann? Ziehen wir uns an den Strand zurück, eröffnen eine Bar und schreiben bis an unser Lebensende alberne kleine Songs?«

»Das wäre jedenfalls besser, als weitere vier Jahre damit zu vergeuden, Ärsche in Nadelstreifen zu küssen und keinen Schritt weiterzukommen.«

Ich springe vom Bett. Ihm ist bewußt, daß er die Grenze überschritten hat. »Du weißt genau, daß die Business School die beste Möglichkeit ist, aus diesem Mist hier rauszukommen, und du weißt auch, daß ich nicht direkt nach dem College hingehen konnte«, erkläre ich und fuchtele mit dem Finger vor seinem Gesicht hin und her. »Man muß erst ein paar Jahre arbeiten.«

»Fein. Ein Paar Jahre sind zwei. Du hast soeben dein viertes beendet.«

Ich hole tief Luft und ringe um Beherrschung. »Charlie, ich bewerbe mich bei den besten Schulen des Landes. Harvard, Penn, Chicago, Columbia ... Dorthin will ich gehen, alles andere ist nur das zweitbeste, und das hilft niemandem, auch Mom nicht.«

»Und wer entscheidet das? Du oder Lapidus?«

»Was soll denn das heißen?«

»Wie viele Gelegenheiten hast du verstreichen lassen, weil Lapidus dir seinen großartigen Plan mit der Business School in den Kopf gesetzt hat? Von wie vielen Firmen hast du Angebote ausgeschlagen? Du weißt genausogut wie ich, daß du die Bank längst hättest verlassen sollen. Statt dessen hast du dir eine Abfuhr nach der anderen von den Business Schools geholt. Glaubst du, daß es dieses Jahr anders wird? Erweitere deinen Horizont doch mal ein bißchen. Ich meine, der Fall ist ähnlich wie deine Verabredungen mit Beth. Oliver, du bist einer der brillantesten Menschen, die ich kenne. Hör endlich auf, dir vor dem Leben in die Hose zu machen.«

»Dann hör du auf, mich ständig zu verurteilen!« schreie ich.

»Ich verurteile dich nicht …«

»Nein, statt dessen forderst du mich auf, drei Millionen Dollar zu stehlen. Und behauptest, daß sich damit all meine Probleme lösen würden!«

»Ich habe nicht gesagt, es wäre die Antwort auf all unsere Gebete, sondern nur, daß es der einzige Weg ist, wie wir aus diesem Loch herauskommen.«

»Siehst du, und genau da irrst du dich!« Mittlerweile brülle ich. »Dich begeistert es vielleicht, dich um Papierschnipsel im Aktenraum zu kümmern, aber ich habe etwas Größeres im Auge. Vertrau mir, Charlie. Sobald ich die Business School hinter mir habe, wird Mom nie wieder eine Rechnung zu Gesicht bekommen. Du kannst spotten und albern, soviel du willst, klar, mein Weg ist sicher und vielleicht auch schlicht gestrickt, aber für mich zählt einzig und allein, daß er funktionieren wird. Und wenn er sich endlich auszahlt, dann bedeuten diese drei Millionen Dollar für uns nicht mehr als das Busticket raus aus Brooklyn.«

»Genau darum geht es, hab ich recht? Ich sag dir mal was, alter Junge, du denkst sicher, du steigst in den Privatjet, der dich direkt zum Gipfel bringt, aber von meiner Flußseite aus stehst du nur Schlange wie der Rest der niederen Arbeitsdrohnen, die du so haßt. Drohnen, wie Dad eine war.«

Ich würde ihn am liebsten ohrfeigen, doch so weit waren wir schon mal. Auf eine weitere Prügelei kann ich verzichten. »Du weißt ja nicht, wovon du redest«, knurre ich.

»Wirklich nicht? Du bist einer der Top-Juniorpartner der Bank und hast Lapidus ganz allein einen mehr als zwölf Millionen Dollar schweren Kunden eingebracht, indem du einfach nur das Jahrbuch der New York University durchgelesen hast! Und obwohl fast alle Partner der Firma auf eine der vier großen Business Schools gegangen sind, bei denen du dich ständig bewirbst, hältst du es immer noch für normal, wenn man dich zwei Jahre hintereinander ablehnt?«

»Das reicht jetzt!«

»Oh, der wunde Punkt! Du hast offenbar selbst schon darüber nachgedacht, hab ich recht?«

»Halt die Klappe, Charlie!«

»Ich behaupte nicht, daß Lapidus es von Anfang an geplant hat, aber hast du dir schon mal überlegt, wie schwierig es für ihn ist, immer wieder einen Neuen einzustellen und ihn so zurechtzubiegen, daß er genauso denkt wie er? Man muß einfach den richtigen Burschen finden ... am besten jemanden ohne Beziehungen ...«

»Ich sagte, halt die Klappe!«

»... und ihm einen Job anbieten, der ihn ein paar Jahre an die Firma fesselt, damit er seine Schulden abbezahlen kann ...«

»Charlie, ich schwöre bei Gott ...!«

»... und ihn dann so lange festhalten, bis der arme Idiot endlich schnallt, daß er und seine ganze Familie niemals auf einen grünen Zweig kommen werden ...«

»Halt dein Maul!« schreie ich und stürze mich auf ihn. Ich bin stinksauer und greife direkt nach seinem Kragen.

Aber Charlie war immer schon der bessere Sportler. Er duckt sich und flüchtet in meine kleine Küche. Auf dem Tisch sieht er einen Katalog der Business School der Columbia University und einen Aktenordner mit der Aufschrift »Bewerbung«.

»Sind das ...?«

»Faß das nicht an!«

Das war sein Stichwort. Er greift sofort nach dem Ordner. Als er ihn aufschlägt, fällt ein blauweißer Umschlag heraus. Auf der Klebenaht der Rückseite befindet sich eine Unterschrift. Henry Lapidus.

Diese Unterschrift auf dem Umschlag wird von allen vier Schulen verlangt. Damit stellen sie sicher, daß ich ihn nicht aufmache. Denn die getippten Seiten in dem Umschlag sind der wichtigste Teil jeder Bewerbung an einer Business School. Die Empfehlung deines Bosses.

»Okay, wer von uns beiden spielt jetzt also Detektiv?«

Charlie wedelt mit dem Umschlag über seinem Kopf. Das Papier kratzt an der niedrigen Decke.

»Gib ihn her!« verlange ich.

»Komm schon, Oliver, es dauert jetzt schon vier Jahre. Wenn Lapidus dich im Verlies eingesperrt haben sollte, erfährst du so wenigstens die Wahrheit.«

»Ich kenne die Wahrheit schon längst!« schreie ich und stürze mich auf den Umschlag. Erneut weicht Charlie mir aus und rennt vor mir weg.

Als wir das Bett erreichen, wedelt Charlie nicht mehr mit dem Brief vor meiner Nase herum. Diesmal ist er ernst.

»Du weißt selbst, daß da irgendwas nicht stimmt, Oliver. Ich sehe es dir an. Dieser Kerl hat dir vier Jahre deines Lebens gestohlen. Vier Jahre in Ketten für das Versprechen, daß sie sich später auszahlen. Wenn er dich in dem Brief aber zur Schnecke macht, dann vergiß bitte nicht die Tatsache, daß alle Business Schools es in ihren Akten speichern. Damit hat er den ganzen schönen Plan ruiniert. Deinen Weg hier heraus, daß du Moms Schulden bezahlst, alles, worauf du gebaut hast. Und selbst wenn du dir einredest, daß du noch mal von vorn anfangen kannst, weißt du auch, wie schwer es ist, einen neuen Job ohne eine entsprechende Empfehlung zu bekommen. Das ist nicht gerade die beste Ausgangsposition, um Moms Schulden in der Klinik und ihre Hypothek zu bezahlen, oder? Also, warum reißt du die Büchse der Pandora nicht einfach auf und …«

»Laß ihn los!« Ich stürze mich auf ihn und rechne mit seinem Ausweichmanöver. Aber anstatt sich zu ducken, springt er rückwärts auf mein Bett und hüpft wie ein siebenjähriger Junge darauf auf und ab. »Laaadies aaaaand Geeeeeentlemen, der Weeeeeltmeister im Schweeeergewicht!« Er singt den letzten Teil und imitiert dann eine wild jubelnde Menge. Als wir klein waren, bin ich immer nach seinen Füßen getaucht. Manchmal habe ich ihn erwischt, manchmal auch nicht. Aber irgendwann haben sich die vier Jahre Altersunterschied ausgeglichen.

»Runter von meinem Bett!« schreie ich. »Du machst noch die Federn kaputt!«

Charlie hört auf der Stelle auf. Er steht noch auf dem Bett, hat aber aufgehört herumzuspringen. »Ich liebe es, wenn du so was sagst, Oliver. Aber diese letzte Bemerkung, genau das ist das Problem.«

Er tritt an die Seite der Matratze, läßt sich in einer geschmeidigen Bewegung auf den Hintern fallen, federt vom Bett ab und landet direkt auf den Füßen. Ganz gleich, wie riskant oder wie wild er sich gebärdet, seine Landungen sind immer perfekt.

»Oliver, das Geld ist mir egal«, sagt er, als er mir den Umschlag vor die Brust knallt. »Aber wenn du nicht bald etwas änderst, dann entwickelst du dich zu einem Kerl, der an seinem dreiundvierzigsten Geburtstag anfängt, sein Leben zu hassen.«

Ich starre ihn an. Seine Bemerkung rührt mich nicht. »Wenigstens lebe ich dann nicht noch bei meiner Mutter in Brooklyn.«

Er läßt die Schultern sinken und tritt zurück. Es kümmert mich nicht.

»Raus!« befehle ich.

Erst bleibt er einfach nur da stehen.

»Du hast mich gehört, Charlie. Verschwinde!«

Er schüttelt den Kopf und geht zur Tür. Erst langsam, dann schneller. Ich könnte schwören, daß er grinst, als er sich umdreht. Die Tür fällt hinter ihm ins Schloß, und ich schaue durch das Guckloch. Charlie springt die Stufen hoch. »Mach ihn auf und find's raus!« schreit er, und dann ist er weg.

Zehn Minuten nachdem Charlie gegangen ist, sitze ich immer noch an meinem Küchentisch und starre auf den Umschlag. Der Kühlschrank hinter mir summt, die Heizung klappert, und das Wasser im Kessel fängt gerade an zu kochen. Ich rede mir ein, daß ich einfach nur Lust auf eine Tasse Instantkaffee habe, aber mein Unterbewußtsein kauft mir das nicht eine Sekunde lang ab.

Ich rede nicht davon, das Geld zu stehlen. Es geht nur um meinen Boß. Es ist wichtig zu wissen, was er denkt.

Draußen rauscht ein Wagen vorbei und rumpelt durch die riesigen Schlaglöcher vor dem Haus. Ich sehe durch die Oberlichter meiner Fenster die schwarzen Reifen des Wagens. Das ist der einzige Blick, den ich aus meiner Souterrainwohnung habe. Der Blick, wie sich alles andere weiterbewegt.

Das Wasser kocht, und der Kessel pfeift. Es ist ein schriller Ton, der in der kahlen Küche unangenehm hallt. Nach einer Minute hört sich das schrille Geräusch an, als dauere es schon ein Jahr. Oder zwei. Oder drei.

Auf dem Tisch liegt die jüngste Rechnung des Coney Island Hospitals. 81 450 Dollar. Das passiert, wenn man einen Versicherungsbeitrag nicht bezahlt, um andere Kosten zu begleichen. Zwei Jahrzehnte von Moms Leben. Zwei Jahrzehnte Sorgen. Zwei Jahrzehnte in der Mühle. Es sei denn, ich hole sie da raus.

Mein Blick gleitet zu dem blauweißen Umschlag. Was da drin ist, was Lapidus geschrieben hat ... Ich muß es wissen. In unser aller Interesse.

Ich nehme den Umschlag und stehe so schnell auf, daß der Stuhl umkippt. Ehe ich mich versehe, stehe ich vor dem Kessel und sehe zu, wie der kleine Dampfgeysir in die Luft steigt. Mit einer kurzen Daumenbewegung öffne ich die Tülle des Kessels. Das Pfeifen hört auf, und die Dampfsäule wird dicker.

Der Umschlag zittert in meinen Händen. Lapidus' Unterschrift wird durch diese Bewegung undeutlich, so perfekt sie auch ist. Ich muß sie einfach nur in den Dampf halten. Aber als ich das tun will, erstarre ich. Mein Herzschlag setzt aus, und alles verschwimmt wie im Nebel. Es ist dasselbe wie bei der Überweisung für Tanner Drew in der Bank ...

Ich packe den Umschlag fester und sage mir, daß dies hier überhaupt nichts mit Charlie zu tun hat. Im nächsten Augenblick packe ich den unteren Rand des Umschlags, halte die zugeklebte Stelle über den Dampf und bete zu Gott, daß es genauso funktioniert wie in den Filmen.

Der Umschlag wellt sich sofort in dem Dampf. Ich arbeite mich von den Ecken vor und halte den Rand über den Kessel. Der Dampf wärmt meine Hände, und als ich zu nahe herangehe, verbrenne ich mir die Fingerspitzen. Ich schiebe, so vorsichtig ich kann, meinen Daumen unter den Rand des Umschlags und versuche, die Lasche einen Zentimeter aufzuklappen. Es sieht aus, als würde sie reißen, aber gerade als ich aufgeben will, löst sich der Kleber. Von da an kann ich sie abziehen wie ein Heftpflaster.

Ich werfe den Umschlag zur Seite und klappe den zweiseitigen Brief auf. Meine Augen überfliegen den Text und suchen nach Schlüsselworten, aber es ist so, als öffnete ich einen Zusagebrief des Colleges. Ich kann den Text kaum entziffern. Langsam, Oliver, sage ich mir. Fang oben an.

Lieber Dean Milligan. *Sehr persönlich. Gut.* Ich schreibe bezüglich Oliver Caruso, der sich als Kandidat für Ihr MBA-Programm beworben hat … war Olivers Supervisor während der letzten vier Jahre … muß leider sagen … *Muß leider sagen?* … daß ich Oliver nicht guten Gewissens als Kandidaten für Ihre School empfehlen kann … Auch wenn es mich sehr schmerzt … Mangel an Professionalität … Frage der Reife … In seinem Interesse … würde er sicher noch von einem Jahr praktischer Erfahrung profitieren …

Ich kann mich kaum noch auf den Beinen halten. Ich umklammere den Brief und zerknülle die Seiten. Tränen treten mir in die Augen. Und irgendwo … jenseits der Kellerfenster … hinter der Brücke … könnte ich schwören, daß ich jemanden lachen höre. Und mitkriege, wie jemand spottet: »Ich hab's dir ja gesagt!«

Ich wirble herum, laufe zum Schrank und reiße den Mantel heraus. Wenn Charlie den Bus genommen hat, kann ich ihn noch einholen. Als ich den Mantel anhabe, schnappe ich mir den Brief, reiße die Wohnungstür auf und …

»Und?« fragt Charlie. Er sitzt auf der Treppe. »Was gibt's Neues in Whoville?«

Ich bleibe stehen und sage kein Wort. Ich lasse den Kopf sinken. Der Brief ist immer noch zerknüllt in meiner Hand.

Charlie mustert mich einen Augenblick. »Tut mir leid, Ollie.«

Ich nicke, wütend. »Hast du das ernst gemeint, vorhin?«

«Du meinst mit der ...?«

»Ja«, unterbreche ich ihn, als ich mir Moms Gesicht vorstelle, wenn sie erfährt, daß alle Rechnungen bezahlt sind. »Damit.«

Er neigt den Kopf und kneift die Augen zusammen. »Was haben Sie vor, Willis?«

»Keine Spielchen mehr, Charlie. Wenn du immer noch dabei bist ...« Ich unterbreche mich mitten im Satz und gehe im Kopf rasch die erforderlichen Schritte durch. Wir haben eine Menge zu tun, aber in diesem Moment habe ich nur drei Worte für ihn: »Ich bin dabei.«

5. Kapitel

»Und was machen wir jetzt?« will Charlie wissen, während er am frühen Montag morgen die Tür meines Büros hinter sich schließt.

»Genau das, was wir besprochen haben«, erwidere ich, ziehe die Unterlagen aus meinem Aktenkoffer, die ich übers Wochenende mitgenommen hatte, und lasse sie auf den Schreibtisch fallen. Ich bewege mich hektisch wie immer, während ich vom Schreibtisch zu meinem Aktenschrank gehe und wieder zurück, aber heute ...

»Du hast einen gewissen Schwung in deinem Schritt«, bemerkt Charlie und ist plötzlich aufgeregt. »Anders als dieses übliche Hamster-Getrappel, das du normalerweise draufhast.«

»Du weißt doch gar nicht, wovon du redest.«

»O doch, das tue ich.« Er beobachtet mich scharf. »Die Arme schwingen ... die Schultern sind straff ... selbst unter dem Anzug ... Ja, Bruder. Laß die Glocken der Freiheit läuten.«

Ich nehme das Fax von Freitag abend und lege es vor meinen Computer. Bis heute mittag muß das Geld von den abgetretenen Konten an den Staat übergeben oder ihren Besitzern zurücküberstellt werden. Bleiben uns noch drei Stunden, um drei Millionen Dollar zu stehlen.

»Nicht zögern«, warnt mich Charlie.

Er macht sich Sorgen, daß ich es mir selbst ausreden könnte. Ich aber fange an, das Duckworth-Fax zu kopieren.

»Was machst du da?« will Charlie wissen.

»Dasselbe, was unser geheimnisvoller Fremder gemacht hat: Ich schreibe einen gefälschten Brief, in dem ich das Geld beanspruche, aber dieser hier leitet das Geld auf unser eigenes Konto um.«

Charlie nickt und grinst. »Letzte Nacht war Vollmond, weißt du das? Ich wette, daß sie es deshalb überhaupt riskiert haben.«

»Würdest du bitte mit diesen Gruselgeschichten aufhören?«

»Verspotte den Mond nicht«, warnt mich Charlie. »Du kannst dich soviel in deiner hirnigen Logik suhlen, wie du willst, aber als ich damals bei diesem Call-Center gearbeitet habe, das die Kundenbeschwerden angenommen hat, hatten wir bei Vollmond siebzig Prozent mehr Anrufe. Zu der Zeit kommen alle Verrückten raus und tanzen.« Er verstummt, kann aber kaum ruhig sitzen bleiben. »Hast du mittlerweile eine Ahnung, wer der Dieb sein könnte?«

»Eigentlich hatte ich das als nächstes ...« Ich nehme den Hörer ab, lese die Nummer auf Duckworths Fax und fange an zu wählen. Noch bevor Charlie fragen kann, schalte ich auf Lautsprecher, damit er mithören kann.

»Telefonauskunft«, meldet sich eine mechanische weibliche Stimme. »Welche Stadt wünschen Sie?«

»Manhattan.«

»Welchen Eintrag?«

Ich lese von dem Fax ab. »Midland National Bank.« Dorthin wollte der Dieb das Geld überweisen.

»Warum ...?« fragt mein Bruder.

»Leise«, sage ich, während ich die neue Nummer wähle.

Charlie schüttelt den Kopf. Anscheinend macht ihm die Sache Spaß. Und die Rolle als kleiner Bruder ist ihm vertraut.

»Midland National«, antwortet die nächste weibliche Stimme. »Was kann ich für Sie tun?«

»Hallo«, sage ich mit förmlicher, professioneller Stimme. »Ich heiße Marty Duckworth und wollte nur die Einzelheiten für eine bevorstehende Überweisung bestätigen.«

»Ich versuche mein Bestes. Wie lautet Ihre Kontonummer, Sir?«

Erneut lese ich direkt von dem Fax ab und gebe ihr sogar noch Duckworths Sozialversicherungsnummer als Bonus dazu. »Mein Vorname ist Martin«, füge ich hinzu.

Wir hören das Klicken, als sie es eintippt. »Womit kann ich Ihnen helfen, Mr. Duckworth?«

Charlie beugt sich vor. »Frag nach ihrem Namen«, flüstert er.

»Entschuldigung, wie war noch mal Ihr Name?« Es ist derselbe Trick, den Tanner Drew bei mir angewendet hat. Frag nach ihrem Namen, dann fühlen sie sich plötzlich verantwortlich.

»Sandy«, antwortet sie schnell.

»Gut, Sandy, ich wollte nur …«

»… die Einzelheiten für die telegrafische Überweisung bestätigen«, sagt sie etwas zu zuvorkommend. »Ich habe alles vorliegen, Sir. Die Überweisung kommt von der Greene & Greene Bank in New York City, und nach Empfang haben wir Ihre Anweisung, das Geld auf den Namen TPM Limited auf die Bank von London weiterzuleiten, und zwar auf das Konto mit der Nummer B2178692792.«

Charlie ist schneller mit dem Stift und kritzelt die Nummer so rasch wie möglich nieder. Ich nehme ihm den Stift aus der Hand und schreibe neben TPM Limited: *Scheinfirma. Clever.* »Wundervoll, danke, Sandy.«

»Kann ich noch etwas für Sie tun, Mr. Duckworth?«

Ich sehe Charlie an, und er beugt sich dichter an den Lautsprecher. Er senkt die Stimme, als er mich imitiert, und sagt: »Da ich Sie gerade am Telefon habe ... könnten Sie bitte nachsehen, ob ich Ihnen die richtige Adresse gegeben habe?«

Der Junge ist wirklich gut.

»Einen Moment, ich sehe nach«, sagt Sandy.

Als ich neun Jahre alt war und mit vierzig Fieber im Bett lag, hat mir Charlie ein Sandwich mit Erdnußbutter und Mayonnaise gemacht und behauptet, es ginge mir besser, wenn ich es essen würde. Ich habe mir fast die Seele aus dem Leib gekotzt. Heute ist Charlies Stimme genauso süß wie damals.

»Ach ja, ich sehe das Problem«, unterbricht Sandy meine Gedanken. »An welche Adresse sollen wir die Unterlagen schicken?«

Charlie zögert verwirrt.

Ich reagiere sofort. »Sie haben mehr als eine?«

»Nun, da ist diejenige aus New York: 405 ...«

»... Amsterdam Avenue, Apartment 2B«, lese ich rasch von dem Fax ab.

»Und dann noch die in Miami ...«

Charlie wirft mir einen Blick zu, und ich greife hastig nach einem Stift. Wir haben nur einen Versuch.

»1004 Tenth Street, Miami Beach, Florida, 33139«, verkündet sie.

Instinktiv schreibt Charlie die Stadt, den Staat und die Postleitzahl auf, während ich Nummer und Straßennamen notiere. So haben wir uns immer Telefonnummern gemerkt: Ich die erste, er die zweite Hälfte.

»Wenn Sie wollen, kann ich es auf die New Yorker Adresse umleiten«, bietet mir Sandy an.

»Nein, lassen Sie es nur so. Solange ich weiß, wo ich nachsehen muß ...«

Jemand klopft an meine Bürotür. Ich drehe mich um und sehe gerade noch, wie sie aufgeht. »Jemand zu Hause?« fragt eine tiefe Stimme.

Charlie schnappt sich den Brief, ich den Telefonhörer und schalte damit den Lautsprecher aus. »Gut, noch mal danke für Ihre Hilfe.« Ich lege auf.

»Hallo, Shep«, ruft Charlie und setzt für den Chef des Sicherheitsdienstes ein fröhliches Gesicht auf.

»Alles in Ordnung?« fragt Shep und kommt auf uns zu.

»Ja«, antwortet Charlie.

»Absolut«, füge ich hinzu. »Kann ich Ihnen helfen, Shep?«

»Eigentlich hatte ich erwartet, Ihnen helfen zu können«, knurrt Shep. Da gehen sie hin, die Glacéhandschuhe.

»Wie bitte?«

»Ich wollte mit Ihnen über diese Überweisung reden, die Sie an Tanner Drew getätigt haben ...«

Charlies Schultern sacken herunter vor Furcht. Konfrontationen sind nicht sein Ding.

»Das war eine vollkommen legale Transaktion«, erwidere ich herausfordernd. »Ich ...«

»Hören Sie zu!« unterbricht mich Shep. »Und schenken Sie sich diesen Ton!« Er merkt, daß er unsere ungeteilte Aufmerksamkeit hat, und fährt fort: »Ich habe schon mit Lapidus gesprochen. Er ist vollkommen begeistert, daß Sie den Mut hatten, Verantwortung zu übernehmen. Tanner Drew ist glücklich, alles ist gut. Aber was mich angeht ... Es gefällt mir nicht, wenn vierzig Millionen Dollar einfach so davonzischen, vor allem dann nicht, wenn Sie dabei das Paßwort von jemand anderem benutzen.«

Woher weiß er, daß wir ...?

»Glauben Sie, daß man mich wegen meines Aussehens engagiert hat?« Shep lacht. »Wenn dreizehn Milliarden auf dem Spiel stehen, dann verschafft man sich die beste Sicherheit, die man mit Geld kaufen kann.«

»Okay, wenn du mal Verstärkung brauchst, ich hab ein ziemlich gutes Fahrradschloß«, wirft Charlie ein. Er bemüht sich um eine lockere Stimmung.

Shep wendet sich direkt an ihn. »Mann, das würde dir gefallen, Charlie. Ich sag dir mal was: Hast du je etwas von Investigator Software gehört?«

Charlie schüttelt den Kopf. Ihm sind die Witze ausgegangen.

»Damit kann man jeden Tastendruck überwachen«, erklärt Shep, dessen Aufmerksamkeit sich wieder auf mich richtet. »Was bedeutet, daß ich jedes Wort sehen kann, was Sie eintippen, wenn Sie an Ihrem Computer sitzen. E-Mails, Briefe, Paßwörter ... sobald sie eine Taste berühren, leuchtet sie auf meinem Bildschirm auf.«

»Sind Sie sicher, daß das legal ist?«

»Machen Sie Scherze? Das ist heutzutage Standard. Exxon, Delta Airlines, sogar boshafte Ehefrauen, die wissen wollen, was ihre Angetrauten in den Chatrooms so treiben ... sie alle benutzen es. Warum wohl sonst sollte die Bank alle unsere Computer in einem Netzwerk zusammenfassen? Damit Sie hausinterne Mails schicken können? Big Brother kommt nicht, mein Junge, er gluckt schon seit Jahren über uns.«

Ich werfe Charlie einen Blick zu. Er starrt viel zu gebannt auf den Computerbildschirm. Meine Güte, der gefälschte Brief ...

»Es ist wirklich verblüffend«, fährt Shep fort. »Man kann es wie einen Alarm programmieren. Wenn jemand also Marys Paßwort benutzt und das Sicherheitssystem sagt, daß sie nicht mehr im Haus ist ... Dann leuchtet das auf deinem Schirm auf und sagt dir, was los ist.«

»Hör'n Sie, tut mir echt leid, daß ich das tun mußte ...«

»Aha, höre ich da einen Brooklyn-Akzent?« Shep grinst. »Kommt der nur zum Vorschein, wenn Sie nervös sind? Vergessen Sie dann, ihn zu kaschieren?«

»Nein, es ist nur ... Ich wußte unter den Umständen nicht, was ich tun sollte ...«

»Machen Sie sich nicht ins Hemd«, sagt Shep. »Lapidus sieht das nicht so eng. Wenn's um Technik geht, interessiert es ihn nicht, daß ich sehen kann, ob jemand Marys Namen oder seinen eintippt ...« Shep schaut über meine Schulter, und plötzlich redet er langsamer weiter. »... und nicht einmal, daß ich sehen kann, wenn jemand einen Firmencomputer benutzt, um einen betrügerischen Brief zu schreiben.«

Charlie setzt sich mit einem Ruck auf. Plötzlich bin ich nicht mehr der einzige im Raum mit einem verkniffenen Gesichtsausdruck.

»Ich sag dir, Junge, so was hatte ich selbst im Service nicht«, fährt Shep fort, während er ein paar Schritte näher kommt und seine Hemdsärmel aufrollt. Er kratzt sich die Unterarme, erst den rechten, dann den linken, und ich sehe zum ersten Mal, wie kräftig sie sind. »Heutzutage ... mit diesen Computern ... Man kann sie dazu bringen, daß sie einem alles verraten ...«, fügt er hinzu. »... einen Vierzig-Millionen-Dollar-Transfer an Tanner Drew ... oder eine Drei-Millionen-Überweisung an Marty Duckworth ...«

Der Hundesohn.

Ich bin wie betäubt und kann mich nicht bewegen.

»Es ist vorbei, mein Junge. Wir wissen, was du vorhast.«

Charlie springt auf und lacht gezwungen. »Shep, immer sachte mit dem Gummiknüppel ... du glaubst doch nicht, daß wir ...?«

Shep schiebt ihn einfach zur Seite. »Glauben Sie, daß ich blind bin, Oliver?« Ich senke den Blick und antworte nicht.

»Ich habe Ihnen eine Frage gestellt, mein Junge! Halten Sie mich wirklich für einen solchen Idioten? Ich wußte von der Sekunde an, als Sie das erste Fax geschickt haben, daß es nur eine Frage der Zeit ist, wann Sie es vermasseln.«

»Das erste Fax?« stottert Charlie. »Das aus dem Copy-Shop um die Ecke? Du glaubst, das waren wir?« Er legt Shep eine Hand auf die Schulter, in der Hoffnung, ein oder zwei Sekunden zu gewinnen. »Ich schwöre dir, Kumpel, wir haben es nicht geschickt. Eigentlich ... eigentlich, als wir heute morgen herkamen ... Wir wollten ... wir haben versucht, selbst den Dieb zu fangen ... Stimmt das nicht, Oliver? Wir haben dasselbe vorgehabt wie du!«

Ich bin kalkweiß im Gesicht und sitze einfach nur da. Charlie weiß, daß ich verloren bin. Er schaut mich an. *Verdammt, Ollie ... Spiel mit! Bitte!*

Dann dreht er sich wieder zu Shep um und lacht wie verrückt. »Ich schwöre es dir, Shep. Wir haben selbst versucht, den Dieb auffliegen zu …«

»Klopf, klopf, jemand zu Hause?« ruft eine kratzige Stimme, während meine Bürotür aufschwingt. Shep wirbelt herum und sieht sich dem Besitzer der Stimme gegenüber: einem dicklichen, aber trotzdem makellos gekleideten Mann, der an meinen Schreibtisch tritt: Francis A. Quincy, der Finanzchef und einer der Partner der Firma. Hinter ihm taucht mein Boß höchstpersönlich auf. Henry Lapidus.

Ich raffe mich zu einem falschen Grinsen auf.

»Wen haben wir denn da … unseren Vierzig-Millionen-Dollar-Mann!« frohlockt Lapdius. »Ob Sie's glauben oder nicht, Tanner Drew hat, wie ich gehört habe, einen Paragraphen in seinem Testament für Sie vorgesehen.« Während er spricht, fährt er sich mit der Hand über seinen fast kahlen Schädel. Eine typische Geste, mit der er seinen permanenten Bewegungsdrang abbaut. Trotz seiner Größe von einem Meter neunzig ist Lapidus wie ein Kolibri in Menschengestalt … er flattert den ganzen Tag wie irre herum. Ich habe immer gedacht, daß es sich um Energie handelt, die er nicht beherrschen kann. Aber Charlie meint, es wären Hämorrhoiden. Die treten immer an Arschlöchern auf.

»Raten Sie mal, wen wir Ihnen mitgebracht haben«, sagt Lapidus. Er tritt zur Seite und gibt den Blick auf einen Jungen mit einem Schildkrötengesicht frei, den man in einen viel zu teuren italienischen Designeranzug gesteckt hat. Er ist etwa in unserem Alter und kommt mir irgendwie bekannt vor. Aber ich …

»Kenny?« ruft Charlie aus.

Ja. Kenny Owens. Mein Zimmergenosse aus dem ersten Semester an der Universität. Das berüchtigte reiche Kind aus Long Island. Ich habe ihn seit Jahren nicht gesehen, aber schon der Anzug verrät mir, daß sich nichts geändert hat. Er ist immer noch ein Geck.

»Lange her, nicht wahr?« fragt Kenny. Er wartet auf eine Antwort, aber Charlie und ich haben nur Augen für Shep.

»Ich dachte, Sie könnten vielleicht eine kleine Auszeit gebrauchen, um sich auf den neuesten Stand zu bringen«, sagt Lapidus, doch es klingt, als hätte er uns ein Date verschafft.

»Alte Freunde und so weiter ...«, fügt Quincy hinzu.

Charlie neigt den Kopf. Er weiß, daß was im Busch ist. Normalerweise kann Quincy niemanden leiden. Wie die meisten Finanzchefs interessiert ihn nur Geld. Aber heute sind wir alle eine große Familie. Und wenn Lapidus und Quincy Kenny persönlich herumführen ... dann dürfte er wohl für einen Job vorsprechen.

Noch bevor jemand etwas sagen kann, richtet Lapidus seinen Blick auf Shep. »Was machen Sie hier?« fragt er. Er klingt angenehm überrascht. »Noch eine Gardinenpredigt wegen Tanner Drew?«

»Ja«, bestätigt Shep trocken. »Es geht ausschließlich um Tanner Drew.«

»Heben Sie sich das für später auf«, meint Lapidus. »Gewähren Sie den Burschen einen Moment allein.«

»Eigentlich ist das aber wichtiger«, setzt Shep hinzu.

»Vielleicht haben Sie nicht richtig verstanden«, mischt sich nun Quincy ein. »Wir möchten gern, daß die Jungs ungestört miteinander plaudern können.« Damit ist der Kampf zu Ende. Der Häuptling der Finanzen steht über dem Sicherheitsdienst.

»Danke noch mal, daß Sie so hervorragend reagiert haben«, sagt Lapidus. Er beugt sich vor und flüstert: »Und lassen Sie sich das von mir gesagt sein, Oliver, wenn Sie uns helfen, Kenny an Land zu ziehen, ist das der perfekte Weg, wie Sie Ihre Bewerbung an der Business School erfolgreich gestalten können.«

Charlie und ich bleiben schweigend sitzen, während Shep meinem Boß und Quincy mürrisch zur Tür folgt. Unmittelbar bevor sie hinausgehen, dreht sich Shep um und durchbohrt Charlie mit einem stechenden Blick, der ihm direkt ins Herz dringt. Die Tür fällt ins Schloß, und für uns gibt es nicht mehr den geringsten Zweifel: Wir haben unsere Qualen nur aufgeschoben.

»Also, sehe ich gut aus, oder sehe ich gut aus?« protzt Kenny, als wir allein sind.

Charlie steht immer noch unter Schock.

»Was willst du denn hier?« frage ich ohne jeden Enthusiasmus.

»Freut mich auch, dich zu sehen«, sagt Kenny und setzt sich vor den Schreibtisch. »Empfangt ihr eure Klienten immer so herzlich?«

»Ja ... Nein ... Entschuldige ... Heute ist mal wieder so ein Tag ...«, stammle ich. Ich versuche, gelassen zu bleiben, aber mein Scheitern ist offensichtlich.

Kenny sagt noch etwas, aber ich kann nur an Shep denken. Ich sehe Charlie an, und er erwidert den Blick. Es gibt nichts Schlimmeres als den Ausdruck von Furcht in den Augen deines Bruders.

»Also, was liegt an?« frage ich schließlich Kenny. »Für welchen Job interessierst du dich?«

»Job?« Kenny lacht. »Ich bin nicht wegen eines Jobs hier. Ich bin Klient.«

Ich schieße auf meinem Stuhl hoch.

Mehr wollte Kenny nicht. Er grinst selbstgefällig. »Ich sage dir, Immobilien sind immer eine heiße Sache. Siebzehn Millionen, und das nur vom Verkauf meiner Anteile. Wo kriegt man sonst soviel Geld bar auf die Kralle? Ich meine natürlich, ohne deswegen verhaftet zu werden.«

Als die Tür hinter Kenny ins Schloß fällt, sinke ich auf meinem Stuhl zusammen. Charlie läuft herum, er kann nicht ruhig sitzen bleiben. »Vielleicht sollten wir Shep rufen«, sagt er, während er herumtigert. »Er ist noch immer mein Freund ... Er wird auf vernünftige Argumente hören ...«

»Gib mir eine Minute ...«

»Wir haben keine Minute ... Du weißt doch, daß er jede Sekunde hiersein kann ... und wir sitzen nur rum ... Ich meine, was machen wir hier noch? Genausogut können wir den Sicherungsstift ziehen und warten, bis die Handgranate in unserer Hand explodiert.« Er wirbelt herum und wartet auf meinen wütenden Einspruch, aber zu seiner Überraschung antworte ich ihm nur mit Schweigen. »Was?« fragt er. »Was soll ich jetzt tun?«

»Wiederhol das!«

»Das mit der Handgranate?«

»Nein ... das davor.«

Er denkt eine Sekunde nach. »Was wir hier noch tun?«

»Genau das meine ich«, sage ich. Meine Stimme klingt aufgeregt. »Wie lautet die Antwort darauf?«

»Ich verstehe nicht ...«

»Was, bitte schön, machen wir noch hier?« frage ich, als ich aufstehe. »Shep hat uns in flagranti ertappt, als wir drei Millionen Dollar abgreifen wollten, aber hat er es Lapidus erzählt? Oder Quincy? Ruft er seine Kumpels vom Sicherheitsdienst? Nein, er geht weg und verschiebt das Plauderstündchen auf später.«

»Und?« Charlie zuckt mit den Schultern.

»Was ist die erste Regel im Polizeihandbuch?«

»Sich jedesmal, wenn man jemanden einsackt, als machtgeiler Affenarsch aufzuführen?«

»Es ist mir Ernst, Charlie. Es steht auf Seite eins des Regelwerks: Laß die Bösen nie entwischen. Wenn Shep den Braten gerochen hat, müßte er augenblicklich zu seinem Boß gehen.«

»Du greifst nach Strohhalmen. Vielleicht will er uns nur eine Chance geben, ihm die Sache zu erklären.«

»Oder vielleicht ist er ...« Ich unterbreche mich mitten im Satz und hebe mißtrauisch meine Braue. »Wie gut kennst du diesen Kerl, Charlie?«

»Ach, nun komm aber ...« Er verdreht die Augen. »Du hältst Shep für den Dieb?«

»Es ist vollkommen logisch, wenn du darüber nachdenkst. Woher sollte er sonst von dem ursprünglichen Duckworth-Fax wissen?«

»Er hat es dir doch gesagt, Sherlock ... Er hat es hereinkommen sehen ...«

»Charlie, hast du eine Ahnung, wieviel hundert Faxe hier

täglich reinkommen? Falls Shep nicht den ganzen Tag damit zubringt, überall im ganzen Haus Faxen hinterherzujagen, hat er keine Chance, es ausfindig zu machen. Also entweder hat ihm jemand etwas gesteckt, bevor er hierherkam, oder aber auf irgendeine Art und Weise ...«

»... wußte er, daß es ankommen würde«, beendet mein Bruder meinen Gedanken. Er versteift sich, als würde sein Blut gefrieren. »Glaubst du wirklich, daß er ...?«

»Du kennst ihn kaum, hab ich recht?«

»Wir hängen bei der Arbeit ein bißchen herum.«

»Wir sollten machen, daß wir hier wegkommen«, sage ich. Ich stürme zur Tür.

»Jetzt sofort?«

»Je länger wir hierbleiben, desto wahrscheinlicher ist es, daß wir als Sündenböcke herhalten müssen ...« Ich reiße die Tür auf und blicke hoch. Eine Gestalt steht da und schaut mich an.

Shep schiebt sich vorwärts und zwingt mich zurückzuweichen. Sobald er im Zimmer ist, knallt er die Tür hinter sich ins Schloß. Er mustert Charlie und starrt dann mich an. Sein dicker Nacken schiebt seinen Kopf brutal nach vorn, aber es ist kein Angriff. Er taxiert uns. Zwischen uns herrscht ein Schweigen, wie es sich auch oft am Ende der ersten Verabredung einstellt: wenn Entscheidungen getroffen werden.

»Ich teile das Geld mit euch«, erklärt Shep schließlich.

6. Kapitel

»Wie bitte?« frage ich, als Charlie neben mich tritt.

»Kein Witz«, fährt Shep fort. »Drei Anteile – das macht für jeden eine Million.«

»Du willst uns wohl auf den Arm nehmen!« bricht es aus Charlie heraus.

»Also haben Sie das erste Fax geschickt«, stelle ich fest.

Shep schweigt.

Charlie verstummt ebenfalls. Er zupft mit den Zähnen an seiner Unterlippe. Halb aus Unglauben und halb …

Die Miene meines Bruders hellt sich auf.

… aus purem Adrenalinausstoß.

»Dieser Tag hat gute Chancen, der beste in meinem Leben zu werden.« Charlie strahlt plötzlich. Er kann niemandem lange böse sein, selbst wenn man ihm ordentlich Ärger anhängt.

Ich wende mich an Shep. »Eben wollten Sie uns noch die Schuld in die Schuhe schieben, und jetzt erwarten Sie, daß wir Ihnen die Hand reichen und sagen: ›Hallo, Partner?‹«

»Hören Sie zu, Oliver, Sie können mir gern den Kopf abreißen, wenn Sie wollen. Aber wenn sie mich verpfeifen, sind Sie auch fällig.«

»Wollen Sie mir drohen?«

»Das hängt ganz davon ab, wie Sie sich entscheiden«, erwidert Shep.

Ich stehe vor meinem Schreibtisch und beobachte ihn scharf. In meinem Innersten bin ich vielleicht kein Dieb, aber ich bin auch kein Dummkopf.

»Wir wollen doch alle dasselbe«, fährt Shep rasch fort. »Also stellen Sie sich entweder stur und stehen mit leeren Händen da, oder Sie teilen den Gewinn und gehen mit ausgebeulten Taschen nach Hause.«

»Ich stimme für den Gewinn«, mischt sich Charlie ein.

»Scheiß drauf«, sage ich und stürme zur Tür. »So blöd bin selbst ich nicht.«

Shep streckt die Hand aus und packt meinen Oberarm. Er drückt nicht fest zu, aber es genügt, um mich aufzuhalten. »Das hat nichts mit blöd zu tun, Oliver.« Seine Großtuerei ist plötzlich wie weggewischt. So funktioniert es also im Secret Service. »Wenn ich es Ihnen in die Schuhe schieben oder Sie einkassieren wollte, würde ich jetzt mit Lapidus reden. Statt dessen bin ich hier.«

Auch wenn ich mich losreiße, genießt Shep meine ungeteilte Aufmerksamkeit.

Er betrachtet das Diplom der New York University an der Wand und mustert es prüfend. »Glauben Sie, Sie wären der einzige, der diesem Traum nachhängt? Als ich in den Service eingetreten bin, bildete ich mir ein, ich unterschreibe meine Eintrittskarte ins Weiße Haus. Ich dachte mir, ich fange mit dem Vizepräsidenten an und arbeite mich dann bis zur First Lady hoch. Ein schönes Leben, wenn man es sich so ausmalt. Aber mir war etwas nicht klar. Bevor man zum Personenschutz kommt, muß man etwa fünf Jahre lang Ermittlungsarbeit leisten. Fälscher, Finanzverbrecher, all die Drecksarbeit, für die wir kein einziges Wort des Lobes bekommen.

Da hockte ich nun in unserem Büro in Miami, Florida, und das ein paar Jahre nach meinem Abschluß auf dem Brooklyn College. Auf der Autobahn von Miami nach Melbourne gab es einen offenen Abschnitt unbeleuchteter Strecke. Dort landeten die Drogenkuriere mit ihren Flugzeugen, warfen Seesäcke mit Geld und Drogen ab und ließen es von ihren Partnern einsammeln und nach Miami bringen.

Ich stellte mir jede Nacht vor, wie ich diese Kerle finden würde, und jedesmal war es derselbe Traum: Am Himmel sah ich die roten Lichter eines davonfliegenden Flugzeugs. Instinktiv löschte ich die Lichter meines Wagens, verlangsamte das Tempo und stolperte über einen grünen Seesack der Armee mit zehn Millionen Dollar in bar.« Shep dreht sich zu uns um. »Wäre das jemals wirklich passiert, hätte ich den Sack in meinen Kofferraum geworfen und wäre einfach weitergefahren. Das Problem war natürlich, daß ich niemals auf dieses Flugzeug gestoßen bin. Und nachdem ich viermal bei den Beförderungen übergangen wurde und kaum noch von meinem Gehalt leben konnte, war mir klar, daß ich nicht bis zu dem Tag dort schuften würde, an dem sie mich in die Grube werfen. Ich habe miterlebt, was das aus meinem Vater gemacht hat. Vierzig Jahre Dienst für einen Händedruck und eine Plakette aus falschem Gold. Es mußte doch mehr im Leben geben als das. Und die Sache mit Duckworth ... Eine Leiche mit drei Millionen Dollar auf dem Konto ... Das ist vielleicht nichts im Vergleich zu dem, was die meisten Klienten hier auf der Kante haben, aber ich sage Ihnen was ... Für Leute wie uns ... ist das alles, was wir je kriegen werden.«

Charlie nickt unmerklich. So wie Shep über seinen Vater redet ... Manche Dinge kann man nicht erfinden. »Und wie sollen wir wissen, daß Sie sich nicht einfach mit dem Geld aus dem Staub machen?« frage ich.

»Wenn ich Sie die Sache durchziehen lasse? Sie können noch mal von vorn anfangen. Überweisen Sie es, wohin Sie wollen. Ich meine, solange Eure Mom hier ist, werden Sie nicht wegen zwei Millionen Dollar abhauen. Mehr Garantien brauche ich nicht.« Shep ignoriert Charlie und lauert auf meine Reaktion. Er weiß, wen von uns beiden er überzeugen muß.

»Und Sie glauben wirklich, daß es klappen könnte?« erkundige ich mich.

»Oliver, ich beobachte dieses Konto jetzt beinah ein Jahr lang«, erwidert Shep. Er redet schneller. »Im Leben gibt es nur zwei perfekte Verbrechen, solche, bei denen Sie nicht erwischt werden können. Bei dem einen verlieren Sie Ihr Leben, und diese Option ist nicht gerade prickelnd, und bei dem anderen kriegt niemand mit, daß überhaupt ein Verbrechen stattgefunden hat.« Er deutet auf die Unterlagen auf meinem Schreibtisch. »Genau diese Möglichkeit serviert man uns hier auf einem Silbertablett, Oliver.« Er senkt seine Stimme. »Niemand wird es je erfahren. Ob die drei Millionen an Duckworth gehen oder an die Regierung – sie würden auf jeden Fall die Bank verlassen. Und deshalb brauchen wir weder wegzulaufen noch eine neue Identität anzunehmen. Wir müssen uns nur bei einem vergeßlichen, toten Millionär bedanken.« Er hält kurz inne, um durch eine kleine Pause seinen Worten mehr Nachdruck zu verleihen. »Viele Menschen warten ihr ganzes Leben vergeblich auf eine solch gute Gelegenheit. Sie ist noch viel besser als das Flugzeug und der Seesack. Die Bank hat in den letzten sechs Monaten vergeblich versucht, Duckworths Familie ausfindig zu machen. Es gibt niemanden. Keiner weiß überhaupt etwas davon. Außer uns.«

Shep hat recht ... und gleichzeitig liefert er die beste Garantie, daß er den Mund hält. Wenn er vor irgend jemandem damit herumprahlt, riskiert er auch seinen Anteil.

»Also, was halten Sie davon, Oliver?«

Die Art-deco-Uhr auf meinem Schreibtisch hat mir Lapidus letztes Jahr zu Weihnachten geschenkt. Ich starre auf den Minutenzeiger. Noch zweieinhalb Stunden. Danach ist die Chance vertan, und das Geld wird an den Staat überwiesen. Und mir bleibt nichts weiter als diese Uhr, ein Händedruck und mehr als achtzigtausend Dollar an Krankenhausrechnungen.

»Es ist in Ordnung, mehr zu wollen«, sagt Charlie. »Stell dir vor, was wir damit für Mom tun können ... die ganzen Schulden.«

Ich habe mich wieder hingesetzt und lege die Hände flach auf den Schreibtisch. »Wir werden es bereuen«, sage ich.

Die beiden grinsen. Kinder.

»Abgemacht?« Shep hält mir die Hand hin.

Ich schüttele sie und sehe meinen Bruder an. »Und was machen wir jetzt?«

»Kennen Sie irgendwelche guten Scheinfirmen?« antwortet Shep.

Das ist mein Terrain. Als Arthur Mannheim sich von seiner Frau hat scheiden lassen, haben Lapidus und ich innerhalb von anderthalb Stunden eine Holdingfirma und ein Bankkonto auf Antigua aus dem Boden gestampft. Dieser schmutzige Trick ist die Lieblingsbeschäftigung von meinem Boß. Und außerdem einer, den ich mittlerweile nur zu gut beherrsche. Ich greife nach dem Telefon.

»Nein, nein«, tadelt mich Shep und schiebt meine Hand weg. »Sie können diese Leute nicht mehr selbst anrufen. Alles, was Sie anfassen, und alles, was Sie tun, ist ein Verbindungsglied zu Ihnen, wie ein Fingerabdruck. Deshalb brauchen Sie einen Strohmann. Aber nicht irgendeinen Schuft von der Straße, sondern einen Profi, der Ihre Interessen schützen kann, damit niemand Sie selbst je zu Gesicht bekommt. Jemand, dem Sie tausend Dollar schicken und sagen können: ›Erledige diesen Anruf für mich und stell keine weiteren Fragen …‹«

»Wie ein Mafia-Anwalt«, mischt sich Charlie ein.

»Genau.« Shep grinst. »Wie ein Mafia-Anwalt.« Bevor ich eine Frage stellen kann, steht er auf und verläßt mein Büro. Als er dreißig Sekunden später zurückkommt, klemmt unter jedem Arm ein Telefonbuch. Eines von New York und eins von New Jersey. Er wirft sie auf meinen Schreibtisch und schlägt mit der flachen Hand drauf.

»Zeit, nach den Stotterern zu suchen«, erklärt er.

Charlie und ich sehen uns ratlos an.

»Man findet sie in jedem Telefonbuch«, erklärt Shep. »Die ersten alphabetischen Einträge in jeder Kategorie. AAAAA Blumenladen. AAAAA Waschcenter. Und die armseligsten und verzweifeltsten Stotterer: diejenigen, die am ehesten alles für ein paar Kröten tun würden: AAAAA Anwalt.«

Ich nicke, und Charlie grinst über das ganze Gesicht. Das war zu erwarten. Ohne ein weiteres Wort zu verlieren, greifen wir nach den Telefonbüchern. Ich nehme mir New York vor und Charlie New Jersey. Shep schaut uns über die Schultern. Ich blättere, so schnell ich kann, zu den Anwälten vor. Der erste, den ich sehe, nennt sich »Absolut-Alles-Auch-Autounfälle-Anwälte«.

»Die sind zu spezialisiert«, erklärt Shep. »Wir wollen einen Anwalt für alle Rechtsfragen, keinen, der hinter einem Krankenwagen herjagt.«

Meine Finger gleiten die Seite hinauf. »A AAAA Anwälte.« In der nächsten Zeile steht der Satz: »Alles, was Sie brauchen – zu niedrigsten Preisen.«

»Nicht schlecht«, meint Shep.

»Ich hab's!« ruft Charlie. Shep und ich ermahnen ihn gleichzeitig, leise zu sein. »Entschuldigung …«, flüstert er kaum hörbar. Er dreht das Buch herum und hält es mir hin. Dabei schiebt er mein Telefonbuch in meinen Schoß. Mit dem Zeigefinger klopft er auf die Stelle. »A.« steht da. Darunter steht nur ein Wort. »Anwalt«.

»Ich stimme trotzdem für meinen«, erwidere ich. »Da hast du die Niedrigpreisgarantie.«

»Bist du auf Crack?« erkundigt sich mein Bruder.

»Meiner hat fünf As. In einer Reihe.«

Charlie sieht mir in die Augen. »Aber meiner kommt aus Jersey.«

»Der Gewinner steht fest«, verkündet Shep.

Diesmal ist es Charlie, der zum Telefon greift. Shep haut ihm auf die Finger. »Nicht von hier aus.« Er deutet zur Tür. »Dafür hat Gott die öffentlichen Fernsprecher erfunden.«

»Sind Sie verrückt geworden?« frage ich. »Wir sollen uns alle drei in eine Fernsprechzelle drängen? Wirklich sehr unverdächtig.«

»Ich nehme an, Sie haben eine bessere Idee?«

»Ich habe jeden Tag mit reichen Leuten zu tun«, erwidere ich, baue mich vor Shep auf und werfe einen kurzen Blick auf die Uhr. »Glauben Sie nicht auch, daß ich da die besten Plätze kennen sollte, an denen man sein Geld vor unserer Regierung verstecken kann?«

7. Kapitel

»Hi«, schmeichelt Charlie mit seinem pompösesten Lächeln, als er sich dem Empfangstresen aus schwarzem Granit nähert. Wir befinden uns im vierten Stock des Gebäudes von Wayne & Portnoy, einem sterilen, höhlenartigen Bauwerk, das trotz seines Charmes eines leeren Schuhkartons zwei unschätzbare Qualitäten aufweist. Erstens liegt es gegenüber der Bank, und zweitens beherbergt es die größte und aufgeblasenste Anwaltskanzlei der ganzen Stadt.

Hinter dem Schreibtisch keift eine aufgetakelte und überdrehte Empfangsdame in ihr Headset. Genau darauf hat Charlie gesetzt. Es war zwar meine Idee, mich hier einzuschleichen, aber wir wissen beide, wer im direkten Kontakt von Angesicht zu Angesicht besser ist. »Hi«, sagt er zum zweiten Mal und weiß, wie betörend er sein kann. »Ich warte darauf, daß Bert Collier runterkommt … und frage mich, ob ich solange ein Telefon für ein kurzes Privatgespräch nutzen kann.« Ich muß lächeln. Norbert Collier war einer der hundert Namen auf dem Büroschild der Kanzlei draußen in der Empfangshalle. Indem Charlie ihn Bert nennt, erweckt er den Eindruck, als wären sie alte Bekannte.

»Hinter den Aufzügen«, erwidert die Empfangsdame, ohne zu zögern.

Shep und ich bleiben außer Sicht, bis Charlie vorbeikommt. Dann marschieren wir neben ihm her. Ich deute auf die holzgetäfelte Tür und scheuche die beiden in einen kleinen Konferenzraum. Die Worte *Für unsere Klienten* prangen auf einer kleinen Messingplatte außen neben der Tür. Es ist kein großer Raum. Ein kleiner Mahagoni-Schreibtisch, ein paar gepolsterte Stühle, Bagels und Streichkäse auf der Anrichte, ein Faxgerät an einer Wand und vier Telefone. Mehr brauchen wir nicht, um ein bißchen Schaden anzurichten.

»Gute Wahl«, sagt Shep und wirft seinen grünen Mantel auf die Rückenlehne eines Sessels. »Selbst wenn sie es zurückverfolgen …«

»… finden Sie nur irgendwelche Klienten von Wayne & Portnoy«, beende ich den Satz und werfe meinen Mantel auf seinen.

»Ihr seid Genies«, sagt Charlie. »Könnten wir jetzt unseren Stotterer anrufen?«

Shep setzt sich hin, zieht die Nummer aus seiner Tasche und nimmt mit seiner fleischigen Hand den Hörer ab. Während er wählt, drückt Charlie den Freisprechknopf auf dem seesternförmigen Lautsprechersystem in der Mitte des Konferenztisches. Alle lieben Konferenzanrufe.

Es klingelt dreimal, bevor jemand abhebt. »Anwaltsbüro«, ertönt eine männliche Stimme.

Shep läßt es ruhig und cool angehen. »Hallo, ich suche

einen Anwalt und frage mich, auf was für eine Art von Recht Mister …«

»Bendini.«

»Richtig, Bendini …«, wiederholt Shep und schreibt es auf. »Ich frage mich, auf welche Sparte Mister Bendini spezialisiert ist.«

»Welche hätten Sie denn gern?«

Shep nickt uns zu. Wäre er noch windiger, dann hätten wir es mit einem Vollidioten zu tun. Bendini ist unser Mann. »Wir suchen jemanden, der darauf spezialisiert ist, die Dinge … Nun, wir hoffen eine bestimmte Angelegenheit unauffällig erledigen zu können …«

Am anderen Ende herrscht eine kurze Pause. Dann: »Sprechen Sie weiter«, fordert Bendini uns auf.

Shep springt von seinem Stuhl hoch. Er geht langsam auf und ab. Das wirkt bei seiner massigen Gestalt, als ginge er schleppend. Ich weiß nicht genau, ob er begeistert oder verängstigt ist. Ich tippe auf begeistert. Er hat all die Jahre hinter seinem Schreibtisch seinem inneren James Bond nachgespürt. »Ich schalte meinen Partner zu«, sagt er zu Bendini. Shep nickt, während ich mich so dicht wie möglich zu dem Lautsprecher vorbeuge.

»Wenn du dich noch dichter heranlehnst, buckelst du gleich vor ihm«, spöttelt Charlie.

»Mr. Bendini …?« frage ich.

Niemand antwortet.

Shep schüttelt den Kopf. Charlie lacht und macht ein Hüsteln daraus.

Ich kapiere und setze neu an. Diesmal ohne Namen zu benutzen. »Es geht um folgendes: Ich will, daß Sie genau zuhören, und ich will, daß Sie folgende Nummer anrufen …« *Ich will, ich will, ich will*, sage ich, und mache damit mein Anliegen sonnenklar. Charlie wirft sich bei meinem neuen Tonfall in die Brust. Er freut sich, mich stark und fordernd zu sehen. Anscheinend habe ich in all den Jahren doch etwas von Lapidus gelernt.

»Der Laden heißt Purchase Out International, und Sie

werden nach Arnie fragen«, erkläre ich ihm. »Lassen Sie sich an niemand anderen verweisen. Wir arbeiten nur mit Arnie zusammen. Wenn Sie ihn am Apparat haben, sagen Sie ihm, daß Sie heute noch einen vierstöckigen Kuchen brauchen, mit der Destination Antigua. Er weiß, was das ist.«

»Glauben Sie mir, Junge, ich weiß selbst, wie man Firmen tarnt«, unterbricht mich Bendini.

»Jetzt nur nicht zurückzucken«, flüstert mir Charlie zu. Das mache ich auch nicht. Mein Blick ist scharf, und mein Gesicht ist gerötet. Endlich fühle ich meinen Pulsschlag.

»Auf welchen Namen soll das Ganze laufen?« erkundigt sich Bendini.

»Martin Duckworth«, sagen wir alle drei gleichzeitig.

Ich könnte schwören, daß ich höre, wie Bendini die Augen verdreht. »Fein, Martin Duckworth«, wiederholt er. »Und das anfängliche Besitzrecht?«

Er braucht einen weiteren falschen Namen. Welcher, ist egal, weil letztendlich alles Duckworth besitzen wird. »Ribbie Henson«, sage ich. Es ist der Name von Charlies imaginärem Freund, den er im Alter von sechs Jahren hatte.

»Gut, Ribbie Henson. Und wie wollen Sie Arnies Rechnung bezahlen?«

Verdammt! Daran hatte ich nicht einmal gedacht.

Charlie und Shep wollen sich einmischen, aber ich winke sie zurück. »Sagen Sie ihm, wir zahlen, wenn wir die Originalunterlagen anfordern. Jetzt brauchen wir nur eine Bestätigung per Fax«, entscheide ich. Bevor Bendini Einspruch erheben kann, fahre ich fort: »Das macht er bei den großen Fischen immer. Sie zahlen erst, wenn das Geld da ist. Und sagen Sie ihm, wir sind Wale.«

Charlie sieht mich an, als hätte er mich noch nie zuvor gesehen. »Da zieht aber einer mächtig vom Leder«, flüstert er Shep zu.

»Wann brauchen Sie es?« fragt Bendini.

»Wie wär's in einer halben Stunde?« antworte ich.

Wieder eine kurze Pause. »Ich tue, was ich kann«, sagt Bendini dann unbeeindruckt. Er räuspert sich, um seinen nächsten Worten Nachdruck zu verleihen. »Und wie werde ich bezahlt?«

Ich sehe Charlie an, er sieht zu Shep. Bendini klingt nicht wie die Art Bursche, denen man sagen kann: »Schicken Sie mir die Rechnung.«

»Nennen Sie mir Ihren Preis«, sagt Shep.

»Was bin ich Ihnen wert?« erwidert Bendini.

Ich stelle mit einem Schlag auf den Freisprechknopf den Lautsprecher ab. »Fangt nicht an zu feilschen!« zische ich. »Uns läuft die …«

»Ich gebe Ihnen Tausend in bar, wenn Sie es in einer halben Stunde erledigen können«, sagt Shep, nachdem er den Lautsprecher wieder eingeschaltet hat.

»Einen Riesen?« fragt Bendini. »Jungs, ich pisse noch nicht mal für einen Riesen, selbst wenn ich muß. Das Minimum sind fünf.«

Shep wirft mir einen panischen Blick zu, und ich sehe Charlie an. Mein Bruder schüttelt den Kopf. Klar, seine Keksdose ist immer leer. Während ich auf meine Uhr schaue, presse ich die Lippen zusammen. Man braucht Geld um Geld zu machen. Ich sehe Shep an und nicke beinah widerwillig. Charlie weiß, was das heißt. Dahin sind einige Business-School-Reserven und Krankenhausrechnungen.

»Keine Sorge«, flüstert Charlie und legt mir eine Hand auf die Schulter. »Das ist noch eine Klammer, die wir Lapidus in den Kopf tackern.«

»Gut, Sie kriegen es«, sagt Shep zu Bendini. »Wir weisen es Ihnen telegrafisch an, sobald wir aufgelegt haben.« Shep liest die Telefon- und Faxnummer von dem weißen Aufkleber auf der Faxmaschine ab, dankt dem Halsabschneider und legt den Hörer auf.

Es herrscht Totenstille.

»Ich glaube, das ist großartig gelaufen!« verkündet Charlie schließlich.

»Es wird klappen«, unterbricht ihn Shep weniger euphorisch.

Ich nicke rasch mit dem Kopf und werde dann langsamer. »Also glaubt ihr, daß es funktioniert?« frage ich besorgt.

»Da haben wir's … drei ganze Sekunden«, sagt Charlie. »Und schon kommt der alte Oliver wieder zum Vorschein.«

»Solange Ihr Kumpel Arnie durchkommt …«, meint Shep.

»Vertrauen Sie mir, Arnie hat die Sache in zehn Minuten erledigt. Allerhöchstens in fünfzehn«, setze ich hinzu und beobachte Charlies Reaktion. Er glaubt, daß ich mir das einrede, um mich zu beruhigen. »Arnie ist ein Alt-Hippie, der auf den Marshall-Inseln lebt. Er macht professionelle Margaritas und zahlt es der Regierung heim, indem er den ganzen Tag Regalfirmen von den Wänden pflückt.«

»Regalfirmen?« erkundigt sich Charlie.

»Scheinfirmen. Arnie siedelt sie in der ganzen Welt an, er gibt ihnen Namen, Adressen, sogar Vorstände. Du hast doch die Kleinanzeigen selbst schon gelesen, sie tauchen in jedem Magazin aller Fluggesellschaften auf: ›Hassen Sie die Steuerbehörde? Zahlen Sie zuviel Steuern? Private Auslandsfirmen! Garantierte Anonymität!‹«

»Und du glaubst, daß er innerhalb der nächsten halben Stunde eine ganze Firma aus dem Boden stampfen kann?« erkundigt sich Charlie.

»Glaub mir, er hat sie schon vor Monaten hochgezogen. ABC Corp., DEF Corp., XYZ Corp. Der ganze Papierkram ist längst erledigt. Und jede Firma ist nur noch ein Notizbuch auf dem Regal. Wenn wir anrufen, kritzelt er einfach unseren falschen Namen in die paar Leerstellen, die noch übrig sind, und setzt rasch einen Notarstempel drunter. Es wundert mich, ehrlich gesagt, ein bißchen, warum das so lange …«

Das Telefon klingelt, und Charlie springt vor. Er antwortet über den Lautsprecher. »Hallo?«

»Gratuliere«, sagt Bendini. »Ribbie Henson ist der stolze neue und einzige Aktionär der Sunshine Distributors Partnership, Limited, auf den Virgin Islands, die zu der CEP Worldwide in Nauru gehört, welche sich wiederum im

Besitz der Maritime Holding Services in Vanuati befindet, die zu hundert Prozent Mr. Martin Duckworth aus Antigua gehört.«

Vier Firmen, und das Ende liegt in Antigua. Wenn die Behörden danach graben, werden sie schon Monate brauchen, um den ganzen Papierkram durchzuforsten.

»Klingt so, als wärt Ihr Jungs im Geschäft. Vergeßt nicht, mein Geld zu schicken.«

Als das Telefon verstummt, springt das Faxgerät an. Ich schwöre, daß ich beinahe einen Herzanfall bekommen hätte.

In den nächsten fünf Minuten spuckt die Faxmaschine den Rest des Papierkrams aus. Von Ortsstatuten bis hin zu Paragraphen der Firmengründungen, es ist alles da, was wir brauchen, um ein brandneues Firmenkonto zu eröffnen. Ich werfe einen Blick auf die Wanduhr: Noch zwei Stunden. Mary wird gegen Mittag den Papierkram haben wollen. Verdammt. Wir wissen alle drei, daß dies nicht so laufen kann wie bei Tanner Drew. Keine gestohlenen Paßwörter: Wir müssen es nach Vorschrift durchziehen.

»Schaffen wir es?« will Charlie wissen.

»Wenn Sie wollen, können wir jetzt Mary den Originalbrief geben«, schlägt Shep vor. »Meine Duckworth-Konten sind bereits vorbereitet, weil sie dem echten Duckworth gehörten …«

»Keine Chance«, lehne ich ab. »Wie Sie schon sagten: Wir suchen die Stellen aus, wohin das Geld geht.«

Shep scheint widersprechen zu wollen, aber ihm wird ebenso schnell klar, daß er sich hier nicht durchsetzen kann. Wenn die Überweisung an ihn geht, dann hat er seinen Seesack voll Geld, und wir gehen das Risiko ein, daß wir gar nichts bekommen. Nicht mal Charlie ist bereit, das auf sich zu nehmen.

»Gut.« Shep gibt nach. »Aber wenn Sie das bereits existierende Duckworth-Konto nicht nutzen wollen, würde ich so schnell wie möglich ins Ausland gehen. Damit kommen wir aus den Vereinigten Staaten raus und sind so außerhalb der Reichweite der Meldepflicht. Sie kennen das

Gesetz selbst: Alles, was verdächtig ist, muß gemeldet werden, was bedeutet, daß man es überall aufspüren kann.«

Charlie nickt und zieht einen kleinen Stapel rotes Papier aus meinem Aktenkoffer. Die roten Blätter: die Hauptliste unserer bevorzugten ausländischen Partnerbanken, einschließlich derer, die rund um die Uhr geöffnet haben. Sie befindet sich auf rotem Papier, damit sie nicht fotokopiert werden kann.

»Ich bin für die Schweiz«, sagt Charlie. »Eines von diesen tückischen Nummernkonten mit einem Paßwort, das man nicht erraten kann.«

»Ich sage es dir nur ungern, Kleiner, aber die Schweizer Bankkonten sind längst nicht mehr das, was sie mal waren«, erklärt Shep. »Im Gegensatz zu dem, was Hollywood dir einreden will, ist die Anonymität von Schweizer Bankkonten seit 1977 abgeschafft.«

»Und die Cayman Inseln?«

»Das klingt zu sehr nach Grisham«, erklärt Shep. »Außerdem fangen selbst die an, sich zu öffnen. Zu viele Leute sind auf diese Idee gekommen, so daß die Vereinigten Staaten etwas unternehmen mußten. Seitdem arbeiten sie mit den Behörden zusammen.«

»Also was wäre dann das beste ...?«

»Schieß dich nicht so sehr auf einen Platz ein«, rät ihm Shep. »Ein schneller Transfer von New York auf die Caymans ist verdächtig, ganz gleich, woher das Geld kommt, und wenn der Bankangestellte mißtrauisch wird ... Hallo, Steuerfahndung! Die erste Regel, wenn du Geld waschen willst, lautet: Du willst es an eine ausländische Bank schicken, weil sie als allerletzte mit den Behörden zusammenarbeiten wird. Aber wenn du es zu schnell dorthin überweist, dann wird die verantwortliche Bank hier es als verdächtig einstufen und ebensoschnell die Steuerbehörde auf deine Fährte hetzen. Was ist also zu tun? Konzentriere dich auf kurze Überweisungen, logische Überweisungen, dann wirst du auch nicht aufs Kreuz gelegt.« Er nimmt einen Bagel von der Anrichte und legt ihn auf den Tisch. »Hier sind wir in den Vereinigten Staaten, und was ist die erste ausländische Adresse, an die wir überweisen?«

»England«, sage ich.

»England, das stimmt.« Shep nimmt einen zweiten Bagel und legt ihn ein paar Zentimeter neben den ersten. »Das Epizentrum des internationalen Bankwesens. Mary tätigt fast dreißig Überweisungen am Tag nach England. Sie wird keine Sekunde lang nachdenken. Und wenn wir erst mal in London sind, was ist dann in der Nähe?« Er legt den dritten Bagel dazu. »Frankreich wäre das einfachste. Daran ist nichts verdächtig, richtig? Und wenn dein Geld erst mal da ist ... Ihre Vorschriften sind etwas durchlässiger, was bedeutet, die Welt wird zugänglicher.« Ein weiterer Bagel gesellt sich auf den Tisch. »Ich persönlich würde Lettland bevorzugen. Es ist in der Nähe, etwas undurchsichtig, und die Regierung weiß immer noch nicht, ob sie uns mag oder nicht. Und was die internationalen Ermittlungsabkommen angeht ... sie helfen uns meistens nur in der Hälfte der Fälle, was bedeutet, Lettland ist ein perfekter Ort für einen Ermittler, um seine Zeit zu vergeuden.« Zwei weitere Bagels landen kurz hintereinander auf der Tischplatte. »Von hier aus geht's auf die Marshall-Inseln, und von da ist es nur noch ein Katzensprung nach Antigua. Wenn das Geld dort ankommt, ist das, was einmal schmutzig war, nicht mehr aufzuspüren, das heißt, es ist sauber.«

»Das ist alles?« Charlie schaut von Shep zu mir.

»Ist dir überhaupt klar, wie aufwendig es ist, in einem fremden Land zu ermitteln?« Shep deutet auf den ersten Bagel, dann den zweiten und den dritten. »Bing, bing, bing, bing, bing. Das nennt man die Fünfer-Regel. Fünf sehr gut ausgewählte Länder, und du bist weg. Im Service hat es uns sechs Monate bis ein Jahr gekostet, so etwas zu untersuchen, und das ohne Erfolgsgarantie.«

»O Baby, reich mir einen Bagel rüber«, ruft Charlie.

Selbst ich muß grinsen. Ich versuche zwar, es zu unterdrücken, aber Charlie erkennt es in meinen Augenwinkeln. Allein das macht ihn glücklich.

Ich beuge mich vor und blättere die roten Blätter durch. Dann wähle ich eine Bank aus jedem Land aus. Fünf Banken in einer Stunde. Das wird knapp.

»Hört zu, ich muß mich bei Lapidus sehen lassen«, sagt Shep und schiebt seinen Stuhl zurück. »Wollen wir uns in meinem Büro um halb zwölf treffen?«

Ich nicke, Charlie sagt »Danke«, und Shep rauscht aus dem Büro.

Kaum hat sich die Tür geschlossen, greife ich nach dem Telefonhörer, stoße dabei fast den Tisch um und tippe die Nummer der Bank in Antigua ein.

»Ich habe eine Telefonkarte, falls du nicht durchkommst«, meint Charlie.

Ich schüttle den Kopf. Es gibt einen bestimmten Grund, aus dem ich diese Anwaltskanzlei hier ausgewählt habe. »Hallo, ich möchte mit Rupa Missakian sprechen«, lese ich von dem Blatt ab.

Fünf Minuten später habe ich die Steuernummer und alle anderen wichtigen Daten für das erste Bankkonto der Sunshine Distributors durchgegeben. Das I-Tüpfelchen ist Duckworths Geburtsdatum und ein persönliches Paßwort. Sie machen uns nicht einmal Schwierigkeiten. Danke, rotes Blatt.

Als ich den Lautsprecher ausschalte, deutet Charlie auf seine Uhr mit dem magischen Lasso-Stundenzeiger. Zwanzig Minuten von Anfang bis Ende. Noch vierzig Minuten, um vier Konten zu eröffnen. Das reicht nicht.

»Komm schon, Trainer, ich habe meine Schlittschuhe geschnürt«, sagt Charlie. »Wechsel mich ein.«

Ohne ein Wort zu verlieren, reiße ich zwei Seiten von dem roten Block und schiebe sie ihm über den Tisch. Auf dem einen steht *Frankreich* und auf dem anderen *Marshall Islands*. Charlie hetzt zu dem Telefon ganz rechts am Tisch, ich zu meinem am anderen Ende. Unsere Finger fliegen über die Tasten.

»Sprechen Sie Englisch«, frage ich einen Fremden aus Litauen. »Ja ... Ich suche nach Feodor Svantanich oder demjenigen, der seine Konten bearbeitet.«

»Hallo, ich versuche, Lucinda Llanos zu erreichen«, sagt Charlie. »Oder denjenigen, der ihre Konten bearbeitet.«

Eine kurze Pause.

»Hi«, sagen wir dann beide gleichzeitig. »Ich möchte ein Firmenkonto eröffnen.«

»Okay, und würden Sie mir die Nummer noch einmal vorlesen?« fragt Charlie einen Franzosen, den er die ganze Zeit Inspektor Clouseau nennt. Er kritzelt eine Nummer hin und ruft sie mir zu. »Sag deinem Engländer, die Nummer ist HB7272250.«

»Wir haben Sie, sie lautet HB7272250«, sage ich zu dem Vertreter Londons. »Sobald das Geld ankommt, überweisen Sie es bitte so schnell wie möglich dorthin.«

»Danke für Ihre Hilfe, Clouseau«, sagt Charlie. »Ich werde all meinen reichen Freunden von Ihnen erzählen.«

»Wundervoll«, sage ich. »Ich schaue morgen nach. Und dann können wir hoffentlich über einige unserer anderen überseeischen Geschäfte reden.«

Übersetzung: Erledige das für mich, und ich werfe dir so viele Geschäfte in den Rachen, daß diese drei Millionen dagegen wie Spielgeld aussehen. Es ist das dritte Mal, daß wir dieses Spielchen spielen und die Kontonummer einer Bank der Bank geben, die ihr vorausgeht.

»Ja ... Ja ... Das wäre großartig«, sagt Charlie und schaltet seine Ich-muß-jetzt-wirklich-los-Stimme an. »Essen Sie ein Croissant für mich.«

Mein Bruder springt vom Stuhl hoch, als ich den Hörer auflege. »Fertig!« sagt er, als er die Verbindung unterbricht.

Ich blicke sofort auf die Uhr. Elf Uhr fünfunddreißig. »Mist!« flüstere ich, raffe die losen roten Blätter zusammen und stecke sie in meine Aktentasche. »Los, gehen wir!« fordert Charlie mich auf und stürmt zur Tür. Während ich laufe, schiebe ich die Stühle unter den Tisch. Charlie hat die restlichen Bagels auf das Tablett zurückgelegt. Schön ordentlich. So, wie wir sie vorgefunden haben.

»Ich nehme die Mäntel«, sage ich und schnappe sie mir vom Stuhl.

Das interessiert ihn nicht. Er läuft einfach weiter. Und bevor die Empfangsdame weiß, was da an ihrem Tresen vorbeizischt, sind wir schon weg.

»Wo zum Teufel habt ihr gesteckt, Jungs? Habt ihr euch gegenseitig Zöpfe geflochten?« fragt Shep, als wir in sein Büro stürmen. Zehn Minuten über die Zeit. Ich werfe die Mäntel auf das Ledersofa; Shep springt von seinem Stuhl auf und hält mir ein Blatt Papier unter die Nase.

»Was ist das?«

»Der Überweisungsauftrag ... Sie müssen nur noch ausfüllen, wohin es geht.«

Ich reiße den Stapel Papiere aus meinem Aktenkoffer und ziehe das Blatt mit der Aufschrift *England* heraus. Charlie bückt sich, damit ich seinen Rücken als Unterlage benutzen kann. Ich schreibe, so schnell ich kann, und übertrage die Kontodaten. Fast fertig.

»Und wo geht das Geld jetzt hin?« erkundigt sich Shep.

Charlie steht auf, und ich halte mit Schreiben inne. »Was soll das heißen?«

»Die letzte Überweisung, wohin geht die?«

Ich sehe Charlie an, aber er erwidert den Blick ausdruckslos. »Ich dachte, du hättest gesagt ...«

»... daß Ihr aussuchen könnt, wohin das Geld geht«, unterbricht ihn Shep. »Das habe ich auch. Und ihr könnt es so oft hin und her schicken, wie ihr wollt. Aber ihr könnt sicher sein, daß ich das letzte Ziel wissen will.«

»Das war nicht so abgemacht«, sage ich.

»Jungs, können wir uns das nicht für später aufheben?« fleht uns Charlie an.

Shep beugt sich vor. Er ist ziemlich wütend. »Die Abmachung lautete, euch beiden die Kontrolle zu überlassen, aber nicht, mich völlig kaltzustellen.«

»Haben Sie so plötzlich Schiß gekriegt, daß wir den Kuchen für uns behalten wollen?« erkundige ich mich.

»Freunde, bitte«, bettelt Charlie. »Uns bleibt fast keine Zeit mehr …«

»Verarschen Sie mich nicht, Oliver. Ich will nichts weiter als den Hauch einer Versicherung.«

»O nein. Sie wollen unsere Versicherung. Denn genau das ist es, was unsere Sicherheit garantiert.«

»Ich hoffe nur, euch beiden ist klar, daß ihr dabei seid, die ganze Nummer zu vermasseln«, meint Charlie. Aber das kümmert uns gerade nicht. So ist es immer, wenn es um Geld geht: Alles wird persönlich.

»Sag mir einfach, wo diese verdammte Bank ist!« schreit Shep.

»Warum? Damit Sie Ihren Traum vom Seesack voller Geld ausleben können und wir Dreck fressen müssen?«

»Verdammt, ihr beiden, niemand läßt jemanden im Regen stehen!« ruft Charlie. Er schiebt sich zwischen uns und reißt mir den Stapel mit den roten Blättern aus der Hand.

»Was machst du da?« schreie ich und zerre an den Papieren.

»Laß … los!« Charlie reißt ein letztes Mal. Die beiden oberen Seiten reißen, und ich taumele nach hinten. Ich gewinne zwar schnell genug mein Gleichgewicht wieder, aber es reicht nicht, um ihn aufzuhalten. Charlie wirbelt zu Shep herum, blättert sich zum Ende des Stapels durch, zieht das rote Blatt heraus, auf dem *Antigua* steht, und faltet es, damit man nur die eine Bank auf der Liste sehen kann.

»Charlie … nicht!«

Zu spät. Er hält die Kontonummer mit einem Finger zu und hält Shep das Blatt unter die Nase. »Hast du's?«

Shep wirft einen kurzen Blick darauf. »Danke … Mehr wollte ich nicht.«

»Was, zum Teufel, ist in dich gefahren?« schreie ich Charlie an.

»Ich will nichts mehr hören!« erwidert er. »Wenn wir hier sitzen und streiten, bekommt keiner was. Also füllt diese verdammten Papiere aus und macht weiter. Wir haben nur noch ein paar Minuten!«

Ich drehe mich zur Uhr herum und überzeuge mich selbst.

»Immer die Beute im Auge behalten, Oliver, Augen auf die Beute«, sagt Shep.

»Los!« ruft Charlie, während ich die letzte Zeile ausfülle. Er hat gerade unsere ganze Sicherheit aufgegeben, aber trotzdem ist es nicht wert, deswegen alles aufs Spiel zu setzen. Nicht, wo wir so kurz vor dem Ziel sind. Charlie stopft die roten Blätter wieder in meinen Aktenkoffer, und ich habe einen Stapel von vierzig abgetretenen Konten unter dem Arm. Als ich aus der Tür wanke, schaue ich nicht zurück, sondern nur nach vorn.

»So ist es richtig, Bruderherz!« ruft mir Charlie hinterher.

Los geht's. Zeit, abzukassieren.

8. Kapitel

Charlie schlägt die Tür hinter mir zu. Ich hetze über den Flur des fünften Stocks und jongliere immer noch den Papierstapel in den Händen. Rechts von mir gleiten die Türen des öffentlichen Aufzugs zu, also haste ich zu dem Privatlift am hinteren Ende.

Die Ziffern über der Tür leuchten auf. Achter Stock ... siebter ... sechster ... Ich kann es noch schaffen. Ich strenge mich an und tippe, so schnell ich kann, den sechsstelligen Code ein. Als ich die letzte Zahl drücke, rutscht der Stapel mit den abgetretenen Konten weg. Ich drücke ihn fest gegen meinen Bauch, aber die obersten Seiten segeln bereits hinunter. Sie landen auf dem Boden und breiten sich langsam wie eine Amöbe aus. Ich falle auf die Knie und raffe sie hastig zusammen. In dem Moment klingelt der Aufzug. Die Türen gleiten auf, und ich starre auf ein paar sehr elegante Schuhe. Das sind nicht die Schuhe von irgendwem ...

»Kann ich dir helfen, Oliver?« fragt Lapidus, als ich hochblicke, und strahlt mir sein breitestes Grinsen entgegen.

»Wir benutzen wohl immer noch den Code vom Boß,

was?« fragt Quincy, während er den Arm ausstreckt und mir die Tür offenhält.

Ich zwinge mich zu einem Lächeln und fühle, wie mir das Blut aus dem Gesicht weicht.

»Brauchst du …?«

»Nein, danke, es geht schon«, erwidere ich. »Fahren Sie nur ruhig weiter.«

»Keine Sorge«, spottet Quincy. »Wir sind verrückt danach, zu warten.«

Als mir klar wird, daß sie nicht ohne mich weiterfahren, raffe ich rasch die letzten Blätter zusammen und husche in den Aufzug.

»Welche Etage darf es denn sein, Sir?« fragt Quincy.

»Entschuldigung«, stottere ich und ringe mir erneut ein Lächeln ab. Dann drücke ich die vier. Mein Finger zittert, als er den Knopf berührt.

»Nimm es dir nicht so zu Herzen, Oliver«, meint Lapidus. »Er ist nur sauer, weil er keinen Protegé hat.« Wie immer reagiert er perfekt auf die Situation. Und wie immer sind es genau die Worte, die ich hören will. Und wie immer brennt er, als er mich an sich zieht und väterlich umarmt, seine Initialen in meinen Rücken ein. Fall tot um, Lapidus. Dein Prügelknabe zieht weiter.

Es klingelt, und die Aufzugtüren gleiten auseinander. »Bis morgen«, sage ich und habe das Gefühl, als müßte ich gleich kotzen.

Quincy nickt nur, und Lapidus schlägt mir aufmunternd auf die Schulter.

»Übrigens«, ruft er mir hinterher. »War das Gespräch mit Kenny nett?«

»Selbstverständlich«, sage ich, während ich weitergehe. »Es war perfekt.«

Ich kämpfe gegen das Schwindelgefühl an, das mich überkommt, während ich, so schnell ich kann, über den Flur gehe. Augen geradeaus und Kurs halten. Als ich mich *dem Käfig* nähere, fühlt sich mein ganzer Körper wie paralysiert an. Ich will den Türgriff drehen, aber meine Hände sind so feucht und der Türknopf ist so kalt, daß ich schon befürchte, ich werde auf der Stelle klebenbleiben. Mein Magen droht sich umzudrehen und fleht mich an, aufzuhören, aber es ist zu spät. Die Tür schwingt nach innen auf.

»Wird auch höchste Zeit, Oliver«, begrüßt mich Mary. »Ich habe mir schon Sorgen gemacht.«

»Machen Sie Witze?« sage ich und lächle ihren vier Kolleginnen zu, die aufschauen, während ich auf Mary zugehe. »Ich habe noch gute drei …« Die Tür fällt mit einem lauten Knall hinter mir ins Schloß, und ich wäre bei dem Geräusch beinahe an die Decke gesprungen. Ich hatte vergessen, daß sich die Tür im Käfig automatisch schließt.

»He, alles klar?« erkundigt sich Mary, die bei meinem Gesichtsausdruck sofort zur Glucke mutiert.

»Ja … ja, sicher.« Ich versuche, mich zusammenzureißen. »Ich wollte gerade sagen … daß wir noch mindestens drei Minuten Zeit haben.«

»Und wenn es zum Schlimmsten kommt, dann können Sie den Job ja auch sehr gut selbst erledigen, nicht wahr?« Während sie diese Frage stellt, wischt sie ein imaginäres Stäubchen vom Bilderrahmen ihres Ältesten. Es ist zufällig der Rahmen mit ihrem Paßwort …

»Hören Sie, wegen der Sache mit Tanner Drew …« Ich flehe sie an. »Ich hätte es nicht … Es tut mir leid!«

»Das glaube ich.« Sie senkt den Kopf und weigert sich, mich anzusehen. Keine Frage, sie ist kurz vor einem handfesten Wutanfall. Doch dann tönt plötzlich wie aus dem Nichts ihr hohes Lachen durch den Raum. Polly neben ihr stimmt ein und dann auch Francine. Sie lachen alle. »Kommen Sie schon, Oliver, wir wollen Sie doch nur ein bißchen auf den Arm nehmen«, erklärt Mary schließlich und lächelt strahlend.

»Sie … Sie sind mir nicht böse?«

»Schätzchen, Sie haben das Beste aus Ihren Möglichkeiten gemacht … Aber sollte ich herausfinden, daß Sie mein Paßwort noch mal benutzen …«

Ich zucke leicht zusammen und warte auf den Rest der Drohung.

Erneut lacht Mary. »Ein Witz, Oliver, es war ein Scherz. Es wird Sie nicht umbringen, wenn Sie mitlachen.« Sie nimmt mir den Stapel mit den abgetretenen Konten aus der Hand und schlägt mir damit spielerisch gegen die Brust. »Sie nehmen das alles viel zu ernst, wissen Sie das?«

Ich ringe um eine Antwort, bringe jedoch kein einziges Wort über die Lippen. Ich habe nur Augen für die Formulare, mit denen sie herumwedelt.

Dann dreht sich Mary zu ihrem Computer herum und befestigt den ganzen Stapel an dem Klemmbrett neben ihrem Monitor. Sie weiß auch, wie spät es ist. Wir haben keine Zeit zu verschwenden. Glücklicherweise sind die Überweisungen alle bereits vorbereitet. Sie muß nur noch die entsprechenden Konten eingeben. »Ich verstehe wirklich nicht, warum der Staat das bekommt«, sagt sie, während sie den Ordner *Abgetretene Konten* öffnet. »Ich persönlich sähe es lieber, wenn es an die Wohlfahrt ginge ...«

Sie sagt noch etwas, aber ihre Worte werden von dem Blut übertönt, das in meinen Ohren rauscht. Auf dem Bildschirm werden gerade zwanzigtausend Dollar von einem Konto der New Yorker Abteilung für nicht beanspruchte Fonds gutgeschrieben. Dem gesellt sich ein Dreihundert-Dollar-Konto zu. Danach kommt eins mit zwölftausend Dollar. Mary arbeitet sich durch den Ordner mit Konten durch, die für den Staat vorgesehen sind. Und bei jedem Konto drückt sie, ohne zu zögern, die *Send*-Taste.

»Ich glaube, daß Sie in der Lage wären, es zu stehlen«, höre ich Mary plötzlich sagen.

Etwas Glühendes fährt mir in die Beine, als würde mir jemand mit einem Messer in den Oberschenkel stechen. Ich kann kaum noch stehen. »Wie ... wie bitte?«

»Ich sagte, wir können unseren Skiurlaub antreten«, erklärt Mary. »Justins Knie ist nicht so schlimm, wie wir gedacht haben.« Sie dreht sich um und ertappt mich dabei, wie ich mir den Schweiß von der Stirn wische. »Geht es Ihnen wirklich gut, Oliver?«

»Natürlich«, antworte ich. »Es ist nur wieder so ein Tag …«

»Es ist wohl eher eines dieser Jahre, so wie Sie immer herumrennen. Ich sage Ihnen eines, Oliver, wenn Sie es nicht langsamer angehen lassen, dann werden die Leute hier Sie noch umbringen.«

Wie könnte ich da widersprechen?

Mary blättert weiter und kommt endlich zu einer Überweisung über vierhunderttausend Dollar an jemanden namens Alexander Reed. Ich erwarte, daß sie einen Kommentar zu der Summe abgibt, aber mittlerweile ist sie schon abgestumpft. So etwas sieht sie jeden Tag.

Mary braucht zehn Sekunden, um die Kontonummer einzutippen und die *Send*-Taste zu drücken. Zehn Sekunden. Zehn Sekunden, die mein Leben ändern werden. Sie leckt sich die Fingerspitzen an, bevor sie weiterblättert. Dann legt sie die Finger wieder auf die Tastatur. Da haben wir es: *Duckworth & Sunshine Distributors*.

»Und was haben Sie dieses Wochenende vor?« Meine Stimme rast.

»Dasselbe wie an jedem Wochenende im letzten Monat. Ich versuche, meine Verwandten zu beeindrucken, indem ich ihnen bessere Weihnachtsgeschenke kaufe als die, welche sie mir gekauft haben.«

Auf dem Bildschirm taucht der Name unserer Londoner Bank auf. *C. M. W. Walsh Bank*.

»Klingt ja großartig«, erwidere ich lahm.

Zahl um Zahl folgt die Kontonummer.

»Das klingt großartig?« Mary lacht. »Oliver, Sie sollten wirklich mehr ausgehen.«

Der Cursor gleitet zum *Send*-Knopf. Noch könnte ich den Gang der Ereignisse aufhalten, aber …

Der *Send*-Knopf blinkt invers und dann wieder normal. Die Worte sind winzig, aber ich erkenne sie so gut wie das große E auf der Tafel des Augenarztes.

Status: Arbeitet
Status: Akzeptiert
Status: Zahlung ausgeführt

»Wissen Sie, ich sollte allmählich wieder in mein Büro zurückgehen ...«

»Machen Sie sich keine Sorgen deswegen«, meint Mary, ohne auch nur den Kopf zu heben. »Ab jetzt komme ich auch alleine klar.«

9. Kapitel

Er starrte auf den Computerbildschirm und fuhr mit der Zunge über eine verschorfte Stelle an der Innenseite seiner Lippe. Zugegeben, er hatte nicht damit gerechnet, daß Oliver die Sache durchziehen würde. Charlie, sicher, der vielleicht, aber nicht Oliver. Klar, manchmal hatte der Junge Größe gezeigt ... Die Sache mit Tanner Drew war der jüngste Beweis dafür ... Aber tief im Innersten war Oliver Caruso immer noch so eingeschüchtert wie an dem Tag, an dem er bei Greene & Greene angefangen hatte.

Trotzdem, man konnte immer eines Besseren belehrt werden, und im Moment sah es ganz danach aus, als würde dieses Bessere gerade nach London, England, geschickt werden. Er benutzte dieselbe Technologie, über die auch Shep verfügte, rief Martin Duckworths Konto auf und überprüfte die Tabelle *Laufende Aktivitäten*. Der letzte Eintrag, *Kontostand bei der C. M. W. Walsh Bank* war immer noch als *In Arbeit* markiert. Aber lange konnte es nicht mehr dauern.

Er zog einen Stift aus der Jackentasche und schrieb den Namen der Bank auf, danach die Kontonummer. Sicher, er könnte die Londoner Bank anrufen und versuchen, das Geld abzufangen ... Aber bis er endlich durchkäme, wäre das Geld mit an Sicherheit grenzender Wahrscheinlichkeit längst weg. Außerdem, warum sollte er sich jetzt schon einmischen?

Sein Telefon klingelte, und er nahm augenblicklich den Hörer ab. »Hallo?« Er klang selbstsicher wie immer.

»Und ...?« Die Stimme am anderen Ende klang mürrisch.

»Und was?«

»Verarschen Sie mich bloß nicht!« warnte ihn der Mann. »Haben sie es gefressen?«

»Es müßte jede Sekunde soweit sein ...« erwiderte er, ohne den Blick vom Bildschirm abzuwenden. Am unteren Ende der Kontomaske blinkte etwas kurz auf, und das *In Arbeit* erlosch. Statt dessen stand da jetzt: *Zahlung ausgeführt.*

»Das war's«, bemerkte er mit einem Grinsen. Shep ... Charlie ... Oliver ... Wenn sie wüßten, was da auf sie zukam!

»Das war's?« fragte der Mann.

»Das war's«, antwortete er. »Der Schneeball rollt ganz offiziell.«

10. Kapitel

Jemand beobachtet mich. Als ich mich von Lapidus verabschiedet hatte und die Bank verließ, habe ich ihn noch nicht bemerkt. Es war nach sechs, und der Dezemberhimmel war schon dunkel. Ich habe auch nicht gesehen, daß er mir die schmutzige Treppe zur U-Bahn hinunter oder durch das Drehkreuz gefolgt wäre. Es wimmeln einfach zu viele Pendler in diesem urbanen Ameisenhügel umher, als daß einem ein einzelnes Gesicht auffallen würde. Aber ich könnte schwören, daß jemand meinen Namen flüstert, während ich jetzt am Bahnsteig der U-Bahn stehe.

Ich wende mich rasch um, aber ich sehe nur die typische Menschenmenge von New York: Männer, Frauen, kleine, große, junge und alte; ein paar Schwarze sind auch darunter, aber größtenteils sind es Weiße. Alle tragen Mäntel oder dicke Jacken. Die meisten starren auf irgendwelche Seiten, ein paar widmen sich ihren Headsets, und einer hebt hastig das *Wall Street Journal* vor sein Gesicht, als ich mich umdrehe.

Ich verrenke mir fast den Hals, um einen Blick auf seine

Schuhe oder die Hose zu erhaschen, auf irgend etwas, das mir einen Anhaltspunkt liefern könnte, doch mitten zur dicksten Rush-hour ist das Gedränge einfach zu groß. Da ich keine Lust verspüre, etwas zu riskieren, gehe ich ein Stück weiter und lege einen Sicherheitsabstand zwischen mich und den Mann mit dem *Journal*. In letzter Sekunde drehe ich mich noch einmal um. Mittlerweile sind noch mehr Pendler dazugekommen, aber kaum jemand bewegt sich. Bis auf den Mann, der erneut, wie in einem schlechten Spionagefilm, die Zeitung vor sein Gesicht hebt.

Schnapp nicht über! ermahne ich mich, aber noch bevor mein Verstand das akzeptieren kann, rumpelt es leise. Der Zug kommt. Er orgelt in die Station ein, und der Luftzug weht mein Haar durcheinander. Ich streiche es mit den Fingern glatt, gehe zu dem nächsten Waggon und werfe einen letzten Blick über den Bahnsteig. Alle sieben Meter drängelt sich eine kleine Menschentraube vor einer offenen Tür. Ich weiß nicht, ob er schon drin ist oder aufgegeben hat, jedenfalls kann ich den Mann mit dem *Journal* nicht mehr sehen.

Ich zwänge mich in einen ohnehin schon überfüllten Wagen der Subway, wo ich zwischen einer lateinamerikanisch wirkenden Frau in einer dicken, grauen Skijacke und einem kahlköpfigen Mann in einem leuchtenden Regenmantel stehe. Auf dem Weg aus der Stadt leert sich der Wagen allmählich, und es werden tatsächlich ein paar Sitzplätze frei. Als ich in Richtung Bleecker umsteige und in der Broadway-Lafayette in den D-Train umsteige, sind all die City-Modepüppchen mit ihren schwarzen Schuhen, schwarzen Jeans und schwarzen Lederjacken ausgestiegen. Das hier ist zwar nicht der letzte Halt auf dem Weg nach Brooklyn, aber es ist die letzte coole Station.

Ich genieße den freien Raum in dem Waggon und lehne mich an eine Metallstange. Zum ersten Mal, seit ich das Büro verlassen habe, komme ich wirklich zu Atem. Jedenfalls bis ich sehe, wer da am anderen Ende des Wagens auf mich wartet. Der Mann, der sich die ganze Zeit hinter dem *Wall Street Journal* versteckt.

Ohne die vielen Menschen zwischen uns fällt es mir leicht, ihn genauer unter die Lupe zu nehmen. Ein Blick genügt mir. Ohne nachzudenken, gehe ich zu ihm. Er hebt die Zeitung noch ein wenig höher, aber es ist schon zu spät. Ich reiße sie ihm mit einer schnellen Bewegung aus der Hand und sehe mich der Person gegenüber, die mich in der letzten Viertelstunde offensichtlich verfolgt hat.

»Was, zum Teufel, treibst du hier, Charlie?«

Mein Bruder legt ein strahlendes Lächeln auf, aber das nützt ihm nichts.

»Antworte gefälligst!« schnauze ich ihn an.

Charlie wirkt beinah etwas beeindruckt. »Wow, fast wie bei *Starsky & Hutch*. Wenn ich jetzt ein Spion wäre ... Oder der Schurke mit dem Haken?«

»Ich habe deine Schuhe gesehen, Blödmann ... Also, was soll das?«

Charlie deutet mit einem Nicken auf die anderen Fahrgäste, die uns alle anstarren. Noch bevor ich reagieren kann, schlüpft er unter meinem Arm hindurch und geht zum anderen Ende des Waggons. Er bedeutet mir, ihm zu folgen. Als wir vorübergehen, schauen einige Fahrgäste hoch, aber nur ganz kurz. Typisch New York.

»Wirst du mir jetzt sagen, was das soll, oder soll ich die Nummer hier einfach auf deine lang und länger werdende Liste mit blöden Verhaltensweisen setzen?« sage ich, während wir durch den Wagen gehen.

»Länger werdend?« fragt er und schlängelt sich durch die Menge. »Ich weiß nicht, was du ...«

»Ich meine die Sache mit Shep!« Ich fühle, wie eine Ader in meiner Stirn pocht. »Wie konntest du ihm unser letztes Ziel verraten?«

Charlie schaut mich zwar an, verlangsamt sein Tempo dabei aber nicht, sondern macht nur eine Handbewegung, als wäre das eine vollkommen blödsinnige Frage. »Komm schon, Oliver, bist du deswegen etwa immer noch sauer?«

»Verdammt, Charlie, jetzt ist Schluß mit den Witzen!« Ich laufe hinter ihm her. »Hast du eine Ahnung, was du da gemacht hast? Ich meine, denkst du jemals in einer ruhigen Sekunde über irgendwelche Konsequenzen nach, oder springst du einfach von der Klippe und bist damit zufrieden, den Dorftrottel zu mimen?«

Am anderen Ende des Waggons bleibt er plötzlich stehen, dreht sich herum und sieht mich finster an. »Hältst du mich wirklich für so blöd?«

»Wenn ich darüber nachdenke, was du …«

»Ich habe ihm gar nichts gesagt«, flüstert Charlie grollend. »Er hat nicht die geringste Ahnung, wo es ist.«

Ich warte, während die Subway kreischend in Grand Street einfährt. Es ist die letzte Haltestelle in Manhattan. Als die Türen aufgehen, fluten Dutzende von gebeugten Chinesen in den Waggon. Sie haben rosafarbene Einkaufstaschen dabei, die nach frischem Fisch riechen. Ab nach Chinatown zum Einkaufen, und dann wieder ab in die Subway und zurück nach Brooklyn. »Was redest du da?« frage ich.

»Als ich ihm das rote Blatt vor die Nase gehalten habe … habe ich ihm die falsche Bank gezeigt. Und zwar mit Absicht, Ollie.« Er tritt näher an mich heran und fährt fort: »Ich habe ihm irgendeine Bank in Antigua genannt, wohin wir nicht das geringste überwiesen haben. Nicht mal einen einzigen Cent. Das beste war natürlich, daß du so schön ausgeflippt bist. Deshalb hat er jedes Wort geglaubt.« Ich brauche eine Sekunde, bis ich kapiere. »Krieg jetzt bloß keinen Gehirnschlag, Oliver. Ich würde nie zulassen, daß jemand sich unser Geld unter den Nagel reißt.«

Mit einem kurzen Ruck reißt er an der Tür zwischen den beiden Waggons. Sie ist verschlossen. Verärgert geht er um mich herum und marschiert denselben Weg zurück, den wir gekommen sind. Bevor ich etwas sagen kann, fährt der Zug wieder an … und mein Bruder ist in der Menge verschwunden.

»Charlie!« rufe ich ihm nach. »Du bist ein Genie!«

»Ich verstehe immer noch nicht ganz, wann du das geplant hast«, sage ich, als wir über den rissigen Zement auf dem

Bürgersteig der Avenue U in Sheepshead Bay, Brooklyn, gehen.

»Hab ich auch nicht«, räumt Charlie ein. »Es ist mir erst eingefallen, als ich das rote Blatt zusammengefaltet habe.«

»Willst du mich veralbern?« Ich lache. »O Mann, er wird nie begreifen, wie ihm geschehen ist.«

Ich warte darauf, daß mein Bruder ebenfalls lacht, aber das tut er nicht. Er schweigt einfach nur.

»Was?« frage ich. »Darf ich nicht froh darüber sein, daß das Geld in Sicherheit ist? Ich bin lediglich erleichtert, daß du ...«

»Hast du dir eigentlich schon mal selbst zugehört, Oliver? Du hast den ganzen Tag herumgejammert, daß wir die Sache ja cool durchziehen sollen. Und kaum sage ich dir, daß ich Shep geleimt habe, benimmst du dich wie ein Kerl, der die beiden letzten Zeppelintickets erwischt hat.«

Während wir den Block entlanggehen, betrachte ich die Geschäfte, welche die Avenue U säumen. Pizza-Paläste, Zigarrenläden, Billigschuhe, ein am Existenzminimum vegetierender Frisörladen. Bis auf den Pizzaladen haben alle bereits geschlossen. Als wir klein waren, hieß Feierabend, die Besitzer löschten das Licht und schlossen ab. Heute bedeutet es, sie lassen ihre stahlverstärkten Rolläden herunter, die wie metallene Garagentore aussehen. Ohne Zweifel geht es auch mit dem Vertrauen allmählich bergab.

»Komm schon, Charlie ... Ich weiß, daß du dich gern um jeden herrenlosen Streuner kümmerst, aber du kennst diesen Kerl doch kaum ...«

»Das spielt keine Rolle«, unterbricht mich Charlie. »Wir haben ihn trotzdem ausgetrickst und ihm das Messer ins Kreuz gerammt!« Als wir uns der Ecke unseres Wohnblocks nähern, breitet er die Arme aus und streicht mit den Fingerspitzen über die Metallrolläden, die das Antiquariat schützen. »Verdammt!« ruft Charlie und schlägt mit voller Wucht gegen das Metall. »Er hat uns doch tatsächlich zugetraut, daß wir ...« Er unterbricht sich. »Genau das ist es, was ich an Geld so hasse ...«

Er biegt scharf rechts in die Bedford Avenue ein, und die Garagentore weichen einem langweiligen sechsstöckigen Mietshaus aus den fünfziger Jahren.

»Ich sehe ein paar gutaussehende Jungs!« ruft eine weibliche Stimme von einem Fenster aus dem vierten Stock. Ich muß nicht hochsehen, um zu wissen, wem die Stimme gehört.

»Danke, Mom!« sage ich leise. Benimm dich wie immer, schärfe ich mir ein, während ich Charlie in die Eingangshalle folge. Montagabend ist Familientag. Auch wenn es dir nicht in den Kram paßt.

Als der Lift im vierten Stock hält und wir zu der Wohnung unserer Mom gehen, hat Charlie mich noch immer keines weiteren Wortes gewürdigt. So benimmt er sich jedesmal, wenn er sich aufregt. Er macht die Schotten dicht und läßt alle auflaufen. Genauso ist auch Dad mit seinen Problemen umgegangen. Wenn er es mit jemand anderem zu tun hatte, konnten die das natürlich an seinem Gesicht ablesen, aber bei Mom …

»Wer möchte einen leckeren Auflauf?« ruft sie und reißt die Tür auf, bevor wir klingeln können. Wie immer lächelt sie herzlich, streckt die Arme aus und verlangt nach einer Umarmung.

»Auflauf?« ruft Charlie und erwidert ihre Umarmung. »Reden wir hier über die einfache Version oder über extra knusprig?« So abgedroschen der Witz auch ist – Mom lacht beinahe hysterisch und zieht Charlie noch dichter an sich.

»Wann essen wir?« fragt er, geht an ihr vorbei und nimmt ihr den soßenverschmierten Holzlöffel aus der Hand.

»Charlie, nicht …«

Zu spät. Er steckt den Löffel in den Mund und kostet die Soße.

»Zufrieden?« Sie lacht und dreht sich zu ihm herum. »Jetzt hast du überall deine Bakterien darauf verteilt.«

Charlie hält den Löffel wie einen Lutscher fest und drückt ihn gegen seine herausgestreckte Zunge. »Aaaaaa«, stöhnt er. »Ich … ha…be … keine … Bak…te…rien.«

»O doch, auch du hast welche.« Mom lacht weiter und hat nur Augen für ihn.

»Hi, Ma«, sage ich. Ich stehe noch an der Tür.

Sie dreht sich sofort zu mir um, ihr Lächeln wie angeklebt auf ihrem Gesicht. »Oh, mein Großer«, sagt sie und zieht mich hinein. »Du weißt, wie gern ich dich in einem Anzug sehe. Du siehst so seriös aus …«

»Und was ist mit meinem Anzug?« erkundigt sich Charlie und deutet auf sein blaues Hemd und seine zerknitterte Khakihose.

»Gutaussehende Jungs brauchen keine Anzüge zu tragen«, erwidert sie in ihrem besten Mary-Poppins-Tonfall.

»Soll das etwa bedeuten, daß ich nicht gut aussehe?« hake ich sofort nach.

»Oder bedeutet es, daß mir keine Anzüge stehen?« setzt Charlie noch einen drauf.

Selbst Mom weiß, wann ein Witz ausgereizt ist. »Okay, Frick und Frack, rein mit euch!«

Ich folge meiner Mutter durch das Wohnzimmer und an dem gerahmten Bild vorbei, das Charlie von der Brooklyn Bridge gezeichnet hat, und atme tief den Geruch meiner Jugend ein. Radiergummi … Bleistifte … selbstgemachte Tomatensoße. Was das Knetgummi für Charlie ist für mich das Montagabendessen. Sicher, einige Kleinigkeiten haben sich verändert, aber die wesentlichen Dinge, Omas Geschirr, der gläserne Couchtisch, an dem ich mir mit sechs ein Loch in den Kopf geschlagen habe, die wesentlichen Dinge sind wie immer. Einschließlich meiner Mom.

Mit ihren einhundertachtzig Pfund war meine Mom nie eine kleine Frau … oder eine unsichere. Als ihr Haar ergraut ist, hat sie es nicht gefärbt. Als es dünner wurde, hat sie es einfach kurz geschnitten. Nachdem mein Dad uns verlassen hat, hat sie auf diesen ganzen äußerlichen Unsinn keinen Wert mehr gelegt. Sie hat sich nur um Charlie und mich gekümmert. Selbst mit den Krankenhausrechnungen, den Kreditkartenschulden und dem Bankrott, den Dad uns hinterlassen hat ... Selbst als sie ihren Job in dem Secondhand-Laden verloren hat und trotz all der Jobs als Näherin, die sie danach angenommen hat ... selbst da hatte sie noch mehr als genug Liebe an uns zu verschenken.

Ich gehe sofort in die Küche und greife dabei nach der Charlie-Brown-Keksdose.

»Autsch«, sagt Charlie, als meine Finger den Kopf der Keramikdose berühren. Es ist sein Lieblingswitz seit der vierten Klasse.

Ich hebe den Deckel hoch und nehme einen kleinen Stapel Papier heraus.

»Oliver, bitte, tu das nicht ...« sagt Mom.

»Okay.« Ich ignoriere sie und nehme den Stapel mit zum Eßtisch.

»Es ist mir Ernst. Du mußt meine Rechnungen nicht bezahlen.«

»Warum nicht? Du hast mir schließlich auch geholfen, mein College zu bezahlen.«

»Du hattest immerhin einen Job ...«

»... dank des Kerls, mit dem du dich getroffen hast. Vier Jahre leicht verdientes Geld. Das war der einzige Grund, warum ich mir den Unterricht leisten konnte.«

»Das ist mir egal, Oliver. Es ist schon schlimm genug, daß du die Wohnung bezahlt hast.«

»Ich habe die Wohnung nicht bezahlt, sondern nur die Bank gebeten, dir eine bessere Finanzierung anzubieten.«

»Und du hast mir bei der Anzahlung geholfen ...«

»Mom, das war nur, um dir beim Start etwas unter die Arme zu greifen. Du hast fast fünfundzwanzig Jahre lang in dieser Wohnung zur Miete gewohnt. Weißt du, wieviel Geld du da verschleudert hast?«

»Das lag nur an deinem ...« Sie unterbricht sich. Sie mag es nicht, meinem Vater die Schuld an etwas zu geben.

»Ma, du mußt dir keine Sorgen machen. Ich tu das gerne.«

»Aber du bist mein Sohn ...«

»Und du bist meine Mom.«

Dagegen kann sie schwer etwas einwenden. Außerdem, wenn sie die Hilfe nicht brauchen würde, hätte sie die Rechnungen irgendwo aufbewahrt, wo ich sie nicht finden könnte, und wir würden Hühnchen essen statt Auflauf. Ihre Lippen zittern etwas, und sie kaut nervös an dem Heftpflaster auf ihren Fingerspitzen. Das Leben einer Näherin ... Zu viele Nadeln und zu viele Säume. Wir haben zwar immer von einem Gehaltsscheck zum nächsten gelebt, aber die Falten in ihrem Gesicht zeigen allmählich ihr Alter. Ohne ein Wort öffnet sie das Küchenfenster und beugt sich in die Kälte hinaus.

Ich dachte erst, daß sie Mrs. Finkelstein entdeckt hat, Moms beste Freundin und unsere alte Babysitterin. Deren Fenster liegt direkt gegenüber auf der anderen Straßenseite. Aber als ich das vertraute Knarren der Wäscheleine höre, die wir zur Finkelstein gespannt haben, ist mir klar, daß Mom den Rest ihrer heutigen Arbeit erledigt. Hier habe ich gelernt, wie man sich in seinem Job verlieren kann. Als sie fertig ist, tritt sie an die Spüle und wäscht den Holzlöffel ab.

Kaum ist er sauber, nimmt Charlie ihn ihr weg und drückt ihn erneut gegen seine Zunge. »Aaaaaaa«, summt er dabei. Auch wenn meine Mutter sich noch so sträubt, sie muß schließlich lachen. Ende der Diskussion.

Ich blättere eine Rechnung nach der anderen durch, addiere sie und versuche zu entscheiden, welche wir sofort bezahlen müssen. Manchmal begleiche ich nur die Kreditkarten- und die Krankenhausrechnungen, aber wenn zum Beispiel die Heizkosten im Winter steigen, übernehme ich auch die Nebenkosten. Charlie bezahlt immer die Krankenversicherung; das ist seine ganz persönliche Angelegenheit.

»Wie war die Arbeit?« Mom schaut meinen Bruder an.

Er ignoriert die Frage, und sie läßt es ihm durchgehen. Die gleiche tolerante Haltung hat sie auch vor zwei Jahren an den Tag gelegt, als Charlie für einen Monat zum Buddhismus übertrat. Und dann vor anderthalb Jahren, als er sich dem Hinduismus zuwandte. Manchmal kennt sie uns besser als wir uns selbst.

Während ich die Kreditkartenrechnung überfliege, schaltet sich mein Banker-Instinkt ein. Kontrolliere die Gebühren, schütze den Klienten, halte Ausschau nach Unregelmäßigkeiten. Lebensmittel ... Nähmaterial ... Musikladen ... Vic Winicks Tanzstudio?

»Wer ist dieser Vic Winick?« frage ich und drehe meinen Stuhl zur Küche.

»Er gibt Tanzstunden«, antwortet meine Mutter.

»Tanzstunden? Mit wem nimmst du Tanzstunden?«

»Darf ich bitten!« ruft Charlie mit seinem besten französischen Akzent. Er klemmt sich den Holzlöffel wie eine Blume zwischen die Zähne, schnappt sich meine Mutter und zieht sie an sich. »Und eins, und zwei ... jetzt den rechten Fuß ...« Sie fallen in einen schnellen Tanzschritt und hüpfen in der kleinen Küche herum.

Charlie verdreht den Hals und läßt den Löffel in die Spüle fallen. »Nicht schlecht, was?« fragt er.

»Wie sehen wir aus?« erkundigt sich Mom, als sie gegen den Ofen stoßen und beinahe den Soßentopf zu Boden werfen.

»Großartig, einfach ... großartig«, sage ich. Mein Blick gleitet wieder zu den Rechnungen zurück. Ich weiß nicht, warum es mich überrascht. Mir gehörten immer ihr Kopf und ihre Brieftasche, aber Charlie ... Charlie gehörte schon immer ihr Herz.

»Du siehst gut aus, süße Mammi!« Mein Bruder fuchtelt mit der Hand durch die Luft. »Du wirst heute abend gut schlafen!«

Ich bin diesen Weg schon tausendmal gegangen. Raus aus der überhitzten U-Bahn, die immer schmutzigen Stufen hinauf, im Slalom durch die frisch geduschten Leute und die Park Avenue entlang, bis ich die Bank erreiche. Über tausend Mal. Das sind vier Jahre, ohne die Wochenenden mitzurechnen, an denen ich auch gearbeitet habe. Aber heute ... Ich zähle die Tage, die ich hier verbracht habe. Von jetzt an ist es ein Countdown, bis wir verschwinden.

Meiner Meinung nach sollte Charlie als erster gehen. In

etwa ein oder zwei Monaten. Wenn danach wieder alles unverdächtig ist, müssen Shep und ich eine Münze werfen. Vielleicht will er sogar bleiben. Mir persönlich stellt sich diese Überlegung nicht.

Während ich über die Park Avenue bis zur 36th Street schlendere, male ich mir das Gespräch schon in den leuchtendsten Farben aus. »Ich wollte Ihnen nur mitteilen, daß ich der Meinung bin, es wäre an der Zeit, mich beruflich zu verändern«, werde ich zu Lapidus sagen. Es ist nicht nötig, die Brücken ganz hinter mir abzubrechen oder ihm seine »Empfehlungsschreiben« an die Business Schools unter die Nase zu reiben. Es geht nur um eine »andere Chance woanders« und »Danke, daß Sie der beste Mentor waren, den man sich nur wünschen kann«. Dieser vorgetäuschte Humbug wird wie Sirup durch meine Zähne sickern. Genauso, wie er es auch mit mir macht. Trotzdem muß ich lächeln ... Jedenfalls so lange, bis ich die beiden blauen Limousinen vor der Bank parken sehe. Das heißt, parken ist nicht ganz der richtige Ausdruck. Sie stehen da, als wären sie zu einem Notfalleinsatz gerufen worden. Ich habe so viele schwarze Limousinen und Wagen mit Chauffeuren gesehen, daß mir sofort klar wird, daß dies hier keine Klienten sind. Und ich brauche keine Sirenen auf den Dächern zu sehen, um auch den Rest zu erraten. Zivile Polizeiwagen fallen einfach sofort auf.

Ein Ring legt sich um meine Brust, und ich trete unwillkürlich ein paar Schritte zurück. Nein, geh weiter. Keine Panik. Während ich weiter auf die Wagen zugehe, gleiten meine Blicke zu dem blauweißen »Regierungsfahrzeug«-Schild hinter der Windschutzscheibe auf dem Armaturenbrett. Das sind keine Cops. Das sind Bundesbeamte.

Ich bin versucht, mich herumzudrehen und wegzulaufen, aber ... noch nicht. Bleib ruhig und hol dir Antworten! Niemand kann etwas von dem Geld wissen.

Ich schicke ein Stoßgebet zum Himmel, daß ich mit dieser Annahme richtig liege, trete durch die Drehtür und suche hastig nach den Mitarbeitern, die bereits auf ihren

Plätzen in dem offenen Labyrinth aus Schreibtischen im Erdgeschoß sitzen. Zu meiner Erleichterung sind alle da und haben bereits ihre erste Tasse Kaffee in der Hand.

»Entschuldigen Sie, Sir, kann ich bitte kurz mit Ihnen sprechen?« fragt mich eine tiefe Stimme.

Links von mir nähert sich vom Mahagonitresen der Rezeption ein großer Mann mit steifen Schultern und hellblondem Haar. Er hat ein Klemmbrett in der Hand. »Ich brauche nur Ihren Namen«, erklärt er.

»Wie …? Wofür?«

»Tut mir leid. Ich arbeite für Para-Protect. Wir versuchen herauszufinden, wie wir die Sicherheit Ihrer Bank im Empfangsbereich verbessern können.«

Es ist eine glatte Antwort mit einer glasklaren Erklärung, aber soweit ich weiß, haben wir keine Sicherheitsprobleme.

»Ihr Name?« wiederholt er nach wie vor freundlich.

»Oliver Caruso.«

Er sieht hoch, nicht erschrocken, aber schnell genug, daß es mir auffällt. Er lächelt. Ich lächle. Alle sind glücklich. Zu schade, daß ich gleich ohnmächtig werde.

Er macht ein kleines Häkchen auf dem Klemmbrett neben meinem Namen. Neben Charlies Namen ist noch kein Haken. Als der Blonde das Klemmbrett gegen seine Jacke drückt, öffnet sie sich, und ich sehe sein Lederhalfter. Der Bursche trägt eine Waffe. Ich werfe einen schnellen Blick auf die beiden Zivilfahrzeuge vor der Tür. Sicherheitsfirma? Meine Güte! Wir stecken in der Scheiße!

»Danke, Mister Caruso. Einen schönen Tag noch.«

»Ihnen auch«, erwidere ich mit einem gezwungenen Lächeln. Das einzige gute Zeichen ist, daß er mich weitergehen läßt. Sie wissen also noch nicht, nach wem sie suchen. Aber suchen tun sie. Sie wollen nur nicht, daß jemand es merkt.

Es ist soweit, denke ich. Zeit, Hilfe zu holen. Ich stürme durch die Lobby an dem Pferch aus Rollschreibtischen vorbei zum öffentlichen Aufzug. Im letzten Moment ändere ich meinen Kurs und gehe zu dem hinteren Lift. Ich benutze jeden Tag Lapidus' Code. Bloß keinen Verdacht erregen und ausgerechnet jetzt damit aufhören!

Als ich den Privatlift erreiche, bin ich vollkommen durchgeschwitzt. Meine Brust und mein Rücken fühlen sich an, als würde ich den ganzen Anzug durchnässen und den Wollmantel gleich mit. Und es wird immer schlimmer. Als ich in den getäfelten Lift trete, will ich meinen Krawattenknoten lösen. In dem Moment fällt mir gerade noch die Überwachungskamera in der Ecke auf. Ich zucke zurück und kratze mich am Hals. Die Türen gehen zu, und mein Hals wird trocken. Ich ignoriere es einfach.

Mein erster Instinkt sagt mir, mich an Shep zu wenden, aber jetzt ist nicht der rechte Moment für Dummheiten. Statt dessen drücke ich den Knopf für den sechsten Stock. Wenn ich der Sache auf den Grund gehen will, muß ich ganz oben anfangen.

»Er wartet schon auf Sie«, warnt mich Lapidus' Sekretärin, als ich an ihrem Schreibtisch vorbeihetze.

»Wie viele Sterne?« frage ich. Ich weiß, wie sie Lapidus' Stimmung mißt. Vier Sterne sind gut, einer ist ein Desaster.

»Totale Sternenfinsternis«, erwidert sie.

Ich bleibe wie angewurzelt stehen. Als Lapidus das letzte Mal so aufgebracht war, hatte er gerade seine Scheidungspapiere zugestellt bekommen. »Haben Sie eine Ahnung, was passiert ist?« frage ich und ringe um Fassung.

»Ich bin nicht sicher, aber haben Sie jemals einen Vulkan auf zwei Beinen gesehen ...?«

Ich hole kurz Luft und greife nach dem bronzenen Türknopf.

»... es ist mir scheißegal, was die wollen!« schreit Lapidus gerade in sein Telefon. »Sagen Sie ihnen, es handelt sich um ein Computerproblem ... Schieben Sie einen Virus vor ... bis Sie etwas anderes von mir hören, bleibt die Sache unter Verschluß. Und wenn Mary damit ein Problem hat, sagen Sie ihr, daß sie das gern mit dem verantwortlichen Agenten austragen kann!« Er knallt den Hörer auf die Gabel, als ich die Tür schließe. Mit einem Ruck wendet er sein Gesicht dem Geräusch zu, aber meine Aufmerksamkeit ist vollkommen von der Person in Anspruch genommen, die in dem antiken Sessel vor seinem Schreibtisch sitzt. Shep. Er schüttelt unmerklich den Kopf. Wir sind erledigt.

»Wo, zum Teufel, haben Sie gesteckt?« kreischt Lapidus.

Ich schaue immer noch Shep an.

»Oliver, ich rede mit Ihnen!«

Ich zucke zusammen und wende mich an meinen Boß. »Es ... Entschuldigung. Wie bitte?«

Noch bevor ich antworten kann, klopft jemand an der Tür hinter mir. »Herein!« brüllt Lapidus.

Quincy macht die Tür einen Spalt auf und steckt seinen Kopf herein. Er hat denselben Gesichtsausdruck wie Lapidus. Zusammengebissene Zähne. Hektische Kopfbewegungen. Er mustert den Raum, mich ... Shep ... die Couch ... sogar die Antiquitäten ... alles bekommt einen Blick ab. Sicher, er ist ein geborener Analyst, aber das hier ist etwas anderes. Sein Gesicht ist blaß. Das ist keine Wut, sondern Angst.

»Ich habe die Berichte«, sagt er beunruhigt.

»Und? Lassen Sie hören!« befiehlt Lapidus.

Quincy steht auf der Schwelle und weigert sich immer noch, einzutreten. Seine Miene verändert sich. Das hier ist nur für Partner bestimmt.

Lapidus schiebt sich ruckartig vom Schreibtisch weg, klettert aus seinem ledernen Chefsessel und geht zur Tür. Kaum ist er weg, stürze ich mich auf Shep.

»Was ist hier los, verdammt?« frage ich und versuche zu flüstern. »Haben sie ...«

»Waren Sie das?« erwidert Shep.

»Was war ich?«

Er sieht weg, vollkommen überwältigt. »Ich hab nicht mal mitgekriegt, wie sie es gemacht haben ...«

»Wie wer was gemacht hat?«

»Man hat uns reingelegt, Oliver. Wer auch immer es genommen hat, man hat uns die ganze Zeit beobachtet ...«

Ich packe ihn an der Schulter. »Verdammt, Shep, sagen Sie mir endlich, wer ...«

Die Tür fliegt auf, und Lapidus stürmt wieder herein. »Shep ... Ihr Freund Agent Gallo wartet im Konferenzzimmer. Wollen Sie sich ... ?«

»Ja«, unterbricht ihn Shep und springt aus seinem Sessel hoch.

Ich werfe ihm einen ungläubigen Seitenblick zu. *Sie haben den Service gerufen?*

Jetzt keine Fragen, erwidert er mit einer unmerklichen Kopfbewegung.

»Oliver, Sie müssen mir einen Gefallen tun.« Die Stimme meines Bosses scheint zu brennen. Er blättert einen Stapel Papiere durch und sucht nach ...

»Da«, sage ich und deute auf seine Lesebrille.

Er nimmt sie sich und stopft sie in seine Brusttasche. Keine Zeit für Formalitäten. »Ich möchte, daß jemand unten steht, wenn die Leute hereinkommen«, sagt er. »Ich will natürlich den Secret Service nicht beleidigen, aber die kennen unsere Mitarbeiter nicht.«

»Ich verstehe nicht ...«

»Bleiben Sie einfach an der Tür stehen und beobachten Sie«, schreit er mich an. Seine Geduld ist schon lange erschöpft. »Ich weiß, daß da unten ein Agent aufpaßt ... Aber wer auch immer das hier angerichtet hat ... er ist viel zu gerissen, um sich einfach krank zu melden. Deshalb will ich, daß Sie die Leute im Auge behalten, wenn sie reinkommen. Wenn jemand schuldbewußt wirkt, wird ihn der Agent schon aussortieren können ... Panik kann man nicht verbergen. Selbst wenn es nur eine kurze Pause oder ein offener Mund ist. Sie kennen die Leute, Oliver. Finden Sie für mich heraus, wer es getan hat.« Er legt mir einen Arm um die Schultern und schiebt mich zur Tür. Dann marschiert er mit Shep im Schlepptau zum Konferenzraum. Ich suche nach Optionen und fahre nach unten. Ich brauche eine Sekunde Zeit, um nachzudenken.

Als sich die Aufzugtüren in der Lobby öffnen, bin ich

vollkommen erschöpft. Der Hurrikan hat mich einfach zu schnell überrollt. Alles dreht sich. Aber ich habe keine Wahl. Ich muß den Anordnungen von Lapidus gehorchen. Alles andere wäre viel zu verdächtig.

Ich verdrücke mich an einen der Kundentische, die an der rechten Wand stehen, nehme einen Kontozettel und tue so, als würde ich ihn ausfüllen. Von hier aus habe ich die Tür am besten im Blick. Der blonde Agent hakt dort immer noch die Ankömmlinge ab.

Einer nach dem anderen gibt seinen Namen an. Niemand von ihnen hält inne oder spielt auch nur mit dem Gedanken umzukehren. Das überrascht mich nicht. Der einzige, der hier ein schlechtes Gewissen hat, bin ich. Aber je länger ich hier sitze, desto weniger Sinn ergibt die ganze Angelegenheit. Sicher, für Charlie und mich sind drei Millionen ein Batzen Geld, aber hier in der Bank ... Das ist nicht gerade so, als wäre alles zu Ende. Und die Art und Weise, wie Shep mich gefragt hat, ob ich es gewesen wäre. Er hat sich keine Sorgen darüber gemacht, ob man ihn erwischt ...

Ich lasse meinen Blick durch die bevölkerte Lobby gleiten und kontrolliere, ob mich jemand beobachtet. Sekretärinnen, Analysten, selbst der verantwortliche Agent – alle sind vollkommen mit ihrer Arbeit beschäftigt. Die Leute strömen durch die Drehtür, und ihre Namen werden abgehakt. Ich schiebe mich auf ebendiese Tür zu. Vermutlich ist das der beste Weg nach draußen ...

»Haben Sie sich schon angemeldet?« fährt der Agent mit dem blonden Haar mich an.

»Ja ... ja«, sage ich, als mich meine Kollegen, die anstehen, anstarren. »Oliver Caruso.«

Er kontrolliert das mit einem kurzen Blick auf die Liste und sieht dann hoch. »Gehen Sie weiter.«

Ich schiebe mit der Schulter die Tür, so fest ich kann. Als sie nachgibt, werde ich auf die kalte Straße hinausgespuckt und haste um die nächste Ecke.

Während ich die Park Avenue entlanglaufe, suche ich nach einem Zeitungsstand. Ich hätte es wissen müssen.

Diese Gegend zieht nicht gerade den Mob an, der von der Straße kauft. Bis auf die öffentlichen Telefone sind die Ecken verwaist. Ich ignoriere den Schmerz, den es bereitet, in Anzugschuhen zu laufen, biege scharf in die 37th ein und renne bis zum Ende des Blocks. Auf dem Zement fühle ich jeden Schritt. Als ich die Madison Avenue erreiche, trete ich auf die Bremse und rutsche an einen Zeitungsstand heran.

»Haben Sie Telefonkarten?« frage ich den unrasierten Burschen, der sich hinter dem Tresen an einem Heizlüfter wärmt. Er deutet mit einer großen Geste auf sein Warenangebot. »Was glauben Sie wohl?«

Ich drehe mich suchend um ...

»Hier!« unterbricht er mich und deutet mit dem Daumen über seine Schulter. Sie hängen neben den Rollen von Rubbellosen, die wie Toilettenpapier aussehen.

»Ich nehme die zu fünfundzwanzig Dollar«, sage ich.

»Wundervoll«, erwidert er. Er zieht gleichgültig die Freiheitsstatue von dem Klemmbrett, und ich werfe ihm zwei Zwanziger hin.

Während ich auf das Wechselgeld warte, reiße ich schon an Ort und Stelle die Plastikverpackung auf. Sicher, ich könnte wieder zu der Anwaltskanzlei gehen, aber nach heute morgen möchte ich nicht riskieren, daß jemand meine Wege von gestern zurückverfolgen kann. »Funktionieren die auch für Auslandsgespräche?«

»Sie können damit die Königin von England anrufen und ihr sagen, sie soll ihre Pitbulls rasieren!«

»Großartig. Danke.« Ich umklammere die Karte und laufe zur Park Avenue zurück, überquere die sechsspurige Straße und bleibe an einer Telefonzelle schräg gegenüber der Bank stehen. Es gibt zwar unverdächtigere Orte für ein Telefonat, aber so kann mich niemand in der Bank sehen. Wichtiger ist noch, daß ich nur wenige Blocks von der U-Bahn entfernt bin. Von hier aus habe ich die beste Möglichkeit, Charlie abzupassen.

Ich wähle die 800er Nummer auf der Rückseite der Telefonkarte und gebe den Pin-Code ein. Als eine Automatenstimme nach der gewünschten Nummer fragt, ziehe ich hastig meine Brieftasche heraus, schiebe den Finger hinter meinen Führerschein und hole einen winzigen Schnipsel Papier heraus. Ich tippe die zehnstellige Zahl ein, die ich in umgekehrter Reihenfolge auf den Zettel geschrieben habe. Es ist zwar schon ziemlich riskant, die Nummer von Antigua mit sich herumzutragen, aber wenn ich wirklich erwischt werden sollte, muß ich es den Leuten ja nicht unbedingt einfach machen.

»Danke, daß Sie die Royal Bank von Antigua angerufen haben«, antwortet mir eine digitale weibliche Stimme. »Für die automatische Abfrage des Kontostands und Informationen drücken Sie bitte die Eins. Für eine persönliche Beratung durch unsere Kundendienstmitarbeiter drücken Sie bitte die Zwei.«

Ich drücke die Zwei. Wenn es uns jemand gestohlen hat, will ich wenigstens wissen, wohin es gegangen ist.

»Hier spricht Miss Tang. Womit kann ich Ihnen weiterhelfen?«

Noch bevor ich antworten kann, sehe ich Charlie, der hinter einer Gruppe von Leuten hergeht.

»Hallo?«

»Hi, ich wollte nur meinen Kontostand überprüfen.« Ich winke Charlie zu, aber er sieht mich nicht.

»Wie lautet Ihre Kontonummer?« fragt die Frau.

»58943563«, sage ich. Als ich sie mir eingeprägt habe, hätte ich nicht gedacht, daß ich sie so bald brauchen würde. Vor mir hat Charlie mittlerweile die Gruppe überholt, aber er tanzt praktisch über die Straße.

»Und mit wem spreche ich?«

»Martin Duckworth«, sage ich. »Sie finden mich unter Sunshine Distributors.«

»Bitte bleiben Sie am Apparat, während ich das Konto überprüfe.«

Als die Musik ertönt, lege ich die Hand auf die Sprechmuschel. »Charlie!« rufe ich, doch er ist schon zu weit weg.

Während er weitergeht, tritt Charlie vom Bordstein und sieht zum ersten Mal die Bank. Wie immer reagiert er schneller als ich. Er sieht die zivilen Polizeiwagen und bleibt mitten auf der Straße wie angewurzelt stehen.

Ich erwarte, daß er losrennt, aber dafür ist er zu clever. Instinktiv sieht er sich um. Er sucht mich. Wie meine Mom immer schon sagte: Sie glaubt zwar nicht an übersinnliche Phänomene, aber Geschwister ... Geschwister sind irgendwie miteinander vernetzt. Charlie weiß, daß ich hier bin.

»Mr. Duckworth ...?« meldet sich die Frau am anderen Ende der Leitung wieder.

»Ja ... ja. Ich bin hier.« Ich winke, und diesmal sieht Charlie mich. Er mustert mich, prüft meine Körpersprache. Er wartet nicht auf Grün, sondern wirft sich in den Verkehr und arbeitet sich zwischen den vorbeibrausenden Wagen hindurch. Der Fahrer eines gelben Taxis hupt ihn wütend an, aber Charlie zuckt nur unbekümmert mit den Schultern. Auch wenn er sieht, daß ich in Panik bin, heißt das für ihn noch lange nicht, daß er auch ausflippen muß.

»Mr. Duckworth, ich brauche das Paßwort für das Konto«, sagt die Bankangestellte.

»*FroYo*«, erwidere ich.

»Was ist los?« Charlie schießt diese Frage ab, kaum daß er seinen Fuß auf den Bürgersteig gesetzt hat.

Ich ignoriere ihn und warte auf die Rückmeldung der Kassiererin.

»Sag schon!« drängt er mich.

»Was kann ich für Sie tun?« erkundigt sich endlich eine Frau am anderen Ende der Leitung.

»Ich hätte gerne meinen Kontostand gewußt und die letzten Kontobewegungen«, erwidere ich.

Charlie lacht. »Ich wußte es!« Er schreit fast. »Ich wußte, daß du nicht anders kannst!«

Ich lege einen Finger auf meine Lippen, um ihn zum Schweigen zu bringen, aber mein Gebet wird erwartungsgemäß nicht erhört.

»Du hast es nicht mal vierundzwanzig Stunden ausgehalten, nicht wahr?« Er beugt sich noch ein Stück weiter in die Telefonnische. »Was war der Grund? Die Wagen vor der Bank? Die Regierungskennzeichen? Hast du mit jemandem gesprochen, oder hast du einfach nur die Wagen gesehen und hast Schiß ...?«

»Würdest du bitte die Klappe halten? Ich bin schließlich kein Vollidiot!«

»Mr. Duckworth ...?« Das ist wieder die Stimme der Frau vom Empfang.

»Ja ... ich höre.« Ich konzentriere mich auf das Telefonat. »Ich bin noch dran.«

»Tut mir leid, daß ich Sie habe warten lassen, Sir. Ich hatte gehofft, einen Supervisor ans Telefon zu bekommen, damit Sie mit ...«

»Geben Sie mir einfach den Kontostand durch. Beträgt er Null?«

»Null?« Sie lacht. »Nein ... ganz und gar nicht.«

Ich lache ebenfalls, aber ziemlich nervös. »Sind Sie sicher?«

»Unser System ist zwar nicht perfekt, Sir, aber die Zahlen sind unmißverständlich. Laut unseren Unterlagen gab es nur eine Transaktion auf diesem Konto. Eine telegrafische Anweisung, die wir gestern um 12:21 Uhr erhalten haben.«

»Das heißt also, das Geld ist noch da?«

»Absolut«, erwidert die Frau. »Ich habe es hier auf meinem Bildschirm. Eine einzelne Überweisung per E-Mail. Über eine Summe von dreihundertdreizehn Millionen Dollar.«

11. Kapitel

»Die Summe ist wie hoch?« Charlies Stimme überschlägt sich beinahe.

»Ich kann es nicht glauben«, stammele ich. Meine Hand liegt immer noch zuckend auf dem Hörer, obwohl ich längst aufgelegt habe. »Hast du eine Ahnung, was das bedeutet?«

»Das bedeutet, daß wir reich sind!« antwortet er wie aus

der Pistole geschossen. »Und ich meine damit nicht stinkreich oder unglaublich reich ... ich rede von obszön reich.«

»Nein, wir sind tot«, zische ich und lehne mich schwer gegen den Telefonkasten. Das habe ich jetzt davon ... Und das alles wegen eines Momentes. »Wir haben nicht die geringste Möglichkeit, das zu erklären ...«

»Wir werden ihnen sagen, daß wir den Super Bowl Pool gewonnen haben. Das werden sie vielleicht schlucken.«

»Ich meine es ernst, Charlie. Es geht hier nicht um drei Millionen. Es handelt sich um ... «

»Dreihundertdreizehn Millionen. Ich habe dich durchaus verstanden.« Er zählt es an den Fingern ab, vom kleinen bis zum Zeigefinger: »Dreihundertzehn ... dreihundertelf ... dreihundertzwölf ... dreihundertdreizehn. Heilige Avocado, ich komme mir vor wie dieser kleine alte Kerl mit dem Schnurrbart beim Monopoly, du weißt schon, der mit dem Monokel und dem kahlen ...«

»Wie kannst du darüber Witze machen?«

»Was soll ich sonst tun? Mich gegen einen öffentlichen Fernsprecher lehnen und den Rest meines Lebens in Deckung bleiben?«

Ohne ein Wort zu sagen, richte ich mich auf.

»Fühlt sich gut an, was?« fragt er mich.

»Das hier ist kein Spiel, Charlie. Dafür werden sie uns umbringen ...«

»Vorausgesetzt, sie finden uns. Und als ich das letzte Mal all diese falschen Firmen überprüft habe ... unser kleiner Bösewicht ist narrensicher.«

»Narrensicher? Bist du verrückt geworden? Wir sind nicht ...« Ich unterbreche mich und senke die Stimme. Es sind noch viele Menschen auf der Straße. »Das hier hat nichts mehr mit Peanuts zu tun«, flüstere ich.

»Nein«, unterbricht er mich. »Es wird Zeit, der Realität ins Auge zu sehen, Ollie. Das ist nicht irgendwas, wovor man weglaufen kann. Das hier ist das Schlaraffenland. So viel Geld, und es gehört uns. Was willst du noch? Niemand kann herausfinden, wo er es finden kann. Niemand verdächtigt uns. Die Sache war schon vorher gut, aber jetzt ist sie doppelt so gut. Genaugenommen dreihundertdreizehn Mal so gut. Einmal in unserem Leben können wir uns zurücklehnen und die Füße ...«

»Verdammt, was ist bloß mit dir los?« schreie ich ihn an. Ich stürme aus der Telefonnische und packe ihn am Mantelkragen. »Hast du eigentlich zugehört? Du hast Shep gehört ... Es funktioniert nur, wenn keiner erfährt, daß das Geld weg ist. Drei Millionen passen in unsere Taschen. Aber dreihundertdreizehn Millionen? Ist dir eigentlich klar, was sie alles machen werden, um den Haufen Geld zurückzukriegen?« Ich bemühe mich nach Kräften zu flüstern, aber die Leute fangen bereits an, uns anzustarren. Ich sehe mich um und lasse Charlie unvermittelt los.

Charlie streicht seinen Mantel glatt. Ich drehe mich wieder zum Telefon um.

»Wen rufst du an?« fragt Charlie.

Ich antworte nicht, aber er sieht mir auf die Finger, während ich die Tasten drücke. Shep.

»Ich würde das nicht tun«, warnt er mich.

»Wovon redest du?«

»Wenn sie clever sind, kontrollieren sie eingehende Anrufe. Vielleicht hören sie sogar mit. Falls du Informationen willst, dann solltest du lieber reingehen und dich mit ihnen direkt unterhalten.«

Ich halte mitten in der Bewegung inne und starre Charlie über die Schulter hinweg an. Das ist der offizielle Anfang des Blickwettstreits. Er kennt meinen Ausdruck. Der ungläubige Thomas. Und ich kenne seinen: der ehrliche Indianer. Ich weiß, daß es nur ein Trick ist. Es ist seine Lieblingslist, um mich zu beruhigen, damit er seinen Willen durchsetzen kann. Das macht er immer so. Aber selbst ich kann gegen die Logik nicht anstinken. Also knalle ich den Hörer auf die Gabel und dränge mich an ihm vorbei. »Ich hoffe, du hast recht«, zische ich, während ich zur Bank zurückgehe.

Ein kurzer Zwischenstopp an einem Coffee-Shop versorgt mich mit einem Viertel Liter Nervennahrung und einer perfekten Entschuldigung, warum ich das Gebäude überhaupt verlassen habe. Aber das kann den Secret-Service-Agenten am Eingang nicht daran hindern, noch einen zweiten Haken hinter meinen Namen zu machen. Und einen hinter Charlies.

»Was ist mit der Analuntersuchung?« fragt Charlie den Agenten.

Der Typ wirft uns einen Blick zu, als könnte er uns schon mit seinen Augen in die Knie zwingen. Aber wir wissen beide, wie es eigentlich aussieht. Hätten sie auch nur den Schimmer eines Hinweises, würden wir längst in Handschellen abgeführt. Statt dessen marschieren wir unbehelligt herein.

Meistens gehe ich direkt zu den Aufzügen. Nun jedoch ist es eindeutig anders. Ich folge Charlie, als er an dem mit Marmor getäfelten Auszahlungsschalter vorübergeht, und lasse mich von ihm in das Labyrinth der Rollschreibtische ziehen. Wie immer stehen die tratschenden Angestellten herum, aber heute lohnt sich der Klatsch wirklich.

»Wie läuft's?« ruft Jeff aus Jersey. Er tritt uns in den Weg und schlägt Charlie freundschaftlich auf die Brust.

»Da haben wir ihn ja«, flötet Charlie. »Meinen täglichen Schlag auf die Brust. Den meisten ist es peinlich, geschätzt wird's nur von wenigen.«

Jeff lacht. Wir stehen ein paar Schritte vor dem Aufzug.

»Du weißt, daß ich recht habe«, sagt Charlie und genießt jeden einzelnen Moment. Ich bin zwar versucht, ihn weiterzuziehen, aber es ist klar, was mein Bruder vorhat.

Jersey-Jeff verletzt zwar ein wenig zu sehr unsere Privatsphäre, aber wenn es um Büroklatsch geht, weiß jeder, daß er die Bienenkönigin ist.

»Was soll denn diese Geschichte mit Mister Aufpasser da drüben?« fragt Charlie und deutet mit dem Ellbogen auf den blonden Kerl am Eingang.

Jeff lächelt. Endlich eine Chance, seinen Schwanz zum Rad zu schlagen. »Angeblich führt er eine Sicherheitsprüfung durch, aber das glaubt keiner. Ich meine, für wie blöd halten die uns?«

»Für ziemlich blöd?« fragt Charlie unschuldig.

»Für sehr blöd«, bestätigt Jeff.

»Worum geht es Ihrer Meinung nach?« Ich habe die Geduld von jemandem, der gerade eben, sagen wir, dreihundertdreizehn Millionen Dollar gestohlen hat.

»Schwer zu sagen«, erwidert Jeff. »Aber wenn ich raten sollte …« Er beugt sich vor und genießt den Augenblick. »Ich tippe auf einen internen Taschendieb.«

»Was?« Charlie flüstert und tut aufgeregt. Meine Miene verrät ihm, daß ich gleich die Beherrschung verliere.

»Es ist nur eine Theorie«, setzt Jeff an. »Aber ihr wißt ja, wie das hier läuft. Man kann nicht mal das Klopapier wechseln, ohne vorher ein Memo abzuschicken. Und plötzlich wird der ganze Sicherheitsbereich durchgecheckt, ohne daß jemand auch nur einen Ton sagt?«

»Vielleicht wollen sie einfach unsere Routine studieren?« sage ich.

»Vielleicht wollten sie auch nicht in einem vollbesetzten Kino Feuer rufen! Genauso haben sie es gemacht, als sie diese Frau dabei erwischt haben, wie sie sich was von den fälligen Konten abgezweigt hat. Sie versuchen, alles ruhig ablaufen zu lassen. Sie sind nicht dumm. Wenn sich das erst rumspricht, verfallen die Klienten in Panik und fangen an, ihr Geld abzuziehen.«

»Da wäre ich nicht so sicher.« Ich will einfach nicht nachgeben.

»He, glauben Sie, was Sie wollen, aber es wird schon einen Grund dafür geben, daß sich die ganzen großen Tiere im dritten Stock drängeln.«

Der dritte Stock. Mein Bruder starrt mich an. Da steht mein Schreibtisch, sagt sein Blick.

»Wie bitte?« ruft er.

Jeff grinst. Das Bonbon hatte er sich aufgehoben. »O ja«, sagt er und ist schon wieder zu seinem Schreibtisch unterwegs. »Sie sind schon den ganzen Morgen über da …«

Ich sehe Charlie an, und der erwidert den Blick. Also, auf in den dritten Stock.

Kaum gleitet die Aufzugtür auf, springt Charlie auf den grauen Teppich und sieht sich hastig um. Vom Kopierzimmer bis zur Kaffeemaschine und der Schlucht aus kleinen Verschlägen in der Mitte des Raumes ist nichts Ungewöhnliches zu sehen. Die Postwagen rollen, Tastaturen klicken, und einige Mitarbeiter stehen in Grüppchen zusammen und tauschen ihren ersten morgendlichen Klatsch aus. Trotzdem braucht es kein Genie, um zu erkennen, wo die Action stattfindet. Hier gibt es nur einen einzigen Platz, an dem sich große Tiere verstecken können. Wir gehen zu Charlies Nische, als wäre es ein ganz normaler Arbeitstag, aber dabei konzentrieren wir uns auf das Büro am anderen Ende des Raumes. *Der Käfig.*

Wir wissen nicht, wer drin ist oder ob Jeff seine übliche heiße Luft abgelassen hat. Die Tür ist wie immer geschlossen. Was uns aber nicht davon abhält, sie anzustarren. Wir studieren die Maserung des Holzes, den Glanz des Türknopfs, selbst die kleinen schwarzen Knöpfe des Zahlenschlosses. Ich könnte uns ganz leicht hineinbringen, aber ... heute nicht. Nicht, bis wir ...

»Ruf Shep an. Find raus, wo er ist«, flüstere ich Charlie zu, als wir in seinen Verschlag treten. Charlie kniet sich auf seinen Stuhl und hält den Kopf unmittelbar unter den Rand des Verschlags. Er nimmt den Hörer ab und wählt Sheps Nummer. Ich beuge mich vor, um zuzuhören, ohne dabei Marys Tür aus den Augen zu lassen. Shep wird dafür bezahlt, paranoid zu sein, also nimmt er für gewöhnlich beim ersten Klingeln ab. Aber heute nicht. Heute klingelt das Telefon unablässig.

»Ich glaube nicht, daß er ...«

»Leise!« unterbreche ich ihn. Irgendwas passiert da.

Charlie kommt von seinem Sitz hoch und richtet seinen Blick auf *den Käfig*. Die Tür geht langsam auf, und der Raum leert sich. Der erste, der über den Flur verschwindet, ist Quincy, gefolgt von Lapidus. Ich ducke mich. Charlie bleibt aufrecht stehen. Schließlich ist das hier sein Schreibtisch.

»Wer ist noch drin?« flüstere ich, während mein Kinn seine Tastatur berührt.

Er behält die Tür im Auge und hebt die Hände, als wollte er sich recken. »Hinter Lapidus geht Mary«, sagt er.

»Noch jemand?«

»Ja, aber den Typen kenne ich nicht …«

Ich hebe den Kopf gerade so weit, daß ich einen Blick erhaschen kann. Als Mary das Büro verläßt, folgt ihr ein vierschrötiger Kerl in einem schlecht sitzenden Anzug. Er humpelt leicht und kratzt sich unaufhörlich seinen Hals direkt unter seinem kurzgeschorenen Haar. Trotz des Humpelns hat er dasselbe massige Aussehen wie Shep. Secret Service. Mr. Vierschrötig folgt noch ein anderer Agent, der sowohl weniger Haare als auch weniger Gewicht mit sich herumschleppt. Dafür hat er etwas unter den Arm geklemmt, das wie ein schwarzer Schuhkarton mit heraushängenden Drähten aussieht. Das FBI hatte dasselbe Ding dabei, als sie damals die Frau von der Buchhaltung verfolgt haben. Sie schließen es an den Computer an und ziehen sich so eine aktuelle Kopie der Festplatte. Das ist der einfachste Weg, die Angelegenheit unauffällig zu erledigen. Niemand konfisziert heutzutage mehr Computer. Man nimmt die Beweise einfach nur in einem Doggybag mit.

Und tatsächlich, als die Tür weit aufschwingt, sehe ich Marys Computer auf ihrem Schreibtisch. Der Schlitz für das Diskettenlaufwerk ist mit Polizeiband zugeklebt. Nichts geht rein und nichts raus.

Es dauert einen Moment, bis die letzte Person aus der Zauberkiste hüpft. Diejenige, auf die wir gewartet haben. Als Shep in den Flur tritt, fällt sein Blick auf Charlie. Ich erwarte ein Grinsen, doch das einzige, was er für uns übrig hat, ist ein Blick aus weit aufgerissenen Augen. »Oh«, sagt Charlie. »Unser Kleiner sieht ziemlich schlecht aus.«

»Alles in Ordnung, Mister Shep?« ruft ihm Mr. Vierschrötig zu, während der Rest des Zoos vor dem Aufzug wartet.

»J...ja«, stammelt Shep. »Ich bin in einer Sekunde bei Ihnen. Ich habe was in meinem Büro vergessen.« Er geht zum anderen Ende des Flurs, stößt die Metalltür auf und verschwindet im Treppenhaus. Unmittelbar bevor die Tür sich schließt, wirft er uns einen letzten Blick zu. Er hat nicht vor, die Treppe hinaufzurennen. Er bleibt einfach dort stehen und wartet. Und zwar auf uns.

Als sich Mister Vierschrötig in unsere Richtung dreht, ducke ich mich wieder. Charlie rührt sich nicht.

»Was machen sie jetzt?« flüstere ich, während ich mich bemühe, in Deckung zu bleiben. Ich kann hören, wie die Aufzugtüren sich öffnen.

»Sie winken uns zu«, sagt Charlie. »Quincy steht hinter Lapidus und versucht, ihm Eselsohren zu machen ... Oh, Lapidus dreht sich zu ihm um. Keine Eselsohren für niemanden.« Er kann so viele Witze reißen, wie er will, seine Furcht kann er damit nicht überdecken.

Ich höre, wie die Aufzugtüren sich schließen.

»Komm schon«, sagt Charlie und deutet auf meinen Kaffeebecher. »Holen wir uns einen Schluck.«

Ich lasse meinen Becher auf seinem Schreibtisch stehen, folge ihm aus dem Verschlag und gehe geradewegs zur Kaffeemaschine, die zufälligerweise neben dem Treppenhaus steht. Charlie geht unbeirrt weiter. Ich schaue unwillkürlich über meine Schulter.

»Bist du sicher, daß es ...?«

»Nicht zögern, Ollie. Das ruiniert dir nur das Hirn.«

Ohne sich umzusehen, stürzt er sich in den Abgrund. Aber das Treppenhaus ist leer. Er schaut über das Geländer nach oben und unten. Niemand ...

»Ist nicht gerade das, was wir vorhatten, hab ich recht?« fragt eine tiefe Stimme, als die Tür knallend zuschlägt. Wir drehen uns um. Shep steht hinter uns.

»Keine schlechte Arbeit, was?« flüstert Charlie und hält ihm die Hand zum Abklatschen hin.

Aber Shep steigt nicht drauf ein. Er ist vollkommen auf mich fixiert. »Also ist alles auf dem Konto?«

»Vergessen Sie das Konto. Warum haben Sie den Secret Service gerufen?«

»Sie waren schon da, als ich gekommen bin«, fährt Shep mich an. »Vermutlich waren es Quincy oder Lapidus. Aber glauben Sie mir, wenn es um Polizeiarbeit geht, ist der Service immer noch besser als das FBI. Wenigstens haben wir es mit Freunden zu tun.«

»Verstehe«, mischt sich Charlie ein. »Also kein Grund zur Sorge.«

Wir werfen meinem Bruder beide einen Blick zu, der ihn eigentlich umhauen sollte. Mit meinem wird er fertig, aber der von Shep ist ein anderes Kaliber. Es wird Zeit, ernsthaft zu werden.

»Wir werden die Leute erwischen und das Geld so schnell wie möglich zurückholen«, meint Shep vollmundig, beugt sich über das Geländer und schaut in das Stockwerk über uns. Dann senkt er die Stimme und flüstert beinahe lautlos zwei Worte: »Nicht hier.« Er will kein Risiko eingehen.

»Wohin gehst du heute mittag essen?« fährt Charlie rasch fort. Schlau. Wir müssen uns irgendwo in Ruhe unterhalten, wo wir ungestört sind. Wir starren gleichzeitig auf den Boden und verstummen. Offenbar blättern wir alle drei gerade dieselben Seiten unseres inneren Atlasses durch.

»Wie wäre es mit dem Yale Club?« schlage ich vor. Das ist Lapidus' Lieblingsversteck.

»Das gefällt mir«, stimmt Charlie zu. »Ruhig, intim und verschwiegen genug, daß sie dort wissen, wann man die Klappe hält.«

Shep schüttelt den Kopf. Als er unsere verwunderten Blicke sieht, zieht er seine Brieftasche heraus und läßt seinen Führerschein aufblitzen. Stimmt. Um in den Club reinzukommen, müssen wir uns ausweisen.

»Ich hab's«, sagt Charlie. »Wie wär's mit Gleis 117?«

Ich verziehe das Gesicht, aber Shep hat keinen Schimmer. Ein kurzes Flüstern weiht ihn ein.

»Seid ihr sicher, daß wir ...?«

»Vertrau mir«, bittet ihn Charlie. »Es weiß nicht mal jemand, daß es überhaupt existiert.« Shep beobachtet uns scharf, doch er hat keine Wahl.

»Wir sehen uns also gegen Mittag?« fragt er. Wir nicken beide, und er geht die Treppe hinauf. Er verschwindet rasch, aber wir hören das Klicken seiner Sohlen auf dem Zement.

Kaum schlägt die Tür über uns zu, stürme ich die Treppe hoch wie Stallone in seinem ersten *Rocky*-Film.

»Wohin willst du?« ruft mir Charlie hinterher.

Ich antworte nicht, aber er weiß es auch so. Ich werde nicht bis zum Mittagessen warten, sondern will mir sofort ein Bild machen.

Während ich die Treppe hochlaufe, sehe ich aus den Augenwinkeln, daß mein Bruder mir folgt.

»Sie werden dich nicht reinlassen«, ruft er.

»Das werden wir ja sehen ...«

Vierter Stock ... fünfter Stock ... sechster Stock ... Ich stürme in den Flur und steuere direkt auf Lapidus' Sekretärin zu. Charlie hält sich im Hintergrund und sieht mir durch einen Spalt in der Tür zum Treppenhaus zu. Da unten hatte er Heimrecht. Hier habe ich es.

»Sind die immer noch drin?« frage ich und stürme an ihrem Schreibtisch vorbei, als würden sie mich erwarten.

»Oliver, nicht ...!«

Sie ist nicht annähernd schnell genug. Ich reiße die Tür auf und bin drin.

Das Gespräch in dem Büro reißt schlagartig ab. Alle sehen mich an. Lapidus, Quincy, Shep, Mary ... Selbst die beiden Agenten vom Secret Service, die direkt vor Lapidus' antikem Schreibtisch hocken. Sie sehen mich an, als wäre ich in ihre Beerdigung geplatzt.

»Wer zum Teufel ist das?« brüllt Mr. Vierschrötig.

Ich sehe hilfesuchend meinen Boß an, auch wenn ich es längst besser wissen müßte.

»Ich erledige das«, erklärt Lapidus und steht auch schon neben mir. Er packt meinen Ellbogen und gleitet mit der

Eleganz eines Tänzers an mir vorbei, während er mich gleichzeitig herumdreht und mich zur Tür führt. Es ist eine so geschmeidige Bewegung, daß ich gar nicht weiß, wie mir geschieht. »Wir haben noch ein paar Dinge zu klären, Oliver. Sie verstehen …« Er sagt das, als wäre es keine große Sache. Die Tür öffnet sich knarrend, und drei Sekunden später bin ich wieder draußen.

Ich sehe, wie mich Charlie vom Treppenhaus aus beobachtet. Ich betrachte den Teppich. Lapidus steht hinter mir, klopft mir wie üblich herablassend auf die Schulter und schickt mich spielen.

»Ich rufe Sie, wenn wir Neuigkeiten haben«, fügt er hinzu. Seine Stimme schwankt ein bißchen. Dreihundert Millionen sind auch für ihn ein zu großer Brocken. Ich sehe über die Schulter zurück, und er wirkt noch mitgenommener als mein Bruder und ich. Er umklammert den Türknauf, als bräuchte er eine Stütze. Lapidus sieht mir nach, wie ich gehe, und schließt dann langsam die Tür. Aber in der letzten Sekunde … unmittelbar bevor er sich umdreht … als er sich mit der Hand über die Oberlippe fährt … Ich schwöre, daß er den Anflug eines Grinsens unterdrückt.

»Also wollte er dir nichts verraten?« fragt mich Charlie, als wir uns auf der Park Avenue nebeneinander durch die Menge der Leute schlängeln, die ihre Mittagspause machen.

»Können wir bitte aufhören, davon zu reden?« fahre ich ihn an.

»Und was ist mit …?«

»Ich sagte, ich will nicht darüber reden!«

Charlie tritt zurück und hält mir seine Handflächen vors Gesicht. »Hör zu, du mußt es mir nicht zwanzigmal sagen. Ich habe Besseres vor. Also, was willst du dir zuerst kaufen? Ich denke da an etwas Kleines, was man gut verstecken kann. Zum Beispiel Delaware.«

Diesmal antworte ich gar nicht.

»Was? Du magst Delaware nicht? Okay. Wie wär's mit Carolina?«

Ich schweige beharrlich.

»Komm schon, Ollie, sei lieb zu mir ... Zuck mit den Schultern ... Schrei mich an ... mach irgendwas.« Er weiß, daß ich viel zu rechthaberisch bin, um mir auf die Zunge zu beißen, also ist ihm natürlich auch klar, daß ich an etwas anderes denke, wenn ich schweige.

»Halloooo ... Erde an Oliver! Du sprechen Español?«

Ich überquere die 41st Street. Noch ein Block. »Glaubst du, daß Shep sich gegen uns stellen könnte?« frage ich.

Charlie lacht laut auf. Es ist wieder dieses Kleiner-Bruder-Lachen. »Machst du dir deshalb in die Hose?«

»Ich meine es ernst, Charlie. Wir müssen davon ausgehen, daß er uns deshalb treffen will. Er wird unser Gespräch aufzeichnen, und dann muß er uns nur noch ...«

»Wird Zeit, schleunigst in den Bus zu springen und das Land der Phantasie zu verlassen. Wir reden hier von Shep. Er macht nicht mit, um uns reinzulegen. Er ist genauso scharf auf das Geld wie wir.«

»Sprich für dich selbst«, erwidere ich. »Ich habe die Nase voll von dem Geld. Ich mache mir nur Sorgen, daß wir bis zum Hals in dieser *Er hat gesagt-Wir haben gesagt*-Nummer stecken, wenn es hart auf hart kommt.«

»Dann sage ich dir eines: Wenn es dazu käme, wäre er ein Narr. Ich meine, so wie wir das aufgezogen haben, konnten wir es gar nicht allein durchführen. Selbst Shep weiß das. Wenn er also mit dem Finger auf uns zeigt, muß ihm klar sein, daß er genug Fingerabdrücke hinterlassen hat, um sich selbst zu verraten. Außerdem haben wir keine Wahl. Er ist unser einziger Mann innerhalb des Systems.«

Erneut verstumme ich. Soweit es um das Geld geht, hat mein Bruder absolut recht. Was aber das große Gesamtbild betrifft, fehlt uns noch eine ganze Tonne an Informationen. Und während wir die 42nd überqueren und uns schnell der Grand Central Station nähern, gibt es nur noch einen Ort, an dem wir sie uns beschaffen können.

»Bist du bereit?« fragt Charlie, während er die Tür zum Bahnhof aufzieht und sich wie ein Butler verbeugt. Er beobachtet mich scharf und wartet auf ein Zögern.

Ich bleibe an der Schwelle stehen, aber nur eine Sekunde. Bevor er mich provozieren kann, trete ich ohne einen Blick zurück hindurch.

»Jetzt geht's zur Sache«, sagt er leise.

»Los, komm!« rufe ich und mache Tempo. Schon sein Schweigen verrät mir, was er denkt. Er weiß nicht, ob meine Zuversicht echt ist oder ob ich nur unbedingt ein paar Antworten haben will. Als ich mich herumdrehe, um zu sehen, wie er sich fühlt, bemerke ich, wie begeistert er ist.

Die ersten Schritte gehen wir durch einen niedrigen, klaustrophobischen U-Bahn-Tunnel. Dann – es ist der Moment, an dem man mit dem Wagen den Brooklyn Battery Tunnel verläßt und ganz Manhattan sich vor einem ausbreitet –, dann tun wir die ersten Schritte ins Licht. Die Decke schwingt sich immer weiter nach oben, und das enorme, von Marmor eingefaßte Gewimmel der Grand Central Station taucht vor uns auf. Charlie legt den Kopf in den Nacken und schaut zu den fünfundzwanzig Meter hohen Fenstern hinauf, die an der linken Wand verlaufen, und dem blauweißen Wandgemälde, das die Gewölbedecke ziert. Es zeigt die Tierkreiszeichen.

Laut der Uhr in der Mitte des Bahnhofs bleiben uns noch etwa drei Minuten. Ich drehe mich im Laufen zu Charlie um. »Wie kommen wir am einfachsten ...?«

»Mir nach!« unterbricht er mich. Er findet es aufregend, die Führung zu übernehmen. Ich habe zwar schon von dem Ort gehört, zu dem wir unterwegs sind, war aber noch nie selbst da. Dieser Ort gehört Charlie. Ich folge ihm auf dem Fuß, während er scharf nach links abbiegt, sich durch die Menge der Pendler und Touristen drängt und auf eine der Dutzend Treppen zuläuft, die in das Untergeschoß des Bahnhofs führen.

»Immer schön ruhig«, sage ich und zupfe auf der Treppe an seinem Hemd. Ich will kein Aufsehen erregen.

Ja, falls jemand uns beobachtet, sagt er mit einem ironischen Blick und zieht eine Braue hoch.

Charlie springt die letzten drei Stufen mit einem Satz herunter. Die Schuhsohlen knallen laut auf dem Zementboden. Seine Füße müssen in den Anzugschuhen brennen, aber er sagt kein Wort.

»Wohin jetzt?« Ich hole ihn rasch ein.

Ohne zu antworten, stürmt mein Bruder durch das Untergeschoß des Bahnhofs, in dem sich mittlerweile eine Imbißbude an die nächste reiht. Charlie folgt dem Geruch des Fleisches unter den Wärmelampen, aber sein Blick klebt förmlich an einem nach links deutenden Pfeil unter einem uralten, gefliesten Zeichen: »Zu den Gleisen 100–117.«

»Und los geht's«, sagt er.

Im Korridor liegen die modernen Freßtempel zur Linken und die uralten Gleiszugänge aus dem letzten Jahrhundert zur Rechten. Ich zähle die Torbögen, während ich laufe. 108 … 109 … 110. Am entlegensten Ende des Korridors entdecke ich das Kaninchenloch. Die Gleise 116 und 117.

Als wir durch eine Tür stürmen, finden wir uns am oberen Ende einer schmalen Treppe wieder, von der aus wir auf den breiten Betonbahnsteig hinunterblicken können. Wie auf Bestellung steht ein Zug auf Gleis 116 an der rechten Seite des Bahnsteigs. Aber auf der linken Seite, auf Gleis 117, läuft kein Zug mehr ein. Nie mehr. Einfacher ausgedrückt, Gleis 117 existiert offiziell gar nicht. Sicher, der Raum ist da, aber es ist kein aktives Gleis. Statt dessen hat man in den letzten zehn Jahren eine lange Reihe von Waggons mit Baucontainern darauf abgestellt.

»Hier hast du gespielt?« frage ich, während wir zwei Bauarbeiter hinter dem beleuchteten Fenster in einem der Waggons beobachten.

»Nein«, erwidert er und biegt auf einen schmalen Pfad links von mir ein. »Hier habe ich mich versteckt …«

Als er meinen verblüfften Gesichtsausdruck sieht, erklärt er: »Als ich damals neu auf der Highschool war, sind Randy

Boxer und ich von Gleis zu Gleis gegangen und haben für die Pendler Musik gemacht. Er hinter der Mundharmonika, ich hinter dem Baß und vor uns das größtmögliche Publikum diesseits vom Madison Square Garden. Natürlich hat uns die Bahnpolizei bei jeder Gelegenheit gejagt, aber in dem Labyrinth der Treppenhäuser bot die unterste Ebene immer die besten Plätze, um zu verschwinden. Und hier, hinter Gleis 117, konnten wir uns erholen, um anschließend den Kampf wiederaufzunehmen.«

»Bist du sicher, daß das hier ungefährlich ist?« frage ich, während Charlie bereits über den von Schmutz übersäten Laufsteg hastet, der quer über Gleis 117 führt. Es ist nicht der Laufsteg, der mich innehalten läßt, sondern die Metalltür an seinem anderen Ende und die braunen, verblichenen Worte, die daraufgemalt sind:

Nur für Beschäftigte
Halt! Achtung!
Gefahr!

Gefahr. Das ist das Wort, bei dem ich auf die Bremse trete, während Charlie noch einen Gang zulegt.

»Charlie, vielleicht sollten wir ...«

»Stell dich nicht so an!« ruft er, während er die Türklinke packt. Er betrachtet das rostige Metall, zieht einmal kräftig daran, und als die Tür aufschwingt, weht uns ein Sturm aus Staub ins Gesicht. Charlie verschwindet in diesem Sturm. Und ich stehe plötzlich allein da.

Also folge ich ihm in den angrenzenden Raum. Wir befinden uns in einem riesigen Untergrundbahnhof und stehen am Rand von stillgelegten Zuggleisen.

Für Charlie ist es eine Heimkehr. »›Wo Züge zum Sterben hinkommen‹, sagte Randy immer.«

Als ich mich umsehe, wird mir klar, warum. Der Tunnel ist breit genug für drei Gleise und so lang, daß die alten Dieselzüge hier abgestellt werden können. Seine Decke ist pechschwarz und macht deutlich, warum man die Dieselzüge abgeschafft hat. Neben den rostigen Gleisen und den noch rostigeren Profilträgern liegen Kondome, Zigarettenkippen und mindestens zwei benutzte Injektionsnadeln. Keine Frage, das hier ist ein gutes Versteck.

»Macht die Tür zu«, ruft uns Shep vom Bahnsteig aus entgegen.

»Schön, dich zu sehen«, erwidert Charlie und deutet über die Schulter. »Mach dir keine Sorgen wegen der Tür. Dahinten hört man nichts.«

Shep sieht einfach durch ihn hindurch. »Oliver, mach die Tür zu«, befiehlt er. Ich zögere keine Sekunde. Die Tür fällt mit einem gedämpften Knall ins Schloß und hüllt uns in Stille ein. Wir haben etwa eine Viertelstunde, bevor es jemandem auffällt, daß wir alle zur selben Zeit gegangen sind. Ich verschwende keine Sekunde.

»Wie schlimm steht es?« frage ich und wische mir die rußigen Hände an meiner Hose ab.

»Habt Ihr schon mal was von der *Titanic* gehört?« erkundigt sich Shep. »Ihr solltet das da oben miterleben. Jeder von ihnen ist nur eine Streichholzlänge davon entfernt hochzugehen. Lapidus droht jedem die zehn Plagen an, der auch nur ein Sterbenswörtchen an die Öffentlichkeit bringt. Auf der anderen Seite des Tisches brüllt Quincy die Versicherungsgesellschaft über das Telefon an und läßt seinen Taschenrechner qualmen, um herauszufinden, mit wieviel sie persönlich haften.«

»Haben sie es den anderen Partnern schon erzählt?«

»Heute abend ist eine Krisensitzung anberaumt. In der Zwischenzeit warten sie darauf, daß der Service das Computersystem seziert und vielleicht eine Spur davon auftut, wohin das Geld verschwunden ist, nachdem es London verlassen hat.«

»Also wissen sie immer noch nicht, wo es ist …«, beginnt Charlie.

»… und sie wissen auch nicht, daß wir es waren«, fährt Shep fort. »Bis jetzt jedenfalls nicht.«

Mehr muß ich nicht wissen. »Gut.« Ich habe meine Hände in die Hüften gestemmt.

Charlie sieht mich finster an. Er haßt diese Haltung.

Ich achte nicht auf ihn, sondern wende mich an Shep. »Und wie fangen wir es Ihrer Meinung nach am besten an, wenn wir uns stellen wollen?«

»Was?« Shep verschluckt sich fast.

»He, langsam, alter Knabe«, bittet Charlie.

»Oliver, überstürzen Sie nichts!« stimmt Shep mit ein. »Es scheint zwar jetzt noch ein Tornado zu sein, aber auch der wird sich allmählich legen.«

»Aha, Sie glauben also, wir könnten den Secret Service übertölpeln?«

»Ich sage nur, daß es durchaus funktionieren könnte«, antwortet Shep. »Ich weiß, wie der Service arbeitet. Sie werden mindestens eine Woche brauchen, um herauszufinden, ob sie das Geld überhaupt finden können. Sollte das der Fall sein, stellen wir uns und geben eine vollständige Erklärung ab. Aber wenn nicht ... Warum sollten wir diesen Haufen Geld einfach im Stich lassen? Vergeßt das Kleingeld! Dreihundertdreizehn Millionen sind über einhundertvier Millionen Dollar für jeden von uns!«

Charlie lächelt unverändert. Als er den Ärger auf meiner Miene bemerkt, geht er noch weiter und macht ein paar Tanzschritte. Er versucht absichtlich, mich zu reizen. »Mmmm ... mmm«, singt er und gibt mir den Stevie-Wonder-Nackenschwung. »Das riecht nach Reichtum!«

»Ich bin sicher, daß es keinen Grund gibt, uns zu stellen«, sagt Shep. Er versucht mit aller Gewalt, seine Position durchzusetzen. »Wenn wir es clever anstellen, essen wir bald alle von goldenen Tellern.«

»Wissen Sie eigentlich, was Sie da reden?« fahre ich ihn an. »Wir können die Show hier nicht gewinnen. Denken Sie an Ihre Worte, als wir angefangen haben: ›Es ist ein perfektes Verbrechen, weil niemand weiß, daß es verschwunden ist. Es sind nur drei Millionen Dollar.‹ Das war der genaue Wortlaut Ihrer beeindruckenden Rede. Und was haben wir jetzt? Es sind dreihundertdreizehn Millionen Dollar verschwunden. Der Secret Service nutzt unsere Auffahrt als

Parkplatz, und wenn die Presse davon Wind bekommt … Einmal ganz abgesehen von der Person, die das Geld ursprünglich abziehen wollte … Wenn das alles herauskommt, dann haben wir die halbe Welt am Arsch.«

»Das will ich ja gar nicht abstreiten.« Shep scheint einzulenken. »Aber das bedeutet auch nicht, daß wir gleich am ersten Tag Harakiri begehen müssen. Außerdem würde Lapidus den Vorfall niemals zugeben. Wenn er es tut, werden seine Klienten in Scharen zu den Notausgängen strömen. Wie damals, als dieser Hacker die Citibank um zehn Millionen Dollar geprellt hat. Sie haben alles in ihrer Macht Stehende versucht, daß es nicht in die Zeitungen kommt …«

»Und schließlich war es überall das Thema auf Seite eins«, unterbreche ich ihn. »So etwas kommt immer heraus. Es gibt heute keine Geheimnisse mehr. Wir leben schließlich nicht mehr in den fünfziger Jahren. Selbst wenn Lapidus es einen Monat lang unter Verschluß halten kann … bei all den Berichten, den Versicherungsansprüchen und den Prozessen wird es schließlich doch irgendwie ans Tageslicht gelangen. Und dann finden wir uns genau da wieder, wo wir jetzt auch schon stehen … Drei blöde Enten, die dasitzen und nur darauf warten …«

Ein lautes Knallen unterbricht uns. Das ist kein Echo von den anderen Gleisen. Was auch immer dieses Geräusch gemacht hat, es ist hier im Raum.

Sheps Kopf zuckt nach links, und er betrachtet prüfend die Zementmauer, aber dort ist nichts zu sehen. Einzig ein paar tote Schaltkästen und verblaßte Graffiti.

»Ich glaube, es kam von da oben«, flüstert Charlie nervös, während er auf die dunkle, gewölbte Decke deutet. In der Dunkelheit und dem Ruß wirkt jeder Bogen wie eine finstere, schwebende Höhle.

»Ist man euch gefolgt?« flüstert Shep.

Ich denke kurz nach. »Nein, ich glaube nicht. Es sei denn …«

Shep legt den Finger auf die Lippen. Sein Kopf ruckt von einer Seite zur anderen, während er den Raum mit militärischer Präzision absucht. Es bedarf jedoch keiner jahrelangen Ausbildung im Secret Service, um mir zu sagen, was mein Bauch längst weiß. Uns beschleicht alle dasselbe unerklärliche, übersinnliche Gefühl, als wenn wir beobachtet würden. Und als Charlie sich nervös umschaut, senkt sich ein unheilschwangeres Schweigen über den Raum. Wir spüren, daß wir nicht mehr allein sind.

»Nichts wie raus hier«, sagt Charlie.

Während er sich zur Tür umwendet, ertönt wieder ein Geräusch. Diesmal ist es kein dumpfer Knall. Eher ein Knarren. Ich schaue instinktiv nach oben, aber es kommt nicht von der Decke. Und auch nicht von den Wänden. Seine Quelle liegt irgendwie tiefer.

Erneut knarrt etwas, und wir schauen alle hinunter. Hinter dir, bedeutet mein Bruder. Shep wirbelt herum und untersucht einen Abschnitt der flachen Holzbohlen, die wie ein Miniaturfloß in den Boden eingelassen sind.

»Was ist das?« frage ich leise.

»Senkrechte Schächte. Unter den Planken führt ein Weg zu den Gleisen weiter unten«, erklärt Charlie. »So transportieren sie große Ausrüstungsgegenstände und Generatoren. Sie nehmen einfach die Holzabdeckungen ab und lassen sie durch die Löcher nach unten.« Er versucht, entspannt zu klingen; seine gerunzelte Stirn und die Art und Weise, wie er von den Planken zurückweicht, verraten mir allerdings, daß ihm unheimlich ist. Er ist nicht der einzige, der sich gruselt.

»Können wir bitte hier verschwinden?« frage ich.

Shep beugt sich hinunter, neigt den Kopf zur Seite und versucht, zwischen den Planken hindurchzusehen. Es ist, als starre man in den unterirdischen Ventilator einer Klimaanlage. »Seid ihr sicher, daß es von hier kam?« fragt er. »Oder ist es ein Echo von anderswoher?« Charlie ändert seine Richtung, um es sich genauer anzusehen.

»Charlie, geh da weg!« bitte ich ihn.

Erneut ertönt das Knarren, dann noch mal. Langsam, aber dann immer schneller.

Shep schaut hoch und läßt seine Blicke erneut prüfend durch den Tunnel gleiten. Wenn es ein Echo ist, muß es ja irgendwo seinen Ursprung gehabt haben.

Ich springe vor und packe Charlies Schulter. »Raus hier!« sage ich, während ich zur Tür laufe.

Charlie stolpert hoch und folgt mir, ohne dabei Shep aus den Augen zu lassen.

Das Geräusch unter den Planken wird immer schneller. Wie ein leichtes Kratzen ...

»Komm schon!« dränge ich ihn.

Als würde jemand gehen, nein, es klingt eher wie ein Laufen. Das Geräusch kommt nicht von hier drin, sondern von draußen. Ich bleibe stehen und rutsche mit meinen glatten Schuhsohlen ein Stück über den staubigen Boden. »Charlie, warte!«

Er rennt an mir vorbei und sieht mich dabei an, als wäre ich verrückt geworden. »Was ist mit dir ...?«

In der Ecke kracht es laut, und dann fliegt die Tür auf, zu der wir gerade gelaufen sind. »Secret Service ... keine Bewegung!« ruft ein massiger Kerl. Er stürmt in die Halle und hält mir eine Waffe direkt vor das Gesicht.

Instinktiv weiche ich zurück. Er geht langsamer, und ich bemerke sein leichtes Humpeln. Mister Vierschrötig. Der Chefermittler.

»Er hat gesagt: Keine Bewegung!« schreit ein blonder Agent, der ihm auf dem Fuß gefolgt ist. Er zielt wie sein Partner mit seiner Waffe direkt auf uns. Erst auf mich, dann auf Charlie, dann wieder auf mich. Das schwarze Loch der Mündung füllt mein Blickfeld vollkommen aus.

12. Kapitel

»Wir ... wir haben nicht ...« Charlie versucht, etwas zu sagen, aber er bringt keinen vernünftigen Satz heraus. Mein Hals schnürt sich zu, und ich habe das Gefühl, als hätte ich meine Zunge verschluckt.

»Zurück!« schreit der vierschrötige Agent, während er weiter in die Halle vordringt.

Meine Beine sind weich wie Pudding, als wir zurücktreten. Ich sehe Charlie an, aber das macht es nur schlimmer. Sein Gesicht ist kalkweiß ... und sein Mund steht sperrangelweit offen. Wie ich hat auch er nur Augen für die Waffe.

»Officer ...«, stottere ich.

»Agent!« verbessert Mr. Vierschrötig mich.

»Es tut mir leid ... Ich wollte ...«

»Sie müssen Oliver sein.«

»Woher wissen Sie ...?«

»Glauben Sie wirklich, daß Sie die Bank zweimal verlassen konnten, ohne daß Ihnen jemand gefolgt ist?«

»Was, zum Teufel, machst du da, Gallo?« schreit Shep. »Ich wollte sie gerade einkassieren. Ich hätte nur noch ...«

»Verarsch mich nicht!« schreit Gallo und bringt Shep zum Schweigen. Bevor wir reagieren können, drängt sich Gallo zwischen Charlie und mich und schiebt uns zurück. Nicht sehr weit, aber weit genug, um mit seiner Waffe auf Shep zielen zu können. »Ich bin kein Idiot!« sagt Gallo. »Ich weiß genau, was du vorhast!«

O Gott, er glaubt, wir ... »Es ist nicht so, wie es aussieht«, bricht es aus mir heraus, als sich Gallo wieder zu mir umdreht. »Wir wollten uns gerade stellen! Ich schwöre, daß wir ...«

»Das reicht!« unterbricht mich Gallo. »Es ist vorbei, Oliver. Kapiert?« Er wartet nicht einmal auf eine Antwort. »Ihr könnt die ganze Sache allerdings ein wenig erleichtern, wenn ihr uns verratet, wo ihr das Geld versteckt habt.«

Es ist eine einfache Frage. Rückt die Kohle raus, und ihr habt den ersten Schritt getan, euer altes Leben wiederzubekommen. Aber so wie Gallo es sagt ... die Wut in seiner Stimme ... Wie er die Zähne zusammenbeißt ... Man könnte glauben, daß er ein persönliches Interesse daran hat. Ich habe genug Scheidungsvereinbarungen miterlebt, um zu wissen, daß da etwas im Busch ist.

Ich sehe Charlie an, der langsam den Kopf schüttelt. Er sieht es auch.

»Oliver, das ist nicht der richtige Moment, um den Helden zu markieren«, warnt mich Gallo. »Ich frage Sie noch einmal, Junge: Wo haben Sie das Geld versteckt?«

»Sag's ihm nicht!« schreit Shep.

»Halt's Maul!« fährt Gallo ihn an.

»Wenn Sie es ihm verraten, haben wir nichts mehr in der Hand!« fügt Shep hinzu. »Das Geld ist unsere einzige Sicherheit.«

»Wollen Sie Ihre Sicherheit mal sehen?« Gallos Gesicht ist dunkelrot angelaufen vor Wut. Er steht zwischen mir und Charlie, als er seine Waffe hebt und direkt auf Shep zielt.

»Oh, das findest du wohl witzig?« speit Shep verächtlich aus.

»Was soll das?« Charlie tritt einen Schritt vor.

»Stehenbleiben!« schreit Gallo und richtet seine Waffe genau auf Charlie. Mein Bruder hebt die Hände und weicht wieder zurück. »DeSanctis ...!« schreit Gallo dem schlaksigen Agenten am Eingang zu.

»Hab ihn«, erwidert DeSanctis und zielt mit der Waffe auf Charlies Rücken.

Mein Bruder kann sich nicht umdrehen und sieht mich hilfesuchend an.

Rühr dich nicht, befehle ich ihm mit meinem Blick.

Sag ihm nichts, erwidert er auf dieselbe Art. Er versucht stark zu sein, aber ich sehe, wie angestrengt er atmet. Ihm geht schon die Luft aus.

»Letzte Chance, Oliver«, warnt mich Gallo. »Sagen Sie mir, wo das Geld ist, oder wir fangen bei Shep an und nehmen uns dann Ihren Bruder vor.«

Charlie und ich sehen uns unverwandt an. Keiner von uns sagt ein Wort.

»Er blufft«, behauptet Shep. »Das würde er nie tun.«

Gallo hält seine Waffe auf Shep gerichtet, aber er beobachtet mich dabei. »Sind Sie sicher, daß Sie das Risiko eingehen wollen, Oliver?«

»Bitte, stecken Sie doch die Waffe weg ...!« flehe ich ihn an.

»Fallen Sie nicht auf ihn rein«, fordert Shep mich auf. »Es sind Secret-Service-Leute, keine Killer. Sie können nicht einfach jemanden umlegen.« Er wendet sich an den blonden Agenten, der an der Tür steht. »Hab ich nicht recht, DeSanctis? Wir alle kennen schließlich die Vorschriften.«

Gallo schaut DeSanctis an, der ihm mit demselben unmerkliche Nicken antwortet, mit dem mein Bruder und ich uns gewöhnlich miteinander verständigen. Was das bedeutet, weiß ich. Ein Sturm braut sich zusammen. Hier geht es um mehr als um ein paar verschwundene Millionen.

Wortlos spannt Gallo den Hahn seiner Waffe.

»Komm schon, Jim.« Shep lacht. »Die Show ist vorbei ...«

Aber wir merken alle sehr schnell, daß Gallo nicht lacht. Er umfaßt die Waffe fester und legt seinen Finger auf den Abzug. »Ich warte, Oliver.«

Ich stehe wie angewurzelt da und habe das Gefühl, als laste ein schweres Gewicht auf meiner Brust. Ich kann kaum atmen. Wenn ich schweige, wird er abdrücken. Doch wie Shep ganz richtig bemerkte, wenn ich ihm sage, wo sich das Geld befindet, verlieren wir unsere einzige Sicherheit.

»Sag es ihm!« schreit Charlie.

»Sag es nicht!« warnt mich Shep. Dann dreht er sich zu Gallo um. »Können wir nun endlich damit aufhören? Ich meine, Sie haben uns erwischt, was erhoffen Sie sich noch ...?«

Die beiden Männer stehen sich von Angesicht zu Angesicht gegenüber, und Gallo grinst plötzlich.

Shep verliert die Fassung. Er ist kalkweiß. Als hätte er einen Geist gesehen. Oder einen Dieb. »Du willst ... Du willst das Geld selbst, hab ich recht?« stammelt er.

Gallo antwortet nicht, sondern zielt sorgfältiger.

»Nicht!« flehe ich ihn an. »Ich sage Ihnen, wo es ist!«

»Also haben euch die vielen Dollars gehört!« zischt Shep. »Wer hat euch ins Spiel gebracht? Lapidus? Oder Quincy?«

Er bekommt keine Antwort. Gallo leckt sich die Lippen. »Hasta la vista, Shep.«

»James, bitte ...«, fleht Shep. Seine Stimme versagt ihm fast den Dienst. »Du ka...« Er bekommt die Worte nicht über die Lippen. Trotz seiner Größe zittert er am ganzen Körper, und ihm treten die Tränen in die Augen. »Nicht ... nicht in den ...«

»Nein!« schreit Charlie.

Gallo zuckt nicht einmal mit der Wimper. Er drückt einfach ab.

13. Kapitel

»Nein, nicht ...!« schreie ich.

Zu spät. Der Schuß zischt wie ein Pfeil aus einem Blasrohr. Dann noch einer. Und noch einer. Alle drei schlagen in Sheps Brust ein und schleudern ihn gegen die Zementwand. Er preßt die Hände gegen die Wunden, aber das Blut ist schon überall. Es rinnt ihm über die Hände und quillt aus seinem Mund. Er versucht Luft zu holen, doch es dringt nur ein Gurgeln aus seinem Mund. Er steht immer noch auf den Beinen und starrt Gallo an und dann uns andere. Seine Augen haben das Grau eines Toten und sind vor Angst weit aufgerissen. Wie die eines Kindes, das weiß, daß es verletzt wurde, aber noch nicht weinen will. Er schwankt, versucht, einen Schritt nach vorn zu tun, ringt um sein Gleichgewicht ... Komm schon, Shep, du schaffst es ...

Gallo hebt erneut die Waffe, aber dann wird ihm klar, daß es unnötig ist.

Sheps Beine können sein Gewicht nicht mehr halten und geben unter ihm nach. Wie eine Eiche stürzt der Mann um und landet mit dem Gesicht nach unten auf den knarrenden Holzbohlen. Als er mit einem Knall aufschlägt, der durch den ganzen Tunnel hallt, schütteln sich die Bohlen, das Holz jedoch hält dem Aufprall stand.

»Shep!« schreit Charlie, rennt los und rutscht auf den Knien neben den Körper, der auf dem Gesicht liegt. »Lebst du noch? Bitte ... sag, daß du noch lebst!« Charlie blinzelt durch seine Tränen, rüttelt an Sheps Schulter und wartet auf eine Reaktion. Aber nichts, nicht mal ein Zucken. »Komm schon, Shep, ich weiß, daß du ...!« Mein Bruder schiebt seine Hand unter die Schulter und Taille des Toten und versucht, ihn auf den Rücken zu drehen.

»Charlie, faß ihn nicht an!« rufe ich.

»Ihr beiden ... rührt euch nicht!« brüllt Gallo.

Charlie läßt den Toten unvermittelt los, und Sheps Leiche sinkt mit dem Gesicht zuerst wieder auf den Boden. Die Blutlache versickert bereits zwischen den Ritzen der Planken. Ich wende meinen Blick ab und unterdrücke das Gefühl, mich erbrechen zu müssen. In dem Moment bemerke ich die Injektionsnadel neben Sheps Kopf. Charlies Blick fällt auch darauf. Er starrt sie an. Vermutlich schießt ihm durch den Kopf, daß es eine Chance wäre. Für mich dagegen ist es nur eine dumme Art und Weise, sich umzubringen.

Mach das nicht! warnt mein Blick ihn.

Aber Charlie kümmert das nicht. Ein Schwall von Adrenalin verwandelt seine Angst in pure Blutrünstigkeit. Er will die Nadel packen ...

»Ich sagte, keine Bewegung!« Gallo tritt hastig hinter meinen Bruder. Es klickt, und Charlie sieht sich um. Gallo zielt mit der Waffe auf den Rücken meines Bruders. DeSanctis, der immer noch die Tür blockiert, hält mich derweil mit seiner Pistole in Schach.

»Charlie, hör auf ihn!« flehe ich. Meine Stimme überschlägt sich.

»Endlich jemand mit einem Funken Verstand im Leib«, sagt Gallo und richtet die Waffe auf mich. Er tritt dicht an mich heran und bohrt mir die Mündung in die Wange. »Ich frage dich jetzt noch einmal, Oliver. Du weißt, was wir wollen. Sag uns, wo es ist.«

Unfähig, mich zu rühren, starre ich über Gallos Schulter hinweg. Hinter ihm hockt Charlie auf den Knien. Sein Blick zuckt durch den Raum und sucht einen anderen Ausweg. Doch wohin er auch blickt, er sieht nur Shep.

»Sei nicht dumm, Oliver«, warnt Gallo mich. »Gib auf,

und ihr könnt von hier weggehen, ohne daß euch ein Härchen gekrümmt wird.«

»Sag ihm nichts!« schreit Charlie. »Wenn du ihm auch nur einen Vierteldollar gibst, wird er uns hier neben Shep liegen lassen.«

»Halt die Klappe!« fährt Gallo ihn an und richtet seine Waffe auf Charlie.

Ich bin steif vor Angst und beinahe vollkommen paralysiert. Der Blick meines Bruders trifft mich wie ein Schlag und reißt mich heraus. Sag ihm nichts, warnt er mich. Sag ihm gar nichts. Das Problem ist nur, daß Gallo meine Schwäche bereits kennt, ganz gleich, wie gut mein Pokerface auch sein mag.

Gallo hat die Waffe immer noch auf Charlie gerichtet und grinst hämisch, während er langsam den Hahn seiner Waffe spannt. Er wartet auf meine Reaktion. »Wieviel ist er dir wert, Oliver?«

»Bitte nicht ...!« flehe ich ihn an. Die Worte sind kaum verständlich.

DeSanctis will jeden Fluchtversuch im Keim ersticken und schiebt sich direkt hinter mich. Die Waffe bohrt er in meinen Nacken.

Hinter meinem Bruder legt Gallo kurz den Finger auf den Abzug. Die Waffe deutet immer noch auf Charlies Kopf, aber der Agent beobachtet mich. Charlie kniet immer noch neben Sheps Leiche und verrenkt sich den Kopf, um meine Aufmerksamkeit zu erregen. Meine Augen werden glasig. Wir wissen beide, was uns erwartet. Ganz gleich, was wir Gallo auch geben, er kann uns nicht am Leben lassen. Nicht nach allem, was wir gesehen haben. Immer noch sucht Charlie mein Gesicht, sucht nach etwas ... nach irgendwas ... um uns hier herauszubringen – aber es kommt nichts.

Eigensinnig bis zum letzten Atemzug dreht er sich nach vorn und starrt auf Sheps Leiche. Doch erst als ich Sheps Blut durch die Ritzen zwischen den Bodenbrettern versickern sehe, erkenne ich sie. Unsere einzige Chance. Mein Bruder hat mir zwar immer noch den Rücken zugekehrt, trotzdem bemerke ich das plötzliche Zucken in seinen Schultern. Er hat es auch gesehen. Charlie beugt sich vor, als wäre der Druck zu groß, kniet sich dicht neben Sheps Leichnam ... und umfaßt vorsichtig mit den Fingern die Ecken der lockeren Holzplanke auf dem Boden.

»Du weißt, wie du ihn retten kannst«, warnt mich Gallo, der mich nicht aus den Augen gelassen hat. »Sag uns einfach, wo das Geld ist.« Von dort, wo der Agent steht, kann er nicht sehen, was Charlie macht. Aus einem Meter Entfernung sehe ich jedoch alles. Ich bewege mich rasch zur Seite, damit DeSanctis so wenig wie möglich mitbekommt.

»Bitte tun Sie ihm nicht weh«, bettle ich Gallo an. »Sie kriegen alle Informationen. Ich muß sie nur aus der Bank holen ... Ich habe sie nicht bei mir.«

Ich kann nur versuchen, ein bißchen Zeit zu schinden.

Charlie tut derweil so, als würde er sich für den tödlichen Schuß wappnen, und bückt sich noch tiefer ... und faßt dabei den Rand der Holzplanke fester. Das Brett wackelt zwar, aber das reicht noch nicht. Ein Nagel hält es noch. Charlie konzentriert sich auf den dünnen Spalt zwischen den Bohlen und schiebt seine Finger so weit hinein, wie es geht. Wenn er noch tiefer greift, reißt er sich die Haut an den Knöcheln blutig. Das kann ihn aber nicht abschrecken. Er braucht die Hebelwirkung. Mit einem letzten Ruck reißt er sich die Haut auf. Die Muskeln in seinem Unterarm treten hervor, und ich weiß, daß sich seine Finger nun um die unteren Enden der Planke legen. Du hast es fast geschafft, mach weiter, Bruderherz. Er zieht, so stark er kann, ohne sich selbst zu verraten. Das Brett löst sich.

»Oliver, du bist viel zu gerissen, als daß du dir die Informationen nicht eingeprägt hättest«, warnt mich Gallo, während er auf meinen Bruder zielt. »Denk dir was Besseres aus.«

Hinter Gallo dreht sich Charlie so weit herum, daß er mir einen Blick zuwerfen kann. Sag es nicht, bedeutet dieser Blick. Das Brett gibt gleich nach.

»Drei Sekunden«, erklärt Gallo. »Danach kannst du sein Hirn selbst aufsammeln. Eins ...«

Noch eine Sekunde, Ollie. Mehr brauche ich nicht.

»Zwei ...«

Noch eine kleine Sekunde.

Gallo schiebt den Finger über den Abzug. »Dr...«

»Warten Sie ... Tun Sie's nicht! Wie Sie wollen. Es ist ein Konto in An...«

Beweg dich, Ollie! bedeutet mir Charlie mit einem Blick. Es kracht, als er die Bohle endlich freibekommt.

Gallos Kopf zuckt zu dem Geräusch herum. Er sieht zu Boden, doch Charlie steht längst auf den Füßen und schwingt die Holzbohle wie einen Baseballschläger. Die flache Seite erwischt Gallo am Kinn. Allein das Geräusch ist die Sache schon wert ... ein ekelhaftes, süßliches Krachen, das ihn und seine Waffe, wie vom Blitz gefällt, zu Boden schickt.

Noch bevor ich begreife, was da eben passiert ist, fühle ich einen heftigen Ruck an meinem Hemd. DeSanctis reißt mich zurück. Er ist darauf abgerichtet, sich einer Bedrohung zu stellen. Als ich zu Boden stürze, dreht er sich zu Charlie um und zielt mit der Pistole für den tödlichen Schuß. Jetzt sieht sich mein Bruder dem schwarzen Mündungsloch gegenüber. Instinktiv reißt er die Holzbohle hoch, als wäre sie ein Schild. Ich rapple mich auf, als mir klar wird, was gleich passieren muß, aber ich habe keine Chance. Ohne zu zögern, drückt DeSanctis ab. Der Knall des Schusses ist ohrenbetäubend.

Das Holz zittert heftig, und etwas zischt unmittelbar über Charlies Kopf hinweg. Noch während er die Augen öffnet, fliegt ihm auch die Planke aus der Hand. Die Kugel hat sie gespalten. Als das Holz mit einem hohlen Geräusch auf dem Boden landet, brennen ihm die Handflächen. Dutzende von Splittern sind durch den Aufschlag eingedrungen. Er sieht zu DeSanctis hoch, der bereits erneut zielt – und zwar direkt auf ihn.

»Nicht!« schreie ich und springe DeSanctis von hinten an. Die Waffe ruckt nach oben, und ein Schuß löst sich. Der Querschläger dringt in die Wand rechts von mir ein. Eine

Wolke von brüchigem Zement löst sich und rieselt zu Boden. Mein Aufprall bringt DeSanctis so weit aus dem Gleichgewicht, daß ich ihm auf den Rücken springen und ihn würgen kann. Er braucht jedoch nur Sekunden, bis er seine Überraschung überwindet. DeSanctis ruckt mit dem Kopf nach hinten und rammt ihn gegen meine Nase. Der Schmerz ist fürchterlich, aber ich lasse nicht los.

»Ich mach dich kalt, du Dreckskerl!« schreit DeSanctis, als ich mich weiter an ihn klammere. Er greift nach hinten, zerrt an mir und versucht mich zu packen. Dadurch entblößt er seine Deckung, und darauf hat Charlie nur gewartet. Er nimmt das zerborstene Brett, stürzt vor, stemmt seine Füße auf den Boden und holt aus. Als er die Planke in DeSanctis Unterleib rammt, sackt der Agent zusammen. Ich könnte schwören, daß er sogar kurz mit den Füßen vom Boden abhebt. Ich fliege, wie von einem bockenden Bullen abgeworfen, herunter und lande auf dem Zement. Aber DeSanctis hat es ganz offensichtlich schlimmer erwischt.

»Geht's?« fragt Charlie und reicht mir die Hand.

Ich nicke mehrmals. Zum Reden fehlt mir der Atem.

Hinter Charlie hören wir ein Kratzen. Er wirbelt herum und sieht Gallo, der am Boden liegt und nach seiner Waffe angelt.

Charlie bückt sich rasch, hebt die Pistole auf und steckt sie sich in den Hosenbund.

»Charlie ...!«

»Ihr ... ihr seid beide so gut wie tot!« keucht Gallo und spuckt Blut aus.

»Sind Sie sich da so sicher?« erkundigt sich Charlie und holt zu einem weiteren Schlag aus. So hab ich ihn noch nie erlebt. Er hebt die Planke über den Kopf, als wollte er Holz hacken, und ...

»Nicht!« Ich packe ihn an der Schulter. DeSanctis rappelt sich bereits wieder auf. Die Jungs spielen einfach in einer anderen Liga. »Komm schon, verschwinden wir!«

Charlie läßt die Planke fallen, und wir stürmen zu der schweren Metalltür in der Ecke. Als ich Schuhe hinter mir klacken höre, drehe ich mich nicht einmal um. Ich will nur noch raus hier. Ich stoße die Tür auf, bin im nächsten Moment draußen und renne über den Laufsteg. Als Charlie folgen will, sieht er sich noch einmal um. Ich kann sie noch von meiner Position aus hören. Gallo ist schon wieder auf den Beinen und hinter uns her. Er hustet heftig. DeSanctis ist ebenfalls nicht weit weg.

»Wir haben ein Problem!« ruft Charlie.

Ich renne panisch weiter, an den Bauwaggons vorbei, und springe aus dem Kaninchenloch heraus in den Gang mit den Imbißständen. Weiter hinten hören wir, wie die Metalltür gegen die Wand knallt. Sie sind schneller, als wir gedacht haben.

»Kontrollier die Waggons!« schreit Gallo seinem Partner DeSanctis zu.

Ich biege scharf nach links ab und laufe den Weg zurück, den wir gekommen sind.

»Falscher Weg!« schreit Charlie.

»Bist du …?«

»Vertrau mir!« Er schlägt sich nach rechts.

Ich halte kurz inne, aber die Wahl ist leicht. Wir wissen schließlich beide genau, wo wir unsere Freitagabende verbracht haben.

Charlie stürmt einen Flur entlang, nachdem er sich davon überzeugt hat, daß ich ihm folge. Die alten Instinkte sind hellwach. Am anderen Ende des Korridors springt er auf die Rolltreppe und nimmt zwei Stufen auf einmal. Hinter ihm klacken meine Absätze auf die Metallrillen. »Sind sie immer noch hinter uns?« fragt er.

»Bring uns einfach hier raus!« Ich will mich nicht umsehen.

Am oberen Ende der Rolltreppe, die in einem Gewimmel von Zeitungsläden endet, führt nur ein freier Weg nach links, zurück in die Haupthalle. Charlie läuft geradeaus weiter, auf die beigefarbene Personaltür in der Ecke zu.

»Die sieht abgesperrt aus!« rufe ich.

»Ist sie nicht«, behauptet er. »Jedenfalls war sie das noch nie.«

Ich sende ein Stoßgebet zum Himmel, daß sich die Dinge nicht plötzlich geändert haben, und sehe, wie er sich gegen die Tür stemmt. Sie schwingt auf. Dahinter liegt ein Flur, der ebenfalls in einem beigefarbenen Ton gestrichen ist. Die Schritte meines Bruders werden länger. Hier kennt er sich aus. Und ich bin noch orientierungsloser als sonst. Ich balle die Fäuste und laufe schneller.

»Geht's?« fragt Charlie, als er sich einmal umsieht.

»Ja!« keuche ich und starre nach wie vor stur geradeaus.

Vor uns liegen zwei automatische Türen. Wir treten auf die Sensormatten, und die Türen werden blinkend freigegeben. Ich rieche sofort die Abgase. Hinter den Türen sind die Lichter gedämpft, und der Raum wird größer. Es sind fensterlose Ziegelwände und eine alte hölzerne Kassennische mit einer Klingel davor. Charlie betrachtet die etwa fünfzig Wagen, die Stoßstange an Stoßstange in der unterirdischen Garage geparkt sind.

»Haben Sie ein Ticket?« ruft uns ein Mann mit einem puertoricanischen Akzent zu.

»Nein, danke«; erwidert Charlie und atmet durch. Er schaut zu den automatischen Türen zurück und sucht Gallo und DeSanctis. Die Türen schließen sich mechanisch. Niemand da. Jedenfalls noch nicht. Aber bevor wir uns entspannen können, dreht sich mir der Magen um, und ich muß mich erbrechen. Die milchigbraunen Reste meines morgendlichen Rosinenmüslis ergießen sich auf den Asphalt. Allein der Geruch drängt mich unwiderstehlich, es noch einmal zu tun. Ich beiße die Zähne zusammen.

»Bist du sicher, daß alles okay ist?« erkundigt sich Charlie zum dritten Mal.

Ich beuge mich vor, stütze mich auf den Knien ab und spucke aus.

»Glaubt nur nicht, daß ich das saubermache«, erklärt der Puertoricaner in seinem Häuschen.

Charlie ignoriert ihn und legt mir eine Hand auf die Schulter. »Sie sind weg«, verspricht er mir. »Alles klar.« Die Worte hören sich gut an, aber sie gehen am Thema vorbei.

»Was?« Charlie mustert meine grüne Gesichtsfarbe. »Was hast du?«

Mein Magen ist leer, und ich drohe das Bewußtsein zu verlieren. Aber erst als ich den Speichel mit dem Handrücken von meiner Unterlippe wische und mich langsam aufrichte, sieht Charlie meine Augen.

Ohne daß wir ein Wort wechseln müssen, begreift er, warum ich nicht zurücksehen wollte, als wir geflohen sind. Sicher, ich hatte Angst, aber nicht vor denen, die hinter uns her waren, sondern vor dem, den wir zurückgelassen hatten. Shep. Ich starre auf das Erbrochene zu meinen Füßen. Von wegen Angst. Das sind Schuldgefühle.

»Es ist nicht deine Schuld, Ollie. Als du die Kontonummer herausrücken wolltest, hat Shep selbst dir gesagt, du sollst den Mund halten.«

»Aber wenn wir nicht ... Verdammt, wie konnte ich nur so ein Idiot sein? Wenn wir nicht dagewesen wären ... Wenn ich nicht so wütend auf Lapidus gewesen wäre ...«

»Hast du's denn immer noch nicht kapiert?« fragt er. »Es spielt keine Rolle, was du geglaubt hast. Shep hätte das Geld gestohlen, ob mit und oder ohne uns. Basta. Das war's.«

Ich hebe den Kopf. »Glaubst du wirklich?«

»Natürlich«, erwidert er, doch noch während er es sagt, verrät ihn seine Miene. Er ist plötzlich grün im Gesicht.

»Geht es dir gut?« frage ich.

Er antwortet nicht. Statt dessen deutet er auf die steile Rampe, die zu der verschneiten Straße hinaufführt. »Wollen wir?«

Noch bevor ich nicken kann, läuft Charlie geradewegs die Rampe hinauf. Ich schließe die Augen und stelle mir kurz vor, wie Sheps Leiche wie eine Puppe auf dem Boden liegt, dann jage ich so schnell wie möglich hinter meinem Bruder her. Bedauerlicherweise gibt es einige Dinge, vor denen man einfach nicht weglaufen kann.

Ich bin immer noch hinter meinem Bruder, als wir über die Rampe auf die 44th Street gelangen. Wir tauchen in der

Menge der Leute unter, aber ich höre in der Ferne bereits die Sirenen heulen.

Ich sehe Charlie an, und er mustert mich. Wir sind nicht mehr nur Diebe. Wenn Gallo und DeSanctis mit uns fertig sind, dann gelten wir als Mörder.

»Sollen wir Mom anrufen ...?«

»Auf keinen Fall!« erwidere ich. »Bei ihr werden sie zuallererst suchen.«

Die Sirenen kommen näher, und wir reihen uns in die Schlange, die vor einem Pizzaladen ansteht. Mittlerweile ist das Heulen beinahe ohrenbetäubend. Am Ende des Blocks bremsen zwei Polizeiwagen ab und rasen mit quietschenden Reifen zum Eingang der Grand Central auf der Vanderbilt Avenue. Wir haben zwar den Kopf gesenkt, aber wie alle anderen in der Schlange starren wir neugierig hin. Nach einigen Sekunden schlagen Türen, und vier uniformierte Beamte laufen in das Gebäude.

»Komm mit!« sage ich und springe aus der Reihe.

Bist du sicher, daß du rennen willst? fragt mich Charlies Blick.

Ich reagiere nicht darauf. Wie er schon sagte, es geht nicht mehr um meinen Ärger. Oder um eine hitzige, saudumme Rache an Lapidus. Es geht darum, daß wir am Leben bleiben. Und nach fast fünfzehn Jahren in der zweiten Reihe weiß Charlie den Wert eines Frühstarts zu schätzen.

»Weißt du denn, wohin wir wollen?« ruft er, während er mir folgt.

Ich laufe bereits zum anderen Ende des Blocks. »Nicht genau«, erwidere ich. »Aber ich habe da so eine Idee.«

14. Kapitel

Joey war die achte auf der Liste. Natürlich war der erste der Unterzeichner der KRG-Versicherung, der die Police ausgestellt hatte. Lapidus biß ihm innerhalb von Sekunden den Kopf ab und erzwang eine rasche Übergabe an einen Analysten für Vertrauensschadensersatz, der, als er die Höhe der fraglichen Summe erfuhr, den Chef der Abteilung anrief, der wiederum den Präsidenten der Schadensersatzabteilung anrief, der wiederum den Vorstandsvorsitzenden benachrichtigte. Der CEO tätigte zwei Anrufe, einen bei einer staatlichen Revisonsgesellschaft und einen bei Chuck Sheafe, dem Chef von Sheafe International. Von ihm verlangte er persönlich den Einsatz seines besten Ermittlers. Sheafe zögerte keine Sekunde, sondern empfahl augenblicklich Joey.

»Gut«, sagte der Vorsitzende. »Wann kann er hiersein?«

»Sie meinen sie.«

»Was reden Sie da?«

»Spielen Sie nicht den Macho, Warren. Jo Ann Lemont«, erklärte Sheafe. »Wollen Sie nun unseren besten Mann, oder wollen Sie einen Pfadfinder?«

Mehr brauchte er nicht zu sagen. Der achte Anruf erreichte Joey.

»Haben Sie eine Ahnung, wer das Geld gestohlen hat?« Joey saß in dem Sessel vor Lapidus' Schreibtisch.

»Natürlich weiß ich nicht, wer es gestohlen hat«, brüllte Lapidus. »Was ist das für eine blöde Frage?«

Sie ist vielleicht blöd, dachte Joey, aber ich muß sie stellen. Und sei es nur, um seine Reaktion zu sehen. Wenn er log, würde er sich verraten. Ein kurzes Wegschauen, ein unbehagliches Grinsen, etwas Hohles in seinem Blick. Während sie sich das kurze kupferrote Haar aus der Stirn strich, wurde ihr wieder einmal klar, daß dies ihre besondere Gabe war. Sich zu konzentrieren und die Wahrheit herauszufinden. Sie hatte es während der Pokerspiele mit ihrem Vater gelernt und es während ihres Jurastudiums verfeinert. Manchmal war es die Körpersprache. Und manchmal war es ... etwas anderes.

Als Joey das Büro von Lapidus zum ersten Mal betrat, fiel ihr sofort der prunkvolle viktorianische Türknauf aus Bronze auf. Er hatte ein verschlungenes Relief, fühlte sich kalt an und war schwer zu bedienen, ein Einzelstück unter den Türknäufen im Gebäude. Joey erkannte, daß es für Vorstandsvorsitzende genau darum ging. Alles für den ersten Eindruck.

»Gibt es noch etwas, Miss Le...?«

»Joey«, unterbrach sie ihn. Der Blick ihrer schokoladenbraunen Augen schoß von ihrem gelben Notizblock hoch. Sie hatte zwar einen Stift in der Hand und den Block auf ihrem Schoß liegen, aber noch kein einziges Wort aufgeschrieben. Seit man ihren ersten Schreibblock beschlagnahmt hatte, war sie klüger geworden. Trotzdem lockerte so ein Block manchmal die Situation auf. Genauso wie die Anrede mit Vornamen. »Bitte ... Nennen Sie mich Joey.«

»Ich will Ihnen nicht zu nahe treten, Joey, aber wenn ich mich recht erinnere, hat man Sie engagiert, um dreihundertdreizehn Millionen Dollar zu finden. Warum suchen Sie das Geld nicht?«

»Genau danach wollte ich Sie gerade fragen ...«, begann sie, während sie eine Digitalkamera aus ihrer Aktentasche zog. »Haben Sie etwas dagegen, wenn ich kurz ein paar Fotos mache? Ausschließlich zu Versicherungszwecken ...«

Lapidus nickte, und sie schoß schnell vier Fotos. Eines in jede Richtung. Für Lapidus bedeutete das nur eine kleine Unbequemlichkeit. Für Joey war es die einfachste Methode, den möglichen Tatort eines Verbrechens zu dokumentieren. *Nimm alles auf*, hatte man sie von Anfang an gelehrt. *Ein Foto ist das einzige, was nicht lügt.*

Joey betrachtete die Kirschholztäfelung und den teuren Teppich, die den Raum mit ihrem dunklen Burgunderrot wärmten. Das Büro selbst war mit asiatischen Kunstwerken vollgestellt. Zu ihrer Linken hing eine gerahmte Schriftrolle, auf der in Kalligraphie ein japanisches Gedicht dem Frühling huldigte, rechts von ihr stand ein Step-Tansu aus der Zeit vor dem Zweiten Weltkrieg. Es war eine einfache Holzkiste mit kleinen Schubladen. Direkt hinter Lapidus' Schreibtisch befand sich ganz offensichtlich der Stolz seiner Sammlung: ein Samuraihelm aus der Kamakura-Epoche des dreizehnten Jahrhunderts. Er war aus geschnitztem Holz, das mit glänzendem schwarzen Lack überzogen war. Über der Stirn war ein geschmiedeter silberner Halbmond eingelassen. Joey wußte aus dem Geschichtsunterricht, daß ein Shogun Silberinsignien benutzte, um seine Samurai zu identifizieren und herauszufinden, wie sie sich in der Schlacht schlugen. Wieder ein Boß, der es nicht mag, zu dicht am Geschehen zu sein, dachte sie.

»Wie kommen Sie mit Ihren Angestellten zurecht, Mr. Lapidus?« fragte Joey, während sie die Kamera wieder in ihre Aktentasche steckte.

»Wie ich mit ...?« Er unterbrach sich und sah sie scharf an. »Wollen Sie mir da etwa irgendwas unterstellen?«

»Überhaupt nicht.« Sie wich schnell zurück. Trotzdem hatte sie soeben den ersten Knopf gefunden. »Ich versuche nur herauszufinden, ob jemand ein Motiv hatte ...«

Die Tür des Büros flog auf. Quincy trat einen Schritt herein, sagte aber kein Wort. Er hielt nur den ovalen Türknauf fest.

»Was?« fuhr Lapidus hoch. »Was ist los?«

Quincys Blick glitt kurz zu Joey und dann wieder zurück zu Lapidus. Es gab Dinge, die man besser unter vier Augen besprach.

»Ist er da?« schrie eine heisere Stimme im Flur. Noch bevor Quincy antworten konnte, drängten sich die Agenten Gallo und DeSanctis ins Zimmer. Joey grinste über die Unterbrechung. Schlecht geschnittener, ausgebeulter Anzug, billige Schuhe, die vom Laufen unansehnlich geworden waren. Die beiden waren keine Bankiers. Was bedeutete, sie waren entweder vom Sicherheitsdienst oder ...

»Secret Service!« rief Gallo und ließ kurz seine Marke am Gürtel aufblitzen. »Würden Sie uns bitte einen Moment entschuldigen?«

Joey starrte unwillkürlich auf die geschwollene Wunde an Gallos Kinn. Als er das erste Mal hereingekommen war, hatte er sie noch nicht gehabt. Er hielt den Kopf abgewendet. »Ich nehme an, wir ermitteln in dieser Sache alle gemeinsam«, sagte sie und bemühte sich um einen freundlichen Ton. »Ich arbeite für Chuck Sheafe.« Es kam nicht oft vor, daß sie den Namen ihres Chefs bemühte, aber sie wußte sehr gut, wie das mit dem Vertrauen bei den Behörden funktionierte. Vor fünfzehn Jahren war Chuck Sheafe der dritthöchste Beamte des Secret Service gewesen. Für seine Kollegen hieß das, er gehörte noch zur Familie.

»Also arbeiten Sie für eine Versicherungsgesellschaft?« fragte Gallo.

Das war nicht die Reaktion, die sie erwartet hatte, daher nickte Joey nur.

»Dann sind Sie Zivilistin«, fuhr Gallo schneidend fort. »Also entschuldigen Sie uns.«

»Aber ...«

»Auf Wiedersehen, Madam, es war nett ...«

»Sie können mich Joey nennen.«

Gallo senkte den Kopf, warf ihr einen Blick wie ein Raubtier zu und zeigte dabei erneut die Wunde an seinem Kinn. Anscheinend gefiel es ihm nicht, wenn er unterbrochen wurde. »Auf Wiedersehen, *Joey*!«

Joey war zu clever, um sich zu widersetzen, klemmte sich ihren Notizblock unter den Arm und stolzierte zur Tür. Die vier Männer sahen ihr nach, als sie durch den Raum schritt. Das passierte nicht oft. Sie war zwar ziemlich athletisch gebaut, aber keine wirkliche Augenweide. Trotzdem reagierte sie nicht darauf. Sie verdiente ihr Geld damit, knietief in männlichen Egos zu waten. Später würde es noch genug Gelegenheiten geben zu kämpfen.

Als die Tür hinter Joey ins Schloß fiel, rieb Lapidus seine Handflächen an seinem kahlen Schädel. »Bitte sagen Sie mir, daß Sie gute Nachrichten haben.«

Quincy wollte antworten, brachte jedoch kein Wort über die Lippen. Statt dessen schob er die Hände in die Hosentaschen, damit sie nicht so zitterten.

»Alles okay?« erkundigte sich Lapidus.

»Shep ist tot«, stieß DeSanctis hervor.

»Was?« Lapidus sah ihn fassungslos an. »Sind Sie ... Wie ist das ...?«

»Drei Schüsse in die Brust. Wir sind reingestürmt, als wir den Lärm hörten, aber es war schon zu spät.«

Erneut herrschte Schweigen im Zimmer. Niemand rührte sich. Weder Lapidus noch Quincy.

»Mein Beileid«, fügte Gallo hinzu.

Lapidus griff sich an die Brust und sackte in seinem Sessel zusammen. »Ging es … ging es um das Geld?«

»Das versuchen wir herauszufinden«, erklärte Gallo. »Wir sind nicht sicher, wie sie es geschafft haben, aber es sieht so aus, als hätte Shep ihnen geholfen.«

Lapidus blickte hoch. »Was soll das heißen: ›sie‹?«

»Das ist die andere Sache …« DeSanctis mischte sich ein. Er warf Gallo einen kurzen Blick zu, beinahe so, als warte er auf die Erlaubnis, etwas sagen zu dürfen. Als Gallo nickte, ging DeSanctis durch das Büro und setzte sich in den anderen der beiden Sessel. »Soweit wir das beurteilen können, wurde Shep entweder von Charlie oder von Oliver umgebracht.«

»Oliver?« fragte Lapidus. »*Unser* Oliver? Der Junge könnte nicht mal …«

»Er könnte … und hat!« unterbrach ihn Gallo. »Also ersparen Sie mir dieses Gequatsche vom unschuldigen kleinen Jungen. Wegen diesen beiden habe ich da einen Mann mit drei Löchern in der Brust und eine Ermittlung, die sich gerade zu einem Mordfall ausgewachsen hat. Wenn Sie jetzt noch die dreihundertdreizehn Millionen dazurechnen, sitzen wir auf einem von diesen Fällen, wegen denen der Kongreß Anhörungen veranstaltet.«

Lapidus hockte immer noch zusammengesunken in seinem Sessel. Die möglichen Konsequenzen lasteten schwer auf seinen Schultern. Er war in Gedanken versunken und weigerte sich, jemanden anzusehen. Statt dessen starrte er beunruhigt auf den japanischen Brieföffner aus Bronze auf seinem Tisch. Dann richtete er sich plötzlich kerzengerade auf. Seine Stimme überschlug sich fast. »Freitag hat Oliver mein Paßwort benutzt, um Geld an Tanner Drew zu überweisen.«

»Sehen Sie, solche Dinge müssen wir erfahren«, sagte

Gallo, während er sich neben DeSanctis setzte. »Wenn es ein Muster in diesem Fehlverhal...« Er unterbrach sich, als er etwas unter dem Polster auf dem Sessel spürte. Er griff unter seinen Schenkel und förderte einen blau-gelben Kugelschreiber mit dem Logo der Universität von Michigan zutage. Michigan, dachte er. Das ist doch die Uni, die Chuck Sheafe, der Boß von Joey, be...

»Woher haben Sie das?« zischte Gallo und hielt Lapidus den Stift unter die Nase. »Ist das Ihrer?«

»Ich glaube nicht«, erwiderte Lapidus verwirrt. »Nein, den hab ich noch nie zuvor gesehen ...«

Gallo zog wütend die Kappe ab, schraubte hastig den Stift auseinander und schüttelte die Einzelteile auf den Schreibtisch. Eine Kugelschreibermine fiel heraus, eine Metallfeder ... und aus dem Oberteil des Stiftes ein klares Plastikröhrchen mit Drähten, einer Minibatterie und einem winzigen Transmitter. In dem winzigen Loch am Ende befand sich das eingebaute Mikrofon.

»Hurensohn!« schrie Gallo. Er schleuderte den Stift gegen die Wand und verfehlte nur knapp die japanische Schriftrolle.

»Vorsicht!« rief Lapidus, als Gallo aus seinem Sessel sprang.

Er warf den Stuhl um, als er zur Tür raste, den ovalen Türknauf packte und so fest zog, wie er konnte.

»Kann ich Ihnen helfen?« erkundigte sich Lapidus' Sekretärin von ihrem gewohnten Platz hinter ihrem Schreibtisch.

Gallo fegte an ihr vorbei und warf einen Blick in den Flur, sah zu den Waschräumen und zum Aufzug hinüber. Er kam zu spät. Joey war längst weg.

15. Kapitel

Der Rücksitz des schwarzen, nicht registrierten Taxis ist mit einem fleckigen braunen Handtuch bedeckt, das nach Schweißfüßen riecht. Unter normalen Umständen würde ich die getönten Scheiben herunterkurbeln, auf denen die Folie Blasen wirft, aber die Sirenen sagen mir, daß wir wohl hinter den dunklen Scheiben besser aufgehoben sind. Seit wir den Wagen angehalten haben, sitzen Charlie und ich tief in die Sitze geduckt da und sprechen kein Wort miteinander. Offenbar will keiner von uns vor dem Fahrer reden, aber ein Blick auf Charlie, der an der Tür lehnt und ausdruckslos aus dem Fenster starrt, macht mir klar, daß er nicht einfach nur seine Ruhe haben will.

»Biegen Sie hier rechts ab«, rufe ich und sehe über die Kopfstütze nach hinten, um einen besseren Blick auf die Park Avenue zu bekommen. Der Fahrer biegt scharf in die 50th Street ein und hat bereits einen Block hinter sich. »Perfekt«, sage ich. »Halten Sie hier.« Als das Taxi mit einem Ruck zum Stehen kommt, werfe ich einen Zehn-Dollar-Schein zwischen die Armlehnen, öffne die Tür und sorge dafür, daß der Fahrer mich nicht genau erkennen kann. Wir sind nur ein paar Blocks vom Grand Central entfernt, aber ich wollte nicht auf offener Straße herumlaufen.

»Beeil dich!« rufe ich Charlie zu, der sich etwas zurückhängen läßt. Ich marschiere geradewegs auf die Tür der italienischen Bäckerei zu, vor der das Taxi gehalten hat. Kaum fährt es weiter, drehe ich mich um und gehe wieder hinaus. Das ist nicht der richtige Moment, um ein Risiko einzugehen. Nicht für mich und ganz bestimmt nicht für Charlie.

»Komm mit«, sage ich und steuere wieder auf die Park Avenue zu. Der eisige Dezemberwind treibt uns beinahe zurück, aber vor allem sorgt er dafür, daß die Passanten tief gebückt an uns vorbeihasten. Kaum haben wir das Gedränge in der Park Avenue erreicht, springe ich die wenigen Stufen hinauf. Charlie ist dicht hinter mir und schaut an dem verzierten Ziegelbau hoch. Endlich versteht er. Zwischen den Investmentbanken, den Anwaltskanzleien und dem Waldorf Astoria liegt es wie eine Insel der Frömmigkeit mitten im Ozean des Protzes. Und was noch wichtiger ist: Es ist der nächstgelegene Ort, der mir eingefallen ist, aus dem wir nicht herausgeworfen werden. Und zwar ganz gleich, wie lange wir bleiben.

»Willkommen in der Kirche St. Barth«, flüstert eine leise Stimme, als wir in das Foyer mit der hohen Gewölbedecke treten. Links von mir sitzt eine füllige Großmutter an einem Tisch mit Stapeln von Bibeln. Sie nickt uns kurz zu und schaut dann rasch weg.

Ich schiebe zwei Dollar in den durchsichtigen Opferstock und gehe zu den Doppeltüren, die in das Kirchenschiff führen. Als ich sie öffne, umhüllt mich augenblicklich der typische Kirchengeruch: Weihrauch und altes Holz. Im Inneren schwingt sich die Decke zu einer goldenen Kuppel empor, während sich am Boden vierzig Bankreihen aus Ahornholz erstrecken. Es ist dunkel. Das einzige Licht spenden einige Kronleuchter und die bunten Glasfenster an der Wand.

Die Mittagszeit ist vorbei, und die meisten Bänke sind leer. Aber nicht alle. Etwa ein Dutzend Gläubige verlieren sich in dem Gotteshaus. Selbst wenn sie ins Gebet vertieft sind, genügt ein zufälliger Blick von einem von ihnen. Dann kann er sich als der wachsame Nachbar der Woche feiern lassen. Ich sehe mich suchend nach einem etwas ruhigeren Eckchen um. In einer Kirche dieser Größe müßte es normalerweise ... Da haben wir sie. An der linken Wand im hinteren Viertel des Kirchenschiffs versteckt sich eine unauffällige Tür.

Charlie und ich versuchen, nicht zu schnell und auffällig zu gehen, sondern schlendern zielstrebig und ruhig dorthin. Die Tür knarrt laut, als ich sie öffne. Ich zucke zusammen und stoße sie kräftig auf, um den Lärm rasch zu beenden. Wir drängen uns hastig hinein, so daß ich förmlich in den Raum mit den steinernen Wänden und dem gefliesten Boden stolpere. Er bietet gerade Platz genug für ein paar Bänke und einen Messingständer, in dem Kerzen brennen. Ansonsten sind wir allein in der leeren Kapelle. Die Tür fällt hinter uns zu, aber Charlie schweigt immer noch.

»Bitte, tu dir das nicht an«, sage ich zu ihm. »Beherzige deinen eigenen Rat. Weder du noch ich tragen die Verantwortung dafür, was mit Shep passiert ist.«

Charlie läßt sich auf eine Holzbank in der Ecke fallen und antwortet nicht. Er sinkt in sich zusammen, und sein Kopf sackt leblos auf seine Brust. Er steht immer noch unter Schock. Ich habe vor weniger als einer halben Stunde gesehen, wie ein Mitarbeiter der Bank erschossen wurde. Charlie jedoch hat den Tod von jemandem miterlebt, den er für seinen Freund gehalten hat, selbst wenn die beiden sich kaum kannten und nur über Football geredet haben. Mein Bruder beugt sich vor und stützt seine Ellbogen auf die Knie.

Allein bei dem Anblick muß ich ein Würgen unterdrükken. »Charlie, wenn du darüber reden willst …«

»Schon klar«, unterbricht er mich. Seine Stimme zittert. Er ringt um seine Beherrschung, aber manche Dinge sind einfach zu übermächtig. Es geht hier nicht nur um Shep. Die flackernden Kerzen auf dem Ständer lassen unsere Schatten an der Steinwand tanzen. »Sie werden uns umbringen, Ollie. Genau so, wie sie ihn auch umgelegt haben.«

Ich trete dicht an ihn heran, lege ihm tröstend die Hand auf den Nacken und setze mich neben ihn auf die Bank. Charlie ist keine Heulsuse. Er hat nicht einmal eine Träne vergossen, als er sich das Schlüsselbein gebrochen hat, damals, als er versucht hat, mit seinem Fahrrad eine Treppe herunterzufahren. Oder als wir von Tante Maddie im Krankenhaus Abschied nehmen mußten. Aber als ich jetzt meine Arme ausbreite, sinkt er hinein.

»Was sollen wir jetzt tun?« Seine Stimme ist immer noch ein Flüstern.

»Ich habe da so einige Ideen«, behaupte ich. Das ist ein leeres Versprechen, und Charlie macht sich nicht mal die Mühe nachzuhaken. Er lehnt einfach nur seinen Kopf an meine Schulter und sucht nach einem Halt. Unsere Schatten an der Wand verschmelzen zu einer einzigen großen Gestalt. Da klingelt mein Handy.

Das Geräusch schrillt laut in dem kahlen Raum. Ich zucke zusammen, aber Charlie rührt sich nicht. Ich greife in meine Jackentasche und schalte kurz das Klingeln ab. Wenn niemand antwortet, wird der Anrufer es wieder versuchen.

Wer immer es auch ist, er gibt nicht auf. Das Telefon vibriert an meiner Brust. Ich schalte es ganz ab.

»Bist du sicher, daß du nicht lieber rangehen solltest?« fragt Charlie, als er meine Miene sieht.

»Ich glaube nicht.«

Er nickt, als würde das unsere Sicherheit gewährleisten. Wir wissen beide, daß wir uns da nur etwas vormachen. An der gegenüberliegenden Wand tanzen die winzigen Flammen der Kerzen auf ihren Dochten. Ganz gleich, wie sehr wir auch unsere Augen verschließen, von jetzt an wird alles nur noch schlimmer.

16. Kapitel

»Und?« fragte Gallo.

»Er geht nicht ran«, erwiderte Lapidus und legte den Hörer wieder auf. »Das überrascht mich allerdings auch nicht. Dafür ist Oliver viel zu gerissen.« Er schaute auf den fotokopierten Brief, den Gallo ihm auf den Schreibtisch gelegt hatte, und überflog ihn kurz. »So haben sie es durchgezogen?« fragte Lapidus. »Mit einem gefälschten Brief und Duckworths Unterschrift?«

»Die Jungs von der Technik meinen, daß dies das letzte Dokument ist, das Oliver in seinen Computer getippt hat«, erklärte Gallo, während er über den antiken Teppich humpelte. Nach der Geschichte mit Joeys Kugelschreiber hatte er keine Lust mehr, sich zu setzen. »Und die Kopie des Briefes auf der CD, die wir hinten in Sheps Schublade gefunden habe, legt nahe, daß er ihnen geholfen hat.«

»Also haben sich die drei heute morgen getroffen, und als es schiefgelaufen ist, haben Oliver und Charlie ihm den Kopf abgerissen«, spekulierte Quincy von seinem Beobachtungsposten an der Tür.

»Das ist die einzige logische Erklärung«, behauptete DeSanctis und warf Gallo einen Blick zu.

»Und was ist mit der Ermittlung?« fragte Lapidus. »Wie Sie wissen, haben wir viele wichtige Klienten, die sich auf unsere Diskretion verlassen. Gibt es eine Chance .... das Ganze aus der Presse rauszuhalten?«

Das war das Stichwort, auf das Gallo gewartet hatte. »Ich stimme Ihnen voll und ganz zu«, antwortete er. »Wenn wir das hier der Presse vorwerfen, werden sie unsere Pläne Oliver und Charlie sozusagen ins Haus schicken. Wenn diese Nummer hier wirklich so groß ist, sollten wir alle die Angelegenheit lieber vertraulich behandeln.«

»Das ist exakt unser Standpunkt.« Lapidus nickte Quincy heftig zu. »Nicht wahr?«

Quincy erwiderte das Nicken jedoch nicht. Er hatte für heute genug davon, Leuten Honig um den Bart zu schmieren.

»Also glauben Sie, daß Sie die beiden aufspüren können?« erkundigte sich Lapidus, als Gallo den Hörer von Lapidus' Telefon am Rand des Schreibtischs abnahm.

Gallo warf erst Quincy und dann Lapidus einen kurzen Blick zu. »Warum überlassen Sie das nicht einfach uns?« Er wählte rasch eine Nummer und drückte den Hörer fest an sein Ohr. »He, ich bin's«, sagte er zu der Person am anderen Ende der Leitung. »Ich habe ein Handy in der Stadt verloren. Kannst du es aufspüren?«

17. Kapitel

Ich stelle das Telefon erst an, als ich zehn Blocks weit weg bin. Und selbst nachdem es sich eingeloggt hat, brauche ich noch anderthalb weitere Blocks, um den Mut aufzubringen, zu wählen. Um Kraft zu schöpfen, denke ich an Charlie. Während ich darauf warte, daß jemand abnimmt, versuche ich mein Gleichgewicht zu halten, während der Bus auf seinem Weg in die City durch die Schlaglöcher rumpelt. Sicher, die U-Bahn ist unauffälliger, aber bei meinem letzten Versuch bekam mein Handy unter der Erde keine Verbindung. Und gerade jetzt muß ich mich bewegen. Ich muß Abstand zwischen mich und die Kirche bringen.

»Willkommen bei der Greene & Greene Privatbank. Was kann ich für Sie tun?« ertönt eine melodische weibliche Stimme in meinem Hörer. Ich weiß nicht genau, wem sie gehört, aber sie ist keine der Telefonistinnen, die ich kenne.

»Hi, ich bin Marty Duckworth«, sage ich. »Ich habe nur eine kurze Frage und hoffe, daß Sie mir helfen können.« Während sie meine Kontonummer und meine Sozialversicherungsnummer überprüft, frage ich mich unwillkürlich, ob das System der Bank immer noch funktioniert. Falls der Secret Service clever ist, dann haben sie es sicher schon ...

»Ich habe Ihr Konto aufgerufen, Sir. Womit kann ich Ihnen dienen, Mr. Duckworth?« Sie spricht die Worte so schnell, so eifrig ... Ich rieche eine Falle. Mein Pech, daß ich unbedingt den Käse will.

»Ich möchte nur, daß Sie die letzten Aktivitäten auf meinem Konto überprüfen«, bitte ich sie. »Da ist eine große Zahlung hereingekommen, und ich muß wissen, an welchem Tag das Geld abgeschickt worden ist.« Das ist zwar eine eindeutig dumme Frage, aber wenn wir herausfinden wollen, wie sie es gemacht haben, müssen wir in Erfahrung bringen, wie sich Duckworths drei Millionen in dreihundertdreizehn Millionen verwandeln konnten.

»Tut mir leid, Sir, aber in der letzten Woche ... Ich sehe keine Einzahlungen.«

»Wie bitte?«

»Ich habe das Konto vor mir. Laut unseren Aufzeichnungen beträgt Ihr derzeitiger Kontostand Null, und die einzige Aktivität, die hier verzeichnet ist, ist eine Überweisung von dreihundertdreizehn Millionen Dollar von gestern nachmittag. Ansonsten gibt es keine weiteren Bewegungen ...«

»Was ist mit vorgestern?« frage ich und beobachte die anderen Fahrgäste. Niemand dreht sich um. »Wie hoch war der Kontostand da?«

Es gibt eine kurze Pause. »Ohne Zinsen ist das dieselbe

Summe, Sir. Dreihundertdreizehn Millionen Dollar. Am Tag davor auch. Ich habe keinerlei Aufzeichnungen über andere Einzahlungen.«

Der Bus hält ruckend an, und ich greife nach der Haltestange. »Sind Sie sicher, daß der Kontostand nicht drei Millionen Dollar betragen hat?«

»Es tut mir leid, Sir. Ich kann Ihnen nur sagen, was auf meinem Bildschirm steht.«

Während sie spricht, rutscht meine Hand die Stange hinunter. Das kann nicht sein. Es ist unmöglich. Wie können wir …?

»Mr. Duckworth?« unterbricht mich die Frau am anderen Ende. »Bleiben Sie eine Sekunde dran? Ich bin gleich wieder da.«

»Natürlich.« Ich lande auf der Warteschleife, und dreißig Sekunden lang denke ich mir nichts dabei. Nach einer Minute frage ich mich allmählich, wohin unsere Telefonistin wohl verschwunden sein mag. Ihr Verhalten verstößt gegen die erste Regel, die man uns einbleut. Wenn man mit reichen Leuten zu tun hat, darf man sie nie auf die Warteschleife … Moment mal. Einen Augenblick bleibt mir die Luft weg. Das ist eine Firmenleitung. Und je länger sie mich festhält, desto besser kann der Secret Service mich aufspüren …

Ich klappe das Telefon zu und hoffe, daß ich schnell genug war. So schnell sind sie nicht. Nicht, wenn es …

Das Telefon vibriert in meiner Hand, und mir läuft es eiskalt über den Rücken. Ich werfe einen Blick auf die Nummer auf dem Display, aber ich kenne sie nicht. Das letzte Mal habe ich sie ignoriert. Aber diesmal … Wenn sie das Handy verfolgen … Ich muß mich vergewissern.

»Hallo?« Meine Stimme klingt zuversichtlich.

»Wo, zum Teufel, steckst du?« fragt Charlie. In der Kapelle gibt es kein Telefon. Wenn er einen Anruf von der Straße riskiert hat, haben wir ein Problem.

»Was ist los? Bist du …?«

»Du solltest zurückkommen!« unterbricht er mich.

»Sag mir einfach, was passiert ist.«

»Oliver, komm zurück. Sofort.«

Ich schlage mit der Handfläche auf den Halteknopf des Busses. Auf Wiedersehen, Bratpfanne. Hallo, Fegefeuer.

18. Kapitel

»Haben Sie ihn?« Lapidus beugte sich aufgeregt über die Schulter von DeSanctis.

»Moment noch ...« DeSanctis starrte auf seinen Laptop. Auf dem Bildschirm sah er die Liste der Anrufe, die von Oliver Carusos Handy betätigt worden waren. Mit verbindlichen Grüßen von der Mobilfunkgesellschaft

»Warum dauert das so lange?« wollte Gallo wissen.

»Sekunde ...«

»Das sagtest du bereits ...«

Der Bildschirm des Laptops blinkte, und ein Informationsraster erschien. Gallo, DeSanctis und Lapidus beugten sich vor und überflogen jede Eintragung. Zeit, Datum, Dauer, aktuelle Anrufe ...

»Das sind wir!« rief Lapidus aufgeregt. Er erkannte sofort die Nummer des Kundenservice. »Er telefoniert mit jemandem hier in der Bank!«

»In diesem Gebäude?« fragte Gallo.

»Ja ... Ja! Im Erdgeschoß ...«

»Er bewegt sich!« unterbrach ihn DeSanctis. Auf dem Bildschirm sah man die Handyempfangsstationen, die den Ruf weitergeleitet hatten.

Anfangsort: 303C
Letzter Aufenthaltsort: 304A

»Wie können Sie ...?«

»Jede Nummer bezeichnet eine andere Antenne«, erklärte DeSanctis. »Wenn man anruft, sucht sich ihr Mobiltelefon mit einem Signal den nächstgelegenen Antennenmast, aber hier, dieser Anruf hat an einem Ort angefangen und ist dann von einem anderen übernommen worden ...« DeSanctis überflog die Mobilfunkkarte, die neben seinem Laptop auf dem Schreibtisch lag. »... 303C ist 79th Ecke Madison, und 304A ist 83rd Ecke Madison.«

»Also geht er die Madison hoch?«

DeSanctis schaute noch einmal auf den Bildschirm. »Der Anruf dauert erst zwei Minuten. Um von der 79th zur 83rd zu gelangen ... Er bewegt sich viel zu schnell, als daß er zu Fuß gehen könnte.«

»Vielleicht fährt er mit der U-Bahn?« spekulierte Lapidus.

»Nicht auf der Strecke. Die U-Bahn fährt nicht unter der Madison lang«, erklärte Gallo. »Trotzdem fährt er entweder mit dem Taxi oder dem Bus.« Er stürmte zur Tür und versuchte sein Humpeln zu ignorieren. Dort sah er zu Lapidus zurück. »Ihre Telefonistin muß den Anruf so lange wie möglich halten. Sie soll mit ihm quasseln ... oder ihn auf eine Warteschleife legen ...«

»Soll ich nicht selbst ...?«

»Kommen Sie ja nicht auf die Idee, das Gespräch entgegenzunehmen. Wenn er Ihre Stimme hört, legt er sofort auf.«

»Er ist immer noch in 304A«, rief DeSanctis und klemmte sich hastig die Kabel des Computers unter den Arm. Er balancierte seinen Laptop wie ein Mann vom Pizzadienst die Pizza, während er hinaus auf den Flur lief. »Das heißt, wir haben es mit einem Radius von vier Blocks zu tun.«

»Sie glauben, Sie können ...?«

»Er ist schon so gut wie tot«, behauptete Gallo, während er zum Privatlift rannte. »Er wird uns nicht einmal kommen sehen.«

19. Kapitel

Der Bus hält an der Ecke der 81st Street. Ich tippe rasch die Nummer eines Kinos in Brooklyn ein und drücke auf *Wählen*. Als die Tonbandstimme antwortet, schnappe ich mir eine Zeitung vom Sitz neben mir, wickle mein Handy darin ein und schiebe das Telefonpäckchen unter meinen Sitz. Wenn sie den Anruf verfolgen, sollte uns das wenigstens eine Stunde Vorsprung verschaffen. Und die unendliche Ansageschleife des Kinoprogramms sollte sie so lange beschäftigen, bis sie sich in Harlem wiederfinden.

Bevor meine Mitfahrer begreifen, was los ist, hält der Bus an, die Türen öffnen sich zischend, und ich bin weg. Meine Reise ist vorbei. Glücklicherweise fahren liegengelassene Telefone umsonst mit.

Es kostet mich weitere zehn Minuten, bis die Kassiererin der Citibank die dreitausendfünfhundert Dollar von meinem Konto abräumt. Das ist eine der wenigen Gelegenheiten, bei denen ich froh bin, daß ich mir nicht einmal die Minimumeinlage unserer Privatbank leisten kann. Mit Lapidus' Hilfe hätte der Secret Service mein Konto bei Greene & Greene im Handumdrehen eingefroren.

Zurück in der Kirche, haste ich mit gesenktem Kopf durch das Hauptschiff direkt zu der kleinen Kapelle. Unter dem Türschlitz sehe ich den Lichtschein der Kerzen. Ich lege meine Hand auf den Türknauf und sehe mich einmal kurz um. Niemand beobachtet mich.

Ich stoße die Tür auf, betrete den mit Kerzen erleuchteten Raum und suche Charlie. Er sitzt noch auf derselben Bank in der Ecke, so wie ich ihn verlassen habe, aber nun hält er etwas in den Händen. Seinen Notizblock. Er schreibt wieder. Nein, schreiben kann man das nicht nennen, er kritzelt. Hastig und hektisch. Dieser Kerl läßt sich wirklich von nichts aufhalten.

Ich nicke. Endlich kommt er wieder zu sich. »Also, um welchen Notfall handelt es sich?« frage ich.

Er hält kurz mit dem Schreiben inne. »Ich kann Mom nicht erreichen.«

Die Worte wirken auf mich wie ein Schlag in den Magen. Kein Wunder, daß er aus seinem Schweigen aufgetaucht ist. »Was soll das heißen?«

»Ich habe sie vorhin angerufen und ...«

»Ich habe dir doch gesagt, du sollst sie auf keinen Fall anrufen!«

»Hör einfach zu«, bittet Charlie mich. »Ich habe sie von einem öffentlichen Fernsprecher sieben Blocks entfernt angerufen. Aber sie hat nicht abgenommen.«

»Und?«

»Und? Es ist Dienstag nachmittag, und da ist sie nicht zu Hause?« Er verstummt und läßt seine Worte wirken. Mom ist Näherin und verbringt den größten Teil ihrer Zeit entweder zu Hause oder im Stoffladen. Aber die Dienstage und Donnerstage sind für Anproben reserviert. Weg mit dem Couchtisch, rein mit den Kunden. Die geben sich den ganzen Tag die Klinke in die Hand.

»Vielleicht war sie ja gerade bei einer Anprobe«, vermute ich.

»Vielleicht sollten wir uns davon selbst überzeugen«, erwidert er.

»Charlie, du weißt selbst, daß dies der erste Ort ist, an dem sie nachsehen werden. Und wenn sie uns da einkassieren, bedeutet das auch, daß wir Mom unnötig gefährden.«

Er sieht wieder auf seinen Notizblock.

»Alles okay mit dir?« erkundige ich mich.

Charlie nickt, was bedeutet, es ist eine gewaltige Lüge. Wenn er gut drauf ist, dann ist er allergisch gegen Stille.

»Es wird ihr schon gutgehen. Sobald wir hier verschwinden können, denken wir uns einen Weg aus, um mit ihr in Kontakt zu treten.«

»Davon bin ich überzeugt, aber eines sage ich dir, wenn sie sich an sie ranmachen, dann ...«

Ich sehe hoch, als mir die Veränderung in seiner Stimme auffällt. Über Mom macht er keine Witze. »Sie ist bestimmt okay«, wiederhole ich.

Mein Bruder nickt und versucht wirklich, es mir zu glauben. Trotzdem dreht er mir den Rücken zu, während er weiterredet. »Und jetzt sag mir, was mit Duckworth passiert ist. Hast du herausgekriegt, woher er das Geld hatte?«

»Nicht so richtig«, erwidere ich und wiederhole Wort für

Wort mein Gespräch mit der Frau aus der Bank. Wie immer kommt Charlie sofort auf den Punkt.

»Das kapiere ich nicht«, sagt er. »Selbst als wir das Konto überprüft haben und es bei drei Millionen stand, hatte Duckworth schon dreihundertdreizehn ...?«

»Nur wenn man glaubt, was in den Unterlagen steht.«

»Du meinst, sie hat es erfunden?«

»Charlie, weißt du, wie viele Klienten mehr als hundert Millionen auf dem Konto haben? Bei der letzten Zählung waren das siebzehn. Ich kann dir jeden einzelnen von ihnen nennen. Und Marty Duckworth war nicht darunter.«

Charlie starrt mich völlig regungslos an. »Wie ist das möglich?«

»Offenbar hat jemand das Konto von Duckworth so manipuliert, daß es aussieht, als seien nur drei Millionen darauf deponiert. Die entscheidende Frage ist: Wer hat das getan? Und wie hat er es vor dem Rest der Bank verbergen können?«

»Du meinst, jemand könnte einen solchen Haufen Geld versteckt haben?«

»Warum nicht? Dafür wird die Bank ja von ihren Klienten bezahlt«, erkläre ich. »Denk mal drüber nach. Das ist genau das, was die Reichen lieben: ihr Geld zu verstecken. Vor der Finanzbehörde, vor ihren Ex-Frauen, vor habgierigen Kindern ...«

»Genau deshalb sind die Klienten ja überhaupt zu uns gekommen«, fährt Charlie fort. Er begreift langsam. »Also muß es bei einer derartigen Spezialisierung auch jemanden geben, der herausfinden kann, wie man ein Konto so manipulieren kann, daß es nach außen hin ganz anderes aussieht, als es in Wirklichkeit ist. Ja, Mr. Duckworth, ihr Kontostand beträgt drei Millionen Dollar.«

»Und wir Blödmänner haben den ganzen Batzen abgesahnt, als Mary das Konto aufgelöst hat.«

Wir starren auf die Kerzen und versuchen der Logik zu folgen. »Nicht schlecht«, meint Charlie schließlich. »Aber wenn ein Insider das durchgezogen hat ...«

»Ich glaube nicht, daß es nur ein Insider war, Charlie. Wer auch immer das gewesen ist, hat Hilfe bekommen …«

»Meinst du etwa Gallo und seinen Kumpel vom Secret Service?«

»Du hast gehört, was Shep gesagt hat. Er war nicht der einzige, der sie gerufen hat. Sie sind in dem Moment aufgetaucht, als ihr Geld verschwunden ist.«

Wir nicken gleichzeitig. Das ist keine schlechte Theorie. »Also steckten sie von Anfang an dahinter?« fragt Charlie.

»Das kannst du selbst beantworten. Wie wahrscheinlich ist es, daß zwei Geheimagenten in einen Fall stolpern und dann Shep umlegen, weil sie einen schnellen Dollar wittern? Es spielt dabei keine Rolle, wieviel Geld auf dem Spiel stand. Nur sind Gallo und DeSanctis nicht zufällig aufgetaucht. Sie sind angerollt, weil sie ihre Investition schützen wollten.«

»Vielleicht waren sie ja auf einem Fischzug und haben ihre Dienste verkauft …«

»Vielleicht haben sie aber auch schon die ganze Zeit mit der Bank zusammengearbeitet.«

»Du meinst, sie haben Geld gewaschen?« erkundigt sich Charlie.

Ich zucke mit den Schultern. »Diese Jungs hatten ihre Hände jedenfalls in einem großen schmutzigen Spiel, das ihnen, wenn alles glatt gelaufen wäre, dreihundertdreizehn Millionen eingebracht hätte.«

»Kein schlechter Schnitt«, meint Charlie. »Und mit wem haben sie deiner Meinung nach in der Bank unter einer Decke gesteckt?«

»Schwer zu sagen. Ich weiß nur, daß man Geheimdienst nicht buchstabieren kann, ohne ›Geheim‹ zu sagen.«

»Na schön, aber man kann auch Arschloch nicht buchstabieren, ohne Lapidus oder Quincy zu erwähnen.«

»Das weiß ich nicht genau.« Ich bin nicht überzeugt. »Du hast doch ihre Reaktionen gesehen: Sie hatten noch mehr Angst als wir.«

»Ja. Weil du, ich und alle anderen zugesehen haben. Ohne

Zuschauer existieren Schauspieler nicht. Außerdem, wenn es nicht Lapidus oder Quincy waren, wer soll es dann gewesen sein?«

»Mary?«

Charlie bleibt stehen und streicht sich einen imaginären Ziegenbart. »Keine schlechte Idee.«

»Ich sage dir, es könnte jeder gewesen sein. Das führt uns wieder zur eigentlichen Frage zurück: Wo hat Duckworth seine dreihundertdreizehn Millionen Dollar her?« Die Kerzenflammen tanzen weiter. Ich schweige.

»Warum fragst du ihn nicht einfach selbst?« erkundigt sich Charlie.

»Duckworth? Er ist tot.«

»Bist du dir da so sicher?« Charlie hebt spöttisch eine Braue. »Wenn wir uns hier schon in einem Spiegelkabinett befinden, warum sollte er dann die einzige echte Wand sein?«

Da hat er nicht ganz unrecht. Eigentlich ist der Gedanke sogar ziemlich clever. »Hast du immer noch seine ...?«

Charlie greift in seine Gesäßtasche und fördert ein zusammengefaltetes Papier zutage. »Das ist der Vorteil, wenn man die Hose vom Vortag trägt.« Er faltet das Papier auseinander und deutet auf Duckworths Adresse, die über dem Auszug der Midland National Bank steht. 405 Amsterdam Avenue. Er rennt, wie von der Tarantel gestochen, zur Tür.

»Charlie ...« Meine Stimme klingt heiser. »Vielleicht sollten wir zur Polizei gehen.«

»Warum? Damit die uns dem Service übergibt, damit der uns zwei Kugeln in den Schädel jagt? Ich will dir ja nicht zu nahe treten, Ollie, aber die Tatsache, daß wir das Geld besitzen und daß sie uns in die Sache mit Shep reingerissen haben ... Niemand wird uns auch nur ein Wort glauben.«

Ich schließe die Augen und versuche, ein anderes Bild zu beschwören, doch ich sehe nur Sheps Blut an unseren Händen kleben. Es spielt keine Rolle, was wir sagen. Ich würde uns ja selbst nicht einmal Glauben schenken. Ich trete ein paar Schritte zurück und setze mich auf die Bank. »Wir sind so gut wie tot, hab ich recht?«

»Sag nicht so was!« tadelt mich Charlie. Ich weiß nicht, ob er es ernst meint oder nur die Sturheit des kleinen Bruders herauskehrt, aber ich kaufe es ihm in beiden Fällen nur zu gern ab. »Wenn wir Duckworth aufstöbern, wäre das der erste Schritt, ein paar Antworten zu finden«, setzt er nach. »So schnell gebe ich nicht auf.« Er reißt die Tür auf und verschwindet in der Kirche.

Ich schaue zu dem Kerzenständer und beobachte, wie geschmolzenes Wachs die Kerzen heruntertröpfelt. Sie brauchen nicht lange, um herunterzubrennen. Nur wenig Zeit. Viel mehr bleibt auch uns nicht.

20. Kapitel

Joey sah in ihrem knöchellangen grünen Wintermantel aus wie jeder x-beliebige Fußgänger in Red Hook, als sie Olivers Wohnblock erreichte. Sie hielt den Kopf gesenkt, schien in Eile und hatte offenbar ein bestimmtes Ziel. Aber während sie ihren Blick nicht von Olivers heruntergekommenem Haus nahm, waren ihre Finger sehr beschäftigt. Mit der einen Hand knetete sie die leeren Mülltüten in ihrer linken und mit der anderen die rote Hundeleine aus Nylon in der rechten Manteltasche.

Als sie der Meinung war, nahe genug zu sein, hob sie den Kopf und zog die Leine aus der Tasche. Sie ließ sie bis an die Knie herunterbaumeln. Nun war sie keine Ermittlerin mehr, die um den Block herumschnüffelte und die Fenster nach neugierigen Nachbarn absuchte. Mit der baumelnden Leine in der Hand gehörte sie zur Gemeinschaft, auf der Suche nach ihrem entlaufenen Hund. Sicher, es war eine lahme Entschuldigung, doch in all den Jahren, die sie diese Ausrede benutzte, hatte sie Joey noch nie im Stich gelassen. Verwaiste Hundeleinen verschafften einem überall Zutritt: Zu Auffahrten … auf Hinterhöfe … selbst in eine schmale

Gasse, die an der Seite des Hauses verlief und in der die drei Plastikmülleimer standen, in die Oliver und seine Nachbarn ihre Abfälle entsorgten.

Joey trat rasch in die Gasse und zählte elf Fenster, von denen aus man die Mülleimer sehen konnte. Vier befanden sich in Olivers Haus, vier in dem Gebäude daneben und drei in einem Haus auf der anderen Straßenseite. Es wäre für Joeys Zwecke sicher besser gewesen, nachts hierherzukommen, aber bis dahin hätte der Service die Tonnen bestimmt schon durchwühlt. Das waren eben die Regeln beim Mülleimerrennen: Wer zuerst kommt, wühlt zuerst.

Joey verschwendete keine Zeit, zog den Mantel aus und legte ihn zur Seite. Am obersten Knopf ihrer Bluse war ein kleines Mikrofon befestigt, von dem ein Draht zu ihrem Handy führte, das sie am Gürtel befestigt hatte. Sie steckte sich den Minilautsprecher ins Ohr und drückte auf die *Send*-Taste. Während es am anderen Ende läutete, öffnete sie rasch, einen nach dem anderen, die Deckel der drei Mülltonnen.

»Hier spricht Noreen«, antwortete schließlich die Stimme einer jungen Frau.

»Hi, ich bin's«, gab Joey zurück und streifte sich ein paar Latexhandschuhe über. Das hatte sie bei ihrem ersten Tauchgang im Mülleimer gelernt. Damals hatte man ein neugeborenes Baby darin vermutet, doch Joey hatte statt dessen eine Handvoll Windeln zutage gefördert. Gebrauchte Windeln.

»Und? Wie wirkt die Gegend so?« erkundigte sich Noreen.

»Ihre Blütezeit hat sie lange hinter sich«, meinte Joey, während sie die schäbige Hauswand und das gesprungene Fenster im Erdgeschoß musterte. »Ich hatte eine typische Gegend für elitäre Jung-Bankiers erwartet, aber hier sieht's eher wie in einem Arbeiterviertel aus.«

»Vielleicht hat er ja deshalb das Geld genommen. Er hatte es satt, zweitklassig zu sein.«

»Ja … vielleicht.« Joey war froh, daß Noreen so mitfühlend war.

Noreen hatte ihr Jurastudium in Abendkursen absolviert und danach den ersten Monat damit zugebracht, sich eine Abfuhr nach der anderen von Washingtons großen Anwaltskanzleien einzuhandeln. Die nächsten Monate verbrachte sie damit, sich auch von den mittleren und kleinen Kanzleien Abfuhren zu holen. Im vierten Monat rief ihr alter Rechtsprofessor einen guten Freund bei Sheafe International an. *Sie ist eine erstklassige Studentin. Auf den ersten Blick wirkt sie zwar ein bißchen wie eine graue Maus, aber sie ist ziemlich ehrgeizig … Wie Joey damals, als ihr Dad sie vorbeigebracht hat.* Das waren die magischen Worte, und eine gefaxte Bewerbung später hatte Noreen einen Job und Joey eine neue Assistentin.

»Fertig zum Tanz?« fragte Joey.

»Forder mich auf!«

Joey griff in den ersten Mülleimer und riß den Müllsack auf, der ganz oben lag. Der Geruch von Filterkaffee drang ihr entgegen. Sie zog den Sack näher zu sich heran, um besser hineinsehen zu können, und suchte nach etwas, was einen … Da war es schon. Eine Telefonrechnung. Sie war mit feuchtem Kaffeesatz bekleckert, aber sie lag ganz oben auf. Joey wischte den Kaffeesatz weg und entzifferte den Namen auf der Adresse. Frank Tusa. Gleiche Adresse. Apartment 1.

Der nächste.

Der Beutel darunter war ein dunkler Plastiksack, aus dem nach dem Öffnen der Gestank verfaulter Orangen hochstieg. Ein Umschlag war adressiert an Vivian Leone. Apartment 2.

Weiter.

Der mittlere Mülleimer war leer. Blieb also nur noch der rechte, in dem ein billiger, beinah durchsichtiger weißer Müllbeutel mit einer dünnen roten Schnur lag.

»Bist du schon fündig geworden?« erkundigte sich Noreen.

Joey antwortete nicht, sondern riß den Beutel auf und starrte hinein. Sie hielt den Atem an, als der Duft zwei Tage alter Bananenschalen sie begrüßte. »Oh-oh.«

»Was?«

»Er recycelt.«

»Was meinst du mit ›er‹?« wollte Noreen wissen. »Woher willst du wissen, daß es Olivers Müll ist?«

»Es gibt hier nur drei Wohnungen, und er haust in der billigsten im Souterrain. Vertrau mir, es ist sein Müll.« Joey warf einen kurzen Blick zu den Fenstern, zog eine schwarze Mülltüte aus ihrer Tasche, legte sie in den leeren Mülleimer und warf Olivers braune Bananenschalen hinein. Sie war Anwältin und wußte, daß sie sich völlig legal verhielt. Sobald man seinen Müll vor die Tür gebracht hatte, durfte jeder damit spielen. Trotzdem war es nicht unbedingt klug, jeden Schachzug, den man tat, zu verraten.

Joey grub sich Stück für Stück durch den Müll, schnappte sich alte Spaghetti und übriggebliebene Cheeseburger. »Jede Menge Pasta und nicht viel Geld«, flüsterte sie Noreen zu, deren Job es war, die Dinge zu katalogisieren. »Knoblauch und Zwiebeln und ... eine Verpackung für vorgeschnittene Pilze dritter Wahl. Ansonsten nichts Teures. Kein Gemüse, kein Spargel oder irgendein schicker exotischer Salat.«

»Okay ...«

»Hier haben wir eine zerrissene Unterhose, Boxershorts, die irgendwie beeindruckend aussieht, denn sie ist ziemlich groß ...«

»Ich mache eine Randnotiz ...«

»Verpackung von amerikanischem Käse ... eine Plastiktüte von einem Lebensmittelladen ...« Sie zog das Etikett heran, um die einzelnen Artikel genauer entziffern zu können. »Ein Pfund Truthahn, die Billigmarke des Supermarktes, leere Tüten Kartoffelchips und Brezeln ... Er ißt jeden Tag zu Abend.«

»Und wie sieht's mit den Fertiggerichten aus?«

»Kein Styropor zu sehen, nicht mal eine Pizzakruste.« Joey wühlte sich weiter durch den feuchten Abfall. »Er verschwendet nicht einen Dollar auf Essensbestellungen.«

»Verpackungsmaterial?«

»Nichts. Keine Elektrogeräte, keine Batterien, nur eine

Plastikhülle von einem Videoband. Alles schön brav nach seinen Verhältnissen. Der größte Luxus sind Rasierklingen und doppellagiges Klopapier. Hoppla, hier haben wir auch eine Verpackung für supersaugfähige Tampons ... sieht aus, als hätte unser Freund eine Freundin.«

»Wie viele Verpackungen?«

»Nur eine«, antwortete Joey. »Sie ist nicht jede Nacht hier. Vielleicht ist sie ja eine neue Freundin ... Oder sie hat es lieber, wenn er bei ihr übernachtet.« Aus dem Boden des Müllsacks schüttete Joey vier Kaffeefilter heraus. »Das war's. Eine Woche im Leben«, verkündete Joey. »Natürlich ist es ohne das Recycling nur das halbe Bild.«

»Wenn du das sagst ...«

»Was soll das denn heißen?«

»Ich weiß nicht ... es ist nur ... Glaubst du wirklich, daß wir sie ausfindig machen, wenn wir in ihrem Müll herumwühlen?« fragte Noreen unschuldig.

Joey schüttelte den Kopf. Ach, diese Jungschen. »Noreen, der einzige Weg, vorherzusagen, wohin jemand geht, ist zu wissen, woher er kommt.«

Am anderen Ende der Leitung antwortete ihr ein langes Schweigen. »Können wir an das Recycling-Zeug herankommen?« fragte Noreen schließlich.

»Das mußt du mir sagen. Was machen sie damit ...?«

»Es wird nicht vor morgen früh abgeholt«, unterbrach Noreen sie. »Ich habe die Website vor mir.«

Joey nickte.

»Ich wette, der Müll ist noch in seiner Wohnung«, fügte Noreen hinzu.

»Es gibt nur einen Weg, das herauszufinden ...« Joey schob die Mülleimer wieder an ihren Platz zurück und führte ihre rote Hundeleine zu einem kleinen Spaziergang zur Vorderseite des Hauses und Olivers brüchige Ziegelstufen hinunter. Neben der rot lackierten Haustür war ein kleines Fenster mit unterteilter Scheibe, auf dem ein weißblauer Aufkleber verkündete: *Achtung! Geschützt von Americtech Alarms!*

»Großer Gott!« murmelte Joey. »Der Junge bestellt nicht mal Pizza, da gibt er ganz bestimmt kein Geld für eine Alarmanlage aus.«

»Was hast du vor?« erkundigte sich Noreen.

»Nichts«, erwiderte Joey und preßte ihre Nase zwischen die Eisenstangen vor dem Fenster. Sie kniff die Augen zusammen und spähte angestrengt in das winzige Apartment. Da sah sie ihn, auf dem Boden in der Küchenecke. Der königsblaue Recycling-Eimer aus Plastik für Dosen und der hellgrüne Eimer für Papier.

»Bitte sag mir, daß du nicht vorhast, einzubrechen«, meldete sich Noreen. Ihre Stimme klang panisch.

»Ich habe nicht vor, einzubrechen«, erwiderte Joey trokken. Sie griff in ihre Tasche und holte ein Lederetui mit Reißverschluß heraus. Sie entnahm ihm ein dünnes Instrument mit einem spitzen Draht an einem Ende und schob es direkt in Olivers Schloß.

»Du weißt genau, was Mr. Sheafe gesagt hat. Wenn du noch mal erwischt wirst …!«

Nach einer kurzen Drehung ihres Handgelenks öffnete sich klickend das Schloß, und die Tür schwang auf. Joey zog die letzte Mülltüte aus ihrer Tasche, sah sich rasch um und grinste.

»Weshalb machst du deswegen so einen Aufstand?« fragte Joey. Sie kniete vor der Kommode, die Oliver als Nachttisch diente, und durchsuchte die beiden Schubladen. Damit man die Kommode nicht sah und um seine Dokumente zu schützen, hatte Oliver eine burgunderfarbene Decke darübergelegt. Joey war geradewegs darauf zugegangen.

»Ich mache keinen Aufstand«, sagte Noreen. »Ich finde das nur merkwürdig. Ich meine, Oliver soll angeblich das Gehirn hinter einem Dreihundertdreizehn-Millionen-Dollar-Raub sein, aber nach dem, was du mir gerade vorgelesen hast, schreibt er monatlich Schecks aus, um die Krankenhausrechnung seiner Mutter zu zahlen, und übernimmt auch noch die Hälfte ihrer Hypothek.«

»Noreen, nur weil dich jemand anlächelt, bedeutet das noch lange nicht, daß er dir nicht bei der nächsten Gelegenheit ein Messer in den Rücken jagen kann. Ich habe so was schon fünfzigmal erlebt. Hier hast du dein Motiv. Unser süßer Oliver hat vier Jahre in der Bank verbracht und geglaubt, daß er ein großes Tier wird, und dann wacht er eines Tages auf und stellt fest, daß alles, was er davon hat, ein Haufen Rechnungen ist und eine Sonnenbräune von den Neonröhren. Um die Sache noch schlimmer zu machen, kommt auch sein Bruder mit ins Boot und stellt fest, daß er in derselben Falle sitzt. Die beiden haben einen besonders schlechten Tag ... es bietet sich eine Gelegenheit ... und voilà ... das Geschirr läuft mit dem Löffel davon.«

»Ja ... nein ... Vielleicht«, sagte Noreen. Sie wollte lieber wieder ihrem Gedankengang folgen. »Was ist mit der Freundin? Siehst du irgendwas mit einer Telefonnummer?«

»Vergiß die Einzelheiten. Wie wäre es mit der vollständigen Adresse?« Joey durchsuchte den Recyclingeimer und blätterte einige Magazine durch. *Business Week*, *Forbes*, *Smart Money* ... »Hier haben wir es«, sagte sie, zog ein *People*-Magazin heraus und las die Subskriptionsadresse. »Beth Manning, 201 Ost 87th Street, Apartment 23H. Wenn die Freundin vorbeikommt, bringt sie immer was zu lesen mit.«

»Großartig, du bist ein Genie«, sagte Noreen sarkastisch. »Würdest du jetzt bitte verschwinden, bevor der Secret Service antanzt und dir den Hintern versohlt?«

»Wo wir gerade davon reden ...« Joey warf das Magazin wieder zurück in den Eimer, lief ins Bad und riß die Tür zum Medizinschrank auf. Zahnpasta ... Rasierapparat ... Rasiercreme ... Deodorant ... nichts Besonderes. Im Mülleimer lag ein zerknüllter weißer Plastikbeutel mit den schwarz aufgedruckten Worten *Barneys Apotheke*. »Noreen, der Laden heißt Barneys Apotheke. Wir wollen eine Liste mit ungewöhnlichen Rezepten für Oliver und seine Freundin.«

»Gut. Können wir jetzt verschwinden?«

Als Joey in das Wohnzimmer zurückging, fiel ihr ein schwarzer Rahmen aus Laminat auf, der auf dem Küchentisch stand. Auf dem Foto saßen zwei Jungen auf einem riesigen Sofa. Sie trugen dieselben engen roten Rollkragenpullover, und ihre Füße ragten über das Sitzkissen hinaus. Oliver mußte etwa sechs Jahre alt sein, und Charlie sah aus wie zwei. Beide lasen Bücher, aber als Joey sich näher heranbeugte, sah sie, daß Charlie sein Buch auf dem Kopf hielt.

»Joey, das ist langsam nicht mehr komisch«, rief Noreen in ihrem Kopfhörer. »Wenn sie dich dabei erwischen, daß du eingebrochen bist ...«

Joey mußte unwillkürlich nicken. Sie ging zum Fernsehgerät zurück, griff dahinter, ertastete das Stromkabel und verfolgte es bis zur Steckdose. Wenn das Haus so alt war, wie es den Anschein hatte ...

»Was machst du da?« Noreen bettelte beinah.

»Ich spiele Elektriker«, meinte Joey spöttisch. Am Ende des Kabels sah sie den orangefarbenen Adapter mit den drei Anschlüssen, der auf der anderen Seite in den Stecker mit den zwei Löchern paßte. Ich liebe alte Häuser, dachte sie, als sie sich hinkniete. Sie zog ihre Tasche heran und holte erneut das schmale Etui heraus. Darin befand sich ein fast identischer orangefarbener Adapter.

Im Gegensatz zu dem batteriebetriebenen Transmitter, den sie in dem Kugelschreiber in Lapidus' Büro versteckt hatte, war dieser hier speziell auf lange Benutzung ausgelegt. Er sah aus wie ein Stecker und funktionierte auch so, aber darüber hinaus übertrug er ein Signal satte vier Meilen weit, selbst in bebauten Vierteln. Niemand achtete darauf, niemand kam bei seinem Anblick auf komische Ideen, und das beste war, solange er sich in der Steckdose befand, hatte er unbegrenzten Energievorrat.

»Bist du bald fertig?« flehte Noreen.

»Fertig?« Joey zog den Stecker aus der Wand. »Ich habe gerade erst angefangen.«

»Kriegen Sie das hin oder nicht?« fragte Gallo. Er stand vor dem Schreibtisch von Andrew Nguyen.

»Immer mit der Ruhe«, erwiderte Nguyen. Er war schlank, muskulös und bereits früh an den Schläfen ergraut. Der Asiate arbeitete seit fünf Jahren im Büro der Bundesanwaltschaft. In dieser Zeit hatte er gelernt, daß es zwar wichtig war, mit Kriminellen hart umzuspringen, daß es jedoch manchmal genauso bedeutsam sein konnte, bei Staatsdienern eine harte Gangart an den Tag zu legen. »Wollt Ihr etwa wieder einen Kunden im Berufungsverfahren verlieren ...?«

»Ersparen Sie mir einen Vortrag über die Verfassung. Die beiden sind gefährlich.«

»Sicher.« Nguyen lachte. »Wie ich gehört habe, durften Sie und DeSanctis den ganzen Tag Bussen hinterherhetzen.«

Gallo ignorierte den Seitenhieb. »Helfen Sie uns oder nicht?«

Nguyen schüttelte den Kopf. »Erzählen Sie mir keinen Mist, Gallo. Was Sie verlangen, ist keine Kleinigkeit.«

»Genausowenig, wie dreihundert Millionen Dollar abzugreifen und einen ehemaligen Agenten umzubringen«, erwiderte Gallo.

»Ja ... Ich hab's gehört, tut mir leid.« Nguyen wollte nicht mehr streiten und legte seinen Notizblock weg. Er würde lieber keine Notizen machen. Das letzte, was er brauchte, war ein Richter, der ihn zwang, die Aufzeichnungen einem gegnerischen Anwalt zu übergeben. »Zurück zu Ihrem Ersuchen«, sagte er. »Haben Sie bereits alle anderen Möglichkeiten ausgeschöpft?«

»Kommen Sie, Nguyen ...«

»Sie wissen, daß ich Sie das fragen muß, Jimmy. Wenn es um Überwachungsmaterial und Videos geht, kann ich nicht einfach die großen Geschütze auffahren, bevor Sie mir gesagt haben, daß Sie bereits alle anderen Ermittlungsmethoden durchexerziert haben. Einschließlich der Kreditkarten und der Telefonunterlagen, die ich heute morgen für Sie beschlagnahmt habe.«

Gallo hielt inne und zwang sich zu seinem Sonntagsgrinsen. »Ich würde Sie niemals anlügen, Kumpel. Wir führen das hier vollständig korrekt durch.«

Nguyen nickte. Mehr brauchte er nicht. »Sie haben die beiden wirklich auf dem Kieker, hm?«

»Sie würden es nicht glauben, wie sehr«, sagte Gallo.

»Omnibank-Betrugsabteilung. Hier spricht Elena Ratner. Wie kann ich Ihnen helfen?«

»Hallo, Miss Ratner.« Gallo telefonierte mit seinem Handy, während er seinen blauen Ford auf der rechten Seite der Brooklyn Bridge parkte. »Hier spricht Agent Gallo vom United States Secret Ser...«

»Natürlich, Agent Gallo. Tut mir leid, daß ich noch nicht zurückgerufen habe. Wir müssen nur unsere Unterlagen ...«

»Das heißt, es ist alles erledigt?« unterbrach er sie.

»Absolut, Sir. Wir haben beide Konten markiert und notiert. Eine Omnibank-MasterCard für einen Mister Oliver J. Caruso, und eine Omnibank-Visa für einen Mister Charles Caruso«, sagte sie und las die beiden Kontonummern vor. »Sind Sie sicher, daß wir die Konten nicht einfach sperren sollen?«

»Miss Ratner«, zischte Gallo, »wenn die Karten gesperrt werden, wie soll ich dann sehen, was sie kaufen und wohin sie gehen?«

Am anderen Ende herrschte eine kleine Pause. Das war genau der Grund, warum sie so ungern mit Behörden zusammenarbeitete. »Tut mir leid, Sir«, erwiderte sie trocken. »Wir benachrichtigen Sie sofort, wenn einer der beiden eine Zahlung mit Karte vornimmt.«

»Wie lange dauert es bis zur Benachrichtigung?«

»Wenn sie ihre Pin-Nummer eingeben, hat unser Computer schon Ihre Nummer gewählt«, sagte sie. »Das passiert sofort.«

»Hallo, hier spricht Fudge«, surrte der Anrufbeantworter. »Ich bin gerade nicht da, es sei denn, natürlich, Sie wären ein Telefonverkäufer. In dem Fall bin ich da und höre mir an, was Sie quatschen, weil mir, ehrlich gesagt, Ihre Freundschaft nichts bedeutet. Ich habe keine Zeit für Schmarotzer. Hinterlassen Sie nach dem Signalton eine Nachricht.«

»Fudge, ich weiß, daß Sie da sind!« schrie Joey den Anrufbeantworter an. »Heben Sie ab!«

»Ha, Lady Guenevere, singet mir das Lied der Zauberin«, summte Fudge. Er achtete darauf, nicht Joeys Namen zu erwähnen.

Joey verdrehte die Augen und ließ sich nicht auf das Spiel ein. Wenn es um Strohmänner ging, war es besser, sich herauszuhalten.

»Was kann ich heute abend für Sie tun? Arbeit oder Vergnügen?«

»Kennen Sie immer noch diesen Kerl bei der Omnibank?« fragte Joey.

Fudge zögerte. »Vielleicht.«

Joey nickte. Das war der Code. Es hieß ja. Es hieß immer ja. Genau darum ging es bei dem Geschäft mit Strohmännern. Leute zu kennen. Und zwar nicht irgendwelche Leute, sondern wütende Leute, verbitterte Leute, Leute, die bei der Beförderung übergangen worden waren. In jedem Büro gab es jemanden, der mit seinem Job unzufrieden war. Genau die waren scharf darauf, zu verkaufen, was sie wußten. Und das waren die Leute, für die Fudge ein Näschen hatte.

»Falls ich ihn noch kennen sollte, was wollen Sie dann?« fragte Fudge. »Kundenunterlagen?«

»Ja … Aber ich muß auch zwei Konten beobachten.«

»Oh, das heißt, es geht um viel Geld …«

»Wenn Sie das hinkriegen …«, meinte Joey.

»Ich kriege das sehr gut hin. Ich kenne eine Sekretärin im Betrugsdezernat, die immer noch über eine Bemerkung sauer ist, die jemand auf einer Büroparty …«

»Fudge!« unterbrach Joey ihn. Sie wollte die Quelle nicht kennen. Sicher, die Anwältin in ihr zuckte zusammen, aber genau dafür waren die Strohleute ja da. Jemand anders erledigte die Drecksarbeit, und sie bekam nur das Endprodukt. Solange sie nicht wußte, woher es stammte, konnte sie jede Haftung ausschließen.

»Hundert für die Unterlagen. Ein Riese für die Ohren«, sagte Fudge. »Noch was?«

»Die Telefongesellschaft. Unregistrierte Nummern und vielleicht ein paar Zapfen an der Leitung.«

»Welcher Staat?«

Joey schüttelte den Kopf. »Wo finden Sie nur all diese Leute?«

»Schätzchen, hacken Sie sich doch mal in irgendeinen Chatroom ein und füttern Sie Ihre Tastatur mit den Worten: *Wer haßt seinen Job?* Wenn Sie eine E-Mail-Adresse mit AT&T.com finden, wissen Sie, an wen Sie schreiben müssen«, sagte Fudge. »Behalten Sie das im Hinterkopf, wenn Sie den Kerl vom Kopierladen das nächste Mal schikanieren.«

»Was ist das?« fragte DeSanctis, während er auf dem Kofferraum seines vom Winter gezeichneten Chevys hockte und ein zweiseitiges Dokument überflog.

»Das ist eine Postvollmacht«, antwortete Gallo, legte die Hände schalenförmig aneinander und blies hinein. »Man bringt sie zu ihrem örtlichen Postamt, und die …«

»… ziehen Olivers und Charlies Post und fotokopieren jede Absenderadresse«, unterbrach ihn DeSanctis. »Ich weiß, wie das funktioniert.«

»Gut. Dann weißt du auch, wem im Postamt du das übergeben mußt. Wenn du fertig bist, bring den Durchsuchungsbefehl bei Oliver vorbei. Ich muß noch einen kleinen Abstecher machen.«

»Was ist das?« fragte die spanischstämmige Frau in ihrem dunkelblauen Postpullover.

»Das ist ein Dankeschön«, erwiderte Joey, während sie ihr die Hundert-Dollar-Note hinhielt.

Die Nische der Frau befand sich zwischen zwei wackligen Buchregalen, in denen sich Briefe stapelten, die mit Gummibändern zusammengebunden waren. Die Frau beugte sich aus dem improvisierten Verschlag heraus und warf einen prüfenden Blick durch die Halle. Wie in jedem Verteilungszentrum eines großen Postamts wimmelte es auch hier von Menschen. Überall wurden Postsäcke abgeladen, getrennt und sortiert. Überzeugt, daß niemand zugesehen hatte, musterte die Frau die Banknote in Joeys Hand. »Sind Sie ein Cop?«

»Ich bin privat hier«, sagte Joey und strahlte gerade genug von ihrer Erfahrung als Anwältin aus, um die Frau zu entspannen. Sie haßte es, das selbst zu tun, aber wie Fudge gesagt hatte, wenn es um die Post ging, war die Liste zu lang. Wenn man ein echtes Profil aufbauen wollte, brauchte man dafür jede einzelne Absenderangabe. Also mußte man hineingehen und den zuständigen Briefträger finden. »Ich bin privat und bereit zu zahlen«, fügte sie hinzu.

»Lassen Sie's auf den Boden fallen«, sagte sie Frau.

Joey zögerte und sah sich nach Kameras in den Ecken der Halle um.

»Lassen Sie es einfach fallen«, wiederholte die Frau. »Es passiert schon nichts.«

Joey senkte den Arm und ließ los. Die Banknote segelte zu Boden. Als sie landete, trat die Frau aus ihrer Nische, machte einen kleinen Schritt vor und setzte ihren Fuß auf den Geldschein. »Womit kann ich Ihnen helfen?«

Joey nahm ein Blatt Papier aus ihrer Tasche. »Ich brauche nur ein paar Fotokopien von ein paar Freunden aus Brooklyn.«

»Was soll das heißen, es ist weg?« knurrte Gallo in sein Handy, während er auf den Liftknopf für den dritten Stock drückte. Es ruckte, und der mitgenommene Aufzug fuhr langsam los.

»Weg wie nicht mehr da«, gab DeSanctis zurück. »Der Müll ist durchsucht worden, und die Recycling-Eimer stehen an der Straße. Vollkommen leer.«

»Vielleicht sind sie schon abgeholt worden. Wann ist der Recycling-Müll fällig?«

»Morgen«, antwortete DeSanctis kurz. »Ich sage dir, sie war hier. Und wenn sie herausgefunden hat, wie wir ...«

»Sei kein Idiot. Nur weil sie Olivers Müll gestohlen hat, heißt das noch lange nicht, daß sie weiß, was hier vorgeht.« Die Aufzugtüren glitten auf, und Gallo folgte dem Alphabet bis zum Apartment 4D. »Außerdem kriegen wir bald was viel Besseres als Müll und alte Zeitungen ...«

»Wovon redest du?«

Gallo klingelte an der Tür und antwortete nicht.

»Wer ist da?« antwortete eine Frauenstimme leise.

»United States Secret Service«, sagte Gallo und hob seine Marke, damit man sie durch den Türspion sehen konnte.

Es herrschte einen Moment lang Stille, und dann klackte es in rascher Folge, als ein ganzer Totempfahl von Schlössern entriegelt wurde. Langsam und knarrend ging die Tür auf. Dahinter stand eine füllige Frau in einer gelben Jacke. Sie zog zwei Nadeln aus dem Mund und steckte sie in das rote Nadelkissen, das sie am linken Handgelenk trug.

»Kann ich was für Sie tun?« fragte Maggie Caruso.

»Eigentlich bin ich wegen Ihrer Söhne hier, Mrs. Caruso ...«

Ihr Mund öffnete sich, und ihre Schultern sanken zusammen. »Was ist los? Ist etwas passiert?«

»Natürlich ist alles mit ihnen in Ordnung«, versprach ihr Gallo und legte ihr die Hand auf die Schulter. »Sie haben nur ein paar Probleme auf der Arbeit, und wir ... na ja, wir hatten gehofft, daß Sie mit uns in die Stadt kommen und ein paar Fragen beantworten könnten.«

Maggie Caruso zögerte instinktiv. Das Telefon in der Küche läutete, aber sie ging nicht ran.

»Ich versichere Ihnen, daß es nichts Schlimmes ist, Mrs. Caruso. Wir haben nur gehofft, daß Sie uns vielleicht bei der Aufklärung helfen könnten. Sie wissen schon ... Im Interesse der Jungs ...«

»Sicher«, stammelte sie. »Ich hole nur meine Tasche.«

Gallo sah ihr nach, als sie in die Wohnung zurückging, trat dann ebenfalls ein und schlug die Tür hinter sich zu. Man hatte es ihm immer eingebleut: Wenn du willst, daß die Ratten angelaufen kommen, dann mach Stunk in ihrem Rattenloch.

21. Kapitel

»Ist das wirklich richtig?« fragt Charlie.

»Jedenfalls steht es so da«, erwidere ich und überprüfe noch einmal die Adresse. Dann sehe ich auf die Zahlen, die an der schmutzigen Glastür stehen. 405 Amsterdam. Apartment 2B. Duckworths letzte bekannte Adresse.

»Nein, niemals«, wiederholt Charlie hartnäckig.

»Warum? Was ist los?«

»Sieh doch einfach hin, Ollie. Dieser Junge hat dreihundert Millionen Scheinchen auf der Bank. Das hier sollte eigentlich die Upper Eastside sein, mit einem arroganten Türsteher, der uns abwimmelt. Statt dessen haust er in einer heruntergekommenen Absteige über einem schlechten indischen Restaurant und einer chinesischen Wäscherei? Vergiß die dreihundert Millionen ... Das hier ist nicht mal gut für dreihunderttausend.«

»Das Aussehen kann täuschen«, sage ich.

»Ja, falls die drei Millionen plötzlich auf dreihundert schrumpfen!«

Ich ignoriere seine Bemerkung und deute auf den unbezeichneten Knopf für Apartment 2B. »Soll ich nun läuten oder nicht?«

»Sicher, was haben wir schon zu verlieren?«

Diese Frage will ich nicht beantworten. Der graue Himmel verdunkelt sich immer mehr. In ein paar Stunden wird Mom panisch. Es sei denn, daß sich der Secret Service bereits mit ihr in Verbindung gesetzt hat.

Ich läute.

»Ja?« erwidert eine Männerstimme.

Charlie sieht eine leere braune Schachtel vor der Wäscherei. »Ich habe eine Lieferung für 2B«, sagt er.

Einen Moment herrscht Schweigen. Dann brummt der Türöffner, und Charlie zieht die Tür auf. Er hält sie auf, und ich schnappe mir die braune Schachtel. Duckworth, wir kommen.

Wir steigen die Treppe hinauf. Das dämmrige Treppenhaus stinkt bestialisch nach indischem Curry und chinesischem Bleichmittel. Die Farbe an den Wänden ist rissig und hat Stockflecken. In den Bodenfliesen klaffen überall Lücken. Charlie wirft mir noch einen Blick zu. Klienten unserer Bank leben nicht an solchen Orten. Er erwartet, daß ich langsamer gehe, aber mich treibt das eher an.

»Da ist es«, sagt Charlie.

Ich bleibe vor 2B stehen und halte die Schachtel vor den Gucker. »Eine Lieferung«, verkünde ich und schlage an die Tür.

Schlösser knacken, und die Tür schwingt auf. Ich erwarte einen fünfzigjährigen Mann mit wäßrigen Augen, der nur darauf wartet, uns die ganze Geschichte zu erzählen. Statt dessen steht uns ein ordentlicher Collegetyp mit einer Baseballkappe und übergroßen Shorts gegenüber.

»Sie haben eine Lieferung?« fragt er teilnahmslos.

Ich werfe Charlie einen Blick zu. Nicht mal in seiner Brooklyn-Rapper-Phase war mein Bruder so klischeehaft.

»Eigentlich ist sie für Marty Duckworth«, sage ich. »Lebt der nicht hier?«

»Du meinst diesen merkwürdigen kleinen Gnom, der wie ein Maulwurf aussieht?«

Ich schweige verlegen.

»Das ist er«, springt Charlie ein, damit der Typ weiterredet. »Hast du eine Ahnung, wo der sich eingegraben hat?«

»In Florida, Baby. Zur Rente an den Ozean.«

Rente. Ich nicke. Charlie hat dieselbe Idee. Das bedeutet, er hat Geld. Das einzige, was keinen Sinn ergibt, ist diese Absteige.

»Was ist mit einer Nachsendeadresse?« fragt Charlie. »Hat er dir eine dagelassen, damit …?«

»Für was für ein Land hältst du das hier?« spottet unser Collegeboy. »Alle lieben ihre Post …« Er geht durch das Ein-Zimmer-Apartment und nimmt seinen elektronischen Organizer vom Fernsehen. »Ich hab's unter M eingetragen, wie Maulwurf«, meint er amüsiert.

Charlie nickt anerkennend. »Spitze, Alter.«

Ich ziehe den Brief aus meiner Gesäßtasche, auf dem wir Duckworths andere Adresse notiert haben.

»Hier haben wir's«, verkündet Collegeboy und liest von seinem Organizer ab. »1004 Tenth Street. Im sonnigen Miami Beach, 33139.«

Charlie liest über meine Schulter mit und kontrolliert, ob es stimmt.

Wir verabschieden uns und verlassen die Wohnung. Wir sagen kein Wort, bis wir auf der Treppe sind.

»Was hältst du davon?« frage ich dann.

»Von Duckworths Lebenssituation? Ich habe keine Ahnung. Auch wenn der Typ da oben nicht so getan hat, als wäre er tot«, meint Charlie.

»Dem vertraust du?«

»Ich sage nur, daß bereits zwei Leute eine Adresse in Miami bestätigt haben.«

»Nicht einfach nur eine Adresse, sondern eine Ruhestandsadresse.«

Charlie verzieht immer noch die Nase wegen des gebleichten Curry, weiß aber, worauf ich hinauswill. Leute leben nicht in solchen Wohnungen, weil sie auf den Ruhestand sparen. Sie leben hier, weil sie es müssen. »Was bedeutet, wenn Duckworth sich nach Miami zurückgezogen hat, dann …«

»… weil er plötzlich zu Geld gekommen ist«, beendet Charlie den Satz.

»Das einzige Problem ist nur, daß er nach den Unterlagen der Bank schon seit Jahren Geld hatte. Warum also verkleidet sich der Prinz als armer Schlucker?«

Am Fuß der Treppe stößt Charlie die Tür zur Straße auf. »Vielleicht versucht er ja, sein Geld zu verstecken …«

»Vielleicht versucht aber auch jemand anderes, sein Geld zu verstecken«, erwidere ich schnell. »Auf jeden Fall stinkt da nicht nur der Flur.« Ich stürme nach draußen. Nun habe ich eine Mission zu erfüllen. »Solange wir nicht mit Duckworth geredet haben, werden wir nie Gewißheit bekommen.«

Ich werfe den braunen Karton wieder dahin zurück, wo ich ihn hergeholt habe, und gehe direkt zu dem öffentlichen Fernsprecher in der Ecke. Ich greife nach meiner Telefonkarte und wähle rasch die Nummer der Telefonauskunft von Florida.

»In Miami … Ich suche nach einem Marty oder Martin Duckworth in der 1004 Tenth Street«, sage ich der Computerstimme, die mir antwortet. Es gibt eine kurze Pause, während der ich schweigend warte. Es ist erst fünf Uhr nachmittags, aber der Himmel ist schon fast vollständig dunkel, und über die Amsterdam Avenue fegt ein kalter Wind. Als mir die Zähne klappern, trete ich von der Nische zurück und schiebe Charlie hinein. Hoffentlich wärmt es ihn ein wenig auf. Ich schaue mich kurz um und überprüfe, ob wir unbeobachtet sind.

Charlie bedankt sich mit einem Nicken und …

»Sie sagten Duckworth?« unterbricht uns eine weibliche Telefonistin am anderen Ende der Leitung.

»Duckworth«, bestätige ich. »Vorname Marty oder Martin. Auf der Tenth Street.«

Erneut herrscht Schweigen.

»Es tut mir leid«, sagt sie schließlich. »Diese Nummer ist nicht öffentlich.«

»Sind Sie sicher?«

»M. Duckworth auf der Tenth Street. Er hat eine Geheimnummer. Kann ich Ihnen sonst noch weiterhelfen?«

»Nein … Das war alles«, sage ich. Meine Stimme ist vollkommen kraftlos. »Danke für Ihre Hilfe.«

»Und?« fragt Charlie, als ich auflege.

»Die Nummer ist nicht eingetragen.«

»Aber auch nicht abgemeldet«, meint er herausfordernd und tritt aus der Nische. »Wo Duckworth auch immer steckt, er hat immer noch ein angeschlossenes Telefon.«

Ich sehe wenig überzeugt hoch und bemerke plötzlich, daß wir mitten auf der Straße herumstehen. Ich deute mit meinem Kinn auf das Haus, und wir gehen zurück zu der Nische, in der sich der Eingang zum Haus unseres Collegeboys versteckt. Wir kontrollieren noch einmal die Straße und drücken uns dann in die Nische. »Das reicht jetzt mit Sherlock-Holmes-Spielen, Charlie«, sage ich. »Wir müssen davon ausgehen, daß die Telefongesellschaft nach Duckworths Tod einfach ihre Unterlagen nicht auf den neuesten Stand gebracht hat.«

»Vielleicht«, sagt er und stellt sich neben mich. »Aber er könnte sich auch gut einfach nur in Florida verstecken und darauf warten, daß wir ihn besuchen.« Noch bevor ich widersprechen kann, schnippt er mit dem Finger gegen das Blatt mit Duckworths Adresse, das ich immer noch in der Hand halte. »Solange wir nicht zu ihm gehen, werden wir es nie genau wissen.«

»Wieso erkundigen wir uns nicht erst einmal, ob es einen Totenschein gibt?«

»Ollie, gestern hat die Bank gesagt, daß dieser Kerl nur drei Millionen Dollar auf der Kante hätte. Vertraust du denn wirklich noch irgendwelchen Bankunterlagen?«

Ich lehne mich an die Betonwand und wäge alles sorgfältig ab.

»Mach es nicht zu analytisch, Bruderherz. Hör auf deinen Bauch.«

Das Argument ist nicht ganz falsch. Selbst wenn es von Charlie kommt. »Du glaubst wirklich, daß wir nach Miami fahren sollten?«

»Schwer zu sagen«, antwortet er. »Wie lange können wir uns deiner Meinung nach in der Kirche verstecken?«

Ich beobachte, wie einige Pendler in der Nähe aus einem Bus aussteigen, und sage kein Wort.

»Komm schon, Ollie ... Selbst Eltern wissen, wann ihre Kinder recht haben. Solange wir nicht beweisen können, was wirklich passiert ist, haben Gallo und DeSanctis die Sache fest im Griff. Und uns auch. Wir haben das Geld gestohlen ... Wir haben Shep umgebracht ... Und wir sind diejenigen, die dafür zahlen müssen.«

Erneut antworte ich ihm nicht sofort. »Bist du sicher, daß wir nicht einem Regenbogen hinterherjagen?« frage ich ihn schließlich.

»Und was wäre daran falsch?« fragt er zurück.

»Charlie ...«

»Na gut, selbst wenn wir ein Hirngespinst verfolgen, ist das immer noch besser, als sich hier zu verstecken.«

Ich nicke. Als ich bei der Bank angefangen habe, hat mir Lapidus eingeschärft, ich sollte mich niemals mit Tatsachen anlegen. Ohne ein weiteres Wort richte ich mich auf und drehe mich zu meinem Bruder herum. »Du weißt, daß sie die Flughäfen beobachten werden ...«

»Zerbrich dir darüber nicht den Kopf«, erwidert Charlie.

22. Kapitel

»Und, machst du mit?« flüsterte Joey in den Kragen ihres Hemdes, als sie über die Avenue U schlenderte. Sie war von vielen Pendlern umgeben, die von ihrer Arbeit nach Hause kamen, und brauchte die rote Hundeleine nicht mehr.

»Du lernst es wohl nie, was?« fragte Noreen.

»Jedenfalls nicht, bis wir erwischt werden.« Joey bog um die Ecke auf die Bedford Avenue und beschleunigte ihre Schritte. »Außerdem handelt es sich weder um Einbruch noch um Hausfriedensbruch, wenn man dich einlädt hereinzukommen.« Sie betrachtete das sechsgeschossige Haus, das Charlie und seine Mom ihr Heim nannten.

»Gibt es einen Pförtner?« erkundigte sich Noreen.

»Nicht in dieser Gegend«, erwiderte Joey und überlegte

bereits, wie sie hineinkommen könnte. Viel Aufwand würde das nicht erfordern. Solange Mom noch nicht im Bilde war, würde jede Geschichte funktionieren. *Hallo, ich bin eine Maklerin ... Hi, ich bin eine Arbeitskollegin von Charlie ... Hi, ich bin hier, weil ich mich in Ihre Wohnung schleichen und einige dieser sehr raffiniert entwickelten Wanzen in Ihrer Bude verstecken möchte.* Joey mußte über ihren kleinen Scherz lachen. Auf dem Bürgersteig spielten zwei Kinder mit ihren Skateboards. Eine blaue Limousine parkte gesetzeswidrig in der zweiten Reihe. Und vor dem Haus hielt ein breitschultriger Mann einer korpulenten Frau die Tür auf. Joey erkannte Gallo sofort.

»Das glaub ich nicht ...«

»Was?« fragte Noreen.

»Rate mal, wer hier ist«, knurrte Joey und senkte den Kopf. Trotzdem mußte sie zusehen. Langsam zog sie sich zu dem Antiquariat an der Ecke zurück und drückte sich gegen die Tür.

»Wer denn?« drängte Noreen. »Was ist da los?«

Gallo öffnete die Beifahrertür seines Wagens und half Mrs. Caruso hinein. Sie umklammerte ihre Handtasche und stand sichtlich unter Schock. Aber das interessierte Gallo nicht. Er schlug ihr die Tür vor der Nase zu.

»Was für ein Gentleman«, murmelte Joey. Während Gallo um den Wagen zur Fahrerseite ging, sah er sich suchend um. Als erwartete er jemanden. Jemanden, der noch nicht da war, aber sehr bald kommen mußte.

»Mist«, zischte Joey, als sie den selbstgefälligen Ausdruck auf seinem Gesicht bemerkte.

»Würdest du mir bitte endlich sagen, was da los ist?« quengelte Noreen.

Gallo ließ den Wagen aufheulen, als er losfuhr. Joey lief sofort zu dem Gebäude. »Er hat ein Team bestellt«, meinte sie warnend.

»Jetzt schon?«

»Das vermute ich ... Jedenfalls in den nächsten zwei bis zehn Minuten ...«

»Sie verwanzen sie schon? Woher hat er denn so schnell die Genehmigung dafür bekommen?«

»Ich habe keine Ahnung«, gab Joey zu, während sie die Außentür des Wohnblocks aufriß. Als eine ältliche Frau aus der inneren Tür trat, fing Joey sie ab, schlüpfte hindurch und rannte zu den Aufzügen.

Am anderen Ende der Leitung herrschte atemlose Stille. Kurz. »Bitte sag mir, daß du nicht zu dem Haus läufst …«

»Ich laufe nicht zu dem Haus«, wiederholte Joey und drückte den Rufknopf für den Aufzug wie eine Morsetaste.

»Verdammt, Joey, das ist dumm!«

»Nein. Dumm wäre es, das zu versuchen, nachdem der Service seine Wanzen plaziert hat.«

»Dann solltest du lieber ganz darauf verzichten.«

»Noreen, erinnerst du dich noch daran, was ich dir über die Anziehungskraft von Heimweh erzählt habe? Ich habe keine Ahnung, wie hart diese Jungs sind, aber sobald sie erst einmal auf der Flucht sind, werden sie diesen Sog irgendwann fühlen. Und in dem Fall … Wenn einer von ihnen die Rechnungen seiner Mutter bezahlt und der andere noch bei ihr wohnt … Falls die Bande so fest sind, dürfte dieser Sog wie ein Magnet in ihrer Brust zerren. Vielleicht rufen sie ja nur ein paar Sekunden an, aber wenn das geschieht, will ich es hören. Und den Anruf zurückverfolgen.«

Erneut blieb Noreen stumm. Für etwa eine halbe Sekunde. »Sag mir einfach, was ich tun …«

Joey betrat den Aufzug, und die Verbindung brach ab. So war das mit Handys in alten Gebäuden. Sie überprüfte noch einmal die Lobby, aber es war niemand zu sehen. Als die Türen zufielen, war Joey auf sich allein gestellt.

23. Kapitel

»Hältst du das wirklich für eine gute Idee?« Ich sehe mich aufmerksam um, während Charlie die Nummer in die Tasten des öffentlichen Fernsprechers im Excelsior Hotel hämmert. Es ist vielleicht nicht das beste Hotel der Stadt, aber es ist das nächstgelegene mit der besten Auswahl an Telefonbüchern.

»Oliver, wie willst du sonst an Bord eines Flugzeugs kommen?« entgegnet er, den Hörer schon am Ohr. »Wir wären verrückt, wenn wir unsere echten Personalausweise vorlegen würden. Und wenn wir unsere Kreditkarten benutzen, spüren sie uns sofort auf.«

»Vielleicht sollten wir uns nach einem anderen Transportmittel umsehen.«

»Welches denn zum Beispiel? Willst du einen Wagen mieten und hinfahren? Dafür brauchst du auch Kreditkarte und Ausweis …«

»Und der Zug?«

»Ach bitte … Willst du wirklich zwei Tage in einem Zug verbringen? Mit jeder Sekunde, die wir vertun, kann der Secret Service seine Daumenschrauben enger anziehen. Vertrau mir, wenn wir wirklich aus der Stadt wollen, ist das hier unsere beste Option.«

Ich bin nicht überzeugt, beuge mich vor und bedeute ihm, daß ich mithören will. Es klingelt zum dritten Mal. »Komm schon …«, knurrt Charlie und starrt auf die Gelben Seiten von New Jersey. »Wo, zum Teufel, steckst du …?«

»Anwaltskanzlei«, antwortet Bendini ohne das geringste Stottern. »Was brauchen Sie?«

24. Kapitel

Die erste Viertelstunde war dafür vorgesehen, sie zu beunruhigen. Es gab niemanden, den sie anschreien konnte, niemanden, der mit ihr redete. Sie war ganz allein in einem Raum, zusammen mit einem Schreibtisch und vier unterschiedlichen Bürostühlen. Die Wände waren alle weiß, keine Bilder, nichts, was sie ablenken konnte. Außer dem gewaltigen Spiegel, der an der rechten Wand entlanglief. Natürlich war der Spiegel das erste, was Maggie Caruso bemerkte. Das sollte sie auch. Der Secret Service war sich wohl bewußt, daß bei der heutigen Micro-Technologie kein praktischer Grund mehr dafür bestand, einen durchsichtigen Spiegel zu benutzen. Aber das bedeutete nicht, daß er nicht seinen eigenen psychologischen Effekt besaß, selbst wenn keiner dahinter lauerte. Und wirklich sorgte allein die Gegenwart des Spiegels dafür, daß Maggie unruhig auf ihrem Stuhl hin und her rutschte.

Maggie versuchte, den Spiegel auszublenden, und legte ihre rechte Hand vor die Augen. Stumm sagte sie sich immer wieder, daß alles in Ordnung war. Ihren Söhnen ging es gut. Das hatte Gallo ihr versichert. Er hatte es ihr direkt ins Gesicht gesagt. Aber wenn das wirklich stimmte, was machte sie dann hier in der City, im New Yorker Hauptquartier des Secret Service? Plötzlich hörte sie das scharfe Klicken des Türknaufs. Sie drehte sich nach links um, und die Tür schwang auf.

»Maggie Caruso?« fragte DeSanctis, als er eintrat. Er hielt einen Aktenordner in der Hand und trug eine blaue Anzughose ohne Jackett. Die Hemdsärmel hatte er bis zu den Ellbogen hochgekrempelt. Er sah ernst aus, aber nicht sehr bedrohlich. Gallo folgte ihm und nickte ihr kurz zu. Maggie war zu sehr Näherin, als daß sie seinen schlecht sitzenden Anzug nicht bemerkt hätte. Ein deutliches Zeichen entweder für einen schlechten Geschmack, für eine unglaubliche Achtlosigkeit oder für ein übertriebenes Ego. Männer glaubten immer, daß sie größer wären, als sie es tatsächlich waren. Trotz der vierzigminütigen Fahrt von Brooklyn hierher wußte sie jedoch immer noch nicht, welche der drei Möglichkeiten zutraf. Sie wußte aber sehr genau, was sie wollte. Ihre Stimme schwankte, als sie die Frage stellte.

»Bitte ... Kann ich jetzt meine Jungs sehen?«

»Eigentlich hatten wir eher gehofft, daß Sie uns in diesem Punkt weiterhelfen könnten«, antwortete DeSanctis. Er setzte sich links neben sie. Gallo zog sich einen Stuhl zu ihrer Rechten heran. Ihr fiel auf, daß keiner von ihnen sich ihr direkt gegenüber hinsetzte.

»Ich verstehe nicht ...«

Gallo sah DeSanctis an, und der schob langsam den Ordner über den Tisch. »Mrs. Caruso, irgendwann letzte Nacht hat jemand eine ... nun ja, eine recht beträchtliche Summe von der Greene Privatbank gestohlen. Und als die Diebe heute morgen gestellt wurden, gab es einen Schußwechsel ... «

»Einen Schußwechsel?« Ihre Stimme bebte. »Wurde jemand ...?«

»Oliver und Charlie geht es gut«, beruhigte der Agent sie und legte seine Hände auf ihre. »Aber dabei wurde ein Mann namens Shep Graves von den beiden Verdächtigen getötet, denen anschließend die Flucht gelang.«

Maggie drehte sich zu Gallo um, der an einem blutroten Schnitt in seiner Lippe kaute. »Was hat das mit meinen Söhnen zu tun?« fragte sie zögernd.

DeSanctis hielt ihre Hände immer noch fest, während er sich zu ihr beugte. »Mrs. Caruso, haben Sie in den letzten paar Stunden etwas von Charlie oder Oliver gehört?«

»Wie bitte?«

»Wenn die beiden sich irgendwo verstecken würden, wüßten Sie, wo das sein könnte?«

Maggie riß ihre Hände los und sprang auf. »Was wollen Sie damit sagen?«

Gallo war genauso schnell auf den Beinen. »Madam, würden Sie sich bitte wieder hinsetzen?«

»Erst sagen Sie mir, was hier los ist! Wollen Sie meine Jungs etwa beschuldigen?«

»Madam, setzen Sie sich!«

DeSanctis packte Gallo an den Handgelenken und schob ihn auf seinen Stuhl zurück. Er sah Maggie an. »Bitte, Mrs. Caruso, es gibt keinen Grund ...«

»Meine Jungs würden so etwas niemals tun, niemals!« sagte sie hartnäckig.

»Ich habe auch nicht gesagt, daß sie es getan haben.« DeSanctis sprach leise und ruhig. »Ich versuche nur, sie zu beschützen ...«

»Das ist komisch. Sie hören sich nämlich so an, als wären sie richtig scharf darauf, sie festzunehmen.«

»Nennen Sie es, wie Sie wollen«, mischte sich Gallo ein. »Aber je länger sie da draußen herumlaufen, desto gefährlicher wird es für sie.«

Maggie erstarrte. »Was?«

Gallo holte tief Luft und rieb sich den Nacken. Maggie musterte ihn aufmerksam. War es Frustration ... oder echte Sorge? »Wir versuchen Ihnen zu helfen, Mrs. Caruso. Es ist nun aber so ... Sie sehen ja wohl Nachrichten? Wann wäre das letzte Mal ein Flüchtiger sicher entkommen? Oder hätte glücklich und unbehelligt nach der Tat weitergelebt? So etwas gibt es nicht, Maggie. Und je länger Sie schweigen, desto wahrscheinlicher wird es, daß irgendein Heißsporn einem Ihrer Söhne eine Kugel in den Kopf schießt.«

Maggie konnte sich nicht rühren. Sie stand nur da, während sie versuchte, die Logik dieser Worte zu begreifen.

»Ich weiß, daß Sie die beiden beschützen wollen, und ich verstehe auch Ihr Zögern«, setzte Gallo nach. »Aber stellen Sie sich folgende Frage: Wollen Sie wirklich Ihre eigenen Kinder begraben? Denn von jetzt an, Maggie, liegt die Entscheidung darüber bei Ihnen.«

Vor Maggies Wohnblock scherte ein Lieferwagen auf einen freien Parkplatz hinter einem verbeulten schwarzen Wagen ein. Er fuhr ruhig, ohne quietschende Bremsen, und niemand rannte oder stolperte herum. Statt dessen glitt die Seitentür des Vans auf, und drei Männer in Uniformen stiegen aus. Alle drei trugen die Ausweise der Telefongesellschaft in ihrer rechten Tasche und Secret-Service-Marken in ihrer linken. Langsam und ruhig luden sie ihre Werkzeugtaschen aus. Das gehörte zu ihrer Ausbildung. Techniker von Telefongesellschaften hatten es nie eilig.

Als Spezialisten in der Abteilung Technische Sicherheit brauchten sie nur zwanzig Minuten. In dieser Zeit konnten sie jedes Heim in eine perfekte Schallbühne verwandeln. Gallo hatte ihnen gesagt, daß sie mindestens zwei Stunden zur Verfügung hätten. Sie würden trotzdem in zwanzig Minuten fertig sein. Als sie hineingingen, schob der größte von ihnen eine winzige Pinzette mit drei Zinken in das Schloß. Nach vier Sekunden war die Tür offen.

»Öffentlicher Fernsprecher im Souterrain«, rief ein Schwarzhaariger.

»Den nehm ich«, sagte der dritte und ging zur Treppe in der Ecke der Eingangshalle. Nur Anfänger verwanzten das Telefon in der Wohnung. Dank Hollywood war das mittlerweile die erste Stelle, an der die Leute nachschauten.

Im Aufzug musterten die beiden anderen die rostigen Metalltüren und die uralte Rufleiste. Alte Gebäude brauchten gewöhnlich einen oder zwei Schritte mehr. Sie hatten dickere Wände und tiefere Bohrlöcher. Schließlich hielt der Aufzug ruckelnd im vierten Stock. Die Tür glitt auf, und Joey stand davor. Ihr genügte ein kurzer Blick auf die Uniformen, und sie senkte rasch den Kopf.

»Schönen Abend noch«, meinte der Größere beim Aussteigen.

»Ihnen auch«, antwortete Joey und trat um ihn herum.

»Ich schwöre Ihnen, ich habe von den beiden nichts gehört«, stammelte Maggie und wischte sich die Augen mit dem Ärmel ihrer Jacke. »Ich war den ganzen Tag zu Hause … und meine Kunden … Aber sie haben nicht …«

»Wir glauben Ihnen ja«, meinte Gallo. »Doch je länger Charlie und Oliver da draußen herumlaufen, desto wahrscheinlicher ist es, daß sie sich bei Ihnen melden. Wenn sie anrufen, müssen Sie so lange wie möglich mit ihnen telefonieren. Hören Sie mir zu, Maggie? Mehr brauchen Sie nicht zu tun. Den Rest erledigen wir.«

Maggie rang nach Luft und versuchte, sich diese Szene in ihren Kopf einzuprägen. Es gab so vieles, das keinen Sinn ergab. »Ich weiß nicht …«

»Mir ist klar, daß es Ihnen schwerfällt«, meinte DeSanctis. »Glauben Sie mir, ich habe selbst zwei kleine Mädchen. Kein Elternteil sollte in eine solche Lage gebracht werden.

Aber wenn Sie die beiden retten wollen, ist das wirklich das beste ... für alle.«

»Also? Was sagen Sie?« fragte Gallo. »Können wir auf Sie zählen?«

25. Kapitel

Wir brauchen fast eine ganze Stunde, um von Duckworths Wohnung nach Hoboken, New Jersey, zu kommen. Als der Zug endlich in den Bahnhof einläuft, nicke ich unauffällig in die andere Ecke des Waggons. Dort versteckt sich Charlie in der Menge. Schließlich ist nicht nötig, ein dummes Risiko einzugehen.

In einem gewaltigen Schwall ergießt sich die Woge von Pendlern aus dem Zug, überflutet die Treppen und strömt schließlich auf die Straße. Wie immer ist Charlie vornweg und surft geschickt durch die Menge. Er bewegt sich sehr elegant, und als er auf die Straße hinaustritt, wird er sofort schneller. Ich bleibe gute zwanzig Schritte hinter ihm und lasse ihn nicht aus den Augen.

Charlie folgt Bendinis Instruktionen, er eilt an Bars und Restaurants vorbei, welche die Washington Avenue säumen, und biegt nach links in die Fourth ein. Sofort verändert sich die Gegend. Aus Coffee-Shops werden Stadthäuser, aus Bäckereien und hypermodischen Boutiquen fünfstöckige Mietshäuser. Charlie sieht sich kurz um und bleibt plötzlich wie angewurzelt stehen.

»Das kann nicht stimmen!« ruft er.

Ich trete neben ihn und muß ihm recht geben. Wir suchen nach einer Geschäftsfront, aber das hier sind alles Wohnhäuser. Doch wenn Bendini seine Finger im Spiel hat, sollte einen nichts überraschen. »Suche einfach die angegebene Adresse«, flüstere ich ihm zu, während ein alter Italiener uns neugierig aus einem Fenster anschaut. Das Fernsehgerät hinter ihm flackert. »Schnell!« dränge ich.

Drei Blocks weiter sehen wir es. Eingezwängt zwischen einer Kette aus Reihenhäusern liegt ein einstöckiges Ziegelgebäude mit einem selbstgemalten Schild an der Tür. *Mumford Travel* steht drauf. Die Buchstaben auf dem Schild sind dünn und grau und wie das Messingschild an unserer Bank darauf ausgerichtet, übersehen zu werden. Die Lampen in dem Geschäft sind zwar angeschaltet, aber es sitzt nur eine sechzigjährige Frau hinter einem alten Metallschreibtisch, die gelangweilt in einer zerfledderten Ausgabe von einer Klatschzeitung blättert.

Charlie steuert geradewegs auf die Klingel zu. *Bitte klingeln*.

»Es ist offen.« Die Frau schaut nicht einmal auf. Ein kleiner Stoß gegen die Tür, und wir sind drin.

»Hallo«, sage ich zu der Frau, die uns immer noch nicht ansieht. »Ich möchte gern ...«

»Hab ich ...!« kreischt jemand. Aus dem Hinterzimmer kommt ein drahtiger Mann in einem weißen Golfhemd. Er schiebt einen roten Vorhang beiseite und tritt vor, um uns zu begrüßen. Er hat leicht vorstehende Augen, einen etwas zurückweichenden Haaransatz und nach hinten gekämmte Haare. »Ist das ein Notfall?«

»Eigentlich kommen wir von ...«

»Ich weiß, wer Sie geschickt hat«, sagt er. Er starrt mißtrauisch über unsere Schultern auf die Straße. In seinem Beruf ist das vermutlich purer Instinkt. Sicher ist sicher. Nachdem er sich davon überzeugt hat, daß wir allein sind, winkt er uns in das Hinterzimmer.

Wir folgen ihm, und mein Blick streift die verblaßten und veralteten Reiseposter an den Wänden. Bahamas ... Hawaii ... Florida. Jedes Poster zeigt Frauen mit üppigem Haar und Männer mit Schnurrbärten. Die Aufschriften datieren sie auf die späten achtziger Jahre, und ich bin überzeugt, daß sie seit langem nicht mehr angerührt worden sind. Reisebüro? Meine Güte!

»Immer hereinspaziert!« ruft der Mann und hält den Vorhang hoch, der den Durchgang zum Hinterzimmer verdeckt.

»Und achten Sie nicht auf den Mann hinter dem Vorhang«, sagt Charlie. Er versucht schon wieder, gut Wetter zu machen.

»Das ist richtig«, stimmt ihm der Mann zu. »Aber wenn ich Oz bin, wer sind Sie? Der feige Löwe?«

»Nein, der feige Löwe ist er«, sagt Charlie und deutet auf mich. »Ich sehe mich selbst eher als Toto oder vielleicht als den fliegenden Affen, natürlich der Anführer, nicht einer dieser einfachen Primatenlakaien, die nur im Hintergrund herumstehen.«

Oz kämpft gegen ein Lächeln, vergeblich.

»Wie ich gehört habe, müßt ihr nach Miami.« Der Mann tritt hinter seinen Schreibtisch, der mitten in dem kleinen schäbigen Zimmer steht. Es hat etwa dieselben Ausmaße wie mein Wohnzimmer, ist aber mit einem Kopierer, einem Aktenvernichter und einem Computer versehen, der mit einem Hightech-Drucker verbunden ist. An den Wänden um uns herum stapeln sich Dutzende brauner neutraler Kartons. Ich möchte nicht wissen, was sich da drin befindet.

»Können wir anfangen?« frage ich.

»Das hängt von euch ab«, erwidert Oz und reibt Daumen und Mittelfinger aneinander.

Charlie wirft mir einen Blick zu, und ich greife nach dem Bündel Banknoten in meiner Brieftasche. »Dreitausend, richtig?«

»Wird jedenfalls behauptet«, erwidert Oz. Er ist wieder ernst.

»Ich weiß es wirklich zu schätzen, daß Sie uns helfen«, sagt Charlie. Er bemüht sich um eine lockere Atmosphäre.

»Ich tue euch keinen Gefallen, Junge. Das ist ein reines Geschäft.« Er bückt sich und zieht die unterste Schublade seines Schreibtischs heraus, entnimmt ihr zwei Gegenstände und wirft sie in unsere Richtung. Ich fange den einen, Charlie den anderen.

»Haarfärbemittel«, liest Charlie laut vor. Auf seiner Schachtel sieht man eine Frau mit hellblondem Haar. Das Model auf meiner Packung hat rabenschwarzes.

Oz zeigt uns das Badezimmer in der Ecke. »Wenn ihr wirklich verschwinden wollt«, erklärt er, »müßt ihr ganz oben anfangen.«

Zwanzig Minuten später starre ich in den schmierigen Spiegel. Die Wirkung des billigen Färbemittels verblüfft mich. »Wie sieht es aus?« frage ich und kämme mir ordentlich mein frisch gefärbtes schwarzes Haar.

»Wie Buddy Holly«, erwidert Charlie und schaut über meine Schulter. »Nur spießiger.«

»Danke, Doris Day.«

»Heh, wenigstens sehe ich nicht so aus wie die Freunde meiner Mutter«, erwidert Charlie.

Ich werfe einen prüfenden Blick in den Spiegel. »Wen meinst du …?«

»Seid ihr beiden bald soweit?« unterbricht uns Oz. »Dann kann es weitergehen.«

Die Realität hat uns wieder, als wir aus dem Bad kommen. Ich spiele immer noch mit meinem Haar. Charlie hat sich schon daran gewöhnt. Immerhin ist es nicht das erste Mal, daß er seine Haarfarbe gewechselt hat. Blond in der zehnten Klasse und dunkelviolett in der zwölften.

»Stellt euch hierhin, und zieht die Jalousie runter«, sagt Oz und deutet auf ein Fenster des Hinterzimmers. Auf dem Boden befindet sich ein kleines X auf dem Teppich. Charlie beeilt sich und zieht an der Schnur der Jalousie.

»Blau?« fragt er, als er die blaßblaue Farbe in der Jalousie bemerkt.

Der Bildschirm am Computer blinkt, und ein digitales Bild des Führerscheins von New Jersey baut sich auf. Der Hintergrund des Fotos ist blaßblau. Derselbe Farbton wie die Jalousie. Oz bedenkt seine Technologie mit einem Grinsen und tritt mit einer Digitalkamera in der Hand vor Charlie.

»Bei drei sagst du ›Behörde für Kraftfahrzeughaltung‹.«

Charlie sagt es, und ich kneife bei dem hellen, weißen Blitz die Augen zusammen.

26. Kapitel

Joey verrenkte sich fast den Hals, als sie an dem dreißigstöckigen Gebäude in Manhattans Upper Eastside emporschaute. »Bist du sicher, daß sie zu Hause ist?« fragte sie Noreen. Die Höhe machte sie beinahe schwindlig.

»Ich habe vor zehn Minuten mit ihr telefoniert und so getan, als wäre ich eine Telefonverkäuferin«, erklärte Noreen. »Die Zeit zum Abendessen ist vorbei. Die geht nirgendwo mehr hin.«

Joey nickte, unterdrückte ihre Ehrfurcht und spähte durch die beiden Glastüren, durch die man in die Lobby gelangte. Ein Pförtner lehnte an seinem Tresen und blätterte eine Zeitung durch. Er trug keine Uniform und hatte auch keine Krawatte um. Kein Problem. Die typische Erstwohnung von Daddys kleinem Liebling.

Joey grinste, nahm das Handy aus ihrem Gürtel, hielt es ans Ohr und zog die Tür auf. »Wirklich, ich hasse es, wenn sie das machen!« jammerte sie in ihr Telefon. »Strumpfhosen sind so schrecklich mittelklassig!«

»Wovon redest du?« fragte Noreen.

»Das weißt du ganz genau!« rief Joey, rauschte achtlos an dem Pförtner vorbei und stürmte zum Aufzug. Der Pförtner schüttelte den Kopf. Typisch.

Dreiundzwanzig Stockwerke später klingelte Joey an der Tür der Wohnung 23H.

»Wer ist da?« fragte eine weibliche Stimme.

»Teri Gerlach, von der Nationalen Gesellschaft der Versicherungsmakler«, gab Joey zurück. »Oliver Caruso hat kürzlich eine Versicherung der Klasse 7 beantragt, und da er Sie als eine seiner Referenzen angegeben hat, würde ich Ihnen gern ein paar Fragen stellen.«

Es klickte leise, und Joey spürte, wie sie durch den Türspion betrachtet wurde. Sobald es draußen dunkel wurde, hatten Frauen in New York jede Menge Gründe, ihre Türen keinem Fremden zu öffnen.

»Wer steht noch auf der Liste?« fragte die Frau.

Wegen der Wirkung zog Joey einen kleinen Notizblock aus ihrer Tasche. »Mal sehen ... eine Mutter namens Margaret ... ein Bruder, Charles, Henry Lapidus von der Greene Bank und eine Freundin namens Beth Manning.«

Ketten klapperten, und Schlösser klackten. Als sich die Tür öffnete, steckte Beth den Kopf heraus. »Hat Oliver das nicht schon längst bewilligt bekommen?«

»Es geht nur um die Verlängerung, Miss Manning«, sagte Joey sachlich. »Aber wir überprüfen gern hin und wieder die Referenzen.« Sie deutete auf den Notizblock und lächelte. »Ich verspreche Ihnen, es sind nur ein paar einfache Fragen. Vollkommen harmlos.«

Beth zuckte die Schultern und trat von der Tür zurück. »Sie müssen die Unordnung entschuldigen ...«

»Keine Sorge.« Joey lachte, während sie eintrat, und berührte kurz Beths Unterarm. »Bei mir sieht es fünfzigmal schlimmer aus.«

Francis Quincy war kein Hektiker und auch kein sonderlicher Pessimist. Wenn alle anderen ängstlich Löcher in den Teppich liefen, war es Quincy, der ruhig auf seinem Stuhl sitzen blieb und gelassen die Chancen abwog. Selbst als seine vierte Tochter drei Monate zu früh geboren wurde, lehnte sich Quincy gelassen zurück und zog Trost aus der Tatsache, daß sich in achtzig Prozent ähnlicher Fälle die Babys prächtig entwickelten. Damals waren ihm die Zahlen wohlgesonnen. Aber heute hatte er sie nicht mehr unter Kontrolle. Trotzdem geriet er nicht in Hektik.

»Hat er noch etwas gesagt?« fragte Quincy gelassen.

»Nichts ... weniger als nichts«, erwiderte Lapidus hektisch. »Sie wollen nur, daß wir absolut nichts durchsickern lassen.«

Quincy nickte. Er stand am Eckfenster und starrte auf die beleuchtete Skyline hinaus. »Vielleicht sollten wir noch einen Tag warten, bevor wir die anderen Partner unterrichten.«

»Bist du verrückt geworden? Wenn die herausfinden, was

wir da zurückhalten … Quincy, die schlürfen unser Blut zum Frühstück.«

»Ich sage dir das nicht gern, Henry, aber sie werden sowieso nach Blut schreien, ganz gleich, was passiert. Bis wir Oliver und das Geld finden, können wir auch nichts dagegen unternehmen.«

»Ich habe schon zweimal angerufen. Gallo ist immer noch nicht zurück.«

»Wenn es dir das leichter macht, Henry, ich würde es nur zu gern auch mal probieren.«

»Das verstehe ich nicht … «

»Vielleicht muß Gallo es ja von beiden Seiten hören«, schlug Quincy vor.

Lapidus hielt inne und musterte seinen Partner. »Ja … nein … das wäre großartig.«

Quincy ging sofort zur Tür.

»Vergiß nur nicht, auf wessen Seite Gallo und DeSanctis stehen«, rief Lapidus ihm hinterher. »Wenn es hart auf hart geht, benehmen sich die Behörden auch nur wie irgendein beliebiger Klient: Sie achten nur auf ihren eigenen Vorteil.«

»Das brauchst du mir nicht zu sagen«, erwiderte Quincy im Hinausgehen. »Darüber weiß ich alles.«

»Also, wie sieht's aus?« fragte DeSanctis. Er hatte den Hörer zwischen Kinn und Schulter eingeklemmt.

»Schwer zu sagen. Wir sind offenbar über ein paar Bodenschweller gerumpelt, aber es wird sich alles wieder beruhigen«, erklärte sein Mitarbeiter. »Und wie läuft's bei euch? Wie kommt Gallo mit der Mutter zurecht?«

DeSanctis warf einen Blick durch den Spiegel und sah, wie Gallo Mrs. Caruso in den Mantel half. »Wir haben Rückendeckung«, erwiderte DeSanctis trocken.

»Das klingt aber nicht sehr zuversichtlich …«

»Zuversichtlich bin ich erst, wenn wir sie haben«, wiederholte er. Charlie und Oliver waren vielleicht einmal entkommen, aber das würde nicht ein zweites Mal passieren. Nicht, wenn so viel auf dem Spiel stand.

»Hast du mal daran gedacht, noch andere Agenten hinzuzuziehen?«

»Nein ... Auf keinen Fall!« erwiderte DeSanctis. »Glaub mir, auf diese Kopfschmerzen können wir verzichten.«

»Also glaubst du wirklich, daß du und Gallo die Sache in aller Ruhe abwickeln könnt?«

»Ich persönlich sehe da wenig Entscheidungsspielraum ... für keinen von uns.«

»Was soll das denn heißen?«

»Nichts«, erwiderte DeSanctis kalt. Er sah, wie Gallo Mrs. Caruso aus dem Verhörzimmer führte. »Mach du deinen Job, und wir machen unseren. Solange das funktioniert, haben sie keine Chance.«

27. Kapitel

»Das hätten wir«, sagt Oz und schlägt Charlie einen blauweißen Umschlag der Continental Airlines an die Brust. Ich reiße meinen sofort auf, und Charlie folgt meinem Beispiel. Flug 201, heute abend um 21:50 Uhr, nonstop nach Miami.

»Sie haben uns doch nicht nebeneinandergesetzt?« frage ich.

Oz bedenkt mich mit demselben Sehe-ich-aus-wie-ein-Idiot-Blick, den Charlie gewöhnlich für mich reserviert hat. Aber das ist nicht der richtige Moment, um ein Risiko einzugehen. »25C«, sage ich zu meinem Bruder.

Er mustert sein Ticket. »7B.« Er dreht sich zu Oz um. »Sie haben mich in den mittleren Sitz gepfercht, richtig?«

Oz verdreht die Augen. Das war schon immer Charlies bester magischer Trick. Bring sie zum Reden. Oz greift zu der Versiegelungsmaschine, die auf einem Stapel Kisten steht, nimmt den Umschlag hoch und reißt ihn auf. »Erinnert ihr euch an den albernen falschen Personalausweis, mit dem ihr in der Highschool Bier kaufen konntet? Na gut, begrüßt mit mir das wahre Leben ...«

Wie ein Polizist, der seine Marke zeigt, schiebt uns Oz die Plastikkarten zu. Es ist zweifellos ein perfekter Führerschein, mitsamt meinem Bild und dem brandneuen pechschwarzen Haar.

»Spitze«, meint Charlie.

Oz hat uns geraten, leicht zu erinnernde Namen zu wählen. Auf Charlies Ausweis steht Sonny Rollins, Meister des Saxophons und Jazzlegende. Auf meinem steht Walter Harvey. Das sind Dads erster und zweiter Vorname. Rein äußerlich und auch namentlich sind wir nun keine Brüder mehr.

Charlie küßt sein Bild. »Das Baby ist Gold wert ...«

»Aber es ist nicht narrensicher«, warnt uns Oz. »Wie ich jedem flüstere, setz nicht alle Eier auf deinen Ausweis. Ihr kommt damit vielleicht in den Flieger ... möglicherweise sogar in ein Hotel ... aber viel weiter kommt ihr ...«

»Was wollen Sie damit sagen?« unterbreche ich ihn.

»Das ist eben der Lauf der Dinge«, erklärt Oz. »Ganz gleich, für wie schnell ihr euch haltet, drei Dinge lassen immer die Katze aus dem Sack: Ego, Gier und Sex.« Er merkt, daß wir an seinen Lippen hängen, und redet schneller. »Beispiel Ego: Ihr beleidigt einen Kellner oder benehmt euch überheblich, Bingo. Genau deshalb erinnert sich der Bursche in dem Restaurant an euch und kann die Cops auf eure Fährte setzen. Beispiel Gier: Ihr kauft euch eine schicke Uhr, grabt eure Zähne in fünf Hummermenüs hintereinander, und aus dem Grund erkennt der Barkeeper euer Foto. Und Beispiel Sex ... Oh, Baby, hier treffen alle Klischees ins Schwarze. Es gibt nichts Schlimmeres als eine verschmähte Frau.«

»Sehen Sie dieses strähnige blonde Haar?« fragt Charlie und deutet auf sich. »Und dieses häßliche schwarze Krähennest?« Er zeigt auf mich. »Ab jetzt dürften Frauen unsere kleinste Sorge sein.«

»Wenn Sie die Reiseunterlagen und all das eingetragen haben«, unterbreche ich ihn, »wie lange, glauben Sie, werden die Leute brauchen, bis ihnen klar wird, daß wir abgetaucht sind?«

Oz dreht sich zu seinem Computer um und mustert Charlies Führerschein, der uns immer noch von seinem Bildschirm herunter anlächelt. »Das ist schwer zu sagen.« Seine Stimme zittert etwas. »Das hängt davon ab, vor wem ihr weglauft.«

28. Kapitel

»Was soll das heißen, Aufbackbrötchen?« fragte Noreen im Lautsprecher des Handys.

»Aufbackbrötchen«, wiederholte Joey, während sie durch Brooklyn zurückfuhr. »Wie Gähnen … oder Langeweile … oder weißer als weiß. Ich sage dir, was auch immer Oliver in ihr sieht: Das Mädchen ist so aufregend wie ein Aufbackbrötchen. Das war mir von dem Moment an klar, als ich ihre Wohnung betreten habe. Sofabezug mit Blumenmuster und dazu passenden Kissen, dazu passendem Teppich und dazu passenden Untersetzern und einem dazu passenden Monetposter an der Wand …«

»He, hack nicht auf Monet herum …«

»Es waren die Seerosen«, unterbrach Joey sie.

Pause. »Okay, dann hättest du sie auf der Stelle umbringen sollen!«

»Du verstehst nicht, worum es hier geht«, meinte Joey. »Es ist nicht so, daß irgendwas an ihr auszusetzen wäre. Sie ist nett, und sie lächelt und ist hübsch. Und das war's auch schon.«

»Vielleicht ist sie einfach introvertiert.«

»Ich habe sie nach einer lustigen Geschichte über Oliver gefragt. Eingefallen sind ihr Beschreibungen wie: *Er ist nett* und *Er ist süß*. Aufregenderes hatte sie nicht zu bieten.«

»Okay, also steckt sie wahrscheinlich nicht mit den Brüdern unter einer Decke. Hat sie dir sonst noch was über Oliver verraten?«

»Genau das ist der Punkt«, meinte Joey, während ihr Wagen durch die Schlaglöcher der Avenue U rumpelte. »Oliver mag ja ein netter Junge sein, aber wenn er mit

Beth zusammen ist, kann er unmöglich ein Draufgänger sein.«

»Und?«

»Versuch das mal mit den anderen Puzzlestücken zusammenzusetzen: Wir haben hier einen sechsundzwanzigjährigen Burschen, der sich nach Leibeskräften abstrampelt, um seinen Traum zu verwirklichen, aus Brooklyn rauszukommen. Er besorgt seinem jüngeren Bruder einen Job, zahlt die Hypothek für seine Mutter und spielt im großen und ganzen hauptsächlich Dad. Im Job verbringt er vier lange Jahre als Sklave Freitag für Robinson Lapidus und hofft, daß sich dieser Weg als Straße zum Ruhm entpuppt. Er strebt eindeutig nach Höherem, aber bricht er aus und gründet seine eigene Firma? Nicht dran zu denken! Statt dessen bewirbt er sich bei einer Business School und entschließt sich, den sicheren Weg zum Wohlstand einzuschlagen ...«

»Vielleicht wollte Lapidus ja, daß er auf eine Business School geht.«

»Es geht nicht nur um diese Business School, Noreen. In Olivers Recycling-Eimer lag ein Abonnement für *Speed Read*. Weißt du, was das ist?« Als Noreen nicht antwortete, fuhr Joey fort: »Die bringen monatlich eine Zusammenfassung aller wichtigen literarischen Neuerscheinungen, damit man auf irgendwelchen Cocktailpartys immer was Geistreiches zu sagen hat. Oliver glaubt anscheinend, daß so was in seiner Welt zählt. Und er glaubt auch, daß das System funktioniert. Deshalb wartet er brav in der Reihe, und deshalb geht er auch mit Beth aus.«

»Ich weiß nicht, ob ich dir folgen kann ...«

»Ich kann es nicht besser beschreiben ... Es ist einfach so, daß Leute, die sich mit den Beths dieser Welt zusammentun, bestimmt die letzten sind, die einen Dreihundert-Millionen-Dollar-Coup planen.«

»Moment«, stieß Noreen hervor. »Du glaubst also, daß sie ...«

»Sie sind nicht unschuldig«, unterbrach Joey sie. »Wenn sie es wären, dann würden sie nicht davonlaufen. Aber wenn Oliver seine gemütliche kleine Sicherheitszone verläßt ... Da muß es eindeutig noch etwas geben. Solche Leute geben ihr Leben nicht auf, wenn sie nicht einen verdammt guten Grund dafür haben.«

»Wenn es dich beruhigt: Fudge hat mir mitgeteilt, daß wir morgen den größten Teil der Unterlagen erhalten sollten.«

»Perfekt«, erwiderte Joey, während sie auf die Bedford Avenue einbog. Die Gegend sah immer weniger wie ein Wohnviertel aus, sondern eher wie eine finstere Seitengasse. Doch eines fiel trotz der Dunkelheit auf: der Lieferwagen der Telefongesellschaft, der vor Maggie Carusos Wohnblock stand. Joey fuhr langsam daran vorbei und warf einen prüfenden Blick in ihren Rückspiegel. Auf den beiden Vordersitzen hockten zwei Agenten.

»Alles okay?« fragte Noreen.

»Das kann ich dir in einer Sekunde beantworten.« Joey rollte bis zur Hälfte des Wohnblocks, parkte dann in einer Einfahrt schräg gegenüber und stellte den Motor ab. Sie war nah genug, um alles im Blick zu behalten, aber noch weit genug entfernt, um nicht gesehen zu werden. Während sie den Lieferwagen beobachtete, wurde ihr klar, daß das Verhalten der Agenten keinen Sinn machte. Überwachungsjobs waren eine schnelle Angelegenheit. So was ging rein und raus. Wenn sie immer noch hier waren, bedeutete das, irgendwas stimmte nicht. Vielleicht haben sie was gefunden, dachte Joey. Oder sie warten auf ...

Noch bevor sie ihren Gedanken zu Ende bringen konnte, quietschten Reifen, und ein Wagen bog in die Straße ein.

»Was ist da los?« wollte Noreen wissen.

»Leise«, flüsterte Joey, auch wenn Noreens Stimme nur in ihrem Ohrhörer zu vernehmen war. Der Wagen fuhr schnell, schien aber trotzdem nicht einfach nur vorbeifahren zu wollen. Er rollte im Leerlauf an dem Lieferwagen vorbei und kam dann mit einem Ruck vor einem Hydranten zum Stehen. Joey schüttelte den Kopf. Sie hätte es wissen müssen.

Die Türen schwangen weit auf, und Gallo und DeSanctis

reckten ihre Köpfe in die frische Nachtluft. Wortlos öffnete DeSanctis die hintere Tür und reichte Maggie Caruso die Hand. Als sie ausstieg, ließ sie die Schultern hängen, den Mantel hatte sie achtlos übergeworfen. DeSanctis führte sie zu dem Haus, aber selbst an ihrem Umriß erkannte Joey, daß die Frau vollkommen fertig war. Ohne Hilfe würde sie es nicht mal mit dem Aufzug nach oben schaffen.

»Ich komme gleich nach«, rief Gallo und trat an den Kofferraum. Doch kaum waren Maggie und DeSanctis im Inneren des Hauses verschwunden, marschierte er geradewegs auf den Lieferwagen zu. Der Fahrer rollte das Fenster herunter, Gallo streckte die Hand hinein und begrüßte ihn. Zuerst sah es nur aus wie ein Danke unter Freunden … Sie nickten kurz, er legte den Kopf in den Nacken und lachte. Doch plötzlich hielt Gallo inne. Seine Haltung versteifte sich, und der Fahrer reichte ihm etwas hinaus. »Seit wann?« Gallos Stimme bebte vor unterdrückter Wut. Der Fahrer streckte seine Hand aus dem Fenster und deutete den Block entlang. Auf Joey.

»O Scheiße«, flüsterte sie.

Gallo wirbelte herum, und ihre Blicke begegneten sich. »Was, zum Teufel, fällt Ihnen ein?« schrie er und stürmte auf sie zu.

»Joey, alles in Ordnung?« fragte Noreen.

Ihr blieb jedoch keine Zeit für eine Antwort. Joey wollte den Wagen anlassen, aber selbst dafür war es zu spät. Gallo war schon da. Fleischige Knöchel pochten an ihr Seitenfenster. »Aufmachen!« verlangte der Agent.

Joey kannte die Prozedur und kurbelte ihr Fenster herunter. »Ich verletze keinerlei Gesetz, im Gegenteil, ich habe alle Befugnisse …«

»Was genau haben Sie in dieser Wohnung gemacht?«

Joey starrte Gallo unverwandt an. »Tut mir leid, ich weiß nicht, wovon Sie reden.«

»Stellen Sie sich bloß nicht blöd!« knurrte Gallo drohend. »Sie wissen genau, daß sie dazu keinerlei Kompetenzen haben!«

»Ich mache nur meinen Job!« Joey zog ein Lederetui aus der Tasche und zeigte ihm ihre Lizenz als Privatdetektivin. »Und als ich das letzte Mal nachgesehen habe, konnte ich kein Gesetz finden, das …«

Gallos Hand schoß vor und wischte ihr den Ausweis aus der Hand. Er segelte gegen das Beifahrerfenster. »Hören Sie zu!« schrie er ihr ins Gesicht. »Ihre Anfängererlaubnis interessiert mich nicht. Sollten Sie sich noch einmal in diese Untersuchung einmischen, schleife ich Ihren verdammten Arsch selbst über die Brooklyn Bridge!«

Joey schwieg, wie betäubt von diesem Ausbruch. Gesetzeshüter bewachten ihre Zuständigkeit immer höchst eifersüchtig, aber der Secret Service verlor normalerweise nicht so leicht die Beherrschung. Es sei denn, jemand hatte gute Gründe.

»Noch was?« erkundigte sich Joey.

Gallos Blick wurde härter. Er schob seine geschlossene Faust durch das offene Fenster und ließ einen Plastikbeutel in Joeys Schoß fallen. Darin waren alle ihre Wanzen und Sender. Sie waren nicht mehr zu reparieren. »Lassen Sie sich das von mir gesagt sein, Miss Lemont. In diesem Spiel hier wollen Sie ganz bestimmt nicht mitspielen.«

29. Kapitel

Mein Auge zuckt. Es ist nur ganz wenig, aber das leichte Zucken verrät mir, daß sich mein ganzer Körper in Aufruhr befindet. Meistens gelingt es mir, es zu überdecken, indem ich das Alphabet rückwärts aufsage. Aber während ich in der Schlange auf dem Newark International Airport warte, bin ich viel zu sehr auf die Leute konzentriert, die vor mir stehen. Die braunhaarige Frau vor mir, die fünfzehn Fluggäste vor ihr und das halbe Dutzend Sicherheitsbeamte, denen ich in etwa dreißig Sekunden gegenüberstehe.

Wenn der Secret Service die Informationen bereits weitergeleitet hat, dann wird das hier die kürzeste Reise, die wir je angetreten haben. Aber während die Schlange vorwärts kriecht, scheint nichts Ungewöhn…

Mist!

Der Mann ist mir zuerst gar nicht aufgefallen. Er steht hinter dem Förderband; ein breitschultriger Kerl in der Uniform des Flughafensicherheitsdienstes. Er hält einen Metalldetektor in der Hand, aber so, wie er ihn festhält, erweckt er den Eindruck, als hätte er noch nie solch ein Gerät benutzt. Allein seine Haltung … Nur beim Secret Service züchtet man so große Egos.

Als er zu mir hinsieht, senke ich rasch den Kopf. Ich will keinen Blickkontakt. Zehn Leute vor mir lächelt Charlie scheinbar freundlich vor sich hin.

»War ein langer Tag, was?« fragt er die Frau, welche die Röntgenmaschine bedient.

»Scheint nie zu enden«, erwidert die Frau und lächelt ebenfalls.

An einem normalen Tag wäre es ganz natürlich, wenn Charlie plauderte. Aber heute … Er redet zwar mit der Frau, aber ich sehe, wo er hinschaut. Sein Blick ist unentwegt auf den breitschultrigen Mann gerichtet. Und so, wie Charlie auf den Hacken balanciert … Wir wissen beide, was passiert, wenn wir erwischt werden.

»Kein Gepäck?« fragt die Frau, als Charlie näher an die Maschine tritt.

»Das hab ich aufgegeben.« Er hält das Ticket hoch und deutet auf den Gepäckschein.

In Hoboken haben wir bei einem kurzen Zwischenstopp in einem Laden für Armeezubehör eine blaue Gymnastiktasche gekauft, die wir mit Unterwäsche, Hemden und ein paar Toilettenartikeln vollgestopft haben. Außerdem eine kleine, mit Blei ausgekleidete Schachtel, die, am Boden der Sporttasche versteckt, das perfekte Versteck für Gallos Waffe abgab.

Es ist zweifellos eine schlechte Idee. Es fehlt uns gerade noch, mit einer Mordwaffe erwischt zu werden, doch Charlie bestand darauf. Wenn wir nicht wie Shep enden wollen, dann brauchen wir einen Schutz.

»Weiter!« ruft ein schwarzer Kontrolleur und winkt Charlie durch den Detektor.

Ich halte den Atem an und senke erneut den Kopf. Kein Grund zur Sorge ... Kein Grund zur Sorge ... Zwei Sekunden später zerreißt ein schrilles Pfeifen die Luft. O nein! Ich reiße den Kopf hoch und sehe, wie Charlie sich zu einem Grinsen zwingt. »Muß dieses Erectorset sein, das ich heute morgen gegessen habe.«

Bitte, lieber Gott, laß es ihn nicht vermasseln.

»Mann, wie ich diese verdammten Erectorsets gehaßt habe«, meint die Wache lachend und streicht mit dem Handdetektor über Charlies Brust und seine Schultern den Rücken herunter. »Und genützt haben sie auch nichts.« Im Hintergrund dreht sich der breitschultrige Mann um und kommt langsam auf uns zu.

»Deshalb sollte man sich lieber an Lego halten«, fügt Charlie hinzu. Er kann sich einfach nicht beherrschen. Während er die Arme ausbreitet, winkt er dem Breitschultrigen zu. Der nickt verlegen und dreht ab. Er ist scharf auf zwei braunhaarige Brüder, nicht auf einen alleinreisenden Jungen mit strähnigem blonden Haar. Als der schwarze Sicherheitsbeamte nichts findet, läßt er den Detektor sinken. »Gute Reise«, sagt er zu Charlie.

»Vielen Dank auch«, erwidert Charlie. Er liefert wirklich eine erstklassige Vorstellung, aber sein Gesicht ist vollkommen blutleer. Dann stolpert er auch noch, weil er gar nicht schnell genug hier wegkommen kann.

Einer nach den anderen aus der Schlange kommt an die Reihe. Als ich durch den Detektor gehe, dreht sich Charlie um und sieht zurück. Nur um sicherzugehen, daß alles gut verläuft. Als ich an den beiden Wachen vorbeikomme, halte ich den Mund und gleite einfach weiter. Und dann haben wir es geschafft. Jetzt gibt es nur noch eine Richtung. Nach Süden. Nonstop nach Miami.

30. Kapitel

Joey starrte auf Gallos Nacken, als er die Straße überquerte und zu dem Wohnhaus ging. Auf halbem Weg warf er seinen Kumpeln im Lieferwagen einen raschen Seitenblick zu. Die blinkten zur Antwort kurz mit den Scheinwerfern. Dann fuhr der Lieferwagen aus der Parklücke und rauschte an Joeys Wagen vorbei.

»Nett, daß wir uns gesehen haben!« schrie der Fahrer ihr zu.

Sie zwang sich zu einem Grinsen und tat, als spielte es keine Rolle. Typische Technokraten, dachte sie, während sich der Wagen aus ihrem Blickfeld entfernte. Innerhalb von Sekunden war das Abhörteam verschwunden. Und, als Gallo in das Gebäude trat, mit ihm auch ihr größtes Hindernis.

»Was war das eben?« fragte Noreen in ihrem Ohr.

»Nichts«, erwiderte Joey schnell. Sie stieß die Wagentür auf und ging zum Kofferraum.

»Vielleicht solltest du den Boß anrufen. Er hat noch ein paar gute Freunde im Service.«

»Nicht jetzt, Noreen«, sagte Joey. Ihre Stimme klang seltsam hohl, als sie sich in den Kofferraum beugte. Sie zog einen glänzenden Aluminiumkoffer heraus und balancierte ihn auf dem Rand. Die Schlösser öffneten sich mit einem Klacken. Das Innere des Koffers sah aus wie eine High-Tech-Gerätekiste, mit stapelbaren Tabletts, auf denen Drähte, Mikrofone und kleine Metallgeräte lagen, die an winzige Handys erinnerten. Am unteren Ende des Koffers befanden sich ein klobiger Empfänger und zusammenklappbare Kopfhörer.

»Was hast du vor?« Noreens Stimme klang besorgt. »Wo bist du?«

Joey antwortete nicht. Sie steckte die Sachen, die sie brauchte, in ihre Taschen und überquerte die Straße.

»Du gehst doch wohl nicht zurück in die Wohnung?«

»Nein.« Joey beschleunigte ihre Schritte.

»Ich habe gehört, wie du mit der Pralinenschachtel herumgespielt hast. Sag mir sofort, wo du hingehst.«

Joey blieb vor Gallos und DeSanctis Wagen stehen.

»Sie haben alle meine Wanzen einkassiert, Noreen, und du weißt selbst, wie schwer es ist, wieder reinzukommen, während sie zuhören ...«

»Moment mal ... Du wirst doch nicht ...« Das Klappen der Wagentür schnitt Noreen das Wort ab. »Joey, bitte sag mir, daß du nicht im Wagen des Secret Service bist.«

»Wie du meinst, dann bin ich eben nicht im Wagen des Secret Service.« Joey schaute auf ihre Uhr. Viel Zeit blieb ihr nicht. Es hatte vielleicht so ausgesehen, als wollten sie Maggie wieder zu ihrer Wohnung zurückbegleiten, aber wahrscheinlich wollte Gallo sich einfach nur noch mal in der Wohnung umsehen. Joey warf einen Blick über die Schulter. Sie hatte höchstens zwei Minuten.

»Joey, dafür können sie dich erschießen ...«

Joey griff nach der Innenraumbeleuchtung neben dem Glasdach, drückte die Plastikverkleidung aus ihrer Halterung und löste rasch die beiden Schrauben, welche die Lampe hielten. »Sie haben selbst damit angefangen, Noreen.«

»Sie haben damit angefangen? Du verwanzt den Secret Service! Dieser Wagen ist Regierungseigentum!«

»Und auch der einzige Ort, an dem diese arroganten Mistkerle niemals nachschauen würden«, meinte Joey. »Zum Teufel, sie sind so selbstgefällig, daß sie nicht mal die Türen abschließen.« Sie klemmte ein kleines Mikrofon an den roten Draht, der auf die Lampe zuführte. Diesen Trick hatte sie schon vor Jahren gelernt. Die Innenraumbeleuchtung war einer der wenigen Verbraucher, die immer Strom bekamen, selbst wenn der Motor ausgeschaltet war. Wenn man hier eine Wanze anbrachte, konnte man jemanden monatelang überwachen. Alles, was man dafür brauchte, war ein wenig Risikobereitschaft.

»Bitte, Joey, sie können jeden Augenblick zurückkommen ...«

»Bin fast fertig ...« Joey drückte die Abdeckung wieder in die Halterung, duckte sich hinter den Rücksitz und griff unter den Fahrersitz. Das war ein anderer leicht zugänglicher Platz, der immer Strom bekam. Dank der Zusatzausrüstung für Einsatzfahrzeuge der Behörden steckten auch die Sitze in Gallos Wagen voller Elektronik.

Sie tastete die Drähte ab, die vom Boden hochführten, nahm einen roten Draht ab und steckte ihn in die schwarze Dose, die aussah wie ein altes Handy ohne Tasten.

»Joey, sie werden keine Sekunde zögern, dich ins Gefängnis zu werfen ...«

Joey hob den Kopf, als ein helles Licht sie traf. Es kam aus dem Gebäude. Es waren die Aufzugtüren. Sie öffneten sich. Da waren die beiden Agenten. Ihr blieben weniger als dreißig Sekunden. Joey versuchte, ihre Hände daran zu hindern zu zittern, und zog einen letzten Gegenstand aus ihrer Tasche. Es war eine winzige Teleskopantenne mit einem kleinen Haken an einem Ende. Sie zog sie auf ihre volle Länge von einem Meter auseinander und befestigte sie an der Drahtantenne, die aus der schwarzen Dose herausbaumelte. Dann schob sie die Antenne hinten unter den Schonbezug des Sitzes.

»Joey, mach, daß du da rauskommst ...«

Mit einem kurzen Ruck führte sie die Teleskopantenne an der Rückenlehne des Sitzes hoch. So war sie vollkommen unsichtbar. Trotzdem war sie perfekt so ausgerichtet, daß sie ihr Signal durch das Glasdach senden konnte. Es war ein improvisiertes, weltweit aufspürbares Positionssignal.

»Joey ...!«

»Ruf ihn an!« flüsterte sie.

»Was?« fragte Noreen.

»Ruf ihn an!«

Joey stopfte die magnetische schwarze Box hastig unter den Sitz und befestigte sie an dem Gestänge. Das war's. Es wurde allerhöchste Zeit zu verschwinden.

Sie sah aus dem Rückfenster, wie Gallo und DeSanctis

bereits an dem Wohnblock entlanggingen. Sie waren nicht mal mehr zwanzig Meter weit weg. Es war zu spät …

Ein schrilles Klingeln gellte durch die Nacht, und Gallo blieb wie angewurzelt stehen. DeSanctis ebenfalls. »Gallo«, sagte er, nachdem er sein Handy aufgeklappt hatte. Die beiden Agenten drehten sich wieder zu dem Gebäude um. Mehr brauchte Joey nicht. In einer flüssigen Bewegung duckte sie sich aus der Hintertür und hastete über die Straße.

»Oh, entschuldigen Sie. Habe mich wohl verwählt«, sagte Noreen in Joeys Ohr.

Gallo klappte das Telefon wieder zu und ging weiter zu seinem Wagen. Als er die Tür öffnete, warf er einen Blick die Straße hoch. Joey hockte auf der Haube ihres Fahrzeugs.

»Glück gehabt da oben?« rief sie ihm zu.

Gallo ignorierte sie, ließ sich auf den Fahrersitz fallen und schlug die Tür zu. Das Innenraumlicht erlosch. Joey lehnte sich zurück und lächelte.

31. Kapitel

Nachdem ich die Maschine auf dem Miami International Airport verlassen habe, halte ich mich im Schutz der Menge und tauche in der Masse der gerade angekommenen Passagiere unter, die von ihren Liebsten beinah erdrückt werden. Es ist nicht schwer, den Unterschied zwischen Einheimischen und ihren Gästen zu erkennen. Touristen tragen langärmelige Hemden und Jacketts, Einheimische Shorts und T-Shirts. Als sich die Gruppe auf dem Weg zum Gepäckband auseinanderzieht, suche ich nach Charlie. Er ist nirgendwo zu sehen.

Die Läden und Zeitungsstände des Flughafens haben alle bereits geschlossen. Die Fensterfronten werden von Metallgittern geschützt, und die Lichter sind gelöscht. Es ist schon nach Mitternacht, und der ganze Ort ähnelt einer Geisterstadt für Reisende. Mein Blick fällt auf das Zeichen für die Waschräume für Männer. Da ich Charlies schwache Blase kenne, biege ich nach rechts ab und schlängle mich zu den Pissoirs durch. Der einzige Kunde ist ein übergewichtiger Mann. Ich durchsuche alle Toiletten. Sie sind leer.

Rasch laufe ich in den Terminal zurück, vorbei an dem Weihnachtsbaum, verdoppele meine Geschwindigkeit und renne zur Rolltreppe. Charlie weiß, daß er auf mich warten soll, wenn wir das Flugzeug verlassen. Wenn er es nicht getan hat … Ich reiße mich zusammen. Es gibt keinen Grund, das Schlimmste anzunehmen.

Ich springe von der Rolltreppe herunter und lande wieder in der Gepäckausgabe. Dort durchsuche ich jeden Winkel. Vorbei an den Mietwagenständen rund um das Förderband, aber immer noch kein Zeichen von Charlie. Rechts von mir hängt eine Reihe Fernsprecher. An einem lacht eine spanisch anmutende Frau in einen Hörer. Hinter den Telefonen befindet sich eine E-Mail-Tastatur und ein Faxgerät, an dem ein Mann mit einer dunklen Sonnenbrille …

Eine dunkle Sonnenbrille?

Ich gehe langsamer und bin versucht, auf dem Absatz umzudrehen. Wenn der Typ beim Secret Service sein sollte, werde ich mich nicht auf dem Silbertablett servieren. Aber gerade als ich ihm näher komme und abbiegen will, dreht er sich um, als wäre ich nicht da. Ich gehe an ihm vorbei, und er blickt nicht einmal auf. In dem Augenblick wird mir klar, daß dies hier Miami ist, wo Sonnenbrillen zur landesüblichen Tracht gehören. Solange niemand weiß, wer wir sind, gibt es auch keinen Grund …

»Entschuldigen Sie, Sir?« Die Stimme klingt kehlig, und jemand legt eine rauhe Hand auf meine Schulter.

Ich drehe mich hastig um und sehe mich einem Schwarzen in der Uniform des Flughafens gegenüber. Er starrt mir ins Gesicht und reicht mir einen zusammengefalteten Zettel. Seine Stimme ist trocken und unbeteiligt. »Das ist für Sie …«

Ich nehme das Papier und falte es hastig auf. Es stehen drei Worte darauf. Sie sind mit einem schwarzen Stift geschrieben worden. »Warte auf mich.« Keine Unterschrift.

Die Blockschrift erinnert mich an die meines Bruders, aber sie wirkt etwas merkwürdig. Als wenn jemand versucht hätte, sie nachzumachen.

Ich sehe über die Schulter. Der Mann mit der Sonnenbrille ist verschwunden.

»Wer hat Ihnen das gegeben?« frage ich den Schwarzen.

»Das darf ich nicht verraten«, erwidert er. »Er hat gesagt, es würde die Überraschung verderben.«

»Er? Wer ist er?« frage ich hastig.

Der Flughafenangestellte dreht sich um und geht weg. »Fröhliche Weihnachten.«

Plötzlich klingelt es laut. Ein Alarm! Eine Sekunde später setzt sich das Förderband surrend in Bewegung. Unser Gepäck ist endlich da.

Ich atme tief durch und starre den Flughafenangestellten an, der einen Gepäckwagen direkt neben das Band rollt. Um ihn herum bauen sich die Passagiere auf. Ein Collegestudent, ein Anwalt mit einem Tintenfleck an seiner Anzugtasche und eine gereizt aussehende Mutter mit künstlicher Bräune. Ich könnte schwören, daß mich alle mißtrauisch mustern.

Ich sehe wieder auf den Zettel, der in meiner Hand zittert. Was, verdammt, soll das? Wir hatten einen Plan. Wir wollten zusammen rein und raus. Er sollte auf keinen Fall allein etwas unternehmen ... Es sei denn, etwas hätte ihn dazu gezwungen ...

Meine Brust zieht sich zusammen. Ich stürme zur nächsten Tür und dränge mich durch die Menschenmenge. Als ich hinaustrete, schlägt mir die feuchte Hitze von Florida entgegen und dringt mir direkt in die Lungen. Ich spüre meinen verschwitzten Rücken, und mir fällt auf, daß ich immer noch meinen Mantel trage. Ich winde mich hastig heraus. Ich will nur eines, Charlie finden.

Hinter mir packt jemand meine Schulter. »Alles klar, Ahab?«

Ich drehe mich um und reiße mich zusammen. Da steht mein Bruder vor mir, mit Grübchen in den Wangen und einem blöden Grinsen. Ich weiß nicht, ob ich ihn umbringen oder umarmen soll, also begnüge ich mich mit einem heftigen Schlag auf seine Schulter. »Was …?« Eine Frau am Taxistand schaut zu uns hin, und ich senke meine Stimme zu einem Flüstern. »Was ist bloß in dich gefahren? Wo warst du?«

»Hast du meine Nachricht nicht bekommen?« erwidert er, ebenfalls flüsternd.

»Also hast du …?« Ich ziehe ihn zur Seite, vorbei an der Reihe der Taxis und außer Hörweite. »Hast du denn nicht zugehört, was Oz gesagt hat? Kein Kontakt mit niemandem! Das schließt Flughafenangestellte mit ein!« zische ich.

»Tut mir leid, aber es war ein Notfall.«

»Was für ein Notfall?«

Er sieht mich an, antwortet jedoch nicht.

»Was?« frage ich. »Was hast du gemacht?«

Wieder bekomme ich keine Antwort.

»Meine Güte, Charlie, du hast doch nicht …«

»Ich will darüber nicht reden, Oliver.«

»Du hast sie angerufen, hab ich recht?«

Seine Stimme ist so leise, daß sie beinah verschwindet. »Mach dir darüber keine Sorgen. Ich habe es im Griff.«

»Wir haben vereinbart, daß wir sie nicht anrufen!«

»Sie ist unsere Mutter, Ollie … und was noch wichtiger ist, einer von uns beiden wohnt bei ihr. Sie hätte einen Herzinfarkt bekommen, wenn ich mich nicht gemeldet hätte.«

»Ach ja? Und was wird sie deiner Meinung nach mehr aufregen? Uns ein paar Nächte lang zu vermissen oder unser Begräbnis, wenn der Secret Service uns erwischt und uns unter die Erde bringt? Sie werden jeden Anruf verfolgen.«

»Wirklich? Daran habe ich gar nicht gedacht, obwohl es praktisch in jedem Mann-auf-der-Flucht-Film zu sehen ist.« Er schiebt den Sarkasmus beiseite und fährt fort: »Kannst du mir denn nicht einmal vertrauen? Glaub mir, ich hab es clever angestellt. Wer auch immer zugehört hat … er hat kein einziges Wort mitgekriegt.«

32. Kapitel

»Wie läuft's?« wollte Gallo wissen.

»Sekunde«, erwiderte DeSanctis. Er saß auf dem Beifahrersitz und tippte auf die Tastatur des Gerätes auf seinem Schoß, das wie ein ganz normaler Laptop aussah. Bei genauerer Betrachtung merkte man jedoch, daß nur die Nummerntasten am oberen Rand funktionierten. Die benutzte DeSanctis, um den Empfänger richtig einzustellen, der perfekt im Inneren des Gerätes versteckt war. Es war so einfach, wie einen Radiosender zu suchen: Wähle die richtige Frequenz, und du hörst dein Lieblingslied. Er tippte suchend die Zahlen ein, die ihm die Technische Sicherheitsabteilung gegeben hatte: 3,8 Gigaherz ... 4,3 Gigaherz ... Je näher sie den Mikrowellenfrequenzen kamen, desto schwieriger wurde es für Außenstehende, sich einzuklinken. Wenn man dann noch eine Verschlüsselung mit einem speziellen Signal eingab, das unaufhörlich die Frequenzen wechselte, war es schlichtweg unmöglich. Mit diesem Signal, das ständig über die Skala huschte, war der Laptop nun zu einem Radiosender für zwei umfunktioniert.

DeSanctis tippte die letzten Zahlen ein. Auf dem Bildschirm öffnete sich ein Fenster in der unteren linken Ecke. Als es sich aufbaute und die Farben allmählich schärfer hervortraten, zeigte es ein perfektes digitales Bild von Maggie Caruso, die sich über den Couchtisch im Wohnzimmer beugte. Sie sah aus, als müßte sie sich übergeben. Sie rieb mit den Fäusten gegen den Tisch. Dann gaben ihre Beine nach, und sie sank langsam auf die Knie.

»Eine Sekunde ...« DeSanctis tippte eine letzte Zahl ein, und Mrs. Carusos Stimme drang aus dem eingebauten Lautsprecher.

»...ke Gott, danke, mein Gott!« rief sie, während ihr die Tränen über das Gesicht liefen. Sie schüttelte den Kopf und ... es war zwar schmerzlich, aber unmißverständlich ein Lächeln. »Kümmere dich um sie, bitte, beschütze sie ...«

»Was geht da vor?« blaffte Gallo.

DeSanctis öffnete vor Überraschung den Mund.

»Sie haben sie angerufen!« rief Gallo aus. »Diese Mistkerle haben sie gerade angerufen!«

DeSanctis tippte wütend auf die Tastatur und öffnete noch ein Fenster. *Caruso, Margaret – Programm: Telefon.* »Unmöglich«, sagte er, während er rasch den Bildschirm überflog. »Ich habe alles hier ... Da ist nichts. Es ist nichts reingekommen, und nichts ist rausgegangen.«

»Fax? E-Mail?«

»Nicht bei einer Näherin. Sie besitzt nicht einmal einen Computer.«

»Und wenn die Brüder bei einer Nachbarin angerufen haben?«

DeSanctis deutete auf das Videobild auf dem Schirm. Im Hintergrund, hinter Mrs. Caruso, war deutlich die Wohnungstür zu sehen. »Die Techniker haben alles aufgezeichnet, seit wir hergekommen sind. Selbst in den zwei Minuten, die es gedauert hat, das hier aufzubauen, hätten wir jeden gesehen, der gekommen oder gegangen wäre ...«

»Wie haben die beiden sie dann erreichen können?«

»Keine Ahnung. Vielleicht ...«

»Verschon mich mit deinem ›vielleicht‹! Das ist nicht der richtige Moment für Ratespielchen!« schrie Gallo. »Sie hat ganz eindeutig eine Möglichkeit, über die sie mit den Jungs Kontakt aufnehmen kann. Mir ist es egal, ob es eine Nachbarin ist, die Morsezeichen über die Heizung klopft. Ich will wissen, was es ist!«

»Sie hat ganz eindeutig eine Möglichkeit, über die sie mit den Jungs Kontakt aufnehmen kann. Mir ist es egal, ob es eine Nachbarin ist, die Morsezeichen über die Heizung klopft. Ich will wissen, was es ist!«

Joey starrte zu dem Wagen der beiden Agenten, lehnte sich zurück und drehte ihren Empfänger leiser. Sie hatte zwar nur ein einziges Mikro in der Innenraumbeleuchtung plazieren können, dafür funktionierte es allerdings ganz ausgezeichnet.

Joey klappte den Bildschirm des Laptops auf ihrem Schoß auf und öffnete die Dateien mit den Fotos aus der Bank, die sie von ihrer Digitalkamera heruntergeladen hatte. Die Fotos stammten aus den Büros von Oliver, Charlie, Shep, Lapidus, Quincy und Mary. Insgesamt sechs Büros, zusätzlich zu den allgemein zugänglichen Bereichen. Sie betrachtete einen Raum nach dem anderen und erforschte jede Einzelheit. Die billige Kopie einer Bankierslampe auf Olivers Schreibtisch, das Poster vom Frosch Kermit in Charlies Verschlag, die Fotos an Sheps Wand, selbst den Mangel an persönlichen Habseligkeiten auf Lapidus' Schreibtisch.

»Hört sich an, als hättest du recht gehabt«, unterbrach Noreen sie. »Sie haben sich offenbar bereits bei ihrer Mom gemeldet.«

»Ja ... Nehme ich jedenfalls an.«

Noreen kannte diesen Tonfall ihrer Chefin. »Was hast du denn?«

»Nichts«, sagte Joey und scrollte immer noch die digitalen Fotos durch. »Ich frage mich nur etwas. Wenn Gallo und DeSanctis diese Nummer hier als echte Menschenjagd durchziehen, warum sind sie dann die beiden einzigen Agenten bei der Überwachung?«

»Was meinst du damit?«

»Es gibt da gewisse Vorschriften, Noreen. Das FBI mischt manchmal ein bißchen mit, aber sobald es um Überwachung geht, ist der Secret Service ganz vorn. Wenn sie ein Haus überwachen, dann schicken sie mindestens vier Leute. Warum sitzen hier plötzlich zwei Kerle allein in einem Auto?«

»Wer weiß? Vielleicht herrscht gerade Personalknappheit. Oder das Budget ist begrenzt. Vielleicht kommen die anderen ja morgen ...«

»Oder vielleicht wollen die beiden auch niemanden sonst hier haben«, spekulierte Joey.

»Komm schon, das glaubst du doch nicht wirklich?«

Joey dachte nach. Sie hörte über den Empfänger, wie Gallo und DeSanctis sich stritten.

»Als Shep getötet wurde, haben sie einen ehemaligen Kollegen verloren«, meinte Noreen. »Ich setze zehn Dollar darauf, daß sie die Sache aus diesem Grund persönlich nehmen.«

»Ich hoffe, daß du recht hast.« Joey zog den Empfänger heran. »Aber wenn ich Charlie und Oliver wäre, würde ich beten, daß wir sie zuerst finden.«

33. Kapitel

Ich liege auf dem Bauch und verstecke mich vor der Morgensonne in meinem Kissen, das ich wie meinen besten Freund umarme. Ich weigere mich schlichtweg, die Augen aufzuschlagen. Die Matratze ist so bequem wie ein Sack Türknäufe, aber sie ist nicht halb so schlimm wie der Müllwagen draußen vor der Tür.

»Fertig!« schreit ein Müllmann, als der Wagen weiter den Block entlangrumpelt.

Ich rolle mich auf die Seite. Mein linker Arm ist eingeschlafen. Als ich die Augen aufschlage, weiß ich eine Sekunde lang nicht, wo ich bin.

Ein stinkender beigefarbener Teppich. Vergammeltes Linoleum in der schmutzigen Küchennische. Verdammt, allein der Anblick bringt alles wieder zurück. Shep ... Das Geld ... Duckworth. Ich hatte gehofft, es wäre nur ein mieser Traum. War es aber nicht. Das hier ist unser Leben.

Neben mir schläft Charlie, sein eigenes Kissen im Arm, und träumt selig. Ich ziehe ihm die löchrige Decke bis ans Kinn und mache mich auf den Weg in die Dusche.

Zehn Minuten später ist Charlie an der Reihe.

»Charlie! Aufstehen!« rufe ich aus dem Bad.

Keine Antwort.

»Komm schon, Charlie! Steh auf!«

Er rollt sich herum und sieht mich an. Er reibt sich den Schlaf aus den Augen und weiß auch nicht, wo er ist. Dann sieht er sich um, und ihm wird klar, daß wir beide zusammen in dem schlechten Traum mitspielen. »Mist!« knurrt er.

»Es gibt kein heißes Wasser«, sage ich und trockne mich mit zurückgelassenen Papierhandtüchern ab.

»Ich werde auf jeden Fall eine Nachricht in der Meckerkiste des Vermieters hinterlassen.«

In New York nennt man so etwas ein Studio. Hier nennt man es Ein-Zimmer-Küche-Bad. Ich nenne es ein Rattenloch. Aber nachdem wir gestern bis um zwei Uhr morgens herumgelaufen sind, war es genau das, was wir brauchten: Ein Haus in einer Seitenstraße, ein Schild mit *Zu Vermieten* vor der Tür und Licht im Büro der Wohnung, an der *Manager* steht. Überall sonst wären sie mißtrauisch gewesen und hätten die Bullen gerufen, doch in den Außenbezirken von Miami, jenseits des angesagten South Beach, sind wir ganz normale Kunden. Bei der Menge an Drogendealern und illegalen Fremden sind die Leute daran gewöhnt, daß sich ihre Mieter um zwei Uhr morgens vorstellen.

»Komm schon, wir müssen los.« Ich ziehe eine frische Unterhose an. »Ich will früh da sein.«

Er setzt sich auf dem Bett auf und verdreht die Augen. »Was gibt's sonst noch Neues?«

Ich gehe ins Wohnzimmer zurück und ziehe mir Hose und Hemd über. Draußen scheint die Sonne, aber wir können sie durch das Papier vor den Scheiben kaum sehen. Gestern nacht im Dunkeln sah es wie eine kaputte Jalousie aus. Das Tageslicht enthüllt uns die Realität: herausgerissene Seiten eines Budweiser-Kalenders mit Mädchen im Bikini, die mit Tesafilm vor jedes Fenster geklebt worden sind. Wer auch immer vor uns hier gehaust hat, wollte nicht gesehen werden. Uns geht's genauso. Also bleiben die Kalenderseiten, wo sie sind.

»Los geht's, Charlie, du bist dran.« Ich gehe ins Bad und drehe die Dusche auf. Mit der Methode hat Mom uns immer Beine gemacht.

»Diese Tricks funktionieren nicht mehr«, warnt er mich.

Zehn Minuten später trocknet er sich mit den Papierhandtüchern ab und springt in seine frischen Boxershorts.

»Alles klar?« frage ich.

»Fast ...« Er greift noch einmal in die Sporttasche und durchwühlt sie.

»Was suchst du?« frage ich, obwohl ich die Antwort kenne. Er sucht die Bleischachtel mit Gallos Waffe.

»Nichts«, sagt Charlie und sucht weiter. Als er sie nicht finden kann, fängt er an, die Kleider herauszuschleudern. Sekunden später ist die Tasche leer. »Ollie ... Die Schachtel ... Sie ist nicht mehr da ...«

»Entspann dich«, sage ich. Er schaut mich über seine Schulter an, und ich hebe den Saum meines Hemdes hoch. Ich habe die Waffe in den Hosenbund gesteckt.

»Seit wann bist du ...?«

»Können wir jetzt gehen?« unterbreche ich ihn.

Charlie legt den Kopf schief. »Laß mich raten«, sagt er. »Es ist ein neuer Sheriff in der Stadt.«

Ich schenke mir eine Antwort, drehe mich um und gehe nach draußen. Mein Bruder ist ein paar Schritte hinter mir. Bereit oder nicht: Duckworth, wir kommen!

»Was hast du vor?« Charlie hetzt hinter mir her, als ich plötzlich scharf nach rechts in die Sixth Street einbiege. Vor uns kreuzen früh aufgestandene Touristen und Einheimische die Washington Avenue. Hier in den Seitenstraßen sind wir sicher. Einen halben Block weiter sind wir im offenen Gelände. Selbst Charlie würde das Risiko nicht eingehen, deshalb hält er mich am Hemd fest. »Hast du Sonnenlotion getrunken?« will er wissen. »Ich dachte, wir gehen zu Duckw...«

»Sag es nicht«, schneide ich ihm das Wort ab und sehe mich rasch um. »Vertrau mir, das hier ist genauso wichtig.«

Ich befreie mich aus seinem Griff und gehe rasch zur Straßenecke, wo eine lange Reihe von Zeitungskisten steht. *Miami Herald, USA Today* ... Und die, auf die ich mich sofort stürze, die *New York Times*. Ich schiebe der Maschine vier Münzen in den Rachen, drücke die Klappe herunter und greife nach einer Zeitung mitten aus dem Stapel.

»Warum nimmst du eigentlich nie die erste?« fragt Charlie.

Ich ignoriere diesen typischen Spruch meines Bruders und ziehe die Zeitung heraus.

»Nein, du hast vollkommen recht«, fährt er fort. »Die oberste hat Läuse.« Als die Klappe zufällt, schüttelt er den Kopf.

»Gehen wir.« Wir laufen in die Sixth Street zurück. Im Gehen schlage ich die Zeitung auf und überfliege die erste Seite.

»Stehen wir drin?« erkundigt sich Charlie.

Ich lese weiter und suche irgendeine Erwähnung der gestrigen Ereignisse. Kein Geld, keine Unterschlagung, kein Mord. Ehrlich gesagt, überrascht mich das auch nicht. Lapidus wird all das vor der Presse geheimhalten. Trotzdem: Irgendwas passiert immer. Ich bleibe mitten auf der Straße stehen und blättere weiter um. Bis ich bei den Todesanzeigen lande.

»Laß mich auch sehen«, sagt Charlie und drängt sich neben mich.

Wir stehen unter einer vertrockneten Palme. Ich halte die linke Seite der Zeitung und Charlie die rechte. Wir finden es nach dem Alphabet aufgelistet. Normalerweise überfliegt er die Nachrichten, und ich lese. Heute ist es umgekehrt. »Graves ... Shepard ... 37 ... aus Brooklyn ... Chef der Sicherheitsabteilung ... Greene & Greene ... hinterläßt seine Frau, Sherry ... Mutter Bonnie ... Schwester Claire ... Der Trauergottesdienst wird abgehalten ...«

»Ich wußte gar nicht, daß er verheiratet war«, meint Charlie. »Diese Schweine schreiben nicht mal, daß er beim Secret Service war.«

»Charlie ...«

»Hör auf damit! Du kanntest ihn nicht, Ollie. Das war sein Leben!«

»Ich behaupte ja nicht das Gegenteil. Ich bitte dich nur, wenigstens einmal aufzupassen! Hier geht es nicht um seine Tätigkeiten, es geht darum, was in dem Bild fehlt.« Ich reiße mich zusammen und flüstere. »Dreihundert Millionen Dollar sind verschwunden, und das kommt nicht mal in die Klatschspalten? Ein ehemaliger Geheimagent wurde erschossen, von mehreren Kugeln in die Brust getroffen, und niemand schreibt auch nur ein Wort darüber? Begreifst du nicht, was sie da machen? Für diese Kerle ist es ein Kinderspiel, einen Nachruf zu fälschen. Was auch immer sie sagen, die Leute glauben es. Und was wirklich passiert ist, wurde ausgelöscht. Genau das haben sie auch mit uns vor, Charlie. Sie schütteln den Wunderblock, und das ganze Spiel verschwindet. Dann schreiben sie statt dessen hin, was ihnen gefällt. *Verdächtige mit drei Millionen gefunden. Die Ermittlungen deuten auf Mord hin.* Das ist die neue Realität, Charlie. Und wenn sie mit dem Schreiben fertig sind, haben wir keine Chance mehr, sie zu ändern.«

Ich zwinge Charlie dazu, wegzusehen, und gebe ihm Gelegenheit, es zu verdauen. Wir gehen beide gleichzeitig los, in Richtung Tenth Street. Duckworth ist nur noch ein paar Blocks entfernt.

Mit dreihundert Millionen Dollar auf dem Konto und dem Ruhestand im Kopf könnte sich Duckworth alles ausgesucht haben. Ich habe eine protzige Villa vorausgesagt, Charlie glaubt an ein mediterranes Landhaus. Wir hätten beide nicht falscher liegen können.

»Das glaube ich nicht.« Charlie starrt über die Straße auf einen Bungalow aus den sechziger Jahren. Er ist verwittert, und die hellrosa Farbe blättert überall ab. Ganz offensichtlich hat er seine Blütezeit weit überschritten.

»Es ist eindeutig die richtige Adresse«, sage ich, während ich sie zum dritten und vierten Mal überprüfe.

Charlie nickt, sagt aber nichts. Nach allem, was es uns gekostet hat hierherzukommen. Allein der Anblick … Das also ist es endlich.

»Vielleicht sollten wir lieber später wiederkommen«, schlägt er vor.

»Charlie, hier lebt der Kerl, der alle Antworten hat.

Komm schon, wir müssen nur klingeln …« Ich überquere die Straße. Als Charlie mir nicht folgt, bleibe ich stehen und sehe mich um. »Alles okay?«

»Natürlich.« Aber er weigert sich immer noch, die Straße zu überqueren.

»Sicher?«

Diesmal braucht er etwas länger für seine Antwort. Charlie mag es nicht, wenn ich Angst habe. Und schon gar nicht, wenn er selbst Schiß bekommt. »Mir geht's gut«, behauptet er. »Geh du nur hin und läute.«

Ich schlängele mich an den wuchernden Sträuchern und an dem blauen VW Käfer, einem Klassiker, vorbei, der vor der Tür steht, gehe dann den Fußweg hinauf, öffne die verrostete Fliegengittertür und drücke ängstlich auf die Klingel.

Nichts passiert.

Ich klingele wieder, lehne mich gegen den Türrahmen und versuche, entspannt auszusehen.

Immer noch reagiert niemand.

Ich stelle mich auf die Zehenspitzen und verrenke mir den Hals, um durch das rautenförmige Fenster zu schauen, das sich in der Tür befindet.

»Was ist da zu sehen?« fragt Charlie.

Ich drücke mir die Nase an dem Glas platt und versuche, meinen Blickwinkel zu verbessern. In dem Moment werden drinnen die Schlösser betätigt. Der Türknauf dreht sich. Ich springe zurück. Zu spät.

»Kann ich Ihnen helfen?« fragt die junge Frau, die in der offenen Tür steht. Sie hat schwarze lockige Haare, schmale Lippen und eine winzige Stubsnase. Mein Blick gleitet unwillkürlich zu ihren verblichenen Jeans und dem weißen Top mit den Spaghettiträgern.

»Entschuldigen Sie«, stammele ich. »Ich wollte nicht … Wir suchen nur einen Freund …«

»Wir wollten zu Marty Duckworth«, kommt mir Charlie zu Hilfe.

Ich danke ihm für die Rettung. In dem Moment ändert

sich die Körpersprache der Frau. Ihre Stirn glättet sich, und ihre Schultern sinken herab. »Sind Sie Freunde von ihm?«

»Ja«, erwidere ich ausweichend.

Sie läßt sich einen Moment Zeit, während sie ihre Worte sorgfältig zurechtlegt. »Marty Duckworth ist vor sechs Monaten gestorben.«

Die Worte schweben in der Luft, und ich stehe da und wirke wie hypnotisiert. Fast, als erwarte ich, daß Duckworth persönlich auftauchen und rufen würde: »April, April! Hier bin ich!« Natürlich passiert das nicht. Ich sehe mich um, aber ich nehme nichts wahr.

»Also ist er wirklich tot?« fragt Charlie beinahe ein wenig in Panik.

»Tut mir leid«, sagt die junge Frau. »Ich wollte nicht ...«

»Schon okay«, sagt er. »Sie konnten ja nicht ...«

»Kannten Sie Duckworth?« unterbreche ich ihn.

»Nein«, erwidert sie. »Aber ...«

»Woher wissen Sie dann, daß er tot ist?«

»Ich ... ich erinnere mich an seinen Namen auf dem Kaufvertrag. Es war ein Verkauf aus seinem Nachlaß.«

Charlie beugt sich vor und kneift mich in den Rücken. »Wir sollten gehen«, zischt er durch die Zähne. Er schenkt der Frau ein falsches Lächeln. »Danke für Ihre Hilfe«, sagt er dann.

»Es tut mir leid«, ruft sie, als wir weggehen. »Es tut mir leid für Ihren Verlust.«

Charlie tritt über einen Schlauch und duckt sich unter den Rasensprenger, der alles durchnäßt, was ihm vor die Düsen kommt. Mit einem kurzen Blick überzeugt mein Bruder sich, daß uns keiner gefolgt ist, und läuft im Zickzack in unsere neue Wohnung. Er stürmt hinein und betrachtet mich skeptisch, während ich zwischen Wohnraum und Küchennische hin und her gehe.

»Meinst du, daß wir etwas übersehen haben?« frage ich.

»Was sollten wir wohl übersehen? Man hat uns in New York gesagt, daß Duckworth tot ist ... wir sind hierhergekommen, weil wir uns selbst davon überzeugen wollten, und nun hat die Frau uns dasselbe erzählt. Duckworth ist tot. Die Show ist vorbei. Es wird Zeit, einen neuen Schlagzeuger zu suchen.«

Ich gehe immer noch unruhig hin und her und starre zu Boden. »Vielleicht sollten wir noch einmal mit ihr reden ...«

»Ollie ...«

»Duckworth könnte sich irgendwo anders verstecken ...«

»Hörst du nicht zu? Der Mann ist tot!«

»Sag das nicht!« fahre ich ihn an.

»Dann hör auf, dich wie ein Verrückter aufzuführen!« entgegnet er. »Die Sonne wird Marty Duckworth nicht mehr auf die Rübe scheinen.«

»Glaubst du, darum geht es? Um Marty Duckworth? Ich gebe keinen Pfifferling für Marty Duckworth, ich will nur mein altes Leben wiederhaben. Ich will meine Wohnung, meinen Job und meine Kleidung und mein altes Haar ...« Ich zupfe an einigen schwarzen Strähnen an meinem Hinterkopf. »Ich will mein Leben zurückhaben, Charlie! Und falls wir nicht herausfinden, was hier eigentlich los ist, werden uns Gallo und DeSanctis ...«

Etwas schlägt laut gegen unsere Fensterscheibe. Wir dukken uns. Das laute Geräusch bleibt, ein rhythmisches Hämmern gegen das Glas. Als würde jemand einbrechen wollen. Ich sehe hoch, aber das einzige, was ich erkenne, ist Wasser. Es schlägt gegen das mit dem Kalender verhängte Fenster und läuft die Scheibe herunter. Es ist der Sprinkler. Nur der Sprinkler.

»Vermutlich ist jemand auf den Schlauch getreten«, sagt Charlie.

Ich gehe kein Risiko ein. »Sieh draußen nach.«

Ich laufe zu dem kleinen Fenster in der Kochnische, er geht zu dem neben der Tür. Der Sprinkler spritzt immer noch gegen das Glas. Ich klappe ein Stück von dem Kalender zur Seite und spähe hinaus. Im selben Moment duckt sich eine Gestalt undeutlich unter das Fensterbrett. Ich springe zurück und wäre beinahe hingefallen.

»Was ist los?« fragt Charlie.

»Da draußen ist jemand!«

»Bist du sicher?«

»Ich habe ihn gerade gesehen!«

Charlie stolpert zurück und bemüht sich, mir seine Angst nicht zu zeigen. »Hast du die …?«

»Hier.« Ich ziehe die Pistole aus meinem Hosenbund. Ich entsichere sie und lege einen Finger auf den Abzug.

Charlie ist in der Küche und durchwühlt die Schubladen auf der Suche nach einer Waffe. Messer, Scheren – egal, was. Er reißt eine Lade nach der anderen von oben nach unten auf, aber sie sind alle leer. Die letzte gleitet auf, und seine Augen weiten sich. Drinnen liegt eine rostige Machete, die jemand in der Mitte durchgebrochen hat, damit sie perfekt in die Schublade paßt.

»Gesegnet seien die Drogendealer«, sagt er und reißt sie heraus.

Er stürmt los, und ich folge ihm durch das Zimmer ins Bad. Genau so, wie wir es gestern abend geplant haben. Winzige Wohnungen mögen zu klein für eine Hintertür sein, dafür haben sie aber Badezimmerfenster. Mein Bruder springt auf den Toilettensitz, reißt das Fenster auf und drückt das Fliegengitter nach außen. Ich bin bereits neben ihm.

»Du zuerst«, sagt Charlie und hält mir die Hände hin, um mich hochzuhieven.

»Nein, du.«

Er gibt nicht nach.

»Charlie …« Er weiß, was unsere Mom mir immer eingebleut hat: Beschütz deinen kleinen Bruder!

Als ihm klar wird, daß er diesen Kampf niemals gewinnen wird, wirft er die Machete nach draußen und stellt seinen Fuß in meine verschränkten Finger. Im nächsten Moment schwingt er sich hoch und ist draußen. Dort legt er eine perfekte Landung hin. Ich folge ihm, allerdings breche ich mir beinahe den Hals.

»Fertig?« Er wirft einen prüfenden Blick durch den schmalen Durchgang hinter unserem Gebäude. Links von uns geht es durch ein Schwingtor wieder zur Straße zurück, rechts von uns schlängelt sich ein offener Pfad zum Hinterhof. Genau dahin, wo jemand anscheinend auf uns wartet. Wir tauschen einen kurzen Blick und stürmen zu dem Tor. Gleichzeitig sehen wir die Metallkette und das Schloß, das sie verschließt.

»Mist!« flüstert Charlie und schlägt gegen das Schloß.

Ich hebe die Waffe. *Ich kann es aufschießen*, signalisiere ich wortlos.

Er schüttelt den Kopf. *Bist du verrückt geworden? Das hören sie doch sofort!* antwortet er auf dieselbe Art. Ohne nachzudenken, rennt er zum anderen Ende der Gasse. Ich halte ihn am Arm fest.

»Du läufst ihnen genau in die Arme«, flüstere ich ihm zu.

»Nicht, wenn sie schon drin sind ... Außerdem, weißt du einen besseren Ausweg?«

Ich sehe mich ratlos um.

Komm schon, winkt Charlie. Er läuft die Gasse entlang und tritt dabei auf die spärlichen Grasflecken, um möglichst wenig Geräusche zu machen. Am Rand des Gebäudes dreht er sich zu mir um. *Fertig?*

Ich nicke, und er späht um die erste Ecke. *Alles klar*, signalisiert er mir und winkt mich weiter.

Wie Einbrecher auf unserem eigenen Hinterhof streichen wir an dem Gebäude entlang und ducken uns unter die Fensterbretter. Hinter der nächsten Ecke hatte ich ihn gesehen. Ich kann das Wasser aus dem Sprinkler immer noch gegen das Glas hämmern hören. Das Geräusch übertönt unsere eigenen Schritte und auch die Geräusche der Personen, die da auf uns warten.

»Laß mich zuerst gehen«, flüstere ich.

Mein Bruder schüttelt den Kopf und schiebt mich zurück. Er hat genug davon, daß ich den Beschützer spiele. Aber das kümmert mich nicht. Ich drücke mich neben ihn, suche auf dem Boden nach Schatten und schiebe den Kopf um die Ecke. Ein Springseil liegt verlassen auf dem Rasen, direkt neben einem schlaffen Ball. Ich sehe zwar den Hof und die Bäume, aber ich kann mich kaum denken hören. Das Wasser des Sprinklers klatscht immer noch gegen die Scheiben. Charlies Atem geht stoßweise. Niemand ist zu sehen, aber ich kann das Gefühl nicht abschütteln, daß irgendwas nicht stimmt. Wir haben jedoch keine Wahl. Es ist der einzige Ausweg. Charlie hebt seine Faust. Er zählt es an den Fingern ab und nickt mir zu. *Eins ... zwei ...*

Wir stürmen so schnell wie möglich vor und ducken uns unter den Sprinkler. Mein Herz hämmert, und ich sehe nur die Straße vor mir ... Wir sind fast da ... Das Metalltor ist schon zu sehen ...

»Wohin willst du, Aschenputtel? Kommst du zu spät zum Ball?« fragt eine Stimme von der Eingangstreppe.

Wir wirbeln herum und bleiben stehen. Ich hebe die Pistole und Charlie die Machete.

»Immer langsam, Cowboys«, sagt die Frau, die da steht, und hebt die Hände. Von wegen Secret Service. Es ist die Frau aus Duckworths Haus.

»Was wollen Sie hier?« fragt Charlie.

Sie antwortet nicht, sondern blickt auf die Waffe. »Wollen Sie mir vielleicht sagen, wer Sie wirklich sind?«

»Das geht Sie nichts an«, erwidere ich.

»Warum haben Sie nach ihm gefragt?«

»Also kennen Sie Duckworth?« fahre ich sie an.

»Ich habe Ihnen eine Frage gestellt.«

»Ich auch!« Ich mache mit der Waffe eine Bewegung, um ihre Aufmerksamkeit zu erregen. Sie kennt uns nicht gut genug, um entscheiden zu können, ob es ein Bluff ist oder nicht.

»Woher kennen Sie ihn?« fragt Charlie.

Sie senkt die Hände, starrt mich aber unverwandt an. »Das wissen Sie wirklich nicht?« fragt sie. »Marty Duckworth ist mein Vater.«

34. Kapitel

Maggie Caruso schlief nie lange. Selbst als sie noch jung war, gelang es ihr selten, mehr als fünf Stunden fest zu schlafen. Mit zunehmendem Alter und als die Banken anfingen, am Ende des Monats anzurufen, war sie froh, wenn sie wenigstens drei Stunden Schlaf am Stück bekam. Und letzte Nacht, nachdem ihre Söhne verschwunden waren, saß sie in ihrem Bett, zerrte und zupfte an den Laken und schaffte gerade mal zwei Stunden. Genau darauf hatte Gallo spekuliert, als er sie am Morgen wieder in sein Büro holte.

»Ich dachte, Sie möchten vielleicht etwas Kaffee«, sagte Gallo, nachdem er das helle weiße Verhörzimmer betreten hatte. Im Gegensatz zu gestern war DeSanctis nicht bei ihm. Gallo trug seinen üblichen schlecht sitzenden grauen Anzug und hatte ein verblüffend herzliches Lächeln aufgesetzt. Er reichte Maggie den Kaffee mit beiden Händen. »Vorsicht, er ist heiß.« Er klang tatsächlich besorgt.

»Danke«, gab Maggie zurück. Sie beobachtete ihn aufmerksam und registrierte sein neues Verhalten.

»Wie fühlen Sie sich?« fragte Gallo, als er sich einen Stuhl heranzog. Wie zuvor setzte er sich auch diesmal rechts von ihr hin.

»Mir geht's gut«, gab Maggie zurück. Hoffentlich dauerte es nicht so lange. »Gibt es etwas, womit ich Ihnen helfen kann?«

»Das gibt es tatsächlich ...« Er ließ den Satz unvollendet. Es war eine Taktik, die er gleich am Anfang im Secret Service gelernt hatte. Wenn es darum ging, die Leute zum Reden zu bringen, gab es keine bessere Taktik, als zu schweigen.

»Agent Gallo, wenn Sie immer noch nach Charlie und Oliver suchen, dann sollten Sie wissen, daß keiner von beiden gestern nach Hause gekommen ist.«

»Wirklich nicht?« fragte Gallo. »Sie wissen also immer noch nicht, wo sie sind?«

Maggie nickte.

»Und Sie wissen immer noch nicht, ob es ihnen gutgeht?«

»Ich habe keine Ahnung«, antwortete sie rasch.

Gallo verschränkte die Arme und ließ erneut das Schweigen wirken.

»Was denn?« fragte Maggie. »Glauben Sie mir nicht?«

»Maggie, haben sich Oliver und Charlie gestern nacht mit Ihnen in Verbindung gesetzt?«

Maggie machte eine winzige Pause, bevor sie antwortete. »Ich weiß nicht, was Sie ...«

»Lügen Sie mich nicht an!« drohte Gallo. Seine Augen verengten sich, und der nette Kerl löste sich in Luft auf. »Wenn Sie mich anlügen, dann lassen wir das nur Ihre beiden Jungs spüren.«

Die alte Frau biß die Zähne zusammen und ignorierte die Drohung. »Ich schwöre Ihnen, daß ich nichts weiß.«

Zum dritten Mal setzte Gallo sein Schweigen ein. Dreißig Sekunden lang passierte gar nichts. »Maggie, haben Sie eigentlich eine Ahnung, mit wem Sie es zu tun haben?« fragte er schließlich.

»Ich sagte Ihnen schon ...«

»Ich will Ihnen einen Fall schildern, den wir letztes Jahr hatten«, unterbrach er sie grob. »Wir hatten eine Zielperson, die eine Schreibmaschine benutzte, um mit einem anderen Verdächtigen in Kontakt zu treten. Das ist ziemlich raffiniert. Man zerstört das Band und faxt die Nachricht dann von einem geheimen Ort aus los. Wir hatten nichts, wo wir hätten anknüpfen können. Zu seinem Pech entwickeln aber alle elektrischen Schreibmaschinen ein typisches elektromagnetisches Feld. Es ist zwar nicht so einfach zu lesen wie das eines Computers, aber unsere Jungs von der Technik hatten keine Probleme, es aufzunehmen. Sobald wir ihnen die Machart und die Modellnummer der Schreibmaschine nennen konnten, dauerte es weniger als drei Stunden, die Nachricht zu entschlüsseln, und zwar allein aus dem Geräusch, das jede einzelne Taste macht. Er drückte ein A, wir sahen ein A. Wir hatten ihn innerhalb einer Woche eingebuchtet.«

Maggie straffte die Schultern und versuchte sich zusammenzunehmen.

»Ihre Jungs können uns nicht entkommen«, fuhr Gallo fort. »Es ist nur eine Frage der Zeit. Wenn Sie uns helfen, die beiden zu finden, können wir vielleicht einen Handel abschließen, Maggie ... Aber muß ich es selbst machen, dann sehen Sie Ihre Jungs erst wieder, wenn sie hinter fünf Zentimeter dickem Glas sitzen. Vorausgesetzt, sie schaffen es überhaupt so weit.« Gallo kratzte sich umständlich den Nacken, und sein Jackett klaffte auseinander. Deshalb konnte Maggie die Waffe in seinem Lederhalfter sehen. Der Agent starrte sie an und brauchte nichts mehr zu sagen.

Das Kinn der alten Dame zitterte, und sie versuchte aufzustehen, doch ihre Beine wollten ihr nicht mehr gehorchen.

»Es ist vorbei, Maggie. Sagen Sie uns, wo Ihre Söhne sind.«

Sie wandte sich ab und preßte die Lippen zusammen. Tränen rannen ihr über die Wangen.

»Es ist der einzige Weg, ihnen zu helfen«, drängte Gallo. »Ansonsten klebt ihr Blut an Ihren Händen.«

Maggie wischte sich die Augen mit den Handballen ab und versuchte verzweifelt, sich auf irgend etwas zu konzentrieren.

»Schon gut«, sagte Gallo und beugte sich zu ihr herunter. »Sagen Sie es einfach, und wir sorgen dafür, daß den beiden nichts geschieht.« Er legte ihr eine Hand auf die Schulter und hob ihr Kinn langsam an. »Seien Sie eine gute Mutter, Maggie. Es ist die einzige Möglichkeit, ihnen zu helfen. Also, wo sind Charlie und Oliver?«

Maggie blickte hoch, und die Welt schien vor ihren Augen zu schmelzen. Ihr waren nur noch ihre Söhne geblieben. Sie waren alles, was sie hatte. Und alles, was sie brauchte. Maggie Caruso richtete sich gerade auf und zog ihre Schulter unter Gallos Griff weg. »Ich weiß nicht, wovon Sie reden.« Ihre Stimme klang gemessen und ruhig. »Ich habe nicht das geringste von ihnen gehört.«

»Sei nicht so ein Muttersöhnchen«, schimpfte Joey ins Telefon. Sie lehnte sich auf dem Fahrersitz zurück und starrte auf Maggies Wohnhaus auf der anderen Straßenseite. »Sag mir einfach, was in den Unterlagen steht.«

»Du weißt genau, daß ich das nicht tun darf«, erwiderte Randall Adenauer. »Aber frag ruhig noch mal.«

»Oh, nun komm schon.« Joey verdrehte die Augen. Wenn sie wirklich eine polizeiliche Auskunft über Charlies und Olivers Akten wollte, mußte sie das Spiel mitspielen. »Sind die beiden nun Leute, die ich engagieren würde?«

Am anderen Ende herrschte eine kurze Pause. Als leitender Special Agent in der Abteilung für Gewaltverbrechen des FBI hatte Adenauer Zugang zu den größten Datenbanken und Dateien des FBI. Und als alter Freund von Joeys Vater hatte er auch ein paar Sachen auf dem Zettel stehen, deren Rückzahlung längst überfällig war. »Absolut«, sagte er. »Ich würde die beiden auf der Stelle einstellen.«

»Wirklich?« Joey war überrascht, aber keineswegs entsetzt. »Also ist alles sauber?«

»Strahlend rein«, antwortete er. »Der Jüngere hat zwar ein paar Häkchen wegen Herumlungerns, aber danach hat er sich nichts mehr zuschulden kommen lassen. Laut unseren Aufzeichnungen sind die beiden die reinsten Engel. Was hast du denn erwartet?«

Diesmal schwieg Joey eine Weile. »Nichts«, antwortete sie dann. Bevor sie weiterreden konnte, hörte sie das Piepen eines anderen Anrufs. Die Anrufer-ID zeigte Noreens Nummer. »Hör zu, ich muß los«, sagte sie. »Ich rufe später noch mal an.«

Mit einem kurzen Klicken hatte sie ihre Assistentin in der Leitung. »Gallo und Mom schon wieder da?« fragte Noreen.

Joey warf einen Blick auf den Computerbildschirm auf ihrem Beifahrersitz, wo ein blinkendes Dreieck sich auf einer elektronischen Straßenkarte in Richtung Brooklyn Bridge bewegte. »Sie sind unterwegs. Und bei dir? Irgendwas Interessantes?«

»Nur ein paar alte Unterlagen aus dem Personalbüro der Bank. Rein akademisch gesehen, waren Olivers Noten auf dem College ganz gut, aber nicht herausragend. Er hat damals wohl gleichzeitig zwei verschiedene Jobs gehabt. Eines davon war sein eigenes Unternehmen. In einem Semester hat er T-Shirts verkauft, und dann hat er am Ende sogar sein eigenes Umzugsunternehmen besessen. Man kennt diesen Typ.«

»Der ewige Jungunternehmer. Und was ist mit Charlie?«

»Zwei Jahre an der Kunsthochschule, dann ist er ausgestiegen und hat am City College zu Ende studiert. Auf beiden Schulen aber die schlimmste Art von Mittelmaß: erstklassige Noten in den Fächern, die ihm wichtig waren, befriedigend bis ausreichend in den anderen.«

»Und warum ist er ausgestiegen? Angst vor dem Erfolg oder Furcht vor dem Scheitern?«

»Keine Ahnung. Er ist eindeutig die Wild Card.«

»Genaugenommen ist Oliver die Wild Card«, korrigierte Joey sie. »Charlie ist vielleicht besser für ein Rendezvous geeignet, aber wenn es um Risiken geht, ist Oliver derjenige, der sich weiter in eine Welt vorgewagt hat, die nicht seine ist.« Joey wartete, aber Noreen widersprach nicht. »Und was hast du noch gefunden?«

»Das war alles«, sagte Noreen. »Null, nichts, nada. Abgesehen von der Hypothek für Moms Wohnung haben Charlie und Oliver noch ein paar überzogene Kreditkarten an den Hacken und völlig blanke Bankkonten.«

»Hast du überall nachgesehen?«

»Höre ich zu, wenn du sprichst? Führerschein, Sozialversicherung, Lebensversicherungen, Firmenunterlagen und alle anderen Einzelheiten unseres Privatlebens, das die Regierung seit Jahren an die Kreditagenturen verkauft – ich habe alles gecheckt. Ansonsten gibt es nichts Auffälliges. Wie war's beim FBI?«

»Derselbe Tanz: keine Verurteilungen, keine Steckbriefe, keine Verhaftungen.«

»Das war alles?« fragte Noreen.

»Das ist erst der Anfang. Wann genau, hat Fudge gesagt, bekommen wir die Informationen über die Kreditkarten und die Telefonunterlagen?«

»Jede Minute«, erwiderte Noreen und sprach plötzlich schneller. »Es gibt da übrigens noch etwas, das dich vielleicht interessiert. Erinnerst du dich noch an die Apotheke, die ich überprüfen sollte? Nun, ich habe angerufen und gesagt, ich wolle im Auftrag von Olivers Krankenversicherung wissen, ob sie irgendwelche ungewöhnlichen Rezepte für Mr. Caruso hätten.«

»Und?«

»Nichts für Oliver ...«

»Mist ...«

»Aber sie hätten etwas für einen Mr. Caruso mit Vornamen Charles.«

Joey hielt inne. »Bitte sag mir jetzt nicht, daß du es vermass...«

»Oh, tut mir ja so leid. Habe ich Oliver gesagt? Ich meinte natürlich Charles. Richtig, genau, Charlie Caruso.«

»Wundervoll«, summte Joey. »Also, was hast du herausgefunden?«

»Er bekommt ein Rezept für Mexiletin.«

»Mexiletin?«

»Genau das habe ich auch gesagt. Dann habe ich in der Praxis des behandelnden Arztes angerufen, der nur zu gern bereit war, mir bei einer versicherungstechnischen Untersuchung zu helfen ...«

»Du wirst langsam ziemlich gut in so was«, sagte Joey. »Und was ist das Endergebnis?«

»Charlie hat eine ventriculäre Tachycadrie.«

»Eine was?«

»Eine Herzrhythmusstörung. Er leidet daran, seit er vierzehn ist«, erklärte Noreen. »Daher kommen die ganzen Krankenhausrechnungen. Und wir dachten die ganze Zeit, ihre Mutter hätte sie verursacht. Hat sie nicht. Sie stammen alle von Charlie. Sie laufen wohl nur deshalb auf den Namen ihrer Mutter, weil Charlie damals noch minderjährig war. Pech für sie. Als der erste Anfall kam, brauchten sie eine Operation, um ihn wieder gesund zu machen. Die OP kostete einhundertzehntausend Dollar. Offenbar bringen die Adern in seinem Herzen das Blut nicht richtig in Schwung.«

»Es ist also gefährlich?«

»Nur, wenn er seine Medikamente nicht regelmäßig einnimmt.«

»Mist«, sagte Joey und schüttelte den Kopf. »Glaubst du, daß er sie bei sich hat?«

»Die beiden sind direkt von der Grand Central losgefahren. Ich glaube nicht mal, daß sie ein zweites Paar Socken dabeihatten, geschweige denn eine Dosis Mexiletin.«

»Und wie lange kann er ohne das Medikament überleben?«

»Schwer zu sagen. Der Arzt meinte, etwa drei bis vier Tage unter perfekten Bedingungen. Weniger, wenn er unter Streß steht.«

»Du meinst, wenn er auf der Flucht ist und um sein Leben kämpft?«

»Genau das«, bestätigte Noreen. »Von jetzt an tickt Charlies Uhr. Und wenn wir ihn nicht bald finden, dann kriegen die Burschen ganz andere Probleme als das Geld.«

35. Kapitel

»Er ist Ihr Vater?« keucht Charlie.

»Also lebt er noch?« frage ich nach.

Die Frau sieht uns beide an, aber ihr Blick bleibt an mir hängen. »Er ist seit sechs Monaten tot«, sagt sie. Für meinen Geschmack ist sie ein wenig zu ruhig. »Was wollten Sie von ihm?« Ihre Stimme klingt hoch, aber kräftig. Und kein bißchen eingeschüchtert. Ich mache einen Schritt auf sie zu, und sie weicht nicht zurück.

»Warum haben Sie uns angelogen?« frage ich.

Zu unserer Überraschung lächelt sie uns an und streicht mit dem Fuß über die Grashalme. Dabei fällt mir zum ersten Mal auf, daß sie barfuß ist. »Komisch, ich wollte Sie gerade dasselbe fragen.«

»Sie hätten sagen können, daß Sie seine Tochter sind«, meinte Charlie anklagend.

»Und Sie hätten gleich sagen können, warum Sie nach ihm suchen.«

Ich kaue auf meiner Unterlippe. Ich erkenne einen gleichwertigen Gegner, wenn ich ihn sehe. Wenn wir Informationen wollen, müssen wir auch welche herausrücken. »Walter Harvey«, sage ich meinen falschen Namen und reiche ihr die Hand.

»Gillian Duckworth.« Sie schüttelt sie.

Auf der anderen Straßenseite macht der Briefträger seine morgendliche Runde. Charlie versteckt seine Machete hinter dem Rücken und gibt mir ein Handzeichen. »Vielleicht sollten wir die Sachen hineinbringen ...«

»Ja, keine schlechte Idee.« Ich stopfe die Waffe wieder in meinen Hosenbund. »Kommen Sie doch auf eine Tasse Kaffee mit.«

»Zu euch beiden? Nachdem ihr mich mit einer Pistole und einem Piratenmesser bedroht habt? Sehe ich aus, als brenne ich darauf, mein Foto als Vermißte auf einer Milchtüte zu sehen?« Sie dreht sich um und geht weg. Charlie sieht mich bedeutungsvoll an. *Sie ist alles, was wir haben.*

»Bitte warten Sie!« Ich greife nach ihrem Arm.

Sie zieht ihn weg, aber ihre Stimme klingt vollkommen ruhig. »Nett, dich kennengelernt zu haben, Walter. Schönen Tag noch.«

»Gillian ...!«

»Wir können es erklären«, ruft Charlie ihr hinterher.

Sie verlangsamt nicht einmal ihre Schritte. Der Postbote verschwindet in der nächsten Tür. Das ist unsere letzte

Chance. Charlie weiß, daß wir die Informationen brauchen, und greift zur Atombombe.

»Wir glauben, daß Ihr Vater ermordet worden ist.«

Gillian bleibt wie angewurzelt stehen und dreht sich um. Sie legt den Kopf auf die Seite und wischt sich drei Löckchen aus dem Gesicht.

»Geben Sie uns fünf Minuten«, flehe ich sie an. »Danach können Sie immer noch gehen.« Ich schlage gewissermaßen eine Seite aus Lapidus' Handbuch für störrische Verhandlungspartner auf und stürme zur Eingangstür, ohne ihr die Chance zu geben, nein zu sagen. Gillian ist direkt hinter mir.

Als ich in unser Apartment trete, warte ich darauf, daß sie einen Spruch oder eine herablassende Bemerkung macht. Die tristen Wände, die mit Papier verklebten Fenster. Sie muß doch was sagen. Tut sie aber nicht. Wie eine neugierige Katze dreht sie eine kurze Runde im Wohnraum. Ihre schlanken Arme schwingen an ihrer Seite, und mit den Fingern zupft sie an den ausgefransten Taschen ihrer verblichenen Jeans. Ich biete ihr den Küchenklappstuhl neben mir an. Sie kommt auch zu mir, doch statt sich auf den Stuhl zu setzen, hüpft sie auf den weißen Resopaltresen. Ihre nackten Füße baumeln herunter. Mein Blick bleibt eine Sekunde zu lange daran hängen, und Charlie räuspert sich. *Bitte*, sagt mir sein Blick. *Tu nicht so, als wärst du noch nie in einer Damenumkleidekabine gewesen*.

Ich schüttle den Kopf und wende mich an Gillian. »Also, Sie wollten uns von Ihrem Dad erzählen ...« eröffne ich.

»Eigentlich wollte ich euch gar nichts erzählen«, erwidert sie. »Ich will nur wissen, warum ihr glaubt, daß er ermordet worden ist.«

Ich sehe Charlie an. *Sei vorsichtig*, warnt er mich. Doch selbst ihm ist klar, daß wir irgendwo anfangen müssen.

»Bis gestern haben wir in New York gelebt und in einer Bank gearbeitet«, beginne ich zögernd. »Am letzten Freitag sind wir dann auf alte Konten gestoßen ...«

»... und über eines gestolpert, das einem Marty Duckworth gehört«, unterbricht mich Charlie. Er hat bereits abgehoben.

Ich will ihn unterbrechen, überlege es mir dann aber anders. Wir wissen beide, wer der bessere Lügner ist. »Soweit wir sehen konnten, war das Konto Ihres Vaters längst überfällig. Für das System war es ein abgetretenes Konto. Aber nachdem wir es gefunden und dem Chef des Sicherheitsdienstes gemeldet hatten ... na ja, seit gestern waren wir drei auf der Flucht. Und heute sind nur noch wir beide übrig.« Charlie kann nicht mehr weiterreden, er wendet den Kopf ab und verstummt. Er leidet immer noch unter dem, was passiert ist. Während er die Geschichte erzählt, scheint er wieder zu hören, wie Shep auf die Holzbohlen kracht. Sein Blick ist mehr als beredt. *Meine Güte, wie konnten wir nur so etwas Dummes tun?*

Charlie sieht Gillian an, die seinen Blick unbewegt erwidert. Mir ist es bisher gar nicht aufgefallen. Sie weicht nicht aus, sondern beobachtet immer. Ihre Blicke treffen sich, und erst in dem Moment gibt sie nach. Ihre Füße baumeln nicht mehr. Sie sitzt auf ihren Händen und rührt sich nicht mehr. Was sie auch in meinem Bruder gesehen hat – anscheinend kennt sie es nur zu gut.

»Alles okay?« frage ich sie.

Gillian nickt. Sie kann kaum sprechen. »Ich wußte ... Ich wußte es ...«

»Sie wußten was?«

Zuerst zögert sie und weigert sich, zu antworten. Wir sind schließlich immer noch völlig Fremde. Aber je länger wir hier sitzen, desto klarer wird ihr, daß wir genauso verzweifelt sind wie sie.

»Was wußten Sie?« wiederhole ich hartnäckig.

»Das irgendwas nicht stimmte. Ich wußte es in dem Moment, als ich den Bericht gelesen habe.« Sie bemerkt unsere Verwirrung. »Vor sechs Monaten war es ein ganz normaler Morgen. Ich habe mir einen Drink eingeschenkt, und plötzlich klingelt das Telefon. Sie sagen mir, daß mein Dad bei einem Fahrradunfall ums Leben gekommen ist. Er fuhr angeblich über den Rickenbacker Causeway, als ein Wagen von seiner Spur abgekommen ist ...« Sie rutscht unruhig hin und her, als sie die Erinnerung daran durchlebt. »Wart ihr schon mal auf dem Rickenbacker?«

Wir schütteln gleichzeitig den Kopf.

»Das ist eine Brücke, die so steil wie ein kleiner Hügel ist. Als ich sechzehn war, war das schon für mich anstrengend. Mein Dad war zweiundsechzig. Er hatte Schwierigkeiten, über die asphaltierte Straße am Strand zu radeln. Nie und nimmer ist er den Rickenbacker hochgefahren.«

Wir schweigen. Charlie reagiert als erster. »Haben die Cops ...?«

»Am Tag nach dem Unfall bin ich zu seinem Haus gefahren, um den Anzug auszusuchen, in dem er beerdigt werden sollte. Als ich die Tür aufmachte, dachte ich, ein Hurrikan hätte dort gewütet. Die Schränke waren in ihre Bestandteile zerlegt, Schubladen ausgekippt, aber soweit ich das beurteilen konnte, wurde nichts gestohlen außer seinem Computer. Aber das beste ist, statt der Polizei kam der ...«

»... Secret Service«, beende ich ihren Satz.

Gillian wirft mir einen Seitenblick zu. »Woher weißt du das?«

»Wer ist wohl hinter uns her?«

Mehr braucht es nicht. Wie zuvor bei Charlie sieht Gillian mir direkt in die Augen. Ich weiß nicht, ob sie nach der Wahrheit sucht oder einfach nur eine Verbindung herstellen will. Was auch immer, sie findet es jedenfalls. Ihre weichen blauen Augen starren direkt durch mich hindurch.

Charlie hüstelt gekünstelt. »Und was haben sie deiner Meinung nach gesucht?«

»Wer? Der Secret Service?« frage ich.

»Wer denn sonst?«

»Das habe ich nie herausgefunden«, erklärt Gillian. Ihre Stimme klingt leise und verloren. »Als ich ihr Büro in Miami angerufen habe, konnten sie dort keine Unterlagen über eine Ermittlung finden. Ich habe ihnen gesagt, daß ich die Agenten sogar getroffen hätte, aber da ich deren Namen nicht wußte, konnten sie nichts tun.«

»Das ist alles? Du hast einfach aufgegeben?« fragt Charlie. »Fandst du das nicht ein bißchen merkwürdig?«

»Charlie …!«

»Nein, er hat ja recht«, meint Gillian. »Aber ihr müßt verstehen, wenn es um die Geschäfte meines Vaters ging, gehörten Geheimnisse einfach dazu. So war er eben.«

Charlie beobachtet sie scharf, aber ich nicke ihr beruhigend zu. Ich fühle mich an unseren eigenen nichtsnutzigen Vater erinnert und kann vergeben. Charlie jedoch vergißt nie. »Schon okay«, sage ich. »Ich weiß, wie das ist.« Als ich ihren Arm berühre, fällt Gillians BH-Träger unter dem Oberteil herunter. Sie streift ihn vollkommen gedankenlos wieder hoch.

»Moment«, unterbricht uns Charlie. »Dein Vater ist vor einem halben Jahr gestorben, richtig? Das war also direkt, nachdem er aus New York hierhergezogen ist, stimmt's?«

»New York?« Gillian ist verwirrt. »Er hat nie in New York gewohnt.«

Charlie sieht mich an und mustert dann Gillian. »Bist du da sicher? Er hatte nie ein Apartment in Manhattan?«

»Nicht, daß ich wüßte«, erwidert sie. »Er hat ab und zu eine Geschäftsreise dorthin gemacht. Ich weiß, daß er letzten Sommer für eine Reise Geld zusammenkratzen mußte, aber ansonsten hat er sein ganzes Leben in Florida verbracht.«

Sein ganzes Leben. Die Worte schießen wie Flipperkugeln durch meinen Kopf. Das ergibt keinen Sinn. Wir haben die ganze Zeit geglaubt, daß wir einen New Yorker suchen, der Geld gemacht hat und nach Florida gezogen ist. Und jetzt finden wir hier einen Kerl aus Florida, der sich kaum die paar Reisen leisten konnte, die er nach New York unternehmen mußte. Marty Duckworth, was hattest du vor?

»Kann mir vielleicht mal jemand sagen, was hier los ist?« erkundigt sich Gillian, während sie nervös zwischen Charlie und mir hin und her schaut.

Ich nicke Charlie zu, und er erwidert das Nicken. Zeit, ihr noch ein Puzzlestück zu geben. Charlie braucht zehn Minuten, um ihr alles zu erzählen, was wir von dem heruntergekommenen New Yorker Apartment ihres Vaters wissen.

»Das verstehe ich nicht.« Sie sitzt wieder auf ihren Händen. »Ihm gehört eine Wohnung in New York?«

»Wenn ich darauf wetten müßte, würde ich sagen, er hat sie gemietet«, stelle ich klar.

»Wie lange war er letzten Sommer weg?« mischt sich Charlie ein.

»Das weiß ich nicht«, stammelt Gillian. »Zweieinhalb ... vielleicht drei Wochen. Ich habe nie viel ... Ich sah ihn sogar kaum, wenn er hier war ...« Ihre Stimme versagt, und ihre ohnehin blasse Haut wird beinah vollkommen weiß. »Wieviel Geld war auf dem Konto, das ihr gefunden habt?«

»Gillian, du solltest dich nicht mit ...«

»Sag mir einfach, wieviel drauf war!«

Charlie holt tief Luft. »Drei Millionen Dollar.«

»Was? Niemals! Woher sollte er so viel ...« Sie unterbricht sich, und die Zahnräder in ihrem Kopf drehen sich surrend. Dabei hält sie die ganze Zeit, selbst als Charlie ihr die Neuigkeit gesteckt hat, ihren Blick auf mich gerichtet. »Du glaubst, daß sie ihn deshalb umgebracht haben, stimmt's?« fragt sie schließlich. »Weil irgendwas mit dem Geld passiert ist ...«

»Genau das versuchen wir herauszufinden.« Ich hoffe, daß sie weiterredet.

»Kannte dein Dad jemanden aus dem Secret Service?« fragt Charlie.

»Das weiß ich nicht«, antwortet sie. Sie ist immer noch sichtlich überwältigt. »Wir standen uns nicht so nahe, aber eigentlich dachte ich, ich würde ihn besser kennen.«

»Hast du noch Zeug von ihm zu Hause?« fragt Charlie.

»Einiges ... ja.«

»Und hast du es jemals durchsucht?«

»Ein bißchen. Aber hätte der Service es nicht ...?«

»Vielleicht haben sie etwas übersehen«, sagt mein Bruder.

»Warum schauen wir nicht einfach zusammen nach?« frage ich. Es ist das perfekte Angebot.

Raffiniert. Charlie grinst.

Ich kann das Kompliment nicht annehmen, weil ich schon ein schlechtes Gewissen habe. Ganz gleich, wie sehr es uns helfen könnte, es ist trotzdem das Haus ihres toten Vaters. Ich habe es in ihren Augen gesehen. Der Schmerz verschwindet nicht so einfach.

Als Gillian zögernd nickt, springt Charlie auf. Ich folge ihm zur Tür. Doch Gillian bleibt auf dem Tresen sitzen.

»Alles klar?«

»Sagt mir eins«, erwidert sie statt einer Antwort. »Glaubt ihr wirklich, daß sie meinen Vater umgebracht haben?«

»Ehrlich gesagt, weiß ich nicht genau, was ich denken soll«, erwidere ich. »Aber vor vierundzwanzig Stunden habe ich zugesehen, wie diese Kerle einen unserer Freunde umgebracht haben. Ich habe gesehen, wie sie abgedrückt und dann ihre Waffen auf uns gerichtet haben. Und das alles, weil wir ein Konto auf den Namen deines Vaters gefunden haben.«

»Das heißt noch nicht ...«

»Ja, das heißt nicht, daß sie ihn auch umgelegt haben müssen«, stimmt ihr Charlie zu. »Aber wenn sie es nicht getan haben, warum sind sie dann nicht hier und versuchen, ihn zu finden?«

Manchmal vergesse ich, wie scharf Charlie denken kann. Darauf weiß auch sie keine Antwort.

Gillian sieht sich noch einmal in der Wohnung um und prägt sich jede Einzelheit ein. Die spärliche Möblierung, die zugeklebten Fenster. selbst die Machete. Wenn wir die bösen Burschen wären, dann wäre sie schon tot.

Zögernd rutscht sie vom Tresen, und ihre nackten Füße klatschen auf das Linoleum. Kurz bevor sie die Tür öffnet, verharrt sie einen Moment. Sie gibt sich alle Mühe, entspannt zu wirken, aber noch als ihre Hände den Türknauf umklammern, ist sie dabei, das alles zu verarbeiten. Ohne sich umzudrehen, sagt sie sechs Worte. »Wehe, wenn das ein Trick ist.«

Charlie und ich folgen ihr, als sie hinausgeht. Die Sonne scheint zwar nicht, aber es fehlt nicht viel.

»Gillian, du wirst es nicht bereuen«, verspricht ihr Charlie.

36. Kapitel

Gallo umklammerte mit seinen schwieligen Händen den Computerbildschirm und starrte auf den Laptop, den er zwischen Schoß und Lenkrad balancierte. Seit zwei Stunden hatte er beobachtet, wie Maggie Caruso ihr Essen gemacht, ihr Geschirr abgewaschen, die Säume an zwei Hosen umgenäht und drei Seidenhemden an die Wäscheleine vor ihrem Fenster gehängt hatte. In dieser Zeit hatte sie zwei Telefonanrufe bekommen. Einen von einem Kunden und den anderen von jemandem, der sich verwählt hatte. *Können Sie es bis Donnerstag fertig haben?* und *Tut mir leid, den gibt es hier nicht.* Das war's. Mehr nicht.

Gallo schob den Lautstärkeregler hoch und klickte auf die Fenster von allen Digitalkameras. Dank des letzten Verhörs und ihres jüngsten Kontakts mit ihren Söhnen hatten sie den Überwachungsauftrag ausdehnen und auch noch eine Kamera in ihrem Schlafzimmer, in Charlies Zimmer und in der Küche installieren können. Gallo hatte nun Bilder von allen großen Räumen auf dem Bildschirm. Doch die einzige Person, die sie sahen, war Maggie. Sie hockte vor der Nähmaschine am Eßzimmertisch. In einer Ecke plärrte irgendeine Talkshow aus einem alten TV-Gerät. Und die Nähmaschine ratterte wie ein Dampfhammer. Seit vollen zwei Stunden. Das war alles.

»Lust auf eine kleine Pause?« fragte DeSanctis, als er die Beifahrertür aufriß.

»Was hat dich so lange aufgehalten?« Gallo löste seinen Blick nicht vom Bildschirm.

»Geduld ... Hast du das Wort schon mal gehört?«

»Sag mir, was du hast? Irgendwas Nützliches?«

»Natürlich ist es nützlich ...« DeSanctis stand noch draußen und schwang zwei silberfarbene Aktenkoffer auf den Vordersitz. Er stapelte sie aufeinander. Dann setzte er sich daneben und zog einen auf seinen Schoß.

»Haben sie es dir schwergemacht?« wollte Gallo wissen.

DeSanctis verzog zur Antwort das Gesicht und öffnete die Schlösser des Koffers. »Du weißt ja, wie es mit Delta Dash so läuft. Sag ihnen, was du brauchst, mach ihnen weis, daß es sich um einen Notfall handelt, und im Handumdrehen setzt Q die James-Bond-Ausrüstung in den nächsten Shuttle. Man muß sie nur noch bei der Gepäckausgabe abholen.«

In dem silberfarbenen Koffer lag, eingebettet in ein schwarzes Schaumstoffpolster, ein Gerät, das aussah wie ein dicker runder Camcorder mit einem übergroßen Objektiv. Ein Aufkleber verriet, daß es Eigentum der DEA war. DeSanctis nickte. Typisch. Wenn es um High-Tech-Überwachung ging, bekamen die Drogenbehörde und der Grenzschutz immer die schönsten Spielzeuge.

»Was ist das?« fragte Gallo.

»Eine tragbare Infrarotkamera mit komplettem Thermobild«, erklärte DeSanctis, während er durch den Sucher schaute. »Wenn sie sich nachts rausschleicht, dann stelle ich das Gerät auf ihre Körpertemperatur ein und kann sie noch in der dunkelsten Gasse wiederfinden.«

Gallo warf einen Blick zum hellen Winterhimmel. »Und was hast du noch?«

»Schau mich nicht so an!« warnte ihn DeSanctis. Er legte die Kamera auf seinen Schoß, warf den ersten Koffer auf den Rücksitz und ließ den zweiten aufschnappen. Drinnen lag eine High-Tech-Radarpistole mit einem langen Lauf. Sie sah aus wie eine Polizeitaschenlampe. »Das ist nur ein Prototyp«, erklärte DeSanctis. »Sie registriert Bewegungen. Von fließendem Wasser bis zu dem Blut, das durch deine Venen rinnt.«

»Und das bedeutet was?«

»Das bedeutet, daß man damit direkt durch nicht bewegliche Dinge sehen kann. Zum Beispiel durch Wände.«

Gallo verschränkte skeptisch die Arme vor der Brust. »Kein Quatsch?«

»Es funktioniert. Ich habe es selbst gesehen«, meinte DeSanctis nachdrücklich. »Der eingebaute Computer sagt dir sogar, ob es ein Deckenventilator oder ein Kind ist, das sich im Kreis herumdreht. Also wenn die gute Maggie mit jemanden im Flur plaudert, der sich außerhalb der Reichweite der Kameras bewegt ...«

»Dann erwischen wir sie«, sagte Gallo, schnappte sich das Radargerät und zielte damit auf Maggies Wohnung. »Wir brauchen nur abzuwarten.«

37. Kapitel

»Wo wollt ihr anfangen?« fragt Gillian, kaum daß wir das rosa Haus ihres Vaters betreten haben.

»Wo du willst«, erwidert Charlie, als ich mich durch das vollgestellte Wohnzimmer taste. Es sieht aus wie bei einem Garagenverkauf. Das Zimmer quillt über von allem möglichen Zeug. Übervolle Buchregale, deren Bretter sich unter Büchern über Ingenieurwesen und Science-fiction biegen, stehen an zwei der vier Wände. Papierhaufen stapeln sich auf einem alten Schaukelstuhl, und auf der fleckigen Ledercouch liegen mindestens sieben verschiedene Kissen, eines davon hat die Form eines Flamingos und ein anderes die eines Laptops.

Mitten im Raum steht ein Couchtisch aus der Woodstock-Ära, der unter Fernbedienungen, einem Haufen verblichener Fotos, einem elektrischen Schraubenzieher, jeder Menge wahllos verstreutem Kleingeld, Quietschfiguren aus Plastik, einem Stapel Untersetzer von Sun Microsystems und wenigstens zwei Dutzend Hasenfüßen in unglaublich grell leuchtenden Farben kaum noch zu sehen ist.

»Ich bin beeindruckt«, meint Charlie. »Dieses Zimmer ist noch chaotischer als meines.«

»Warte, bis du erst den Rest gesehen hast«, erwidert Gillian. »Er hat wirklich nach der Devise ›Funktion geht über Form‹ gelebt.«

»Also gehört das alles ihm?«

»Im großen und ganzen«, erklärt Gillian. »Ich hatte zwar vor, die Sachen zu sortieren, aber ... Es ist nicht so leicht, die Sachen von jemandem, der gestorben ist, wegzuschmeißen.«

Damit trifft sie den Nagel auf den Kopf. Mom hat fast ein Jahr gebraucht, bis sie Dads Zahnbürste wegwerfen konnte. Und das, obwohl sie ihn gehaßt hat.

»Warum fangen wir nicht hier an«, schlägt Gillian vor und führt uns in das Gästezimmer, das ihr Dad als Büro benutzt hat. Drinnen erwarten uns eine Arbeitsplatte aus schwarzem Resopal, die an der Rückwand befestigt ist. Sie führt an der rechten Seite des Zimmers entlang. Die Hälfte der Platte ist mit Papieren übersät, und auf der anderen Hälfte türmen sich Werkzeuge und elektronische Geräte, Drähte, Transistoren, ein Minilötgerät, winzige Zangen, ein Set Uhrmacherschraubenzieher und sogar einige Zahnarztgeräte. Damit kann man selbst die kleinsten Drähte verarbeiten. Über dem Tisch hängt ein gerahmtes Bild aus Disneys *Pinocchio*.

»War er Disney-Fan?« will Charlie wissen.

»Dort hat mein Vater gearbeitet. Er war fünfzehn Jahre lang Computerdesigner in Orlando.«

»Wirklich? Hat er vielleicht auch irgendwelche coolen Computerrennen entworfen?« erkundigt sich Charlie.

»Ehrlich gesagt, weiß ich das nicht. Ich habe ihn kaum gekannt. Er hat mir jedes Jahr zum Geburtstag eine Minnie-Puppe geschickt, das war's auch schon. Deshalb hat meine Mom ihn ja verlassen. Wir waren nur ein Zweitjob für ihn.«

»Wann ist er wieder nach Miami zurückgezogen?«

»Ich glaube, vor fünf Jahren. Er hat Disney Lebewohl gesagt und einen Job in einer Firma für Computerspiele gefunden. Das Gehalt betrug zwar gerademal die Hälfte, aber glücklicherweise besaß er eine Handvoll Disney-Vorzugsaktien. Davon hat er sich das Haus kaufen können.«

»Und vielleicht hat er damit auch das Konto bei Greene eröffnet«, meint Charlie. Sein Blick spricht Bände. Wir wissen beide, daß selbst Disney-Vorzugsaktien sich nicht auf dreihundert Millionen Dollar addieren.

Ich nicke. »Er war wohl kein großes Tier bei Disney, oder?«

»Dad?« Gillians Lachen ist entwaffnend. «Nein. Seine größte Tat war, die Computersysteme zusammenzuschließen. Wenn also Disneys zentrale Wetterstation Regen kommen sah, erhielten alle Geschenkläden im Park sofort die Nachricht, daß sie die Regenschirme und Mickymaus-Ponchos raushängen sollten. Die Regale wurden gefüllt, bevor auch nur der erste Tropfen fiel.«

»Das ist aber ziemlich cool.«

»Ja … Vielleicht. Aber wenn man meinen Dad hörte, hat er seine Rolle vielleicht ein bißchen zu stark betont.«

»Willkommen im Club«, erwidere ich und nicke. »Unser Dad war auch … «

»Euer Dad?« Sie bleibt stehen. »Ihr zwei seid Brüder?«

Charlie ohrfeigt mich mit seinem Blick, und ich beiße mir auf die Zunge.

»Was?« fragt Gillian nach. »Was ist das Problem daran?«

»Nichts«, sage ich rasch. »Es ist nur … Nach gestern versuchen wir, möglichst wenig aufzufallen.« Noch während ich die Worte ausspreche, sehe ich, wie sie jedes einzelne abwägt. »Schon okay«, meint sie dann. »Ich verrate nichts.«

»Das wußte ich.« Ich lächle sie an.

»Können wir vielleicht weitermachen?« drängt Charlie. »Da wartet ein Haus darauf, von uns durchsucht zu werden.«

Zwanzig Minuten später ertrinken wir förmlich in Papieren. Charlie hat die Stapel auf dem Schreibtisch übernommen und ich die Schubladen darunter. Gillian arbeitet sich durch den Aktenschrank in der Ecke. Soweit wir sehen, ist das meiste nutzlos. »Hör mal«, sagt Charlie, während er sich durch einen Stapel Wissenschaftszeitungen wühlt. *»Journal des Instituts für elektrische und elektronische Laser und die elektro-optische Gesellschaft.«*

»Bei mir kommt es noch besser«, sage ich. »›Lieber Martin, wenn Abby jenseits des großen Teichs leben würde, was wärst du dann für ein großartiger Schwimmer! Fröhlichen Valentinstag Deine Freundin, Stacey B.‹«

»Du glaubst, das schlägt die Laser und die electro-optische Gesellschaft?«

»Es ist eine Valentinskarte von 1950!« rufe ich. Die unterste Schublade in dem Schrank vor mir ist voll von diesen Karten. Es müssen Tausende sein. »Er hat alle Postkarten, Dankesschreiben und Geburtstagskarten aufgehoben, die er je bekommen hat. Offenbar seit seiner Geburt.«

»Das hier sind alles Magazine und alte Zeitungen«, erklärt Gillian und schließt die Schublade mit einem Knall. »Alles von *Engineering Management Review* bis hin zu der Zeitung für Disney-Angestellte. Aber nichts wirklich Nützliches.«

»Ich verstehe das nicht«, sagt Charlie. »Er behält alles, was er je in die Finger bekommen hat, aber hat keinen einzigen Bankauszug oder eine Telefonrechnung?«

»Vermutlich hatte er das hier aufbewahrt ...« Ich öffne eine Aktenschublade über der mit den Geburtstagskarten. Drinnen schaukeln ein Dutzend leere Aktenordner auf ihren Metallschienen.

»Sie müssen sie mitgenommen haben, als sie sich den Computer schnappten«, meint Gillian.

»Dann war es das ... Wir sind erledigt«, meint Charlie.

»Sag so was nicht«, erwidere ich.

»Aber wenn der Secret Service das hier bereits durchsucht hat ...«

»Was dann? Sollen wir aufgeben und einfach verschwinden? Sollen wir wirklich einfach annehmen, daß sie alles mitgenommen haben?«

»Sie haben alles mitgenommen!« schreit Charlie.

»Nein, haben sie nicht!« Ich fauche ihn an. »Sieh dich doch um. Duckworth hat überall Schrott aufbewahrt. Fünfzehn verschiedenfarbige Hasenfüße. Und da wir keine Ahnung haben, was der Service zurückgelassen hat, verlasse ich dieses Haus erst, wenn ich jeden Untersetzer umgedreht und jede Schublade auseinandergenommen habe, um nachzusehen, ob da etwas versteckt ist. Wenn du eine bessere Möglichkeit weißt, wäre ich froh, sie zu erfahren!«

Charlie zuckt zurück, verblüfft von meinem Ausbruch. Doch genauso rasch erholt er sich. Er zuckt mit den Schultern und macht weiter. »Du übernimmst die Küche, ich das Badezimmer.«

38. Kapitel

»Sie weiß etwas«, sagte Gallo.

»Wie soll sie denn was erfahren haben?« erkundigte sich DeSanctis ungläubig.

»Sieh sie dir doch an!« Gallo deutete auf den Computer, der zwischen ihnen stand. »Ihre Söhne werden vermißt, sie verbringt eine weitere Nacht allein, und meldet sie es? Weint sie am Telefon und heult sich bei einer Freundin aus? Nein, sie sitzt einfach da, näht weiter und schaut sich irgendeine Talkshow an.«

»Besser, als sich Soaps reinzuziehen«, meinte DeSanctis und richtete die Radarpistole auf den dunklen Wohnblock.

»Darum geht's nicht. Wenn sie weiß, daß wir sie beobachten, wird sie bestimmt erst recht nicht ...«

Das Läuten einer Türglocke plärrte durch die Lautsprecher des Laptops. Gallo und DeSanctis richteten sich blitzschnell in ihren Sitzen auf.

»Sie kriegt Besuch«, sagte DeSanctis.

»Kam das von unten?«

DeSanctis richtete die Radarpistole auf das Glasfenster der Eingangshalle. Auf dem Bildschirm der Kamera sah man ein dunkles, schmutziggrünes Abbild der Lobby. Grün bedeutete kalt, weiß hieß heiß. Aber als DeSanctis das Areal zwischen dem Klingelschild und der Empfangshalle scannte, sah er nur zwei weiße rechteckige Leuchtfelder an der Decke. Das waren keine Menschen, sondern Neonröhren. »Da unten ist niemand.«

»Bin schon da!« rief Maggie in Richtung Tür.

»Wie sind sie an uns vorbeigekommen?« Gallo war aufgeregt. »Gibt es eine Hintertür?«

»Es könnte auch eine Nachbarin sein«, gab DeSanctis zu bedenken.

»Wer ist da?« fragte Maggie.

Die Antwort war ein unverständliches Murmeln. Die Mikrofone funktionierten nicht durch Türen hindurch.

»Einen Moment ...«, sagte Maggie, während sie das Fernsehgerät abschaltete. Sie öffnete die Schlösser mit der einen Hand und strich sich Hemd und Kleid mit der anderen glatt.

»Sie macht sich schick«, flüsterte DeSanctis. »Ich wette, es ist ein Kunde.«

»Um diese Uhrzeit ...?«

»Sophie! Wie schön, dich zu sehen!« flötete Maggie, als sie die Tür öffnete. Über Maggies Schulter sahen sie in der Kamera eine grauhaarige Frau mit einer gestrickten braunen Weste. Sie trug keinen Mantel.

»Eine Nachbarin«, sagte DeSanctis.

»Sophie ...«, wiederholte Gallo. »Sie sagte Sophie.«

DeSanctis öffnete hastig das Handschuhfach und riß einen Stapel Papier heraus. *4190 Bedford Avenue – Bewohner – Besitzer.*

»Sophie ... Sofia ... Sonja ...«, sagte Gallo, während DeSanctis mit dem Finger hastig die Liste herunterglitt.

»Ich habe eine Sonja Coady in 3A und eine Sofia Rostonov in 2F«, erklärte DeSanctis.

»Wie geht's dir?« erkundigte sich Sophie. Sie hatte einen starken russischen Akzent.

»Es ist die Rostonov!«

»Gut, gut«, antwortete Maggie und bat sie hinein.

»Beobachte ihre Hände!« rief Gallo, als Maggie Sophies Schulter berührte.

»Glaubst du, daß sie ihr etwas gibt?« fragte DeSanctis.

»Sie hat keine Wahl. Sie hat weder Fax noch E-Mail noch ein Handy. Ihre einzige Chance ist, daß sie etwas von draußen bekommt. Vermutlich einen Pieper oder etwas Kleines, das Textnachrichten übertragen kann.«

DeSanctis nickte. »Du nimmst Mom, ich kümmere mich um Sofia.« Die beiden Agenten kauerten sich schweigend über den Laptop. In der Dunkelheit glühten ihre Gesichter im blassen Licht des Bildschirms.

»Ich habe beinahe zwei Zentimeter an allen Blusenärmeln gekürzt. Ich hole sie dir eben von der Leine«, sagte Maggie, während sie zum Küchenfenster gingen. Durch die Vogelperspektive der Kamera im Rauchmelder konnte Gallo zwar nur ihren Rücken sehen, aber er beobachtete scharf alles, was Maggie berührte. Sie öffnete das Küchenfenster und zog die Wäscheleine herein. Dann nahm sie zwei Damenblusen herunter und hängte jede auf einen Bügel.

»Hast du sie bei dem Wetter herausgehängt?« fragte Sophie.

»Die Kälte können sie gut vertragen. Macht sie frischer, als wenn sie neu wären.« Maggie hängte die beiden Bügel an einen der drei Mantelhaken, die an der Wohnzimmerwand angebracht waren.

»Beobachte die Geldübergabe«, befahl Gallo.

»Ach du lieber Gott, wo hab ich nur meinen Kopf«, begann Sophie, als sie nach der Geldbörse suchte. »Ich habe sie ...«

»Macht nichts«, meinte Maggie. Selbst auf dem digitalisierten Bild konnte Gallo erkennen, wie gezwungen ihr Lächeln war. »Bring es vorbei, wann immer du willst. Ich habe nicht vor, irgendwohin zu gehen.«

»Mist!« schrie Gallo.

»Das ist nett von dir«, sagte Sophie. »Du bist ein guter Mensch, und es werden dir gute Dinge widerfahren.«

»Ja«, meinte Maggie und warf einen kurzen Seitenblick zu dem Rauchmelder an der Decke. »Ich bin wirklich ein Glückspilz.«

Als Maggie die Tür hinter Sophie geschlossen hatte, atmete sie tief ein und ging wieder zum Küchenfenster zurück. Die alte Heizung an der Wand röhrte blechern, doch Maggie achtete nicht darauf. Sie war zu sehr mit allem anderen beschäftigt. Mit ihren Söhnen ... Gallo ... und sogar ihren Gewohnheiten. Besonders ihren Gewohnheiten.

Sie stemmte die Handflächen unter den oberen Fensterrand, drückte zweimal heftig und konnte es schließlich öffnen. Ein kalter Windstoß fegte hinein, aber erneut kümmerte sich Maggie nicht darum. Da Sophies Blusen nun weg waren, gab es eine freie Stelle auf der Wäscheleine. Eine freie Stelle, die sie unbedingt füllen mußte.

Sie nahm das feuchte weiße Hemd, das über dem Bügelbrett hing, beugte sich aus dem Fenster, nahm eine Wäscheklammer aus der Tasche an ihrer Schürze und klemmte den Saum des Hemdes fest. Zentimeter um Zentimeter zog sie das Hemd auf die Gasse hinaus und steckte dabei immer weiter Klammern darauf. Am Ende zog sie fest daran. Ein Windstoß wollte es wegwehen, aber sie hielt es mit der geballten Faust. Bisher war es ein ganz normaler Abend. Nun jedoch kam der schwierige Teil.

Als der Wind abflaute, steckte sie beide Hände wieder in die Schürze. Mit der linken suchte sie eine Wäscheklammer, mit der Rechten tastete sie nach etwas anderem. Nach wenigen Sekunden strichen ihre Finger über den Zettel, den sie früher am Abend geschrieben hatte. Sie achtete darauf, mit dem Rücken zur Küche zu stehen, und nahm den gefalteten Zettel in ihre zitternde Hand. Aus den Augenwinkeln sah sie den schwachen Schimmer in Gallos und DeSanctis Wagen. Doch das konnte sie nicht aufhalten.

Maggie kämpfte gegen die Tränen an und stellte sich breitbeinig hin. Dann beugte sie sich aus dem Fenster, legte die rechte Hand unter ein Laken und klemmte den Zettel daran fest. Das Fenster in dem Haus auf der anderen Seite war dunkel, aber Maggie konnte trotzdem die dunkle Silhouette von Saundra Finkelstein erkennen. Die Finkelstein versteckte sich hinter dem Vorhang am Rand ihres Fensters und nickte. Zum dritten Mal seit gestern abend, unter der unbarmherzigen Überwachung von vier digitalen Videokameras, sechs stimmaktivierten Mikrofonen, zwei getarnten Transmittern und einer Überwachungsausrüstung im Wert von mehr als fünfzigtausend Dollar, zog Maggie Caruso an der Zwei-Dollar-Wäscheleine und beförderte, an ein billiges Laken geklemmt, eine handgeschriebene Notiz zu ihrer Nachbarin.

39. Kapitel

Man kann eine Menge über einen Menschen lernen, wenn man sein Badezimmer durchsucht. Eine Zahnbürste mit abgenutzten Borsten, hart gewordene Zahncreme und keine Q-Tips. Man erfährt sogar manchmal mehr, als man möchte. Ich hocke auf den Knien unter dem Waschbecken, zwänge meinen Arm zwischen verrosteten Rohren hindurch und durchsuche alte Putzmittel.

»Was ist mit dem Medizinschrank?« fragt Charlie. Er drückt sich an mir vorbei und stellt sich auf den Rand der Badewanne.

»Den habe ich schon durchsucht.«

Das Magnetschloß klickt, als die Tür des Medizinschranks aufgeht. Ich hebe den Kopf. Charlie ist schon dabei, ihn zu durchwühlen.

»Ich habe dir doch gesagt, daß ich ihn eben durchsucht habe.«

»Ich sehe einfach nur noch mal nach.« Er mustert rasch den Haufen brauner Medikamentenfläschchen. »Lopressure für den Blutdruck, Glyburide gegen Diabetes, Lipitor für zu hohes Cholesterin, Allopurinol für ...«

»Charlie, was machst du da?«

»Wie sieht das aus, Adlerauge? Ich will wissen, was er an Medizin genommen hat.«

»Warum?«

»Ich wollte es einfach nur wissen. Ich wollte rausfinden, was das für ein Kerl ist. In sein Gehirn kriechen, sehen, woraus er besteht ...«

Er plappert eine Sekunde zu lang. Ich kneife die Augen zusammen. Sofort fängt er an, die Flaschen zurückzustellen.

»Willst du mir nicht sagen, was du da wirklich machst?« frage ich.

»Siehst du, jetzt hörst du die Nachtigall trapsen«, meint er ausweichend und zwingt sich zu einem Lachen. »Ich sage dir doch, ich suche nur ...«

»Du hast dein Medikament vergessen, richtig?«

»Was willst du ...?«

»Das Mexiletin. Du hast es nicht mitgenommen.«

Er verdreht die Augen wie ein schmollender Teenager. »Würdest du bitte nicht gleich übertreiben ... Das hier ist schließlich nicht *Emergency Room*.«

»Verdammt, ich wußte doch, das da was nicht ...« Ich höre Lärm im Flur und verstumme abrupt.

»Gerettet von Bella«, flüstert Charlie.

»Was ist denn hier los?« Gillian bleibt an der Tür stehen.

»Nichts«, sagt Charlie. »Wir untersuchen gerade den Medizinschrank deines Vaters. Wußtest du, daß er Tampons da drin hat?«

»Die gehören mir, Mister Superhirn.«

»Dachte ich mir doch.« Charlie tanzt um mich herum und verschwindet rasch aus dem Bad. Aber im Moment habe ich nur Augen für Gillian, wie sie den Flur entlanggeht.

»Vorsicht, du hast ein bißchen Geifer auf den Lippen«, flüstert mir Charlie im Vorbeigehen zu. »Ich meine, ich kann es dir nicht verübeln. Dieses ganze Hippiebraut-Getue – ich bin auch schon ganz verschwitzt.«

»Darüber reden wir später«, knurre ich.

»Und ob wir das tun«, sagt er. »Aber wenn ich du wäre, würde ich etwas weniger daran denken, ihr ein Spitzenmieder zu schenken, und mich mehr auf unser aktuelles Problem konzentrieren.«

Um sieben Uhr haben wir noch die Küche, die Garage und die beiden Schränke im Flur vor uns. »Ich nehme die Küche«, sagt Gillian. Charlie grinst mich an. Ich verziehe das Gesicht. Nur ein Narr würde die Garage nehmen.

»Auf drei ...« sagt er. »Zwei aus drei gewinnt.«

Diesmal grinse ich auch und lege meine rechte Hand hinter den Rücken.

»Eins, zwei, drei, los ...« Sein Stein schlägt meine Schere.

»Los ...« Meine Schere schneidet sein Papier.

»Los ...« Stein schlägt Schere. Schon wieder.

»Mist!« Ich bin genervt.

»Ich sag ja, du hängst einfach zu sehr an diesen Scheren.«

Ich verwandle meine Schere in einen geraden Mittelfinger und stürme in die Garage.

Er grinst über das ganze Gesicht, dreht sich herum und geht den Flur entlang.

Als ich gerade um die Ecke biegen will, bleibe ich stehen, weil ich ihm ein »Double or quit« anbieten will, und kehre um. Charlie sollte längst in den Schränken wühlen. Statt dessen steht er vor der geschlossenen Tür am Ende des Flurs. Duckworths Schlafzimmer. Es ist der einzige Raum, den wir uns nicht vorgenommen haben. Das sollte eigentlich nichts ausmachen, denn Gillian hat uns ja erklärt, sie hätte ihn schon durchsucht. Aber ich kenne meinen Bruder zu gut. Ich erkenne seinen lauernden Schritt. Er starrt die Tür an, als hätte er Röntgenaugen. Nach neun Stunden Herumsuchens in dem Leben eines toten Mannes will er endlich wissen, was sich da drin verbirgt.

»Wohin gehst du?« frage ich.

Er dreht sich um, hebt seine Augenbraue und sieht mich herausfordernd an. Dann dreht er kurz am Türknauf und verschwindet in Duckworths Schlafzimmer. Ich bleibe auf der Stelle stehen. Mir ist völlig klar, was er da für ein Spielchen spielt. Das hat vielleicht gewirkt, als ich zehn war. Ich drehe mich um und gehe zur Garage. Die Schlafzimmertür fällt hinter mir ins Schloß. Ich schaffe drei Schritte, bevor ich wieder stehenbleiben. Wen will ich da eigentlich veralbern? Also haste ich zum Schlafzimmer und bleibe vor der geschlossenen Tür stehen.

»Charlie?« Ich flüstere und weiß, daß er nicht antworten wird.

Ich werfe einen kurzen Blick über die Schulter. Die Luft ist rein. Ich versuche, kein Geräusch zu machen, öffne die Tür und betrete das Zimmer. Im Innern sind die Lampen gelöscht, aber dank der Schlitze in den billigen Jalousien herrscht ein diffuses Licht.

»Ziemlich unheimlich, was?« fragt Charlie. »Willkommen im Allerheiligsten ... «

Ich brauche etwa vier Sekunden, bis sich meine Augen an das Dämmerlicht gewöhnt haben. Dann wird mir klar, warum Gillian dieses Zimmer selbst durchsucht hat. Wie schon das Wohnzimmer und das Büro weist auch Duckworths Schlafzimmer dasselbe seltsame Flair auf: ein einfaches Bett, das an die schmutzigweiße Wand geschoben ist, und ein unlackierter Nachttisch, auf dem ein schäbiger alter Wecker steht. Eine Resopalkommode sieht aus, als wäre sie direkt aus einem Lastwagen heraus verkauft worden. Doch als ich genauer hinsehe, fällt mir auch das andere auf: eine cremefarbene Tagesdecke auf dem Bett, eine Vase mit roten Eukalyptuszweigen auf der Kommode und in der Ecke ein Bild im Stil Mondrians, das an der Wand lehnt und darauf wartet, aufgehängt zu werden. Dieser Raum mag vielleicht einmal Duckworth gehört haben, nun aber ist er Gillians Reich. Hier wohnt sie also. Mich plagen Gewissensbisse. Immerhin ist das ihre Privatsphäre.

»Komm, Charlie ... Gehen wir ...«

»Nein«, erwidert er. »Wir vertrauen ihr schließlich nur unser Leben an. Warum sollten wir da wohl mehr über sie herausfinden wollen?«

Ich will seinen Arm packen, doch wie gewöhnlich ist er zu schnell. »Es ist mir ernst, Charlie.«

»Mir auch.« Er weicht mir aus und sucht weiter. Er nimmt sich den Boden vor, das Bett, die anderen Möbel, er sucht nach einem Zusammenhang, einem Hinweis. Nach zehn Schritten bleibt er plötzlich verwirrt stehen.

»Was hast du?« frage ich.

»Das frage ich dich. Wo ist ihr Leben?«

»Was meinst du damit?«

»Ihr Leben, Ollie. Kleidung, Fotos, Bücher, Magazine ... Sieh dich doch mal um. Außer den Blumen und dem Bild gibt es hier nichts.«

»Vielleicht hat sie es ja gern ordentlich.«

»Vielleicht ist sie aber auch ...«

Mit einem lauten Knall fällt eine Tür hinter uns zu. Ich wirbele herum, als mir klar wird, daß das Geräusch aus dem Flur kam. Trotzdem wissen wir, wann wir die Gastfreundschaft überstrapazieren. Ich werfe einen Blick auf den alten Radiowecker, um die Zeit zu vergleichen, und lege den Kopf schief. Das ist kein Radiowecker. Das ist ein altes ...

»Ein altes Tonbandgerät mit acht Spuren!« ruft Charlie überrascht aus. Ihm fällt auf den ersten Blick auf, daß der Schlitz, in dem sich gewöhnlich die Achtspurkassetten befinden, breiter aussieht als normal. Das silberfarbene Plastik an den Ecken ist weggeschnitten worden, als hätte jemand versucht, ihn größer zu machen. Neugierig tritt Charlie näher und hockt sich vor das Gerät.

»Miststück!« flüstert er.

»Was ist denn jetzt?« Ich trete hinter ihn und versuche, in dem schwachen Licht etwas zu erkennen. Er deutet auf das Tonbandgerät.

»Ich verstehe nicht!« sage ich.

»Ollie. Hier ...« Er deutet nicht auf das Gerät, sondern auf den Nachttisch. »Sieh dir den Staub an.«

Ich beuge mich so weit herunter, daß ich die dicke Staubschicht auf dem Nachttisch wahrnehmen kann.

»Es ist so perfekt, daß es einem kaum auffällt«, sagt Charlie. »Als hätte nie jemand etwas daraufgestellt oder ihn auch nur berührt. Und zwar seit Monaten nicht, obwohl er direkt neben ihrem Bett steht.« Er dreht sich zu mir um und sieht mich mit starrer Miene an.

»Was soll das hier werden? Eine Razzia in meiner Unterwäsche?« fragt eine Stimme hinter uns.

Charlie fährt herum. Und sieht sich Gillian gegenüber. Sie schaltet das Licht an und zwingt uns, die Augen zusammenzukneifen. »Was macht ihr in meinem Zimmer?«

40. Kapitel

»Das Tonband gehört dir?« fragt Charlie. »Wir haben ... gerade dieses beeindruckende Achtspurgerät bewundert.« Er deutet mit dem Daumen über seine Schulter, aber Gillian folgt seiner Bewegung nicht. Sie steht mit verschränkten Armen da und schaut ihn argwöhnisch an. Ich kann es ihr nicht verdenken. Wir sollten nicht in ihren Sachen herumschnüffeln.

»Hör zu, es tut mir wirklich leid«, sage ich. »Ich schwöre dir, daß wir nichts angefaßt haben.« Dann sieht sie mich an und unterzieht mich demselben Test. Aber im Gegensatz zu Charlie lüge ich nicht und bin auch nicht nervös oder herablassend. Ich sage ihr die reine Wahrheit und hoffe, daß das genügt. »Ich ... Ich wollte einfach nur mehr über dich herausfinden.«

Perfekt, signalisiert mir Charlie mit einer Grimasse.

Er denkt, ich ziehe eine Nummer ab, aber in gewisser Hinsicht sind diese Worte die aufrichtigsten, die ich seit langem geäußert habe. Es sind eine Menge Leute hinter uns her, doch Gillian ist die einzige, die uns ihre Hilfe angeboten hat. Während sie mich dazu bringt, den Blick zu senken, bleiben ihre Arme vor der Brust gekreuzt. Ihre Freundlichkeit ist plötzlich verschwunden. Und dann, einfach so, kehrt sie wieder zurück.

»Es ist wirklich ziemlich cool, stimmt's?« Ihre Schultern zucken.

Ich lächle ihr ein Dankeschön zu. Charlie ist so viel Freundlichkeit verdächtig, und er sieht sich um, ob sie vielleicht einen anderen meint.

»Das Tonbandgerät«, erklärt sie und geht aufgeregt zu dem Nachttisch.

Sie schiebt meinen Bruder kurzerhand beiseite und setzt sich neben mich auf das Bett. Sie wippt zurück, dann vor und dann noch ein bißchen zurück. »Warte nur, bis du siehst, was mein Vater damit gemacht hat«, erklärt sie eifrig. Sie meint mich. »Drück mal auf *Pause*.«

Sie lacht auf dieselbe melodische Art wie vorher; doch mein Bruder irritiert mich, indem er auf den Boden deutet. Gillian hat ihre nackten Zehen wie Fäuste zusammengekrallt.

Siehst du? Charlie runzelt die Stirn und wirft mir den Blick zu, mit dem er gewöhnlich auf Beth reagiert.

Gillian schaltet das Gerät ein und lehnt sich dann wieder auf ihre Hände zurück. »Drück einfach auf *Pause*«, wiederholt sie.

Ich folge den Instruktionen und drücke den Knopf. Die alte Maschine läßt ein mechanisches Surren hören. Irgendwie kommt mir das Geräusch bekannt vor. Und gerade als ich es zuordnen kann, schiebt sich ein CD-Spieler mit einer CD aus dem verbreiterten Schlitz, in den man normalerweise eine Achtspurkassette steckt.

»Echt cool, was?«

»Woher kommst du noch mal?« will Charlie plötzlich wissen.

»Wie bitte?«

»Woher kommst du? Wo bist du aufgewachsen?«

»Hier«, gibt Gillian zurück. »Etwas außerhalb von Miami.«

»Das ist aber merkwürdig«, meint Charlie. »Ich hätte schwören können, daß ich, als du eben ›echt cool‹ gesagt hast, einen Hauch von einem New Yorker Akzent gehört habe.«

Gillian ist sichtlich amüsiert und schüttelt den Kopf, ohne allerdings meinen Bruder aus den Augen zu lassen. »Nein, nur Florida«, erwidert sie vollkommen entspannt. So kann man es am besten mit ihm aufnehmen ... Indem man sich gar nicht mit ihm einläßt. Sie dreht sich wieder zu mir und dem CD-Achtspurgerät um. »Schau dir mal die Disc an«, fordert sie mich auf.

Ich spieße sie mit einem Finger auf. *Die gesammelten Reden von Adlai E. Stevenson*. »Ich nehme an, dein Dad hat das hier gemacht?«

»Seit er Disney verlassen hat, hatte er viel zuviel Zeit. Er hat immer ...«

»Und wann bist du wieder hier eingezogen?« unterbricht Charlie sie.

»Wie bitte?« Wenn sie gereizt ist, läßt sie es sich jedenfalls nicht anmerken.

»Dein Dad ist vor sechs Monaten gestorben. Wann bist du hier eingezogen?«

Sie lächelt verspielt, springt vom Bett auf und geht ans Fußende.

Siehst du das? fragt Charlies Blick. *Denselben Trick benutze ich auch bei dir. Distanz, um einer Konfrontation aus dem Weg zu gehen.*

»Ich weiß nicht genau«, sagt sie. »Ich glaube, etwa vor einem Monat. Schwer zu sagen. Ich habe eine Weile gebraucht, bis ich den Papierkram erledigt hatte, und dann mußte ich noch mein Zeug hierherschaffen ...« Sie dreht sich zum Fenster um, aber sie ist nicht verlegen. »Aber es ist nicht einfach, in seinem alten Bett zu schlafen. Deshalb liege ich meistens auf der Couch.« Sie beobachtet Charlie. »Natürlich ist die Hypothek abbezahlt, also habe ich keinen Grund, mich zu beschweren.«

»Was ist mit einem Job?« fragt Charlie. »Arbeitest du?«

»Wie sehe ich aus. Wie ein Beachbunny mit einem Treuhandfonds?« erkundigt sie sich spöttisch. »Donnerstags, freitags und samstags arbeite ich im ›Wasserbett‹.«

»Wasserbett?«

»Das ist ein Club drüben in Washington. Mit einer Absperrung aus Samt vor der Tür und Männern, die auf Supermodels warten, die sich nie blicken lassen. Die ganze traurige Geschichte.«

»Laß mich raten: Du kellnerst in einem engen schwarzen T-Shirt?«

»Charlie …«, warne ich ihn.

Gillian jedoch tut es mit einem Schulterzucken ab. »Ich bin die Managerin, Süßer.« Sie versucht es auf die nette Tour, aber Charlie beißt nicht an. »Das Gute daran ist, daß ich tagsüber malen kann. Das ist wirklich die beste Erholung.«

Malen? Ich schaue kurz zu der Leinwand in der Ecke und suche nach einer Signatur. G. D. – Gillian Duckworth. »Also hast du das gemalt?« frage ich. »Ich habe mich schon gefragt, ob …«

»Du hast das gemalt?« Charlie klingt skeptisch.

»Warum bist du so überrascht?«

»Er ist nicht überrascht.« Ich bemühe mich um einen lockeren Ton. »Er mag nur einfach keine Konkurrenz.« Ich deute auf Charlie und sage: »Rate mal, wer auf die Kunstschule gegangen und immer noch ein Möchtegern-Musiker ist?«

»Tatsächlich?« fragt Gillian. »Dann sind wir also beide Künstler.«

»Ja, wir sind beide Künstler.« Charlie schaut kurz auf ihre Finger. Wenn ich raten müßte, würde ich sagen, er will wissen, ob da noch Farbe unter ihren Fingernägeln zu sehen ist. »Hast du jemals ein Bild verkauft?« fährt er fort.

»Nur an Freunde«, erwidert sie leise. »Aber ich habe versucht, sie in einer Galerie auszustellen …«

»Hast du jemals irgendwelche Songs verkauft?« mische ich mich ein. Ich werde nicht zulassen, daß er unter die Gürtellinie zielt. Denn ganz gleich, auf was für Ideen er kommen mag, Gillian läßt uns immerhin das ganze Haus durchsuchen. Charlie kann natürlich nicht aufhören, die Staubschicht auf dem Nachttisch anzustarren.

»Habe ich was Falsches gesagt?« erkundigt sich Gillian.

»Nein, du warst großartig«, sagt Charlie, während er zur Tür geht.

»Was hast du vor?« rufe ich ihm hinterher.

»Ich gehe wieder an die Arbeit«, gibt er zurück. »Da wartet noch ein Schrank auf mich.«

41. Kapitel

Um Mitternacht setzte sich Maggie Caruso an ihren Eßzimmertisch. Sie hatte die Zeitung vor sich ausgebreitet und eine Tasse Kakao neben sich stehen. Fünfzehn Minuten lang rührte sie jedoch keines von beidem an. *Laß ihnen Zeit*, sagte sie sich und schaute auf Charlies Gemälde von der Brooklyn Bridge. *Es ist besser, die vollen zwei Stunden zu warten.* So hatten sie die Nachricht um neun Uhr übermittelt und auch die um elf. Maggie wäre gern aufgestanden, aber sie wollte ihren Gesichtsausdruck nicht verraten und drehte verstohlen an der Uhr an ihrem Handgelenk. Die Sekunden auf der Plastikuhr, deren Zifferblatt die Hexe aus dem Zauberer von Oz zeigte, tickten herunter. Charlie hatte sie ihr zum Muttertag geschenkt. Sie brauchte nur ein wenig Geduld.

»Ich hasse es, wenn sie das macht«, sagte DeSanctis und hielt seinen Blick unentwegt auf den Laptop gerichtet. »Es ist dasselbe wie gestern nacht. Sie starrt auf das Kreuzworträtsel, aber füllt es nicht aus.«

»Es geht nicht um das Rätsel«, erwiderte Gallo. »Ich habe so was schon früher erlebt. Wenn die Leute wissen, daß sie im Feuer hocken, erstarren sie. Sie haben so große Angst, eine verräterische Bewegung zu machen, daß sie wie paralysiert sind.«

»Dann geh doch endlich ins Bett!« schrie DeSanctis die Frau auf dem Bildschirm an. »Mach es dir endlich gemütlich!«

»Wir haben alle unsere Gewohnheiten«, erwiderte Gallo.

Fünfzig Minuten später glitten Maggies Augen immer noch zwischen der Uhr und der Zeitung hin und her. In jeder anderen Nacht wäre sie beim Warten sicherlich eingeschlafen, aber heute klopfte sie mit dem Fuß auf den Boden, um sich wach zu halten. Noch zwei Minuten, zählte sie leise mit.

DeSanctis war gereizt und schrecklich unruhig. Er schaltete die Infrarotkamera an und richtete sie auf den Wohnblock. Durch den Sucher wirkte die Welt dunkelgrün. Nur die Straßenlampen und Hausnummern glühten strahlend weiß. Wie auch die Motorhaube von Joeys Wagen, den sie nun nicht mehr übersehen konnten, obwohl er in einer Seitenstraße stand. Wenn sie die Heizung anstellen wollte, mußte der Motor wenigstens gelegentlich laufen.

»Rate mal, wer uns immer noch beobachtet«, sagte DeSanctis.

»Ich will's nicht hören«, knurrte Gallo. Er deutete auf den Laptop. »Sieh mal, wer sich endlich bettfertig macht ...«

Maggie kämpfte gegen ihre Erschöpfung an. Sie schlurfte in die Küche und tat, als wollte sie noch einen letzten Schluck Tee trinken. Aber als sie den Kopf in den Nacken legte, griff sie in ihre Schürze und ertastete die letzte Nachricht. Es war soweit. Zeit, zu handeln. Sie goß den halbvollen Becher Tee in die Spüle, aber statt in ihr Schlafzimmer zu gehen, trat sie ans Küchenfenster.

»Was macht sie denn jetzt?« fragte Gallo.

»Dasselbe, was sie schon den ganzen Tag macht. Sie spart sich die chemische Reinigung.«

Maggie beugte sich aus dem Fenster und holte Hand um Hand die letzte Ladung herein. Nach der Hälfte hielt sie inne und krümmte ihre Finger. Sie brannten plötzlich vor Schmerz. Das hatte weder etwas mit ihrer Arthritis noch mit den vielen Stunden vor der Nähmaschine zu tun. Es war allein der Streß, der seinen Tribut forderte.

»Sie wird bald zusammenbrechen«, sagte Gallo, der auf dem Bildschirm die Körpersprache der alten Frau beobachtete. »Noch eine solche Nacht übersteht sie nicht.«

»Sieh hin, du kannst sogar ihre Arme erkennen«, prahlte DeSanctis, der immer noch durch die Infrarotkamera schaute. Er klappte den LCD-Schirm an der Seite der Kamera auf, so daß Gallo zuschauen konnte. Und richtig, aus dem grünen Gebäude ragten zwei weiße Arme heraus, die wie fluoreszierende Schlangen durch die Nacht glitten.

»Was ist das für ein Zeug?« fragte Gallo und deutete auf winzige weiße Flecken auf der Wäscheleine.

»Das sind Rückstände von ihrer Berührung«, erklärte DeSanctis. »Die Leine ist so kalt, daß sie jedesmal ein thermisches Nachglühen an der Stelle erzeugt, wo sie sie berührt hat.«

Gallo musterte mit zusammengekniffenen Augen die weißen Flecken auf der Leine. Während sie von Maggie wegglitt, verblaßte jeder der weißen Punkte und erlosch schließlich.

Maggie inspizierte jedes einzelne Kleidungsstück auf der Leine. Die trockenen holte sie herein, und die nassen blieben draußen. Als sie fertig war, hing lediglich das immer noch feuchte weiße Laken draußen. Maggie musterte mit gesenktem Kopf das dunkle Fenster auf der anderen Straßenseite. Und wie zuvor sah sie Saundra Finkelstein im Schatten nicken.

Auf dem LCD-Schirm beobachteten Gallo und DeSanctis, wie Maggie die Wäscheklammern löste, unter das Laken griff und es halb umdrehte. Dank der niedrigen Außentemperatur glühten Maggies Arme schwach unter dem feuchten Stoff. Sie steckte die Wäscheklammern wieder fest, zog noch einmal an dem Bettuch und schickte es auf den Weg. Erneut verblaßten die weißen Flecken auf der Leine wie ein horizontaler Dunst, aber diesmal blieb einer übrig. Direkt unter der Leine, wo die Wäscheklammer das Laken hielt, glitt ein weißer Komet von der Größe eines Golfballs über die Gasse und verschwand.

»Was, zum Teufel, war das?« Gallo fuhr hoch.

»Was meinst du denn?«

»Auf dem Laken! Spul das zurück!«

»Moment mal …«

»Sofort!« brüllte Gallo.

DeSanctis drückte hastig einige Knöpfe auf der Kamera, das Bild blieb stehen, und er drückte *Rewind*. Auf dem Bildschirm spulte das Bild zurück, und Maggies Laken glitt wieder zu ihrem Fenster zurück.

»Genau da!« Gallo schrie. »Drück auf *Play*!«

Das Band lief wieder in normaler Geschwindigkeit weiter. DeSanctis und Gallo stützten die Kamera auf das Armaturenbrett und beugten sich darüber. Zum zweiten Mal beobachteten sie, wie Maggie das Bettuch festklammerte. Ihre linke Hand schob die Wäscheklammer darüber, und ihre rechte hielt das Tuch darunter fest. Und mit einer schnellen Bewegung zog Maggie ihre Hand weg und schickte das Bettuch auf die Reise über die Straße. Und wie schon zuvor sah man einen unscharfen weißen Fleck genau dort, wo die Klammer befestigt war.

»Da!« Gallo schaltete auf *Pause*. Er deutete auf den weißen Fleck. »Was ist das?«

»Ich … Ich habe keine Ahnung …« gab DeSanctis zu. »Vielleicht hat ihr Arm ja das Tuch berührt …«

»Natürlich hat ihr Arm das Laken berührt. Sie hatte ihn schließlich mehr als eine volle Minuten unter dem Stoff, Idiot! Aber trotzdem ist dieser weiße Punkt da die einzige Signatur, die noch leuchtet!«

DeSanctis beugte sich noch dichter ran. »Glaubst du, daß sie etwas daruntergeklemmt hat?«

»Das mußt du mir sagen: Du bist der Experte für diesen

Quatsch! Was könnte möglicherweise so lange eine Hitzesignatur halten?«

DeSanctis starrte angestrengt auf den Bildschirm. »Wenn sie es in der Hand versteckt hatte ... und ihre Handflächen verschwitzt waren ... Es könnte alles sein, ein Stück Plastik, ein Kleidungsstück ... selbst ein zusammengefaltetes Stück Papier würde ...«

DeSanctis hielt inne.

Gallo blickte hoch. Vier Stockwerke weiter oben flatterte Maggie Carusos weißes Laken im Wind. Auf der anderen Seite der Gasse war das Fenster direkt gegenüber von Maggies Wohnung dunkel. Ohne ein Wort stoppte DeSanctis das Band und hob die Infrarotkamera hoch. Und als das dunkelgrüne Bild schärfer wurde, sahen sie etwas im Fenster stehen. Es war die schwache, milchiggraue Silhouette einer älteren Frau, die auf die Wäscheleine starrte. Und sie beobachtete. Und geduldig wartete.

»Miststück!« schrie Gallo und schlug wütend gegen das Wagendach. Die Innenraumbeleuchtung flackerte von der Wucht des Schlages. »Wie konnte uns das entgehen, verdammt?«

»Soll ich ...?«

»Mach sofort diese Nachbarin ausfindig!« Gallo schrie immer noch. »Ich will wissen, wer sie ist, wie lange sich die beiden kennen, und vor allem will ich eine Liste aller Telefonate, die sie in den letzten achtundvierzig Stunden geführt hat!«

»Wenn sie es in der Hand versteckt hatte ... und ihre Handflächen verschwitzt waren ... Es könnte alles sein, ein Stück Plastik, ein Kleidungsstück ... selbst ein zusammengefaltetes Stück Papier würde ...«

Es herrschte eine lange Pause, nachdem DeSanctis Stimme verklungen war. Joey schaute zu dem Block, wo die beiden Agenten zu etwas hinaufstarrten ...

»Miststück!« brüllte Gallo, während gleichzeitig eine Rückkopplung aus Joeys Lautsprecher schrillte. Sie zuckte bei dem Geräusch zusammen und drehte die Lautstärke herunter. Als sie den Regler wieder hochdrehte, war nur

noch ein statisches Rauschen zu hören. »Nein, nein ...« flehte sie und drehte an den Knöpfen, um die Frequenz wieder einzustellen. »Bitte ... nicht ausgerechnet jetzt ...!« Sie hatte das Ende des Bandes erreicht und schaute wieder den Block entlang. Gallo schlug mit der Faust auf das Lenkrad und schrie DeSanctis an. Die Lichter flammten auf, und Gallo startete unvermittelt den Wagen.

»Ihr beiden wollt mich wohl auf den Arm nehmen«, murmelte Joey.

Die Reifen quietschten, als sie auf einem Flecken Schnee durchdrehten. Dann schoß der Wagen wild auf die Straße und hätte beinahe einen braunen Plymouth gerammt. Joey beobachtete, wie die Bremslichter rot aufleuchteten, um die Ecke bogen und in der Dunkelheit verschwanden. Sie wußte sofort, daß dies der Anfang einer noch längeren Nacht werden würde.

42. Kapitel

»Willkommen in Suckville. Bevölkerung: zwei Seelen«, sagt Charlie trocken. Er hockt in einem kniehohen Berg von Aktenkartons.

»Kannst du bitte aufhören, dich zu beschweren, und einfach den Karton da drüben noch mal überprüfen?«

»Den hab ich schon durchwühlt.«

»Bist du ...?«

»Ja, Oliver, ich bin mir sicher«, sagt er und betont jede einzelne Silbe. »Ich bin mir absolut sicher.«

Seit drei Stunden leistet mir Charlie im Warenhaus des nutzlosen Mülls, das als Duckworths Garage firmiert, Gesellschaft. Nach einer Stunde waren wir noch hoffnungsvoll gewesen, in der zweiten Stunde wurden wir ungeduldig, und mittlerweile sind wir nur noch gereizt.

»Was ist mit denen da drüben?«

Charlie schaut auf einen Stapel brauner Kartons, die zwischen einem Haufen rostiger Gartenstühle und einem kaputten, verrosteten Grill stehen. »Ich habe sie überprüft«, sagt er, wobei er jedes Wort einzeln betont.

»Und was war drin?« provoziere ich ihn.

Seine Ohren sind feuerrot. »Es war noch ein Karton mit zerfledderten Science-fiction-Romanen und Computerbüchern aus der Steinzeit ...« Er reißt den Deckel von dem obersten Karton herunter und holt zwei Bücher heraus. Eine vom Wasser ruinierte Taschenbuchausgabe von *Fahrenheit 451* und ein verblichenes Handbuch. *Der Commodore 64. Willkommen in der Zukunft.*

Ich bringe ihn dazu, seinen Blick abzuwenden, und deute auf die anderen Kartons in dem Stapel. »Was ist mit denen da drunter?«

»Das ist ... Ich bin weg!« verkündet Charlie und stürmt zur Tür. Er stolpert über eine von Gillians übergroßen Leinwänden, aber diesmal landet er nicht wieder auf den Füßen. Er kracht in einen Stapel Kisten, gewinnt zwar sein Gleichgewicht wieder, aber vorher stößt er den Stapel um. Dutzende Bücher ergießen sich auf den Boden.

»Charlie, warte!«

Ich jage ihn ins Wohnzimmer und sehe Gillian, die über die Armlehne des Schaukelstuhls ihres Vaters gebeugt hockt. Sie hat den Kopf gesenkt und die Ellbogen auf die Knie gestützt. Als sie hochsieht, sind ihre Augen rot, als hätte sie geweint.

Charlie fegt an ihr vorbei und verschwindet in der Küche. Ich muß einfach stehenbleiben.

»Was hast du denn?« erkundige ich mich. »Ist alles in Ordnung?«

Sie nickt schweigend, aber mehr ist nicht aus ihr herauszubekommen. In den Händen hält sie einen blauen hölzernen Bilderrahmen mit einer winzigen Mickymaus am unteren Rand. Das alte Foto zeigt einen übergewichtigen Mann in einem Swimmingpool, der stolz sein winziges, etwa einjähriges Mädchen hochhält. Er hat ein schiefes, strahlendes Lächeln aufgesetzt, und das Mädchen trägt einen weichen Strandhut und einen grellen rosafarbenen Badeanzug.

Selbst ein Maulwurf genießt anscheinend ab und an einen Sonnentag. Das kleine Mädchen klatscht gerade in die Hände, und er drückt sie fest an seine Brust, als wollte er sie nie wieder loslassen.

Ich kenne Gillian Duckworth vielleicht nicht besonders gut, aber ich weiß sehr genau, wie es ist, einen Elternteil zu verlieren.

Ich knie mich neben sie und versuche ihre Aufmerksamkeit zu erlangen. »Es tut mir leid, daß wir so in deinem Leben herumstochern ...«

»Das ist nicht eure Schuld.«

»Eigentlich schon. Wenn wir dich nicht so aufwühlen würden, könnten wir nicht ...«

»Hör zu, wenn ich nicht jetzt sein ganzes Zeug sortieren würde, dann hätte ich das in sechs Monaten immer noch nicht geschafft. Außerdem ...« Sie schaut auf das Foto. »... du hast mir ja schließlich nichts versprochen.« Sie will noch etwas sagen, doch die Worte kommen nicht über ihre Lippen. Sie starrt nur auf das Foto und schüttelt schwach den Kopf. »Ich weiß, daß es armselig klingt, aber mir wird jetzt einfach klar, wie wenig ich ihn gekannt habe.« Sie hält den Kopf gesenkt, und ihre schwarzen Locken fallen ihr über den Hals.

»Gillian, vielleicht fühlst du dich ja besser, wenn ich dir sage, daß es bei uns zu Hause ganz genauso aussieht. Ich habe meinen Vater seit acht Jahren nicht mehr gesehen.«

Sie schaut auf, und endlich treffen sich unsere Blicke. Sie wischt sich die Tränen mit dem Handrücken ab. Ich lege ihr meine Hand auf die Schulter, aber sie hat sich schon umgedreht. Sie verbirgt das Gesicht in ihren Händen und weint leise, während die Tränen fließen. Obwohl ich neben ihr knie, versucht Gillian, ihre Trauer für sich zu behalten. Irgendwann jedoch müssen wir uns alle öffnen; das ist etwas, was ich gerade lerne. Gillian sackt zur Seite, lehnt ihren Kopf gegen meine Schulter und schlingt mir die Arme um den Hals. Sie macht kaum Geräusche, während sie schluchzt, aber ich fühle, wie ihre Tränen mein Hemd naß machen. »Es ist okay«, sage ich, als sie wieder ruhiger atmet. »Es ist völlig okay, wenn du ihn vermißt.«

Ich blicke über ihre Schulter und sehe, wie Charlie uns beobachtet. Er sucht nach einem verräterischen Glanz in ihren Augen ... einem Flackern in ihrer Stimme, einem Beweis, daß sie uns nur etwas vorspielt.

Da mein Bruder bemerkt, daß ich ihn beobachte, dreht er sich herum und tut, als durchsuche er noch einmal die Küchenschränke. Als Gillians Schluchzen nachläßt, kommt er wieder zu uns ins Wohnzimmer.

»Wer hat Lust auf ein bißchen Fernsehen?« unterbricht uns Charlie. »Wir können ...« Er bleibt stehen und tut überrascht. »Entschuldigung. Ich wollte nicht ...«

»Schon gut«, sagt Gillian, richtet sich auf und reißt sich zusammen.

Was soll das? frage ich mit einem Blick. Ich weiß nicht, ob er eifersüchtig ist oder nur versucht, sie zu beruhigen, aber selbst ich muß zugeben, daß sie eine Ablenkung gebrauchen könnte.

»Komm schon«, sagt Charlie. Er hat seine Netter-Bursche-Stimme angeknipst und winkt uns zum Fernseher. »Schluß mit dem Herzschmerz, Zeit für Entspannung.«

Gillian schaut mich abwartend an.

»Eigentlich keine schlechte Idee«, stimme ich ihm zu. »Nur um sich mental den Mund auszuspülen ...«

»Was du wieder redest«, meint Charlie und geht an uns vorbei. Er hüpft hoch und landet auf der Couch, die Beine schon auf dem Couchtisch. Gillian folgt mir ins Wohnzimmer und hält mit den Fingern meine Hand fest.

»Hier ist Platz für alle. Wir sind eine große, glückliche Familie«, spöttelt Charlie und greift nach der Fernbedienung. Er richtet sie auf das Fernsehgerät und drückt drauf, aber nichts passiert. Erneut drückt er, und wieder passiert nichts.

»Hast du auf *Power* gedrückt?« frage ich.

»Nein, ich habe *Stummschaltung* gedrückt, aber leider kann ich dich immer noch hören.« Er dreht die Fernbedienung herum und schiebt mit dem Daumen den Deckel vom Batteriefach hoch.

Er hebt eine Augenbraue und sieht Gillian an. »Die Party ist vorbei. Es ist leer.«

»Ach ja, richtig«, sagt sie. »Ich wollte neue reinlegen.«

»Mach dir keine Umstände«, sage ich. »Charlie, sagtest du nicht, daß du im Schrank Batterien gesehen hast?«

»Allerdings«, erwidert er kalt. Sein Blick ist unverwandt auf Gillian gerichtet. »Es gibt eine ganze Werkzeugkiste voller Batterien in allen Größen.«

Ich bin im Schrank fündig geworden und komme mit einer Handvoll neuer Batterien zurück. Gillian hat das Fernsehgerät bereits per Hand angeschaltet, aber Charlie ist immer noch auf die Fernbedienung konzentriert. Er schiebt Batterien hinein und drückt noch mal. Wieder passiert nichts.

»Vielleicht ist das Ding kaputt.«

»In diesem Haus?« fragt Gillian ungläubig. »Dad hat immer alles repariert.«

»Gib mal her«, sage ich zu Charlie und setze mich auf den Rand des Couchtischs. Zeit für einen Trick, den ich bei meinem Walkman häufig benutzt habe. Ich nehme die Batterien wieder heraus, hebe die Fernbedienung an meine Lippen und blase kräftig in das leere Batteriefach. Zu meiner Überraschung höre ich ein schnelles Flattern, wie wenn man kräftig gegen einen breiten Grashalm oder gegen den Rand eines Blatts Papier bläst.

Charlie legt langsam den Kopf schief. Ich weiß genau, was er denkt.

»Vielleicht ist sie tatsächlich kaputt«, meint Gillian.

»O nein«, widerspricht Charlie. Er hat wieder diesen mißtrauischen Ausdruck im Gesicht, als habe er etwas von Bedeutung entdeckt. »Gib sie mir!« verlangt er.

Ich bin jedoch schon einen Schritt weiter. Ich stecke zwei Finger in das Batteriefach und taste nach dem Gegenstand, der dieses Geräusch verursacht haben könnte. Da ist nichts.

Charlie ist aufgesprungen und beugt sich aufgeregt über mich. »Brich das Teil auf!«

Gillian schüttelt den Kopf. »Glaubt ihr, daß er ...«

»Brich es auf!« wiederholt Charlie.

Ich habe noch meine Finger im Batteriefach und reiße an der Rückseite der Fernbedienung. Sie gibt nicht nach. Die Hebelwirkung reicht nicht.

»Hier.« Charlie wirft mir einen Bleistift vom Tisch zu. Ich stecke ihn ins Batteriefach und ziehe fest daran. Es knackt, Plastik bricht, und die ganze Rückseite der Fernbedienung landet in Gillians Schoß.

»Das ist ja eine echte Überraschung!« ruft Charlie.

Ich weiß zunächst nicht, wovon er redet, doch dann sehe ich nach unten. In der Fernbedienung klemmt ein Blatt Papier zwischen zwei Heftklammern. Es ist so fest und eng zusammengefaltet, daß es die Länge und Breite einer abgeflachten Zigarette hat. Der Secret Service hat sicherlich in allen Ecken und Winkeln nachgeschaut, aber sie sind bestimmt nicht hierhergekommen, um fernzusehen.

Gillian steht vor Verblüffung der Mund offen.

»Was ist es?« will Charlie wissen.

Ich drücke das Papier mit der Bleistiftspitze heraus. Mit einem leisen Rascheln faltet es sich langsam auf. Die Aufregung ist so groß, daß ich kaum ...

»Mach's endlich auf!« schreit Charlie.

Ich falte es hastig auseinander, und aus dem ersten Blatt fällt ein glänzender kleinerer Papierschnipsel zu Boden. Charlie stürzt sich sofort darauf. Von weitem sieht es aus wie ein Lesezeichen.

»Was ist das?« frage ich.

»Ich habe keine Ahnung.« Charlie schwenkt das Papier hin und her. Das Lesezeichen verschiebt sich, und ein Streifen mit vier Fotografien in einer Reihe kommt zum Vorschein. Es sind Porträtaufnahmen. Die erste zeigt einen Mann mit graumeliertem Haar, neben ihm ist ein blasser mittvierziger Bankierstyp, daneben findet sich eine sommersprossige Frau mit krausem rotem Haar, und den Abschluß bildet ein müde wirkender Schwarzer mit einem Grübchen im Kinn. Es sieht aus wie einer dieser Streifen aus einem Fotoautomaten, aber da die Bilder horizontal aufgereiht sind, ähnelt er noch mehr einem Polizeifoto.

»Was steht auf deinem Papier?« erkundigt sich Charlie.

Ich halte das formal wirkende Dokument fest zwischen den Fingern und überfliege es, so schnell ich kann. *Vertraulich ... Beschränkungen der Weitergabe ... Nicht beschränkt werden Formeln, Zeichnungen, Entwürfe ...* »Ich habe zwar nie Jura studiert, aber nach vier Jahren Erfahrung mit paranoiden reichen Leuten erkenne ich eine Schweigepflichtsvereinbarung, wenn ich sie sehe.«

»Eine was?«

»Eine Schweigepflichtsvereinbarung. Man unterschreibt sie bei Geschäftsverhandlungen, damit beide Seiten den Mund halten. So verhindert man, daß neue Ideen vorzeitig durchsickern.«

»Und diese hier ...?«

Ich halte das Dokument hoch und deute auf die Unterschrift am Ende. Es ist ein wildes Gekritzel mit schmutziger schwarzer Tinte. Der Name ist trotzdem unverkennbar. Martin Duckworth.

43. Kapitel

»Das kapiere ich nicht«, sagt Gillian. »Glaubt ihr, daß Dad etwas erfunden hat?«

»Oh, er hat ganz eindeutig etwas erfunden«, sage ich total aufgeregt. »Und wie es aussieht, hatte er auch etwas Großes am Wickel.«

»Wie kommst du darauf?« fragt Charlie.

Ich schwenke das Papier noch einmal durch die Luft. »Lest mal die anderen Unterschriften auf dem Vertrag.«

Charlie packt mein Handgelenk, um es ruhig zu halten. *Einverstanden und unterschrieben ... Brandt T. Katkin, Chef-Stratege, Five Points Capital.* »Wer ist Brandt Katkin?«

»Vergiß Katkin, ich rede von Five Points Capital. Bei einem solchen Namen und mit einem solchen Brief verwette ich meine Unterhose darauf, daß es eine RK ist.«

»Eine RK?« fragt Gillian.

»Eine Risikokapitalgesellschaft«, erkläre ich. »Sie leihen neuen Firmen Geld ... und bringen Unternehmer auf den Weg, indem sie in ihre Ideen investieren. Außerdem, wenn eine Risikokapitalgesellschaft eine Schweigepflichtsvereinbarung unterschreibt, dann reden wir von einer ganzen Menge Geld.«

»Woher weißt du das?«

»So funktioniert das Geschäft. Diesen Gesellschaften flattern jeden Tag Hunderte von neuen Ideen ins Haus. Ein Kerl erfindet Gimmick A, ein anderer erfindet Gimmick B. Beide Gimmick-Jungs wollen natürlich Schweigepflichtsvereinbarungen, bevor sie die Hose runterlassen. Aber die Risikokapitalgesellschaften hassen solche Schweigepflichtsvereinbarungen. Sie wollen jeden Rock gelupft sehen, der ihnen vor die Augen kommt. Und was noch wichtiger ist. Wenn so eine Firma eine Schweigepflichtserklärung unterschreibt, dann lädt sie praktisch zur Haftung ein. Als wir letztes Jahr einen Klienten zu Deardorff Capital in New York geschickt haben, sagte einer der Partner, daß die nur dann eine Schweigepflichtsvereinbarung unterschreiben würden, wenn Bill Gates hereinmarschiert und sagt: ›Ich habe eine großartige Idee, unterschreibt das, und ich verrate sie euch.‹«

»Also bedeutet die Tatsache, daß Duckworth sie dazu gebracht hat, die Vereinbarung zu unterschreiben ...«

»... daß er eine Idee von gigantischen Ausmaßen gehabt hat«, beende ich den Satz. Ich wende mich an Gillian. »Hast du eine Ahnung, woran er gearbeitet haben könnte?«

»Nein, ich ... Ich wußte nicht mal, daß er an etwas gearbeitet hat. Seine anderen Erfindungen waren immer eher unbedeutend, wie dieses Achtspurgerät.«

»Das gehört der Vergangenheit an«, erkläre ich. »Wenn das hier echt ist, hat er etwas ausgetüftelt, gegen das seine

Achtspurnummer aussieht ... na ja, eben wie eine Achtspurnummer.«

»Es muß etwas mit Computern zu tun gehabt haben«, sagt Charlie.

»Ach nein? Glaubst du wirklich?« fragt Gillian voller Sarkasmus.

»Nein. Ich habe nur geraten«, schießt Charlie zurück.

»Hört auf, ihr beiden!« warne ich sie. »Gillian, bist du sicher, daß du nicht irgendwas weißt? Vielleicht ging es um etwas, das er versucht hat zu verkaufen?«

»Wieso glaubst du, daß er es verkaufen wollte?«

»Man geht nur dann zu einer Risikokapitalgesellschaft, wenn man Geld braucht. Entweder hat er sie dazu gebracht, daß sie in seine Erfindung investierten, oder er hat den Verkauf auf der Stelle abgewickelt.«

»Also hat er das Geld von dort?« fragt Charlie. »Glaubst du, daß es eine so gute Idee war?«

»Wenn sie ihm drei Millionen Dollar dafür gegeben haben«, meint Gillian, »dann war es bestimmt eine sehr gute Idee.«

Charlie wirft mir einen vielsagenden Blick zu. Bei dreihundert Millionen Dollar muß es der King Kong unter den Ideen gewesen sein.

»Was ist mit den Fotos?« fragt Gillian unvermittelt. Sie klingt unglaublich aufgeregt. Aber wie mir Charlie sofort signalisiert, hat sie ihre nackten Zehen wieder in den Teppich gekrallt. Doch was erwartet er? Wir sind alle aufgeregt.

»Es sind also keine Verwandten?« fragt Charlie sie.

»Ich habe die Leute noch nie zuvor gesehen.«

»Könnten es Freunde sein?« will ich wissen.

»Ich wette, einer von ihnen ist Brandt Katkin«, sagt Charlie und deutet auf die Schweigepflichtsvereinbarung.

»Es könnte jeder von ihnen sein«, füge ich hinzu. Ich kann mich nicht beherrschen. Mit einer verzweifelten Hoffnung starrte ich auf die vier Porträtaufnahmen. »Ich wette, das waren seine Kontaktpersonen bei der Risikokapitalgesellschaft.«

»Vielleicht waren es ja Kollegen, mit denen er zusammengearbeitet hat«, sagt Charlie. »Vielleicht waren das die Leute, denen er vertraute.«

»Oder es waren diejenigen, die ihn umgebracht haben«, gibt Gillian zu bedenken. »Sie könnten alle zum Secret Service gehören.«

Wir schweigen. An diesem Punkt scheint alles möglich zu sein.

»Was machen wir jetzt?« fragt Gillian schließlich.

»Wir sollten diesen Brandt Katkin anrufen und ihn nach Five Points Capital fragen«, schlägt Charlie vor.

»Um zwei Uhr morgens?« fragt Gillian.

»Je später, desto besser.« Er sieht sie böse an und weigert sich, auch nur einen Zentimeter nachzugeben. »Wir sollten hingehen und ein Fenster einschlagen. In der Highschool hat mir Joel Westerman einmal gezeigt, wie man einen Alarm mit einem Küchenmagneten ausschalten kann. Wir können wie im Watergate-Fall die Akten durchwühlen.«

»Na, das ist eine echt großartige Idee«, stimme ich ihm ironisch zu. »Dann könnt ihr beide mich mit einem Seil durch die Lüftungsanlage herunterlassen, wo ich dann verhindere, daß ein einzelner Schweißtropfen auf den lächerlich übertrieben geschützten Boden fällt, und mir nebenbei noch die Liste des Nationalen Olympischen Komitees unter den Nagel reiße.«

Charlie kneift die Augen zusammen. »Sollte das etwa ein Anflug von Sarkasmus gewesen sein?«

»Bleib bei der Sache«, ermahne ich ihn. »Warum sollten wir das Risiko eingehen, durch die Hintertür reinzuschleichen, wenn wir genausogut durch die Vordertür hereinmarschieren können?«

»Das heißt?«

»Arbeite mit dem, was du hast. Wenn sie bei Five Points Capital wirklich eine Investition in Duckworths Zukunft getätigt haben, wollen sie doch bestimmt die nächste Generation kennenlernen?«

»Also willst du wirklich dorthingehen?« fragt Charlie.

»Gleich morgen früh«, sage ich ihm. »Du, Gillian und ich werden unseren neuen Freunden bei Five Points Capital guten Tag sagen.«

44. Kapitel

»Das wird dir nicht gefallen«, prophezeite DeSanctis, als er Gallos Büro in der Außenstelle des Secret Service in der City betrat. Es war fast zwei Uhr morgens, und die Flure waren menschenleer, aber DeSanctis schloß trotzdem die Tür.

»Sag mir einfach, was du hast«, knurrte Gallo.

»Ihr Name ist Saundra Finkelstein ... und sie ist fünfundsiebzig ...« begann DeSanctis. Er las von dem obersten Blatt des kleinen Stapels ab. »Die Steuerunterlagen besagen, daß sie seit fast vierundzwanzig Jahren dort wohnt. Zeit genug, um eine gute Freundin zu werden.«

»Und die Telefonaufzeichnungen?«

»Wir sind sechs Monate zurückgegangen. Im Durchschnitt hat sie mindestens eine Viertelstunde täglich mit Maggie am Hörer gehangen. Aber seit gestern abend nicht ein einziger Anruf.«

»Und die Ferngespräche?«

»Das ist der unangenehme Teil. Um ein Uhr gestern nacht hat sie ihr erstes R-Gespräch überhaupt akzeptiert. Von einer Nummer, die wir als die eines öffentlichen Fernsprechers auf dem Miami International Airport identifiziert haben.«

Gallo richtete sich ruckartig auf. »Was?«

»Sieh mich nicht so ...«

»Wen, verdammt, soll ich sonst ansehen?« Er schlug mit der Faust auf den Tisch. »Wenn sie bei Duckworth sind ...«

»Glaub mir, mir sind die Konsequenzen vollkommen klar.«

»Hast du dich nach Flügen erkundigt?«

»Wir haben zwei Tickets. Sie werden in diesem Moment gebucht.«

Gallo sprang so heftig auf, daß sein Stuhl gegen den Aktenschrank hinter ihm flog. Der Aufprall erschütterte das halbe Dutzend Medaillen und die Fotos, die an der Wand hingen. »Sie werden nichts finden«, meinte er.

»Das hat auch niemand behauptet.«

»Wir sollten ihn trotzdem anrufen und ...«

»Schon passiert«, sagte DeSanctis.

Gallo nickte und stürmte zur Tür. »Wann fliegen wir?«

»Wir nehmen die nächste Maschine. Um sechs Uhr früh nach Miami.« DeSanctis rannte hinter seinem Partner her. »Wir stehen pünktlich zum Frühstück vor ihrer Tür.«

»Fudge, ich weiß, daß du da bist!« schrie Joey auf den Anrufbeantworter. »Tu nicht so, als wenn du schlafen würdest! Ich weiß, daß du mich hören kannst! Nimm ab!« Sie wartete, aber es ging keiner an den Apparat. »Bist du da? Verdammt noch mal, hier ist Joey!« Immer noch nichts. »Gut, wie du meinst. Jetzt kriegst du es mit dem Alphabetlied meiner Nichte zu tun ... A steht für Akrobat, B für Blasen, C für Charlie Brown, und D steht für ...«

»D steht für ›Du bist tot‹, Schätzchen«, antwortete Fudge. Seine Stimme klang schlaftrunken. »Außerdem steht es für Destruktion, Defloration, Dekapitulation ...«

»Du kennst das Lied also?« Joey gab sich alle Mühe, lokker zu wirken.

»Mamis Liebling, es ist zwei Uhr vierzehn mitten in der Nacht.«

»Hör zu, ich mach es wieder gut! Du mußt diese Telefonüberwachung von Margaret Caruso beschleunigen.«

»Es ist mittlerweile zwei Uhr fünfzehn mitten in der ...«

»Ich meine es ernst, Fudge!«

»Was genau willst du von mir?«

»Kannst du deine Leute von der Telefongesellschaft nicht erreichen?«

»Jetzt?« Er war immer noch schlaftrunken. »Meine Leute arbeiten um diese Zeit nicht. Diese Zeit ist die Zeit für Drogendealer, Rockstars und ... Anarchisten.«

»Bitte, Fudge …«

»Ruf mich morgen früh an, Schätzchen. Nach neun bin ich so munter wie ein frisch gewaschenes Baby.« Es klickte, und die Leitung war tot.

Joey zog den Hörer aus ihrem Ohr und schaute auf die digitale Landkarte ihres globalen Positionssystems. Vor fünfzehn Minuten war ein blaues Dreieck in die Stadt gefahren. Was auch immer Gallo und DeSanctis gesehen hatten, sie nahmen es mit ins Hauptquartier. Aber als sie in die Garage des Service gefahren waren, war auch das blaue Dreieck verschwunden, und ein hohes Piepen war durch Joeys Wagen geschrillt. *System Error* blinkte auf dem Bildschirm. *Übertragung unterbrochen*. Joey zuckte nicht einmal mit der Wimper. Was die Leistungsfähigkeit externer Transmitter anging, hatte man gegen den Secret Service einfach keine Chance.

45. Kapitel

Als Charlie noch auf die Highschool ging, liebte er es, morgens um zwei über leere Straßen zu laufen. Das Vakuum der Stille. Hinter jeder Ecke lockte die Strömung der Dunkelheit. Die edle Macht, der letzte Mann zu sein, der noch auf den Beinen war. Er blühte förmlich dabei auf. Nun jedoch haßt er es.

Während wir im Eilschritt zu unserer Wohnung zurückgehen, bleibt er auf dem Bürgersteig, versteckt sich unter Palmen und blickt alle paar Schritte ängstlich über die Schulter zurück.

»Wonach suchst du?« frage ich.

»Wie wär's, wenn du deine Stimme ein wenig senken würdest?« zischt er. »Ich will dir nicht zu nahe treten, aber ich möchte wissen, ob sie uns folgt.«

»Wer, Gillian? Sie weiß doch, wo wir wohnen.«

»Gut, dann haben wir wohl keinen Grund mehr, uns Sorgen zu machen …«

»Siehst du, jetzt wirst du paranoid.«

»Hör zu, Ollie, nur weil du mit neuem Schwung durch die Gegend spazierst, solltest du noch lange nicht dein Gehirn abschalten.«

»Tue ich das? Ich schalte mein Gehirn ab?« Ich biege in unsere Straße ein. Ich habe die Streiterei satt.

»Komm wieder her!« tadelt er mich und winkt mich auf den Gehsteig zurück.

»Wer hat dich zu meiner Mom gemacht?« frage ich. Charlie zieht eine Grimasse. Mir gefällt der Seitenhieb. Wir haben fast Vollmond, aber er sieht nicht einmal hin. »Warum machst du es Gillian eigentlich so schwer?«

»Was glaubst du wohl?« Mein Bruder wirft wieder einen Blick über seine Schulter. »Hast du die Staubschicht auf ihrem Nachttisch im Schlafzimmer nicht gesehen?«

»Und deshalb machst du dir Gedanken? Weil sie ihren Nachttisch nicht berührt hat?«

»Es ist nicht nur der Nachttisch. Das Bad und die Schränke und die Kommoden und alles, was wir durchsucht haben. Wenn du in das Haus deines toten Vaters ziehen würdest, würdest du dann noch überall sein Zeug aufbewahren?«

»Hast du nicht gehört, wie sie gesagt hat, daß sie auf der Couch schläft? Außerdem hat Mom ein Jahr gebraucht, bis sie …«

»Hör auf, von Mom zu reden. Gillian lebt beinahe einen Monat da, und es sieht immer noch so aus, als wäre sie vor einer Woche eingezogen.«

»Aha, und deshalb arbeitet sie gegen uns?«

»Ich sage nur, daß sie ein paar wahllos zusammengesuchte Klamotten da hat und ein Dutzend pseudo-moderne Bilder. Wo ist der Rest ihres Lebens? Ihre Möbel, ihre CD-Sammlung … Und du willst mir weismachen, daß sie sich in der ganzen Zeit nicht ein eigenes Fernsehgerät geleistet hat?«

»Ich will ja gar nicht behaupten, daß sie nicht ein paar Macken hat. Aber so ist das eben, wenn man sich mit einem Künstler abgibt …«

Das ist zuviel für ihn. »Tu mir einen Gefallen, nenne sie

nicht eine Künstlerin! Eine Blaupause auf einen alten Mondrian zu legen macht noch keinen Künstler. Außerdem, hast du dir ihre Fingernägel angeschaut? Dieses Mädchen hat in ihrem ganzen Leben noch kein einziges Bild gemalt!«

»Du bist also plötzlich die Autorität in Kunstfragen? So was nennt man Händewaschen, Charlie. Ein verblüffendes Prinzip. Und du bist nur sauer, weil sie dich in deinem eigenen Spiel ausgetrickst hat.«

»Was soll das denn heißen?«

»Du hast gesehen, wie sie lebt. Und daß sie mit den wesentlichen Dingen des Lebens zufrieden ist. Daß sie nicht beim großen Rennen mitmacht. Kommt dir das von irgendwem bekannt vor? Selbst als sie uns zur Rede gestellt hat, ist sie nicht einfach sauer geworden, sondern hat nur durch dich hindurchgeschaut, als wenn sie vor nichts Angst hat.«

»Axtmörder haben auch vor nichts Angst.«

»Kannst du bitte mal eine Pause einlegen?« bitte ich ihn, als wir uns unserem Wohnblock nähern. »Du sagst doch immer, daß ich keinen Sinn für Abenteuer hätte. Wäre es dir lieber, wenn ich mich wieder mit jemandem wie Beth verabreden würde?«

»Verabreden? Du verabredest dich nicht mit Gillian. Du machst ihr nicht mal den Hof. Ihr seid nur zwei Leute in einer Extremsituation, die zufällig nebeneinanderstehen. Es ist so, als wenn man sich bei einer Teenie-Tour verliebt. Nur ohne Songs von James Taylor.«

»Du kannst dich ruhig darüber lustig machen, aber wir wissen beide, wie sehr du es haßt, wenn jemand deine Rolle als Mr. Nonkonform in Frage stellt. Es ist derselbe Grund, aus dem du nie in eine Band eingetreten bist. Du fühlst dich sofort bedroht, wenn du auch nur einen Hauch von Wettbewerb witterst.«

»Du glaubst, es ginge um einen Wettkampf? Du kannst sie gern haben, Ollie. Sie gehört dir. Aber nur damit du es weißt. Es geht nicht um Wettkampf, es geht um eines: teilen und erobern. Genau das macht sie.«

»Wie kannst du so was behaupten?«

Charlie wirft noch einen prüfenden Blick auf den Block, hastet dann über die Straße, stößt das Metalltor auf und eilt über den Hof vor unserer Wohnung. Wir schweigen beide, bis ich den Schlüssel umdrehe. Der Gestank des Desinfektionsmittels empfängt uns. »Immer noch besser, als bei Gillian zu bleiben«, meint Charlie, während er die Nase rümpft.

»Du kennst sie nicht mal«, fordere ich ihn heraus.

»Was nicht bedeutet, daß sie keine Ausstrahlung hätte.« Charlie streift sich die Schuhe ab und zieht sich aus.

»Oh, entschuldige, mir war nicht klar, daß du dabei warst, deinen inneren Buddha einzuordnen. Du bist ja wie ein Wünschelrutengänger, wenn es um die Ausstrahlung von Menschen geht.«

»Willst du behaupten, daß es nicht stimmt?« fragte er.

»Ich sage nur, daß ich nicht derjenige war, der seinen Lieblingsverstärker einem vollkommen fremden Menschen geliehen und dann zugesehen hat, wie er an irgendeinen miesen Pfandleiher in Staten Island verschachert wurde.«

»Erstens war er alt, und ich brauchte sowieso einen neuen. Zweitens habe ich eine Riesenneuigkeit für dich: Ernie Dellacosta.«

»Ernie Dellacosta?« frage ich. »Moms Freund?«

»Für unendliche siebeneinhalb Monate«, sagt Charlie. »Weißt du noch, was passiert ist, als Mom ihn das erste Mal mit zu uns brachte? Er war respektvoll und nett und hat sogar mit Erfolg meine Zuneigung erkauft, als er uns Hühnchen zum Abendessen mitgebracht hat. Aber in dem Moment, als ich ihm die Hühnchen aus den Fingern gerissen habe, haßte ich ihn. Ich haßte sein ständiges Kämmen, ich haßte seine Designerschuhe. Solange sie sich trafen, haßte ich diesen Mann wie Gift. Und weißt du was? Ich hatte recht.«

Ich stelle mich neben ihn an die Spüle, schöpfe Wasser in die Hände und wasche mein Gesicht. Wir kämpfen kurz um den Platz, aber dann weicht Charlie mir aus und stürmt zur Matratze zurück. Ich hetze hinter ihm her. »Aber wenn du die wirkliche Geschichte wissen willst … Während du dich mit deiner Gitarre beschäftigt hast …«

»Es ist ein Baß.«

»Während du also deinen Baß gestimmt und in Fantasyland gelebt hast, hat mir genau dieser Ernie Dellacosta den Job bei Moe Ginsburg während meines ersten Semesters besorgt. Wenn er nicht gewesen wäre, hätte ich nie das Geld gehabt, die Gebühren der New York University zu bezahlen.«

»Weißt du, das mit diesem Verkaufsjob habe ich vollkommen vergessen. Du hast recht, er war eine Inspiration für uns alle.« Die Stimme meines Bruders trieft vor Sarkasmus.

»Was willst du damit sagen?«

»Nichts. Vergiß es.«

»O nein ... Spiel nicht deine Spielchen mit mir. Sag mir, was du denkst.«

Charlie antwortet nicht, was bedeutet, daß er etwas zurückhält. »Laß es einfach auf sich beruhen«, meint er schließlich.

»Auf sich beruhen lassen? Dabei warst du doch so nah daran, deinen ungeheuer wichtigen Punkt zu machen. Komm schon, Charlie, du hast doch offensichtlich Dellacosta aus einem ganz bestimmten Grund erwähnt. Also, was ist das Problem? Daß ich mich bei ihm eingeschmeichelt habe, damit er mir half, einen Job zu bekommen? Daß ich über seine blöden Witze gelacht habe? Daß ich mich wie alle anderen der arbeitenden Klasse von Amerika benommen und mir den Arsch aufgerissen habe, damit wir die Gläubiger bezahlen konnten, die zu Hause vorbeigekommen sind? Sag mir, was dir über die Leber gelaufen ist!«

»Du bist mir über die Leber gelaufen! Du und deine selbstgefällige Mitleidstour!« brüllt Charlie. »Es geht hier nicht nur um dich, Oliver, und wenn du endlich einmal kurz innehalten und das begreifen würdest, würdest du vielleicht auch die Dinge bemerken, die unter deinem eigenen verdammten Dach vorgehen!«

»Was meinst du damit?«

»Der Kerl war ein Arschloch, Ollie. Hast du dich nie gefragt, warum Mom so lange mit ihm ausgegangen ist?«

»Was willst du damit sagen?«

»Wußtest du nicht, daß sie Angst hatte, du würdest deinen Job verlieren? Daß sie ihn schon nach zwei Monaten haßte, aber Angst hatte, daß du ohne den Scheck das Semester nicht schaffen würdest? Du kannst deine Vergangenheit unter so vielen Dokumente begraben, wie du willst, aber zu Hause mußte Mom mit den Mißhandlungen leben.«

Ich bin vollkommen verwirrt. »Was soll das heißen – Mißhandlungen? Hat er sie geschlagen?«

»Das hat sie nie gesagt, aber ich habe ihre Streitereien gehört. Du weißt ja, wie dünn unsere Wände sind.«

»Das habe ich nicht gefragt. Hast du gesehen, wie er sie geschlagen hat?«

Diesmal wehrt Charlie sich nicht. »Ich kam rein, als sie in der Küche waren«, sagt er. »Sie weinte, und er benutzte einen Ton, der hitziger war als alles, was du deiner Mutter zumuten würdest. Er drehte sich herum, um zu sehen, ob ich weglaufen wollte. Ich sagte ihm, wenn er nicht auf der Stelle verschwinden würde, dann würde ich ihm den Hals umdrehen. Mom weinte noch mehr, aber sie konnte ihn nicht davon abhalten zu gehen. Wir haben ihn nie wieder gesehen. Das war dein Kumpel Mr. Dellacosta.«

Mein Kinn zittert, während ich Charlie ansehe, als hätte ich ihn noch nie zuvor gesehen. Und da dachte ich die ganze Zeit, ich hätte den harten Teil erwischt. Die ganze Zeit habe ich mich geirrt. »Charlie, ich wußte nicht ...«

»Sag es bloß nicht«, warnt er mich. Er hat keine Lust zuzuhören. Er hüpft ins Bett und zieht sich die schäbige Decke über den Kopf, die wir im Schrank gefunden haben. Der Zigarettengestank muß schlimmer sein als der Geruch des Desinfektionssprays, aber für Charlie ist er eindeutig noch viel besser, als sich mit mir abzugeben. »Vergiß nicht, was ich über Gillian gesagt habe«, ruft er unter der Decke. »Teilen und erobern. So funktioniert es immer.«

46. Kapitel

Ich kann nicht schlafen. Selbst als wir noch klein waren und Charlie und ich uns Horrorgeschichten über Leute erzählt haben, die in unserem Haus wohnten, hat Charlie immer als erster geschnarcht. Und auch heute nacht ist das nicht anders.

Während ich an die schwarzen Risse in unserer Stuckdecke starre, höre ich das Weinen meiner Mom. Und wie Dellacosta verschwindet. Warum hat mir nie jemand was davon erzählt? Ich ringe immer noch um die Antwort und höre dabei dem Rhythmus von Charlies mühsamem Atmen zu. Wenn er krank war, war das noch viel schlimmer. Ein feuchtes, abgehacktes Keuchen, das mich über ihn wachen ließ wie ein menschlicher Herzmonitor. Dieses Geräusch verfolgt einen für immer. Wie das Schluchzen meiner Mom. Aber als ich mich umdrehe und Charlie ansehe, während die Minuten verstreichen, versuche ich mich mit dem Gedanken zu trösten, daß wir endlich eine Pause haben. Mit den Fotos und der Schweigepflichtsvereinbarung und den Hinweisen auf Five Points Capital gibt es endlich einen schwachen Schimmer am Ende des Tunnels. Doch der wird wie aus dem Nichts durch ein leises Klopfen an der Fensterscheibe ausgelöscht.

Ich fahre hoch.

Das Klopfen hört auf. Ich rühre mich nicht. Und dann fängt es wieder an.

»Charlie, wach auf!« flüstere ich.

Er regt sich nicht.

»Oliver.« Die Stimme kommt von draußen.

Ich springe aus dem Bett und bemühe mich, dabei keinen Lärm zu machen. Wenn ich schreie, dann wissen sie, daß wir wach sind. Ich will meinem Bruder gerade die Decke wegziehen …

»Oliver, bist du da?« fragt die Stimme.

Ich lasse die Decke los. Das ist nicht irgendeine Stimme …

»Oliver, ich bin's.«

… sondern eine Stimme, die ich kenne. Ich laufe zur Tür und sehe hastig durch das Guckloch, nur um sicherzugehen.

»Mach auf …«

Ich öffne die Schlösser, mache die Tür einen Spalt auf und spähe hinaus.

»Entschuldige, habe ich dich geweckt?« Gillian lächelt. Sie steckt ihre Hände in die Hosentaschen und tanzt von einem Fuß auf den anderen.

»Was machst du hier?« flüstere ich.

»Weiß nicht. Ich mußte immer an die Fernbedienung denken und an die Fotos und … Ich konnte einfach nicht einschlafen, und da dachte ich …« Sie unterbricht sich und wirft einen Blick auf meine Boxershorts. Ich erröte, und sie lacht. »Hör mal, ich weiß, daß ihr eure Gründe hattet, aber ich weiß trotzdem zu schätzen, was ihr wegen meines Vaters unternommen habt. Er würde es euch danken.«

Ich erröte noch stärker.

»Ich meine es ernst«, sagt sie.

»Ist mir klar.«

Sie genießt den Moment. »Wann hast du Geburtstag?«

»Was?«

»Was bist du? Widder oder Löwe? Melville und Hitchcock waren Löwen, aber …« Sie registriert meine Reaktion. »Du bist ein Widder, hab ich recht?«

»Woher weißt du …?«

»Komm schon, es steht auf deiner Stirn geschrieben. Die perfekte Haltung, der tadelnde väterliche Tonfall, wenn du mit deinem Bruder redest, selbst die makellosen weißen Boxershorts …«

»Die sind brandneu.«

»Eindeutig«, sagt sie und starrt darauf. Ich erröte erneut, und sie lacht wieder. »Komm«, sagt sie. »Zieh dir was über. Ich lasse mich von dir zu einem billigen Kaffee einladen.«

Ich blicke über sie hinweg und mustere die leere Straße. Selbst um diese Zeit ist es nicht klug, da herumzulaufen. »Wie wär's mit einem Gutschein?«

Gillian weicht zurück und sieht aus wie ein getretenes Hündchen.

»Damit meine ich nicht, daß du gehen sollst …«, füge ich rasch hinzu.

Sie bleibt stehen und dreht sich wieder um. »Ich soll also bleiben?«

Es ist ein Spiel, und wir beide wissen es. Charlie würde mir dringend raten, die Tür zu schließen, aber dann würde ich nur die ganze Nacht wachliegen. »Ich sage nur, daß ich vorsichtig sein muß.«

»Ach so, wegen der … Ich habe nicht daran gedacht …« Sie stottert ganz süß. So was kann man nicht vortäuschen. »Natürlich will ich, daß du vorsichtig bist. Eigentlich …«

»Was denn?«

»Schnapp dir ein paar Schuhe«, sagt sie und strahlt. »Ich habe eine Idee.«

»Ausgehen? Ich glaube nicht, daß …«

»Vertrau mir! Hinterher wirst du mir dankbar sein, garantiert. Es wird außerdem niemand merken, daß wir weg waren.«

»Bist du sicher, daß es ungefährlich ist?«

»Ich würde dich nicht bitten, wenn es nicht sicher wäre«, sagt sie, plötzlich ernst geworden. »Schon gar nicht, weil wir beide drinstecken.«

Damit kriegt sie mich rum. Wenn sie uns hätte schaden wollen, wären Gallo und DeSanctis schon vor Stunden hiergewesen. Statt dessen hatten wir einen vollkommen friedlichen Tag. Und von nun an bringt sie sich selbst immer mehr in Gefahr, je länger sie bei uns bleibt. Aber das kümmert sie nicht. Sie will die Wahrheit über ihren Vater erfahren. Ich kritzele meinem Bruder eine kurze Notiz auf einen Zettel und überzeuge mich mit einem Blick, daß er noch schläft.

»Mach dir keine Sorgen«, sagt Gillian. »Er wird nie erfahren, daß du weggegangen bist.«

Wir laufen am Hafen entlang, und ich muß ihr die Führung überlassen. In einer Stadt, in der sich alle damit brüsten, gesehen zu werden, hat sie den einzigen coolen Ort gefunden, wo niemand zusieht.

»Ist dir das verlassen genug?« erkundigt sie sich, als unsere Schuhe über die Holzplanken des Jachthafens von Miami Beach dröhnen. Um uns herum herrscht tiefstes Schweigen auf den Kais. Am Strand zieht ein Wachmann seine Runden, aber ein freundliches Winken von Gillian genügt.

»Kommst du oft her?« frage ich.

»Würdest du das nicht tun?« Sie geht langsamer.

Ich weiß nicht, was sie meint, bis sie auf das kleine weiße, verwitterte Fischerboot deutet, das am Kai schaukelt. Es reicht gerade für sechs Personen, hat zerschlissene Sitzkissen und einen Sprung in der Frontscheibe. Mit einer kurzen Bewegung aus dem Fußgelenk schleudert Gillian ihre Sandalen ins Boot.

»Ist das dein Kahn?« frage ich.

»Dads letztes Geschenk«, erwidert sie stolz. »Selbst gottlose Ingenieure wissen die Majestät eines bei Sonnenuntergang gefangenen Fisches zu schätzen.«

Als sie die Leinen löst, beobachte ich, wie ihre schlanken Arme im Mondlicht glänzen. Es sieht irgendwie vornehm aus. Ich springe, ohne zu zögern, in das Boot. Gillian läßt den Motor an und umfaßt locker und trotzdem sicher das Steuerrad. Es mag vier Uhr morgens sein, aber es gibt noch majestätische Anblicke auf dem Meer.

Wir verlassen den Jachthafen und biegen scharf nach links ab. Gillian ignoriert das Zeichen *Keine Kielwasserwellen*, gibt statt dessen Gas und läßt uns durch das Wasser pflügen. Die hüpfende Fahrt schleudert uns fast auf die Sitze, aber wir halten uns beide am Armaturenbrett fest und bemühen uns, auf den Beinen zu bleiben. »Wenn du nicht über der Windschutzscheibe bleibst, kannst du den Ozean nicht schmecken!« ruft sie über das Brummen des Motors. Ich nicke und lecke mir das Salzwasser von den Lippen. Als ich bei Greene & Greene angefangen habe, hat mich Lapidus mit seinem Privatjet nach St. Barts geflogen und mich auf die Privatjacht eines unserer Klienten mitgenommen. Dort erwarteten uns Weinproben, Thai-Massagen und zwei Butler. Aber im Vergleich zu diesem Ausflug war das damals armselig.

Dank eines Nebelscheinwerfers am Bug des Bootes können wir ein paar Meter durch die Dunkelheit sehen. Doch als der Mond sich hinter ein paar Wolken versteckt, ist es, als würde man mit aufgeblendeten Scheinwerfern durch ein Feld fahren. Das einzige, was wir sehen, sind die beiden Landungsstege, die links und rechts von uns verlaufen. Ich muß an eine Art Geländer denken, das uns auf den Ozean hinausführt.

»Bereit, in den Magischen Bus zu steigen?« ruft Gillian, als wir die offene See erreichen. Ich erwarte, daß sie den Motor aufheulen läßt, statt dessen wird sie langsamer. Am Ende der Landungsstege biegt sie scharf nach links ab, um die Felsen herum, und stellt den Motor ab.

»Was hast du vor?«

»Das wirst du gleich sehen«, neckt sie mich und geht nach vorn ins Boot.

Wir befinden uns ungefähr einhundertfünfzig Meter vom Ufer entfernt, aber ich höre immer noch das schwache Platschen der Wellen gegen den Strand.

»Kann uns jemand sehen?« Ich spähe zu einem kaum sichtbaren Turm der Strandwache hinüber.

»Jetzt nicht mehr«, erwidert Gillian und schaltet den Nebelscheinwerfer aus. Die Dunkelheit verschluckt uns schlagartig wie ein Loch.

Ich suche nach einem sicheren Fixpunkt, und mein Blick richtet sich sofort auf die schrillen pinkfarbenen, himmelblauen und zitronengrünen Neonlichter, die auf den Dächern der Hotels des Ocean Drive leuchten. Sie sind weit weg.

»Bist du sicher, daß das klug ist, was wir machen?«

Als Antwort klatscht es am Bug, und das Boot schaukelt ein wenig. Das war der Anker.

»Gillian …«

Sie kommt wieder zum Heck, reißt die Polster von den Bänken, macht die Holzklappen auf und enthüllt den Stauraum darunter. Aus der Kiste holt sie zwei Tauchanzüge, Masken, Flossen …

»Hilf mir mal!« ruft sie, als sie sich mit einem schwereren Gegenstand abmüht.

Ich beeile mich und helfe ihr dabei, einen schweren Metallzylinder aus der Kiste zu heben. Und dann gleich noch einen. Sauerstoffflaschen.

»Möchtest du mir vielleicht etwas erklären?« frage ich sie und bemühe mich, furchtlos zu klingen.

Sie nimmt eine Taschenlampe und leuchtet mir ins Gesicht. »Ich dachte, du hättest Lust auf ein Abenteuer …«

»Habe ich auch«, sage ich und schütze mich mit der Hand vor dem blendenden Lichtstrahl. »Deshalb bin ich mit auf das Boot gekommen.«

»Das Abenteuer fängt jetzt erst an.« Sie ist vor Aufregung rot im Gesicht, legt die Taschenlampe auf die Bank und widmet sich der Ausrüstung. Sie liest die Anzeigen ab, dreht an Knöpfen, entwirrt ein Knäuel aus Schläuchen … »Warte nur, bis du es siehst«, sagt sie. Ihre Stimme zittert vor Aufregung.

»Gillian …«

»Es wird deine Sinne aufwühlen … Der Anblick, die Berührung, die Geräusche … wie ein gewaltiger Lautsprecher.«

»Vielleicht sollten wir …«

»Und das beste ist, nur die Anwohner kennen es. Vergiß die Touristen, die mit offenem Maul den South Beach herunterpromenieren und gaffen. Das hier ist nur was für die Einheimischen. Hier, zieh das an!« Sie wirft mir einen Tauchanzug zu.

Selbst wenn ich einige Pluspunkte verliere, ist das nicht der richtige Moment, es zurückzuhalten. »Gillian, ich habe keine Ahnung, wie man mit Sauerstoff taucht.«

»Keine Sorge, du schaffst das schon.«

»Aber ist das nicht gefähr...?«

Sie macht den Reißverschluß ihrer Jeans auf und streift sie bis zu den Knöcheln herunter. Dann tritt sie heraus und knöpft dabei ihre Bluse auf. »Entspann dich«, sagt sie und steht mit ihrem durchsichtigen BH und ihrem weißen Baumwollhöschen da. »Ich bringe es dir bei.« Direkt über dem dünnen Band ihres Höschens hat sie eine winzige, dunkelrote Schmetterlingstätowierung. Ich kann meinen Blick nicht davon losreißen.

»Vorsicht, sonst wirst du noch blind«, spottet sie und windet sich in ihren Taucheranzug.

Sie grinst und deutet auf meine Hose. Ich ziehe mich bis auf die Boxershorts aus und lege den Taucheranzug an, der enger ist, als ich erwartet habe.

»Mach dir keine Sorgen«, sagt Gillian. »Der Anzug wird lockerer, wenn er naß ist.«

Während ich meine Arme hineinschiebe, muß ich mich kräftig beeilen, um mit ihr Schritt zu halten. Am Heck des Bootes stellt Gillian die beiden Sauerstoffflaschen auf und öffnet sie mit einer Drehung des Ventils. »Das ist dein Regulator«, sagt sie und deutet auf die Spitze des Tanks. Daran befestigt sie einen kleinen, schwarzen Apparat, aus dem in vier Richtungen Schläuche herausragen. »Und das hier ist dein Mundstück«, erklärt sie und drückt mir den kurzen schwarzen Schlauch rechts von der Flasche in die Hand.

Ich folge ihrem Beispiel, stecke ihn in den Mund und hole tief Luft. Ein Zischen wie von Darth Vader pumpt mir kalte Luft in die Lungen.

»Das ist alles ... Siehst du, du kannst es schon«, sagt Gillian, während ich ausatme und wieder einatme. »Sorgfältig und langsam. Du bist ein Naturtalent.«

Das ist ein schönes Lob, aber während mein Atem durch die Schläuche zischt, überfällt mich wieder echtes Unbehagen. »Wofür sind all die anderen Schläuche?« erkundige ich mich nervös.

»Laß dich nicht von den Kleinigkeiten erschrecken«, sagt

sie, als sie meinen Taucheranzug zuzieht und mir auf die Brust klopft. »Wenn du mit Sauerstoff tauchst, gibt es nur eine Regel, die über Leben und Tod entscheidet: weiteratmen.«

»Aber was ist mit dem Regulator und diesen Schläuchen ...?«

»Die Ausrüstung funktioniert automatisch. Solange du atmest, fließt die Luft ruhig weiter und reguliert den Druck. Danach ist es wie Autofahren. Man muß nicht wissen, wie der Motor und die Kompression und alles andere funktionieren, man muß nur wissen, wie man fährt.«

»Aber ich bin noch nie zuvor gefahren ...«

Gillian ignoriert meine Bemerkung einfach und bedeutet mir, ich solle meine Hände in die Luft strecken. Dann legt sie einen dicken gelben Gürtel um meine Taille und befestigt ihn mit einem Verschluß, der an die Plastikversion eines Sitzgurtes im Flugzeug erinnert. »Wieviel wiegst du?« fragt sie mich, während sie die Taschen des Gürtels mit rechteckigen Bleigewichten füllt.

»Etwa hundertsechzig Pfund. Warum?«

»Perfekt«, meint sie und schließt die letzte Tasche. »Damit sinkst du wie ein Mafiaopfer.« Sie verlangsamt ihr Tempo nicht im geringsten, als sie hinter mich tritt. Ich will mich umdrehen, aber durch das zusätzliche Gewicht an meiner Taille und das Schwanken des Bootes verliere ich leicht das Gleichgewicht.

»Muß ich dafür nicht eine Prüfung ablegen?« erkundige ich mich.

»Du liebst Regeln, was?« Gillian legt ihren eigenen Gewichtgürtel an. »In solchen Unterrichtsstunden lernst du nur, nicht in Panik zu geraten.« Damit streift sie mir eine aufblasbare Rettungsweste über. Auf dem Rücken der Weste sind die Sauerstoffflasche und deren Schläuche befestigt. Ich hocke mich hin, und sie hebt die Weste auf meine Schultern. Die dreißig Pfund Zusatzgewicht ziehen mich beinahe hintenüber. Gillian hat das erwartet und stützt mich.

»Ich sage dir was«, meint sie, während sie überprüft, ob

meine Weste ordentlich befestigt ist. »Ich würde dich nicht mit hinunter nehmen, wenn es nicht sicher wäre.«

»Und was hat es mit dieser Taucherkrankheit auf sich? Ich will nicht in irgendeiner Dekompressionskammer landen.«

»Wir gehen nur zwanzig Fuß tief. Die Taucherkrankheit schlägt erst zu, wenn du mehr als sechzig Fuß tief getaucht bist.«

»Und wir gehen nur auf zwanzig runter?«

»Nur zwanzig«, wiederholt sie. »Allerhöchstens dreißig.« Sie hockt sich hin und wuchtet sich ihre eigene Weste mit den Sauerstoffflaschen auf die Schultern. »Das ist nicht viel mehr, als dieser Kahn lang ist.« Sobald sie mit ihrer Weste fertig ist, greift Gillian nach einem meiner vier Schläuche und drückt einen Knopf an seinem Ende. Es zischt. Meine Weste füllt sich mit Preßluft und drückt fest gegen meine Rippen. »Wenn alles andere schiefgeht, bleibt dir noch diese Rettungsweste«, meint sie. Ihre Worte klingen, als hätte ich Angst, in einem Planschbecken zu ertrinken.

Sie bläst ihre Weste auf, schnappt sich eine Tauchmaske und eine Taschenlampe, steigt in ihre Flossen und tritt auf den Kühler am Ende des Bootes.

»Warte, Gillian …«

Sie dreht sich nicht einmal herum. Es platscht, und das Boot schwankt ein wenig. Sie liegt auf dem Rücken, geht unter und taucht dann sofort wieder auf. »Du mußt das einfach fühlen!« ruft sie.

»Ist es warm?«

»Es ist eiskalt!« Gillian lacht laut. Für sie ist es anscheinend die Party des Jahres.

»Komm schon!« ruft sie. »Du mußt wenigstens mit hineinkommen. Wenn es dir nicht gefällt, kannst du ja hier oben ein bißchen herumplanschen!«

Es ist nicht fair, aber ich stelle mir trotzdem Beth in derselben Lage vor. Sie haßt Kälte. Und um diese Zeit? Sie wäre nicht einmal in das Boot gestiegen.

»Los geht's!« schreit Gillian, als ich nach der Maske und

den Flossen greife. »Stell dich auf den Kühler, und dann ab ins Wasser!«

Ich schiebe die Maske über mein Gesicht und halte besorgt die Schläuche fest. »Bist du sicher, daß dies die beste Möglichkeit ist reinzukommen?«

»Jacques Cousteau selbst könnte es nicht besser machen. Ein großer Schritt für die Menschheit ...!«

Ich schließe die Augen, springe ab und tauche sofort unter. Das Extragewicht an meinem Gürtel zieht mich unter Wasser, aber dank meiner Weste tanze ich wie ein Korken an der Oberfläche. Ohne die Sonne auf dem Wasser ist es trotz meines Anzugs eiskalt.

»Kalt genug für dich?« erkundigt sich Gillian.

»Ja, es ist phantastisch.«

Das Wasser ist dunkel und verlassen, die Maske sitzt fest auf meinem Gesicht, und alles, was ich höre, ist das Thema von *Der weiße Hai*.

»Du bist also bereit zu tauchen?«

»Jetzt sofort?«

Sie beobachtet mich genau durch ihre Maske, schwimmt mit einem kurzen Flossenschlag auf mich zu und packt mich an den Schultern. »Du wirst es großartig hinkriegen, ganz ohne Zweifel.«

Als sie zurücktreibt, greife ich über meine rechte Schulter und erwische den Schlauch mit dem Mundstück. »Ich brauche nur durch das hier zu atmen?«

»Das ist die Essenz des Lehrbuchs. Atmen, atmen, atmen. Warum schwimmst du nicht einfach zuerst mal eine Runde um den Block?«

Wie zuvor schiebe ich das Mundstück zwischen meine Zähne, und Darth Vader ist wieder da. Nach drei oder vier Atemzügen deutet Gillian auf das Wasser. Ich beiße auf die Gummigabeln, die das Mundstück fixieren, beuge mich vor und halte meinen Kopf in den Ozean.

Es gibt eine winzige Pause, bevor ich meinen nächsten Atemzug nehme, aber mein Gehirn schaltet sofort Gillians Instruktionen ein. Atmen, atmen, atmen. Ich hole Luft und blase sie rasch aus. Eine Wolke winziger Bläschen schießt aus dem Regulator. Von jetzt an atme ich kurz und zögernd, aber es funktioniert trotzdem.

Gillian tippt mir heftig auf die Schulter. Ich hebe den Kopf und nehme das Mundstück heraus.

»Fertig für das Quiz?« fragt sie.

Ich nicke.

»Okay, solltest du die Orientierung verlieren, folge den Luftblasen. Sie führen dich immer an die Oberfläche. Zweitens, vergiß nicht, auf deine Ohren zu achten, bevor wir runtergehen. Du willst ja wohl nicht, daß dein Trommelfell reißt.«

Ich halte mir die Nase zu und mache eine Trockenübung.

»Drittens, was das wichtigste ist, wenn du wieder an die Oberfläche zurückgehst, atme weiter. Du wirst versucht sein, den Atem anzuhalten, aber dagegen mußt du ankämpfen.«

»Was meinst du damit?«

»Das ist ein menschlicher Instinkt. Du bist unter Wasser. Du wirst Panik bekommen. Als erstes wirst du den Atem anhalten. Aber wenn du hochkommst und nicht ein- und ausatmest, platzen deine Lungen wie ein Luftballon.« Sie setzt ihre Maske wieder auf und unterzieht mich einer kurzen, abschließenden Musterung. »Alles bereit?«

Erneut nicke ich, aber ich bin vollkommen auf ein Bild fixiert: *Meine Lungen werden platzen wie ein Luftballon!* Unter Wasser paddle ich heftig mit den Füßen.

»Was ist?« fragt sie »Hast du Angst?«

»Willst du mir sagen, daß ich keine haben darf?«

»Ich will dir gar nichts sagen. Wenn du kneifen willst, ist das deine Entscheidung.«

»Es geht nicht ums Kneifen ...«

»Ach, wirklich nicht?« Sie klingt verärgert. »Warum benimmst du dich dann plötzlich wie ein Landei?«

Die Frage bohrt sich wie ein Korkenzieher in meine Brust. Den Tonfall habe ich bei ihr noch nie gehört.

»Hör zu«, sage ich zu ihr. »Ich gebe hier mein Bestes. Jeder andere würde dich allein tauchen lassen.«

»Na klar ...«

»Glaubst du, ich mache Witze? Nenne mir eine Person, die um vier Uhr morgens einen Taucheranzug anziehen, in einen eiskalten Ozean springen und für eine billige Sensation ihr Leben riskieren würde?«

»Dein Bruder!« erwidert sie und starrt mich einen Moment lang an. Noch bevor ich reagieren kann, schiebt sie sich das Mundstück zwischen die Zähne und schnappt sich den Schlauch, der auf ihrer linken Schulter liegt. Sie hebt ihn über den Kopf und drückt den Knopf am Ende. Ein Zischen durchdringt die Stille. Während ihre Weste zusammenfällt, sinkt sie langsam nach unten ins Wasser.

Ich schiebe mir mein Mundstück zwischen die Zähne, hebe den Schlauch und drücke auf den Knopf. Die Weste lockert sich sogleich, und das Wasser reicht binnen Sekunden bis an mein Kinn.

Gillian nimmt noch einmal das Mundstück heraus. »Du wirst es nicht bereuen, Oliver!« ruft sie. »Hinterher wirst du mir dafür danken.«

Ich schüttele den Kopf und tue, als würde ich ihren plötzlichen Enthusiasmus ignorieren. Als das schwarze Wasser an meinen Wangen leckt, wird mir schlagartig klar, daß ich ihr nie verraten habe, daß mein wirklicher Name Oliver lautet.

47. Kapitel

Um drei Uhr morgens blockierte Joeys Wagen den Hydranten vor dem Haus von Maggie Caruso. Joey hatte sich eingeredet, daß sie nicht einschlafen würde. Um halb vier kurbelte sie das Fenster herunter, damit die Kälte sie wach hielt. Um vier sackte ihr der Kopf weg. Um halb fünf fiel er gegen ihre Kopfstütze. Und um genau zehn vor fünf riß ein hohes, schrilles Pfeifen sie aus dem Schlaf.

Sie begrüßte die Welt, die rings um sie allmählich erwachte, mit einem kurzen Zwinkern und suchte dann die Quelle des Geräuschs. Es kam von dem aufleuchtenden Bildschirm ihres globalen Positionierungssystems. Das hellblaue Dreieck bewegte sich wieder über die digitale Landkarte, und zwar geradewegs über den West Side Highway. Joey stellte den Bildschirm auf ihren Schoß und sah, wie sich Gallos Wagen den Weg zum Rand der Stadt bahnte. Es war wie in einem primitiven Videospiel, über das sie keine Kontrolle besaß. Zuerst dachte sie, der Agent würde sich Richtung Brooklyn halten, aber als er an der Zufahrt zur Brücke vorbeifuhr und statt dessen auf den Franklin Delano Roosevelt Drive einbog, fühlte Joey ein heißes Brennen in ihrem Nacken. Um diese frühe Stunde gab es nur wenige Orte, zu denen ein Geheimagent fahren konnte. *O nein, sag bloß nicht, daß sie …*

Das winzige Dreieck fuhr auf die 59th Street Bridge, und als Joey sah, daß es sich in Richtung Grand Central Parkway bewegte, drehte sie den Zündschlüssel um und fuhr los. Am oberen Rand des Bildschirms hielt sich das blaue Dreieck ganz zielstrebig darauf zu. Auf das beliebteste Fünf-Uhr-morgens-Ziel von Queens. Den Flughafen LaGuardia.

48. Kapitel

Ich sinke unter die Oberfläche und schwebe wie ein Astronaut, während ich ins Dunkel hinabgleite. Überall um mich herum steigen Luftblasen empor und stoßen gegen meine Maske. Ich lege den Kopf in den Nacken und halte Ausschau nach der einzigen Lichtquelle, aber je tiefer ich sinke, desto mehr verblaßt sie. Aus Seegrün wird ein dunkles Blau, das sich allmählich zu einer pechschwarzen Wolke entwickelt. Atmen, sage ich mir, während ich einen heftigen Zug durch das Mundstück nehme. Ich hole erneut Luft, und es klingt wie ein Beatmungsgerät. Es gibt keine Wellen, keinen Wind und keine Hintergrundgeräusche. Nur das gurgelnde Echo meines eigenen Atems. Und Gillian, wie sie meinen Namen ausspricht.

Aber ich will nicht weiter darüber nachdenken. Dennoch kann ich einige Dinge nicht einfach ignorieren. Sie hat ihn vermutlich von Charlie gehört. Er hat ihn in der Garage mindestens ein dutzendmal gesagt. Ich bemühe mich, ruhig zu bleiben, und sehe mich hilfesuchend um, aber alles ist stockfinster, und zwar in jeder Richtung. Ich fasse mir an die Nase, reguliere den Druck auf meinen Ohren, und ein Schwarm winziger Fische schwimmt an meinem Gesicht vorbei. Ich ducke mich links weg, und sie sind fort. Wieder ist alles schwarz. Es ist, als würde man durch Tinte schwimmen. Und dann schneidet ein weißer Lichtsäbel durch die Finsternis. Es ist Gillians Taschenlampe. Sie richtet den Strahl auf mich und dann auf sich selbst. Sie war die ganze Zeit direkt neben mir.

Sie bedeutet mir mit einem Zeichen, ihr zu folgen. Ich zögere, aber mir wird sofort klar, daß sie ja das einzige Licht hat. Außerdem ärgert es mich, was sie da über Charlie gesagt hat ... Sie soll auf keinen Fall recht behalten.

Sie tritt mit den Füßen, und ihre Flossen zischen durch das Wasser. Wie sie sich bewegt und die Arme elegant ausstreckt ... Es ist wie fliegen. Ich versuche mit ihr Schritt zu halten und mache heftige Brustschwimmbewegungen. Es ist schwieriger, als ich dachte. Kaum habe ich ein paar Zentimeter gewonnen, scheint die Strömung mich auch schon wieder zurückzutreiben. Gillian wirft einen Blick über ihre Schulter, um sich zu überzeugen, daß ich folge, und wird dann schneller.

Ihr Lichtstrahl trifft vor uns auf eine braune Wand. Dann sehe ich, wie ihre Luftblasen ihren Rücken entlang aufsteigen. Das ist keine Wand. Das ist der Boden. Wir sind auf dem Meeresgrund.

Instinktiv drehe ich mich nach oben. Mein Atem geht schneller, ohne daß ich weiß, warum.

Ich sehe nach rechts, doch die Maske beeinträchtigt mein Gesichtsfeld. Ich drehe rasch den Kopf nach beiden Seiten;

es gibt nichts zu sehen. Niemand ist da. Bis etwas die linke Seite meines Halses berührt.

Ich zucke wild herum, drehe mich um mich selbst und packe es an der Gurgel. Plötzlich richtet Gillian den Strahl der Lampe auf mich. Da ist er. Mein Angreifer: Der leblose Schlauch der Rettungsweste, der neben mir schweben soll, während ich schwimme. Ich bin von meiner eigenen Krake angegriffen worden.

Alles klar bei dir? Gillian stemmt die Hand in die Hüfte.

Ich schwebe hilflos im Wasser und nicke einfach nur.

Erneut taucht sie ins Dunkel hinunter. Und erneut folge ich ihr.

Sie leuchtet mit dem Lichtstrahl den Meeresboden ab, aber alles, was wir sehen, sind grüne Pflanzen, Muscheln und etwas, das wie eine vergessene rostige Hummerfalle aussieht. Gillian dreht sich mit der rechten Seite nach oben, tritt einmal kräftig mit den Flossen und wirbelte ein Schneegestöber aus Sand auf.

Es ist nicht mehr weit, bedeutet sie mir, indem sie den Zeigefinger nur ein winziges Stück vom Daumen entfernt hält. Sie stößt einen großen Atemzug aus, und die Blase steigt zwischen uns empor. Sie folgt der Neigung des Boden und schwimmt noch tiefer. Während ich ihr wie ein Brustschwimmer folge, entfernt sie sich von mir. Sie hält die Taschenlampe an ihrer Brust, und von meiner Position aus wirkt es, als wäre ihr Körper von einem Heiligenschein umgeben.

Eine gewölbte schwarze Wand taucht aus dem Sand auf und reicht bis zu einem fernen Punkt über unseren Köpfen. Nach links geht sie weiter, soweit das Licht der Lampe reicht. Gillian fährt mit der Hand über die angeschlagene Metalloberfläche eines Wracks, schwimmt nach rechts und verschwindet aus meinem Blickfeld. Über dem zerbrochenen Ruder und der fehlenden Schraube verläuft senkrecht zum Meeresgrund der Schriftzug *Mon Dieu II – Les Cayes, Haiti*. Auch wenn es auf der Seite liegt, dies hier ist zweifellos ein gesunkenes Schiff.

Als ich es sehe, atme ich wieder schneller. Mir kommt es so vor, als stünden wir vor einem verlassenen Haus. Es ist verrückt und cool, aber das ist trotzdem kein Grund, in das Innere zu schwimmen. Natürlich sieht Gillian das anders. Sie verschwendet keine Zeit, gleitet zum hinteren Deck und läßt mich in einer Säule aus Luftblasen zurück. Als ich sie eingeholt habe, hat sie sich bereits an die Untersuchung gemacht und läßt den Lichtstrahl über das kaum verrottete Deck gleiten. Es gibt etwas grünbraunes Moos, aber noch nicht viel. Das Schiff liegt noch nicht lange hier unten.

Ein silbernes Blitzen über uns erregt meine Aufmerksamkeit. Zuerst vermute ich, es sei die Metallreling, die um das ganze Deck führt, aber als Gillian die Taschenlampe darauf richtet, sehe ich, daß es nur ein Teil davon ist. Auf dem Deck festgeschraubt und parallel zum Boden schwankt ein rotweißer Cola-Automat über unseren Köpfen. Die Tür ist offen, und alle Dosen sind weg. Zweifellos ist das Schiff auf einen Felsen aufgelaufen und wurde total ausgeräumt.

Ich drehe mich zu Gillian um, aber zu meiner Überraschung ist nur noch die Taschenlampe da. Sie liegt auf dem Meeresboden und ist auf den Cola-Automaten gerichtet. Verwirrt schaue ich um das Schiff herum. Da ist niemand. Und über meinem Kopf schwankt die Tür des Automaten sacht in der Dünung.

»Gillian …?« flüstere ich durch das Mundstück, auch wenn ich weiß, daß sie mich nicht hören kann. Ich drehe mich um mich selbst und wende den Kopf in alle Richtungen. Eine Welle kaltes Wasser trifft mich an der Brust. Ich verstehe das nicht. Gillian ist verschwunden.

Ich greife nach der Lampe und richte sie über die vertikale Fläche. Vor mir führt eine Spur aus Luftblasen in die zweistöckige Kabine des Bootes. Die Tür fehlt, und das Glas aus den Bullaugen ist ausgebaut worden, aber selbst von draußen kann ich sehen, wie dunkel es im Innern ist. Ich schüttle den Kopf. Da gehe ich nie und nimmer hinein.

Eine Minute später ist auch die Spur aus Luftblasen weg. Und von Gillian ist immer noch nichts zu sehen. Ich richte das Licht auf den Türrahmen zur Kabine. Nichts rührt sich, keine Luftblasen. Langsam schwimme ich dichter heran und gehe im Geist jeden Horrorfilm durch, den ich gesehen habe. An der Tür hämmere ich mit der Taschenlampe gegen den Metallrumpf. Ein dumpfes Vibrieren ist zu vernehmen. Das muß sie mitbekommen haben. Es sei denn, sie steckt fest ... oder braucht Hilfe.

Ich gleite durch die Türe. Das Licht zuckt überall herum, aber es fällt mir trotzdem schwer, mich zu orientieren. Es ist eine kleine Kombüse, sie bietet Platz für höchstens drei oder vier Leute. Spüle, Ofen und selbst die Schränke liegen alle auf der Seite. Die Leiter in der Ecke, die normalerweise in den ersten Stock führt, verläuft nun horizontal. Dasselbe gilt für die Treppe, die zum Frachtraum hinuntergeht. Die Decke liegt zu meiner Rechten, und der Boden ist links von mir. Als ich hochblicke, schwanken die Türen zweier leerer Holzschränke sacht in der Dünung wie vorher der Cola-Automat. Dazwischen liegt ein offenes Bullauge. Die Schwerelosigkeit schlägt zu, und der Raum beginnt sich zu drehen.

Ich versuche den Luftblasen zu folgen, aber der enge Raum setzt mir zu sehr zu. Die Wände wellen sich, als wären sie aus Quecksilber. Es sieht aus, als blickte man durch schmelzendes Glas. Mein Magen dreht sich um, und ich schmecke Erbrochenes. Großer Gott, wenn ich jetzt in den Luftschlauch kotzen würde! Hastig drehe ich mich links zur Tür, befinde mich jedoch statt dessen direkt vor dem Linoleumboden. Das ergibt keinen Sinn. Nichts ist vertraut. Die Welt dreht sich wie ein Kaleidoskop, als mir plötzlich schwindlig wird. Ich greife mir an die Brust und keuche wie ein tollwütiger Hund. Ich könnte schwören, daß der Raum kleiner und dunkler wird.

Ein scharfer Schlag landet auf meinem Rücken, und zwei Arme schlingen sich um meine Brust. Wir schnellen nach links, und ich weiß nicht genau, wo es nach oben geht. Der Aufprall schlägt mir die Lampe aus der Hand, die in Zeitlupe zu Boden sinkt. Dabei flackert der ganze Raum wie eine Disco. Ich befreie mich, wirbele herum und sehe Gillian vor mir. Ich kann sie durch den Schleier aus Luftblasen kaum erkennen. Sie fuchtelt wild mit den Armen und versucht, die Vorderseite meiner Weste zu packen. Warum versucht sie, sie mir auszuziehen? Ich gerate in Panik und halte ihre Handgelenke fest. Gillian gräbt ihre Nägel in meine Haut. Sie gibt nicht auf und stürzt sich wieder auf mich, schlägt wie von Sinnen nach mir. Aber diesmal erkenne ich den Blick ihrer Augen.

Bitte, vertrau mir! fleht sie mich an.

Verzweifelt greift sie zu. Ein Plastikhaken öffnet sich, und der Gürtel mit den Gewichten löst sich von meiner Hüfte. Verschwommen sehe ich, wie Gillian mich an der Weste packt und nach hinten drückt. Ich folge ihrem Blick und sehe nach oben. Als ich das offene Bullauge bemerke, läßt sie mich auch schon los. Ohne die Gewichte steige ich wie ein menschlicher Korken auf. Sie korrigiert noch einmal meine Richtung, damit ich mir nicht meine Sauerstoffflaschen anschlage, aber danach gleite ich unbehindert zur Oberfläche empor.

Gillian schwimmt aus Leibeskräften, um mich einzuholen, und deutet dabei auf ihren Mund. Ich soll nicht vergessen zu atmen. Ich stoße eine gewaltige Luftblase aus und starre durch das Wasser hinauf. Schwarz verwandelt sich in Dunkelblau und dann in Seegrün. Sie packt meine Hand, damit ich nicht zu schnell aufsteige. Verdirb es jetzt nicht, Oliver. Atmen, atmen, atmen.

Wir durchstoßen die Oberfläche, und die kühle Luft schlägt mir ins Gesicht. Gillian neben mir ist schon dabei, ihre Weste aufzupumpen.

»Alles klar? Kannst du atmen?« Sie schwimmt hastig an meine Seite. Sie hält mich hoch und drückt den Knopf an meinem Schlauch, so daß sich die Weste zischend aufpumpt. Ich muß würgen, aber ich erbreche nicht.

»Geht's dir gut?« fragt sie.

Ich tanze im Wasser auf und ab und höre die Frage kaum. Langsam ordnen sich die Farben vor meinen Augen wieder. »Warum hast du mich allein gelassen?« keuche ich.

»Allein gelassen?«

»An dem Schiff? Ich habe mich umgedreht, und du warst weg.«

»Ich dachte, du hättest mich gesehen. Ich habe gewunken, als ich weggeschwommen bin.«

»Und warum hast du mich nicht mitgenommen?«

»Aus demselben Grund, aus dem ich dich da rausholen mußte. Tauchen ist eine Sache, aber in ein Wrack einzusteigen sollte man bei seinem ersten Tauchgang nicht probieren.«

»Und das ist der wahre Grund?«

»Welchen anderen Grund sollte ich ...?« Ihre Augen weiten sich, als hätte ich ihr ein Skalpell zwischen die Rippen gerammt. »Du glaubst, ich wollte dich zurücklassen. Das würde ich niemandem antun.« Ihre Stimme klingt spröde, als sie das sagt. So, als könnte sie das nicht verstehen. Sie läßt mich los und treibt langsam weg.

»Gillian ...«

»Ich würde dir nie etwas zuleide tun ...«

»Das habe ich auch nicht gesagt, es ist nur ... als du meinen wirklichen Namen gesagt hast ...«

»Im Haus ... Dein Bruder hat ihn gesagt.«

»Das dachte ich mir ... Aber als ich mich umdrehte und du weg warst ... Ich habe einfach Angst bekommen.«

»Aber zu glauben, daß ich ... Meine Güte! Hierher komme ich, bevor ich anfange zu malen. Wenn ich gewußt hätte, daß du mir nicht traust, hätte ich dich niemals hierher eingeladen.«

Ich packe sie an der Schulter ihrer Weste. »Wenn ich dir nicht vertrauen würde, Gillian, wäre ich niemals mitgekommen.«

Sie wirft mir einen langen Blick zu und wägt jedes einzelne Wort ab.

»Es ist mir Ernst«, sage ich. »Ich wäre nicht hier, wenn ich ...«

Ihre Hand schießt wie ein Pfeil vor, packt mich am Nacken und zieht mich zu sich. Sie küßt mich weich und kühl. Ihre salzig schmeckende Zunge prickelt so gut, wie es nur sein kann. Und unter Wasser öffnen ihre Finger den Reißverschluß meines Anzugs.

Während wir im Ozean auf den Wellen tanzen, weht ein kalter Wind, es ist vollkommen dunkel, und es wird ein verdammt hartes Stück Arbeit, zum Boot zurückzuschwimmen. Aber mit den Neonlichtern in unserem Rücken genieße ich einfach nur den Kuß.

49. Kapitel

»Bitte sag mir, daß du einen Scherz machst«, flehte Joey, während ihr Wagen um die Ecke auf den Parkplatz der USAir schoß.

»Auf wie viele verschiedene Arten und Weisen soll ich es dir beibringen?« fragte Debbie. Als Ticketverkäuferin von USAir war Debbie an gereizte Kunden gewöhnt, doch da sie Joeys älteste Schulfreundin war, konnte sie diese spezielle Kundin nicht einfach ignorieren und in die Warteschleife setzen. »Die Computer sind ausgefallen. Das ganze System ist zusammengebrochen. Sie werden es in zehn Minuten wieder hochfahren.«

»Ich habe keine zehn Minuten«, sagte Joey, als sie mit quietschenden Reifen in einer freien Parklücke zum Stehen kam. »Ich brauche die Informationen jetzt.«

»Tja, und ich brauche einen Push-up-BH, der kleine Wunder wirkt, und einen Ehemann, dem wieder einfällt, wie er es mir richtig besorgt. Aber manchmal mußt du halt nehmen, was du kriegen kannst.«

»Was ist mit Vielfliegermeilen? Kannst du sie so ausfindig machen?«

»Joey, die Computer sind ausgefallen! Die Daten sind alle im selben System. Außerdem, woher weißt du überhaupt, daß sie mit USAir fliegen?«

»Warum sonst würdest du deinen Wagen auf einem USAir-Parkplatz parken?« fragte Joey und stellte den Motor ab. Sie warf noch einen letzten Blick auf das blaue

Dreieck auf dem elektronischen Bildschirm, sprang aus dem Wagen, sah blinzelnd in die Sonne, die langsam aufging, und blickte hastig über den vollen Parkplatz. Laut Positionssystem sollte der Wagen direkt …

Da war er.

In der Ecke in der Nähe des Terminals stand Gallos blauer Ford. Natürlich parkte er auf einem Behindertenparkplatz.

»Mist«, flüsterte Joey, als sie sich umdrehte und ihre Taschen aus dem Kofferraum zerrte. Den Gerätekoffer hatte sie unter dem einen und die Leinentasche unter dem anderen Arm. Ihr Ohrhörer hing immer noch in ihrem Ohr, und sie lief gebückt auf den Terminal zu. Sie hastete über die Zufahrt und nahm zwei hupenden Taxis die Vorfahrt. »Könntest du nicht die Regierungstickets absuchen? Oder die Freiflugliste?« Ihre Stimme wurde lauter, während sie Debbie bearbeitete. »Hast du so nicht mal rausgefunden, neben wem Marshas mieser Ehemann gesessen hatte?«

»Auf wie viele verschiedene Arten muß ich es dir eigentlich klarmachen? Es ist alles auf demselben Compu…«

»Und die LEO-Liste?« Joey meinte damit die Liste der Fluggesellschaften, auf der sie Polizisten führten. »Müssen sie nicht besondere Unterlagen ausfüllen, wenn sie mit ihrer Waffe reisen wollen?«

Am anderen Ende herrschte eine kurze Pause. »Weißt du was …« begann Debbie. »Warte eine Sekunde. Ich rufe das Gate an …«

Joey schob sich durch die automatischen Türen und ignorierte die kleinen Gepäckwagen, bog nach rechts ab und nahm zwei Stufen der Rolltreppe auf einmal. Auf der nächsten Ebene musterte sie hastig die wenigen Reisenden vor den Ticketschaltern. Ein Geschäftsmann wartete in seinem zerknitterten Anzug. Ein Student neben ihm trug ein übergroßes Sweatshirt und eine alte Lady einen blaßgelben Rollkragenpullover. Aber Joey entdeckte niemanden, der Gallo oder DeSanctis ähnelte.

»Du solltest lieber Gott für diesen überflüssigen Regierungspapierkram danken«, flötete eine bekannte Stimme in ihrem Ohr.

»Du hast sie gefunden?«

»Ich schwöre dir, manchmal glaube ich, daß dieses Zeug nur vom CIA erfunden worden ist, um ein wachsames Auge auf uns zu halten ...«

»Was hast du ...?«

»Laut unseren Unterlagen haben sich gerade ein Agent James Gallo und ein Agent Paul DeSanctis in die LEO-Liste für unsere Maschine um 6:27 Uhr nach Miami eingetragen.«

Joey schaute auf ihre Uhr. 6:31 Uhr. »Sind sie ...?«

»Schon längst weg.«

»Wann geht der nächste ...?«

»In anderthalb Stunden. Ich habe ihnen bereits gesagt, sie sollen dir einen Platz sichern, sobald das System wieder hochgefahren ist.«

Joey schüttelte den Kopf, als sie auf den Bildschirm blickte. *Miami – Flug 412 – Gestartet.* »Wie konnte ich sie bloß entwischen lassen?«

»Mach dir nicht ins Hemd«, riet ihr Debbie. »Sie haben nur einen kleinen Vorsprung.«

50. Kapitel

»Welcher Stock ist es?« fragt Charlie, als wir am frühen Donnerstag morgen in den Aufzug steigen.

»Der sechste«, sage ich, und er drückt den Knopf. Ich richte meine Krawatte, während Charlie sein verfilztes blondes Haar glatt streicht. Wenn wir unserer Rolle als Bankiers gerecht werden wollen, sollten wir auch so aussehen. Gillian neben uns bildet mit ihrem langen geblümten Kleid das weibliche Pendant. Ich kann nicht anders, als ihre Beine anzustarren, jedenfalls so lange, bis ich merke, wie Charlie mich beobachtet. Ich blicke rasch zu Boden, und er schüttelt den Kopf. Seinen kleinen Bruder kann man eben nicht für dumm verkaufen.

Der Aufzug hält mit einem Ruck, und die Türen gleiten auf. Im Flur hängt ein – jedenfalls für Miami – geschmackvolles golden-silbernes Logo. Es ist wie ein Stern geformt, zeigt aber einen Kreis an jedem Ende der Spitzen. Die silbernen Buchstaben darunter sagen uns, daß wir unser Ziel erreicht haben. Five Points Capital. Hier hat Duckworth sein Geschäft gemacht.

Gillian stößt sich von dem Messinggeländer des Aufzugs ab und geht hinaus. Bevor ich ihr folgen kann, packt Charlie mich am Arm. »Du hast es mit ihr getrieben, habe ich recht?« flüstert er.

»Red keinen Quatsch!« Gereizt verlasse ich den Aufzug.

»Mehr hast du nicht drauf? Ein bißchen Ärger, aber keinen Widerspruch?«

Diesmal antworte ich gar nicht.

»Wann ist es passiert? Gestern nacht? Oder heute morgen, als du die Klamotten geholt hast?«

Ich befreie mich aus seinem Griff, wende mich nach links und gehe zur Glastür, hinter der sich der Empfang befindet. Charlie ist unmittelbar hinter mir. Er braucht es mir gar nicht zu sagen. Mir ist klar, daß er mich von jetzt an nicht mehr aus den Augen lassen wird.

»Bist du wirklich bereit?« Gillian deutet meinen Gesichtsausdruck anscheinend als Angst.

»Alles okay«, erwidere ich. Aber als ich tief Luft hole, holt mich die Realität ein. Es ist eine Sache, jemanden anzurufen und sich einen Termin geben zu lassen, aber diesen auch wirklich wahrzunehmen ist etwas ganz anderes.

Rechts neben den Türen fordert uns ein kleines Schild auf, an der Rezeption zu klingeln. Aber das Gerät über der Klingel zieht unsere Blicke auf sich. Es ist ein graues Tastenfeld, das genauso aussieht wie das bei unserer Bank. Nur befindet sich hier neben den Zahlen ein flaches Feld, das gerade groß genug für einen Daumenabdruck ist. *Biometrische ID* steht darüber.

Ich läute, und Charlie hebt eine Braue. »Eine Identifizierung per Fingerabdruck? Manche Leute nehmen sich echt zu wichtig.«

Eine Angestellte mit toupiertem braunen Haar blickt auf und läßt uns mit einem Summen des Türöffners hinein. Charlie geht vor. Er ist der Botschafter des Lächelns. Jedes hohe Tier braucht einen Assistenten. »Hallo, wir haben heute morgen angerufen«, sagt er, kopiert meine Verkaufsstimme und deutet auf mich. »Von der Greene & Greene Bank. Henry Lapidus möchte Mr. Katkin sprechen.«

»Natürlich«, sagt sie und nickt mir zu. »Ich rufe ihn für Sie, Mr. Lapidus.«

Charlie beißt die Zähne zusammen, als sie den Namen meines Bosses ausspricht. *Bist du sicher, daß wir das Richtige tun?* fragt er mich mit einem Blick.

Vertrau mir, erwidere ich. In den letzten vier Jahren habe ich Legionen von Klienten in den Risikokapital-Zirkus geschickt. Selbst in Florida braucht man große Namen, um große Türen zu öffnen.

Charlie spielt mit der Krawatte, die er sich aus dem Hause Duckworth geborgt hat, und lehnt sich auf dem cremefarbenen Sofa zurück. Als sich Gillian neben ihn setzt, springt er sofort auf und läuft herum. Ich werfe ihm einen bösen Blick zu, doch das kümmert ihn nicht. Er ignoriert mich und tut, als würde er durch die riesigen Glasfenster den Anblick der Brickell Avenue genießen.

»Mr. Lapidus, würden Sie bitte hier Ihren Namen eingeben?« bittet mich die Empfangsdame. Sie deutet auf einen Computertisch neben ihrem Schreibtisch. Auf dem Bildschirm ist ein freies Feld für den Namen. Ich tippe *Henry Lapidus* ein und drücke auf *Enter*. Hinter der Rezeptionistin summt ein Hightech-Laserdrucker und spuckt einen ID-Anstecker aus. *Henry Lapidus – Besucher*. Aber im Gegensatz zu einem normalen Paß hat der hier eine Oberfläche aus einem flüssig wirkenden, beinah durchsichtigen Material. Wenn man es im richtigen Winkel hält, sieht man unter dem Namen das Wort *Abgelaufen* in schwachen roten Buchstaben.

»Woraus besteht das?« Ich reibe mit dem Daumen über die glatte Oberfläche.

»Sind die Pässe nicht großartig?« erwidert die Rezeptionistin stolz. »Nach acht Stunden löst sich die Tinte auf der Oberfläche auf und das Wort *Abgelaufen* tritt leuchtend rot zum Vorschein.«

Ich nicke beeindruckt.

»Sie nehmen es mit der Sicherheit wohl sehr genau, was?« erkundigt sich Charlie.

»Wir haben keine Wahl.« Die Empfangsdame lacht. »Ich meine ... Wenn man bedenkt, mit wem wir zusammenarbeiten müssen ...«

»Vollkommen.« Charlie zwingt sich zu einem falschen Lachen.

»Absolut«, stimme ich ihr zu.

Wir starren die Frau an, sie starrt zurück. Wir haben nicht den leisesten Schimmer.

»Und wie ist es so, mit diesen wichtigen Leuten zusammenzuarbeiten?« Charlie gräbt nach Einzelheiten.

»Wollen Sie eine ehrliche Antwort? So spannend ist das gar nicht. Ich dachte immer, sie würden mit dunklen Anzügen und Sonnenbrillen auftauchen, aber sie sehen aus wie jeder andere auch.«

Charlie sieht mich an, ich sehe Gillian an.

»Der einzige Unterschied ist, daß es eben Regierungsleute sind«, fügt sie mit einem Lachen hinzu.

Mir gefriert das Lächeln auf dem Gesicht. »Sie gehören zur Regierung?«

»Nicht direkt, aber ...« Sie unterbricht sich. »Oh, Verzeihung. Ich dachte, Sie wüßten das. Es steht alles in unserem Prospekt ...« Sie reicht mir eine Werbemappe, die in einem grünen Ordner steckt.

Ich schlage sie auf, während Charlie und Gillian mir über die Schulter sehen. Es springt uns gleich von der ersten Seite an. *Willkommen bei Five Points Capital, dem Investitionsfonds des United States Secret Service.*

Hinter uns schwingt eine Türe auf. »Mr. Lapidus?« fragt

eine Baritonstimme. Wir drehen uns um, und ein großer Mann mit militärisch ausladenden Schultern und kräftigen Unterarmen reicht mir die Hand. Seine Uhr hat ein goldenes Präsidentensiegel. »Brandt Katkin«, stellt er sich vor. »Bitte, kommen Sie herein …«

51. Kapitel

»Secret Service. Sie sprechen mit Marta.«

»Hi, Marta«, sagte Quincy ruhig in die Freisprecheinrichtung seines Telefons. »Ich suche Agent Jim Gallo …«

»Einen Moment, Sir, ich stelle Sie zu einem Supervi…«

»Ich will nicht von Ihnen weiterverbunden werden. Ich bin schon zweimal weiterverbunden worden.« Quincy hatte die Hände auf der Schreibtischplatte gefaltet und war fest entschlossen, cool zu bleiben. Nach dem Treffen mit den Partnern gestern abend … Es hatte genug Gebrüll gegeben. Und sogar Drohungen gehagelt. Jetzt aber, jetzt war es Zeit für Ruhe. »Der Supervisor, mit dem ich gesprochen habe, hat mich an Agent Gallos Mailbox verwiesen. Die nützt mir leider nichts«, erklärte er. »Würden Sie Gallo bitte für mich suchen? Es handelt sich um einen Notfall.«

»Ist jemand in Gefahr, Sir?«

»Nein, aber er …«

»Dann wird sich Agent Gallo bei Ihnen melden, sobald er zurückkommt.«

Quincy trommelte mit den Fingern gegen die Kristallschüssel mit den Karamelbonbons auf seinem Schreibtisch. Die Süßigkeiten waren nur für Klienten gedacht. Mit einem Bonbon im Mund fühlten sich erwachsene Männer wie Jungs. An der Schüssel vorbei betrachtete Quincy durch die Glasfüllung neben seiner Tür den Schwarm von Menschen, die über den sechsten Stock liefen. Am anderen Ende des Flurs flog Lapidus' Bürotür plötzlich auf, und sein Partner stürmte heraus. Wenn Lapidus in Eile war, hatte er gewöhnlich ein ganz bestimmtes Ziel im Auge.

»Madam, Sie verstehen nicht.« Quincy ließ sich nicht abwimmeln. »Ich muß Agent Gallo finden. Und zwar sofort.«

»Es tut mir sehr leid, Sir. Der Supervisor hat Sie weiterverbunden, aber Agent Gallo scheint im Moment nicht an seinem Schreibtisch zu sein.«

»Selbstverständlich ist er nicht an seinem Schreibtisch. Aus diesem Grund möchte ich gern wissen, wo er ist.«

»Wir können solche Informationen leider nicht weitergeben, Sir.«

»Aber er sollte eigentlich ...«

»Tut mir leid, Sir, ich kann nichts weiter für Sie tun.« Es klickte in der Leitung, und gleichzeitig klopfte es an der Tür. Quincy hatte den Telefonhörer bereits in der Hand, als Lapidus hereinstürmte.

»Ja ... Nein, natürlich nicht. Keine Sorge, keiner rührt sich hier von der Stelle«, sagte Quincy in das Telefon. »Okay ... Danke, Jim ... Wir telefonieren später noch mal.«

»Du hast Gallo gefunden?« fragte Lapidus, als Quincy auflegte.

»Bete, und dir wird gegeben.«

»Was hat er gesagt?«

»Nichts Konkretes. Er wollte wohl nicht in die Einzelheiten gehen.«

»Weiß er, wo sie sind?«

»Schwer zu sagen«, erwiderte Quincy, während er sich einen Karamelbonbon nahm. »Aber wenn ich einen Tip abgeben müßte, würde ich sagen, es kann nicht mehr lange dauern. Jetzt heißt es abwarten und Tee trinken.«

52. Kapitel

»Brandt Katkin. Erfreut, Sie kennenzulernen«, sagt er, während er jedem von uns die Hand schüttelt.

»Jeff Liszt«, stelle ich mich vor und benutze einen anderen Namen aus der Bank. Katkin starrt auf mein Namensschild, auf dem *Lapidus* steht.

»Tu mir leid ...«, springt Charlie ein, genauso, wie wir es geübt haben. »Mr. Lapidus hat sich verspätet, also haben wir statt seiner Mr. Liszt gebeten, uns zu begleiten.«

»Natürlich«, sagt Katkin. Er ist zu gewieft, um sich auch nur eine Spur von Verärgerung anmerken zu lassen. In der Welt des Risikokapitals ist er mit den Strategien und Schlichen vertraut. Er führt uns durch die verwinkelten grauen Flure in sein Büro. Ich gehe voran, gefolgt von Gillian. Charlie bildet die Nachhut.

Je weiter wir uns von der Rezeption entfernen, desto ruhiger wird es. Ich sehe mich unauffällig um und versuche, einen Blick in einzelne Büros zu werfen, muß aber rasch feststellen, daß alle Türen geschlossen sind.

»War Ihre Firma immer schon eine Abteilung des Secret Service?« Charlie bemüht seinen üblichen scherzhaften Ton, aber die Unruhe in seiner Stimme ist nicht zu überhören.

»Ich würde uns nicht Abteilung nennen«, stellt Katkin klar, als wir nach links in sein Büro abbiegen. Er trägt Khakis, Slipper und ein Golfhemd. »Ich sehe es eher als Partnerschaft.«

Gillian und ich nehmen die beiden Plätze vor Katkins enormem, von einer Glasplatte gekrönten Schreibtisch ein. Charlie begnügt sich mit der zeitgenössischen schwarzen Ledercouch. Das Büro ist so modern eingerichtet, wie das mit Regierungsgeldern möglich ist. In einer Ecke steht ein schwarz lackierter Aktenschrank mit allen möglichen Anerkennungspräsenten drauf. Der typische Dankeschön-Kitsch, den eine Firma verteilt, wenn ein großes Geschäft abgeschlossen wird. Eine Spielzeugfeuerwehr, eine falsche Spritze, eine Buchstütze in Form eines Mikrochips. Direkt darüber hängt eine gerahmte Urkunde, die Katkins Dienste als Spezialagent beim Secret Service würdigt. Charlies Blick klebt daran.

Partnerschaft? Eine kleine Untertreibung! signalisiert er mir.

Ich nicke unmerklich. Secret Service bleibt Secret Service. Trotzdem scheint Katkin uns nicht zu kennen. Das heißt, Gallo und DeSanctis halten noch still, wo immer sie auch gerade stecken mögen.

»Wie genau funktioniert dieser Fonds eigentlich?« Meine Stimme bebt, und ich versuche, nicht in Panik zu geraten.

»Lassen Sie sich nicht von der Sache mit dem Secret Service in die Irre führen«, erwidert Katkin. »Das ist nur der nächste Schritt in Forschung und Entwicklung. Da die Technologie heute beinahe mit Lichtgeschwindigkeit voranschreitet, können die Behörden nicht mithalten. Kaum haben wir ein Sicherheitssystem durchschaut, taucht schon ein neues auf dem Markt auf. CIA ... FBI ... sie alle hinkten mindestens fünf Jahre hinter dem privaten Markt hinterher. Die CIA hat In-Q-Tel gegründet, um diese Kluft zu schließen. Und vor zwei Jahren haben wir Five Points aufgemacht.

Wenn man die Sache genauer betrachtet, ist das eigentlich ganz einfach«, fährt er fort. »Warum sollte man sich bei dem Versuch umbringen, hinter Silicon Valley herzusprinten, wenn man sie im Gegenteil dazu bringen kann, vor unserer Tür Schlange zu stehen? Das ist das schöne an diesem Spiel: Jede neue Idee braucht Geld, selbst die illegalen. Wenn zum Beispiel ein Bursche eine Kugel erfindet, die Teflon durchschlägt, kaufen wir sie selbst, bevor sie auf dem Schwarzmarkt auftaucht. Wir untersuchen, wie das Ding funktioniert, und rüsten unsere Agenten dann mit entsprechenden Gegenmaßnahmen aus. So kriegen wir das Beste von beiden Seiten. Wir können die Erfindungen selbst benutzen oder sie wirksam bekämpfen, falls sie gegen uns eingesetzt werden. Und wenn sie dann reif sind, bekommen unsere Unternehmer ihre Dividenden und wir den ersten Blick auf die besten Blaupausen.«

»Also streicht die Regierung den Gewinn ein?« frage ich.

»Welchen Gewinn?« gibt Katkin ironisch zurück. »Gemeinnützigkeit ist unser zweiter Vorname. Das macht die Politiker glücklich, die Wettbewerber sehen uns nicht als Bedrohung, und wir dürfen uns trotzdem in der Welt der

Wirtschaft tummeln. Willkommen in der Zukunft. Die Regierung als AG.«

»Wenn man sie nicht schlagen kann ...« gibt Charlie vor.

»... dann verleib sie dir ein«, scherzt Katkin. Schade nur, daß er als einziger lacht. »Wie kann ich Ihnen denn helfen?«

»Es geht um meinen Dad«, meldet sich Gillian endlich zu Wort. »Marty Duckworth ...«

»Duckworth war Ihr Vater?« Katkin klingt amüsiert. »Den Burschen mochte ich wirklich. Wie geht's ihm denn so?«

Gillian sieht zur Seite. »Er ist vor kurzem gestorben.«

»Oh ... Das tut mir leid«, sagt Katkin schnell. Ich beobachte genau seine Reaktion. Er hebt die Brauen, die Augen sind etwas geweitet, und die Schultern sinken etwas herunter. Er ist zwar nicht übermäßig schockiert, aber merklich betroffen. Ich werfe einen Blick über die Schulter auf Charlie. Er hat es auch registriert.

Wenn dieser Kerl uns was vormacht, schlage ich ihn für den diesjährigen Oscar vor, sagt mir sein Blick.

»Davon wußte ich nichts ...« fährt Katkin fort.

»Schon gut.« Ich aktiviere den Banker in mir. »Wie Sie sich vielleicht denken können, verwalten wir Mr. Duckworths Besitz. Wir haben gehofft, daß Sie uns vielleicht bei einigen Dingen helfen könnten. Als wir seinen persönlichen Nachlaß durchgegangen sind, haben wir dies hier gefunden ...« Ich greife in die Tasche, ziehe die Schweigepflichtsvereinbarung heraus und reiche sie Katkin.

Er nickt und unterdrückt ein Grinsen. »Da ist es ja wieder ... Der kleine Flüchtling ...«

»Wie bitte?«

»Duckworth war brillant, aber er war auch ein merkwürdiger Typ. Durch und durch Unternehmer. Wir sind mal zusammen über ein Laufband am Flughafen gegangen, und ich sagte aus Spaß: ›Wie lange würde es wohl dauern, auf so einem Ding die Welt zu umrunden?‹ Duckworth dachte etwa eine Sekunde darüber nach und erwiderte dann: ›Zweitausendsechshundertdreiunddreißig Stunden ... allerdings vorausgesetzt, sie verwenden den polaren Durchmesser der Erde und nicht den äquatorialen.‹«

Gillian möchte lachen, aber es will ihr nicht so richtig gelingen.

»Also erinnern Sie sich noch an das Geschäft mit ihm?« erkundigt sich Charlie.

»Wie sollte ich das vergessen? Es war ein ziemlich überraschender Besuch. Er hat sich unsere Adresse aus dem Telefonbuch herausgesucht. Ehrlich gesagt, man hat dieses Büro hauptsächlich eröffnet, um Kontakte nach Lateinamerika zu knüpfen. Wer hätte gedacht, daß irgendwann einmal jemand wie er bei uns hereinstolpern würde?«

Gillian beugt sich vor und verschränkt ihre Arme. »Was hat er denn gesagt?« Sie klingt gequält.

»Er ist einfach hereinmarschiert, den Laptop unter dem einen Arm und ein altes Klemmbrett unter dem anderen. Wir haben einen Assistenten losgeschickt, der mit ihm reden sollte. Normalerweise akzeptieren wir keine ungebetenen Anfragen hier im Büro. Zehn Minuten später hat man Duckworth zu den Wirtschaftsexperten geschickt. Und keine zehn Minuten später saß er in meinem Büro.« Katkin schwenkt die Schweigepflichtsvereinbarung. »Wir haben uns darüber lustig gemacht, daß er das Formular hier von der Website irgendeiner Anwaltskanzlei heruntergeladen hatte. Aber zu seiner Ehrenrettung muß ich gestehen, daß er uns nicht gezeigt hat, wie seine Erfindung funktionierte, bis wir das hier unterschrieben haben.«

»War sie so gut?«

»Wissen Sie, wie viele Schweigepflichtsvereinbarungen wir letztes Jahr unterzeichnet haben?« fragt Katkin und beantwortet die Frage selbst. »Zwei. Die andere war für diesen Burschen von …« Er unterbricht sich. »Sagen wir einfach, es ist jemand, von dem Sie bestimmt schon gehört haben.«

Charlie sitzt kerzengerade da. Er weiß, daß wir dicht an unserem Ziel sind. »Also haben Sie die Verpflichtung unterzeichnet?«

»Er hat uns den ganzen Papierkram hiergelassen. Wir haben uns gewunden und gezögert ... und schließlich haben wir doch unterschrieben. Aber seit den ersten Treffen vor etwa acht Monaten haben wir nichts mehr von ihm gehört.«

»Was?« fragen Charlie und ich gleichzeitig.

»Genau das haben wir auch gedacht. Wir hatten alles vorbereitet und hätten loslegen können. Unser Team war zusammengestellt, das Budget war abgesegnet, und wir haben sogar unseren Experten für Wirtschaftskriminalität aus New York einfliegen lassen.«

Als er unsere Heimatstadt erwähnt, spüre ich plötzlich einen unangenehmen Schmerz zwischen meinen Schultern. Fast, als würde ein Geier an meinem Hals nagen.

»Aus New York?« frage ich.

»Wir haben ein paar Freunde in unserem New Yorker Büro«, übernimmt Charlie den Ball. »Wie heißt er denn?«

Gillian scheint zwar wenig begeistert, aber der Trick funktioniert.

»Oh, er ist einer unserer besten Leute«, erwidert Katkin, während es sich der Geier auf meinen Schultern richtig bequem macht. Ich starre ausdruckslos durch die gläserne Tischplatte auf seine Füße, die völlig entspannt auf dem Teppich stehen. »Er ist ein wirklich netter Kerl«, behauptet Katkin. »Er heißt Jim Gallo.«

53. Kapitel

»Alles in Ordnung?« Katkin ist sichtlich von unserem Schweigen verwirrt.

»Natürlich«, erwidert Charlie rasch, während wir noch dabei sind, die Zusammenhänge herzustellen. »Es ist nur ... Jim Gallo ist nicht derjenige, den wir kennen.«

»Das Büro ist ziemlich groß«, gibt Katkin zu bedenken.

»Also hat mein Dad die Idee mitgenommen, als er verschwunden ist?« Gillian ist offenbar scharf darauf, wieder auf Duckworths Erfindung zu sprechen zu kommen.

»So was kommt ständig vor«, bestätigt Katkin. »Unternehmer tauchen auf, schwingen große Reden, und wenn ihnen dann ein besseres Angebot über den Weg läuft, hören wir nie wieder von ihnen. So läuft der Hase eben. Und mit einem Goldesel wie Duckworth ... Ich weiß zwar nicht, wie er es geschafft hat, aber ich nehme an, er hat einen neuen Partner gefunden und es mit ihm durchgezogen.«

»Wir haben gehofft, genau in diesem Punkt von Ihnen Hilfe zu bekommen«, erkläre ich. »Aufgrund der fehlenden Dokumentation in Mr. Duckworths Besitz haben wir enorme Schwierigkeiten, eine genau Einschätzung seiner Erfindungen vorzunehmen.«

»Wir wollen einfach nur wissen, woran er gearbeitet hat«, mischt sich Gillian ein.

Charlie windet sich auf der Couch. Goodbye, Geduld. Hallo, Verzweiflung.

»Tut mir leid«, meint Katkin. »Diese Information darf ich nicht weitergeben.«

»Aber seine Tochter ist Mr. Duckworths einzige Erbin.« Ich gebe nicht so schnell auf.

»Und das hier ist eine Schweigepflichtserklärung«, entgegnet Katkin mit einem kühlen Lächeln.

»Wir fragen ja nicht nach genauen Bauplänen ...«

»Nein, Sie verlangen nur, daß ich gegen einen bindenden Vertrag verstoße und dadurch unsere Gesellschaft einer saftigen Schadensersatzforderung aussetze.«

»Können Sie uns denn wenigstens erklären, was das mit den Fotos zu tun hat?« bittet Gillian ihn.

»Den was?«

»Diesen Fotos ...« Ich ziehe den Streifen mit den vier Porträtfotos aus meiner Jackentasche.

Katkins Miene bleibt ausdruckslos. Er hat anscheinend keine Ahnung, wen er da vor sich hat.

»Wir haben sie bei der Vereinbarung gefunden«, erklärt Charlie.

»Kennen Sie die Leute zufällig?« fragt Gillian.

»Keinen einzigen von ihnen. Ich habe sie noch nie zuvor gesehen.«

»Also haben sie nichts mit der Erfindung zu tun?« frage ich.

»Ich sagte Ihnen schon …«

»Ich weiß, aber das hier ist sehr viel wichtiger als der Knebelvertrag eines toten Mannes«, dränge ich, doch ich habe den Bogen überspannt.

Katkin steht auf und sieht uns der Reihe nach an. »Ich denke, das war's wohl.«

»Bitte … Sie verstehen das nicht …« flehe ich.

»Es war nett, Sie alle kennenzulernen«, erwidert Katkin eisig.

Charlie springt auf und geht zur Tür. Gillian folgt ihm. »Gehen wir«, sagt Charlie.

»Aber es ist von äußerster Wichtigkeit, daß wir …«

»Oliver, gehen wir!«

Katkin sieht mich an, und plötzlich scheint jemand den ganzen Sauerstoff aus dem Raum gesogen zu haben. Verdammt. Falscher Name.

Ich erstarre, und Gillian und Charlie stehen einfach reglos da. Katkin durchbohrt uns mit einem Blick, der so scharf ist, daß er regelrecht Schmerzen verursacht.

»Söhnchen, ich habe zwar keine Ahnung, für was Sie sich halten, aber lassen Sie sich von mir einen goldenen Rat geben: Diesen Kampf sollten Sie lieber nicht aufnehmen.«

Charlie legt mir eine Hand auf die Schulter und zieht mich zur Tür. Vier Sekunden später sind wir weg.

»Was hat er erfunden? Was hat er erfunden?« stöhnt Charlie auf dem Rücksitz von Gillians antikem blauen Käfer. »Warum mußtest du das so ausplappern?«

»Ich? Ich habe geplappert?« Gillian starrt ihn im Rückspiegel an. »Wie wär's denn damit: *Oliver … Oliver … Tut mir leid, ich habe nicht nachgedacht. Ich habe nicht mal eine einzige Gehirnzelle aktiviert.*«

»Würdet ihr beide bitte aufhören?« Ich sitze wie auf Kohlen, als wir über den Causeway zurückfahren. »Wir haben Glück, daß wir überhaupt so weit gekommen sind.«

»Was soll das denn heißen?« meint Charlie.

»Du hast doch Katkin gehört. Die Geschichte über Duckworth. Das Auftauchen von Gallo. Wir wissen jetzt wenigstens, wonach wir suchen müssen.«

»Also glaubst du, daß Gallo sich eingemischt und Dad ein besseres Angebot gemacht hat?« fragt Gillian.

»Was glaubst du wohl? Erster Akt: Dein Dad versucht, Geld von der Risikokapitalgesellschaft zusammenzukratzen, um seine Erfindung zu verwirklichen. Zweiter Akt: Er wird mit seiner Idee bei Five Points Capital vorstellig, dem verlängerten Arm des Secret Service. Dritter Akt: Auftritt Gallo. Vierter Akt: Dein Dad überlegt es sich plötzlich anders, verschwindet von der Bildfläche und mietet sich eine miese Bruchbude in New York, wo Gallo zufällig wohnt. Wie, glaubst du wohl, sieht der fünfte Akt aus, Miss Marple?«

»Also wurde Gallo von Five Points Capital zur Beratung hinzugezogen, aber als er die Erfindung gesehen hat ...«

»... dämmerte ihm, daß er selbst sie viel besser auf dem Schwarzmarkt verkaufen könnte. Sofort tritt er an Duckworth heran. *Warum sollten wir mit einer Risikokapitalgesellschaft teilen, wenn wir die ganze Kohle für uns selbst behalten können?*«

Charlie beugt sich zwischen den Sitzen vor. »Aber wenn sie zusammengearbeitet haben, warum sollte sich Gallo dann gegen ihn wenden?«

»Weil es besser ist, den Gewinn für sich allein zu behalten, statt ihn durch zwei teilen zu müssen. *Klar, Marty, wir helfen dir dabei, den Prototyp zu bauen ... Sicher, Marty, es ist viel besser, wenn du direkt mit uns zusammenarbeitest ... Danke für die Hilfe, Marty, wir nehmen jetzt deine Idee, deponieren die ganze Knete auf einem Konto mit deinem Namen, und du darfst dann in der Versenkung verschwinden.* In dem Augenblick, in dem Duckworth merkte, was da vorging, haben sie ihn aus dem Verkehr gezogen. Allerdings hatten sie da schon sein Baby in den Fingern.«

Gillian starrt wortlos aus dem Fenster.

»Was ist mit dem Geld?« fragt Charlie. »Selbst wenn deine Theorie stimmt, erklärt sie noch nicht, wie sie es auf der Bank versteckt haben.«

»Genau aus diesem Grund glaube ich, daß sie mit einem Internen zusammengearbeitet haben«, behaupte ich.

»Vielleicht kommen da ja die Fotos ins Spiel.« Gillian ist plötzlich wieder bei der Sache. Ich klappe die Sonnenblende herunter, sehe aber vorher noch im Spiegel, wie Charlie eine Grimasse schneidet.

»Vielleicht sind das ja die Leute auf den Fotos … diejenigen, die Gallo in der Bank geholfen haben«, führt Gillian ihre Idee aus.

»Ich weiß nicht …« Ich nehme den Streifen mit den Fotos aus meiner Tasche. »Ich habe diese Leute noch nie im Leben gesehen.«

»Könnten sie nicht aus einem anderen Büro stammen? Habt Ihr nicht noch irgendwo Filialen?«

»Ein paar … Aber die Partner sitzen alle in New York. Und so geschickt, wie das Konto versteckt war … Um das so durchzuziehen, muß man ein großes Tier sein.«

Charlie legt den Kopf schief und sucht meinen Blick im Rückspiegel. Er glaubt, daß ich etwas zurückhalte. Und er hat recht. »Denkst du dabei an jemand Bestimmtes?« fragt er und bringt die Sache mal wieder auf den Punkt. Gallo ist gar nicht aufgetaucht, um zu ermitteln. Er hat nach seinem eigenen Geld gesucht. Und nach allem, was wir in der Bank beobachtet haben, hat er dort lediglich mit Lapidus und Quincy zusammengearbeitet.

»Also hat Duckworth seine Erfindung gemacht, Gallo und DeSanctis haben die ganze Sache an sich gerissen, und irgendwo unterwegs haben sie einen Insider gefunden, der ihnen geholfen hat, es auf der Bank zu verstecken«, führt Charlie aus. »Du bist dran, Ollie: Wer ist der größere Schurke, Lapidus oder Quincy?«

Ich schüttele den Kopf und spiele die Szenen in Lapidus' Büro noch einmal durch. Es gab da noch eine dritte Person. »Das klingt zwar sinnvoll, aber woher weißt du, daß es nicht Shep war? Ich meine, er war schließlich ein ehemaliger Secret-Service-Agent ...«

»Shep war es nicht«, unterbricht mich Charlie. »Glaub mir, er hätte so was nie getan!«

»Aber wenn er ...«

»Es war nicht Shep!« Sein Ton duldet keine Widerrede.

Ich drehe mich um und starre Charlie an. Gillian beobachtet ihn im Rückspiegel. Es ist wohl besser, deswegen keinen Streit anzufangen. Trotzdem mußte auch Duckworth einen Verbündeten gehabt haben.

»Vielleicht kommen hier ja tatsächlich die Fotos ins Spiel«, fahre ich fort. »Vielleicht sind darauf die anderen Leute abgebildet, die mitgemischt haben. Auf dem Schwarzmarkt vielleicht, oder es sind einige große Fische aus dem Secret Service. Duckworth hat ihre Fotos vielleicht als Lebensversicherung aufbewahrt.«

»Warum sind dann keine Fotos von Gallo und DeSanctis dabei?«

Das ist eine gute Frage. Gillian steuert ruckartig auf die Abfahrt zu, verläßt den Causeway und biegt auf die Alton Road ein. Ich betrachte noch immer die Fotografien. Es sind keine Hochglanzbilder, sondern nur Billigabzüge. Das Papier ist sogar ziemlich dünn, als stammte es von einem Farbdrucker.

»Irgendwelche Vorschläge?« fragt Gillian.

»Eigentlich nicht. Aber wenn man sie so nebeneinander betrachtet ... sehen sie dann nicht wie Paßfotos aus?«

»Du meinst wie Führerscheinfotos?« fragt Gillian.

»Oder Paßfotos«, meint Charlie.

»Vielleicht stammen sie auch von einem Firmenausweis«, ergänze ich.

»Wenigstens haben wir Katkins Reaktion«, sagt sie. »Das allein hat schon klargemacht, daß sie nicht von Five Points kommen.«

»Ich glaube immer noch, daß dies Leute sind, denen dein Vater vertraut hat«, meint Charlie. »Es ist wie mit dieser Schweigepflichtsvereinbarung. Man verwahrt keine Dinge sicher auf, die einen in Schwierigkeiten bringen könnten, sondern man versteckt das, was man beschützen will.«

Der Wagen hält vor einer Ampel, und Gillian nickt Charlie im Rückspiegel zu. Auch sie erkennt eine gute Theorie, wenn sie sie hört. »Wenn diese Leute ihm nun bei seiner eigentlichen Idee geholfen haben?«

»Oder wenn er sich ihnen anvertraut hat?« wirft Charlie ein.

»Wie lautet noch der Name dieser Computerspielefirma, bei der er nach Disney gearbeitet hat?« Plötzlich bin ich aufgeregt.

»Neowerks. Ich glaube, sie sitzen in der Broward ...«

»Ich habe die Adresse auf einem alten Zahlschein gesehen«, unterbricht Charlie sie. »Im Aktenschrank.« Ein vielsagendes Schweigen senkt sich über uns.

Gillian biegt schwungvoll in die Tenth Street ab und hält mit einem Ruck vor ihrem Haus.

»Wie weit sind wir von der Broward entfernt?« fragt Charlie.

»Höchstens vierzig Minuten«, erwidert Gillian.

»Ich hänge mich ans Telefon und beschaffe uns einen Termin«, sage ich, reiße die Tür auf und helfe Charlie, aus dem Rücksitz hochzukommen. Gillian bleibt sitzen.

»Kommst du nicht mit?« will ich wissen.

»Ich sollte mich eigentlich kurz vergewissern, daß ich noch einen Job habe. Ich bin in zehn Minuten wieder da.« Sie wirft mir die Hausschlüssel zu, winkt und ist weg.

»Ach, wie ich sie vermisse!« sagt Charlie. Er schwingt die Schlüssel, stürmt über den zementierten Weg zur Haustür, schließt auf und eilt durch die Tür. Im Haus stürzt er sich sofort auf den Aktenschrank. Ich schlage die Tür hinter mir zu und gehe ans Telefon. Da hören wir, wie die Haustür hinter uns abgeschlossen wird, und drehen uns um. Im selben Moment fällt mir auf, daß alle Jalousien heruntergelassen sind. Im Haus ist es ganz dunkel. Dann hören wir ein Klicken aus der Ecke, und eine Lampe im Wohnzimmer flammt auf. Mir stockt der Atem.

»Schön, dich zu sehen, Oliver«, sagt Gallo. Er sitzt auf der Couch. »Jetzt kommt der Teil, der weh tut ...«

Ein Schatten löst sich von der Tür und stürzt sich auf uns. Charlie wirbelt herum und versucht auszuweichen, aber es ist zu spät. Eine Hand zuckt auf ihn zu. Gallo ist hinter mir aufgetaucht und schlingt seinen Arm um meinen Hals. Als letztes sehe ich, wie DeSanctis' Faust im Gesicht meines Bruders landet.

54. Kapitel

»Willkommen im Miami Airport. Was kann ich für Sie tun?«

»Hallo, ich soll hier einen Wagen abholen«, sagte Joey zu der kleinen Blondine hinter dem Tresen von National Car Rental. »Auf den Namen Gallo.«

»Gallo ...« wiederholte die Frau, während sie den Namen in den Computer eintippt. »Unter Gallo habe ich nichts ...«

»Vermutlich hat er ihn auf den Namen DeSanctis bestellt.« Joey zog ihren Bluff weiter durch. Die Schalter der anderen Mietwagenfirmen erstreckten sich durch den ganzen Terminal, aber nachdem Joey die Rolltreppe verlassen hatte, ging sie sofort zu National. Wenn es um Regierungsrabatte ging, gab es nur drei Mietwagenfirmen, die das Büro des Secret Service als »Bevorzugte Lieferanten« auflistete. National stand ganz oben auf der Liste.

»Fündig geworden?« fragte Joey.

Die Mietwagenangestellte betrachtete verwirrt ihren Bildschirm. »Es tut mir leid, aber hier steht, daß schon jemand den Wagen abgeholt hat.«

»Diese diensteifrigen Mistkerle!« Joey lachte. »Ich wußte, daß sie die erste Maschine nehmen würden. Sie tun alles, um den Bösewicht zu erwischen.« Sie klappte ihre Brieftasche auf, beugte sich vor und flüsterte: »United States Secret Service.« Sie ließ die goldene Marke aufblitzen, sorgte allerdings dafür, daß die Worte *Fairfax Country*

Police von ihren Fingerspitzen verdeckt wurden. Joey hatte im Laufe der Jahre im Dienst herausgefunden, daß eine Dienstmarke mehr war als nur eine Dienstmarke. Vor allem, wenn es die Dienstmarke ihres Vaters war. »Wir sollten uns in Miami treffen und ... Darf ich Ihr Telefon benutzen?« fragte sie. »Ich versuche, sie über Handy zu erreichen.«

Die Angestellte reichte den Hörer über den Tresen und tippte die Nummer ein, die Joey ihr gab. Im Hörer hörte Joey ihre eigene Mailbox anspringen. Mit besorgter Miene sah sie die Angestellte an. »Ich erreiche nur ihre Mailbox ...«

»Ist ... es dringend?«

»Haben Sie eine Ahnung, wo sie hingefahren sind?« erkundigte sich Joey nervös.

»Eigentlich dürfen wir ...«

»Es sind meine Partner«, drängte Joey. »Wenn etwas passiert ist ...«

Die Frau wollte etwas sagen, zögerte jedoch.

»Es ist ein Notfall«, bat Joey sie. »Bitte ...«

Die Angestellte nahm ein Blatt Papier mit einem Stadtplan von einem Stapel und schob es beunruhigt auf den Tresen. »Sie wollten wissen, wie sie nach South Beach kommen. Ich habe ihnen das hier gegeben.«

»Haben sie eine genauere Adresse angegeben?«

»Tenth Street ... Sie haben zwar keine Hausnummer genannt, aber es ist nur eine kleine Straße ...«

»Das finde ich schon«, erklärte Joey und steckte den Stadtplan ein. »Wie schnell können Sie mir einen Wagen besorgen?«

55. Kapitel

Der dritte Schlag landet auf meinem Kinn, und ich schmecke den bitter-süßlichen Geschmack von Blut auf meiner Zunge.

»Laß ihn in Ruhe!« schreit Charlie, obwohl er die Worte kaum herausbekommt. DeSanctis schlägt ihm mit dem Knauf seiner Waffe gegen das Kinn.

»Wo ist das Geld?« brüllt mir Gallo ins Gesicht und holt zu einem weiteren Schlag aus. Er packt meine Krawatte und schleudert mich auf die Couch. »Sag uns, wo es ist, Oliver! Sag es, und wir verschwinden aus deinem Leben!«

Es ist ein klares Versprechen und gleichzeitig eine bodenlose Lüge. Wir atmen nur noch aus einem einzigen Grund: Weil wir noch haben, was sie wollen.

»Erzähl ihnen nichts!« schreit Charlie. Blut läuft ihm über das Kinn. DeSanctis holt aus und trifft meinen Bruder am Ohr. Charlie schreit auf, sinkt auf die Knie und hält sich den Kopf.

»Charlie!«

»Rühr dich nicht!« warnt mich Gallo und zerrt mich am Hals zurück.

»Schlag ihn noch mal, dann bekommt ihr gar nichts!« schreie ich.

»Glaubst du etwa, daß wir verhandeln?« Gallo hat mich immer noch an der Krawatte gepackt. Er stößt mich gegen das Buchregal, und einige Bände über Ingenieurwesen poltern zu Boden. Er läßt mich nicht zu Atem kommen, sondern schleudert mich zum Ecktisch. Die Lampe geht in tausend Stücke, und einige Bilderrahmen segeln durch die Luft. Ich stolpere und bemühe mich, auf den Beinen zu bleiben, aber ich kann weder mein Gleichgewicht halten, noch komme ich dazu, zu der Waffe zu greifen, die hinten in meinem Hosenbund steckt. »Ist dir klar, wieviel von meiner Zeit du schon verschwendet hast?« tobt Gallo weiter. »Hast du eine Vorstellung davon, was mich das kostet?«

Wie ein Wrestler packt er mich erneut an meinem Schlips, zerrt mich herum und stößt mich gegen das Buchregal. Bei dem Aufprall trifft mich ein Buch im Nacken. Einen Moment lang ist mir schwarz vor Augen. Gallo zieht mich zu sich heran und schiebt mich dann wieder zurück, immer wieder und wieder. *»Wo ist das Geld, Oliver! Wo hast du es hingeschafft?«*

Bei jedem Stoß scheint sich die Welt aus- und einzuschalten. Ich bin kurz davor, ohnmächtig zu werden, aber Gallo läßt nicht locker. Dann schließt er seine Pranken um meine Kehle und rammt mich gegen das Buchregal. Ich kann nicht mehr atmen. Als er den Griff verstärkt, ringe ich verzweifelt nach Luft, doch ich schnappe nur vergeblich wie ein Fisch auf dem Trockenen. »Bi… bitte …!«

Hinter Gallo hockt Charlie immer noch am Boden und hält sich sein Ohr. DeSanctis steht mit einem überheblichen Grinsen über ihm. Und hinter den beiden … Ich könnte schwören, daß sich in der Küche etwas bewegt hat. Noch bevor ich reagieren kann, wird mir schwarz vor Augen, und der Boden schwankt. Es kommt mir vor, als wäre ich unter Wasser. Gallo preßt mir die Kehle zu, und meine Gedanken gleiten zu letzter Nacht zurück. Zu Gillian. Sie ist alles, was ich sehen kann. Deshalb kann ich auch kaum glauben, daß sie wirklich da ist, als ich die Augen wieder aufschlage.

Gillian stürmt ins Wohnzimmer und knallt DeSanctis den gläsernen Mixer auf den Kopf. Der harte Aufprall läßt das Glas springen, und DeSanctis schwankt nach vorn und stolpert über Charlie.

Bei dem Geräusch dreht Gallo sich um. Ich schnappe mir ein dickes Buch aus dem Regal und schmettere es ihm an den Hinterkopf. Er verliert das Gleichgewicht. Mehr braucht Gillian nicht. Sie ist sofort bei uns. Gallo greift zwar nach seiner Waffe, aber er hat keine Chance. Gillian hat schon ausgeholt und läßt den Mixer wieder durch die Luft sausen. Sie trifft Gallo seitlich am Kopf. Es klirrt laut, und das zuvor schon gesprungene Glas zersplittert. Hunderte winziger Scherben segeln gegen meine Brust. Gillian hält nur noch einen massiven gläsernen Griff in der Hand. Gallo liegt benommen auf dem Teppich, aber er ist nicht bewußtlos.

»Raus hier!« schreit Gillian und packt meine Hand. Ich huste und versuche, zu Atem zu kommen. Ich trete über Gallo und will zu Charlie, der langsam den Kopf vom Teppich hebt. Sein Blick zuckt hin und her, zuerst zu Gillian, dann zu mir und wieder zu Gillian zurück. Er steht unter

Schock. Gillian packt einen Arm, ich den anderen. Wir heben ihn unter den Achseln hoch und stellen ihn auf die Füße.

»Bist du okay? Kannst du mich hören?« frage ich ihn.

Er nickt und gewinnt rasch sein Gleichgewicht wieder. »Schaff uns hier raus!« Seine Stimme klingt kein bißchen ängstlich, sondern nur wütend.

Gillian geht voran. Sie wendet sich nicht zur Vordertür, sondern nach hinten zum Schlafzimmer. Sie stürmt voraus, gefolgt von Charlie. In dem Moment, als ich hinterherlaufen will, packt jemand meinen Knöchel und dreht mir den Fuß um. Der Schmerz durchzuckt mich wie ein Stromschlag, und ich stürze. Es ist DeSanctis, der meinen Knöchel nicht losläßt. Er liegt auf dem Bauch und kriecht auf mich zu. Blut rinnt aus seinem Haaransatz über die Stirn hinunter bis zur Wange.

Ich robbe auf den Ellbogen voran und trete wie wild um mich. Seine Fingernägel graben sich in meinen Knöchel. Ich kann ihn nicht abschütteln. »Charlie!«

Ich sehe mich um, und da ist mein Bruder bereits. Sein Schuh landet mit voller Wucht auf DeSanctis Handgelenk. Der Agent heult vor Schmerz auf und läßt los. Dabei sieht er Gillian an.

»Was hast du …?«

Noch bevor DeSanctis den Satz zu Ende sprechen kann, tritt Gillian wie entfesselt zu und trifft ihn am Kopf. Ein fürchterliches Knacken ist zu hören, das Gillian jedoch nicht beeindruckt. Sie tritt wieder zu. Ihr Schuh hat die Wirkung eines Ziegelsteins.

»Das reicht!« Charlie zieht sie zurück. Von meiner Position aus ist er sieben Meter groß. Der neue große Bruder. *»Raus hier!«* Er zieht mich hoch.

Da wir nicht wissen, was am Vordereingang auf uns wartet, stürmt er zur Rückseite des Hauses. Ich ignoriere meinen schmerzenden Knöchel und humple, so schnell ich kann, über den Flur hinter ihm her. Gillian legt ihre Hand auf meine Schulter. »Immer weiter«, flüstert sie. Wir stürmen durch das Schlafzimmer. Die Schiebetüren, durch die man in den Garten gelangt, stehen weit auf.

»Rechts rum!« ruft Gillian.

Charlie sucht sich aber lieber seinen eigenen Weg und biegt nach links ab.

Draußen finden wir uns auf einem zementierten Hof wieder. Die Wand vor uns ist zu hoch. Nach links geht es durch den Garten des Nachbarn. Die Hinterhöfe sind anscheinend alle miteinander verbunden. Charlie ist schon am Ende angelangt und benutzt einen rostigen, sonnengebleichten Liegestuhl als Kletterhilfe über die Mauer.

»Schnell!« ruft Charlie. Ein Bein hat er schon auf der anderen Seite.

»Mein Wagen steht dahinten!« Gillian zerrt mich gewaltsam nach rechts.

Ich sehe mich einen Moment unschlüssig in beide Richtungen um, aber die Antwort ist einfach. »Warte, Charlie!« Ich will zu meinem Bruder laufen.

»Bist du verrückt geworden? Hier lang ist es sicherer!« Gillian gibt nicht nach.

Ich halte nicht einmal inne.

»Ich meine es ernst!« fährt sie fort. »Wenn du jetzt gehst, dann seid ihr auf euch allein gestellt!« Es ist zwar eine wirkungsvolle Drohung, aber offenbar will Gillian selbst auch nicht allein bleiben. Sie läuft kopfschüttelnd hinter mir her.

»Kommt schon, sie können jede Sekunde auftauchen!« schreit Charlie und hebt sein anderes Bein über die Mauer. Er stemmt sein Gewicht auf die Arme, stößt sich von der Mauer ab und springt.

»Warte eine Sek...« Zu spät, er ist schon weg.

Ich springe auf den Liegestuhl und spähe über den Rand der Mauer, aber gerade als ich Charlie auf der anderen Seite sehe, knallt es. Fünf Zentimeter neben meinem Gesicht fliegt der Putz von der Mauer und sprüht in alle Richtungen. Ich kneife die Augen zusammen, als ich versuche, etwas zu erkennen. Am anderen Ende der Straße humpelt

Gallo um die Ecke und zielt mit seiner Waffe direkt auf mich.

»Deckung!« schreit Charlie.

Ein zweiter Schuß peitscht auf.

Ich ducke mich, verliere das Gleichgewicht und falle von dem Stuhl. Dann starre ich auf die Mauer, die mich von meinem Bruder trennt.

»Oliver?« ruft Charlie.

»Lauf weg!« schreie ich. »Mach, daß du da wegkommst!«

»Nicht, bis du ...!«

»Lauf, Charlie! Sofort!«

Für eine Diskussion haben wir keine Zeit. Ich höre seine dumpfen Schritte im Gras, als er losrennt. Gallo kann nicht sehr weit hinter ihm sein.

Ich stehe auf, ziehe die Waffe aus meinem Hosenbund und starre die Mauer an, als könnte ich hindurchsehen. Gillian berührt meinen Rücken. »Ist er ...?«

Ein dritter Schuß unterbricht sie. Dann dröhnt ein vierter. Mein Herz krampft sich zusammen, und ich kann nur auf die Mauer blicken. Unwillkürlich halte ich den Atem an, schließe die Augen und versuche Schritte auszumachen. In der Ferne höre ich ein schwaches Trampeln. Lieber Gott, hoffentlich ist das Charlie!

Ich will über die Mauer schauen, aber Gillian zerrt mich in die andere Richtung. »Wir müssen sofort hier weg«, sagt sie und reißt mich zurück. Als ich mich nicht bewege, sagt sie: »Bitte, Oliver ...«

»Ich lasse ihn nicht im Stich!«

»Hör zu. Wenn du deinen Kopf da oben sehen läßt, kannst du dir auch gleich eine Zielscheibe auf die Stirn malen. Charlie wird es schaffen. Er ist zehnmal so schnell wie Gallo.«

Ein fünfter Schuß schlägt ganz in unserer Nähe ein. Wir zucken zusammen und ducken uns.

»Wie weit ist es bis zu deinem Wagen?«

»Komm mit.« Sie nimmt mich an der Hand, und wir laufen über den offenen Hof zurück. Als wir an den Schiebetüren von Gillians Schlafzimmer vorbeikommen, zuckt DeSanctis Hand heraus. Er erwischt Gillians schwarze Locken.

»Fertig für die zweite Runde?« knurrt der Agent. Er sieht immer noch reichlich benommen aus. Die rechte Seite seines Gesichts ist blutverschmiert.

Gillian wirbelt herum und rammt ihm ihr Knie in den Unterleib. Er sinkt mit einem leisen Stöhnen zusammen, und ich haue ihm sicherheitshalber noch den Knauf der Pistole auf den Kopf. Wir laufen weiter zum anderen Ende des Hinterhofs. Die Mauer sieht aus wie das Spiegelbild der Wand, über die Charlie vor ein paar Sekunden geklettert ist. Doch dann sehe ich nach links und bemerke das schwarze Metalltor, das in der Wand eingelassen ist. An dem Gitter ist eine Karte in einem versiegelten Plastikbeutel befestigt. *Nicht verschließen: Notausgang* hat jemand daraufgekritzelt.

Gillian packt das Gitter und reißt die Tür auf. Mit einem metallischen Klang schlägt sie hinter uns zu, und wir stehen auf dem Parkplatz eines niedrigen Wohnkomplexes. Kaum sind wir auf der Straße, biegen wir scharf nach links ab.

»Hierher!« Sie springt in ihren blauen Käfer, den sie unter einem Baum geparkt hat.

Sie startet den Wagen, während ich mich nach DeSanctis umsehe. »Los …!«

»Wo entlang?«

»Geradeaus. Wir finden ihn.«

Die Reifen quietschen, und wir halten die Köpfe gesenkt, falls wir Gallo begegnen sollten. Aber als wir das Ende des Blocks erreichen und an die Ecke kommen, zu der Charlie gelaufen ist, ist niemand zu sehen. Kein Gallo, kein Charlie, niemand. In der Ferne hören wir schwaches Sirenengeheul. Eine Schießerei ruft natürlich die Polizei auf den Plan.

»Oliver, wir sollten wirklich …«

»Halt weiter Ausschau«, sage ich und suche jede Gasse hinter jedem Haus ab, an dem wir vorbeifahren. »Er muß hier irgendwo sein.« Doch während Gillian langsam den Block entlangfährt, ist nichts zu sehen als leere Auffahrten, schäbige Rasenflächen und ein paar schwankende Palmen. Die Sirenen hinter uns werden lauter.

Wenn ich auf der Flucht wäre, würde ich am nächsten Stoppschild rechts abbiegen. »Nach links«, sage ich zu Gillian. Ich kenne meinen Bruder. Doch als wir um die Ecke biegen, finden wir nur einen alten Mann mit wettergegerbter Haut. Er sitzt auf der Stufe seines Hauses und schält mit seinem Taschenmesser eine Grapefruit.

Ich kurble das Fenster herunter und verstecke die Waffe. »Haben Sie hier jemanden vorbeilaufen sehen?«

Er sieht mich an, als spräche ich ...

»Spanisch«, erklärt Gillian.

»Haben Sie veras un muchacho?«

Er reagiert immer noch nicht, sondern schält seine Grapefruit weiter. Die Sirenen sind beinahe direkt hinter uns.

Gillian starrt in den Rückspiegel. Sie weiß, daß es ganz schön knapp wird. Sie braucht eine Entscheidung. »Oliver ...«

»Sekunde noch«, erwidere ich. »Por favor ... es muy importante. Es mi hermano!«

Er blickt nicht mal hoch.

»Oliver, bitte ...!«

Hinter uns quietschen Reifen um die Kurve.

»Los ... weg hier!«

Sie tritt das Gaspedal herunter, und die Räder drehen erneut kurz durch. Eine scharfe Biegung nach rechts, und unsere rücksichtlose Überschreitung des Tempolimits überzieht das Viertel mit einem rosagrünen Schleier. Ich starre aus dem Fenster und warte darauf, daß Charlie aus den Büschen springt und mir zuruft, daß er in Sicherheit ist. Aber das tut er nicht. Trotzdem suche ich weiter nach ihm.

Gillian legt ihre Hand sanft auf meinen Nacken. »Er ist ganz bestimmt in Sicherheit«, verspricht sie.

56. Kapitel

Wäre Joey zehn Minuten früher angekommen, hätte sie die ganze Show miterleben können. Die roten Lichter der Polizeiwagen, die uniformierten Cops, die aus dem Haus liefen, Gallo und DeSanctis, die ihre hastig vorbereiteten Erklärungen abgaben: Ja, das waren wir; ja, sie sind entkommen; nein, wir kriegen das wunderbar selbst in den Griff, trotzdem vielen Dank. Aber obwohl alle verschwunden waren und nicht einmal Gallos Mietwagen irgendwo zu finden war, hätte sie das gelb-schwarze Absperrband der Polizei vor Duckworths Haustür kaum übersehen können.

Joey sprang aus dem Wagen, ging geradewegs zur Tür und klopfte. »Jemand zu Hause?« Sie wollte sich davon überzeugen, daß sie allein war.

Ein Blick über die Schulter und ein schneller Versuch mit dem Dietrich besorgten den Rest. Als die Tür aufschwang, duckte sie sich und kroch unter dem Absperrband der Polizei hindurch. Die Küche war anscheinend unberührt, aber das Wohnzimmer hatte jemand vollkommen auf den Kopf gestellt. Eine Lampe war zerbrochen, der Couchtisch lag auf der Seite, und die Bücher waren aus den Regalen gefegt worden. Anscheinend hatte es einen recht kurzen Kampf gegeben, weil sich alles in einem Raum abgespielt hatte. Im untersten Fach des Buchregals stapelten sich alte Ausgaben des Magazins *Wired*. Joey nahm das oberste Exemplar heraus und überflog das Adressenetikett. Martin Duckworth? Der Name verwirrte sie. Auf einem Regal daneben entdeckte sie den zerbrochenen Fotorahmen mit dem Bild von Gillian und ihrem Dad. Endlich etwas Konkretes. Joey nahm das Foto heraus und steckte es in ihre Tasche.

Auf dem fahlen Teppich funkelten die Glasscherben des Mixers, und etwas hatte einen dunklen Fleck auf dem Boden hinterlassen. Joey bückte sich, um ihn genauer zu inspizieren, aber das Blut war schon getrocknet. Im Flur ging es mit dem Blut weiter, winzige Tropfen, die wie Protuberanzen von einer dunkle Sonne weggeschleudert worden waren. Je weiter sie sich vortastete, desto kleiner wurden die Flecken, bis Joey schließlich von ihnen ins Schlafzimmer geführt wurde, zu den Schiebetüren.

Von der anderen Seite der Tür starrte sie ein etwa vierjähriger kubanischer Junge in einem blauen Superman-T-Shirt an. Er hielt die Hände in den Taschen. Joey lächelte und schob die Tür vorsichtig zurück. Dabei achtete sie darauf, ihn nicht zu erschrecken. »Hast du meinen Bruder gesehen?« fragte sie freundlich.

»Bumm-Bumm!« rief er, formte mit den Fingern eine Pistole und deutete auf die Mauer zu ihrer linken. Joey drehte sich um und sah die gezackten Vertiefungen oben im Zement der Mauer. Ein Liegestuhl war an den Sockel gelehnt. Joey zog ihr Handy aus der Tasche und drückte eine Kurzwahltaste.

»Wie war dein Flug?« fragte Noreen.

»Hast du jemals von einem Kerl namens Martin Duckworth gehört?« fragte Joey und starrte auf das zusammengerollte Magazin.

»Ist das nicht der Bursche, auf dessen Namen das Bankkonto läuft?«

»Ja, doch laut Lapidus und den Unterlagen bei Greene lebt er in New York.«

»Gib mir fünf Minuten, dann wissen wir mehr. Noch was?«

»Du mußt auch ihre Verwandten für mich suchen«, erklärte Joey, während sie zu der Wand ging. »Charlies und Olivers ... und jeden, den sie in Florida kennen könnten.«

»Boß, glaubst du nicht, daß ich das in dem Moment getan habe, als du in die Maschine nach Miami gestiegen bist?«

»Kannst du mir die Liste schicken?«

»Es gibt nur einen Namen«, erwiderte Noreen. »Aber sagtest du nicht, daß sie zu schlau wären, sich bei Verwandten zu verstecken?«

»Das hat sich geändert. So wie es aussieht, haben Gallo und DeSanctis ihnen einen Besuch abgestattet.«

»Glaubst du, daß sie geschnappt worden sind?«

Joey erinnerte sich an den Blutfleck auf dem Teppich, stieg auf den Liegestuhl und fuhr mit den Fingern über die Lücke im Zement. Nirgendwo war Blut. »Ich kann zwar nicht für beide sprechen, aber irgendwas flüstert mir, daß wenigstens einer von ihnen entkommen ist. Und wenn er auf der Flucht ist …«

»… ist er bestimmt verzweifelt«, stimmte Noreen ihr zu. »In zehn Minuten hast du alles.«

57. Kapitel

Als ich zwölf war, habe ich Charlie einmal in der Einkaufsstraße der Kings Plaza verloren. Mom stöberte in einem der Billigläden und überlegte angestrengt, was sie sich zurücklegen lassen wollte. Charlie versuchte alles, um in einem Geschenkeladen an den Erotikkerzen zu riechen, die für Kinder verboten waren. Ich sollte auf ihn aufpassen, aber als ich mich umdrehte, um ihm Spielkarten mit Nacktbildern zu zeigen, war er plötzlich verschwunden. Mir war sofort klar, daß er sich nicht versteckte oder in eine entlegene Ecke der Shopping-Mall spaziert war.

Fünfundzwanzig Minuten lang lief ich von Geschäft zu Geschäft und rief seinen Namen. Bis ich ihn in einem Laden fand, in dem es nur Süßigkeiten zu kaufen gab. Er stand da und leckte die Scheibe ab. Ich hatte einen stechenden Schmerz in der Brust, doch das war nichts im Vergleich zu dem Gefühl, das ich nun empfinde.

»Kann ich Ihnen helfen?« fragt mich der Sicherheitsbeamte am Empfang. Es ist ein älterer Mann mit einer Uniform und weißen orthopädischen Schuhen. Willkommen im Wilshire Wohnpark in North Miami Beach. Hierhin kann man sich in einem Notfall flüchten.

»Ich möchte meine Großmutter besuchen«, sage ich und knipse meine Braver-Enkel-Stimme an.

»Tragen Sie hier Ihren Namen ein.« Er deutet auf das Besucherbuch. Ich kritzle etwas Unleserliches und überfliege dabei rasch alle Unterschriften auf der Seite. Keine davon gehört Charlie. Trotzdem, wir sind dieses Szenario ein dutzendmal durchgegangen. Falls wir uns aus den Augen verlieren sollten, wollten wir dorthin gehen, wo es sicher ist. Unter »Bewohner« trage ich ein »Großmutter Miller.«

»Sie sind also Dottys Enkel?« Er taut plötzlich auf.

»Ja, Dottys Enkel.« Ich eile in die Eingangshalle. Natürlich ist das eine Lüge, aber ich bin trotzdem nicht fremd hier. Meine Großmutter Pauline Balducci hat beinah fünfzehn Jahre hier gelebt. Vor drei Jahren ist sie hier gestorben, was der Grund dafür ist, daß ich den Namen ihrer alten Nachbarin benutze, um hereinzukommen.

Ich ziehe Gillian am Arm durch die Lobby, gehe an den Aufzügen vorbei und folge den *Ausgang*-Schildern durch den verwinkelten Korridor, in dem es nach Chlor riecht. Vor uns liegt der Pool. Mom hatte uns für eine schöne Zeit mit unserer Grandma hierhergeschickt. Wir verbrachten zwei Wochen mit Wasserkämpfen, atemberaubenden Wettstreiten und jeder Menge Beschwerden des Personals der Wohnanlage. Angeblich würden wir zu laut tauchen, was immer das heißen mochte.

Als Gillian und ich nun hinaustreten, sind zwei Geschwister vollkommen in ein Spiel vertieft. Der Junge schließt die Augen und ruft »Marco!« und das Mädchen »Polo!«. Wenn er näher kommt, hüpft sie die Stufen hinauf, rennt um den Pool und springt wieder hinein. Das ist ein himmelschreiender Betrug. Und genau dasselbe hat Charlie immer mit mir gemacht.

»Oliver, wo ...?«

»Warte hier.« Ich deute auf einen freien Liegestuhl.

Neben dem Pool liegt ein Großvater in einem weißen Hemd, weißen Shorts und bis zu den Knien hochgezogenen weißen Socken und studiert aufmerksam einen Wettschein vom Pferderennen. »Entschuldigung, wenn ich Sie störe, Sir, könnte ich vielleicht Ihren Schlüssel zum Clubhaus ausleihen?« spreche ich ihn an. »Meine Großmutter hat ihren mit hinaufgenommen.«

Er sieht von der Zeitung hoch. Seine Augen sind zwei schwarze Knöpfe. »Zu wem gehören Sie?«

»Dotty Miller.«

Er mustert mich einmal von Kopf bis Fuß und zieht dann den Schlüssel aus der Tasche. »Bringen Sie ihn aber gleich zurück!«

»Natürlich, Sir, sofort.« Ich nicke Gillian zu, und sie folgt mir über einen Weg, der von Bäumen beschattet wird. Sie verbergen das Clubhaus vor neugierigen Blicken. Ich lasse sie herein und bringe Mr. Schwarzfuß die Schlüssel wieder. Dann kehre ich zu Gillian zurück.

Das Clubhaus ist noch genauso, wie wir es vor Jahren verlassen haben. Es hat zwei einfache Duschräume, eine kaputte Sauna und ein paar angerostete Gymnastikstangen. Das Haus war als sozialer Treffpunkt geplant, wo sich die älteren Bewohner miteinander anfreunden sollten, doch es wurde schon damals so gut wie nie benutzt. Wir könnten Tage hier verbringen, ohne daß uns jemand stören würde.

Gillian setzt sich auf das rote Plastikpolster einer Liege. Ich werfe einen kurzen Blick auf die verspiegelte Wand und lehne mich dann in der Hocke dagegen.

»Oliver, bist du sicher, daß er hierherkommt?«

»Wir haben das tausendmal durchgesprochen. Als wir klein waren, haben wir uns immer in der Sauna versteckt …« Meine Stimme versagt, und ich starre erneut in den Spiegel. Ich sehe nur einen halben Menschen.

Gillian spürt, was mit mir los ist. »Wir haben vierzig Minuten bis hierher gebraucht. Wenn er ein Taxi oder einen Bus genommen hat, braucht er einfach länger. Ich bin sicher, daß es ihm gutgeht.«

Ich mache mir nicht mal die Mühe zu antworten.

»Du mußt positiv denken«, fährt sie fort. »Wenn du das Schlimmste annimmst, dann bekommst du auch das Schlimmste. Aber wenn du das Beste denkst …«

»Hast du immer noch nicht begriffen, worum es hier geht? Es ist, als würdest du beim Boston-Marathon mitlaufen. Du hast ewig trainiert, du hängst dein ganzes Leben rein, und dann, als du gerade kurz davor bist, die Ziellinie zu überqueren, stellt dir irgend so ein Arschloch ein Bein, und du humpelst mit gebrochenen Knöcheln weiter und fragst dich, was all die harte Arbeit gebracht hat. Bevor du dich versiehst, ist alles weg. Dein Leben, deine Arbeit ... und dein Bruder ...«

Gillian hat mich sorgfältig beobachtet und hebt nun den Kopf, als würde sie etwas begreifen, was sie noch nie zuvor wahrgenommen hat.

»Vielleicht sollten wir einfach zur Polizei gehen«, sagt sie. »Ich meine, etwas über den Tod meines Vaters herauszufinden ist eine Sache, aber wenn man anfängt, auf uns zu schießen ... Ich weiß nicht, vielleicht sollten wir lieber die weiße Flagge schwenken.«

»Das kann ich nicht.«

»Wir brauchen nur die 911 zu wählen. Wenn du ihnen die Wahrheit erzählst, werden sie dich nicht dem Secret Service ausliefern.«

»Ich kann nicht«, wiederhole ich hartnäckig.

»Sicher kannst du«, kontert sie. »Du hast schließlich nur ein Bankkonto auf einem Computerbildschirm gesehen. Das ist ja wohl noch kein Verbrechen ...«

Ich wende mich ab, als die Stille es mir schwer macht zu atmen.

»Was?« fragt sie. »Was verschweigst du mir?«

Ich antworte nicht.

»Oliver, du kannst mir ...«

»Wir haben es gestohlen«, bricht es aus mir heraus.

»Wie bitte?«

»Wir haben gedacht, das Geld gehört keinem. Wir haben deinen Vater gesucht, aber er war tot, und der Staat konnte keine weiteren Verwandten finden, also dachten wir, es gäbe keine Opfer, wenn wir ...«

»Du hast das Geld gestohlen?«

»Ich wußte, daß wir es nicht tun sollten. Ich habe es auch Charlie gesagt. Aber als ich herausgefunden habe, daß Lapidus mich reingelegt hat ... Und Shep sagte auch, wir sollten es durchziehen. Damals klang das alles ganz vernünftig. Doch plötzlich saßen wir mit dreihundert Millionen vom Secret Service da.«

»Um *wie* viele Millionen geht es?«

Ich sehe Gillian in die Augen. Wenn sie gegen uns arbeiten würde, dann hätte sie Gallo und DeSanctis niemals angegriffen. Das hat sie aber getan. Sie hat uns gerettet. Es wird Zeit, diese Schuld zu begleichen. »Dreihundertdreizehn.«

»Dreihundertdreizehn Millionen?«

Ich nicke.

»Ihr habt dreihundertdreizehn Millionen Dollar gestohlen?«

»Nicht absichtlich, jedenfalls nicht diese Summe.« Ich erwarte, daß sie schreit oder auf mich einprügelt, doch sie sitzt einfach nur da. Die perfekte indianische Sitzhaltung. Vollkommen schweigsam. »Gillian, ich weiß, was du jetzt denkst. Ich weiß auch, daß es dein Geld ist ...«

»Es ist nicht mein Geld!«

»Aber dein Dad ...«

»Dieses Geld hat ihn das Leben gekostet, Oliver! Jetzt kann er sich damit den Sarg auskleiden!« Sie blickt auf, und ihre Augen sind voller Tränen. »Wie konntest du mir das verschweigen?«

»Was hätte ich sagen sollen? *Hi, ich bin Oliver. Ich habe gerade dreihundertdreizehn Millionen Mäuse geklaut, die deinem Dad gehörten. Hast du Lust, mitzukommen und auf dich schießen zu lassen?* Wir wollten nur wissen, ob er noch am Leben ist. Aber nachdem ich dich kennengelernt habe und mit dir Zeit verbracht habe ... Ich wollte dir nicht weh tun, Gillian. Schon gar nicht nach alldem.«

»Du hättest es mir gestern nacht erzählen können ...«

»Das wollte ich auch.«

»Und warum hast du es nicht getan?«

»Ich habe einfach ... Ich wollte nicht lügen ...«

»Aber du hast mich belogen«, sagt sie mit zitternder Stimme.

Ich weiche ihrem Blick aus. »Wenn ich noch einmal die Wahl hätte, würde ich es nicht mehr tun«, flüstere ich. »Gillian, ich schwöre dir …«

»Es geht gar nicht um die Lüge«, fällt sie mir ins Wort. »Und schon gar nicht um dieses schmutzige Geld«, fügt sie hinzu und wischt sich mit der Hand über die Augen. Sie ist immer noch bestürzt, aber unterschwellig höre ich den Ärger in ihrer Stimme. »Begreifst du es denn nicht, Oliver? Ich will einfach nur wissen, warum sie meinen Dad umgebracht haben!«

Als sie die Worte ausspricht, geht mir das Beben ihrer Stimme unter die Haut und ruft mir in Erinnerung, was wir hier eigentlich machen. Ich hebe meinen Kopf und schaue in den Spiegel. Ich habe dunkle Ringe unter den Augen und schwarzes Haar, an das ich mich immer noch nicht gewöhnt habe. Und mein Bruder ist immer noch nicht aufgetaucht.

58. Kapitel

»Was machen Sie denn hier?« Eine ältere Frau tippte Joey auf die Schulter.

»Tut mir leid, ich suche nur einen Strumpf«, antwortete Joey, während sie rückwärts aus der Waschküche ging. Sie drehte sich zu der Frau im Flur herum. Neben ihr sah sie eine Metalltür mit der Aufschrift *Müllraum*.

»Wohnen Sie überhaupt hier?« fragte die Frau mit ihrem Wäschekorb aus Plastik.

»Na klar«, erwiderte Joey, trat um die Frau herum und steckte ihren Kopf in den Müllraum. Es roch nach verrottenden Orangen. In der Ecke befand sich die Müllrutsche. Aber von Oliver oder Charlie war nichts zu sehen.

»Hören Sie mir gefälligst zu! Ich rede mit Ihnen«, drohte die Frau.

»Tut mir leid«, gab Joey zurück. »Es sind die Lieblingssocken meiner Mutter. Sie bittet mich immer, die Wäsche hier zu waschen, weil die Trockner in den unteren Stockwerken besser sein sollen …«

»Sie sind besser.«

»Das finde ich auch, aber jetzt ist die Socke weg, und … Na ja, es war eben ihre Lieblingssocke.« Joey ließ die Frau stehen, drückte den Aufzugknopf und sprang hastig hinein, als die Türen aufglitten.

»Ich halte die Augen offen!« rief die Frau, aber noch bevor sie den Satz zu Ende brachte, schlossen sich die Türen.

»Es war ihre Lieblingssocke?« spottete Noreen im Ohrhörer.

»Ach, hör auf damit. Ich hab den Job immerhin erledigt«, erwiderte Joey.

»Klar, und wieder hast du eine neunzigjährige Rentnerin in diesem Spionagenest ausgetrickst.«

»Worauf willst du hinaus?«

»Ich sage nur, daß ich nicht verstehe, welchen Nutzen es bringen soll, irgendeinen Altenwohnpark auszukundschaften, geschweige denn den zweiten Stock und seine Waschküche, nur weil Olivers und Charlies Großmutter einmal hier gelebt hat.«

»Erstens hat ihre Großmutter im zweiten Stock gewohnt, und den kennen sie folglich am besten, und zweitens sollte man eine Waschküche als Versteck niemals unterschätzen. Und drittens, wenn es um menschliches Verhalten geht, gibt es nur eine einzige Sache auf der Welt, auf die man sich immer und fraglos verlassen kann …«

»Gewohnheiten«, sagten Joey und Noreen gleichzeitig.

»Hör auf zu spotten«, warnte Joey sie, während sich die Aufzugtüren in der Lobby öffneten. »Gewohnheiten sind das einzige, was alle menschlichen Tiere gemein haben. Wir können einfach nicht anders. Deshalb fahren wir immer dieselbe Strecke nach Hause, holen uns unseren Morgenkaffee im selben Coffee-Shop …« Joey wich einer Gruppe älterer Damen mit lavendelfarbenen Jogginganzügen aus, folgte dem Zeichen zum Pool und trat hinaus. »Aus demselben Grund hat mein Dad sein Haus immer nur durch die

Hintertür betreten. Er kam nie vorn herein. Ich habe das immer für einen Spleen gehalten, aber er glaubte, daß es ihm das Leben leichter machte.«

»So entstehen alle Gewohnheiten«, unterbrach Noreen sie. »Es sind kurze Augenblicke der Kontrolle in einer Welt des blanken Chaos. Wir haben alle Angst vor dem Tod, deshalb ziehen wir alle unsere Unterwäsche an, bevor wir in die Socken steigen.«

»Einige Leute ziehen sich aber zuerst die Socken an«, widersprach Joey, als sie den alten Mann am Pool mit dem Wettschein und den weißen Socken sah. »Aber wenn wir in Schwierigkeiten geraten, greifen wir auf das zurück, was uns vertraut ist.« Sie schlenderte am Pool entlang. Für die beiden Kinder, die da gerade in ihr Marco-Polo-Spiel vertieft waren, gab es keinen besseren Ort. Links von Joey zweigte ein Weg ab, der zu dem Verkaufsbüro der Apartments führte. Zu ihrer Rechten lag das Clubhaus. Im ersteren wimmelte es von Angestellten des Wohnparks. Das andere lag versteckt hinter einigen Büschen und Bäumen. Joey zögerte keinen Augenblick.

»Sie haben sogar ein Clubhaus«, sagte sie zu Noreen, während sie an dem Heißwasser-Becken vorbeiging und dem von Bäumen beschatteten Pfad folgte. Nach zwei kurzen Wendungen war der Pool nicht mehr zu sehen. Joey warf einen Blick über ihre Schulter und näherte sich langsam der Tür.

Sie legte ihr Ohr dagegen, konnte jedoch kein Geräusch hören. Sie versuchte niemanden zu verschrecken und klopfte leicht mit dem Knöchel dagegen. Immer noch nichts. »Hallo? Jemand zu Hause?« rief sie und schlug kräftiger dagegen. Erneut antwortete niemand.

Sie griff in ihre Handtasche und holte ihr schwarzes Etui mit dem Set Dietriche heraus. Ein Zweig hinter ihr knackte, und die Tasche glitt von ihrer Schulter.

»Alles okay?« fragte Noreen.

Joey drehte sich herum und musterte die Büsche und Bäume am Weg. Dort war nichts. Jedenfalls soweit sie sehen konnte. Hinter einem dichten Hibiskusbusch knackte erneut ein Zweig. Joey stellte sich auf die Zehenspitzen, während sie sich fast den Hals verrenkte. Der Busch war zu groß. Sie streckte die Hand aus, schob die Zweige zur Seite, stieg über die flache Metallkette, die an dem Weg entlangführte, und duckte sich ins Unterholz.

»Ist alles in Ordnung?« wiederholte Noreen.

Joey schlich lautlos unter einen Zweig, hockte sich hin und bückte sich in den Strauch, von dem das Geräusch gekommen war. Auf der gegenüberliegenden Seite war ein leises Trappeln zu hören. Da war jemand offenbar sehr unruhig. Joe senkte den Kopf auf die mit Mulch bedeckte Erde und versuchte etwas zu erkennen, aber der Hibiskus war einfach zu dicht. Ihr blieb nur der Weg außen herum.

Sie griff in die Tasche und zog einen hochglanzpolierten Revolver heraus. Die Waffe ihres Vaters. Auf drei, Joey, sagte sie sich, während sie den Finger auf den Abzug legte. Uno ... dos ...

Sie stürzte aus dem Busch und lief um ihn herum zum anderen Ende. Dabei richtete sie die Waffe auf die Quelle des Lärms, auf den strahlend weißen Silberreiher, der aufgeregt mit den Flügeln schlug. Als Joey um die Ecke bog, flatterte der Vogel hoch, und sie stand allein da.

»Was ist passiert?« fragte Noreen in ihrem Kopfhörer.

Joey antwortete nicht, sondern schob die Waffe in ihre Tasche und sprang wieder auf den zementierten Weg vor dem Clubhaus.

»Entschuldigen Sie, Madam ...« sprach sie jemand von hinten an. Es war eine männliche Stimme.

Joey wandte sich überrascht um und sah sich einem jungen Mann mit ausgebleichtem blonden Haar gegenüber.

»Tut mir leid, wenn ich Sie belästigen muß«, sagte Charlie und drückte mit der Hand auf seine aufgeplatzte Lippe. »Könnte ich mir Ihren Schlüssel für das Clubhaus borgen? Meine Oma hat ihren leider mit nach oben genommen.«

59. Kapitel

Charlie starrte die rothaarige Frau an und wußte, daß irgendwas nicht in Ordnung war. Man könnte glauben, er hätte sie nach dem Schlüssel für ihr Tagebuch gefragt.

»Wa... was wollen Sie?« stammelte die Frau.

»Das Clubhaus.« Er deutete auf sein altes Versteck. »Ich wollte das Badezimmer benutzen.« Er bemühte sich, freundlich zu sein, und außerdem bemerkte er, daß die Frau mindestens fünfzig Jahre unter dem Durchschnittsalter der meisten Bewohner liegen mußte. »Es sei denn, natürlich«, fügte er hinzu, »Sie lassen mich das Bad im Zimmer Ihrer Großmutter benutzen.«

»Das würde ihr bestimmt gefallen«, erwiderte die Frau und musterte Charlie von oben bis unten. Dann lächelte sie. Sie ist süß, dachte er. Etwas älter als er selbst zwar, aber dafür hatte sie rotes Haar, das glich es irgendwie aus.

»Sie besuchen hier also auch Ihre Großeltern?« fragte die Frau.

»Eigentlich nur meine Großmutter.«

»Wo wohnt sie denn?«

»Apartment 317«, erwiderte er und deutete auf einen Balkon im zweiten Stock, von dem aus man auf den Pool sehen konnte. Sie schaute nicht einmal hin. Sie scheint eindeutig auf mich zu stehen, dachte er, bis er das Blut auf seinem Handrücken bemerkte. Mist! Seine Lippe blutete immer noch.

»Ist alles in Ordnung?« fragte sie.

»Ja, sicher ... Mir geht's glänzend.«

»Wirklich?« Sie streckte die Hand aus. »Ich könnte Ihnen sonst ...«

»Mir geht's gut«, erwiderte er und zuckte zurück. Dann wurde ihm klar, daß er sie verschreckt hatte. Er lachte gezwungen. »Das hier war ein schlimmer Kaugummi-Unfall. Wir haben es hier mit einer inneren Verletzung der Lippen zu tun.« Charlie lachte wieder, doch die Frau blieb stumm. Das war's. Die Show war vorbei. »Hören Sie, wenn Sie mir einfach nur kurz den Schlüssel ...«

»Ach so, natürlich«, sagte sie rasch und wühlte in ihrer Handtasche. »Ich habe ihn gleich ...« Sie hielt inne, als wollte sie noch etwas sagen. »Ich gebe Ihnen den Schlüssel sofort ... Charlie.«

Als ihre Hand aus der Tasche auftauchte, schimmerte eine Waffe darin.

»Was haben Sie vor?« Charlie streckte die Hände in die Höhe.

»Keine Panik, es ist alles okay«, sagte die Rothaarige ruhig. Ihre Stimme war samtweich, weshalb Charlie ihr auch kein einziges Wort glaubte.

»Arbeiten Sie mit Gallo zusammen?« wollte er wissen.

»Ich will Ihnen nichts tun«, versprach sie.

»Sicher ... das habe ich in letzter Zeit schon öfter gehört«, erwiderte er und wischte sich seine blutende Lippe ab. Er suchte verzweifelt nach einem Ausweg, aber alles, was er sah, war ihre Revolvermündung.

»Ich schwöre Ihnen, Charlie, ich arbeite nicht für den Secret Service und auch nicht für die Polizei. Mein einziges Interesse besteht darin, das Geld zurückzuschaffen und Sie sicher nach Hause zu bringen.« Als sie seine zweifelnde Miene sah, packte sie die Waffe fester, glitt mit der freien Hand in ihre Tasche und holte eine Visitenkarte heraus, die sie ihm wie eine Marke vor die Nase hielt.

Charlie kniff die Augen zusammen und entzifferte das Wort *Rechtsanwältin*.

»Ich kann es nicht sehen«, log er.

Aber das verfing nicht. Sie war viel zu clever, um ihn näher an sich heranzulassen.

Mit einer kurzen Drehung ihres Handgelenks schleuderte sie ihm die Visitenkarte entgegen. Sie flatterte Charlie vor die Füße. Er hob sie auf und las den Rest. *Jo Ann Lemont – Rechtsanwältin – Sheafe International*. Rechts unten stand *Virginia P. I. License #17-4127*.

Sie war Anwältin und Privatdetektivin. Als wäre eins allein nicht schon schlimm genug. »Was sind Sie denn? Eine Art weiblicher Columbo?« fragte er.

»Setzen Sie immer Ihren Humor als Verteidigung ein?«

Hinter der Frau lag friedlich der Pool. Charlie betete um eine Störung, aber sie waren zu gut von den Bäumen verborgen, als daß jemand sie hätte sehen können. »Was wollen Sie von mir, Lady?«

»Bitte«, sagte sie, »nennen Sie mich Joey.«

Er schnaubte verächtlich über ihre falsche Freundlichkeit. »Was wollen Sie, Joey?«

»Ich nehme an, Sie kennen Henry Lapidus?«

Charlie schenkte sich die Antwort.

»Ich mache nur meinen Job, Charlie. Wollen Sie mir jetzt sagen, wo sich Oliver versteckt, oder soll ich die Tür zum Clubhaus selbst eintreten?«

Es kostete Charlie alle Selbstbeherrschung, nicht zum Clubhaus hinzusehen. »Sie wissen ja gar nicht, was Sie da reden.«

»Ich habe gesehen, wie Sie das Haus von Duckworth verlassen haben. Ich habe das Blut auf dem Teppich gesehen und das auf Ihrer Lippe.« Ihre Waffe war unverwandt auf ihn gerichtet, aber ihre Stimme klang wieder samtweich. »Ich weiß auch, daß Sie Ihre Medizin nicht nehmen, Charlie. Warum erzählen Sie mir nicht einfach, was los ist? Vielleicht kann ich Ihnen helfen.«

Er antwortete nicht.

»Ich weiß genau, daß es keinen Grund für Sie gibt, mir zu vertrauen, und mir ist auch klar, daß es einem nicht so leichtfällt, sein Leben auf den Müll zu werfen. Ich habe dasselbe gemacht, als ich das College verlassen habe.« Das Lied kannte Charlie auch. Sie versuchte, Frieden zwischen ihnen zu stiften, indem sie eine gemeinsame Ebene fand. »Ich weiß, was Sie wegwerfen, Charlie. Vergessen Sie den Job und den anderen Quatsch, ich meine Ihre Musik, Ihre Mom und, nicht zu vergessen, Ihre Gesundheit.«

»Ich bin im Bilde.«

»Dann erzählen Sie mir, was passiert ist. Hatte es etwas mit Martin Duckworth zu tun? Haben Sie das Geld deshalb genommen?«

»Wir sind keine Diebe«, erwiderte er. Sie hob ungläubig eine Braue. »Ich wollte nur sagen, daß wir nicht die Absicht hatten, jemandem Schaden zuzufügen.«

»Und was ist mit Shep?«

»Shep war mein Freund! Sie können jeden fragen, die ganzen Schlipsträger in der Bank! Ich habe mit ihm Kaffee getrunken, mit ihm über Football geplaudert und mich darüber lustig gemacht, daß er der Meinung war, die Titelseite der Zeitung wäre nur dafür da, die Sportseiten vor dem Regen zu schützen.«

Sie musterte sein Gesicht, seine Hände, sogar seine Schuhe. Charlie wußte, daß sie nach etwas suchte, das ihr zeigte, ob er log. Trotzdem, würde sie ihm nicht glauben, dann stünden sie nicht hier und plauderten. »Okay, Charlie, wenn ihr unschuldig seid, wer hat Shep dann umgebracht?« fragte sie schließlich.

Er erwartete, daß sie die Waffe sinken ließ, aber den Gefallen tat sie ihm nicht. »Warum versuchen Sie nicht mal ihre psychologischen Profile an Gallo und DeSanctis?«

Sie war nicht überrascht, als Charlie die Namen der Agenten nannte. »Haben Sie dafür irgendwelche Beweise?«

»Ich weiß, was ich gesehen habe.«

»Das ist sehr gut möglich, aber können Sie das auch beweisen?«

Genau dasselbe hatte auch Oliver gesagt. Ihr Wort stand gegen das des Secret Service. »Wir arbeiten noch daran«, erwiderte er.

»Charlie, Sie müssen mir schon mit etwas Besserem kommen.«

Er zögerte einen Moment. Eigentlich wollte er es nicht sagen, aber … »Wenn Sie schon dabei sind, sollten Sie vielleicht auch mal Gillian unter die Lupe nehmen.«

Joey runzelte die Stirn. »Gillian wer?«

Charlie wußte nicht genau, ob sie bluffte oder weitere Informationen aus ihm herauslocken wollte, aber er hatte nichts zu verlieren. »Gillian Duckworth. Die Tochter. Das Haus gehört jetzt ihr.«

Plötzlich hörten sie ein schlurfendes Geräusch auf der anderen Seite des Clubhauses, Charlie vermutete, daß es sich um irgendeine Großmutter handelte. Offenbar dachte Joey dasselbe. Sie ließ die Waffe sinken und sorgte dafür, daß sie vom Weg aus nicht zu sehen war. Während sie Charlie scharf im Auge behielt, trat sie zurück, um einen kurzen Blick um die Ecke des Gebäudes zu werfen. Im nächsten Moment hörte sie hinter sich ein vertrautes Klicken und zuckte zurück. Einen Moment später sah Charlie, was sie so überrumpelt hatte: Eine kleine schwarze Waffe schien an der Seite ihres Kopfes zu kleben.

»Ich schwöre Ihnen, daß ich sie benutze«, drohte Oliver, als er um die Ecke des Clubhauses ging und ins Blickfeld trat. Er hielt Gallos Pistole in der Hand. »Jetzt lassen Sie die Pistole fallen und machen ein paar kräftige Schritte zurück!«

60. Kapitel

»Oliver, das ist absolut nicht der richtige Moment für Blödsinn«, sagte Joey, während Oliver sie mit der erhobenen Waffe zurücktrieb.

»Es ist mein Ernst, ich werde sie benutzen«, sagte Oliver. Sein Finger strich über den Abzug.

Joey sah, daß seine Hände zitterten. Dann jedoch blickte sie ihm in die Augen. Sie waren eisig und dunkel. Er machte keine Scherze.

»Joey, was ist da los?« flüsterte Noreen ängstlich in ihrem Kopfhörer. »Sind sie das? Soll ich Alarm schlagen?«

»Mach das ja nicht …!« warnte Joey sie. Oliver drehte sich um, und Joey verstummte.

»Charlie, zurück!« befahl Oliver.

Charlie wich blitzschnell zurück.

Joey beobachtete genau die Szene. Sie wußte, wen sie bearbeiten mußte.

»Oliver«, sagte sie. »Lassen Sie mich Ihnen helfen! Ich kann Sie aus dem Schlamassel …«

»Weg mit der Kanone!« unterbrach Oliver sie. »Werfen Sie sie auf das Dach!«

Doch Joey reagierte nicht.

»Werfen Sie die Kanone auf das Dach!« sagte Oliver drängender. Seine Hand zitterte nicht mehr.

Charlie beobachtete erstaunt seinen Bruder. Auch Joey verschlug es die Sprache. Noch vor zwei Tagen hätte sie nicht für möglich gehalten, daß Oliver Caruso wirklich genug Mumm in den Knochen hatte, um eine Waffe zu benutzen. Nun war sie sich da nicht mehr so sicher. Sie schaute auf das Dach des Clubhauses und holte aus. »Ich sage es Ihnen lieber vorher. Sie wird wahrscheinlich losgehen.«

»Das Risiko nehme ich in Kauf«, gab Oliver zurück.

Joey warf die Pistole vorsichtig in einem hohen Bogen auf den Rand des Dachs. Sie landete mit einem lauten Krachen, ging aber nicht los.

Hinter Oliver ertönte zweimal ein Hupsignal. Durch die Zwischenräume des Holzzauns, der den Bereich um den Pool umgab, sah Joey einen himmelblauen Käfer vor dem Drehgitter stehen, das zum Parkplatz hinausführte.

Oliver brauchte nichts weiter zu sagen. Charlie rannte sofort los.

Joey musterte Oliver und suchte nach seinem wunden Punkt. »Je länger Sie weglaufen, desto unwahrscheinlicher wird es, daß Sie Ihr früheres Leben zurückbekommen.«

Zu ihrer Überraschung zuckte Oliver nicht einmal mit der Wimper. Er hatte nur Augen für Charlie, und erst als er sah, wie sein Bruder durch das Drehgitter stürmte, richtete sich sein Blick wieder auf Joey. »Halten Sie sich gefälligst von uns fern!« drohte er.

Er hielt seine Waffe auf sie gerichtet, während er rückwärts zum Wagen lief. Bevor Joey reagieren konnte, schlug die Wagentür zu, und Oliver und Charlie rasten in dem Käfer mit quietschenden Reifen davon.

»Joey, alles okay bei dir?« meldete sich Noreen in ihrem Ohrhörer.

Joey ignorierte die Frage und stürmte zu dem Gitter im

Zaun. »Mist!« rief sie, während sie zusah, wie der Wagen über die Bodenschwelle rumpelte und auf die Straße bog. So schnell sie konnte, rannte Joey zu ihrem Mietwagen, der in der zweiten Reihe vor dem Eingang des Gebäudes geparkt war. Doch schon als sie um die Ecke bog, sah sie die beiden platten Hinterreifen.

»Verdammter Mist!« knurrte sie. »Noreen, ruf die Pannenhilfe.«

»Ist gleich da.«

»Und sobald du aufgehängt hast, möchte ich, daß ...«

»... ich Gallo und DeSanctis überprüfe. Schon in Arbeit«, kam ihr Noreen zuvor. »Ich habe damit angefangen, als Charlie ihre Namen ausgesprochen hat.«

»Und was hältst du von seiner Reaktion, als ich Henry Lapidus erwähnt habe?« erkundigte Joey sich.

»Ich habe nur Schweigen gehört.«

»Du hättest seinen Gesichtsausdruck sehen sollen.«

»Gut, ich nehme auch Lapidus unter die Lupe. Übrigens, wußtest du, daß die Büros der Firma, in denen Duckworth zuletzt gearbeitet hat, kaum zwanzig Minuten von dir entfernt liegen?«

»Wundervoll. Genau das wollte ich hören«, erwiderte Joey, während sie zurücklief, um ihre Waffe vom Dach zu holen. »Und was ist mit seiner Tochter? Gibt es irgendwelche Informationen über sie?«

»Genau diese Sache ergibt einfach keinen Sinn«, antwortete Noreen. »Während du dich mit den Super-Zwillingen herumgeschlagen hast, habe ich Geburtsurkunden, Führerscheine und selbst die Steuereinkünfte der Duckworth-Familie überprüft. Ich weiß nicht genau, wie Charlie darauf kommt, aber laut unseren Unterlagen hat Marty Duckworth keine Tochter. Eine Gillian Duckworth existiert nicht.«

61. Kapitel

»Na, Brandt, wie geht's dir, alter Kumpel?« verkündete Gallo, und sein Grinsen enthüllte die brandneue Lücke zwischen seinen Vorderzähnen.

»Jimmy!« Katkin umarmte Gallo und klopfte ihm auf den Rücken. Dann zog er ihn in sein Büro bei Five Points Capital. »Und, was treibt deinen fetten Hintern so weit in den Süden?«

Gallo schaute zu DeSanctis, dann wieder zurück auf Katkin. »Macht's dir was aus, wenn wir die Tür schließen, Brandt?«

Katkin beobachtete seinen Freund und hielt plötzlich inne. »Wenn es um diesen Duckworth geht ...«

»Sie waren also schon hier?«

»Die beiden Jungs mit den gefärbten Haaren? Gleich heute morgen. Ich sag dir, ich wußte sofort, daß da was nicht stimmt. Und als dann noch dein Anruf gekommen ist ...«

»War noch jemand bei ihnen?« unterbrach DeSanctis ihn.

»Sie meinen, außer der Tochter?«

Erneut warf Gallo seinem Partner einen Seitenblick zu. »Was hat sie gesagt?« fragte er Brandt.

»Nicht viel. Der Junge mit dem dunklen Haar hat die meiste Zeit geredet, und die Tochter hat einfach nur dagesessen. Klar, sie war ganz nett, verrückte Frisur, aber sie hatte auch echtes Feuer in ihren Augen. Sie hat mich wie eine Katze beobachtet. Du weißt, was ich meine? Ganz das Gegenteil von ihrem Vater. Was haben sie denn eigentlich ausgeheckt?«

»Das versuchen wir gerade herauszufinden«, erklärte Gallo. »Vor drei Tagen ist in New York Geld von einem Konto verschwunden, das auf Duckworths Namen ausgestellt war.«

»Haben Sie eine Vorstellung, wohin die drei wollten?« mischte sich DeSanctis ein. »Oder kennen Sie noch andere Kontakte, was Duckworth betrifft?«

Katkin ging zu seinem Schreibtisch und klickte sich durch die elektronische Datenbank auf seinem Computer. »Ich habe hier nur seine Privatadresse und eine alte Adresse von seinem Job ...«

»Neowerks«, unterbrach ihn Gallo. »Richtig. Das hätte ich fast vergessen ...«

62. Kapitel

Mittags fährt es sich ganz entspannt, und die Sonne scheint freundlich, als Charlie, Gillian und ich in dem Käfer über die breiten Spuren der Interstate 95 rollen. Aber trotz der Popmusik eines lokalen Senders im Autoradio ist es im Wagen viel zu ruhig. Während der ganzen zwanzigminütigen Fahrt von Großmutters altem Apartment bis zum Broward Boulevard sagt keiner von uns ein einziges Wort.

Ich ziehe den Fotostreifen aus meiner Jackentasche. Die Ecken des Papierstreifens sind schon etwas abgestoßen und rollen sich. Mir drängt sich zum ersten Mal die Frage auf, ob diese Leute überhaupt real sind. Vielleicht erklärt das auch, warum die Fotos von einem Farbdrucker stammen. Es könnten gefälschte Ausweisfotos sein. Ich betrachte die vier Gesichter auf meinem Schoß und stelle mir die Rothaarige als Blondine und den Schwarzen als Weißen vor. Trotzdem bleiben es Fremde. Aber für Duckworth waren sie wichtig genug, daß er sie in seinem besten Versteck versenkt hat. Ich weiß zwar nicht, ob es Freunde oder Feinde sind, aber eines ist mir vollkommen klar: Wenn wir nicht herausfinden, wer die Personen auf den Fotos sind und woher sie Duckworth kannten, wird unser kleiner Ausflug noch viel ungemütlicher werden.

»Na also«, sagt Gillian und bricht das Schweigen. Sie deutet auf das Ausfahrtschild. »Wir sind fast da.«

Ich klappe die Sonnenblende herunter und mustere Charlie im Spiegel.

Er blickt nicht einmal auf. Vor drei Tagen hat er noch in

sein Notizbuch gekritzelt, war aufgedreht und verwandelte jeden noch so peinlichen Moment in Strophen, Reime und mit etwas Glück sogar in eine ausgewachsene Ballade. *Raub von der Realität* nannte er es etwas großspurig. Aber trotz seiner Tollkühnheit mag Charlie die Gefahr nicht. Er kann nicht einmal ein einfaches Risiko ertragen. Und das Problem dürfte sein, daß er es nun allmählich kapiert.

»Es ist ganz normal, Angst zu haben«, sage ich beruhigend.

»Ich habe keine Angst«, blafft er zurück, aber ich sehe sein Spiegelbild. Er blickt nach wie vor zu Boden. Seit dreiundzwanzig Jahren hält er den Ball flach: Er wohnt zu Hause, hat die Kunsthochschule verlassen und weigert sich, eine Band aufzumachen. Er hat sogar diesen Job im Archiv der Bank angenommen. Er hat immer alles darauf geschoben, daß er eben keinen Ehrgeiz hätte. Doch wie wir von unserem Dad gelernt haben, gibt es da einen feinen Unterschied zwischen Sorglosigkeit und Furchtlosigkeit.

»Es sind nur noch ein paar Blocks«, sagt Gillian und verstummt sofort wieder.

Sie ist genauso kurz angebunden wie Charlie. Ich bin nicht sicher, ob es wegen unserer Lüge mit dem Geld ist, wegen des Verlustes ihres Dads oder nur aus Schreck über diese letzte Konfrontation am Clubhaus. Sie weiß mittlerweile, daß sie mit uns auf ein sinkendes Schiff gesprungen ist. Mit dem wir, wenn wir nicht bald eine Atempause bekommen, gemeinsam untergehen werden.

»Da ist es.« Sie biegt rechts auf einen Parkplatz ein. Die Sonne spiegelt sich gleißend in der Glasfront des vierstöckigen Hauses, aber das rot-gelbe Schild über dem Eingang ist deutlich zu erkennen. *Neowerks Software.*

»Also Sie sind Duckys Tochter?« Der Mann schüttelt übertrieben aufgeregt mit beiden Händen Gillians Hände. Er hat einen buschigen Haarschopf und eine eng sitzende Brille mit Metallfassung. Er trägt ein schmutzigblaues Hemd, eine knitterfreie Khakihose und Ledersandalen mit

Socken. Genau so muß das Ergebnis aussehen, wenn man einen fünfzigjährigen Millionär aus Palm Beach mit einem Dozenten aus Berkeley kreuzt. Trotzdem ist er der einzige, der zu uns in die Lobby gekommen ist, nachdem wir darum gebeten haben, mit einem von Duckworths alten Kollegen sprechen zu können. »Gillian, richtig?« Das fragt er nun zum dritten Mal. »Meine Güte, ich wußte nicht einmal, daß er eine Tochter hat.«

Gillian nickt verlegen, während Charlie mir einen vielsagenden Blick zuwirft.

Wenn sie uns hätte reinlegen wollen, hätte sie im Wohnpark und im Haus leichtes Spiel gehabt, erwidere ich mit einem Blick.

Aber nicht, bevor sie ihr Geld hat, kommt die prompte Erwiderung.

»Und Sie sind auch Freunde von ihm?« erkundigt sich Mr. Haarbüschel.

»Ja ... Ja.« Ich reiche ihm die Hand, die er wiederum mit beiden Händen ergreift. »W. ... Walter Henry.« Fast hätte ich meinen falschen Namen vergessen. Ich senke die Stimme, aber ich bemerke trotzdem, wie mich die Sekretärin hinter ihrem glänzenden Empfangstisch anstarrt. Dann senkt sie den Blick und blättert ihr Magazin weiter durch. Trotzdem fühle ich mich nicht besser. Die ganze Empfangshalle mit ihren futuristischen Chromstühlen und den Couchtischen, die wie silberne Amöben aussehen, strahlt so viel Kälte aus, daß sie den Angstfaktor einfach hochfahren muß. »Das hier ist Sonny Rollins.« Ich deute auf Charlie.

»Alec Truman.« Der Mann freut sich anscheinend, sich vorstellen zu können. »Sonny Rollins? Wie der Jazzmusiker?«

»Genau.« Charlie ist nervös. »Ganz genau wie der Jazzmusiker.«

»Hören Sie, Mister Truman«, mischt sich Gillian ein. »Ich weiß es zu schätzen, daß Sie sich die Zeit genommen haben, mit uns ...«

»Das ist mir eine Ehre«, unterbricht er sie. »Ich kann

Ihnen versichern, daß wir ihn hier immer noch vermissen. Tut mir nur leid, daß ich nicht lange bleiben kann. Ich stecke grade mitten in einer Virusjagd, und ...«

»Eigentlich haben wir auch nur eine kurze Frage, bei der Sie uns vielleicht helfen könnten«, unterbreche ich ihn. Ich greife in meine Jackentasche und ziehe den Fotostreifen heraus. »Kommt Ihnen eines von diesen Gesichtern bekannt vor?«

Trumans Gesicht leuchtet auf. »Den einen da kenne ich.« Er deutet auf den älteren grauhaarigen Mann auf dem ersten Bild. »Das ist Arthur Stoughton.« Als er unsere fragenden Blicke bemerkt, fügt er hinzu. »Er war bei Disney in der Abteilung für Bildgestaltung. Jetzt leitet er ihre Internet-Gruppe.«

»Sie waren also auch bei Disney?« fragt Gillian.

»Wo hätte ich Ihren Dad sonst wohl kennengelernt?« erwidert Truman lächelnd. »Zwei Jahre nachdem er gekündigt hat und hierhergegangen ist, bin ich ihm gefolgt. Er kam zuerst und wurde am schlechtesten bezahlt.«

»Und was ist mit diesem Stoughton?« Ich deute auf das Bild. »Haben Sie alle zusammengearbeitet?«

»Mit Stoughton?« Truman lacht. »So viel Glück hatten wir nicht ... Nein, er war der zweite Boß der Bildgestaltung. Schon bevor er zu Disney.com gewechselt ist, hatte er für Fußvolk wie unsereins keine Zeit ...« Er unterbricht sich und schaut Gillian an. »Verzeihen Sie, ich wollte nicht ... Ihr Vater war großartig, aber man hat uns nie die Chance gegeben ...«

»Schon gut.« Gillian will beim Thema bleiben.

»Und was ist mit den anderen Leuten auf den Fotos?« fragt Charlie.

Truman sieht sie scharf an. »Tut mir leid, die anderen kenne ich nicht.«

»Sind das keine Leute von Disney?«

»Oder von Neowerks?«

»Oder könnten es auch Leute sein, mit denen mein Vater befreundet war?« fügt Gillian hinzu.

Truman schreckt vor diesem Bombardement von Fragen ein wenig zurück. Einen Moment sieht es aus, als wollte er etwas sagen, doch dann zögert er. »Ich sollte jetzt wirklich gehen ...«

»Warten Sie!« rufen Gillian und ich gleichzeitig.

Truman bleibt wie angewurzelt stehen. Keiner von uns bewegt sich. Das war's. Wir haben ihn definitiv eingeschüchtert. »War nett, Sie kennenzulernen.« Er gibt mir die Fotos zurück.

»Bitte.« Gillian hält sein Handgelenk fest. »Wir haben die Fotos in Dads Nachttischschublade gefunden. Und da er jetzt tot ist ... Wir wollten so gern herausfinden, wer er eigentlich war ...« Sie macht eine kleine Pause, damit ihre Worte wirken können, bevor sie fortfährt. »Das ist alles, was wir haben.«

Truman schaut zwischen Charlie und mir hin und her, und man sieht, daß er liebend gern woanders wäre. Aber dann schaut er auf Gillians Hand an seinem Handgelenk und sieht ihr in die Augen. »Wenn Sie hier warten, könnte ich nachfragen, ob einer der Kollegen die anderen drei Gesichter auf den Fotos kennt.«

»Das wäre phantastisch«, ruft Gillian und läßt ihn sofort los. Truman verspricht, uns die Fotos sofort zurückzubringen, und geht zum Haupteingang, der hinter dem Empfangstisch liegt. Ich will ihm folgen, als ich das Tastenschloß sehe. Es dient eindeutig dazu, Leute wie uns außen vor zu halten. Es ist dasselbe, das sie auch bei Five Points hatten, nur gibt es bei dem hier noch einen Bildschirm von der Größe eines kleinen Fernsehgerätes, der in der Wand über dem Tastenfeld eingelassen ist. Als Truman sich nähert, leuchtet der Bildschirm auf, und neun blaue Quadrate erscheinen. Sie sehen aus wie das Tastenfeld eines Telefons. Aber statt Nummern zeigt jedes Feld ein Gesicht. Obwohl Trumans Schulter unsere Sicht blockiert, können wir die Spiegelung auf den glänzenden schwarzen Wänden sehen.

Truman drückt mit dem Zeigefinger auf das Gesicht ganz unten rechts. Das Quadrat leuchtet auf, die neun Gesichter verschwinden, und neun neue Porträts nehmen ihre Stelle ein. Als würde er ein Paßwort bei einer Alarmanlage eingeben, wählt Truman nun das Gesicht der asiatisch wirkenden Frau oben links aus. Erneut verschwinden die Gesichter, und wieder tauchen neun neue auf.

»Ihr Jungs habt hier wirklich die ganze Buck-Rogers-Nummer aufgefahren, was?« ruft Charlie.

Truman lacht und deutet auf den Schirm. »In den nächsten paar Jahren werden Sie überall auf Paßgesichter stoßen.«

»Paßgesichter?«

»Haben Sie schon mal vor dem Geldautomaten gestanden und Ihren Pin-Code vergessen? Das kann Ihnen jetzt nicht mehr passieren. Es gibt einen Grund, warum wir uns Gesichter merken können. Es ist seit der Geburt in uns eingepflanzt. Dadurch erkennen wir Mommy und Daddy und sogar Freunde, die wir seit einem Dutzend Jahren nicht mehr gesehen haben. Statt irgendwelcher Zahlen zeigt man jetzt Gesichter. Kombinieren Sie das mit einer Grafikmaske, und Sie kriegen ein Paßwort, das für jedes Alter, für jede Sprache und für jeden Bildungsstand geeignet ist. *Globale Authentisierung* nennt man das. Versuchen Sie mal, ob Ihr Pin-Code das auch schafft.«

Truman wählt ein letztes Gesicht aus. Das Quadrat mit einer Blondine blinkt, magnetische Schlösser summen, die Tür geht auf, und er marschiert mit unseren Fotos …

Das Adrenalin pumpt Blut in meine Wangen. Ich glaub es nicht. Das ist es!

»Haben Sie gesagt, daß Stoughton noch bei Disney.com arbeitet?« rufe ich ihm nach.

»Ich glaube schon«, erwidert Truman. »Sie sollten einfach auf der Website nachsehen. Warum fragen Sie?«

»Nur so, schon gut«, erwidere ich. »Ich war nur neugierig.«

Die Tür fällt zu, und Truman verschwindet. Charlie weiß immer noch nicht, worauf ich hinauswill, aber je länger ich den Touch-Screen betrachte …

»O Mann!« knurrt er.

Auch bei Gillian fällt der Groschen. »Glaubt ihr, daß ...?«

»Absolut«, flüstert Charlie.

Ich muß lächeln.

Wir haben die ganze Zeit falsch herum auf den Tintenklecks gestarrt. Wie Charlie auf dem Rückweg von Five Points ganz richtig sagte: Man versteckt nicht, was einen in Schwierigkeiten bringen kann, sondern das, was man beschützen will. Wie zum Beispiel die Kombination eines Fahrradschlosses. Als ich in der achten Klasse war, ging Charlie in die vierte. Ich verwahrte meine Kombination in seinem Tornister und er seine in meiner Sporttasche. Daran hat sich nichts geändert. Wir dachten, der Weg zum Schlüssel führte darüber, die Namen hinter den Gesichtern herauszufinden, aber jetzt ist klar, daß die Gesichter selbst der Schlüssel sind. Und zwar buchstäblich. Vergiß zufällige Fremde. Duckworth hat die Gesichter von Leuten benutzt, die er kannte.

Charlie ist so aufgeregt, daß er sogar aufgehört hat, Gillian zu beäugen. *Gehen wir*, bedeutet er mit einem Nicken.

Sobald Truman die Fotos zurückbringt, erwidere ich auf dieselbe Art. »Tut mir leid, daß ich Sie störe«, sage ich zu der Empfangsdame, als sie von ihrem Magazin hochblickt. »Haben Sie zufällig eine Ahnung, wo sich hier in der Nähe ein Internetzugang befindet?«

63. Kapitel

Im fünften Stock der Bibliothek des Broward County warten dreißig funkelnagelneue Computer auf uns. Wir brauchen nur einen. Einen Computer, einen Internetzugang und ein bißchen Privatsphäre. Die garantiert uns das *Außer-Betrieb*-Schild, das Charlie aufgetan und an die drei Bildschirme direkt neben uns geklebt hat.

»Hat jemand was dagegen, wenn ich tippe?« Er wartet nicht auf eine Antwort, sondern setzt sich hinter die Tastatur.

Ich will schon widersprechen, entscheide mich aber dagegen. Dieses Zugeständnis fällt mir leicht, und je mehr er beschäftigt ist, desto weniger wird er sich mit Gillian anlegen. Natürlich ist er immer noch wütend, weil ich sie mitgenommen habe, aber die Aufgabe, zu tippen und die Fotos zu identifizieren, nimmt ihn so sehr in Anspruch, daß ihm das beinahe nichts mehr ausmacht.

»Alles bereit?« fragt Charlie, als Gillian und ich unsere Stühle neben seinen ziehen.

Ich nicke. Endlich mal etwas, was ich auf keinen Fall verpassen will.

»Geh auf www.disney.com«, sagt Gillian. Sie ist ebenfalls aufgeregt.

Er wirft ihr einen Blick zu, mit dem man Diamanten schneiden könnte. »Ach wirklich? Ich war mir nicht ganz sicher«, antwortet er sarkastisch.

Ich beuge mich vor und kneife ihn in den Rücken.

Er schüttelt den Kopf und tippt die Adresse ein. Auf dem Bildschirm baut sich die Startseite der Disney-Website auf. Spaß für die ganze Familie, versprechen die Goldbuchstaben, die direkt neben unserem ersten Paar Mauseohren leuchten. Micky und Pluto, die vor einem Cartoon-Haus sitzen. *Wo die Magie online lebt* steht am oberen Rand des Bildschirms.

Als Charlie weiter herunterscrollt, findet er drei Felder in dem Disney-Verzeichnis: *Unterhaltung, Parks & Resorts*, und das dritte heißt: *Die Firma.*

Gillian will etwas sagen, aber Charlie bringt sie mit einem Blick zum Schweigen, klickt *Die Firma* an und freut sich ziemlich diebisch darüber, daß Gillian den Mund hält. Ich kneife ihn wieder.

Sie hat deinen Hintern im Haus gerettet, bedeute ich ihm.

Und sie ist auch diejenige, die uns da fallengelassen hat, erwidert er mit einem Blick, als er das Feld für *Disney online* anklickt.

Auf den neuen Seiten finden wir ein Feld mit *Suchen*. Wir haben zwar keinen weiteren Namen herausgefunden, als wir Duckworths Kollegen bei Neowerks die Fotos gezeigt haben, aber wenigstens konnte Truman den ersten der vier identifizieren.

»Gib Stoughton ein«, sage ich. Es hält mich kaum mehr auf meinem Sitz, und ich bedauere es nun, daß ich Charlie an die Tastatur gelassen habe.

Charlie hämmert die Worte *Arthur Stoughton* in das Suchfeld und drückt dann *Enter*.

Die Sekunden verstreichen, und wir schauen uns um. Niemand beobachtet uns. Vier Computer weiter reizt ein Teenager die Beschränkungen der Bibliothek aus, was Pornografische Software angeht, aber er hat bisher noch kein einziges Mal hochgeschaut.

Suchergebnisse für »Arthur Stoughton«:
139 Dokumente
Manager Biografie von Arthur Stoughton
Management Biografien von Disney.com

Die Liste geht noch weiter. Charlie klickt auf *Biografie von Arthur Stoughton*, und der Computer öffnet Stoughtons umfangreiche berufliche Laufbahn. Daneben jedoch befindet sich genau das Ding, das unsere Augen groß werden läßt: das offizielle Firmenfoto, das identisch ist mit dem auf dem Fotostreifen. Arthur Stoughton, graumeliertes Haar, eleganter Anzug, Disney-Grinsen.

»Vizepräsident im Vorstand und leitender Direktor von Disney Online«, liest Charlie aus der Biografie ab. »Und simsalabim …« Er fährt mit dem Mauszeiger zum Foto.

»Klick's an«, stimme ich ihm zu, während der Cursor über Stoughtons Gesicht schwebt. Aber als Charlie es tut, passiert nichts. Erneut drückt er die Maustaste. Immer noch nichts.

»Bist du sicher, daß du es richtig machst?« erkundigt sich Gillian.

»Willst du es selbst versuchen?« knurrt er.

»Immer mit der Ruhe«, ermahne ich ihn.

Das Kind mit den Pornosites schaut zu uns herüber, und wir verstummen. Gillian hat sich als erste wieder im Griff und winkt dem Jungen zu, als würde sie flirten, worauf der sofort wieder auf den Bildschirm schaut.

»Laß es mich probieren«, sagt sie zu Charlie, während sie gleichzeitig versucht, die Maus zu nehmen. Noch vor einer Woche war Charlie sorglos genug, um mit der ganzen Welt zu teilen. Aber nach den vergangenen Tagen ist Kontrolle das letzte, was er aufgeben will. Seine Zunge zuckt zu dem Riß auf seiner Lippe.

»Ich bin jetzt dran«, sagt er eisig.

Er weiß, daß wir mehr Gesichter brauchen, klickt sich zurück und klickt die Rubrik *Management Biografien von Disney.com* an. Erneut baut der Computer das Foto von Arthur Stoughton auf. Mist.

»Was jetzt?« fragt Charlie.

»Geh weiter runter«, sagt Gillian.

Sie tippt mit dem Fingernagel gegen den unteren Rand des Bildschirms und deutet auf etwas, das wie der obere Rand eines anderen Fotos aussieht. Stoughton steht nicht allein. Als Charlie herunterscrollt, taucht eine ganze Pyramide von Fotos auf. Es ist das gesamte Organigramm von Disney.com. Arthur Stoughtons Bild befindet sich ganz oben. Die Pyramide enthält etwa zwei Dutzend Fotos. Es sind die Leiter und andere Mitarbeiter aus Marketing, Unterhaltung und der sogenannten Lifestyle-Content-Entwicklung, was auch immer das sein mag.

»Da ist Foto Nummer zwei.« Ich schaffe es vor lauter Aufregung kaum noch, leise zu sprechen. »Der Buchhalter-Typ.«

Als ich Charlie den Fotostreifen von Duckworth reiche, kann er es mit dem Bild auf dem Schirm abgleichen. Und schon haben wir Nummer zwei ...

»Kann man wohl sagen: ein blasser, erschöpfter, mittlerer Angestellter und Bleistiftkauer«, erklärt Charlie.

»Wenn ich jemals so traurig und teigig aussehen sollte, dann rammt mir einen Holzpflock ins Herz und tötet mich mit Knoblauch.« Ich starre weiter auf den Bildschirm.

»Da ist ja Nummer drei!« Gillian klopft mit dem Fingernagel gegen das Portrait einer rothaarigen Frau. Aber auch die Suche durch die Polaroid-Hierarchie macht uns nicht klüger: Von dem Schwarzen mit dem Grübchen am Kinn fehlt jede Spur.

»Bist du sicher, daß das alle sind?« erkundigt sich Gillian.

Charlie scrollt hinunter bis zum Ende, doch mehr ist da nicht. Wir haben nur diese etwa zwei Dutzend Fotos.

»Vielleicht hat er ja die Firma verlassen«, spekuliere ich.

»Vielleicht gibt es aber auch woanders eine größere Liste«, meint Gillian.

Charlie geht wieder zum Anfang zurück. Er klickt Stoughtons Gesicht an und fleht um seine gewöhnliche Magie. Verblüffenderweise bekommt er sie auch. Der Rand des Quadrats bewegt sich.

Ich springe von meinem Stuhl hoch. »Hat sich das da gerade etwa …?«

»Sag es nicht!« warnt er mich. »Keine Hexerei.«

»Aber ohne das letzte Gesicht wird es uns nichts nützen«, prophezeit Gillian.

Charlie ignoriert sie, rollt den Cursor auf das Gesicht des blassen Bankiers und klickt ihn an. Erneut zuckt das Feld auf dem Bildschirm. Bleibt noch die Rothaarige.

»Miss Scarlett … in der Buchhaltung … und die Erste Geige«, verkündet er. Er hält sich an die Ordnung des Fotostreifens und klickt das Portrait der Rothaarigen an. Es blinkt ebenfalls. Gillian und ich beugen uns vor. Wir halten alle drei den Atem an. Der Hubschrauber steht auf dem Startfeld und ist aufgetankt. Aber er hebt nicht ab.

»Was ist los?« frage ich.

»Ich sage euch doch, daß wir alle vier Fotos brauchen, damit der Schlüssel funktioniert«, wiederholt Gillian.

Charlie sinkt auf seinen Stuhl zurück und starrt ausdruckslos auf den Bildschirm. Er will es nicht zugeben, aber diesmal hat sie recht. Nichts passiert. Und dann, aus dem Nichts, passiert doch etwas.

Der Bildschirm flackert und wird schwarz, als würden wir auf eine andere Website weitergeleitet.

»Was machst du da?« frage ich ihn.

»Das bin ich nicht«, erklärt Charlie und nimmt die Hände von der Tastatur. »Dieser böse Bube hat einen Autopiloten.«

Gillian ist nicht überzeugt und greift nach der Maus, aber bevor sie sie erreicht, flackert der Bildschirm erneut und ... Die sieben Zwerge tauchen vor uns auf. Der Doktor, Schlafmütze, Knurrhahn ... Sie sind alle da, und jeder steht über einem anderen Knopf, von Gemeinschaft bis Bücherei.

Gillian und Charlie überfliegen die Seite. Ich schaue zur Webadresse oben auf der Seite. Aber da steht nicht *www.disney.com*, sondern nur *dis-web1*.

»Weiß jemand, was wir hier vor uns haben?« fragt Charlie.

»Wenn das hier läuft wie in der Bank, dann befinden wir uns jetzt in ihrem Intranet«, erkläre ich. »Irgendwie haben uns die Fotos in Disneys internes Netzwerk geschmuggelt.«

»Und was ist mit der Website passiert?«

»Vergiß die Website. Sie ist nur für die Öffentlichkeit bestimmt«, sage ich. »Von jetzt an schnüffeln wir ganz offiziell in dem privaten Computernetzwerk für Disney-Mitarbeiter herum.«

Willkommen, Mitarbeiter! steht oben auf dem Schirm.

»Und was ist nun mit dem Kerl mit dem Grübchen im Kinn?« will Gillian wissen.

»Ich glaube nicht, daß wir auf den noch lange warten müssen.« Charlie klopft mit dem Knöchel gegen den Bildschirm. Direkt unter den sieben Zwergen leuchtet ein rotes Feld. *Firmenverzeichnis*. »Wenn wir nach Angestellten suchen ...«

»Hol sie rein!« jubelt Gillian.

Charlie zuckt bei soviel Begeisterung zusammen, dann packt er die Maus wieder fester. Ein kurzer Schwenk und ein Klicken führen uns an einen Ort, der *Mitarbeiter suchen* heißt. Dort flammt ein neuer Schirm auf, und wir starren auf Dutzende brandneuer Gesichter. *Vorstandsvorsitzender ... Der Vorstand ... Geschäftsführende Vizepräsidenten ...* die Liste geht unaufhörlich weiter. Es sind Berge von Fotos unter jeder Kategorie, die wir anklicken. Damit meine ich nicht die paar Dutzend Leute, die diese Website organisieren. Wir reden hier von der kompletten Organisation, vom Vorstandsvorsitzenden bis hinunter zu den Hintergrundzeichnern.

»Das müssen etwa zweitausend Fotos sein.« Gillian scheint überwältigt.

»Geh zurück zu Stoughtons Internet-Gruppe.« Meine Stimme bebt vor Erregung.

Charlie nickt und scrollt die Seiten herunter, bis er zu *Disney online* gelangt. Es ist dieselbe Pyramide wie vorher, und wir brauchen nicht lange, bis wir Stoughtons graumelierten Kopf finden. Darunter sehen wir den blassen Buchhalter, dem die Rothaarige folgt. Aber erneut hört die Online-Gruppe genau dort auf. Kein schwarzer Mann. Kein Grübchen am Kinn. Wir sind wieder da, wo wir angefangen haben.

»Hat dein Dad denn nie etwas einfach machen können?« erkundigt sich Charlie.

»Es muß hier irgendwo sein«, sage ich, ohne den Blick vom Bildschirm zu nehmen.

»Geht mal auf *Bildgestaltung*«, sagt Gillian.

Charlie sieht mich an, und ich nicke kurz. Duckworths alter Wirkungskreis.

Er scrollt so schnell zurück, wie er kann. *Bildgestaltung*. Ganz oben steht der Leiter der Bildgestaltung. Es ist ein gutaussehender Mann mittleren Alters mit einem spöttischen Grinsen. Sein Oberleutnant darunter ist etwa im gleichen Alter und hat eine ganze Sammlung von Doppelkinnen, die ihn beinahe lustig aussehen lassen. Und unter den beiden ... begrüßt uns Marcus Dayal, ein dunkelhäutiger Mann mit einem unverwechselbaren Grübchen am Kinn.

Charlie legt den Fotostreifen auf den Bildschirm, um die Fotos zu vergleichen. Die elektrostatische Spannung hält das Papier am Bildschirm fest. Sie passen perfekt.

»Klick ihn an.« Ich kann mich kaum noch beherrschen.

Charlie fährt mit dem Mauszeiger auf das Foto und klickt es an. Der Countdown beginnt.

Es passiert wieder nichts.

Und dann, wie zuvor, regt sich doch etwas.

»Da sind sie ...«, flüstert Charlie, als der Schirm schwarz wird.

Diesmal ist es jedoch anders als vorher. Bilder flattern wie ein Wasserfall über den Schirm und verschwinden genauso schnell wieder. Website nach Website öffnet sich mit atemberaubender Geschwindigkeit. Worte und Logos verblassen sofort, nachdem sie erschienen sind. *Team Disney online ... Firmenverzeichnis ... Mitarbeiter suchen ...* Der Cursor klickt in alle Richtungen, als surften wir im schnellen Vorlauf über die Website. Die Bilder stürzen nur so an uns vorbei, schneller und immer schneller, immer tiefer in die Website hinein. Mir wird beinahe schwindlig vom Zusehen, aber nur ein Narr würde nun den Blick abwenden.

Dann zünden die Bremsraketen. Ein einzelnes letztes Bild taucht auf dem Schirm auf. Ich fahre hoch, als es erscheint. Charlie ebenfalls. Zu Gillians Ehre sei gesagt, daß sie nicht einmal mit der Wimper zuckt.

»Da haben wir's«, sagt Charlie.

Und damit hat er recht. Wo wir auch sind, wir sind da. Das ist sie, die Idee, die Duckworth jede Menge Ärger und dreihundertdreizehn Millionen Dollar einbrachte.

64. Kapitel

Charlie klebt so nah am Bildschirm, daß er mir die Sicht versperrt und mit der Brust auf die Tastatur drückt. Als ich ihn zurückziehe, brauche ich zwei volle Sekunden, bis ich begreife, was ich da sehe. Das blaue Logo von *Greene & Greene* ganz oben links und das Zeichen *gegr. 1870* ganz oben rechts.

»Ein Kontoauszug?« fragt Charlie.

Ich nicke. Auf den ersten Blick ist es genau das: ein gewöhnlicher Kontoabgleich zum Monatsende. Bis auf das Logo von Greene & Greene sieht es nicht anders aus als alle monatlichen Abschlüsse jeder beliebigen Bank: Konten, Abbuchungen, Kontonummern, alles da. Der einzige Unterschied ist der Name des Kontoinhabers.

»Martin Duckworth!« liest Charlie vom Bildschirm ab.

»Das ist Dads Konto?« fragt Gillian.

»... 72741342388«, lese ich laut mit, während mein Finger die Zahlen auf dem Bildschirm unterstreicht. »Das ist eindeutig sein Konto. Dasselbe, das wir ...« Ich unterbreche mich, als Gillian mich ansieht. »Dasselbe, auf das wir gestoßen sind«, beende ich den Satz.

Ich wende mich wieder an Gillian, aber ihr Blick ist auf den Schirm gerichtet. Und zu dem Feld, das mit *Kontostand* markiert ist: *$ 4.769.277, 44.*

»Vier Millionen?« Gillian ist verwirrt. »Hast du nicht gesagt, daß das Konto jetzt leer wäre?«

»Das war es auch. Und sollte es auch sein.« Sie unterstellt mir eindeutig, daß ich lüge. »Ich sage dir, als ich vom Bus aus angerufen habe, hat man mir gesagt, daß der Kontostand Null be...«

Es klickt vernehmlich, und wir drei wenden uns zum Bildschirm um.

»Da!« Ich deute mit dem Finger auf den Bildschirm. Auf das Feld mit *Kontostand: $ 4.832.949,55.*

»Weiß jemand, wie hoch der Kontostand vorher ...?«

Klick.

Kontostand: $ 4.925.204,29.

Keiner von uns sagt ein Wort.

Klick.

Kontostand: $ 5.012.746,41.

»Wenn mir der Mund noch weiter aufklappt, fällt mir das Kinn gleich auf den Teppich«, verkündet Charlie. »Das glaub ich einfach nicht!«

»Mal sehen.« Ich schiebe Charlie von seinem Stuhl. Diesmal wehrt er sich nicht.

Ich klicke die Rubrik *Einzahlungen* an und schaue mir die neuesten Eingänge auf das Konto an.

$ 63.672,11 ... Überweisung von Konto 225751116.

$ 92.254,74 ... Überweisung von Konto 11000571210.

$ 87.542,12 ... Interne Überweisung von Konto 9008410321.

Ich kneife die Augen zusammen und presse die Lippen fest aufeinander.

»Mit demselben Gesichtsausdruck prüft er auch die Rechnungen von Mom«, sagt Charlie zu Gillian.

Ich beuge mich vor und lege meine Hand auf die obere Ecke des Bildschirms. »Oh, sag mir nicht, daß er ...« Ich unterbreche mich und kontrolliere noch einmal die Kontonummern.

»Was?« fragt Gillian voller Ungeduld.

Ich schüttle nur den Kopf, völlig von dem Bildschirm absorbiert. Ich suche weiter und klicke erneut das Feld *Einzahlungen* an. Ein kleineres Fenster öffnet sich, und ich starre auf die gesamten Kontoauszüge von Duckworth. Jede Einzahlung von Anfang bis ...

»Wie, zum Teufel, hat er ... Das ist doch nicht möglich ...« Ich scrolle über die digitalen Kontoauszüge. Je weiter ich komme, desto länger wird es. Einzahlung nach Einzahlung. Sechzigtausend, achtzigtausend, neunundsiebzigtausend. Es hört einfach nicht auf. Ich habe ein bestimmtes, nagendes Gefühl in meinem Bauch. Es macht einfach keinen Sinn ...

»Sag es einfach!« bittet mich Charlie.

Ich fahre erschrocken herum.

»Was denn? Hast du etwa vergessen, daß wir auch noch hier sind?« Gillian klingt überraschend barsch.

Ich weiche ein Stück zurück, damit die beiden ebenfalls etwas sehen können. »Seht ihr das?« Ich deute auf das Kästchen mit den Einzahlungen.

Charlie verdreht die Augen. »Selbst ich weiß, wie eine Einzahlung funktioniert, Ollie.«

»Es geht nicht um die Einzahlungen, sondern um die Frage, wo sie herkommen.«

»Das verstehe ich nicht ...«

Hinter uns klingelt der Aufzug, und Charlie wendet den Kopf, um die offenen Türen zu sehen. Zwei ältere Frauen kommen heraus. Sie halten sich an den Händen. Kein Grund zur Sorge. Jedenfalls noch nicht.

»Sieh dir jede Einzahlung an«, sage ich, als Charlie sich wieder zu dem Bildschirm herumdreht. »Dreiundsechzigtausend ... zweiundneunzigtausend ... siebenundachtzigtausend.« Ich deute auf die Einzahlungen. »Erkennst du die Masche?«

Er starrt auf den Bildschirm. »Du meinst, abgesehen davon, daß es ein Haufen Kohle ist?«

»Sieh dir die Summen an, Charlie. Das Konto verzeichnet pro Tag einen Eingang von über zwei Millionen Dollar. Aber keine einzige Einzahlung liegt über hunderttausend Dollar.«

»Und?«

»Hunderttausend Dollar sind zufällig auch die Schwelle, oberhalb derer sich das automatische Prüfsystem der Bank einschaltet. Was bedeutet ...«

»... alles unter hundert Riesen wird nicht geprüft«, vollendet Gillian meinen Satz.

»So läuft das Spiel«, antworte ich. »Man nennt es Smurfing. Du suchst dir eine Summe aus, die klein genug ist, um unter der Überwachungsschwelle zu bleiben. Die Leute machen es andauernd. Vor allem, wenn die Klienten nicht wollen, daß wir ihre Bargeldtransaktionen in Frage stellen.«

»Ich weiß noch nicht, was daran so schlimm sein soll. Also gut, er spielt den Smurfer.«

»Er spielt nicht den Smurfer. Er smurft. Smurfing«, wiederhole ich. »Und die große Sache daran ist, daß dies der beste Weg ist, es unter dem Überwachungsradar zu halten.«

»Was unter dem Radar zu halten?«

»Genau das werden wir gleich herausfinden«, sage ich und drehe mich wieder zum Bildschirm um.

65. Kapitel

Joey steckte im Verkehr auf dem Broward Boulevard fest, griff auf den Beifahrersitz, durchsuchte ihre Handtasche und zog das Foto von Duckworth und Gillian daraus hervor. Auf den ersten Blick waren das Vater und Tochter, so glücklich wie aus dem Bilderbuch. Aber als sie das Foto ins Licht hielt, wußte sie plötzlich, worum es ging …

Verdammt, das war ein Anfängerfehler! sagte sie sich und hämmerte mit der Faust auf das Steuerrad. Sie fragte sich, wie ihr das hatte entgehen können. Es waren nicht nur die merkwürdigen Proportionen, selbst die Schatten paßten nicht zusammen. Duckworth hatte den Schatten auf der linken Gesichtshälfte und Gillian auf der rechten. Es war eine völlig geschluderte Fälschung. Überstürzt hergestellt, aber anscheinend trotzdem gut genug.

Joey fuhr auf einen freien Parkplatz vor einem Einkaufszentrum, klappte den Bildschirm ihres Laptops auf und klickte sich zu den Fotos aus den Büros von Greene & Greene, die sie am ersten Tag gemacht hatte. Sie ging ein Büro nach dem anderen durch …

»Mistige Ratte!« knurrte sie, als sie es endlich entdeckte. Sie beugte sich vor, um sicherzugehen, daß es wirklich stimmte. Das Haar hatte eine andere Farbe und war glatt, aber es war keine Verwechslung möglich. Da war es. Eine Porträtaufnahme. Und sie hatte sie die ganze Zeit vor ihrer Nase gehabt.

Joey gab Gas, dann griff sie zum Telefon und betätigte die Kurzwahltaste.

»Hier ist Noreen.«

»Du mußt einen Namen für mich überprüfen«, begrüßte Joey sie.

»Hast du was Neues?«

»Eigentlich ist es etwas Altes«, erwiderte Joey, während der Wagen auf die Büros von Neowerks zuschoß. »Aber wenn die Dominosteine richtig umfallen, dann habe ich wohl endlich die wahre Geschichte von Gillian Duckworth gefunden.«

66. Kapitel

»Siehst du diese Einzahlung hier? Über die Summe von siebenundachtzigtausend?« Ich lenke Gillians und Charlies Blicke auf die jüngste Einzahlung auf Duckworths Konto. Noch bevor sie antworten können, erkläre ich: »Die stammt von Sylvia Rosenbaums Konto. Aber solange ich mich erinnern kann, hat sie es als ein Treuhandkonto mit besonderen Begünstigten eingerichtet.«

»Was bedeutet?«

»Das bedeutet, jedes Vierteljahr tätigt der Computer automatisch zwei interne Überweisungen. Eine über eine Viertelmillion Dollar an ihren Sohn und eine andere über ebenfalls eine Viertelmillion an ihre Tochter.«

»Und warum überweist diese wohlhabende alte Dame Geld an meinen Vater?«

»Das ist der Punkt«, sage ich. »Neben ihrer Familie und der jährlichen Zahlung an ihre Finanzberater überweist Sylvia Rosenbaum an niemanden Geld. Nicht an deinen Dad, nicht an die Steuer, an niemanden. Das ist ja der Sinn dieses Treuhandkontos. Es läuft von allein und führt jedes Quartal exakt dieselben Auszahlungen aus. Aber wenn du hier hinsiehst ...« Ich scrolle Duckworths Aufzeichnungen hoch und deute auf die erste Einzahlung. Wieder achtzigtausend Dollar von Sylvias Konto. Die Zahlung stammt vom Juni.

»Seht ihr, die sollte auch nicht dasein«, erkläre ich. »Das ergibt keinen Sinn. Wie, zum Teufel, konnte er …?«

»Was soll das heißen, sie sollte nicht dasein?« fragt Charlie. »Woher kannst du das überhaupt wissen?«

»Weil ich derjenige bin, der ihr Konto bearbeitet«, sage ich und bemühe mich, meine Stimme unter Kontrolle zu behalten. »Ich habe die Konten dieser Frau seit meinem ersten Tag in der Bank überprüft, und als ich sie letzten Monat kontrolliert habe, war von diesen Überweisungen an Duckworth nichts zu sehen.«

»Bist du sicher, daß sie dir nicht einfach entgangen sind?« erkundigt sich Gillian.

»Genau das habe ich mich auch gefragt, als ich das hier zu Gesicht bekommen habe«, gebe ich zu. »Aber dann habe ich das hier gefunden …« Ich markiere eine andere interne Überweisung, die kürzlich auf Duckworths Konto gelandet ist. 82.624,00 Dollar von Konto 23274990007.

»007«, ruft Charlie verblüfft, als er die letzten drei Ziffern sieht. Ihm entgeht wirklich nichts.

Da Gillian nicht wissen kann, wovon wir reden, erkläre ich es ihr. »Das Konto 007 gehört Tanner Drew.«

»Dem berühmten Tanner Drew?«

»Demselben. Er ist das jüngste Mitglied der *Forbes*-Liste. Außerdem hat er uns letzte Woche nach dem Leben getrachtet, bis wir ihm vierzig Millionen Dollar auf eines seiner anderen Konten überwiesen haben. All das ist am Freitag um exakt 15:59 Uhr passiert. Und jetzt schau dir an, wann genau Tanner Drew seine Überweisung an Duckworth getätigt hat.«

Gillian und Charlie beugen sich zum Bildschirm vor. Freitag, der 13. Dezember, um 15:59:47 Uhr.

Ich sehe, wie meinem Bruder ein Schweißtropfen die Schläfe herunterläuft. »Ich verstehe es immer noch nicht«, sagt Charlie. »Wir waren die einzigen, die Zugang zu Drews Konto hatten. Wie konnte er dann eine Überweisung an Duckworth tätigen?«

»Davon rede ich doch die ganze Zeit. Ich glaube nicht,

daß er das gemacht hat. Genaugenommen weiß ich sogar, daß er es nicht gemacht hat. Nachdem wir das Geld überwiesen haben, habe ich Tanner Drews Konto ein halbes Dutzend Mal überprüft, nur um sicherzugehen, daß es auch wirklich unterwegs war. Und wißt ihr, wie hoch die letzte Auszahlung gewesen ist? Exakt vierzig Millionen Dollar.«

»Wo kommen dann diese zweiundachtzigtausend her?« fragt mein Bruder.

»Genau das will ich herausfinden. Aber aus welchem Hut Duckworth sie auch herausgezogen hat, es ist ganz klar, daß er seine Finger auch in fast allen anderen Konten hatte. Ich meine, die Hälfte dieser Konten ...« Ich deute auf all die verschiedenen Kontonummern, die unter *Einzahlungen* aufgeführt sind. »Es sind alles Klienten der Bank. 007 ist Tanner Drew, 609 ist Thomas Wayne. 727 gehört Max Wexler, und 209 ... ich bin mir ziemlich sicher, daß dieses Konto zur Lawrence-Lamb-Stiftung gehört.«

»Augenblick ... Dad hat Geld von all den Leuten bekommen?« unterbricht mich Gillian.

»So sieht es aus«, sage ich und starre den Monitor an. »Und das Geld hört nicht auf zu fließen.«

Gillian überzeugt sich mit einem kurzen Seitenblick, daß niemand in der Nähe ist. Charlie tritt einen Schritt von ihr zurück, nur sicherheitshalber. Er kann einfach nicht anders. »Glaubst du, daß Dad sie erpreßt hat?«

»Das weiß ich nicht. Aber wenn man sieht, was er in den Treuhandfonds gemacht hat, dann sieht es eher aus, als sollten diese Überweisungen eigentlich gar nicht existieren. Im System der Bank hat kein einziger Dollar eines dieser Konten verlassen. Ich meine, es ist fast so, als würde dieses Programm den Computer dazu bringen, etwas zu sehen, was eigentlich gar nicht ...« Ich erstarre.

»Was?« fragt Gillian aufgeregt. »Was ist los?«

»Alles in Ordnung?« Charlie schiebt sie zur Seite und legt mir eine Hand in den Nacken.

»O Mist!« stoße ich hervor und deute auf den Schirm. »Genau das ist seine Erfindung!« Meine Stimme überschlägt sich beinahe. »Es ist wie ein Spiegelkabinett. Sie zeigt dir eine Realität, die gar nicht wirklich existiert.«

»Wovon redest du da?«

»Ich meine, wie bekommt man sonst einen Kredit in der vollen Höhe der Schuld? Genau in dieses Verfahren wollte der Secret Service investieren. Und genau diese Idee wollte Gallo für sich haben. Der nächste Schritt in Sachen Wirtschaftsverbrechen. Warum sollte man Geld stehlen, wenn man es einfach erzeugen kann?«

»Was meinst du mit erzeugen?« will Charlie wissen.

»Elektronisch herstellen. Den Computer davon überzeugen, daß es existiert. Es aus dünner Luft herstellen.«

Charlie tritt wieder dicht an den Bildschirm. »Heilige Scheiße ...!«

»Moment!« mischt sich Gillian ein. »Du glaubst, mein Dad hätte das ganze Geld geschaffen?«

»Das ist die einzig plausible Erklärung. Und es würde auch begründen, warum der Secret Service die Sache untersucht und nicht das FBI. Es ist genau so, wie Shep gesagt hat: Der Secret Service ist für Fälschungen zuständig.«

»Aber Geld aus nichts zu machen ...« beginnt Gillian.

»... für diesen Trick würde sich ein Risikokreditladen wie Five Points Capital in die Hose machen. Denk mal drüber nach, wie es gelaufen ist: Vor sechs Tagen schien Martin Duckworth drei Millionen Dollar auf dem Konto zu haben. Vor drei Tagen sagte der Computer, es wären dreihundertdreizehn Millionen. Aber wenn man sich diese Aufzeichnungen ansieht, wird klar, daß das nicht über Nacht passiert ist. Diese Transaktionen reichen mehr als ein halbes Jahr zurück. Es sind Hunderte von Einzahlungen. Das ist wie doppelte Buchführung. Das normale System sagt die ganze Zeit, er hat drei Millionen Dollar, aber unter der Oberfläche hat seine kleine Erfindung klammheimlich dreihundert daraus gemacht. Und als das goldene Ei im Nest groß genug geworden war, wollten sie es sich holen. Aber wir sind ihnen zuvorgekommen, und dann ist die zweite Buchführung mit der ersten verschmolzen, und jede dieser falschen

Einzahlungen wurde jetzt irgendwie mit einer realen Überweisung der Bank verknüpft.«

»Vielleicht arbeitet das Programm ja so«, wirft Charlie ein. »Wie bei den vierzig Millionen, die wir zu Tanner Drew überwiesen haben. Es wartet darauf, daß eine reale Überweisung stattfindet, und dann erzeugt es eine beliebige Summe, die unter den Prüfungskriterien liegt. Am Ende hat man eine ganz neue Wirklichkeit.«

»Genau das passiert gerade«, stimme ich ihm zu. »Die Bank glaubt, daß Duckworths Konto leer ist, aber laut dieser Zahlen haben wir bereits mehr als fünf Millionen. Und das verrückte ist, daß keiner dieser Leute, von denen er es gestohlen hat, auch nur einen einzigen Cent vermißt.«

»Vielleicht sieht es nur so aus, als ob sie kein Geld vermißten. Vielleicht hat das, was mein Dad in das System eingepflanzt hat, ja alle Spuren beseitigt.«

Ich schüttle den Kopf. »Wenn das wahr wäre, hätte Tanner Drew keine vierzig Millionen Dollar überweisen können. Und wenn Drew auch nur ein Vierteldollar abhanden gekommen wäre, hätten wir sofort von ihm gehört. Dasselbe gilt für Sylvia und den Rest. Je reicher sie sind, desto genauer kontrollieren sie ihre Konten.«

»Also das ist das große Ultra-Geheimnis?« unterbricht mich Gillian. »Ein alberner Computervirus, der einige Leute reich macht?«

»So viel Glück haben wir nicht.« Ich drehe mich wieder zu dem Bildschirm um.

Charlie beobachtet mich sorgfältig. Den Tonfall kennt er. »Was willst du damit sagen?«

»Versteht ihr denn nicht, was Duckworth getan hat? Sicher, vordergründig hat er Geld erfunden, aber wenn man das Mikroskop zurückzieht, dann geht es bei dem ganzen Ding um viel mehr als nur darum, deinem Kontostand ein paar Nullen hinzuzufügen. Um das hier durchzuziehen, hat er nicht nur all unsere internen Kontrollen umgangen, er hat auch irgendwie das Banksystem genarrt und dazu gebracht anzunehmen, daß es mit echtem Geld arbeitet. Denn als wir dieses Geld überwiesen haben, war es gut genug, um die Londoner Bank zu narren und auch die in Frankreich und alle anderen danach. An einigen dieser Orte, einschließlich unserer Bank, haben wir es mit den technisch modernsten Computersystemen zu tun, die sogar vom Militär eingesetzt werden. Und Duckworths imaginäre Überweisung hat sie alle täuschen können.«

»Ich verstehe immer noch nicht, was ...«

»Denk einen Schritt weiter, Charlie. Vergiß die Privatbanken und die winzigen ausländischen Institute. Schnapp dir Duckworths Programm und verkaufe es an den Höchstbietenden. Laß es einer terroristischen Organisation in die Hände fallen. Oder noch schlimmer, steck es in eine dieser Zu-Groß-Zum-Scheitern.«

»Eine was?«

»Eine Zu-Groß-Zum-Scheitern. So nennt die Bundeszentralbank die fünfzig größten Banken des Landes. Sobald sich Duckworths kleines Würmchen dort eingräbt, werden aus dreihundert Millionen Dollar plötzlich dreihundert Milliarden. Und das Geld fließt überallhin, in die Citibank, die First Union, bis hin zu irgendwelchen Leuten im ganzen Land. Das Problem ist nur, wenn die ganze Sache abgeschlossen ist, ist das Geld trotzdem nicht real. Und in dem Moment, in dem jemand begreift, daß der Kaiser gar keine Kleider trägt, bricht das ganze System wie ein Kartenhaus in sich zusammen. Keine Bank traut mehr ihren eigenen Aufzeichnungen, und keiner von uns weiß, ob seine Ersparnisse sicher sind. Die ganze Welt wird sich an den Kassen und vor den Geldautomaten drängeln. Aber wenn sie alle ihr Geld abheben, wird bald nicht mehr genug echtes Geld im Umlauf sein. Da die Summen gefälscht sind, wird jede Bank sehr bald keine Barbestände mehr haben. Die Großbanken brechen zuerst zusammen, dann Hunderte von kleinen Banken, denen sie Geld geliehen haben. Sie alle werden sofort zusammenstürzen, weil sie alle nach Geld suchen, das es gar nicht gegeben hat. *Tut mir leid, Sir, wir können Ihren Kontostand nicht decken, weil die Bank kein Geld mehr hat.* Und in dem Moment setzt die richtige Panik ein. Dagegen wird die Depression wie ein kurzer Schluckauf des Aktienmarktes aussehen.«

Selbst Charlie ist die Lust auf Witze vergangen. »Glaubst du, daß sie die Erfindung dafür haben wollten?«

»Ich weiß nicht, wofür sie sie wollten, aber eines weiß ich: Der einzige Beweise für das, was wirklich passiert ist, ist der hier.« Ich tippe gegen den Bildschirm.

Klick.

Kontostand: $ *5.104.221,60.*

Der Aufzug hinter uns klingelt, als einundneunzigtausend neue Dollar uns vom Bildschirm anstarren. Charlie sieht nach, aber es steigt keiner aus.

Ich blicke mir über die Schulter. Wir waren schon zu lange hier. »Wir sollten das ausdrucken ...«

» ... und verschwinden«, stimmt er mir zu.

»Wartet!« ruft Gillian.

»Warten?« fragt Charlie.

»Ich ... Ich meine nur ... Ich wäre damit vorsichtig!«

»Genau deshalb drucken wir es aus. Zum Beweis«, sagt mein Bruder. So nah vor dem Ziel sind seine Sicherungen noch empfindlicher als vorher.

Neben dem Computer steht ein uralter Laserdrucker. Ich drücke den Schalter, und er erwacht grummelnd zum Leben. Charlie gibt den Druckbefehl. Auf dem Bildschirm geht ein graues Dialogfeld auf. *Fehler beim Schreiben auf LPT1: Bitte führen Sie die Copy-Karte ein.* Am unteren Rand des Druckers befindet sich eine handgeschriebene Karte, auf der steht: *Kopien fünfzehn Cent pro Seite.*

»Woher kriegen wir eine Copy-Karte?« fragt er.

In der Ecke steht eine Maschine. Zwei Leute stehen bereits davor und stopfen Dollarnoten hinein. Charlie ist nicht in der Stimmung, Schlange zu stehen. Der junge Pornoliebhaber ein paar Computer weiter hat eine Copy-Karte auf dem Tisch liegen. »He, junger Herr«, ruft Charlie. »Ich gebe dir fünf Scheine für deine Karte.«

»Da sind schon fünf Scheine drauf«, erwidert er.

»Gut, dann gebe ich dir zehn«, füge ich hinzu.

»Wie wär's mit zwanzig?«

»Wie wär's damit, daß ich ›Spanner‹ rufe und auf dich zeige?« droht ihm Gillian.

Der Junge schiebt die Karte herüber, und ich ziehe einen Zehner heraus.

Als ich aufstehe, um den Handel zu machen, springt Charlie wieder schnell auf den Stuhl vor dem Monitor. Ich beuge mich über seine Schulter und schiebe die Karte in die kleine Maschine, die mit dem Drucker verbunden ist, und warte, während sie einzogen wird. Der Bildschirm auf dem Kartenlesegerät leuchtet auf. *Kontostand: $ 2,20.*

Wir drehen uns zu dem Pornojungen herum. Er schnüffelt mit einem Grinsen an dem zehn Dollar Schein. Charlie will aufstehen.

»Laß gut sein«, sage ich und drehe mich wieder zum Bildschirm um.

Charlie konzentriert sich und klickt *Drucken* an. Wie zuvor öffnet sich auch jetzt ein graues Dialogfeld, aber dies hier ist anders. Form und Größe passen zu dem von Duckworths Kontoauszügen. *Achtung: Um dieses Dokument auszudrucken, geben Sie bitte Ihr Paßwort ein.*

»Was, verdammt, ist das?« fragt Charlie.

»Was hast du vor?« Ich bin nahe dran, die Geduld zu verlieren.

»Nichts ... Ich habe nur auf *Drucken* geklickt.«

»Siehst du, genau das habe ich gemeint«, sagt Gillian.

Der Pornofan neben uns starrt wieder zu uns herüber. Die Aufzugtüren in der Ecke schließen sich, und jemand ruft den Jungen.

Charlie versucht, sich zu dem Kontoauszug zurückzuklicken, aber er kommt nicht an der Paßwortforderung vorbei.

»Frag doch die Lady vom Empfang«, schlägt Gillian vor.

»Ich glaube nicht, daß der Empfang etwas damit zu tun hat«, sage ich und beuge mich über Charlies Schulter. »Das könnte eine Vorsichtsmaßnahme von Duckworth sein.«

»Was willst du damit sagen?«

»Wir machen dasselbe bei den wichtigen Konten in der Bank. Wenn du den rauchenden Colt mitten im Zentrum einer der beliebtesten Websites der ganzen Welt plazierst, würdest du dann nicht auch ein paar Fallen einbauen, um dir eine gewisse Sicherheit zu verschaffen?«

»Du glaubst, es ist eine Falle?« fragt Gillian.

»Ich sage nur, daß wir das richtige Paßwort einsetzen müssen«, erwidere ich sachlich. Charlie sieht mich an. Mein Tonfall überrascht ihn.

»Versuch es mit ›Duckworth‹.«

Er hämmert in die Tasten und drückt anschließend auf *Enter*.

Leider ist Ihr Paßwort ungültig. Zum Ausdrucken des Dokuments geben Sie bitte das richtige Paßwort ein.

Mist! Wenn das hier so funktioniert wie bei der Bank, dann haben wir nur noch zwei Möglichkeiten. Drei Versuche, und das war's.

»Noch irgendwelche anderen schlauen Ideen?«

»Wie wäre es mit Martin Duckworth?« frage ich.

»Vielleicht ist es ja etwas so Banales wie seine Adresse?« schlägt Gillian vor.

»Und was ist mit Arthur Stoughton?« Charlie setzt auf das erste Foto aus der Reihe.

Gillian und ich sehen Charlie an und nicken. Er tippt hastig *Arthur Stoughton* und klickt auf *Enter.*

Leider ist Ihr Paßwort ungültig. Zum Ausdrucken des Dokuments geben Sie bitte das richtige Paßwort ein.

»Ich schwöre, daß ich gleich den Bildschirm eintrete!« knurrt mein Bruder.

Uns bleibt nur noch ein Versuch.

»Nimm den Kerl mit dem Grübchen am Kinn«, schlage ich vor.

»Versuch Dads Kontonummer bei der Bank«, hält Gillian dagegen.

»Versuch *Gillian*!« Meine Zuversicht hat bereits arg gelitten, aber ich bin nicht der einzige. Auch Charlie wirkt verzweifelt. Er weiß, was auf dem Spiel steht. »*Gillian*!« wiederhole ich.

Charlie sieht Gillian an, mustert ihre durchdringenden blauen Augen und sucht nach der Lüge. Aber wie immer findet er sie nicht.

»Versuch es!« sage ich.

Er schaut auf die Tastatur, tippt das Wort *Gillian* ein, und sein Zeigefinger schwebt über der *Enter*-Taste. Aber aus irgendeinem Grund stoppt er, bevor sein Finger die Taste berührt.

»Komm schon, Charlie.«

»Sicher?« Seine Stimme zittert. »Vielleicht sollten wir ...«

»Tu's einfach!« Ich greife an ihm vorbei und drücke die Taste selbst.

Wir starren auf den Schirm und warten auf die Antwort des Computers, doch der läßt sich mächtig viel Zeit. In der Ferne höre ich, wie jemand die Seiten eines Magazins umblättert. Die Klimaanlage summt leise, der Pornofan kichert, und zu unserer Überraschung ... fängt der Laserdrucker langsam an zu surren.

»Ich glaube es nicht«, murmelt Charlie, als er die erste Seite ausspuckt. Mit einem breiten Grinsen springt er auf und schnappt sich das oberste Blatt aus dem Drucker. Aber als er es umdreht, verschwindet das Grinsen schlagartig. Ich blicke auf die Seite. Sie ist vollkommen leer.

Wir drehen uns um und sehen gerade noch, wie Duckworths Konto auf dem Bildschirm langsam verblaßt. Wir sind eben in die Falle gegangen.

»Charlie ...!«

»Schon dabei!« erwidert er. Er packt die Maus und klickt alle Felder an, die er sieht. Aber man kann es nicht anhalten. Es ist schon fast weg.

»Merk dir die Webadresse!« rufe ich.

Unsere Blicke richten sich auf die Webadresse oben auf dem Schirm. Ich präge mir die erste Hälfte ein und er die zweite.

Gillian begreift nichts von alledem. »Was macht ihr da?«

»Jetzt nicht!« fahre ich sie an und versuche, mir die Adresse einzuprägen.

Schließlich blinkt der Bildschirm, und ein neues Bild leuchtet auf. Es sind die sieben Zwerge und ein rotes Feld, über dem *Firmenverzeichnis* steht. Wir stehen wieder am Anfang. Wenigstens sind wir noch auf der internen Mitarbeiter-Site.

»Charlie, geh auf …«

Noch bevor ich den Satz beenden kann, ist er schon da. Er klickt den Knopf für *Verzeichnis*. Hunderte von Mitarbeiterfotos tauchen auf dem Bildschirm auf. Wie vorher scrollt er zum Abschnitt *Bildgestaltung*. Und wieder findet er den Schwarzen mit dem Grübchen am Kinn. Er klickt ihn an. Nur passiert diesmal nichts. Das Foto bewegt sich nicht einmal. »Ollie …«

»Vielleicht mußt du noch mal alle vier anklicken?« meint Gillian.

»Klick's noch mal an!«

»Hab ich schon. Es führt nirgendwohin.«

»Tipp die Adresse ein.«

Charlie gibt mir die Tastatur und duckt sich, als ich die erste Hälfte der Internet-Adresse eingebe. Dann tippt er seine ein. Als er *Enter* drückt, spuckt der Bildschirm eine brandneue Seite aus.

»Alles ist okay. Wir sind noch im Rennen«, sagt er, während wir auf das Bild warten. Eine Sekunde lang sieht es aus, als sollte er recht behalten. Als die Seite schließlich auftaucht, dreht sich mir fast der Magen um. Die Seite zeigt nur einen weißen Hintergrund. Mehr nicht. Nur eine leere Seite.

»Was hat das zu bedeuten?« frage ich.

»Es ist weg …«

»Weg? Das ist unmöglich. Scroll weiter!«

»Da gibt es nichts mehr zu scrollen«, sagt Charlie.

»Bist du sicher, daß du es nicht falsch eingetippt hast?« fragt Gillian.

Er überprüft die Adresse. »Es ist genau dort, wo wir …«

»Es ist nicht weg«, wiederhole ich. »Es kann nicht weg sein.« Ich gehe an meinem Bruder vorbei zum nächsten Computer und reiße das Schild *Außer Betrieb* ab.

Innerhalb weniger Sekunden bin ich auf der Homepage von Disney-com. »Fangen wir halt einfach wieder von vorn an.«

»Ollie ...«

»Es ist okay«, erwidere ich. Ich bin schon fast da. Gillian sagt etwas, aber ich bin vollkommen damit beschäftigt, mich durch die Biografien der Manager zu klicken.

»Ollie, es ist weg. Du wirst es nicht mehr finden.«

»Es ist gleich da, nur noch eine Seite.« Als ich die Firmenpyramide finde, erscheinen ein Dutzend Mitarbeiterfotos auf dem Bildschirm. Zum zweiten Mal gehe ich zu Arthur Stoughton und klicke ihn an. Als nichts passiert, klicke ich noch einmal. Das Foto rührt sich nicht. »Das ist unmöglich«, flüstere ich. Ich versuche mich zusammenzureißen und klicke auf das Foto des blassen Buchhalters, dann auf das der Rothaarigen. Bei beiden passiert nichts.

Charlie beugt sich vor und legt mir die Hand auf die Schulter. »Ollie ...«

Ich starre zusammengesunken auf den Bildschirm. Die Ellbogen habe ich auf die Knie gestützt. »Warum kriegen wir nie eine Pause?«

Diese Frage kann auch Charlie nicht beantworten. Er drückt meine Schulter und betrachtet selbst den Schirm. Er kann sich kaum noch auf den Beinen halten. Vor fünf Minuten hatten wir alles vor der Nase, was Duckworth geschaffen hat. Und jetzt, während mein Bruder und ich ausdruckslos auf den Schirm starren, haben wir gar nichts. Kein Logo einer Bank, kein verstecktes Konto. Und, was das schlimmste von allem ist, keine Beweise.

67. Kapitel

»Walt-Disney-Reservierungen. Hier spricht Noah. Womit kann ich Ihnen dienen?«

»Hallo, ich suche den Informationsservice«, antworte ich der überaus jugendlichen Stimme am anderen Ende der Leitung, während Charlie in die Sonne blinzelt.

»Ich verbinde Sie mit der Hauszentrale. Von dort werden Sie weitergeleitet.« Noahs Tonfall ist sicher eine genetische Manipulation speziell für den Kundendienst.

»Großartig, danke.« Ich halte Charlie und Gillian triumphierend den erhobenen Daumen hin, aber das kann keinen der beiden trösten. Sie stehen rechts und links neben mir an dem öffentlichen Fernsprecher gegenüber der Bibliothek und sehen sich nervös um. Sie glauben nicht, daß ich es hinkriege. Aber große Firmen sind eben große Firmen. Wenn ich jetzt über die Hauszentrale hineingehe, ist es ein interner Disney-Anruf. Wir haben einmal unsere Beweise verloren. Noch einmal schlüpfen sie mir nicht durch die Finger.

»Hier spricht Erinn. Was kann ich für Sie tun?« fragt mich die Telefonistin.

»Erinn, ich suche nach der IS-Gruppe, die das Intranet für Disney-Werksangehörige betreut.«

»Mal sehen, ob wir das für Sie finden können«, erwidert sie. Als sie mich in die Warteschleife hängt, dringt das Lied *When You Wish Upon A Star* aus dem Telefonhörer.

»Sir, ich stelle Sie zu Steven im Support Center durch«, verkündet die Telefonistin schließlich. »Er hat die Durchwahl 2538, falls Sie getrennt werden.«

Ich beiße die Zähne zusammen und warte darauf, daß die Musik endlich aufhört.

»Hier spricht Steven«, sagt eine tiefe Stimme. Er klingt noch jung, vielleicht so jung wie Charlie. Perfekt.

»Bitte sagen Sie mir, daß ich an der richtigen Stelle gelandet bin«, jammere ich ihm ins Ohr.

»Entschuldigen Sie? Kann ich Ihnen helfen?«

»Ist das nicht Matthew?« Ich erhöhe die Panik in meiner Stimme.

»Nein, ich bin Steven.«

»Steven wer?«

»Steven Balizer. Im Support Center.«

»Das verstehe ich nicht«, sage ich und gebe Gas. »Matthew sagte mir, es wäre da, aber als ich es abholen wollte, war die ganze Präsentation weg.«

»Welche Präsentation?«

»Ich bin tot ...«, erkläre ich ihm. »Die verspeisen mich als Appetithäppchen ...«

»Welche Präsentation?« Er schwingt sich bereits zu meiner Hilfe auf. Das ist Disney-Training. Er kann nicht anders.

»Das verstehen Sie nicht!« sage ich. »Da warten fünfzehn Leute in einem Konferenzzimmer, und sie sind scharf darauf, den ersten Blick auf unseren neuen Online-Subskriptionsservice zu werfen. Aber als ich das Pogramm aus dem Intranet herunterladen wollte, war es nicht da. Weg! Nichts da! Und jetzt sehen mich alle an, die Anwälte, die Creativ-Direktoren, die Jungs von der Finanzierung ...«

»Hören Sie, beruhigen Sie sich ...«

»... und Arthur Stoughton, der mit rotem Gesicht am Kopfende des Tisches sitzt.« Es genügt vollkommen, den Namen des Bosses fallenzulassen. Das habe ich von Tanner Drew gelernt.

»Sie sagen, es war im Intranet?« fragt Steven besorgt. »Haben Sie eine Ahnung, wo?«

Ich lese die exakte Adresse ab, an der Duckworths Konto zu finden war. Ich höre, wie der junge Steven auf sein Keyboard hämmert. Es braucht einen Untergebenen, um einen Untergebenen zu erkennen. Wir sitzen beide im selben Boot. »Tut mir leid«, erwidert er schließlich zögernd. »Es ist nicht mehr da.«

»Nein, sagen Sie nicht so was!« Ich bin froh, daß wir eine Telefonzelle auf der Straße ausgesucht haben. »Es muß da sein! Ich habe es eben noch gesehen!«

»Ich habe bereits zweimal nachgeschaut ...«

»Wir reden hier von Stoughton! Wenn ich diese Präsentation nicht in seinen Konferenzraum schaffe …« Ich atme schwer und versuche, so zu klingen, als würde ich gleich losheulen. »Es muß doch eine Möglichkeit geben, sie zurückzubekommen! Wo bewahren Sie die Backups auf?« Das ist zwar ein Bluff, aber kein riskanter. Alle sechzig Minuten führen die Banksysteme einen automatischen Backup durch, um sich vor Dingen wie Viren und Stromausfällen zu schützen. Dann verstauen wir die Kopien woanders, vor allem aus Sicherheitsgründen. Eine Gesellschaft von der Größe von Disney muß dasselbe tun.

»Im DISC-Gebäude im nördlichen Service Areal«, erwidert Steven, ohne nachzudenken. »Da verwahren sie das langfristige Zeug auf.«

»Vergessen Sie das langfristige. Ich brauche, was vor drei Stunden da war!«

Am anderen Ende gibt es eine kurze Pause. »Das einzige, was mir noch einfiele, wären die Bänder im DACS.«

Ich hasse diesen Technikerjargon. »Welche Bänder?«

»Datenbänder. Die Bänder, mit denen wir die Site stützen. Da DACS jede Nacht eine Kopie macht, müßten sie sich dort befinden.«

»Und wo ist dieses DACS?«

»In den Katakomben.«

»Den Katakomben?« frage ich.

»Sie wissen schon, den Tunnels.« Er klingt beinahe überrascht. »Die unter dem Magischen König …« Er unterbricht sich und denkt anscheinend nach. Diesmal dauert die Pause länger. »In welcher Abteilung arbeiten Sie noch mal?«

»Bei Disney online.«

»In welcher Abteilung?« Im Hintergrund höre ich, wie er auf der Tastatur herumtippt.

Ich habe keine Antwort parat.

»Und wie war Ihr Name?«

Das ist mein Stichwort. Runter vom Schiff. Ich ramme den Hörer auf die Gabel.

»Was hat er gesagt?« fragt Charlie.

»Gibt es Backups?« erkundigt sich Gillian.

Ich ignoriere die Frage und sehe zu der blendenden Sonne hinauf. Ich muß die Augen zusammenkneifen. Es ist ein paar Minuten nach zwei. Die Zeit läuft uns davon. Aber endlich ist ein Ende in Sicht. Die Bänder zeigen nicht nur die Realität, sie zeigen auch die Realität, die Duckworth erfunden hat. Und zu der Gallo ganz eindeutig Zugang hatte. »Nichts wie weg hier«, sage ich.

»Wohin?« fragt Gillian.

»Ist es weit?« erkundigt sich Charlie.

»Das hängt davon ab, wie schnell wir fahren«, antworte ich, während wir zum Wagen laufen. »Wie lange brauchen wir bis nach Disney World?«

68. Kapitel

»Was?« Gallo klemmte sich das Handy zwischen Schulter und Ohr, während er und DeSanctis über die Interstate 95 jagten. »Bist du sicher?«

»Warum sollte ich lügen?« fragte die Frau am anderen Ende.

»Darauf willst du im Ernst von mir eine Antwort?«

»Hör zu, ich habe schon gesagt, daß es mir leid tut.«

»Verarsch mich nicht«, brüllte Gallo. »Hast du wirklich geglaubt, wir hätten dich nicht gesehen? Daß du einfach davonschleichen könntest, ohne daß wir alles mitbekommen?«

»Ich habe mich nirgendwohin geschlichen. Wir haben nur so schnell wie möglich reagiert. Wir haben es in etwa sechs Stunden auf die Beine gestellt. Und als ich ankam, wart Ihr schon weg.«

»Er hätte trotzdem anrufen sollen.«

»Kannst du bitte mit dieser vorwurfsvollen Nummer aufhören?« bat seine Partnerin. »Er hat gesagt, daß ihr das alles schon durchgegangen seid. Sobald Oliver und Charlie herausgefunden hatten, was in der Fernbedienung steckte, hätten wir besser das Feuer sofort gelöscht.«

»Er hätte sich trotzdem mit mir in Verbindung setzen müssen. Vor allem, wenn er einfach nur in New York auf seinem Arsch herumsitzt.«

»Nein, er ist gleich als erstes heute morgen hergeflogen.«

»Wirklich?« Die Florida Interstate zischte an Gallos Fenster vorbei. »Also ist er in der Nähe?«

»So nah es möglich ist. Aber wenn du dich dann besser fühlst, können wir dir nächstes Mal ja ein Leuchtzeichen schicken.«

»Eigentlich solltest du DeSanctis eins schicken. Ihm hat man schließlich fast den Schädel gespalten.«

»Ja ... Die Sache tut mir leid.«

»Natürlich tut es dir leid«, erwiderte Gallo kalt. Er drehte sich zu DeSanctis um und deutete auf das Zeichen für die Florida-Autobahn.

»Sicher?« flüsterte DeSanctis, und Gallo nickte.

»Hör zu, ich muß jetzt los. Ich bin im Moment reichlich gefordert.«

Gallo verdrehte die Augen. »Also bist du sicher, daß sie nach Disney World fahren?« fragte er.

»Dort befinden sich die Backups«, antwortete die Frau in der Leitung. »Und es ist der einzige Platz, an dem Oliver und Charlie noch Beweise für das finden können, was passiert ist.«

Gallo umklammerte das Mobiltelefon fester, als er an die Bänder dachte. »Ich verstehe trotzdem nicht, warum wir ihnen nicht einfach den Hals umdrehen und uns jede Menge Kopfschmerzen ersparen.«

»Weil im Gegensatz zu dem, was dir dein kleines Spatzenhirn sagt, Folter nicht der beste Weg ist, um an das Geld zu kommen.«

»Und wie sieht dein Weg aus?«

»Das werden wir noch früh genug herausfinden.« Gillian senkte ihre Stimme zu einem Flüstern. »In ein paar Stunden, um genau zu sein.«

69. Kapitel

»Bist du sicher, daß wir nicht einen Minivan mieten sollten?« fragt Charlie. Er hockt auf dem Rücksitz und stellt die Frage aus dem geöffneten Beifahrerfenster. Ich halte den Schlauch in den Stutzen und tanke voll. Er wollte zu uns nach draußen kommen, hat aber dann doch gezögert. Endlich hat er Vorsicht gelernt. Je weniger er gesehen wird, desto besser.

»Und wie willst du diesen Van mieten? Mit wessen Kreditkarte?« Ich stelle die Frage, während ich die Windschutzscheibe saubermache. Wir wollen schließlich ganz normal wirken. »Schon vergessen, was der Kerl in Hoboken gesagt hat? Es sind die großen Anschaffungen, die dich verraten.«

»Hat er nicht auch etwas von verschmähten Frauen gesagt?« erwidert mein Bruder.

Ich schneide eine Grimasse. Noch vor einer Woche wäre ich darauf angesprungen. Doch jetzt ist es die Sache nicht mehr wert.

Der Einfüllstutzen klickt. Der Tank ist voll. Charlie hockt auf dem Rücksitz. Er wirkt wie ein Sechsjähriger. Wenn Dad uns damals zur der Tankstelle auf der Ocean Avenue mitnahm, sagte er immer: »Für zehn Mäuse.« Nicht etwa: »Volltanken.« Das sagte er nur, wenn er ein gutes Geschäft gemacht hatte. Und das ist nur zweimal vorgekommen. Alle anderen Male hieß es nur »für zehn Mäuse«.

»Sind wir soweit?« Gillian biegt um die Ecke. Sie war in den Waschräumen. Ich nicke und schraube den Tankverschluß zu. Gillian springt auf den Fahrersitz und stellt den Rückspiegel wieder ein. Sie wirft Charlie einen kurzen Blick zu, aber als der ihren Blick erwidert, schaut sie weg, tritt aufs Gas, und wir werden gegen die Rücklehnen gepreßt. Die beiden benehmen sich wie Katze und Hund.

Der Bursche an der Tankstelle meinte, die Fahrt nach Orlando würde drei Stunden dauern. Wenn wir schnell sind, kommen wir noch vor Anbruch der Dunkelheit dort an.

Vierzehn Meilen später stecken wir in einem Stau. Die

Florida Turnpike mag ja die schnellste Strecke nach Orlando sein, aber als wir vor dem Cypress Creek warten, um die Maut zu bezahlen, kann von Schnelligkeit keine Rede sein.

»Das ist einfach lächerlich«, beschwere ich mich, während wir vorwärts kriechen. »Hier warten zweihundert Wagen, und sie haben gerade mal vier Kassen geöffnet.«

Gillian schwenkt nach links, um auf die einzige Spur zu gehen, auf der sich tatsächlich noch etwas zu bewegen scheint. Als die anderen Fahrzeuge anrollen, bleibt der schwarze Acura vor uns dreißig Sekunden zu lange stehen. »Mach endlich!« schreit Gillian, während sie auf die Hupe drückt. »Such dir eine Spur und gib Gas!«

»Darf ich mal eine dumme Frage stellen?« meldet sich Charlie vom Rücksitz. »Erinnert ihr euch noch an diesen Jungen von Disney, der uns am Telefon verraten hat, daß die Backups in diesem DACS sind? Wenn wir ihn jetzt so erschreckt haben, daß er selbst nach den Backups sucht?«

»Das wird er nicht tun.« Ich drehe mich zu Charlie herum.

»Woher willst du das wissen?«

»Ich habe es an seiner Stimme gehört. Er war nicht der Typ, der eigenständig Nachforschungen anstellt. Und selbst wenn, hat er keine Ahnung, was er da vor sich hat.«

»Sicher?«

Ich sehe Charlie immer noch an und merke, wie meine Braue plötzlich anfängt zu zucken. Ihm fällt das natürlich sofort auf. »Verstehst du, was ich meine? Das Logo von Greene & Greene wäre auf dem Bildschirm. Er braucht nur bei der Bank anzurufen, und bei Gallo und DeSanctis ...«

Während wir in den Schatten des Mauthäuschens rollen, wird die Sonne schwächer. Dann verschwindet sie völlig. Erst da bemerke ich, wie schnell wir sind. Der Motor heult förmlich. Wir rasen mit mindestens dreißig Meilen pro Stunde an dem Mauthäuschen vorbei.

»Gillian ...«

»Entspann dich, ich hab einen Sonnenpaß«, sagt sie und deutet mit dem Daumen über die Schulter auf den Aufkleber mit dem Strichcode, der an ihrem linken Rückfenster klebt.

Charlie starrt nach vorn, und ich folge seinem Blick. Auf dem Schild über der Spur steht: Nur für Fahrzeuge mit Sonnenpaß.

»Fahr nicht da durch ...!« ruft Charlie.

Aber es ist schon zu spät. Wir gleiten an dem Mauthäuschen vorbei, und ein digitaler Scanner erfaß den Wagen. Charlie und ich ducken uns gleichzeitig tiefer in unsere Sitze.

»Was habt ihr denn? Das ist doch keine Videokamera ...« meint Gillian.

Das Mauthäuschen verschwindet im Rückfenster, und Charlie schießt aus seinem Sitz hoch.

»Verdammt!« Ich schlage wütend auf das Armaturenbrett.

»Was ist denn?«

»Hast du eine Ahnung, wie dumm das war?«

»Was ist denn los? Das ist doch nur der Sonnenpaß ...«

»... der mit derselben Technologie funktioniert wie ein Supermarktscanner!« Ich bin außer mir. »Weißt du nicht, wie leicht es für die ist, dieses Zeug zu verfolgen? Sie wissen nach einem Herzschlag, wer du bist.«

Gillian sinkt förmlich auf ihrem Sitz zusammen. »Ich dachte nicht, daß ...« Ihre Stimme bricht, und sie bemüht sich, meine Aufmerksamkeit auf sich zu lenken, doch den Gefallen tue ich ihr nicht. Statt dessen klappe ich die Sonnenblende herunter und mustere Charlie im Spiegel.

Was habe ich dir gesagt? meint sein Blick.

»Oliver, es tut mir leid.« Gillian berührt meinen Arm. Der Ausdruck auf Charlies Gesicht verrät nur allzu deutlich, daß er erwartet, daß ich weich werde. Ich schüttele ihre Hand ab.

Endlich. Gut gemacht, Bruder!

»Ich meine es ernst ... Es tut mir wirklich leid.« Diesmal nimmt sie meine Hand.

Halt dagegen, Ollie. Zeit, den Sieg einzufahren!

»Laß es einfach auf sich beruhen, okay?« sage ich ihr.

»Bitte, Oliver. Ich habe nur versucht zu helfen. Es war wirklich ein Fehler.«

Charlie schüttelt den Kopf. Er glaubt nicht an solche Fehler, wenigstens nicht, wenn Gillian einen macht. Aber selbst er muß zugeben, daß sie keinen direkten Schaden angerichtet hat. Wir sind nur durch eine Mautstelle gerollt. Aus diesem Grund ziehe ich meine Hand nicht weg, als Gillian ihre Finger zwischen meine windet, doch ich erwidere ihren Druck auch nicht.

Charlie rammt sein Knie in die Lehne meines Sitzes.

Ich klappe die Sonnenblende hoch. »Paß nächstes Mal bitte auf«, sage ich.

»Versprochen«, erwidert Gillian. »Du hast mein Wort.«

70. Kapitel

»Tut mir leid, daß ich Ihnen nicht weiterhelfen konnte«, sagte Truman, als er Joey hinaus in die Lobby von Neowerks begleitete.

»Nein, das war großartig«, erwiderte Joey und schlug mit dem Notizblock auf ihre flache Hand. Auf die oberste Seite hatte sie die Namen *Walter Harvey* und *Sonny Rollins* geschrieben. Oliver und Charlies falsche Namen. »Und auch nachdem Sie mit Ihren Kollegen gesprochen hatten, konnten Sie nur ein Foto identifizieren?«

»Das von Arthur Stoughton«, bestätigte Truman. »Aber als ich zurückgekommen bin, um mich noch etwas mit Duckys Tochter zu unterhalten, verabschiedeten sie und ihre beiden Begleiter sich plötzlich.« Er fuhr sich nervös durch sein Haar. »Ich habe es nur gemacht, weil ich sie für Freunde von Ducky gehalten habe ...«

Den Ton kannte Joey. Ihr fielen die hektischen Bewegungen des Mannes auf, selbst die Blicke, die er der Empfangsdame hinter ihrem Tresen zuwarf. »Sie haben keinen Grund, sich Sorgen zu machen, Sir. Sie haben nichts falsch gemacht.«

»Nein, sicher nicht. Ich wollte nur sagen ...« Er brach

mitten im Satz ab. »Es war jedenfalls nett, Sie kennenzulernen, Miss Lemont.«

»Gleichfalls. Aber nur, wenn Sie mich Joey nennen.«

Truman zwang sich zu einem höflichen Lachen, reichte ihr die Hand und verschwand in sein Büro.

Als sich die Tür hinter ihm schloß, warf Joey noch einen Blick auf die Empfangsdame, die nicht einmal aufblickte, obwohl das ihr Job war.

Joey steuerte geradewegs auf den Tresen zu. »Darf ich Ihnen eine kurze Frage stellen?« Sie zog zwei Fotos aus der Tasche, eines zeigte Charlie und Oliver und das andere Gillian und Duckworth. Sie legte sie auf den Tisch und plazierte die Dienstmarke ihres Vaters daneben.

Die Empfangsdame legte das Magazin auf ihren Schoß und musterte schweigend die Fotos. »Es sind keine Vergewaltiger, nein?« fragte sie schließlich.

»Nein, sie haben niemanden vergewaltigt«, sagte Joey so beruhigend wie möglich. »Wir wollen ihnen nur ein paar Fragen stellen.«

»Sie wissen, daß sie ihr Haar gefärbt haben?« Die Frau starrte immer noch auf die Fotos.

»Das wissen wir«, meinte Joey. »Wir wollen herausfinden, wohin sie von hier aus gefahren sind.«

»Sie meinen, nachdem sie in der Bibliothek waren?«

»Genau, nachdem sie in der Bibliothek waren.« Joey nickte, als wüßte sie bereits davon. »Aber welche Bibliothek war noch gleich gemeint?«

Er hörte das bekannte Piepen, als er auf die Florida Turnpike einbog, klappte sein Handy auf und sah die Worte *Neue Nachricht* auf dem kleinen Schirm. Er nahm an, daß es sich um Gallo oder DeSanctis handelte, und wählte ruhig die Nummer seiner Mailbox.

»Sie haben eine neue Nachricht«, sagte die Computerstimme. »Um Ihre Nachrichten abzufragen …«

Er drückte die Taste und wartete darauf, daß die Nachricht abgespielt wurde.

»Wo bist du? Wieso nimmst du nicht ab?« Es war eine weibliche Stimme. Der Mann grinste, als er Gillian erkannte. »Ich habe gerade mit Gallo telefoniert«, sagte sie. »Er war sehr froh, das von Disney zu erfahren, aber er schöpft ganz eindeutig Verdacht. Ich sage dir, der Kerl ist kein Idiot. Man braucht nicht erst zwei Schläge gegen den Kopf zu bekommen, um zu begreifen, was hier los ist. Er sieht, daß sich da auf dem Schachbrett was bewegt. Ich weiß, daß du ihm und DeSanctis einen Knochen vorwerfen wolltest, aber jetzt sehe ich mich hier allein zwei Leuten gegenüber. Wenn du wirklich vorhast, die Sache durchzuziehen, wird es Zeit, daß du deinen Hintern hierherschaffst und mir hilfst. Okay?«

Als die Nachricht beendet war, klickte er auf *Löschen*, klappte das Handy zu und gab Gas. Er hatte zwar versucht, sich so lange wie möglich im Hintergrund zu halten, aber einige Dinge mußte man eben selbst in die Hand nehmen.

»Was gibt's?« knurrte Gallo, als er den Anruf auf seinem Handy entgegennahm.

»Agent Gallo, hier spricht Officer Jim Evans von der Florida Highway Patrol. Wir haben gerade den blauen Volkswagen gefunden, den Sie suchen. Offenbar ist er auf einen Martin Duckworth zugelassen …«

»Ich war es, der Ihnen gesagt hat, daß er auf Duckworth zugelassen ist!« schnauzte Gallo.

Einen Augenblick herrschte Schweigen am anderen Ende. »Wollen Sie die Information, oder wollen Sie die Information nicht? Sir.«

Diesmal machte Gallo eine Pause. »Sagen Sie mir, was Sie rausgefunden haben«, erklärte er weitaus freundlicher, während DeSanctis über die Turnpike raste.

»Wir haben den Namen in das Sonnenpaßsystem eingegeben, nur um sicherzugehen«, begann Evans. »Offenbar hat vor vierzig Minuten ein auf den Namen Martin Duckworth registrierter Wagen die Mautstation von Cypress Creek passiert.«

»In welche Richtung?«

»Nach Norden«, sagte der Beamte. »Wenn Sie wollen, können wir ihnen ein paar Wagen hinterherschicken ...«

»Rühren Sie sie nicht an!« schrie Gallo. »Verstanden? Es sind VIs, vertrauliche Infor...«

»Ich weiß, was ein VI ist.«

»Dann wissen Sie auch, warum sie unbehelligt weiterfahren müssen.«

»Machen Sie, was Sie wollen«, entgegnete Evans scheinbar gleichmütig. »Aber vergessen Sie nicht, daß Sie uns um Hilfe gebeten haben!« Die Verbindung wurde unterbrochen.

DeSanctis schüttelte den Kopf. »Ich glaube immer noch, daß es ein Fehler war, die Kerle hinzuzuziehen.«

»Es war die Sache wert.«

»Warum? Nur um bestätigt zu bekommen, daß sie nach Norden fährt?«

»Nein, um sicherzugehen, daß sie nicht nach Süden fährt.«

DeSanctis nickte und rieb sich den Hinterkopf. Eine dünne weiße Bandage verdeckte die pochende Wunde, die ihm Gillian zugefügt hatte. »Glaubst du wirklich, daß sie uns reinlegen will?«

»Zumindest besteht durchaus die Möglichkeit ...«

»Und was ist mit ...?«

»Sag's erst gar nicht!« unterbrach ihn Gallo. »Sie sagte, er sei heute morgen hergeflogen.«

»Und du glaubst ihr?«

»Ich glaube niemandem«, erwiderte Gallo. »Nicht nach allem, was passiert ist. Ich meine, wieso hat er sie in dem Haus untergebracht, ohne uns etwas davon zu sagen? Was sollte das?«

»Ich habe keine Ahnung. Ich will nur eins: Sicherstellen, daß wir unsere Kohle kriegen.«

»Keine Sorge, wenn alles erledigt ist und wir das Geld teilen, sorge ich dafür, daß wir ein paar Extra-Scheine abkriegen.«

»Dieser hier?« Joey deutete auf den mittleren Computer.

»Nein, der linke«, antwortete die Frau am Tresen.

»Links von Ihnen oder von mir?«

Die Bibliothekarin überlegte einen Moment. »Von Ihnen«, antwortete sie dann. Joey eilte im fünften Stock der Bibliothek von Broward County an einer Reihe von Computern vorbei und ging zu dem am anderen Ende des Raumes. Der, nach dem Formular zu urteilen, kürzlich von Mr. Sonny Rollins benutzt worden war. Joey hatte es schon an den drei Stühlen gesehen, die davorstanden, aber es sprach trotzdem nichts dagegen, sich zu vergewissern. Für alle Fälle.

»Das ist der richtige!« rief die Bibliothekarin.

Joey schob die beiden anderen Stühle beiseite und setzte sich in den mittleren. Auf dem Bildschirm flimmerte die Homepage der Bibliothek. *Browards Tor zur Information* stand in schwarzen Buchstaben darauf. Sie verschwendete keine Zeit und klickte auf *Verlauf*. Das war das Computeräquivalent für einen Blick auf geführte Ferngespräche. Sie wartete, während sich die Liste hochlud. Darauf standen alle Adressen, die der Computer in den letzten zwanzig Tagen besucht hatte, einschließlich der letzten Seite, auf der Charlie und Oliver gestöbert hatten. Joey klickte sich von oben nach unten durch.

Mickey und Pluto erschienen auf dem Bildschirm. *Disney.com – Wo die Magie online lebt.*

»Was soll das denn?« murmelte sie.

Aber auch die Klicks auf die nächsten Einträge brachten dasselbe Ergebnis. *Über Disney.com, Manager-Biografien, Manager-Biografie von Arthur Stoughton …*

Arthur Stoughton?

Ein hohes Klingeln ließ sie aufschrecken, und Joey griff nach ihrem Handy. Alle anderen Besucher drehten sich zu ihr herum. »Entschuldigung, das sind meine Kinder!« Sie winkte den anderen zu, während sie sich den Kopfhörer ins Ohr steckte.

»Bist du noch in der Bibliothek?« fragte Noreen.

»Was glaubst du wohl?« flüsterte Joey.

»Gut, dann bereite dich mal auf eine Überraschung vor. Ich habe mit deinem Kumpel Fudge telefoniert, der gerade mit jemandem namens Gladys telefoniert hat, die zufällig mit einer Frau befreundet ist, die ziemlich sauer darüber ist, wie ihr Boß bei der Florida Highway Patrol mit ihr umspringt.«

»Hoffentlich kommt da noch was.«

»Und ob da was kommt. Für bloß fünf Scheine hat Gladys' beste Freundin liebend gern das Wort *Duckworth* in den Computer getippt …«

»Und …?«

»Und sie hat einen Wagen mit einem Sonnenpaß gefunden, der auf den Namen Martin Duckworth lautet und gerade eben auf der Florida Turnpike nach Norden gefahren ist.«

»Nach Norden?« Joey starrte auf die offizielle Website von Disney, der Nummer-eins-Touristenattraktion in Orlando.

Dann sprang sie von ihrem Sitz hoch und lief zum Aufzug.

»Was machst du denn jetzt?« erkundigte sich Noreen, als sie den Lärm hörte.

»Was wohl, Noreen? Ich besuche Disney World!«

71. Kapitel

Es ist das Zeichen, das mir zusetzt. Ich meine nicht die grün-weißen Highway-Schilder, die uns von der Turnpike auf die Interstate 4 führen, oder die braun-weißen Richtungszeichen, die uns über den World Drive leiten. Die ganze Zeit über waren Gillian, Charlie und ich relativ ruhig. Wir haben belangloses Zeug geplaudert, Sender im Radio gesucht und aus dem Fenster nach den ersten Anzeichen des Vergnügungsparks Ausschau gehalten. Soweit ist das ein typischer Ausflug nach Disney World. Aber als das

Wahrzeichen des Parks sich in der Ferne erhebt und die stilisierten Worte *Magisches Königreich* zu erkennen sind, recken wir alle voller Erwartung unsere Köpfe. Gillians Mund steht offen, und mein Bruder atmet so geräuschvoll, daß es mir auffällt.

Ich werfe Charlie einen kurzen Blick zu. Geht es ihm gut? Er wirft mir ein falsches Lächeln zu. Ich erwidere es. Dasselbe haben wir getan, als wir das erste Mal hier waren. Damals war er so aufgeregt, daß er auf der Fahrt in den Teetassen des Mad Hatter gekotzt hat, und ich hatte Angst, Captain Hook zu begegnen.

Wir schleichen uns an Schneewittchen heran. Während ich beobachte, wie sie sich bewegt und mit wem sie spricht, lehne ich mich an die Wand. Gillian steht neben mir und tut, als plaudere sie nett mit mir. Charlie ist noch nervöser als gewöhnlich und läuft die ganze Zeit zwischen den Menschen umher. Aber gleichzeitig starren wir alle hin, verfolgen jede Regung und machen uns im Kopf Notizen. Natürlich hat Schneewittchen keine Ahnung, daß wir hier sind. Und da wir uns in den Schatten von Aschenputtels Schloß ducken, bemerkt uns auch keines der lachenden Kinder und niemand von den fotografierenden Eltern, die es umringen.

Von dem Moment an, als wir den Park betreten haben, suchten wir nach diesen Figuren. Die Hauptstraße hoch, durch die Burg und direkt ins Fantasyland hinein. Aber erst als wir eine Sechsjährige kreischen hörten, sahen wir die Meute. Und da stand sie im Auge des Hurrikans: Schneewittchen, die Schönste von allen. Für die Kinder tauchte sie aus dem Nichts auf. Für uns … Genau darum geht es. Wenn man den Tunnel für die Mitarbeiter finden will, muß man sich an ebendiese Mitarbeiter hängen.

Schneewittchen schenkt einem Kind nach dem anderen einen magischen Moment. Einige wollen eine Unterschrift, andere Fotos, und das kleinste will einfach nur ihr Kleid anfassen und sie anstarren. Neben uns trägt ein Jugendlicher mit einem Pagenkopf ein schwarzes T-Shirt mit dem Aufdruck: *Wenn man es Touristensaison nennt, warum dürfen wir sie dann nicht schießen?* Genauso war Charlie mit fünfzehn. Neben ihm befinden sich Geschwister in einem heftigen Ohrfeigenkampf. Damals waren wir zehn. Aber als Schneewittchen den dreien zuwinkt, können sie nicht anders, als zurückzuwinken. Ich nehme die Zeit von der ersten Sekunde an. Acht Minuten nachdem Schneewittchen aufgetaucht ist und in dem Augenblick, als die Zuschauer die kritische Zahl erreichen, taucht ein Teenager mit einem Disney-Polohemd hinter den Leuten auf und gibt das Zeichen. Schneewittchen schaut hoch, fällt aber nicht aus der Rolle. Das war's. Sie tritt zurück, verteilt Küßchen an die Menge und macht deutlich, daß sie sich verabschieden muß.

»Warum geht sie denn?« Das lockige Mädchen ist sichtlich enttäuscht.

»Sie verspätet sich sonst zu ihrem Treffen mit dem Prinzen«, erklärt ihr der Teenager so freundlich wie möglich.

»Meine Güte!« flüstert Charlie. »Ich hab gehört, daß sie sich schon vor Jahren haben scheiden lassen. Sie hat alles gekriegt. Bis auf den Spiegel.«

Gillian gibt ihm einen spielerischen Klaps auf den Arm. »Sag das nicht über …«

»Ruhe!« zische ich ihnen zu.

Blitzlichter zucken, ein letztes Autogramm wird unterschrieben, und ein letztes Foto für eine bettelnde Mutter gewährt. Dann tritt Schneewittchen, die wie ein Filmstar ihren Fans zuwinkt, von der Menge zurück, die immer noch enttäuscht murrt, bis …

»Pu der Bär!« schreit ein kleiner Junge, und alle drehen sich um. Dreißig Meter weiter taucht wie aus dem Nichts der vertraute Bär mit dem rötlichbraunen Fell auf und wird von winzigen Händen stürmisch umarmt. Das muß ich Disney lassen, sie wissen genau, wie man Leute ablenkt. Die Menge stürmt los. Wir bleiben. Und sehen nun die alte Holztür. Schneewittchen und der Teenager gehen geradewegs darauf zu. Die Tür liegt hinter Schneewittchens Burg links neben dem Schneewittchenbrunnen, direkt unter den Bögen, an der rückwärtigen Ecke eines Souvenirladens. Sie sieht fast wie der Zugang zu einer Toilette aus. Aber es steht weder *Männer* noch *Frauen* darauf. Es ist nur eine einfache, unauffällige Tür.

Der Teenager wirft noch einen Blick in die Runde, damit ja kein Nachzügler hinsieht. Wir blicken schnell zur Seite. Als er glaubt, daß sie unbeobachtet sind, öffnet er die Tür und eskortiert Schneewittchen hindurch.

»Sesam öffne dich«, sagt Charlie.

»Glaubst du, das ist es?« fragt Gillian.

»Das ist die Frage, stimmt's?« Ich stürme vor.

»Warte!« ruft Gillian und hält mich am Hemd fest. »Was hast du vor?«

»Ich hole mir ein paar Antworten.«

»Aber wenn da ein Wächter ist ...«

»... sagen wir: ›Hoppla, falsche Tür‹, und gehen wieder.« Ich mache mich frei und marschiere auf die Tür zu.

»Machst du dir jetzt plötzlich Sorgen um unsere Sicherheit?« fragt Charlie sie.

Gillian antwortet nicht. Sie ist völlig auf mich konzentriert. »Oliver, du solltest nicht einfach so da hineingehen«, meint sie.

Ich höre ihr gar nicht zu. Ich bin drei Stunden für das bloße Versprechen gefahren, daß ich mein altes Leben zurückbekomme. Und das ist gewissermaßen auf den Bändern. Ohne die Datenbänder gehe ich hier nicht weg. Ich packe den Türknauf und sehe mich noch einmal um. Die Menge konzentriert sich auf Pu. Jetzt oder nie.

Ich öffne die Tür. Charlie und Gillian zögern noch, aber sie wissen beide, daß sie keine Alternative haben. Sobald Gillian sich in Bewegung setzt, folgt auch Charlie. Ich weiß nicht, ob er mißtrauisch ist oder nur Angst hat. Auf jeden Fall schlüpfen wir alle drei hinein.

In dem Zementkorridor ist es dämmrig und leer. Niemand ist zu sehen, weder Wachen noch Schneewittchen. Ich mustere die Decke und die Wände. Es gibt auch keine

Videokameras. Das ist durchaus verständlich. Schließlich ist das hier Disney World, nicht Fort Knox.

»Schau dir das mal an«, flüstert Charlie und starrt über das Metallgeländer links von uns.

Ich drücke mich zwischen ihn und Gillian. Gepflasterte Stufen, die sich vier Stockwerke nach unten winden. Der Eingang zur Unterwelt.

»Weißt du, was für Alpträume das einem Sechsjährigen bescheren würde?« meint Charlie.

Ich gehe ohne ein Wort die Treppe hinunter. Sehr viel weiter kann es nicht mehr sein.

»Immer schön langsam«, warnt Gillian, als wir tiefer in den Abgrund hinabsteigen.

Unten stehen wir vor einer anderen Tür, aber im Gegensatz zu der Holztür oben paßt diese hier keineswegs zu dem mittelalterlichen Stil von Schneewittchens Schloß. Es ist einfach eine ganz normale Tür. Ich öffne sie und stecke meinen Kopf in den Flur dahinter. Rechts von mir wimmeln Dutzende von Leuten in einem noch größeren Korridor hin und her. Helle Kostüme blitzen vorbei. Echos der Stimmen werden von dem Beton zurückgeworfen. Hier ist die Action. Zeit, sich hineinzustürzen.

Ich trete aus dem Treppenhaus, laufe unseren Flur entlang und biege dann nach links in den Hauptkorridor ab, wo ich beinahe mit einem dünnen Mädchen in einem Pinocchio-Kostüm zusammenstoße. Allerdings hat sie keinen Pinocchio-Kopf.

»Paß doch auf!« sagt sie, als ich auf ihre übergroßen Pinocchio-Schuhe aus Schaumstoff trete.

»Entschuldigung!« Ich ringe um mein Gleichgewicht, mache einen Bogen um sie und bemerke Schneewittchen neben ihr. Diesmal ist es ein anderes Schneewittchen, mit braunem Haar, die schwarze Perücke in der Hand und Kaugummi im Mund.

»Kristen, machst du heute abend die Parade?« fragt Schneewittchen.

»Nein, ich bin für heute fertig«, erwidert Pinocchio.

Ich drehe mich herum, als sie vorbeigehen, sehe aber, wie mich Charlie und Gillian anstarren.

Laß es langsam angehen, bitte! fleht mein Bruder mich an. Er ist sichtlich eingeschüchtert.

Ich nicke und gehe weiter durch den Korridor. Sie sind ein paar Schritte hinter mir, aber beide wissen, wie man unsichtbar bleibt. Gehe zügig und bleib immer in Bewegung. So haben Charlie und ich uns immer in Filme geschmuggelt, die nur für Erwachsene waren. Wenn du so aussiehst, als gehörtest du dort nicht hin, ist das der Moment, in dem du nicht dort hingehörst.

Anscheinend befinden wir uns hier in einem unterirdischen Fußgängertunnel. Ich schaue nach vorn. Der Betonflur hat etwa die Breite von zwei Autos. Wir treiben mitten in einem bunten Gedränge aus Disney-Mitarbeitern, die so ziemlich alle denkbaren Kostüme tragen, von Cowboystiefeln und Hüten des Wilden Westens bis zum silbrigen, futuristischen Stil der Zukunft und den einfachen T-Shirts der Hausmeister. Ich nehme meine Krawatte ab, stecke sie in die Tasche und öffne den obersten Hemdknopf. So bin ich nur ein Disney-Mitarbeiter, der unterwegs ist, um sich umzuziehen.

»Achtung ... zehn Uhr«, warnt mich Charlie.

Ich sehe nach links und erblicke zwei Cops, die in dem Tunnel patrouillieren. Instinktiv greife ich an meinen Hosenbund, um zu überprüfen, ob Gallos Waffe noch da ist.

»Sie sind unbewaffnet«, sagt Charlie. Er weiß fast immer, was ich denke.

Als die beiden Sicherheitsbeamten näher kommen, bemerke ich, daß er recht hat. Sie haben zwar silberne Abzeichen und blaue Uniformen, aber damit hört die Ähnlichkeit auch schon auf. Ich schaue auf ihre Hüften. Keiner von beiden trägt eine Waffe. Was aber noch lange nicht heißt, daß wir uns eine Konfrontation leisten könnten. Als einer von ihnen in meine Richtung schaut, senke ich den Blick. Bleib konzentriert und schau nicht hoch, sage ich mir. Dreißig Sekunden später ist alles vorbei. Die Cops gehen weiter, ohne uns noch eines zweiten Blickes zu würdigen, und ich hebe den Kopf, um mir das Labyrinth anzusehen. Mein Problem ist, daß ich keine Ahnung habe, wohin ich gehe.

Ich beschleunige meine Schritte und inhaliere die feuchte Luft dieser Katakomben. Dem dunkelroten Streifen auf dem Zementboden nach zu urteilen, würde ich vermuten, daß hier seit zehn Jahren nicht mehr renoviert worden ist. Disney investiert sein Geld lieber auf der Bühne und nicht für seine Mitarbeiter. Gleichwohl – hier unten befinden sich eindeutig die Zahnräder des Parks. Unverkleidete Klimaanlagen über uns, ein Durcheinander von Rohrleitungen an der Wand und eine Metalltür nach der anderen, auf denen Schilder stehen wie *Wartung* und *Achtung: Hochspannung*. Direkt über uns umarmen Kinder Pu, den Bären, und Eltern wundern sich über die Sauberkeit des Paradieses. Hier unten ist Pinocchio ein Mädchen, und die Müllpresse rumpelt so laut, daß man es in seinen Backenzähnen fühlen kann. Das ist der Stoff, aus dem Magie besteht.

Rechts von mir tritt ein Schwarzer, der ein Tiki-Vogelkostüm trägt, aus einer Tür mit der Aufschrift *Treppenhaus 5 – Der König der Löwen*. Gegenüber kommt eine blonde Elfe aus der Tür *Treppenhaus 12 – Der alte Christkindladen*. Alle fünf Meter tauchen Leute aus dem Nichts auf, und ganz gleich, wie ruhig ich mich auch verhalte, werde ich das Gefühl nicht los, daß wir hier auffallen. Ich behalte die Rohre an der Decke im Auge, falls irgendwo Videokameras auftauchen. Man kann hier nicht die ganze Zeit ohne Kostüm oder Namensschild herumlaufen. Wenn uns jemand sieht, dann geht uns die Zeit schnell aus. Und vor allem wissen wir nicht, wohin wir gehen. Wir sind wie drei blinde Mäuse.

Je weiter wir gehen, an desto mehr Metalltüren kommen wir vorbei. Und je mehr Metalltüren wir hinter uns lassen, desto mehr scheint sich der Korridor zu krümmen. Und je mehr sich der Korridor krümmt, desto stärker wird mein Gefühl, daß wir im Kreis gehen. *Park Wartung West. Erste Hilfe. Pausenbereich*. Wo, zum Teufel, ist DACS?

»Das ist einfach lächerlich«, sagt Gillian schließlich. »Wir sollten uns trennen.«

»Nein«, erwidern Charlie und ich gleichzeitig. Aber wir brauchen eindeutig eine andere Strategie.

Vor uns tritt eine ältere Frau in einem Pilgerkostüm aus einem Raum mit dem Schild *Personal*. Sie ist etwa fünfzig. Ich gebe Charlie ein Zeichen, aber er schüttelt den Kopf. Je älter sie sind, desto wahrscheinlicher ist es, daß sie uns nach unserem Disney-Ausweis fragen. Der Pilgerin folgt ein Mädchen in Jeans. Charlie lächelt. Das ist zwar nicht meine erste Wahl, aber wir müssen reagieren. Und wir wissen beide, wer besser mit Fremden zurechtkommt.

»Darf ich dir eine blöde Frage stellen?« Charlie fährt seinen Charme hoch, als er sich Miss Jeans nähert. »Ich arbeite normalerweise drüben im EPCOT ...«

»Ah, deswegen erlaubt man dir wohl auch die gefärbten Haare«, fällt sie ihm ins Wort.

Er lacht geistesgegenwärtig. »Hier unten dürft ihr das nicht?« Er fährt sich mit der Hand durch seine blonden Locken. Zwar bemüht er sich, entspannt zu klingen, aber von meinem Beobachtungspunkt in der Ecke neben Gillian sehe ich den Schweiß auf seinem Nacken.

»Machst du Witze?« fragt sie. »Das wäre eine schlechte Show.«

»Tja, über schlechte Shows könnte man eine Menge sagen«, neckt er sie nervös. »Jedenfalls schickt man mich, damit ich etwas von einem Ort namens DACS hole ...«

»DACS?«

»Ich glaube, das ist so eine Art Computerraum.«

»Tut mir leid, habe ich noch nie gehört«, sagt sie, während ich mir fast die Lippen blutig beiße. »Aber wenn du willst, kannst du dir den Lageplan ansehen.«

Lageplan?

Sie deutet über ihre Schulter. Er hängt direkt um die Ecke vom Personalraum.

»Großartig«, sagt Charlie, während er darauf zugeht. »Und wenn du je zu EPCOT kommst ...«

Mach keine Witze mit ihr!

»Dann geht die Tour mit dem riesigen Golfball auf meine Rechnung.«

»Ich freue mich schon drauf.« Sie schenkt ihm ein strahlendes Disney-Lächeln.

Charlie winkt ihr zum Abschied, während sie in das Labyrinth eintaucht. Sobald sie weg ist, biegen wir langsam um die Ecke. Da hängt er, groß und breit an der Wand. *Lageplan des Magischen Königreiches.*

Ich betrachte ihn prüfend und gehe sofort zu dem Zeichen *Sie befinden sich hier.* Die Korridore breiten sich aus wie die Speichen eines Rades und kommen an fast jeder größeren Attraktion vorbei. Letztendlich sieht es aus wie das Zifferblatt einer großen Uhr. Der Wilde Westen befindet sich auf neun Uhr. Das Abenteuerland auf sieben Uhr. Um es noch einfacher zu machen, hat jedes eigene Land auch noch seine eigene Farbe. Das Zukunftsland ist blau, das Fantasyland dunkelrot. Wir befinden uns auf der Hauptstraße, die burgunderrot ist, was zu dem roten Streifen auf dem Boden paßt. Wir stehen etwa auf sechs Uhr. Schneewittchens Schloß befindet sich auf zwölf Uhr.

»Ich habe dir doch gesagt, daß du im Kreis gehst«, meint Gillian.

»Und sieh mal, was am anderen Ende des Flures auf uns wartet!« Charlie tippt mit dem Finger gegen die Spitze der Karte. Die Buchstaben springen mir fast ins Gesicht.

DACS.

72. Kapitel

Wir schlängeln uns zwischen zwei Prinzen, Cruella De Vil, einem Bahningenieur und Piglet hindurch. Ich bleibe zwar vor Charlie, hänge aber hinter Gillian zurück. Sie scheint kein Problem zu haben, sich durch das Gewühl der Angestellten zu winden, die aus dem Bereich Darsteller-Zoo herausströmen. Sie läuft eine Rampe rechts von uns hinauf, die zu einer Glastür führt, auf der in fetten, schwarzen Buchstaben *DACS Zentrale* steht.

»Bist du sicher, daß du allein da hineingehen willst?« Charlie wird langsamer. Natürlich ist er eigentlich schneller als ich, aber er versucht, an meiner Seite zu bleiben.

»Das schaffe ich schon.«

Mein Ton überrascht ihn, und er mustert mich sorgfältig. »Siehst du, jetzt wirst du überheblich.«

»Ich bin nicht überheblich. Ich weiß nur genau, was ich tue.«

Er schüttelt den Kopf. Es gefällt ihm gar nicht, außen vor zu bleiben. »Sei trotzdem vorsichtig, okay?«

»Ich bin vorsichtig.«

Gillian betrachtet den Fingerabdruckscanner, als wir die Rampe erreichen. Er ist direkt neben der Gegensprechanlage an der Tür des DACS angebracht. Charlie erstarrt. Von allen Türen, an denen wir vorbeigekommen sind, ist das die erste, die gesichert zu sein scheint. »Gibt es eigentlich heutzutage irgend jemanden, der so was nicht hat?« Gillian drückt ein paar Knöpfe auf dem Scanner.

»Faß das nicht an!« warnt Charlie sie.

»Sag du mir nicht, was ich tun oder lassen soll!« giftet sie zurück.

Mein Bruder hütet sich, ausgerechnet jetzt einen Streit vom Zaun zu brechen. »Klingel doch einfach.«

Sie wirft ihm einen Blick zu, der ihn eigentlich töten müßte. Ich will die Lage entschärfen, aber mir fällt nichts mehr ein. Je näher wir den Backups kommen, desto gereizter benehmen sich die beiden.

»Klingel noch mal«, fordert Charlie sie auf.

»Hab ich schon«, fährt sie ihn an.

»Wirklich? Und warum antwortet dann keiner?«

Gillian verdreht die Augen und drückt noch einmal auf den Klingelknopf.

»Kann ich etwas für Sie tun?« krächzt eine weibliche Stimme durch die Gegensprechanlage.

»Hallo ... Hier spricht Steven Balizer ... aus Arthur

Stroughtons Büro.« Ich zaubere erneut den großen Namen aus dem Hut.

»Ihre Durchwahl?«

»2538.« Ich hoffe, daß ich mich korrekt an Balizers Anschluß erinnere.

Ich versuche, durch das getönte Glas zu sehen, und erkenne eine Frau, die mich von ihrem Schreibtisch aus anstarrt. Durch das Milchglas bin ich nur eine amorphe Masse mit dunklem Haar für sie.

Nach einer kurzen Pause summt der Türöffner.

Gillian greift nach dem Türknauf, besinnt sich aber im letzten Moment noch anders. Da geht sie besser nicht mit hinein.

Ich trete vor.

»Du bist also fest entschlossen?« fragt sie.

»Und du weißt noch, wo wir uns treffen?« Charlie geht rückwärts die Rampe hinunter.

Ich nicke und trete an die Tür. Je länger ich hier draußen warte, desto verdächtiger wird es.

»Mach sie platt, Bruderherz«, flüstert er, als ich die Tür öffne. Bevor ich eintrete, werfe ich noch einen kurzen Blick über die Schulter zurück. Charlie und Gillian sind weg und haben sich in der Menge der Schaufelraddampferkapitäne und schönen Göttermütter verloren.

»Und wie geht's heute so?« ruft mir eine süße, mütterliche Stimme aus dem DACS zu.

Ich folge ihrem Klang zum Empfangstresen. Dort erwartet mich eine kleine Frau mit einer blauen Plastikbrille und einem T-Shirt, auf das eine Meerjungfrau gestickt ist. Als ich mich ihrem Schreibtisch nähere, blicke ich kurz nach links und entdecke Computerserver und Videobildschirme an den anderen drei Wänden. Mitten im Raum bilden die Server Gänge wie in einer Bibliothek und nehmen den größten Teil des Raumes ein. Jeder Server reicht mir bis zum Kinn. Allein ihre Größe erinnert mich an alte Stereoanlagen oder an einen der übergroßen Supercomputer aus einem alten NASA-Spielfilm.

Dann wird mein Blick von der Reihe mit den ältesten Geräten angezogen. Auf jedem Glaskasten befindet sich ein unübersehbarer Aufkleber. *Es ist eine kleine Welt ... Das Karussel des Fortschritts ... Piraten in der Karibik ... Peter Pan ...* Jede Attraktion hat ihren eigenen antiken Mainframe. Wie irreal. Sie verfügen über ein Computersystem, das Sturmwolken heranziehen sieht, und wissen, wann sie die Regenschirme herausgeben müssen, aber wenn es sich um ihre größten Erfolge handelt, fährt Disney noch mit uralten Studebakern durch die Gegend.

»Verblüffend, stimmt's?« fragt die Meerjungfrau. »Aber wenn sie nicht kaputtgehen ...«

Ich nicke und drehe mich zu ihr um.

»Was kann ich denn für Sie tun?«

»Ich habe vor etwa einer Stunde angerufen. Ich soll die Backups für Arthur Stougthon holen.«

Sie blättert einen Haufen Unterlagen auf ihrem Schreibtisch durch. »Wissen Sie noch, mit wem Sie gesprochen haben?«

Ich werfe einen schnellen Blick durch den Raum. Rechts von mir befindet sich eine geschlossene Tür. Auf dem Namensschild steht Ari Daniels. Und durch den Türschlitz fällt kein Licht. »Irgendwas mit einem A ... Andre ... Ari ...«

»Typisch Ari«, stöhnt die Frau. »Er hat schon Feierabend.«

»Und wie soll ich jetzt ...?«

»Ich zeige Ihnen, wie Sie das Formular ausfüllen. Ich brauche nur Ihren Ausweis.«

Ich klopfe auf meine Brust, meine Brusttasche und meine Gesäßtasche. »O nein, sagen Sie bloß nicht ...« Ich ziehe meine Brieftasche heraus und tue, als würde ich sie hektisch durchsuchen. »Er liegt auf meinem Schreibtisch. Ich schwöre Ihnen, Sie können sofort anrufen. Anschluß 2538. Es ist nur ... Wenn Stoughton die Geduld verliert .... Wenn wir das hier nicht schnellstens neu hochladen können, dann ...«

»Immer mit der Ruhe, Schätzchen. Ich bin auch nicht

scharf auf eine Migräne.« Sie schiebt ihren Stuhl zurück, kurvt um ihren Schreibtisch herum und geht zu den Glastüren, die rechts vom Eingang liegen. Selbst in Disney World haben alle Angst vor ihrem Chef.

Hinter dem Glas liegen die Wunschträume jedes Computerfreaks. Beigefarbene Schränke mit den modernsten Mainframes und Servern säumen die Wände. Stränge von roten und schwarzen Kabeln winden sich über den Boden. Und in der Mitte des Raumes stehen auf einer Art Labortisch sechs Computer, zwei Laptops, ein Dutzend Tastaturen, Backup-Power-Geräte und ein Haufen herumliegender Motherboards und Memory-Chips. Vergiß das alte Zeug in der Auslage. Hier investiert Disney sein Geld. Als wir hereinkommen, sehe ich zwei Techniker vor einem flachen Monitor hocken. Der eine ist dick, der andere dürr und sieht überraschend gut aus. Die Empfangsdame winkt ihnen zu. Sie würdigen sie keines Blickes.

»Wie freundlich«, flüstere ich.

»Deshalb lassen wir sie auch nie in die Nähe unserer Besucher.«

In der Mitte der Wand zu unserer Rechten steht ein Schrank mit der Aufschrift: *Material.* Über dem Griff befinden sich sage und schreibe drei Schlösser. Das letzte ist ein Zahlenschloß. Wie im *Käfig* von Greene & Greene.

»Ich verstehe immer noch nicht, warum sie das Zeug nicht im nördlichen Servicebereich lagern«, beschwert sie sich, während sie ihre Schlüssel herauszieht und einen Pin-Code eintippt.

»Das meiste davon ist ja schon da.« Ich versuche zu erkennen, ob die Techniker uns beobachten, aber sie haben nur Augen für ihren Flachbildschirm. »Doch es ist einfach sicherer, die täglichen Backups hier zu verwahren.«

Nach einer kurzen Drehung des Griffs schwingt die Tür auf. Drinnen warten zwei schwarze Metallregale, die mit Hunderten von Kassetten gefüllt sind. Es müssen mindestens vierhundert Bänder sein. Sie stehen alle nebeneinander, so daß nur die Rücken zu sehen sind. Auf den ersten

Blick erinnern sie an kurze, klobige Kassetten, aber als wir dichter an den Schrank herantreten, sehen sie mehr aus wie die Dat-Bänder, die Charlie und ich immer von seinen Aufnahmesessions nach Hause gebracht haben.

»Wonach suchten Sie noch mal?« fragt sie.

»Nach … nach dem Intranet.« Ich versuche, nicht allzu überwältigt zu klingen.

Sie fährt mit dem Finger über die bedruckten Etiketten, die mit Tesafilm am Rand jedes Regals angebracht sind. *Alien Encounter … Buzz Lightyear … Country Bear Jamboree …*

»Dis-web1«, verkündet sie und deutet auf eine Sammlung von sieben Bändern. Auf jeder Hülle prangt ein bedrucktes Etikett von einem anderen Tag, von Montag bis Sonntag. »Welchen Tag brauchen Sie?«

Wenn ich die Wahl hätte, würde ich sie alle nehmen, aber im Moment muß ich mich mit einem Tag begnügen. »Gestern«, sage ich. »Es war ganz klar gestern.«

Sie schiebt das Gehäuse vom Mittwoch heraus, sieht nach, ob sich die Kassette wirklich darin befindet, nimmt dann ein Klemmbrett von der Tür, das mit einem Klettverschluß daran befestigt ist, und reicht mir beides. »Füllen Sie das einfach aus«, fordert sie mich auf. »Und vergessen Sie nicht, Ihre Durchwahl einzutragen.«

Ich umklammere die Plastikhülle des Backups und muß mich zwingen, ruhig zu bleiben. Wir haben noch viel zu tun, bevor wir …

Ein schrilles Läuten dringt aus dem Vorraum. Die Türglocke.

Mein Magen verkrampft sich. Ich kritzele, so schnell ich kann, auf das Formular.

»Könnte einer von euch Jungs rangehen?« bittet die Empfangsdame die beiden Techniker.

Keiner von ihnen sieht auch nur hoch.

Es läutet wieder, und meine Begleiterin verdreht die Augen. »Entschuldigen Sie mich eine Sekunde.« Sie geht nach vorn.

Ich bin allein am Schrank, beuge mich vor und versuche herauszufinden, wer da wohl geklingelt hat, doch ich kann nichts hören, weder Streit noch Geschrei. Scheint alles in Ordnung zu sein. Ich werfe einen Blick über die Schulter auf die anderen sechs Bänder. Es sind die restlichen Beweise. Und es gibt nur einen einzigen Weg, um absolut sicherzugehen.

Mit einem kurzen Blick auf die Techniker vergewissere ich mich, daß sie sich überhaupt nicht für mich interessieren. Ich trete wieder an den Schrank. Wenn ich das hier durchziehen will, muß ich schnell handeln.

Ich reiße die Dienstag-Kassette aus dem Regal, klappe die Hülle auf, stopfe die Kassette in meine Tasche und stelle das leere Gehäuse wieder ins Regal zurück. So arbeite ich mich Band für Band durch die Woche, bis meine Taschen voll sind und alle sechs Hüllen leer. Als ich fertig bin, schnappe ich mir das Band vom Mittwoch und …

»Steven …?« ruft die Empfangsdame von vorn.

»Komme schon!« Ich trete hastig von dem Schrank zurück, als ich meinen falschen Namen höre. Ich will nicht zu hektisch wirken und verlangsame meine Schritte, als ich durch die Glastür zurück in das Vorzimmer gehe.

»Gutes Timing«, sagt die Meerjungfrau. »Ihre Freunde sind da.«

Ich biege um die Ecke und bleibe wie angewurzelt stehen.

»Wir … Wir wollten uns nur davon überzeugen, daß alles okay ist«, stottert Charlie.

»Ja«, stimmt Gillian ihm zu. Sie stehen beide vor dem Schreibtisch der Empfangsdame, aber keiner von ihnen rührt sich.

Was machst du denn hier? frage ich Charlie mit einem wütenden Blick.

Er schüttelt den Kopf und weigert sich, mir zu antworten.

»Klingt so, als hätten Sie heute abend eine schöne Party«, meint die Empfangsdame.

Party?

Dann sehe ich sie. Sie biegen um die Ecke und bauen sich direkt hinter Gillian und Charlie auf. O Gott!

»Da ist er ja!« sagt Gallo liebenswürdig. Er humpelt, und sein Grinsen verheißt nichts Gutes. »Wir haben uns schon Sorgen um dich gemacht.«

73. Kapitel

Während ich die Furcht auf Charlies Gesicht sehe, umarmt mich Gallo mit gespielter Herzlichkeit und drückt mich so fest an sich, daß ich den Griff seiner Waffe an der Brust fühle. »Fick dich!« flüstert er mir ins Ohr.

»Ich nehme an, du hast alles gefunden, was du brauchst.« DeSanctis klingt genauso jovial.

»Natürlich hat er das.« Gallo hat das Band vom Mittwoch in meiner Hand bemerkt. »Deshalb ist er doch auch Disneys bester Angestellter. Stimmt das nicht, *Steven*?« Als er den Namen ausspricht, verzieht er das Gesicht zu einer wölfischen Grimasse und streckt mir seine offene Hand entgegen. »Laß mal sehen, was du da hast, Kumpel ...«

Ich denke an die Waffe hinten in meiner Hose und drehe mich zu Charlie um. DeSanctis tritt sofort dicht hinter ihn und Gillian. Ich kann seine Hände nicht sehen, aber Charlie ruckt nach vorn, als würde ihm jemand etwas in den Rücken rammen.

»Ich will Sie ja nicht stören«, sagt die Empfangsdame, sichtlich beunruhigt. »Aber zu welcher Abteilung gehören Sie noch mal?«

»Keine Sorge, wir sind alle Freunde«, meint Gallo spöttisch, ohne mich aus den Augen zu lassen. »Schauen wir uns mal das Band an ...«

Ich halte es fest. Gallo greift verärgert danach und reißt es mir aus der Hand. Ich wehre mich nicht. Nicht, solange Charlie eine Waffe im Kreuz hat.

»Wieso hast du denn nur den Mittwoch geholt?« fragt Gallo nach einem kurzen Blick auf die Rückseite. »Sagtest du nicht, daß wir auch die anderen Tage brauchen ...?« Er deutet auf die Empfangsdame. »Können Sie uns vielleicht helfen, Montag bis Sonntag zu finden?«

Die Meerjungfrau ist sichtlich am Rand eines Panikanfalls. »Es tut mir leid, Sir, ich kann nichts tun, bis ich Ihren Ausweis nicht gesehen habe.«

»Wissen Sie, ich hab ihn in meinem anderen Sakko vergessen«, erwidert Gallo. »Aber Sie können den von unserem Freund Steven benutzen.«

»Das kann ich leider nicht«, antwortet die Frau.

»Sicher können Sie das. Sie haben ihm doch schon diese eine ...«

»Das kann ich nicht, Sir. Und da dies hier eine Sperrzone ist, möchte ich Sie bitten zu gehen, wenn Sie keinen Ausweis haben.«

»Wir suchen doch nur nach den anderen Bändern.« Gallo bemüht sich weiterhin um einen freundlichen Ton.

»Haben Sie nicht gehört, was ich gesagt habe, Sir? Ich möchte, daß Sie gehen.«

Gallo preßt die Lippen zusammen. Seine Stimme klingt plötzlich wie Sandpapier. »Und ich möchte, daß Sie eine vorbildliche Angestellte sind und uns geben, was wir wollen.«

»Gut, das reicht«, sagt die Frau und greift nach ihrem Telefon. »Sie können diese Diskussion mit dem Sicherheitsdienst weiterführen. Ich bin sicher, daß es ihnen gefallen ...«

Gallo zieht seinen Secret-Service-Ausweis heraus und hält ihn hoch. »Das ist mein Ausweis. Und jetzt legen Sie bitte auf und geben uns die Bänder.«

Ihr Blick wandert vom Ausweis zu Gallo und dann wieder zurück. »Tut mir leid, aber Sie müssen mit einem Supervisor sprechen ...«

»Sie verstehen anscheinend immer noch nicht.« Gallo zieht seine Waffe aus dem Halfter und hält die Mündung der Frau mitten ins Gesicht. »Legen Sie das Telefon weg, und schaffen Sie die Bänder heran.«

Die Empfangsdame legt den Hörer auf, Tränen rinnen

ihr über die Wangen. »Ich … Ich habe eine vierjährige Tochter …«

»Die Bänder!« faucht Gallo.

Ihre Hände zittern. »Sie sind hinten«, stammelt sie.

»Zeigen Sie uns, wo!« Gallo bedeutet DeSanctis, die Frau zu begleiten.

DeSanctis stößt Gillian und Charlie zur Seite und tritt zwischen ihnen hindurch. Er hält seine Waffe in der Hand. Als die Empfangsdame sie bemerkt, beginnt sie heftiger zu weinen.

»Ein Mickymaus-Lächeln«, droht ihr DeSanctis. »Ich will ein nettes Mickymaus-Lächeln sehen.« Er zwingt sie, sich zusammenzureißen, während er sie zu den Glastüren drängt.

»Hierher …« Gallo packt meine Hemdbrust und schiebt mich zu Gillian und Charlie. Ich stolpere zu meinem Bruder. Unsere Blicke treffen sich.

Die Bänder sind nicht da, hab ich recht? fragt Charlie mit einem Blick.

Ich streiche mit der Hand über meine Gesäßtaschen. Gillian sieht es und grinst ebenfalls.

»Rühr dich nicht!« knurrt Gallo, als ich mein Gleichgewicht wiedererlange und mich neben Charlie aufbaue. Er zielt mit der Waffen erst auf mich und dann auf Charlie, aber nie auf Gillian, die schweigend zu Boden starrt.

»Alles in Ordnung?« flüstere ich ihr zu.

»Was hast du gesagt?« zischt Gallo.

»Ich habe sie gefragt, ob alles in Ordnung ist«, fauche ich.

Plötzlich lacht Gallo.

»Was?«

Er kann nicht mehr aufhören und grinst. »Du schnallst es immer noch nicht, was?«

»Wovon reden Sie?«

»Du weißt wirklich nicht, daß …«

»… womit wir zur DACS-Zentrale kommen, dem Gehirn des ganzen Körpers«, verkündet eine freundliche Stimme, als die Tür aufschwingt. Hinter uns führt ein Mann mit blondem Haar und einem Hemd mit dem Schriftzug *Backstage Magic* eine Gruppe von etwa zwanzig Touristen in den Empfangsbereich.

Gallo versteckt rasch die Waffe hinter seinem Rücken. Die Leute drängen sich herein und verrenken sich die Hälse, um etwas sehen zu können. Eine korpulente Frau mit einem kurzen rosafarbenen Hosenanzug tritt vor mich, Gillian und Charlie und führt unabsichtlich die ganze Touristengruppe zwischen Gallo und uns.

»Tut mir leid, stören wir?« fragt der Blondschopf freundlich.

»Allerdings, das tun Sie!« herrscht Gallo ihn an. Er starrt uns zwischen den Leuten hindurch an. Er würde sofort die Waffe auf uns richten, aber ihm ist natürlich klar, welche Konsequenzen das hätte.

»Hallo«, meint der Führer neckend. »Gäste an Bord ...«

»Geh mir verdammt noch mal aus den Augen!« knurrt Gallo und stößt ihn unsanft beiseite. Er versucht sich zu uns durchzudrängen, aber die Menge ist zu groß.

Charlie schaut zur Tür. DeSanctis muß jeden Moment bemerken, daß die Hüllen leer sind ...

Los! bedeute ich ihm mit einem Nicken.

Charlie läuft los.

»Stehenbleiben!« schreit Gallo und hebt die Waffe.

»Eine Waffe!« kreischt eine Frau. Die Gruppe gerät in Panik, alle schreien und drängeln, um wegzukommen. Die Stampede ist in vollem Gang. Wir stürmen zur Tür, während alle wie verrückt hinter uns her rennen.

Wir erreichen die Schwelle, als ein Schuß pfeift. Die Glastür zerbirst, und ein Haufen Scherben verteilt sich über den Boden. Charlie stürmt weiter und versucht sich den Weg durch das Chaos der kreischenden Touristen zu bahnen. Hinter mir hält sich Gillian geduckt an meinem Hemd fest. Niemand ist getroffen. Die Leute strömen hinaus, und ihre Schreie hallen laut im Korridor wider.

»Lauft weiter!« schreie ich und stoße Charlie in den Rücken. Wir drängen uns durch die Menge und rennen den

Korridor entlang. Meine Schuhe hämmern auf den Zement. Charlie dreht sich nach mir um, weil er wissen will, ob ich ihm folge. Da sieht er, daß Gillian sich an meinem Hemd festhält.

Seine Miene spricht Bände. *Schüttele sie ab!*

Was?

Schüttele sie ab!

In dem Moment läßt Gillian mein Hemd los und rennt allein weiter. Sie stolpert nicht und hält uns auch nicht auf. Ihre klaren blauen Augen suchen nach einem Ausweg. Ihr Mund ist offen vor Furcht. Charlie hält ihre Mitschuld für erwiesen, aber das ist sie nicht.

»Raus hier!« schreie ich ihm zu.

Charlie beißt die Zähne zusammen und wird schneller. Als wir den Korridor entlanglaufen, ist er nur ein paar Meter vor mir. Er könnte viel schneller sein. »Los, Charlie!« rufe ich.

»Bleib ... bei mir!« keucht er, während er zwischen Pocahontas und einem Dracula aus dem Schloß des Schreckens hindurchspringt.

»Die Treppe hoch!« schreit Gillian.

Doch Charlie läuft weiter. Erst als der Korridor sich nach links krümmt, verstehe ich, was er vorhat. Hinter uns werden die Schreie der Menge leiser und verstummen schließlich ganz. Dafür hören wir die Schritte von Personen, die uns verfolgen. Ich drehe mich um, aber wegen der Krümmung des Korridors kann ich niemanden sehen. Was bedeutet, daß auch sie uns nicht sehen können.

»Jetzt ...!« ruft Charlie und biegt scharf nach rechts in einen kurzen Flur ab. Am Ende reißt er die Metalltür auf und hält sie uns auf. Stufen mit gelben Rändern führen nach oben. Ich laufe hinauf, gefolgt von Gillian. Charlie bildet die Nachhut. Ich nehme zwei Stufen auf einmal. Gillian gibt ihr Bestes, aber sie ist nicht schnell genug.

»Beweg dich!« brüllt Charlie. Er drückt sich an ihr vorbei und bringt sich zwischen Gillian und mich. Er schlägt mir auf die Schulter und treibt mich an.

Am oberen Rand der Treppe bleiben wir vor einer geschlossenen Metalltür stehen. Wir atmen beide schwer. Aber Charlie keucht viel schwerer als ich. Er hat sein letztes Medikament vor beinahe drei Tagen genommen.

»Bist du sicher, daß du …«

»Es geht mir gut«, sagt er. Aber als ich eine Hand auf den Türgriff lege, sagt er zwei Worte, die ihm bisher noch nie über die Lippen gekommen sind. »Sei vorsichtig.«

Ich nicke und stoße die Tür sanft auf. Nach all unseren Haken im Tunnel haben wir keine Ahnung, wo wir sind. Ich kann kaum etwas sehen. In dem Raum ist es dunkel, aber er scheint leer zu sein. Wir sind in einem Lagerraum, wie es scheint. Ich schlüpfe hinein, gehe leise weiter und versuche herauszufinden, was das hier sein könnte. Hinter mir schließen Charlie und Gillian die Tür, worauf es vollkommen dunkel wird. Zuerst bin ich wie blind, aber nachdem sich meine Augen auf die Dunkelheit eingestellt haben, sehe ich einen dünnen Lichtstreif vor mir. Er kommt von der anderen Seite, fällt unter einer anderen Tür hindurch.

Ich gehe wie Frankenstein mit ausgestreckten Armen weiter, bis ich auf die Holztäfelung treffe, und taste nach dem Türgriff. Eine kurze Drehung, und wir sind im nächsten Raum, der genauso dunkel ist. Aber diesmal ist jemand …

Ein Schuß peitscht auf, und ich ducke mich, so schnell ich kann. Hinter mir fällt etwas zu Boden. Ich drehe mich um und strecke die Hand aus, doch ich kann Charlie nicht finden.

74. Kapitel

»Komm schon, mach endlich!« schrie Joey und hupte wie wild den blauen Lincoln an, dessen Nummernschild die Erklärung für sein Trödeln lieferte. GRANDPA7 stand darauf. Joey steckte in einer endlosen Schlange aus Mietwagen und Minivans fest, die sich langsam auf den Parkplatz von Disney World einfädelten. Sie war kurz davor, das Lenkrad aus der Säule zu reißen. »Ja, du! Mach dich endlich vom Acker!«

»Gefällt dir dein Disney-Abenteuer?« erkundigte sich Noreen zuckersüß im Hörer.

»Endlich!« verkündete Joey, nachdem sie die Spitze der Schlange erreicht hatte. Sie wollte gerade Gas geben, als ein Angestellter von Disney mit einer Sicherheitsweste die Straße blockierte und sie nach links winkte.

»Alle Fahrzeuge nach links«, rief er so freundlich wie möglich.

Joey blieb stehen und weigerte sich, weiterzufahren. »Ich muß zum Haupteingang!« rief sie.

»Alle Fahrzeuge bitte nach links«, wiederholte er.

Joey rührte sich nicht. »Haben Sie nicht gehört, was ich ...?«

Innerhalb von Sekunden näherten sich zwei weitere Angestellte ihrem Beifahrerfenster. »Gibt es ein Problem, Ma'm?«

»Ich muß zum Haupteingang. Sofort.«

»Unsere Bahnen fahren alle paar Minuten ...« erklärte der kleinere der beiden.

»Tut mir leid, Ma'm«, meinte der andere. »Aber wenn Sie keinen Behindertenausweis haben, dann müssen Sie hier parken, wie alle anderen ...«

Joey zog ihren Dienstausweis und rammte ihn dem Mann ins Gesicht. »Wissen Sie, was das hier heißt, Walt? Das heißt, ich parke vor dem Haupteingang!«

Schweigend traten die beiden Angestellten von dem Wagen zurück und bedeuteten dem Mann mit der Sicherheitsweste, den Weg frei zu machen. Ohne ein weiteres Wort trat Joey das Gas durch und raste mit durchdrehenden Reifen zum Haupteingang des Magischen Königreiches.

75. Kapitel

»Runter!« ruft Charlie und zerrt an meinem Bein.

Ich lande auf einem Teppich, der heiß gegen die Haut an meinem Kinn reibt. Rechts von uns sehen wir die Silhouette unseres Angreifers. Er steht in der Ecke und versucht, im Schatten zu verschwinden. Er beugt sich vor und lädt neu …

Aber die Chance werde ich ihm nicht geben. Ich stürme vor und greife die Silhouette an. Ein weiterer Schuß peitscht auf. Nein, es ist kein Schuß, eher eine Explosion. Dann folgen weitere, wie ein Feuerwerk. Noch bevor unser Angreifer überhaupt mitbekommt, was ihn da trifft, pralle ich gegen ihn und umschlinge seine Taille. Es ist, als wollte ich mit einem Staubsauger ringen. Wir landen mit einem metallischen Knall auf dem Boden.

Die Lichter flammen langsam auf, und ich bekomme zum ersten Mal die Person zu Gesicht, die ich auf den Teppich geworfen habe. Es ist John F. Kennedy.

»Hier in der Halle der Präsidenten schauen wir in einen Spiegel unseres Selbst«, dröhnt eine Stimme vom Band. An der Wand stehen ein Andrew-Jackson-Roboter, dem ein Bein fehlt, ein Korb voller Krawatten und Fliegen und ein Schaumstoffkopf mit einer flaumigen, gefönten Perücke, auf der *Bill Clinton* steht. Wir sind nur hinter der Bühne.

»Ladies and Gentlemen, der Präsident der Vereinigten Staaten!« verkündet die Stimme. Fanfaren schmettern, die Menge applaudiert, und ich schaue an die Decke, wo automatische Flaschenzüge den Hauptvorhang heben. Der samtblaue bleibt unten.

»Gehen wir, Oswald«, sagt Charlie und hält mir die Hand hin.

In dem Moment stürzt jemand durch eine Seitentür. Er wirft nur einen Blick auf uns drei, wie wir über John F. Kennedy stehen, und hält sich sofort das Walkie-Talkie an die Lippen. »Sicherheitsdienst … Ich brauche sofort jemanden in der Halle der Präsidenten.«

Charlie zupft an meinem Arm, und während ich mich aufrappele, trete ich auf John F. Kennedys künstliche Brust. Gillian läuft bereits zu der Nebentür links von uns. Charlie überlegt, ob er ihr folgen soll. Die anderen Möglichkeiten wären, sich direkt auf den Wachmann zu stürzen, unter den Vorhang zu springen und an den fünfhundert Zuschauern vorbeizustürmen oder den Weg zurückzugehen, den wir gekommen sind. Ich laufe an Charlie vorbei und zerre ihn mit. Er weiß, wann er keine Wahl hat. Wir folgen beide Gillian.

Sie führt uns durch die Nebentür in einen Raum mit einem rotem Teppich, in dem falsche antike Möbel und nachgemachte Flaggen aus Amerikas Kolonialzeit hängen. Charlie packt einen Schaukelstuhl und klemmt ihn unter die Tür, durch die wir gekommen sind. Der Wachmann hämmert und schreit, aber das bringt ihn keinen Schritt weiter.

Auf der anderen Seite warten drei Türen auf uns. Unter den beiden rechts scheint kein Licht durch den Schlitz. Sie führen zurück in das Theater. Unter der Tür direkt vor uns glimmt das letzte Sonnenlicht. Das ist die Tür nach draußen.

Gillian stößt sie auf, und die plötzliche Ausdehnung des Raums überwältigt uns beinahe. Nach den grauen Wänden der Katakomben und der Dunkelheit in der Halle der Präsidenten blinzle ich in die helle Weite des Liberty Square durch Disneys nachgemachte Stadt aus der Revolutionszeit.

»Folge den Leuten«, sagt Charlie und deutet auf die Menschenmenge, die durch die Straßen flaniert. Links von mir warten etliche Kinder darauf, ihren Kopf durch eine falsche Palisade zu stecken, damit ihre Eltern einen Schnappschuß machen können. Rechts von mir stehen Hunderte von Touristen Schlange für die sicherste Schaufelraddampferfahrt der Welt. Alle anderen sind auf der Straße. Tausende strömen zu der alten Grenzstadt des Wilden Westens. In Disney World ist es eine Woche vor Weihnachten. Unterzutauchen dürfte da ein Kinderspiel sein.

»Laß es langsam angehen«, schärft mir Gillian ein, als wir uns zwischen die Menschen mischen, die sich vor dem Diamond Horseshoe Saloon drängeln. Sie senkt den Kopf und paßt sich den Schritten der Menge an. Charlie will sich nicht einfügen und eilt voraus.

»Charlie, warte!« rufe ich ihm nach.

Er dreht sich nicht einmal um. Ich verfolge ihn, aber er hat schon vier Familien Vorsprung. Ich springe hoch, um besser sehen zu können, und erkenne seinen Blondschopf, der sich durch die Menge fortbewegt. Aber je mehr ich versuche, ihn einzuholen, desto weiter fällt Gillian zurück. Ich bin zwischen beiden hin- und hergerissen und versuche mein Bestes, gleichen Abstand zwischen beiden zu halten, doch irgendwann muß ich einen von ihnen aufgeben.

Ich sehe mich nach Gillian um, die endlich etwas schneller läuft. »Komm schon!« rufe ich ihr zu und winke sie weiter. Dann winde ich mich an einer sechsköpfigen Familie vorbei und werde schneller. Aber als ich wieder hochspringe und Charlie suche, ist er nirgendwo zu sehen. Ich verrenke mir fast den Hals und suche die Menge nach seinem blonden Haar ab. Er ist nicht da. Ich springe wieder hoch. Nichts. Gleichgültig, wie wütend er ist. Er würde niemals ohne mich verschwinden.

Ich habe wieder diesen Krampf im Bauch wie damals, als wir uns verloren hatten. »Entschuldigen Sie ... Darf ich bitte durch ...!« rufe ich, während ich mich zwischen den Leuten hindurchdränge. Während Gillian aufholt, suche ich im Meer der Köpfe nach Charlie. Irgendwo muß er doch stekken. Auf der anderen Seite der Straße schießt ein Zehnjähriger seiner Schwester mit einer Korkpistole mitten ins Gesicht. Hinter mir jagen sich zwei Kinder, deren Zungen rot sind von Zuckerwatte. Neben mir weint ein Junge, und sein Vater droht ihm, ihn sofort nach Hause zu bringen. Aus den Lautsprechern an den Laternenpfählen plärrt der Yankee Doodle. Ich kann kaum noch klar denken. Gillian will nach meiner Hand greifen, aber ich schüttele sie ab. Vor uns biegt die Straße nach links ein. Ich versuche es noch einmal.

»Charlie!« rufe ich.

Plötzlich taucht vor mir am Kiosk für Waschbärmützen ein vertrauter blonder Haarschopf auf.

»Charlie!« schreie ich und fuchtele mit beiden Händen über dem Kopf.

Runter! bedeutet er mir mit zur Erde gekehrten Handflächen.

Was hast du …?

Runter! Sofort!

Er schaut an mir vorbei über die Straße, und ich folge seinem Blick über die Menge. Da sehe ich die beiden dunklen Anzüge, die auf uns zukommen. Und dann sehen sie mich ebenfalls.

Gallo wirft mir einen düsteren Blick zu. Er schiebt ein junges Pärchen rücksichtslos zur Seite und stürzt sich in die Menge. DeSanctis folgt ihm auf dem Fuß.

76. Kapitel

»Du mußtest unbedingt schreien, was?« fragt Charlie, als Gillian und ich an dem Kioks vorbeilaufen.

»Ich? Ich war schließlich nicht derjenige, der …« Ich unterbreche mich und konzentriere mich wieder auf Gallo. Er kämpft sich durch die Menschenmenge. Wir sind beinahe am Ende der Fahnenstange. Vor uns endet der Weg vor einem hüfthohen Schwingtor. Und hinter uns kommt Gallo immer näher.

»Hier lang!« Gillian deutet nach rechts.

Charlie schüttelt den Kopf. Es spielt keine Rolle, ob sie recht hat, er will ihr keine Chance lassen. Er reißt das Holzgitter auf und läuft eine Auffahrt hinauf. Dabei rennt er direkt auf die grüne Holzwand zu, die den ganzen Park umgibt. Sie ist mindestens zwei Meter fünfzig hoch. Da kommen wir nie im Leben rüber.

»Ist er übergeschnappt?« fragt Gillian.

»Charlie, halt!« Ich renne hinter ihm her. »Das ist eine

Sackgasse!« Als er den Scheitelpunkt der Auffahrt erreicht, senkt sich die Straße zu der grünen Wand hin ab. Von meinem Standort aus, direkt hinter dem Gatter, hat er keinen Ausweg mehr. »Komm da raus!« schreie ich, doch Charlie läuft weiter.

Aber als ich den Scheitelpunkt der Auffahrt erreiche, sehe ich endlich, was ihn dorthin gezogen hat. Es ist mir erst gar nicht aufgefallen. Es ist das kleine Schild an der Wand mit der Aufschrift: *Nur für Mitarbeiter*.

»Wow!« Gillian hat es auch gesehen.

Vom Tor aus konnten wir es nicht erkennen, weil der Winkel zu ungünstig war, aber vom höchsten Punkt der Auffahrt bemerken wir, daß es sich nicht um eine Wand handelt, sondern um zwei Wände, die sich überlappen. Dabei lassen sie einen Zwischenraum frei. Charlie läuft weiter, schlägt einen Haken nach rechts und verschwindet. Es ist keine Sackgasse, sondern nur eine weitere optische Täuschung.

Ich folge Charlie auf seinem Zickzackkurs durch den Spalt und laufe einen langen, gepflasterten Weg entlang. Hier sieht es aus wie auf einem Firmengelände. Der Park hinter uns verblaßt, und seine Farben und Klänge werden durch grauen Zement und eine Stille ersetzt, die nur ein gelegentliches Knarren durchbricht. Neben uns dringen scharfe Gerüche aus einem grünen Gebäude. Hier also entsorgt Disney seinen Müll. Charlie läuft zunächst darauf zu. Wenn wir einfach weglaufen wollen, müssen wir uns verstecken. Aber der Gestank zwingt ihn auf den Weg zurück. Mein Bruder ändert den Kurs und wendet sich zur Rückseite des Platzes.

Was uns dort erwartet, ist allerdings auch nicht besser. Hier stehen nur einige Baucontainer und ein altes Lagerhaus, an dem ein blaues Schild hängt: *Magisches Königreich – Dekoration*.

»Die Bauwagen ...« schlägt Gillian vor.

Charlie läuft sofort zum Lagerhaus. Er ist ein paar Schritte vor mir und blickt über die Schulter zurück, um zu überprüfen, ob Gallo schon durch das Tor gekommen ist.

Nun sehe ich sein schmerzverzerrtes Gesicht. Es ist so grau wie der Zement und vollkommen erschöpft. Gillian und ich holen auf. Selbst wenn er seine Medikamente genommen hätte, könnte er nicht mehr schneller laufen.

Noch ein paar Schritte, Bruderherz. Wir sind fast da.

Vor dem Lagerhaus sind fünfzehn Paradewagen fein säuberlich in drei Reihen unter einer rostigen Metallmarkise abgestellt. Der Geruch von frischer Farbe empfängt uns, und neben den glitzernden Wagen sagen uns die leeren Farbeimer, wo die Maler sind. Es ist Trocknungszeit. Hier ist niemand.

Wir stürmen an den Wagen vorbei und ducken uns in den Eingang des riesigen Tores des Lagerhauses. Drinnen sieht es aus wie in einem Flugzeughangar. Eine himmelhohe Decke, ein gewölbtes Dach und jede Menge Staub und Dunkelheit. Aber statt Flugzeugen stehen hier noch mehr Paradewagen. Fünf Reihen belegen die rechte Seite des Hangars, aber im Gegensatz zu denen vor der Garage hängen an diesen hier riesige Weihnachtslichterketten. Disneys Electric-Light-Parade. Bei Nacht ist das hier alles erhellt. In dem schattigen Lagerhaus jedoch und im Dunkeln wirken die Wagen wie tot.

Links von uns stapelt sich auf dem Boden ein riesiger Haufen von übriggebliebenen Gegenständen. Riesige Schaukelpferde, eine überdimensionierte Schatzkiste von Aladin, zwei Popcorn-Karren, Kronleuchter und sogar einige Discokugeln, die in einer Ecke verstaut sind.

Wir drei verschwenden keine Zeit und …

In der Ferne hören wir gedämpfte Schritte.

Charlie und ich sehen uns an. Er schlägt sich nach links, und Gillian zerrt mich nach rechts. Ich wehre mich, doch Gallo ist schon zu nah. Es wird Zeit, sich zu verstecken. Ich stolpere hinter Gillian her und verberge mich hinter einem großen Wagen, der aussieht wie Aschenputtels Kutsche. Charlie duckt sich in einen Vorratsschrank an der Wand. Er schließt die Tür hinter sich, und mein Bruder ist weg.

Mach das nicht noch mal! Ich starre Gillian an.

Davon läßt sie sich nicht einschüchtern. Sie konzentriert sich nur auf Gallo. »Hat er uns gesehen?« flüstert sie und duckt sich hinter den Wagen.

Leise! Ich lege einen Finger an die Lippen. Die Geräusche draußen werden lauter. Ich bücke mich und spähe zwischen den Speichen der Kutsche hindurch. Gallo und DeSanctis werfen lange Schatten auf den Boden vor dem Eingang. Gallos Hand gleitet in seine Jacke. Er zieht seine Pistole heraus.

Als DeSanctis ihm ins Innere des Lagerhauses folgt, macht keiner von ihnen ein Geräusch. Sie mögen Killer sein, aber sie sind immerhin Killer vom Secret Service. Gallo macht eine knappe Handbewegung. Er und sein Partner trennen sich und nehmen sich rasch die beiden Seiten des Raumes vor. Sie gehen langsam und methodisch vor und suchen erst in den klassischen Verstecken: Aladins Schatzkiste. Ein riesiger Teetopf, der anscheinend auf Rädern fährt. Gallo macht die Kiste auf und DeSanctis die Tür des Teetopfs. Beide sind leer. Wie Straßenkater, die sich an ihr Abendessen anschleichen, arbeiten sie sich tiefer in das Lagerhaus vor. Sie gehen im Kreis und überprüfen langsam jedes Detail. Sie versuchen, in unsere Köpfe zu sehen, herauszufinden, wo wir uns …

Gallo deutet auf den Schrank.

Ich spüre meinen Körper plötzlich nicht mehr.

DeSanctis nickt. Seine Miene ist selbstsicher. Er nähert sich der Tür und hält drei Finger hoch. Auf drei.

Gallo richtet seine Waffe auf den Schrank.

Eins …

Ich greife in meinen Hosenbund und ziehen die Waffe heraus, die wir Gallo im Bahnhof abgenommen hatten.

Zwei …

DeSanctis packt den Türknauf des Schranks. Ich krieche langsam den Gang entlang, zur vorderen Reihe der Wagen. Gillian sieht mich an, als wäre ich verrückt geworden, aber ich werde nicht zulassen, daß sie …

Drei …

DeSanctis zieht an der Tür, aber sie gibt nicht nach. Anscheinend hält Charlie sie von innen zu. »Sie sind da drin«, sagt DeSanctis. Er zieht erneut, aber vergeblich.

»Du machst es nur schlimmer!« meint Gallo.

DeSanctis kocht vor Wut, während er sich mit der Tür abplagt

»Das reicht.« Gallo schiebt seinen Partner zur Seite, hält die Waffe an den Türknauf und feuert zwei schnelle Schüsse darauf ab. Ich will schreien, aber kein Laut dringt über meine Lippen.

Mit einem letzten Ruck reißt DeSanctis die Tür auf. Ein verbogener Klappstuhl hängt an dem Türknauf und fällt jetzt krachend zu Boden. Ich versuche, etwas im Inneren des Schranks zu erkennen, und bete, daß ich Charlies Stimme höre. Aber es herrscht nur Schweigen.

»Was, zum Teufel, ist das?« Gallo starrt verwirrt in den Schrank hinein.

Erst als DeSanctis zur Seite tritt, erkenne ich endlich, wovor die beiden da stehen: Ich sehe den dunkel gefliesten Boden, die Sicherungskästen an den Wänden und keine Spur von Charlie. Auf der Rückseite steht eine Tür auf. Es ist kein Schrank, es ist ein Durchgangsraum. Und er führt in die andere Hälfte des Gebäudes. Ich lache lautlos, und meine Augen werden feucht. Lauf, Charlie, lauf!

DeSanctis und Gallo machen sich an die Verfolgung. Ich wende den Kopf, um Gillian die frohe Botschaft zu verkünden. Im nächsten Augenblick trete ich auf eine Glühbirne, die von der Seite des Wagens herunterhängt. Sie zerplatzt mit einem scharfen Knacken. Ich erstarre mitten in der Bewegung. Verdammt!

»Was war das?« fragt Gallo.

Ich ducke mich und suche den Gang nach Gillian ab. Sie ist nicht da.

»Kommst du?« will DeSanctis wissen.

»Ich bin in einer Sekunde bei dir«, erwidert Gallo, als er sich wieder zu den Paradewagen umdreht. »Ich will nur noch kurz etwas überprüfen.«

77. Kapitel

Er wartete, bis das kleine Mädchen aufgehört hatte zu weinen. Er stand im Schutz der hölzernen Veranda von Pecos Bills Café, und es war überflüssig, unnötige Aufmerksamkeit auf sich zu lenken. Solange das kleine Mädchen auf der Straße weinte und sie und ihre Mutter das Tor blockierten, durch das sich Gallo und DeSanctis eben geduckt hatten, würde er nirgendwohin gehen. Natürlich gab es noch andere Argumente, die dafür sprachen, es langsam angehen zu lassen. Er hatte nun keinen Grund mehr, überstürzt zu handeln. Oliver und Charlie ... Gallo und DeSanctis. Er hatte sie schon einmal gefunden, und er würde sie auch jetzt finden. Beim letzten Mal hatte er nur an der Ecke vor dem DACS zu warten brauchen. Er wußte ja, daß sie vorbeikommen würden. Genau wie Gillian gesagt hatte.

Er grinste bei diesem Gedanken. *Gillian.* Wie war sie bloß auf diesen Namen gekommen? Mit einem Achselzucken tat er es ab. Die Antwort interessierte ihn nicht sonderlich. Solange sie ihr Geld bekamen, konnte sie sich nennen, wie sie wollte.

Er überflog die Menge. Es gefiel ihm nicht, so ganz allein in Disney World herumzulaufen. Wenn er jünger gewesen wäre, dann vielleicht. Aber in seinem Alter und ohne Kinder fiel er garantiert auf. Und aufzufallen war das, was er am wenigsten gebrauchen konnte. Schließlich sprang er von der Veranda, steckte eine Hand in die Tasche und ging ruhig über die Straße. Er wirkte zielstrebig, wie ein Vater, der zu seiner Familie zurückgeht. Das Mädchen vor dem Schwingtor hatte endlich aufgehört zu weinen.

»Tut mir leid, stehen wir Ihnen im Weg?« fragte die Mutter, während sie sich hinkniete und ihrer Tochter die Nase putzte.

»Überhaupt nicht«, erwiderte er mit einem freundlichen Nicken. Er trat um sie herum, öffnete das Tor und ging hindurch. Als es sich hinter ihm schloß, schaute er sich nicht einmal um.

78. Kapitel

Ich hocke hinter der Kutsche von Aschenputtel und höre, wie Gallo sich langsam herumdreht. Seine Schuhe knirschen auf dem Zement. Er humpelt langsam weiter und wartet auf eine verräterische Reaktion von mir.

Da kann er lange warten.

»Ich weiß, daß du hier bist!« ruft Gallo. Seine Stimme hallt laut durch die Gänge. Wegen der hohen Decke klingt es, als riefe er in eine Schlucht hinein. »Also, mit wem habe ich es hier zu tun?« Er schaut immer noch in meine Richtung. »Charlie ... oder Oliver?«

Drei oder vier Gänge weiter höre ich ein Knacken und schnelles Fußscharren.

»Ah, ihr seid also zu zweit?« fragt Gallo. »Sollte ich wirklich so viel Glück haben?«

Keiner von uns antwortet.

»Gut, ich spiele mit«, sagt er und geht einen weiteren Schritt in meine Richtung. »Wenn ihr zu zweit seid und einer allein im anderen Raum ist, dann habe ich es hier wohl nicht mit Oliver und Charlie zu tun. Das würde sie nie zulassen. Außerdem habe ich ja auch erlebt, wer der dritte Mann da draußen bei Duckworth gewesen ist ...«

Ich weiche einen Schritt zurück und schwöre, daß ich Gallo grinsen hören kann.

»Was sagst du dazu, Oliver? Habt ihr, Gillian und du, euren Spaß?«

Es herrscht absolutes Schweigen im Raum. Der Agent kommt noch einen Schritt näher.

»Das ist eben das Problem bei einem Dreier«, meint Gallo drohend. »Es steht immer zwei gegen einen. Hab ich nicht recht? *Gillian?*«

Ich kauere hinter Aschenputtels Kutsche und krieche rückwärts den Gang entlang. Ich höre, wie sich Gillian nach vorn schleicht. Gallo springt in meinen Gang, doch er sieht nur zwei Reihen ausgemusterter Paradewagen.

Ich hocke längst hinter einem anderen Wagen, der wie ein

Piratenschiff aussieht, und schleiche mich in den nächsten Gang. Ich drücke mich so eng an das Schiff, daß der Griff meiner Waffe an den Weihnachtslichtern entlangstreift. Dann schiebe ich den Kopf über den Rand des Schiffes und spähe um den Bug herum. Gallo ist immer noch in meinem alten Gang.

»Komm schon, Oliver, sei kein Spielverderber«, warnt er mich. »Selbst ich muß zugeben, daß wir dringend Schlaf brauchen. Es kostet die Cops von Orlando vielleicht eine gewisse Zeit, bis sie Disney erreichen, aber selbst hier draußen wird das nicht ewig dauern. Die Uhr tickt, mein Sohn. Sie werden uns bald finden.«

Während er den Gang herunterkommt, verändert sich Gallos Stimme merklich. Sie wird leiser, klingt fast schon besorgt.

»Ich weiß, daß du der klügere von euch beiden bist, Oliver. Wenn du das nicht wärst, wärst du nie so weit gekommen.« Er hält inne. »Vergiß nicht, Brutus mußte Cäsar töten. Du magst vielleicht ein paar Schritte voraus gewesen sein, aber wir waren immer in der Nähe. Verstehst du, was ich damit sagen will? Es wird Zeit, einige schwierige Entscheidungen zu treffen, und wenn du klug genug bist, dann ist das erste, was du dich fragen mußt, folgendes: Wie sehr kann ich Gillian vertrauen?«

»Hör nicht auf ihn, Oliver!« schreit Gillian. Ihre Stimme gellt durch den Raum. »Er will dich nur verwirren!« Ich schaue nach links, in der Hoffnung, sie ausfindig zu machen, aber die Akustik verhindert jede genau Orientierung.

»Ich habe dir gesagt, daß es eine schwere Entscheidung ist«, sagt Gallo. Es hört sich an, als würde er weiter den Gang entlanggehen. »Aber du brauchst nur dein Hirn zu benutzen. Du warst in den Katakomben unter Disney World. Wie, glaubst du wohl, haben wir dich gefunden?«

Seine Schritte kommen näher, aber er geht in die falsche Richtung. Ich ducke mich unter den Bug des Piratenschiffes und hülle mich in Schweigen.

»Hast du dich nie gefragt, warum du niemanden von Duckworths Verwandten ausfindig machen konntest, als du noch für die Bank gearbeitet hast?« fragt Gallo. »Die Lösung ist ganz einfach: Weil er keine hatte, Oliver. Er war nie verheiratet. Er hatte keine Kinder. Nichts. Wenn er welche gehabt hätte, hätten wir seinen Namen niemals benutzt. Denn das war der einzige Grund, seinen Namen für das Konto zu behalten. Selbst wenn alles schiefgelaufen wäre, hätte sich niemand jemals beschwert.«

»Er ist ein Lügner!« schreit Gillian.

»Oh, jetzt wird sie wirklich sauer, was?« meint Gallo. »Ihr kann ich auch keinen Vorwurf machen. Ich habe gesehen, was sie aus Duckworths alter Bude gemacht haben. Man muß ihnen eine Eins mit Sternchen für die ganze Mühe geben. Sie haben diese Nummer wirklich sehr schnell durchgezogen.«

Sie?

»Ich persönlich fand das mit den Gemälden die netteste Idee. Ich wette, damit wollten sie Charlie einwickeln. Hab ich recht, Gillian? Oder gehörten die Bilder einfach nur zur Show?«

Zum ersten Mal antwortet Gillian nicht. Ich versuche mir einzureden, daß sie nicht verraten will, wo sie sich genau aufhält, aber allmählich dämmert mir, daß jede Lüge irgendwann ihren Tribut fordert. Vor allem die Lügen, mit denen wir uns selbst betrügen.

»Es wird Zeit, sich zu entscheiden«, sagt Gallo. Seine Stimme scheint von überallher gleichzeitig zu kommen. »Du kannst das nicht mehr alles selbst regeln, Oliver. Es wird Zeit, hier zu verschwinden. Also: Wem von uns beiden willst du vertrauen?«

79. Kapitel

Das erste, was DeSanctis bemerkte, waren die Köpfe. Er hatte zwei gesehen, als er hereingekommen war, den von Goofy und den von Mad Hatters. Sie steckten beide nicht auf ihren Körpern, sondern lagen als bunte Kostümköpfe lediglich leblos auf dem weißen Linoleumboden. DeSanctis sah den umgestürzten Klapptisch und wußte, wie sie dort unten gelandet waren. Soweit war das ganz einfach. Die Schwierigkeit war, wie es nun weiterging. Er verließ den Durchgang und trat in einen kleinen Flur. Seine Waffe hielt er mit beiden Händen fest. Zu seiner Rechten stand ein Wäschewagen in der Nähe der Wand. Dahinter befand sich ein weiterer Raum, aus dem es nach Bleichmitteln stank. Und links von ihm war die Eingangstür, der leichteste Ausweg.

DeSanctis ging zur Tür, aber als er sie öffnen wollte, stellte er fest, daß der Riegel von innen vorgeschoben war. Er suchte rasch nach einem Fenster oder einer anderen Tür. Aber es gab keinen anderen Weg nach draußen. Wo auch immer Charlie sich befand, er war noch hier in diesem Gebäude. Er hatte sich versteckt. DeSanctis drehte sich um, hob die Waffe und spähte in den langen weißen Flur. An den Wänden standen ein paar gelbe Spinde, der umgestürzte Klapptisch lag vor ihm. Der Agent hörte durch die Wände die gedämpften Rufe von Gallo, der Oliver herauszulocken versuchte. Links von ihm, hinter dem Klapptisch, erstreckte sich der Raum mit dem stinkenden Bleichmittel. Und rechts von ihm, neben dem Werkzeugschrank, gab es noch einen Raum, den er anscheinend übersehen hatte. Sie boten die einzigen Möglichkeiten, sich zu verstecken: der Raum zu seiner Rechten und der auf der linken Seite.

In seiner Ausbildung hatte DeSanctis gelernt, daß die Mehrheit der Bevölkerung die rechte Seite bevorzugte, wenn sie zwischen zwei Möglichkeiten wählen konnte. Allerdings handelte es sich hier um Charlie. DeSanctis fing also mit der linken Seite an, wo die Tür zu dem Waschraum nur leicht angelehnt war. So vorsichtig wie nur möglich schob er sie mit der Schuhspitze auf. Genug, um durch den Spalt zwischen den Türangeln in den Raum spähen zu können. Er sah sich um, doch es war niemand zu sehen.

Langsam drückte er die Tür weiter auf und schlich in den

Raum hinein, den Finger am Abzug. Dabei glitt er mit dem Rücken am Türrahmen entlang. Als er in dem Raum war, zielte er auf die einzigen Gegenstände: eine riesige Waschmaschine und einen Trockner. Beide Geräte nahmen fast die ganze Rückwand ein. So große Maschinen hatte DeSanctis noch nie gesehen. Sie waren groß genug, daß man sich darin verstecken konnte.

Er hielt die Waffe vor sich und schlich langsam auf die geschlossene Metalltür der Waschmaschine zu. Er hörte immer noch, wie Gallo nach Oliver rief. Er konzentrierte sich, spannte seine Waffe und streckte die Hand nach dem Griff der Waschmaschinentür aus. Dabei machte er kein Geräusch. Der stechende Geruch von Bleichmitteln lag in der Luft. Als seine Fingerspitzen sich um den Griff legten, sprang die Maschine mit einem lauten Surren an und ging zu ihrem nächsten Gang über. DeSanctis wich bei dem Lärm zurück, aber als die Anzeige von *Einweichen* auf *Schleudern* umsprang, stürzte er vor und riß die Tür auf. Ein Haufen bunter Kleider fiel mit einem lauten Platschen zu Boden. Grüne ärmellose Trikots, rote Weihnachtsmannhosen, rote, weiße und blaue Röcke. Nichts als Kostüme.

Er trat sie zur Seite, schlug wütend die Tür zu und ging zum Trockner. Erneut hob er die Waffe. Wieder öffnete er die Tür. Und zum zweiten Mal fand er nichts als einen Berg bunter Kostüme. Ohne ein Wort zu sagen, schleuderte er eine Handvoll Kleidung auf den Boden.

Er ging in den Flur zurück und wollte schon in den anderen Raum gehen, als ihm etwas auffiel. Etwas hatte sich verändert. Im Flur. An der Wand. Der Wäschewagen hatte in der Mitte der Wand gestanden. Nun war er fast ganz nach rechts gerollt.

DeSanctis grinste und schlich an der Flurwand entlang. *Das war nicht sehr schlau, Charlie-Boy, ganz und gar nicht schlau*, dachte er, während er die Waffe auf den Karren richtete. Er kam langsam näher und schaute in den Wagen hinein. Er war leer. Trotzdem, solche Karren bewegen sich nicht von selbst. DeSanctis sah sich um. Am Ende blokkierte ein hoher Wandschirm aus Holz den Zugang zu den Räumen im rückwärtigen Teil. DeSanctis schob den Wäschewagen zur Seite und steuerte geradewegs auf den Wandschirm zu.

Zehn Schritte später hatte er ihn erreicht und blickte um ihn herum. Unwillkürlich hielt er inne. Der Schirm verbarg einen Raum, der sich wie ein kleines Warenlager ausnahm. DeSanctis starrte auf zahlreiche Rollständer mit Kostümen. Ganz vorn hing ein Kleid mit rot-weißen Tupfen, auf dessen Bügel *Minnie* stand. Am nächsten Regal hingen der blaue Matrosenanzug und der weiße fedrige Hintern von Donald, der in die Luft ragte. Vor dem Anzug hing Donalds Kopf nach unten an einem Spezialbügel. Ein anderer Donald-Kopf stand auf dem Regal und ein dritter ragte seitlich heraus und zeigte auf die Stelle, wo DeSanctis stand. Die vielen Köpfe in dem Raum waren nicht zu übersehen. Von Minnie über Donald und Pluto bis zu den sieben Zwergen schienen alle ihn ausdruckslos anzustarren.

DeSanctis warf einen kurzen Blick in die Gänge zwischen den Ständern. Die Kostüme hingen bis hinunter zum Boden und versperrten ihm die Sicht. Wenn er Charlie haben wollte, mußte er ihn rausholen. Methodisch arbeitete sich DeSanctis vor, drängte sich zwischen zwei Schmetterlingskostümen hindurch und betrat den ersten Gang zwischen den Kostümen. Er starrte auf den Boden und suchte nach Charlies Schuhen. Alle paar Schritte rammte er seine Waffe in ein Kostüm, das ihm zu dick vorkam. Ansonsten ließ er sich nicht aufhalten. Bis er das Ende des Ganges erreichte und den berühmten schwarzen Smoking sah, zusammen mit der strahlend roten Hose. Zwei weiße Handschuhe, eine Spezialanfertigung mit vier Fingern, waren an den Ärmeln befestigt. DeSanctis hob den Kopf und folgte dem Kostüm bis zum oberen Ende des Regals, auf dem der Kopf der berühmtesten Maus der Welt thronte. Instinktiv streckte DeSanctis die Hand aus und klopfte mit dem Knöchel gegen Mickys lächelndes Gesicht.

»Du konntest wohl nicht anders, was?«

Beim Klang der Stimme hinter ihm wirbelte DeSanctis herum, aber als er Charlie sah, war es schon zu spät. Charlie hatte mit einem Besen ausgeholt wie mit einer Keule. Der Stiel zischte durch die Luft und machte ein häßliches Geräusch, als er DeSanctis Schädel traf.

80. Kapitel

Mit einem mechanischen Knarren wirbelte das Drehkreuz herum, als Joey durch den Haupteingang des Magischen Königreiches stürmte. Um diese Tageszeit waren die Schlangen zwar kürzer als gewöhnlich, aber es gab immer noch genug Touristen, die ihr in die Quere kommen konnten.

»Wie sieht's aus?« fragte Noreen in Joeys Ohr.

»Wie in einem Heuhaufen«, erwiderte Joey, als sie sich in dem Strom der gemächlich flanierenden Menge stürzte. Umgeben von einer Gruppe plappernder Schulkinder auf der einen und weinenden Zwillingsbabys auf der anderen Seite, schob sie sich durch den Wahnsinn, lief unter der Brücke durch, über welche eine Eisenbahn fuhr, und sah sich einem zwanzig Meter hohen Weihnachtsbaum und der Main Street, USA, gegenüber. »Bist du sicher, daß es hier ist?« fragte sie Noreen.

»Ich schaue auf der Online-Karte nach«, antwortete Noreen. »Es müßte direkt links von dir ...«

»Hab es!« Joey bog scharf nach links ab und kämpfte gegen die Masse der aufgeregten Menschen an. Vor ihr, neben der leuchtend roten Feuerwehrstation, befand sich der Haupteingang zum Rathaus. Joey sah sich kurz um, verlangsamte ihre Schritte und tat ihr Bestes, panisch auszusehen. »O nein ...« begann sie. »Bitte sag nicht ... Hilfe!« rief sie. »Bitte, irgend jemand ... Ich brauche Hilfe!« Innerhalb von Sekunden hörte sie das Trampeln von Schritten im Rathaus. Es war nicht nur der Sitz der Abteilung Kundenbetreuung, sondern zufällig auch einer der Orte, der vom Sicherheitsdienst der Walt Disney World am schärfsten bewacht wurde. »Warum sollte man zu ihnen gehen«, hatte Joey Noreen vorher gefragt, »wenn sie auch zu einem kommen?«

Joey zählte leise. »Eins ... zwei .... drei ...«

»Was gibt es, Madam? Was ist los?« fragte sie ein groß gewachsener Wachmann mit Kurzhaarfrisur, blauer Uniform und einem silbernen Abzeichen.

»Geht es Ihnen gut?« fragte ein Schwarzer in derselben Uniform.

»Meine Brieftasche!« rief Joey den beiden Männern zu. »Ich habe meine Handtasche aufgemacht, und jetzt ist meine Brieftasche weg! Da war mein ganzes Geld drin ... und mein Drei-Tage-Paß ...!«

»Keine Sorge, das ist in Ordnung«, beruhigte sie der Große und legte ihr beruhigend die Hand auf das Handgelenk.

»Wissen Sie, wo Sie Ihre Brieftasche das letzte Mal benutzt haben?« fragte der zweite. Während die beiden Wächter sie beruhigten, bemerkte Joey, wie sie gleichzeitig die gaffenden Leute im Auge behielten. Die Show mußte natürlich weitergehen.

»Es geht der Frau gut, Leute«, klärte der Wachmann die Schaulustigen auf. »Sie hat nur ihre Brieftasche verlegt.«

»Ist sie vielleicht bei einer Fahrt herausgefallen?« wollte der Schwarze wissen.

»Oder in einem Restaurant?« spekulierte der andere.

»Sind Sie ganz sicher, daß sie nicht das da ist?« Der erste deutete auf die Brieftasche, die aus Joeys Tasche herauslugte.

Joey hielt inne und sah hinunter. »O Gott!« Sie preßte ein Lachen heraus. »Das ist mir ja so peinlich! Ich hätte schwören können, daß sie nicht da war, als ich eben ...«

»Kein Problem«, erwiderte der Große. »Mit meinen Schlüsseln passiert mir ständig dasselbe.«

Joey bedankte sich bei den beiden Männern und entschuldigte sich noch einmal. »Ich ... Es tut mir wirklich leid. Nächstes Mal vergewissere ich mich ...«

»Einen schönen Abend noch, Madam«, wünschte ihr der groß gewachsene Wachmann.

Joey stolperte ein Stück rückwärts, mischte sich in die Menge und wartete, bis die Wachen verschwunden waren. Als sie weg waren, wandte sie sich um, steckte sich den Ohrhörer ins Ohr und eilte entschlossen die Main Street hinauf.

»Und?« erkundigte sich Noreen.

»Wie ich nie müde werde, dir einzuschärfen ...« begann Joey. Sie griff in ihre Jackentasche und zog das schwarze Polizeisprechfunkgerät mit der Aufschrift *Sicherheitsdienst* heraus. »In Urlaubsparadiesen sollte man immer auf Taschendiebe aufpassen!«

Sie drehte die Lautstärke hoch und hielt sich das Gerät ans Ohr. Nun brauchte sie nur noch zuzuhören.

81. Kapitel

»Wir können dich hier herausbringen, Oliver. Du brauchst nur ein wenig Vertrauen zu haben«, sagt Gallo. Seine rauhe Stimme kommt aus der hinteren Ecke des Lagerhauses.

Ich hocke hinter dem Bug des Piratenschiffs, schließe die Augen und lasse die beiden letzten Tage Revue passieren. Von dem Moment an, als wir Gillian getroffen haben, über die Nacht unseres gemeinsamen Tauchgangs bis hin zu allem, was seitdem passiert ist.

»Es ist die Wahrheit«, ruft Gallo. »Auch wenn du Schiß hast, es zu glauben.«

Erneut warte ich darauf, daß Gillian widerspricht, aber sie schweigt.

»Komm schon, Oliver, bist du wirklich so überrascht? Du weißt doch, was auf dem Spiel steht. Du hast schließlich den Wurm gefunden ...« So wie seine Schuhe auf dem Zement knirschen, scheint er in einen der Gänge zwischen den Wagen eingebogen zu sein. »Es ist schon verblüffend, findest du nicht? All das wegen eines kleinen Computerprogramms. Schneide es halb durch, und es wächst trotzdem weiter.« Gallo lacht. »Wenn man so darüber nachdenkt, ist dieses Programm Duckworths eigentliches Baby.«

Wo Gillian auch stecken mag, sie sagt immer noch kein Wort.

»Was bedeutet dein Schweigen, Oliver? Habe ich deine Gefühle verletzt? Hast du noch nie ein Messer in den Rücken bekommen? Also ehrlich, Junge, ich hab deine Chefs von der Bank kennengelernt. Du wirst letztlich dafür bezahlt, dich zu bücken und es dir jeden Tag aufs neue von hinten besorgen zu lassen. Und was ist mit all den reichen Klienten, die so tun, als würden sie dich mögen? Du solltest mittlerweile ein Meister darin sein, belogen zu werden. Allein schon deshalb sollte dir Gillians Gerede brühwarm an der Backe vorbeigehen. Du mußt doch gemerkt haben, daß ihre ganze Geschichte höchst fadenscheinig war. Oder hast du dich nie gefragt, woher sie ihren New Yorker Akzent hat?« Der Agent lacht erneut tief und kehlig. »Ach, Oliver ...!«

Ich schließe meine Augen, aber es hört nicht auf.

»... du hast wirklich gedacht, daß sie dich mag, was?« fährt er unbarmherzig fort.

Ich sinke zu Boden und zerschramme mir an dem Schiff den Rücken.

In der Ecke bleibt Gallo stehen und wirbelt herum. Er weiß, daß ich hier bin. Wie jedes gute Raubtier wittert er meine Verzweiflung.

Innerhalb von einigen Sekunden ist er ganz nah bei mir. »Wie hat sie dich dazu gebracht, ihren Köder zu schlukken?« Die Frage bereitet ihm anscheinend Freude. »War es wirklich diese blöde Geschichte oder doch eher eine etwas körperlichere Argumentation?«

Dem Geräusch seiner Schritte nach zu urteilen, ist er nun wieder vorn am Gang.

»Laß mich raten. Sie hat dir ihre Waisennummer vorgeheult und dir dann als Nachspeise die Chance serviert, mit dem hübschen Mädchen auszugehen, dem du aus Schüchternheit niemals die entscheidende Frage stellen wolltest.

Na, Oliver? Kommt dir die Geschichte allmählich bekannt vor?«

Ich sitze immer noch auf dem Boden und höre seine Stimme. Er ist im nächsten Gang. Ich sollte weglaufen, doch ich rühre mich nicht.

»Und was ist mit ihrem Alter?« Gallo läßt nicht locker. »Was hat sie dir gesagt? Warte, laß mich raten. Sechsundzwanzig? Siebenundzwanzig? Mann, sie ist vierunddreißig, Oliver.«

Ich stehe auf. Ich weiß nicht genau, wo Gallo ist, und ich weiß auch nicht, ob es mich noch interessiert.

»Und nicht zu vergessen ihr Name. Gillian … Gillian Duckworth. Sehr gut, wenn man bedenkt, wie schnell sie es zusammenbasteln mußten. Aber wenn sie Sherry gesagt hätte, wäre das auch keinem weiter aufgefallen.«

Sherry?

Vor dem Gang biegen zwei billige schwarze Schuhe um die Ecke und bleiben stehen. Ich schaue an den Wagen entlang. Gallo starrt mich an. Seine Waffe hält er im Anschlag. Ich lasse meine an der Seite heruntersinken. Er hat sein typisches Rattengrinsen im Gesicht und schüttelt den Kopf. Ein letzter Macho-Spott. Aber dabei läßt er mich keine Sekunde aus den Augen.

»Du hattest wirklich nicht die geringste Ahnung, Oliver, habe ich recht?«

Ich antworte nicht.

»Die ganze Zeit hast du geglaubt, du fliegst Erster Klasse, und dann hat dich die Stewardeß mit einer Ohrfeige geweckt und dir verraten, daß du in einem Kamikaze-Bomber sitzt …«

Als er meine Reaktion beobachtet, senke ich den Blick auf den Boden. Er ist vollkommen staubig. Wie Gillians Nachttisch. Charlie hat es die ganze Zeit gesagt.

»Um ehrlich zu sein, ich habe nicht geglaubt, daß sie es durchziehen könnten«, meint Gallo. »Aber da du sie ja nie kennengelernt hast, konntest du wohl auch nicht wissen, daß sie seine Frau ist.«

Ich hebe den Kopf. »Sie ist wessen Frau?« Ich breche endlich mein Schweigen.

Gallo zieht eine Grimasse. »Komm schon, Oliver, benutz zur Abwechslung mal dein Gehirn. Wie, glaubst du wohl, haben wir Duckworths Programm am Sicherheitsdienst vorbeischmug...«

Ein ohrenbetäubender Knall unterbricht ihn. Noch bevor ich die Augen zusammenkneifen kann, explodiert seine Brust. Blutspritzer fliegen durch den Gang. Obwohl ich gut zehn Meter von ihm entfernt bin, treffen einige Blutstropfen mein Gesicht und mein Hemd.

Als ich aufblicke, fällt mein Blick auf Gallos weit aufgerissene Augen. Sein Körper schwankt leicht, und dann fällt er langsam vornüber. Mit einem widerlichen Krachen landet er auf dem Boden, aber mein Blick folgt nicht ihm, sondern ist auf das Ende des Ganges gerichtet. Dort steht Gillian und sieht mich an. Ihre Waffe zielt auf mich. Ich weiß nicht, wo sie die Pistole herhat.

Schließlich senkt sie die Pistole und schaut auf das feuchtglänzende Loch, das sie in Gallos Rücken geschossen hat.

»Was hast du da gemacht, verdammt!« schreie ich.

Sie hat immer noch nur Augen für Gallo.

»Gillian ... Sherry ... Wie du auch heißen magst ... Ich rede mit dir!«

»Paß auf«, erwidert sie und deutet auf die Leiche. »Tritt nicht in das Blut.«

Ich sehe sie an, als hätte ich eine Wahnsinnige vor mir. »Was redest du da?«

Sie deutet auf die Tür, die nach draußen führt. »Komm schon, Oliver, wir sollten machen, daß wir hier wegkommen ...«

»Rühr dich nicht!« schreie ich sie an und mache meinen ersten Schritt auf sie zu. »Hast du nicht gehört, was Gallo gesagt hat? Es ist vorbei, Gillian ... Erzähl mir keine Lügen mehr!«

Jetzt sieht sie mich an, als wäre ich verrückt geworden.

»Moment mal ...« beginnt sie. »Sag mir bloß nicht, daß du ihm tatsächlich glaubst! Er hat gelogen, Oliver!«

Nein, keine Spielchen mehr. »Sag mir, wer du bist!« verlange ich, während ich auf sie zugehe.

»Oliver ...«

»Sag mir endlich, wer du bist!«

Sie hat Nerven genug, sich ein unschuldiges Lachen abzuringen. »Begreifst du denn nicht, was er versucht hat? Er wollte uns gegeneinander aufhetzen, damit er ...«

»Hältst du mich wirklich für so naiv?«

»Das hat nichts mit Naivität zu tun! Überleg doch, auf wen du da hörst! Das war der Mann, der versucht hat, uns umzubringen!«

Ihre Worte prallen von mir ab, als ich den Gang hinaufgehe. Von dem Augenblick an, an dem sie meinen richtigen Namen gesagt hat, hätte ich in die andere Richtung davonlaufen sollen. Ich habe den Fehler einmal gemacht, aber ich werde ihn nicht wiederholen. »Dein Name ist nicht Gillian. Und du bist nicht Duckworths Tochter. Also erzähl mir jetzt endlich, wer du wirklich bist!«

Wir stehen uns von Angesicht zu Angesicht gegenüber. Sie will meinen Arm berühren, doch ich schlage ihre Hand mit meiner Waffe zur Seite. Sie wird mir nicht mehr näher kommen.

In dem Moment verändert sich ihre Haltung. Das beruhigende Lächeln und die unschuldigen blauen Augen verblassen und verschwinden schließlich ganz. Ich bemerke die tiefe Falte in ihrer Stirn. Sie schüttelt den Kopf, als hätte ich einen Fehler gemacht. »Es tut mir leid, daß du es so siehst, Oliver. Vergiß nicht, es ist deine freie Entscheidung ...«

Sie hebt die Waffe und richtet sie auf meine Brust. »Gib mir einfach die Bänder«, sagt sie kalt.

Ich antworte nicht, sondern hebe meine Waffe und richte sie direkt auf ihr Herz.

Sie starrt meine Pistole an und blickt mir dann in die Augen. Ich zucke nicht zurück. Sie grinst und stößt schließlich ein schrilles, durchdringendes Lachen aus, das wie ein Schwert durch mich hindurchschneidet. »Selbst wenn du den schlechtesten Tag deines Lebens erwischt hast, schaffst du es nicht, jemand zu sein, der du nicht bist.«

Ungerührt lege ich den Finger auf den Abzug.

»Hast du denn deine Lektion immer noch nicht gelernt?« fragt sie. »Oder willst du immer Oliver bleiben, der Junge, der mehr wollte?«

Mein Kiefer mahlt, aber meine Waffe rührt sich keinen Millimeter.

»Ich weiß, daß deine Gefühle verletzt sind, aber wenn du dich besser fühlst, es war nicht alles gespielt.« Sie schaltet plötzlich auf nett um. Als sie die Hüften bewegt, verschwindet alles, was ich an ihr kannte. Die barfüßige Hippiebraut, der tollkühne Freigeist, sie sind verschwunden. Ihre Schultern hängen nicht mehr locker herunter, sondern sind gestrafft. Ich weiß nicht, wieso mir das vorher entgangen ist, aber wie bei allem anderen in meinem Leben habe ich auch bei ihr nur das gesehen, was ich sehen wollte. »Ich habe wirklich Spaß mit dir gehabt«, sagt sie und versucht, wieder auf einen ernsten Ton umzuschalten.

»Wirklich? Was hat dir denn mehr Spaß gemacht, mir ins Gesicht zu lügen oder mich einfach nur zu hintergehen? Ach ja, ich vergesse es immer wieder. Du bist ja so ein erdverbundenes Mädchen, du liebst die einfachen Momente, wie den, in dem du mir ein Schwert ins Kreuz rammst.«

»Oliver, ich habe gemeint, was ich gesagt habe. Du kannst immer noch hier herauskommen, allerdings ohne die Bänder. Und nicht mit unserem Geld. Warum kommst du nicht einfach zu uns in die Realität zurück und legst die Waffe zur Seite?«

Wie in der Nacht auf dem Boot hofft sie, daß sie auf die richtigen Knöpfe drückt. Pech für sie, daß mich all ihre Worte nur noch mehr auf Charlie konzentrieren. Er ist nebenan und steht DeSanctis ganz allein gegenüber. Das einzige, was mich daran hindert, ihm zu helfen, ist diese Frau, die sich Gillian genannt hat.

Ich entsichere meine Waffe. »Geh mir aus dem Weg!«

»Warum fangen wir nicht mit den Bändern an ...?«

»Ich sagte, geh mir aus dem Weg!«

»Nicht, bis wir die ...«

»Mein Bruder ist da drin, Gillian. Ich bitte dich nicht noch einmal.« Meine Waffe zielt direkt auf ihre Brust. Mein Finger schmiegt sich auf den Abzug. Ich war sicher, daß meine Hand zittern würde, aber das tut sie nicht.

»Das Drama ist zu Ende, Oliver. Ich meine, glaubst du wirklich, ich würde dir abkaufen, daß du mich erschießen könntest?«

Es ist eine einfache Frage. Er ist mein Bruder. »Du kennst mich wirklich gar nicht, stimmt's?« frage ich sie. Ich warte nicht auf eine Antwort, senke den Arm, ziele auf ihr Knie und gebe einen Schuß ab.

Die Waffe feuert mit einem hellen Blitz und einem scharfen Zischen. Doch statt zu schreien oder zu Boden zu fallen, steht Gillian einfach nur da, ein überhebliches Grinsen auf dem Gesicht. Verwirrt schaue ich die Waffe an, die nur ein paar Zentimeter von ihrem Knie entfernt war. Ich drücke erneut ab. Die Waffe geht mit einem lauten Knall los, und erneut bleibt Gillian unverletzt.

»Hast du noch nie was von Platzpatronen gehört?« meint sie selbstgefällig. »Sie klingen und riechen echt, aber selbst wenn du dir die Waffe an den Kopf hältst, versengst du dir nur ein bißchen die Schläfe.«

Platzpatronen? Mein Blick gleitet über die Waffe und dann wieder zurück zu Gillians verächtlichem Grinsen.

»Um ehrlich zu sein, hat es mich ziemlich gewundert, daß du so lange gebraucht hast, es herauszubekommen«, fährt sie fort.

Aber das kann nicht sein. Die ganze Zeit ... Die Waffe gehört nicht einmal uns. Wir haben sie Gallo in New York abgenommen. Nachdem er ...

Links von mir nähert sich ein neuer Schatten durch das offene Garagentor des Lagerhauses. Als Gallo sagte, er hätte Hilfe in der Bank gehabt, habe ich die ganze Zeit angenommen, es habe sich dabei um Lapidus oder Quincy gehandelt. Ich wäre trotz meines Zweifels nie auf ihn gekommen. Ich drehe mich um, als er hereinkommt. Allein sein Anblick versetzt mir einen heftigen Schlag in den Magen.

»Was liegt an?« fragt Shep mit seinem Boxergrinsen. »Du siehst aus, als würdest du ein Gespenst sehen!«

82. Kapitel

»Bei Pecos Bill ist alles klar«, quäkte eine Stimme in Joeys Funkgerät, während sie sich den Weg durch die Menge des Wilden Westens bahnte.

»Das gleiche gilt für Country Bear«, meinte eine andere Stimme unter statischem Krachen.

Joey hielt sich zwischen den Touristen auf der Straße versteckt, während zwei Kerle mit sauber ausrasiertem Nacken auf die Veranda von Pecos Bills Café traten. Zwei weitere tauchten aus dem Country Bear Jamboree auf. Sie hatten den gleichen Gang, kraftvoll und entschlossen, aber nicht zu schnell. Genau so, daß sie nicht auffielen. Das gehörte alles zum Training. Niemals die Gäste in Panik versetzen.

Aus den Augenwinkeln sah Joey einen Mann und eine Frau durch die Menschenmenge gehen. Sie trugen keine Uniformen, aber Joey erkannte an ihrem Gang, daß auch sie zu den Sicherheitskräften gehörten. Innerhalb von Sekunden bewegten sich die drei Gruppen in verschiedene Richtungen davon. Sie untersuchten die umliegenden Restaurants, die Geschäfte und die Attraktionen.

»Wir nehmen uns die Piraten vor«, sagte eine weibliche Stimme im Funkgerät, als der Mann und die Frau um die Ecke bogen und zu den Piraten der Karibik marschierten.

Joey steckte mitten in der Menge, folgte den beiden jedoch nicht. Dafür waren Charlie und Oliver viel zu clever. Es war eine Sache, in einer Menschenmenge unterzutauchen, aber etwas ganz anderes, möglicherweise in eine Sackgasse zu laufen, zum Beispiel in ein Restaurant oder zu einer beliebten Attraktion. Joey wandte langsam den Kopf und schaute sich prüfend um. Überlaufene Souvenirläden, Kioske und ein nicht enden wollender Strom von Touristen. Der einzige ruhige Punkt in dem ganzen Hurrikan lag weiter vorn, wo ein Tor den Weg absperrte. Joey beobachtete es und konnte einfach ihre Augen nicht davon losreißen. Der Disney-Sicherheitsdienst war vollends damit beschäftigt, die zahlenden Gäste zu beschützen. Aber wenn Charlie und Oliver noch auf der Flucht waren, konnten sie es nicht riskieren, in der Öffentlichkeit zu bleiben. Sie brauchten einen ruhigen, versteckten Platz. Joey schaute noch einen Moment länger auf das Schwingtor. Direkt dahinter leuchtete ein Schild mit den Worten *Nur für Mitarbeiter*.

»Ruhig und versteckt«, flüsterte sie.

»Hast du was gefunden?« fragte Noreen in ihrem Ohr.

»Vielleicht.« Joey setzte sich in Bewegung, ging zu dem Tor und ließ die Disney-Wachen hinter sich. »Das sage ich dir in einer Minute …«

83. Kapitel

»Wie haben Sie …?« Mein Mund steht sperrangelweit offen, während ich einen scheinbaren Toten betrachte. »Was, zum Teufel, geht hier vor?«

Shep schlendert zu uns herüber und richtet seine Waffe auf mich. Aber anscheinend bereitet ihm Gallo erheblich mehr Kummer, obwohl der Agent eine schwarze klaffende Wunde im Rücken hat. Shep wirft Gillian einen Blick zu. Sie zuckt mit den Schultern, als hätte sie keine andere Wahl gehabt.

Gallo liegt mit dem Gesicht auf dem Zement; unter ihm breitet sich langsam eine Blutlache aus. Es ist genau dieselbe Position, in der ich damals Shep gesehen habe.

»Kommt dir das bekannt vor?« fragt Shep, der offenbar meine Gedanken zu lesen vermag.

Ich stehe immer noch unter Schock und kann meinen Blick nicht von ihm losreißen. Die wurstigen Unterarme. Die schiefe Nase. Es ist fast so, als wäre er es gar nicht.

»Komm schon, Oliver, sag was«, spottet er.

Ich umklammere die Waffe fester. Wenn Gallo mit Platzpatronen auf ihn geschossen hat und wenn Shep wußte, was kam … Also hat Gallo mit ihm zusammengearbeitet. So haben sie auch Duckworths Wurm in die Bank geschmuggelt. »Sie waren ihr Insider!«

»Siehst du, genau deshalb bezahlen sie dich so überaus fürstlich.«

Ich erröte, als es mir allmählich dämmert. »Die ganze Zeit … Wie konnten Sie das tun? Sie haben uns die ganze Zeit beobachtet …«

»Oliver, das ist jetzt nicht der richtige Ort für Sentimentalitäten.«

»Also waren Sie von Anfang an dabei? Sie wußten, daß sie uns umbringen wollten? Oder war das ohnehin das Ziel? Uns mit ins Boot zu holen und dann zu Sündenböcken zu machen?«

»Laß uns zusehen, daß wir hier wegkommen. Dann können wir …«

»Ich will eine Antwort, Shep. Haben Sie uns deshalb mitmachen lassen? Um uns anschließend die Köpfe abzureißen?«

Ihm ist klar, daß ich mich nicht von der Stelle rühre. Er schaut kurz zum Eingang der Halle. Niemand ist zu sehen. »Was soll ich sagen, Oliver? *Ich bin so froh, daß du unser kleines Geheimnis herausgefunden hast? Komm, wir sacken die drei Millionen ein, weil da noch dreihundertdreizehn Millionen draufgepackt sind?* Sobald du den Honigtopf gesehen hattest, blieb mir keine Wahl mehr.«

»Sie haben versucht, uns umzulegen, Shep!«

»Und du hast versucht, dir unser Geld unter den Nagel zu reißen.«

»Wir sind alle kleine Sünderlein«, mischt sich Gillian ein. Shep bringt sie mit einem einzigen Blick zum Schweigen, und sie weicht zurück. Ich habe sie zwar kaum zusammen erlebt, aber es ist trotzdem klar, wer in dieser Beziehung das Sagen hat.

»Unterm Strich betrachtet, Oliver, war es deine eigene Entscheidung«, sagt Shep. »Wenn du nicht deine Rachephantasien gegen Lapidus hättest ausleben wollen, wären Gallo, DeSanctis und ich mit dem Geld einfach so davonmarschiert. Außerdem, wenn du schon anfängst, die Dinge beim Namen zu nennen: Ihr wart schließlich diejenigen, die mich aufs Kreuz legen wollten.«

»Was wollen Sie damit sa...?«

»Ich habe die Bank in Antigua überprüft, deren Adresse mir Charlie auf dem roten Blatt gezeigt hat. Das Geld ist dort nie angekommen.«

»Das ist das einzige, was uns am Leben gehalten hat. Wenn Charlie das nicht getan hätte, dann würden wir jetzt nicht mal mehr hier stehen.«

»Nein. Du würdest hier nicht stehen, wenn ich deinen Arsch bei Duckworth nicht gerettet hätte«, faucht Gillian.

»Das hast du nur gemacht, um deinen eigenen zu retten!« erwidere ich.

Erneut bringt Shep sie mit einem ärgerlichen Blick zum Verstummen. »Ich sage ja nicht, daß ich dir die Schuld daran gebe, Oliver. Ich respektiere es sogar in gewisser Weise. Wir alle nutzen die Chance, wenn sie sich uns bietet«, erklärt er, ohne Gillian aus den Augen zu lassen. »Vor allem, wenn Geld im Spiel ist.«

»Also hatten Sie nie wirklich vor, es mit irgend jemandem zu teilen, hab ich recht?« frage ich. »Nicht mit uns ... nicht mit Gallo ... mit niemandem!«

»Ich will dir etwas verraten, Oliver. Gallo hat vielleicht die beste Idee der Welt in den Händen gehabt, aber ohne eine Bank, in der er sie verwirklichen konnte, hätte Duckworth auch genausogut das Rad neu erfinden können.«

»Dann ist es wohl ganz okay, wenn Sie alle daran Beteiligten einen nach dem anderen ausknipsen.«

»Wie ich dir schon am Anfang gesagt habe: Es gibt nur

zwei perfekte Verbrechen: Das eine, das niemals stattgefunden hat, und den Job, bei dem die Kriminellen sterben. Es ist ein sehr guter Trick, wenn man ihn durchziehen kann. Aber wenn ich schon den Leichnam spielen sollte, dem alle die Schuld ins Totenhemd schieben konnten, dann ... nun, der Märtyrer bekommt die Beute. Der einzige Splitter im Auge war der, daß die beiden nicht verhindert haben, daß ihr aus dem Bahnhof entkommen konntet.«

»Und das hat Ihren großen Plan ruiniert? Deshalb sind Sie uns nach Florida gefolgt, haben Gallo reingelegt und Ihre Frau ins Spiel gebracht?«

»Sie hat dich ganz gut zum Narren gehalten, oder nicht?«

Ich schaue Gillian an, und sie erwidert den Blick ungerührt. Es bereitet ihr kein Problem, mir offen ins Gesicht zu sehen. Wie Lapidus mir immer schon eingebleut hat: Geschäft ist Geschäft. Ich kann nur nicht fassen, daß ich es nicht früher bemerkt habe.

»Das ist nicht das Ende der Welt«, sagt Shep. »Du hast immer noch die Gans und die goldenen Eier. Jetzt mußt du dich allmählich entscheiden, was du damit anfangen willst.«

Seine Stimme nimmt einen neuen Tonfall an, wie damals in der Bank, als er uns angeboten hat, das Geld mit uns zu teilen. Er spielt wieder Shep, den großen Bruder. Sicher, er wird uns zeigen, wie wir das Geld verstecken können. Und wenn er hat, was er will, schneidet er uns die Fersen durch. Es ist derselbe Ton, den auch Gallo noch vor zwei Minuten angeschlagen hat.

»Sag noch nicht nein, Oliver. Du hast unser Angebot ja noch gar nicht gehört.«

»Ach nein? Lassen Sie mich raten: Sie fuchteln mir mit der Waffe vor der Nase herum und sind damit die fünfte Person in dieser Woche, die droht, mich umzubringen, wenn ich ihr nicht sage, wo das Geld ist.«

»Laß ihn doch ausreden«, sagt Gillian oder Sherry. Ihre Waffe ist nach wie vor auf mich gerichtet. »Wir können alle bekommen, was wir wollen.«

»Ich weiß schon, was ich will. Und von Ihnen bekomme ich es nicht.«

»Von wem denn?« faucht Shep. »Von der Polizei? Von Lapidus? Deinen Freunden bei der Arbeit? Das Ding hier ist größer als du und Char...« Er unterbricht sich und sieht sich rasch um. »Wo steckt dein Bruder?« erkundigt er sich.

Darauf gebe ich ihm keine Antwort

»Er ist nebenan«, erklärt Gillian.

»Hol ihn«, befiehlt Shep.

»Hol ihn doch selbst!«

»Hast du nicht gehört, was ich gesagt habe?« Wie schon zuvor ist der Streit damit beigelegt. Gillian schiebt sich die Waffe in den Hosenbund und geht zu dem Durchgang, der in den Nebenraum führt.

Als sie die Tür öffnet, schreie ich, so laut ich kann: »Charlie, sie lü...!«

Shep packt mich am Hals und preßt mir die andere Hand auf den Mund. Ich versuche mich freizumachen, aber er ist zu stark. Gillian starrt mich an und schüttelt den Kopf. »Du bist echt ein Wirrkopf«, sagt sie und geht hinein. Die Tür schlägt mit einem Krachen zu.

Shep hält mich fest, bis ich endlich aufhöre, mich zu wehren. »Hör dieses eine Mal zu, Oliver. Wenn du dich nicht beruhigst, kommt keiner von uns hier heil heraus. Es stehen dreihundert Millionen auf dem Spiel. Da könnten wir genausogut ...«

»Sehe ich wirklich so blöd aus?« frage ich, als ich seine Hand von meinem Mund ziehe. Er legt sie auf meine Schulter. Er hat nicht vor, mich weit kommen zu lassen. »Glauben Sie wirklich, daß wir Ihnen helfen würden? Es ist vorbei, Shep«, sage ich. »Wir fühlen uns ganz wohl da, wo wir sind.«

»Ach wirklich? Und das glaubst du tatsächlich?« erwidert er. »Du hast nicht einmal eine Sekunde darüber nachgedacht, Oliver, hab ich recht? Wenn du die Bank betrittst, wirst du sofort gefeuert. Und solltest du zur Polizei gehen, glaubst du, daß sie dann deswegen einen Triumphzug für dich veranstalten? Deine Unterschrift steht immer noch auf der Original-Anweisung. Allein das wird dein bisheriges Leben beenden. Also hast du jetzt keinen Job, du hast kein Geld, und niemand wird dir je wieder trauen. Und das schlimmste ist, wenn die ganzen Prozesse vorbei und all deine Ersparnisse aufgebraucht sind, wird sich deine Mutter nicht einmal mehr eine Garnrolle leisten können, ganz zu schweigen davon, daß sie ihre Kreditkarten und ihre Krankenhausrechnungen bezahlen könnte. Wer soll sie jetzt zahlen, Oliver? Und was ist mit Charlie? Wie soll er ohne deine Hilfe überleben?«

Noch während Shep das sagt, weiß ich, daß er recht hat. Aber das heißt trotzdem nicht, daß ich mich mit einer Viper und seiner ...

»Keine Bewegung!« ruft eine weibliche Stimme hinter uns.

Wir drehen uns um. Eine Frau steht an der Tür des Lagerhauses. Sie hat eine Waffe in der Hand. Es ist Joey, die rothaarige Detektivin aus dem Wohnpark. Sie richtet ihre Waffe direkt auf uns, erst auf mich und dann auf Shep.

Die Erleichterung überwältigt mich beinahe, und ich mache einen Schritt auf sie zu, weg von Shep

»Ich sagte: Keine Bewegung!« schreit sie, und ich reiße meine Hände in die Luft.

»Das wurde aber auch Zeit.« Shep klingt erleichtert. »Ich habe mich schon gefragt, wann Sie endlich hier auftauchen.«

»Wie bitte?« fragt Joey.

Ich habe erwartet, daß sie ihn erkennt. Shep lebt, sie dürfte clever genug sein, sich den Rest selbst zusammenreimen zu können. Aber statt dessen scheint sie nur verwirrt zu sein. »Wer sind Sie?« fragt sie.

Meine Arme werden taub, als ich sie zur Decke strecke. Ich kann es nicht glauben. Sie hat keine Ahnung, wer er ist.

»Ich?« fragt Shep. Er lacht dunkel und entspannt. »Ich bin Ermittler, wie Sie.«

»Er lügt!« rufe ich. »Das ist Shep!«

»Lassen Sie sich nicht zum Narren halten, Miss Lemont ...!«

»Woher kennen Sie meinen Namen?«

»Ich sagte doch, ich ermittle von Anfang an in diesem Fall. Henry Lapidus kann Ihnen alles erklären.« Als er den Namen ausspricht, klingt seine Stimme ruhig. Er greift in seine Jackentasche …

»Denken Sie nicht mal dran!« warnt ihn Joey.

»Das ist keine Waffe, Miss Lemont.« Er zieht eine schwarze Lederbrieftasche aus seiner Jackentasche. »Hier ist mein Ausweis«, sagt er und wirft ihn Joey vor die Füße. Sie bückt sich und hebt ihn auf, läßt uns aber keine Sekunde aus den Augen.

»Ich schwöre Ihnen, Joey, sein Name ist Shep Graves …«

»Miss Lemont, hören Sie nicht auf ihn …«

»… er hat seinen Tod vorgetäuscht, damit er uns die Schuld in die Schuhe schieben konnte.«

Sie wirft einen kurzen Blick auf den Ausweis und klappt ihn dann zu.

»Sie arbeiten also für Lapidus?« fragt Joey skeptisch.

Shep nickt.

»Und er kann Ihre Geschichte bestätigen?«

»Absolut«, erwidert er selbstsicher.

Ich bin nicht sicher, ob Shep blufft oder ob er eine neue Karte im Ärmel hat. Auf jeden Fall ist Joey viel zu weit gekommen, um jetzt abzuziehen, ohne die ganze Wahrheit herauszufinden.

»Noreen, bist du da?« Sie spricht in das Mikrofon an ihrer Bluse. Sie nickt und spricht weiter. »Hol mir Henry Lapidus ans Telefon!«

84. Kapitel

»Charlie? Charlie, wo steckst du?« flüsterte Gillian, als sie durch den Durchgang in den Flur trat, der zu dem nächsten Raum führte. Sie trat Goofys Kopf beiseite, ließ ihre Blicke prüfend durch den Flur gleiten und schob sich an dem umgestürzten Tisch vorbei. Links von ihr befand sich die

Tür, die nach draußen führte. Keine Chance, dachte sie. DeSanctis wäre niemals gegangen, ohne sie zu benachrichtigen. Ein scharfes Kratzgeräusch bestätigte ihre Überlegungen. Sie wandte sich um und folgte dem Geräusch. Es kam von dem Wäschewagen und dem Wandschirm. Es hörte sich an, als liefe jemand. Oder versteckte sich.

Sie ging langsam den Flur entlang und hielt dabei nach DeSanctis Ausschau. Er war sicher noch wütend wegen der Beule an seinem Kopf, aber nicht sauer genug, um die ganze Sache zu vermasseln. Sie glitt an dem Wandschirm vorbei. Trotzdem war es besser, sich ruhig zu verhalten und die Lage genau zu peilen …

Gillian blieb wie angewurzelt stehen. Vom Boden bis zum oberen Rand der Garderobenregale starrten ihr die Köpfe von Minnie, Donald, Pluto und von anderen Figuren entgegen. Alle trugen ihr leeres, festgefrorenes Lächeln zur Schau. Gillian mied ihren Blick und arbeitete sich vorsichtig weiter vor. »Hallo …« flüsterte sie erneut. »Jemand da?«

Wieder bekam sie keine Antwort. Und dann sah sie, warum ihr niemand antwortete.

Vor ihr am Ende des ersten Ganges zwischen den Kostümregalen lag DeSanctis mit dem Gesicht nach unten auf dem Boden. Seine Arme waren mit einer Art Springseil auf seinen Rücken gebunden. Gillian konnte es nicht glauben. Seine Nase blutete, und sein linkes Auge war zugeschwollen. Er rührte sich nicht. Sie stieß mit dem Fuß gegen seine Schulter, aber es fühlte sich an, als trete sie gegen einen Ziegelstein. Überrascht bückte sie sich, um genauer hinsehen zu können. War er …? Nein. Sie sah, wie sich seine Brust hob und senkte. Er war lediglich bewußtlos.

Es gab noch ein Geräusch, diesmal einige Gänge entfernt. Gillian war erschrocken aufgesprungen, doch als sie es wieder hörte, lächelte sie. Das klang, als wenn da jemand keuchte und um Atem rang.

Sie sah sich um und ging zum Ende des Ganges. »Charlie!« rief sie. »Ich bin's, Gillian!«

Das Atmen hörte auf.

»Charlie? Bist du da?«

Immer noch kam keine Antwort.

Sie ging zum nächsten Gang und dann zum nächsten. Bis auf die bunten Kostüme und die zwei Köpfe von Ahörnchen und Behörnchen waren die Gänge leer.

»Charlie, du hast die Schüsse doch gehört! Oliver ist getroffen worden!«

Erneut keine Reaktion.

»Er ist angeschossen worden, Charlie. Er hat Gallo getroffen, und der hat ihn am Schenkel erwischt. Wenn wir ihn nicht bald zu einem Arzt schaffen ...!«

»Gillian, ich kann nur hoffen, daß du keinen Blödsinn erzählst!« drohte eine Stimme hinter ihr.

Sie wirbelte herum, als Charlie aus dem Gang trat, an dem sie soeben vorbeigegangen war. Er hielt den Besen in der rechten Hand, und obwohl er versuchte, ein entschlossenes Gesicht zu machen, mußte er sichtlich um jeden Atemzug ringen.

»Geht es dir gut?« fragte sie.

Er musterte sie aufmerksam. Ihre Hände waren leer. Nichts Ungewöhnliches. »Bring mich einfach zu Ollie«, forderte er sie auf. Er drehte ihr den Rücken zu und wollte zur Tür gehen. Doch bevor er auch nur einen Schritt gemacht hatte, hörte er das gedämpfte Klicken hinter sich. Charlie erstarrte mitten in der Bewegung.

»Tut mir leid«, sagte Gillian, als sie auf seinen Rücken zielte. »Das hast du nun davon, daß du einer Fremden vertraut hast!«

Charlie wollte sie nicht ansehen und schloß die Augen. Aber kampflos würde er auch nicht untergehen. Seine Finger verkrampften sich um den Besenstil. Gillians Finger legte sich auf den Abzug. Charlie sprang so schnell herum, wie er konnte, doch er war nicht annähernd schnell genug.

85. Kapitel

Joey hat ihren Finger auf den Abzug gelegt und schaut mich und Shep an. Aber sie wird eindeutig von dem in Anspruch genommen, was aus ihrem Ohrhörer dringt. Ich habe meine Arme in die Luft gestreckt, aber ich kann meine Uhr trotzdem sehen. Es ist schon nach sieben. Lapidus sitzt längst in seinem Wagen und ist auf dem Weg nach Connecticut. Sie wird ihn niemals aufspüren ...

»Hallo, Mr. Lapidus?« sagt sie ins Mikrofon. »Hier spricht Joey ... Genau, die Privatdetek... Nein, wir haben das Geld noch nicht gefunden ... Sicher, das verstehe ich, Sir, aber ich habe nur eine kurze Frage, bei der Sie mir hoffentlich weiterhelfen können. Kennen Sie jemanden namens ...« Sie schaut auf Sheps Ausweis. »... Kenneth Kerr?«

In der folgenden, langen Pause hört Joey nur zu. Je länger sie dauert, desto konzentrierter schaut sie Shep an. Er zuckt nicht mit der Wimper. Er glaubt, sie blufft. Solange er ruhig bleibt, kann sie ihm nichts unterstellen.

»Nein ... Das verstehe ich, Sir«, sagt Joey jetzt. »Natürlich, Sir. Nein, ich wollte nur sichergehen.«

Sie nimmt das Telefon vom Gürtel und zieht den Ohrhörer heraus. Die Waffe hat sie in der rechten Hand und das Telefon in der linken. Sie reicht Shep das Handy und sagt: »Lapidus will mit Ihnen sprechen ...«

Shep schaut mich kurz an, und dann gleitet sein Blick zu Joey zurück. Ohne innezuhalten, tritt er vor und schätzt Joeys Reaktion ab. Die Rothaarige lächelt freundlich und beobachtet ihn. Ich stehe reglos da, und mir wird klar, daß die beiden in verschiedenen Ligen spielen. Ich habe keine Ahnung, wer hier im Vorteil ist.

Als Shep sich ihr nähert, sucht Joey nach einem verräterischen Zeichen. Ein Zucken im Auge. Eine Bewegung der Schulter. Aber Shep ist zu gut, um sich zu verraten.

Je näher er ihr kommt, desto mehr wird der Größenunterschied deutlich. Ich rechne damit, daß Joey zurückweicht. Aber das tut sie nicht. »Hier, bitte.« Sie reicht ihm das Telefon. Ihre Waffe ist noch auf ihn gerichtet, als er auf sie zukommt.

»Danke«, sagt Shep, als er es ihr abnimmt. In seiner Stimme schwingt keinerlei Furcht mit. Er ist vollkommen ruhig. Sie stehen sich so nah gegenüber, daß sie sich beinahe berühren. Keiner von beiden gibt nach. Ich sehe es auf Joeys Gesicht. Er hat den Test bestanden. Doch als er nach dem Handy greift und sich ihre Handflächen berühren, greift Shep fester zu, packt das Handy und Joeys Hand und rammt ihr beide Fäuste mitsamt Handy ins Gesicht. Es geht so schnell, daß ich kaum folgen kann. Joey stolpert zurück, als das Telefon auf den Boden fällt. Sie versucht ihre Waffe zu heben, aber Shep läßt ihr keine Chance. Er schlägt zu, und seine zweite Faust kracht in ihr Gesicht. Instinktiv drückt sie ab. Es knallt, als der Irrläufer von dem Zement abprallt und ein Loch in die Metallwand schlägt. Joey bricht ohnmächtig auf dem Boden zusammen. Shep steht über ihr und greift nach seiner Waffe, um die Sache zu Ende zu bringen.

»Lassen Sie die Frau in Ruhe!« schreie ich und greife Shep von hinten an. Genausogut könnte ich es mit einem Wohnwagen aufnehmen wollen. Ich werfe mich auf ihn, ohne daß er eine Reaktion zeigt. Ich habe nicht einmal Zeit für ein Gebet. Er dreht sich um und schlägt mir so hart mit dem Handrücken ins Gesicht, daß ich fast das Bewußtsein verliere.

»Ist dir eigentlich klar, wie einfach das alles hätte laufen können?« schreit er mich an.

Ich stehe zwar wieder auf den Füßen, aber noch während ich um mein Gleichgewicht kämpfe, packt er mich am Kragen und wirft mich gegen die Paradewagen. Als ich gegen den Wagen krache, der wie eine Lokomotive aussieht, zerspringen Hunderte von winzigen Christbaumkugeln. Ich hole wütend aus, um zurückzuschlagen, doch Shep blockt meinen Schlag ab und schlägt noch härter zu als vorher. »Jetzt hast du keine Chance mehr!« schreit er und stürzt sich auf mich. »Ich will mein Geld!«

Er grunzt wie ein Neandertaler. Dann holt er wieder aus und schlägt noch einmal zu. Mein Auge brennt und bewegt sich irgendwie wie von selbst. Es schwillt bereits zu. »Sag mir, wo es ist, Oliver!« brüllt er. »Wo ist mein verdammtes Geld?«

Wie durch einen Nebel höre ich, wie in dem Raum nebenan ebenfalls ein Schuß fällt. Dann höre ich meinen Bruder schreien. Ich versuche, über Sheps Schulter einen Blick auf das zu erhaschen, was da vor sich geht. Aber alles, was ich sehe, ist Sheps Faust, die wie ein Dampfhammer auf mich zurast.

86. Kapitel

Charlie war noch in der Drehung seines Schlages, als Gillians Waffe dröhnend losging. Die Kugel zischte durch die staubige Luft. Ein schmatzendes Geräusch ertönte, und ein Blutstrahl spritzte aus Charlies Schulter. Im nächsten Moment traf der Besen Gillians Handgelenk und schlug ihr die Pistole aus der Hand. Sie segelte auf den Boden und landete unter dem metallenen Kleiderständer. Charlie schrie auf. Ein Schmerz wie von einem Schlangenbiß zuckte bis zu seinem Ellbogen hinunter.

Er fühlte, wie sein linker Arm taub wurde, und umklammerte den Besenstiel fester, um den Schmerz zu verdrängen. Gillian sprang hinter ihrer Waffe her. Charlie jedoch hob den Besen und schlug so hart zu, wie er konnte.

Gillian sprang zurück und stolperte dabei über einen Kostümständer. Während sie zwischen die Kostüme fiel, krachte der Besenstiel neben ihr auf den Zement. Charlie war schon schwindlig, und er wollte erneut ausholen. Aber er hatte keine Kraft mehr. Er rang nach Luft. Seine Schulter war wie betäubt und pulsierte in einem eigenen Rhythmus. Gillian erkannte den Schmerz auf seinem Gesicht, sie trat gegen den Ständer und brachte das ganze Ding zum Kippen. Dutzende von Figurenköpfen rollten über den Boden, als der Metallständer auf dem Boden aufschlug.

Bevor Charlie reagieren konnte, war Gillian aufgesprungen und bahnte sich einen Weg über die Kostüme. Sie packte ihn um die Hüfte und zerrte ihn bis zum Wäschewagen, der an der gegenüberliegenden Wand stand. Charlie spürte, daß er keine Luft mehr bekam. Gillian rammte sein Kreuz gegen den Wagen. Doch dann geriet der ganze Wagen in Bewegung, und riß sie beide um. Charlie fiel auf den Rücken. Sein Kopf schlug schmerzhaft auf den Boden, während Gillian direkt auf ihm landete. Er spürte, daß er am Ende seiner Kraft war. Kostüme fielen über sie, doch Gillian war viel schneller. Sie sprang auf und hockte sich auf ihn. Nur ihre Waffe hatte sie nicht mehr. »Werde ja nicht ohnmächtig!« drohte sie ihm.

Ein Schuß dröhnte in dem anderen Raum. Das Echo hallte schrill und häßlich wider.

Gillian zuckte bei dem Geräusch herum. Dieser eine Moment genügte Charlie. Er schlug ihr seine Faust an den Hals. Gillian verlor das Gleichgewicht, und er konnte sie abschütteln. Drei Meter entfernt sah er zwischen den Köpfen von Micky und Pluto ihre Waffe liegen. Er versuchte sich auf den Ellbogen vorzuarbeiten, doch eine Sekunde später war Gillian wieder heran. Sie warf sich auf seinen Rücken und legte ihm ein pelziges Stück Stoff um den Hals. Es war der orangefarbene Kostümschwanz eines Tigers.

Verzweifelt rang Charlie nach Luft, riß und zerrte und versuchte zumindest seine Fingerspitzen unter den Kostümschwanz zu bekommen. Dabei fühlte er den Draht, der sich in dem Schwanz befand: eine dünne Metallfeder.

Charlie wand sich mit letzter Kraft, aber Gillian ließ nicht los. Je mehr er sich herumwarf, desto fester zog sie, und desto schwerer gelang es ihm, Luft zu holen. Er fühlte, wie ihm das Blut ins Gesicht stieg, biß die Zähne zusammen und versuchte einen letzten Atemzug zu holen. Aber er bekam keine Luft mehr. Der Metalldraht drückte auf seinen Adamsapfel.

Seine Nase blutete, und vor seinen Augen tanzten graue Sterne durch die Luft. Er riß sich noch einmal zusammen und ließ den Draht um seinen Hals los. Gleich würde er ohnmächtig werden. Er konnte immer noch die Waffe hinter Mickys und Plutos Köpfen sehen. Sie war jedoch eindeutig zu weit weg. Etwas anderes lag viel näher. Charlie packte den Lederriemen, der innen an Plutos Kopf befestigt war, und drehte sich mit aller Kraft auf die Seite. Der Draht schnitt immer noch in seine Kehle. Doch darauf durfte er jetzt nicht achten. Er hielt den Riemen fest und zerrte Plutos Kopf herum. Der Kopf beschrieb einen Bogen durch die Luft und traf Gillian wie eine fünfzehn Pfund schwere Kanonenkugel an der Schläfe. Mit einem leisen Keuchen sank sie zu Boden.

Zwar mußte sie den Tigerschwanz loslassen, aber sie gab nicht auf.

»Du bist so gut wie tot!« fauchte sie, während Charlie hustend Luft holte. Sie kam schnell wieder auf die Füße. Charlie kämpfte um sein Gleichgewicht, während er sich ebenfalls aufrappelte. Seine Schulter pochte schmerzhaft, und er konnte kaum aufrecht stehen. Einem weiteren Angriff würde er nicht mehr standhalten. Aus Gillians Nase sickerte ein dünner Blutfaden. »Jetzt fühlst du es, was?« fragte sie.

Vollkommen erschöpft überlegte er, ob er weglaufen sollte. Er sah zur Tür und ... Nein, dachte er. Ich bin schon genug weggelaufen!

Er machte zwei unsichere Schritte, drehte sich zu Gillian um und packte den Lederriemen fester. Blind vor Wut stürzte sie sich auf ihn. Charlie rührte sich nicht, sondern holte langsam aus. Seine Augen waren schmale Schlitze. Er hielt den Riemen so fest, daß sich seine Fingernägel in sein Fleisch gruben. *Noch nicht ... noch nicht*, sagte er sich. Sie war fast da. *Jetzt!*

Charlie schob sein Standbein zurück und holte aus. Wie ein mittelalterlicher Morgenstern schoß der Kopf durch die Luft. Es dröhnte, als er auf Gillians Ohr landete. Unter der Wucht des Aufpralls platzte der Graphitkopf auf, und ein Riß zuckte durch Plutos Auge. Gillian stürzte, wie vom Blitz gefällt, zu Boden. Diesmal würde sie nicht mehr aufstehen. Soviel war sicher. Zitternd rang Charlie nach Luft.

Er beugte sich vor und ließ den Lederriemen los. Er konnte nicht anders. Er hatte keine Kraft mehr in den Fingern. Plutos Kopf fiel polternd zu Boden, und Charlie stolperte zur Seite, als ein Schmerz wie ein Nadelstich durch sein Herz fuhr.

Er stürzte gegen einen Kleiderständer und warf einige Kostüme zu Boden. Sein Herz pumpte und pumpte. *Bitte … nicht jetzt …*, flehte er. Er wollte sich umdrehen und zu Oliver laufen, hielt sich an dem Ständer fest und kämpfte sich den Gang entlang an dem hölzernen Wandschirm vorbei.

Sein Herz schlug immer schneller, fast wie ein Trommelwirbel in seiner Brust. Er schloß die Augen … tastete nach seinem Puls … Meine Güte! Er raste …

»Ol…Ollie!« rief er, aber seine Stimme versagte. »Ollie!« Er stolperte durch den Flur, taumelte durch den Durchgang, umfaßte mit zitternden Händen den Knauf und drückte die Tür auf. Er mußte nur noch hindurchtreten. Es war so nah, aber irgendwie schien die Tür vor ihm zurückzuweichen … Sein Hals war klatschnaß. Er hatte Würmer in seinem Herzen, die sich wanden und sich immer tiefer in sein Fleisch gruben. Er versuchte zu atmen, aber er bekam einfach keine Luft. Durch die offene Tür sah er, wie Charlie und Shep miteinander kämpften. Shep! Jetzt wußte er, daß es ein Traum war. Aber als Charlie weiter zusah … Ollie schien die Oberhand zu gewinnen. Tränen stiegen ihm in die Augen, als Shep und Ollie plötzlich verschwanden. *Du kriegst ihn, Bruderherz …* Eine Faust schloß sich um sein Herz und drückte es zusammen. Er verzog vor Schmerz das Gesicht, während er versuchte, dem Druck zu widerstehen. Sein Herz mußte gleich platzen. Und dann …

»Ollie …« stammelte er mit seinem letzten Atem. Dann sank er auf den Zementboden.

87. Kapitel

»Oliver, ich frage dich nicht noch einmal!« droht Shep. »Wo, zum Teufel, ist mein Geld?« Ich stolpere und weiche von den Wagen an die Wand zurück.

Ich trete über das Minenfeld aus Reifen, Zylindern und Dutzenden von Requisiten und suche verzweifelt nach etwas, das ich als Waffe benutzen kann. Ich entdecke aber nur einen verschnörkelten Kerzenständer. Als ich ihn aufhebe, stelle ich fest, daß er weniger als ein Pfund wiegt und aus Styropor besteht. Ich habe es fast vergessen. Willkommen in Disney World.

Shep stürmt auf mich zu, bricht durch die Requisiten und packt mich an meinem Revers. »Das ist deine letzte Chance«, sagt er drohend. Sein heißer Atem schlägt mir ins Gesicht. »Wo ist mein Geld?«

In meinem Kopf klingelt es wie bei einem Feueralarm. Ich kann ihn kaum noch zur Seite drehen. »Fall tot um! Du kriegst keinen Cent!«

Wütend stößt er mich gegen ein riesiges Schaukelpferd. Mein Kopf schlägt gegen den Holzsattel, aber Shep läßt nicht nach. »Tut mir leid, Oliver, ich habe nicht gehört, was du gesagt hast.«

»Fall ... tot ... um!«

Er schleudert mich mit dem Kopf voran in einen überdimensionierten Springteufel. Mein Gesicht knallt gegen die Wand, und das widerliche Knirschen verrät mir, daß meine Nase soeben gebrochen ist. »Möchtest du es noch mal probieren?« Shep hält mich am Genick fest.

Ich sehe ihn mit meinem unversehrten Auge an. Meine Stimme ist kaum noch verständlich. »Fall ...«

Er knurrt wie ein Tier und wirft mich auf eine rollende Popkornkarre. Ich strecke die Hände aus, um mein Gesicht zu schützen. Ich krache durch das Glas, und meine Hände werden von den Scherben aufgeschlitzt, während die Splitter überall herumfliegen. Ich falle mit dem Bauch voran in den Karren und bemerke ein dreieckiges Stück Glas direkt vor meinen Augen. Es hat eine stumpfe Kante an der Seite, mit der es in die Fassung des Wagens einpaßt war.

Shep packt meine Beine und zerrt mich zurück. Glassplitter reißen an meinem Bauch. Ich ignoriere den Schmerz und greife nach der Scherbe. Ich umklammere sie so fest, daß sie in meine Handfläche schneidet. Und gerade als meine Füße den Boden berühren und bevor Shep ahnt, wie ihm geschieht, wirble ich herum und ramme ihm das gezackte Glas in den Magen.

Sein Gesicht wird weiß, als er seine Hände auf seinen Bauch preßt. Ungläubig starrt er auf das glänzende Blut, das durch seine Finger sickert. Er kann es nicht fassen. »Arschloch!« Er schaut mich an. »Du bist tot ... mausetot!«

Er greift in die Jacke nach seiner Waffe. Ich schlage mit der Scherbe zu und erwische seinen Arm oberhalb des Handgelenks. Er heult auf und kann die Pistole nicht mehr festhalten. Sie fällt zu Boden, und ich befördere sie mit einem gezielten Tritt unter das Schaukelpferd. Noch eine Chance will ich ihm nicht geben. Seine Augen glühen blutunterlaufen. Shep stürzt wie ein verwundeter Bär auf mich los. Doch wieder lasse ich die Glasscherbe durch die Luft zischen und versetze ihm einen tiefen Schnitt auf der Brust. Meine Hand blutet zwar von der scharfen Kante, aber es ist offensichtlich, wer den schlimmeren Teil des Hiebs erwischt hat. Zum ersten Mal sehe ich Shep schwanken. Als er näher kommt, sammle ich alle Kräfte. Für alles, was er uns angetan hat ... Ich ignoriere das Blut und hole zum letzten, entscheidenden Schlag aus ...

Ich höre ein lautes Keuchen aus dem Durchgang zum Nebenraum. Wie angewurzelt halte ich inne. Das Geräusch kenne ich so gut wie mich selbst. Ich sehe nach links. Charlie hält sich die Brust und stützt sich an der Wand ab, damit er sich auf den Füßen halten kann.

»Ollie ...« stammelt er. Sein Mund ist weit offen. Mehr bekommt er nicht heraus. Er ringt nach Luft und bricht zusammen. Ich habe nur zwei Sekunden hingesehen. Für Shep ist das eine Ewigkeit.

Als ich den Kopf wieder umdrehe, ist er bereits da. Meine Brust vibriert, als er mich wie ein Rammbock trifft. Ich falle auf den Rücken, krache auf den Zement und spüre einen schweren Schlag gegen meine Nieren. Shep reißt mir die Glasscherbe aus der Hand, wobei die scharfen Kanten noch tiefer in meine Handfläche schneiden.

Ich schreie vor Schmerz auf, aber Shep sagt kein Wort. Er hat genug geredet. Er kriecht auf mir hoch, bis er auf meiner Brust sitzt, und nagelt meine Oberarme mit seinen Knien fest. Ich schlage wie wild um mich und versuche meine Arme zu befreien. Doch er ist zu schwer. Ich sehe ihm in die Augen. Sein Blick ist seltsam ausdruckslos, als wäre er nicht mehr bei Sinnen. Shep ist mittlerweile alles gleichgültig. Ich bin ihm gleichgültig, die Bänder, sogar das Geld ...

Er preßt seine Knie noch fester auf meine Oberarme und hebt das Glas wie eine Guillotine. Sein Blick ist starr auf meinen Hals gerichtet. Diesen Hieb überlebe ich nicht. Ich flüstere eine Entschuldigung für Charlie. Und eine für Mom. Dann schließe ich die Augen, wende den Kopf ab und warte auf den Tod.

Aber dann höre ich einen Schuß. Und dann kurz hintereinander zwei weitere. Shep zuckt heftig bei jedem Einschlag. Blut quillt aus seinem Mund. Das Glas fällt ihm aus der Hand und zerbirst auf dem Boden. Und als sein Arm matt heruntersinkt, wankt auch Sheps ganzer Körper und kippt zur Seite.

Ich folge dem Geräusch und sehe sie auf dem Boden sitzen. Sie ist nicht mehr bewußtlos, sondern hellwach. Joey. In dem Gegenlicht kann ich nur ihre Umrisse erkennen und den Rauch, der sich aus der Mündung ihrer Pistole kräuselt.

Sie rappelt sich hoch, läuft zur Wand und schlägt mit dem Griff ihrer Waffe die Scheibe vor dem Feueralarm ein. Das schrille Klingeln zerreißt die tödliche Ruhe, dann wirbelt Joey herum und läuft zu meinem Bruder.

»Charlie!« schreie ich. »Charlie!« Ich versuche mich aufzurichten, aber mein Arm fühlt sich an wie Feuer. Ich kann meine Finger nicht mehr bewegen. Mein ganzer Körper zittert, als der Schock einsetzt.

Ein halbes Dutzend Sicherheitsbeamte von Disney World strömen durch den Eingang ins Lagerhaus. Sie laufen alle auf mich zu. Joey hockt bei meinem Bruder. »Bitte bleiben Sie ruhig sitzen, Sir«, sagt einer der Wächter und hält meine Schultern fest, damit ich mich nicht rühre. Vier andere Wachen knien sich neben Charlie und versperren mir die Sicht.

»Ich kann ihn nicht sehen!« schreie ich und verrenke mir fast den Hals. Niemand rührt sich. Sie sind von Sheps Leiche fasziniert.

»Er hat einen Herzfehler! Er braucht Mexiletin!« rufe ich Joey zu. Sie leistet schon Erste Hilfe, aber je mehr ich mich winde, desto mehr fängt der Raum an sich zu drehen. Schließlich schlägt die Welt einen Purzelbaum und dann noch einen. Mein gefühlloser Arm scheint sich über meinen Kopf auszudehnen wie ein Gummiband. Der Wachmann sagt etwas, aber ich höre nur ein monotones Rauschen. *Nein, werd jetzt nicht ohnmächtig,* sage ich mir. Ich schaue an die Decke. Es ist schon zu spät. Das Leben droht ganz in Schwarz zu versinken. »Lebt er noch? Sagt mir, ob er noch lebt!« schreie ich, so laut ich kann.

Weitere Sicherheitsleute stürmen in das Lagerhaus. Ihre Schreie sind auch nur monotones Rauschen. Dann umfängt mich eine furchtbare Dunkelheit.

88. Kapitel

Wie Charlie vorhergesagt hat, sind die Blicke das schlimmste. Nicht das Flüstern, die unverhohlenen Gesten, nicht einmal die Art und Weise, wie sie wortlos an mir vorbeigehen, als der Klatsch sich wie ein Lauffeuer im Büro verbreitet. Damit kann ich leben. Aber als ich in dem stilvollen Konferenzraum im Erdgeschoß sitze und durch die trennende Glaswand meine ehemaligen Mitarbeiter betrachte, komme ich mir vor wie ein Affe im Zoo. Sie hasten durch das Labyrinth der Rollschreibtische und tun ihr Bestes, einen auf cool zu machen, aber jedesmal, wenn einer vorbeigeht oder aus dem Aufzug tritt, drehen sich ihre Köpfe für einen kurzen Moment in meine Richtung. Dann werfen sie mir diese Blicke zu: teils neugierig, teils vorwurfsvoll.

Es ist zwei Wochen her, seit sich die Neuigkeiten herumgesprochen haben, aber erst heute bekommen sie die Chance, sich selbst ein Bild zu machen. Und auch wenn die meisten sich längst eine Meinung gebildet haben, gibt es immer noch einige, die wissen wollen, ob es wirklich stimmt. Ihnen gegenüberzutreten fällt am schwersten. Was immer Charlie und ich auch unternommen haben, um die Sache wieder geradezubiegen, es war nie unser Geld.

Ich sitze fast eine geschlagene Stunde da, lasse mich von ihren Blicken und ihrem Flüstern und ihren Gesten quälen. Wenn ich versuche, jemanden anzusehen, schaut der Betreffende im selben Moment zur Seite. Meistens arbeiten nur die niederen Sachbearbeiter im Eingangsbereich. Aber heute hat nach fast einer halben Stunde so ziemlich jeder Angestellte der Bank einen Vorwand gefunden, um nach unten gehen und den Affen hinter dem Glas besichtigen zu können. Deshalb haben sie mich ja überhaupt hier warten lassen. Wenn sie es mir hätten leichtmachen wollen, hätten sie mich durch den Eingang auf der Rückseite geschmuggelt und mich in dem Privatlift nach oben gebracht. Statt dessen ziehen sie lieber eine Show auf und erinnern mich daran, daß die Zeit meiner Fahrten im Privatlift vorbei sind.

Der Höhepunkt des Gedränges naht, als Lapidus und Quincy endlich ihren Auftritt zelebrieren. Sie richten das Wort nicht direkt an mich. Alles wird von ihrem Anwalt erledigt, einem ekligen Moskito mit einer Fistelstimme. Er erklärt mir, daß sie meinen letzten Gehaltsscheck so lange zurückhalten, bis die Untersuchung vollkommen abgeschlossen ist, daß die Beiträge zu meiner Krankenversicherung mit sofortiger Wirkung gekündigt sind, daß sie sofort gerichtliche Schritte unternehmen, wenn ich mich an einen derzeitigen oder ehemaligen Bankkunden wenden sollte. Als Dessert gewissermaßen servieren sie mir zuletzt noch die Nachricht, daß sie sich mit der Bankenaufsicht in Verbindung setzen werden, um dafür zu sorgen, daß ich in Zukunft nie wieder für eine andere Bank arbeiten darf.

»Fein«, erwidere ich. »War's das?«

Der Anwalt schaut Lapidus und Quincy an. Beide nicken.

»Wundervoll«, sage ich. »Dann ist das für Sie ...« Ich werfe einen Briefumschlag auf den Tisch und schiebe ihn Lapidus zu. Er ist nicht beschriftet. Lapidus schaut den Anwalt an.

»Keine Sorge, das ist keine Vorladung«, sage ich.

Lapidus dreht ihn um und liest seine eigene, zerfetzte Unterschrift auf der Rückseite.

Dieser Moment ist der einzige Grund, warum ich überhaupt hergekommen bin.

Er öffnet den Umschlag und faltet seinen »Empfehlungsbrief« an die Business School auseinander.

Ich wollte sein Gesicht sehen. Und ich wollte auch, daß er meine Gründe begreift.

Sein Blick klebt auf dem Brief, und er weigert sich, mich anzusehen. Allein sein Unbehagen entschädigt mich für jede Sekunde, die ich hier gesessen habe. Er faltet das Papier zusammen, stopft es in den Umschlag zurück und geht schweigend zur Tür.

»Wohin gehen Sie?« fragt Quincy.

Lapidus antwortet nicht. Er und Quincy hatten vielleicht tatsächlich nichts mit dem Geld und den anderen Vorfällen zu tun, aber deshalb sind sie noch lange keine Engel.

Das Treffen selbst dauert genau sechs Minuten. Vier Jahre, um sich ein Leben aufzubauen, das dann in sechs Minuten niedergerissen wird. Der Anwalt fordert mich auf zu warten, während sie meine Sachen einpacken.

Als sie gehen, fällt die Tür hinter ihnen laut ins Schloß, und ich schaue durch das Glas in die Lobby. Die zwei Dutzend Angestellten sehen sofort wieder weg. Der bandagierte Schnitt in meinem Bauch schmerzt jedesmal, wenn ich mein Gewicht verlagere, und bei jedem Atemzug erinnert mich ein Stechen an meine gebrochene Nase. Aber dies hier schmerzt noch mehr.

Auch fünfundzwanzig Minuten später hat sich nichts geändert. Der Zoo ist immer noch geöffnet. Ich nicke Jersey Jeff zu. Er übersieht es geflissentlich. Mary tritt aus dem Aufzug und weigert sich, auch nur meine Anwesenheit zur Kenntnis zu nehmen. Ich habe mich vier Jahre lang für die Partner ins Zeug gelegt, für die Klienten Geld gescheffelt und mich in jedes noch so winzige Detail vertieft, das die Bank mir hingeworfen hat. Aber in all den Jahren habe ich nicht einen einzigen Freund gewonnen.

Ich versuche, nicht daran zu denken, und starre auf den Konferenztisch. Es ist derselbe Tisch, an dem ich neben meinem ersten Klienten saß, der Lapidus' Aufmerksamkeit erregt hatte und der mich vom Erdgeschoß in den siebten Stock beförderte. Als ich heute das Muster des Tisches betrachte, fällt mir ein häßlicher Kratzer auf, der wie eine Narbe über die Mitte des Tisches verläuft. Vorher habe ich ihn nie bemerkt, aber ich wette, daß er schon immer da war.

Schließlich bin ich das Warten leid und stehe auf, um zu gehen. Doch gerade als ich meinen Stuhl zurückgeschoben habe, klopft jemand an die Tür.

»Herein«, sage ich, obwohl die Tür bereits aufschwingt.

Eine vertraute Gestalt erscheint, die zwei Kartons trägt. Joey weiß nicht genau, was sie sagen soll. Sie kommt herein und stellt die Kartons auf den Tisch. In der einen sind meine Management-Bücher und meine Schreibtischlampe, die andere ist mit Knetmasse und dem Rest von Charlies Spielzeug gefüllt.

»Man hat mich gebeten, Ihnen das zu bringen«, sagt sie. Ihre Stimme ist ungewöhnlich leise.

Ich nicke und untersuche kurz den Inhalt der Kartons. Der Stift aus Sterlingsilber, den ich mir von meinem ersten Bonus gekauft hatte. Und die lederne Schreibunterlage, die ich nach meiner ersten Gehaltserhöhung angeschafft hatte. Natürlich ist die Art-deco-Uhr von Lapidus nicht dabei.

Vermutlich hat er sie letzte Woche gegen die Wand gedonnert.

»Es tut mir leid, daß man Sie nicht nach oben gelassen hat«, erklärt Joey. »Aber nach allem, was passiert ist, hat die Versicherungsgesellschaft mich gebeten ...«

»Versteh schon«, unterbreche ich sie. »Wir machen alle nur unseren Job.«

»Ja. Einige Jobs sind halt einfacher als andere.«

»Das steht fest.« Ich sehe ihr ins Gesicht. Im Gegensatz zu den anderen weicht sie meinem Blick nicht aus. Stattdessen mustert sie meine Reaktion. Es ist das erste Mal, daß ich sie aus der Nähe und ohne eine Waffe in der Hand sehe. »Hören Sie, Miss Lemont ...«

»Joey.«

»Joey.« Ich zögere. »Es ist nur ... Ich wollte mich nur bei Ihnen für das bedanken, was Sie getan haben. Für mich ... und für Charlie.«

»Oliver, ich habe nur die Wahrheit gesagt.«

»Ich meine nicht Ihre Zeugenaussage. Ich meine die Sache mit Shep. Als sie uns gerettet haben ...«

»Ich hätte Sie fast umgebracht. Dieser Bluff am Telefon mit Lapidus ...«

»... war die einzige Möglichkeit, wie Sie herausfinden konnten, was wirklich vorging. Außerdem, wenn Sie nicht genau im richtigen Moment gekommen wären ... Und dann die Sache mit Charlies Medikament ...«

»Wie gesagt, wir alle tun unseren Job«, meint sie und lächelt plötzlich.

»Und wie geht es jetzt weiter?« frage ich sie. »Ist es Ihnen gelungen, das ganze Geld zurückzuholen?«

»Geld?« Joey lacht. »Welches Geld? Das ist kein Geld mehr. Das ist nur noch ein Haufen Nullen und Einsen in einem Computer.«

»Aber das Konto in Antigua ...«

»Nachdem Sie uns die genaue Adresse gegeben haben, haben die jeden Pfennig zurückgeschickt. Aber Sie haben ja gesehen, wie Duckworths Wurm funktionierte. Ob drei

Millionen oder dreihundert Millionen ... Nichts davon war echt. Sicher, die Computer haben es für echt gehalten, und es hat jede Bank getäuscht, an die Sie es geschickt haben. Das war das Geniale an dem Programm. Aber das bedeutet trotzdem nicht, daß das Geld tatsächlich existiert hat. Begrüßen wir die kalte, harsche Welt der Zukunft. Es mag wie ein Dollar aussehen und sich wie ein Dollar benehmen, aber das macht es noch lange nicht zu einem Dollar.«

»Also waren die Überweisungen von Tanner Drew und allen anderen hier ...?«

»Sie waren der einfachste Weg, das Geld koscher aussehen zu lassen. Es ist brillant, wenn man es genauer betrachtet. Vollkommen willkürlich und komplett unauffindbar. Das schwierige daran ist nur, wenn der Wurm sich erst einmal den Weg ins System gebahnt hat, gräbt er sich ein und versteckt sich.«

»Wie will man dann noch unterscheiden, was echt und was falsch ist?«

»Genau das ist der springende Punkt, nicht wahr? Schade für uns ist nur, daß es wie ein Gespräch über Zeitreise ist. Sobald Gallo das Programm angeschleppt und Shep es auf das System losgelassen hatte, hat sich der Wurm so tief eingegraben, daß er eine völlig neue Realität erschaffen hat. Die Techniker behaupten, es würde Monate dauern, das ganze System von ihm zu reinigen. Vertrauen Sie mir, Lapidus und Quincy mögen jetzt noch lächeln, aber ihr Leben und das jedes einzelnen Klienten dieser Bank wird im nächsten Jahr unter eine Lupe genommen werden, die so groß ist wie Utah!«

Sie sagt das, damit ich mich besser fühle. Und selbst wenn ich mir Tanner Drews Gesicht vorstellen kann, wenn er von dieser Buchprüfung erfährt, tröstet mich das nicht. »Was wird aus Gillian?«

»Sie meinen Sherry?«

»Wissen Sie, wie es ihr geht?«

»Abgesehen von der Anklage gegen sie? Das wissen Sie besser als ich. Sie haben schließlich mit dem Bundesanwalt gesprochen.«

Da hat sie recht. »Zuletzt habe ich gehört, daß sie gerade noch rechtzeitig eine Kaution gestellt hat, um an der Beerdigung teilnehmen zu können.«

Joey schweigt, während ich ihr diese Neuigkeit berichte. Wie man es auch dreht und wendet, sie ist diejenige gewesen, die bei Shep auf den Abzug gedrückt hat. Aber sie ist viel zu klug, um sich bei den negativen Seiten aufzuhalten. Daher wechselt sie auch rasch das Thema und fragt: »Und was machen Sie jetzt?«

»Sie meinen, abgesehen von den fünf Jahren auf Bewährung?«

»War das der endgültige Deal?«

»Wenn wir gegen DeSanctis und Gill…, ich meine Sherry aussagen, bringt uns diese Aussage die Freiheit.«

Als ich die Falte auf ihrer Stirn sehe, weiß ich, daß sie sich fragt, ob mir die Entscheidung schwergefallen ist. Nichts in meinem Leben ist mir leichter gefallen.

»Und was ist mit Ihnen?« frage ich. »Hat man Ihnen einen Bonus gewährt oder eine kleine Beteiligung dafür, daß Sie alles wieder nach Hause gebracht haben?«

Sie schüttelt den Kopf. »Nicht, wenn eine knauserige Versicherungsgesellschaft bezahlen muß«, meint sie. »Aber es gibt ja immer noch den nächsten Fall …«

Ich nicke und versuche Mitgefühl aufzubringen.

»Das war es also?« fragt Joey.

»Das war es.«

Sie sieht aus, als hätte ich etwas vergessen.

»Ist noch etwas?« frage ich.

Sie schaut sich um und überzeugt sich, daß niemand zuhört. »Stimmt es, daß jemand sie angerufen hat und wegen der Filmrechte mit Ihnen verhandeln will?«

»Wie haben Sie das denn herausgekriegt?«

»Das ist mein Job, Oliver!«

Ich schüttele den Kopf und gebe dieses eine Mal nach. »Sie haben angerufen. Angeblich hätte ich jede Menge Subplots zu bieten. Aber ich habe nicht zurückgerufen. Ich weiß nicht … Nicht alles hat ein Preisschild.«

»Na ja. Ich hab auch eine Menge Subplots auf Lager. Und ich sage nur eins: Wenn sie meine Rolle besetzen, dann sorgen Sie dafür, daß ich nicht von einer verzärtelten Schönheitskönigin gespielt werde, die mit einem Handy am Ohr herumstolziert. Es sei denn, sie wäre ein echter Feger, hätte einen normalen Körper und der letzte Satz, den jemand zu ihr sagt, würde lauten: ›Thanks, Mean Joey.‹«

Darüber muß ich laut lachen. »Ich werde tun, was in meiner Macht steht.«

Joey geht zur Tür und reißt sie schwungvoll auf. Doch bevor sie geht, dreht sie sich noch einmal um. »Es tut mir wirklich leid, daß man Sie gefeuert hat, Oliver.«

»Glauben Sie mir, es ist besser so.«

Sie mustert mich, um herauszufinden, ob ich sie anlüge. Und mich selbst.

Unsicher dreht sie sich wieder um. »Fertig?«

Ich schaue auf die beiden Kartons, die auf dem Konferenztisch stehen. In dem linken befinden sich die Lehrbücher, wie man Karriere macht, der silberne Füller und eine Lederunterlage. In dem rechten Knetgummi und Kermit der Frosch. Die Kartons sind nicht groß. Ich könnte sie beide tragen. Aber ich nehme nur einen mit.

Komm, Kermit, wir gehen nach Hause.

Ich drücke Charlies Karton an meine Brust und lasse den anderen stehen.

Joey zeigt darauf. »Soll ich Ihnen helfen ...?«

Ich schüttele den Kopf. Ich brauche das ganze Zeug nicht mehr.

Joey nickt, tritt zur Seite und hält mir die Tür weit auf.

Ich trete über die Schwelle und beginne meinen letzten Gang durch die Bank. Alle starren mich an, aber es macht mir nichts mehr aus.

»Tritt ihnen in den Arsch, Junge«, flüstert Joey, als ich vorbeigehe.

»Thanks, Mean Joey«, erwidere ich grinsend.

89. Kapitel

»Also? Was haben sie gesagt? Sind wir erledigt?« grillt Charlie mich, kaum daß ich einen Fuß in sein Schlafzimmer gesetzt habe.

»Rate doch einfach«, schlage ich vor.

Er setzt sich auf und schiebt den Verband an seiner Schulter zurecht. Dabei nickt er. Er wußte, daß es so kommen würde. Sie wären verrückt, wenn sie uns nicht gefeuert hätten. »Haben sie nichts über mich gesagt?«

Ich kippe die Kiste mit seinem Schreibtischspielzeug am Fußende seines Bettes aus. »Sie wollten dich eigentlich zum Partner machen, aber nur unter der Bedingung, daß sie dein Knetgummi behalten dürfen. Natürlich habe ich ihnen gesagt, daß dies nicht zur Debatte stünde.«

Meine Worte verwirren ihn vollkommen. »Das ist kein Scherz, Ollie. Was machen wir jetzt? Mom kann sich keine zwei Wohnungen leisten.«

»Dem stimme ich voll und ganz zu.« Ich gehe kurz hinaus und kehre zwei Sekunden später mit einem gewaltigen armeegrünen Leinensack in sein Schlafzimmer zurück. Mit einem angestrengten Stöhnen hebe ich ihn auf das Bett. »Deshalb kündigen wir einfach eine Wohnung.« Als Charlie den Reißverschluß öffnet, sieht er meine ordentlich gefaltete Kleidung.

»Du ziehst wieder bei uns ein?«

»Ich habe soeben dreiundzwanzig Dollar für meine letzte Taxifahrt ausgegeben. Das kostet wirklich ein Vermögen!«

Charlie kneift die Augen zusammen und scheint mich fast röntgen zu wollen. »Okay, wo ist die Pointe?« will er wissen.

»Ich weiß nicht, wovon du redest.«

»Mach nicht diese Show mit mir. Ich war dabei, als du dir diese Wohnung gesucht hast und in dein eigenes Heim gezogen bist. Ich erinnere mich noch sehr genau, wie stolz du an diesem Tag gewesen bist. Im College haben alle deine Freunde in Studentenwohnheimen gehaust, und du mußtest zu Hause bleiben und pendeln. Aber kaum hattest du deine Prüfung bestanden ... Ich weiß genau, was dir deine eigene Wohnung bedeutet hat, Oliver. Und jetzt, wo du wieder hier einziehst, kannst du mir nicht erzählen, daß du nicht am Boden zerstört bist.«

»Bin ich nicht.«

»Bist du nicht«, stimmt er mir zu und mustert immer noch mein Gesicht. Es ist vielleicht nur ein befristeter Umzug, aber es ist einer, der mir guttut.

»Also glaubst du, daß in diesem Zimmer immer noch zwei schlafen können?« frage ich und deute auf die Pyramide von Lautsprechern an der Stelle, an der früher mein Bett stand.

»Zwei sind okay. Ich bin nur froh, daß es nicht drei sind«, sagt er skeptisch.

»Was soll das denn heißen?«

»Deine Freundin Beth hat vorhin angerufen. Sie meint, dein Telefon wäre nicht mehr in Berieb.«

»Und ...?«

»Und sie wollte dich sprechen. Sie sagte, ihr beide hättet euch getrennt.«

Diesmal antworte ich nicht.

»Also, wer hat sich von wem getrennt?« setzt Charlie unbeirrt nach.

»Spielt das eine Rolle?«

»Und ob das eine Rolle spielt.« Er berührt die haarfeine Narbe an seinem Hals, die immer noch gerötet ist.

»Seit wann bist du so ernst?«

»Beantworte einfach die Frage, Oliver.«

»Wenn du dich besser fühlst ... Ich war derjenige, der sich von ihr ...«

»Oh, heilige Maria, ich bin geheilt!« ruft Charlie und hebt seine Schulter hoch. »Mein Arm! Er funktioniert! Mein Herz! Das reinste Kraftwerk!«

Ich verdrehe die Augen. »Ja, sie wird dich auch vermissen, aber wie wäre es, wenn du mir dabei hilfst, den Rest meiner Sachen hereinzutragen?«

Er schaut auf seine Schulter und umklammert sie. »Au, mein Arm ... Ich kriege keine Luft mehr!«

»Komm, du Simulant, schieb deinen Hintern aus dem Bett. Die Ärzte sagen, daß du kerngesund bist.« Ich reiße die Decke weg und sehe, daß Charlie vollkommen angekleidet ist. Er trägt Jeans und Socken. »Du bist wirklich mies, weißt du das?«

»Nein, mies wäre es, wenn ich noch Turnschuhe tragen würde.« Er springt aus dem Bett, folgt mir ins Wohnzimmer und sieht meinen anderen Leinensack, zwei große Kisten und ein paar Kartons voller CDs, Videos und alter Fotos. Mehr ist nicht übriggeblieben. Das einzige Möbelstück habe ich schon gestern abend hereingeschafft: Meine Kommode, die ich bei meinem Auszug mitgenommen habe. Sie gehört hierhin.

»Wo ist denn dein Bett von Calvinius Kleinchen?« erkundigt sich Charlie neugierig.

»Mom meinte, daß sie mein altes Bett noch im Keller verstaut hat. Ich bin sicher, das genügt.«

»Genügt?« Er schüttelt den Kopf. »Ollie, das ist dumm. Ganz gleich, wie gut du schauspielern kannst, ich höre den Schmerz in deiner Stimme. Wenn du willst, können wir ein paar von meinen Lautsprechern verpfänden. Das gibt dir mindestens einen Monat Luft, in dem du ...«

»Es wird schon gehen«, unterbreche ich ihn, während ich mir den anderen Seesack schnappe. »Wir werden es auf jeden Fall schaffen.«

»Aber wenn du keinen Job hast ...«

»Glaub mir, hier draußen fliegen jede Menge guter Ideen herum.«

»Was denn, willst du wieder T-Shirts verkaufen? Damit kannst du kein Geld verdienen.«

Ich lasse meinen Seesack zu Boden sinken, lege die Hand auf seine gesunde Schulter und sehe ihm direkt in die Augen. »Ich brauche nur eine einzige gute Idee, Charlie. Und ich werde schon über sie stolpern.«

»Also gut, wir haben den College-Ollie und den Bank-

Ollie überstanden. Mit welchem haben wir es denn jetzt zu tun? Dem Unternehmer-Ollie? Dem dynamischen Ollie?«

»Wie wäre es mit dem wahren Ollie?«

Das gefällt ihm.

Während ich ins Eßzimmer gehe, fühle ich mich, als würde eine neue Kraft mich durchströmen. »Ich sage dir, Charlie, da ich jetzt genug Zeit habe, wird mir nichts mehr im Weg ...«

Ich unterbreche mich, als mein Blick auf den aufgerissenen Umschlag am Rand des Tisches fällt. Der Absender ist das Coney Island Hospital. »Haben sie uns jetzt schon eine neue Rechnung geschickt?«

»So ähnlich«, sagt Charlie und versucht, die Sache unter den Teppich zu kehren.

Also, irgendwas ist da im Busch. Ich greife sofort nach dem Umschlag. Als ich die Rechnung auseinanderfalte, ist alles wie immer. Die Gesamtsumme beläuft sich auf einundachtzigtausend Dollar, die Rate zahlbar am Ende des Monats beträgt immer noch vierhundertzwanzig Dollar, aber die Rechnung ist, wie der Briefkopf besagt, nicht mehr an Maggie gerichtet. Der Name auf der Adresse lautet jetzt: Charlie Caruso.

»Was hast du da gemacht?« frage ich.

»Es ist nicht ihre Rechnung«, sagt er. »Sie sollte nicht auf ihren Schultern lasten.«

Er steht da mit den Händen in der Tasche und hat eine Ruhe in seiner Stimme, die ich schon seit Jahren nicht mehr gehört habe. Dennoch ist die Übernahme der Krankenhausrechnung sicherlich eine der überstürztesten, unnötigsten und unbegründetsten Entscheidungen, die mein Bruder jemals gefällt hat. Deshalb sage ich ihm auch die Wahrheit. »Gut für dich, Charlie.«

»Gut für dich? Ist das alles? Du willst mir keine Einzelheiten aus der Nase ziehen? Warum ich die Änderung eingeleitet habe? Wie es funktioniert hat? Wie ich es mir überhaupt leisten kann?«

Ich schüttele den Kopf. »Mom hat mir bereits alles über deinen Job erzählt.«

»Sie hat es dir erzählt? Was hat sie dir erzählt?«

»Was gibt es da viel zu erzählen? Es ist ein Job als Illustrator bei Behnke Publishing. Zehn Stunden am Tag Zeichnungen für eine Reihe von Computerhandbüchern anfertigen. Es ist so langweilig, wie Schuhcreme beim Trocknen zu beobachten. Aber man kassiert sechzehn Dollar pro Stunde. Wie ich schon sagte, gut für ...«

Der laute Knall der Wohnungstür unterbricht uns. »Ich sehe gutaussehende Burschen!« ruft Mom, als wir uns umdrehen. Sie balanciert zwei braune Papiereinkaufstüten in ihren Armen. Charlie stürzt sich auf die eine, ich übernehme die andere. Als sie die Hände frei hat, wird ihr Lächeln noch breiter, und sie umarmt uns.

»Vorsichtig mit meinen Nähten ...« sagt Charlie.

Sie läßt ihn los und sieht ihn an. »Du verweigerst deiner Mutter eine Umarmung?«

Er hütet sich, weiter zu protestieren, und läßt sich von ihr einen feuchten Kuß auf die Wange geben.

»Charlie hat mir gesagt, daß er deine Umarmungen haßt«, mische ich mich ein. »Er hat gesagt, er hofft, daß du ihm nicht noch eine aufzwingst.«

»Fang gar nicht erst an. Du bist der nächste«, warnt sie mich. Sie drückt mir einen dicken Schmatzer auf die Wange und bemerkt dann die Kisten und Kartons auf dem Boden. Sie kann sich kaum noch zurückhalten. »Ach, meine Jungs sind wieder da!« Sie lacht und folgt uns in die Küche.

Charlie fängt an, die Lebensmittel wegzuräumen. Ich bedenke die Charlie-Brown-Keksdose auf dem Tresen mit einem langen Blick und kaue bereits wieder auf meiner Unterlippe. Ich kann mich kaum zurückhalten, die Dose zu öffnen. Aber diesmal tue ich das nicht.

»Und ratet mal, für wen ich ein Geschenk habe?« fragt Mom und hat sofort meine ungeteilte Aufmerksamkeit. Sie zieht einen blauen Plastikbeutel aus einer der Einkaufstüten. »Ich habe es im Nähladen entdeckt und konnte einfach nicht widerstehen …«

»Mom, ich habe dir doch gesagt, du sollst mir nichts kaufen.« Ich stöhne.

Sie achtet nicht weiter darauf, dafür ist sie viel zu aufgeregt. Sie greift in den Beutel, zieht ein Tuch heraus. In roten Strichen leuchten die Worte: Blühe, wo du gesät wurdest.

»Was denkt ihr?« fragt Mom. »Nur ein kleines Wiedersehensgeschenk. Ich kann es in einen Rahmen hängen oder auf ein Kissen sticken.«

Wie die meisten von Moms Stickarbeiten ist der Spruch uns viel zu kitschig.

»Wunderschön«, lüge ich.

»Find ich auch«, heuchelt Charlie. Er zieht seinen Notizblock heraus und schreibt, so schnell er kann, die Worte auf: *Blühe, wo du gesät wurdest.*

»Ich habe übrigens die Mutter von Randy Boxer im Stoffgeschäft getroffen«, fährt Mom, an Charlie gewandt, fort. »Sie war ja so froh, daß du angerufen hast. Sie hat sich den ganzen Tag darüber gefreut.«

»Randy Boxers Mom?« frage ich. »Warum hast du sie denn angerufen?«

»Ich habe eigentlich versucht, Randys Nummer herauszubekommen«, erklärt er, als wäre das die alltäglichste Sache von der Welt.

»Wirklich?« frage ich und bemerke, wie beiläufig er antwortet. Mich kann er nicht zum Narren halten. Er hat Randy seit mindestens vier Jahren nicht mehr gesehen. »Und was ist der Grund für dieses so plötzliche Wiedersehen?«

Mein Bruder dreht sich zu den Lebensmitteln um und will nichts sagen. »Nicht jetzt«, sagt er, ohne mich anzusehen. »Erst, wenn alles soweit ist.«

»Charlie …«

Er denkt noch mal darüber nach. Was auch immer es ist, es macht ihn nervös. »Wir denken darüber nach, vielleicht … eine Band zu gründen …«

»Eine Band?« Ich grinse über beide Backen.

»Nichts Großes. Wir dachten, wir könnten uns nach der Arbeit treffen. Und in Richie Rubins Club drüben in New Brunswick anfangen ... Vielleicht arbeiten wir uns dann allmählich bis in die City vor.«

»Na, das hört sich großartig an«, erkläre ich und bemühe mich, die Sache cool anzugehen. »Natürlich mußt du dir jetzt noch einen Namen ausdenken.«

»Also bitte. Womit, glaubst du wohl, haben wir die ersten drei Stunden der ersten Probe verbracht?«

»Ihr habt schon einen Namen?«

»Hältst du uns für Anfänger? Nächsten Frühsommer erwarten wir sie im Shea Stadion, Ladies and Gentlemen, einen donnernden Applaus für ›Die Millionäre‹!«

Ich lache laut. Mom auch.

»So wollt ihr wirklich heißen?« frage ich.

»He, wenn ich mir schon den Hintern aufreißen muß, um mit einem Satz auf hohe Wolkenkratzer zu springen, dann darf ich auch einen coolen Umhang tragen!«

»Da höre ich aber ›Die Macht des positiven Denkens‹ bei dir heraus.«

»Na ja, ich bin eben total positv eingestellt. Da kannst du jeden fragen. Außerdem, wer will schon eine Band sehen die ›Plutos kaputter Kopf‹ heißt? Wenn wir uns so nennen, verlieren wir den ganzen Marktanteil der Minderjährigen.«

Mom steht an der Spüle, läßt das Wasser laufen und wäscht sich den Schmutz von den Händen. Sie hat Pflaster auf vier ihrer Fingerspitzen. Ich sehe, wie Charlie hinter ihr die Keksdose betrachtet. Er streckt die Hand aus und tippt gegen die runden Keramikohren von Charlie Brown. »Er ist längst nicht so groß, wie er mal war«, flüstert Charlie. »Es interessiert mich nicht, wie viele Zeichnungen ich machen muß: Innerhalb eines Jahres wird der Kerl leer sein!«

»Ihr seid also soweit«, sagt Mom und sieht Charlie an.

»Wie bitte?« fragt er. Zuerst nimmt er das für eine ihrer typischen Fragen. Aber als er ihren Gesichtsausdruck erkennt, während ich sie in meinem Kopf zurückspule, begreifen wir beide, daß es keine Frage ist. *Ihr seid also soweit?* Das ist eine Feststellung. »Ja«, sagt Charlie. »Ich glaube schon.«

»Kann ich euch mal beim Proben zusehen?« fragt sie.

»Vergiß das Zusehen, wir brauchen deinen Glamour auf der Bühne! Was meinst du, Mom, bist du bereit, das Tamburin zu schlagen? Wir haben morgen abend unseren ersten Auftritt.«

»Oh, ich kann morgen abend nicht«, sagt sie. »Da habe ich eine Verabredung.«

»Eine Verabredung? Mit wem?«

»Was glaubst du wohl, Quatschkopf?« komme ich ihr zu Hilfe. Ich trete zwischen sie und nehme sie in die Arme. »Glaubst du, daß du der einzige bist, der weiß, wie man Cha-Cha-Cha tanzt? Tanzstunden warten nicht auf einen Mann. Los geht's, süße Mama, und eins, und zwei ... und rechtes Bein ...«

Ich schwinge meine Mom herum, lache laut und hüpfe dabei zu meinem eigenen, imaginären Beat hoch und runter.

»Hat dir wirklich jemand beigebracht, so schrecklich unbeholfen herumzuhopsen?« spottet Charlie. »Du tanzt wie ein Fünfzigjähriger bei einer miesen Hochzeit.«

Er hat absolut recht, doch es kümmert mich nicht.

Nach all den Jahren, in denen ich mir den Hintern in der angesehensten Privatbank des Landes wundgescheuert habe, verfüge ich in diesem Moment weder über einen Job noch über ein Einkommen oder Ersparnisse, noch über eine Freundin und eine berufliche Zukunft, aber während ich mit unserer Mom durch die Küche tanze, weiß ich endlich, wer ich sein will. Und auch mein Bruder weiß das, als er mich für den nächsten Tanz abklatscht.

»Und eins, und zwei ... und rechtes Bein ...«

Epilog

Henry Lapidus betrat nach einer kurzen Drehung des bronzefarbenen Türknaufs sein Büro, schloß sorgfältig die Tür hinter sich und ging zu seinem Schreibtisch. Er nahm den Telefonhörer ab, warf einen Blick auf das rote Blatt in der Ablage seines Posteingangs, nahm es jedoch nicht heraus. Er hatte diese Lektion schon vor Jahren gelernt. Wie ein Magier, der seine Tricks schützt, notierte man sich nicht jede Nummer.

Nachdem er gewählt hatte und wartete, daß jemand abhob, starrte er auf das Empfehlungsschreiben, das er für Oliver verfaßt hatte und das er immer noch in seiner linken Hand hielt.

»Hallo, ich möchte Mr. Ryan Isaac sprechen, bitte. Ich bin einer seiner Klienten«, erklärte er. Lapidus lächelte unwillkürlich. Gewiß, seine erste Priorität war immer gewesen, das Geld zurückzuerhalten. Er war schließlich auch derjenige gewesen, der die Bank in Antigua angerufen und sichergestellt hatte, daß alles bis auf den letzten Cent zurücküberwiesen wurde. Zweifellos war das vollkommen korrekt.

Das hieß jedoch noch lange nicht, daß er der Bank in Antigua etwas von dem Diebstahl oder Duckworths Wurm erzählt oder die Tatsache erwähnt hätte, daß all das Geld gar nicht real war.

»Ich bin's, Mister Isaac«, sagte Lapidus, als sein Gesprächspartner ihn begrüßte. »Ich wollte nur sichergehen, daß alles bei Ihnen in Ordnung gegangen ist.«

»Absolut«, erwiderte Isaac. »Es ist heute morgen angekommen.«

Vor drei Wochen hatte die Bank in Antigua überrascht eine Einzahlung über dreihundertdreizehn Millionen Dollar in Empfang genommen. Vier Tage lang hatten sie auf einem der größten privaten Konten der Welt gesessen. Vier Tage lang waren sie von mehr Geld überflutet worden, als sie jemals gesehen hatten. Und vier Tage lang hatte Oliver, jedenfalls nach Lapidus' Meinung, zumindest eins richtig gemacht. Es war eine der ersten Lektionen, die Lapidus ihn gelehrt hatte. *Eröffne nie ein Bankkonto, wenn du keine vernünftigen Zinsen bekommst.*

Lapidus nickte und genoß den Moment.

Vier Tage lang Zinsen. Von dreihundertdreizehn Millionen Dollar.

»Es sind genau einhundertsiebenunddreißigtausend Dollar«, stellte Isaac am anderen Ende klar. »Soll ich sie auf Ihr Konto überweisen?«

»Das wäre wunderbar«, antwortete Lapidus, während er aus seinem Fenster auf die Skyline von New York schaute.

Er legte den Hörer auf. Lapidus wußte, daß die Regierung viel zu sehr damit beschäftigt sein würde, den Wurm aufzuspüren und herauszufinden, wie er funktionierte, nachdem das Geld wieder zurückgekehrt war. Und da sie jetzt bis zu den Knien in diesem Sumpf herumwateten ... Nun, dank einer kleinen Bestechungssumme an den Bankmanager von Antigua waren alle Aufzeichnungen über die Zinsen längst vernichtet. Als hätten sie niemals existiert.

Lapidus schaute immer noch auf die Skyline, zerknüllte den Empfehlungsbrief für Oliver und warf ihn in eine chinesische Porzellanvase aus dem achtzehnten Jahrhundert, die er als Mülleimer benutzte.

Einhundertsiebenunddreißigtausend Dollar, dachte er, während er sich auf seinem schwarzen Ledersessel zurücklehnte. Kein schlechter Arbeitstag.

Während er zusah, wie sich langsam die Schatten des Nachmittags herabsenkten, verirrte sich ein einzelner Sonnenstrahl auf den Samuraihelm, der an der Wand hinter ihm hing. Lapidus bemerkte es nicht. Hätte er es bemerkt, hätte er vielleicht das Funkeln direkt unter dem Stirnschutz des Helmes bemerkt. Dort, wo ein kleines silbernes Objekt ein winziges Stückchen herauslugte. Für ein untrainiertes Auge mochte es so aussehen, als wäre es ein Nagel, der die Maske an ihrem Platz hielt. Oder die Spitze eines schlanken silbernen Stiftes.

Bis auf das gelegentliche Funkeln im Sonnenlicht war die winzige Videokamera perfekt versteckt. Und von wo auch immer Joey gerade zusehen mochte … sie tat es mit einem Lächeln.

Danksagungen

Ich möchte gern folgenden Menschen danken, deren nie versiegende Unterstützung der einzige Grund dafür ist, daß es dieses Buch gibt: An erster Stelle Cori. Es gibt so viele Worte in dieser Welt, aber keines davon kann ausdrücken, was sie mir bedeutet. Ich liebe sie nicht nur, sie verblüfft mich auch. Mit dem, was sie ist, was sie tut und wie sie mir hilft, der zu sein, der ich bin. Sie ist meine Verbindung zur Realität und der zweifellos beste Grund, mein Als-ob-Land am Ende jeden Tages zu verlassen. C. – ich danke Dir für Deine Lektorate, für Deine Phantasie, dafür, daß Du mich erträgst und am meisten dafür, daß Du an jeden einzelnen unserer Träume geglaubt hast. Jill Kneerim, Freundin, Agentin und Traum eines jeden Schriftstellers, die dieses Buch von der ersten Zeile an gehegt und gepflegt hat. Sie hat mich immer für einen Schriftsteller gehalten, und die Zen-Haltung, mit der sie sich meinen Manuskripten nähert, ist mehr als nur ein Vergnügen, es ist reine Magie. Elaine Roger, die sich immer so aufmerksam um uns gekümmert hat. Ike Williams, Hope Denekamp, Andrea Dudley und all die anderen unglaublichen Leute von der Agentur Hill & Barlow, die auf uns aufgepaßt haben.

Ich möchte auch meinen Eltern für das Leben danken, das sie mir in Brooklyn bereitet haben, und für die Liebe, die ich auch danach noch von ihnen erfahren durfte. Sie waren die ersten, die mich gelehrt haben, wie wichtig es ist, man selbst zu sein, und sie sind auch der Grund, warum ich heute hier stehe. Meine Schwester Bari, der Charlie für meinen Oliver und der Oliver für meinen Charlie. Die Liebe, welche diese beiden Charaktere füreinander empfinden, konnte ich nur beschreiben, weil ich eine so wundervoll verrückte Kindheit mit meiner Schwester erlebt habe. Bobby, Dale, Adam Flam und Ami und Matt Kuttler haben überall geholfen, wo Hilfe nötig war, und bei ihnen habe ich mich immer wie im Schoß der Familie gefühlt. Judd Winick, der Kumpan beim Verbrechen, der Co-Planer des Plots und der Freund, der mir den Heureka-Moment bescherte, der zu diesem Buch führte. Judd, ich entbiete Dir den vollen Salut (wie Hawkeye im letzten M*A*S*H). Danke, Max; Noah Kuttler, einer der ersten, an die ich mich wende, für seine erstaunliche Geduld, seine brillante Intuition und seine nie ermüdende Fähigkeit, mich als Schriftsteller herauszufordern. Es beschämt mich, was er in meine Romane einbringt und – noch mehr – in unsere Freundschaft; Ethan und Sally Kline, die bewiesen haben, daß nicht einmal ein trennender Ozean sie davon abhalten kann, mir bei allem zu helfen, vom Korrekturlesen bis hin zum Ersinnen der Geschichte. Paul Brennan, Matt Oshinsky, Paulo Pacheco, Joel Rose und Chris Weiss haben geholfen, daß dieses Buch ehrlich blieb. Ihre Vorschläge sind bedeutsam für alles, was ich schreibe, und ich hoffe, daß sie wissen, wie wichtig sie für mich sind. Sie sind wirklich wie Brüder. Chuck und Lenore Cohen, unsere Familie in D. C., die dem Begriff »ein offenes Haus führen« eine ganz neue Bedeutung gegeben haben, als sie ihr Heim dem Schaffensprozeß zur Verfügung gestellt haben. Ohne sie hätte ich das Buch nicht beenden können.

Als ich mit dem Roman anfing, bin ich in eine Welt eingetreten, von der ich absolut nichts wußte. Aus diesem Grund schulde ich enormen Dank den folgenden Leuten, die mich darin umhergeführt haben: Zweifellos war Jo Ann »Joey« Glanzer die brillanteste Lehrerin, was Ermittlungen angeht, die man sich nur wünschen konnte. Sie hat mich durch die Einzelheiten geleitet, mich durch die kleinen Gassen manövriert und einen meiner Lieblingscharaktere zum Leben erweckt. Und wichtiger noch: Sie ist eine wahre Freundin. Len Zawistowski und Rob Ward sind verblüffende Ermittler und unglaublich nette Jungs, an die ich mich ohne Zögern wenden konnte. Danke für all das Grübeln und Planen! Eljay Bowron, John Tomlinson, Greg Regan, Marc Connolly und Jim Mackin waren meine

Führer durch die unglaubliche Organisation des Secret Service. Ich kann ihnen gar nicht genug für ihr Vertrauen danken. Es sind wirklich gute Jungs, und ich respektiere sie (und den Service) mehr, als sie ahnen. Bill Spellings, meinen Direktor für High-Tech-Zubehör, der selbst James Bond beschämen würde. Robin Manix und Bob West, die ihre Zeit opferten, damit ich jede wichtige Einzelheit aus dem Bankwesen erfuhr. Ashima Dayal, Tom DePont, Mike Higgins, Alex Khutorsky, David Leit, Mary Riley, Denis Russ, Jim Sloan, Don Stebbins und Ken van Wyk haben zahllose Fragen beantwortet, ganz gleich, wie albern oder verrückt sie waren. Bill Warren und Deborah Warner von Disney für all ihre phantastische Hilfe, als sie mich hinter den Kulissen des Magischen Königreiches herumgeführt haben. Es ist phantastisch dort, und ihre Hilfe weiß ich sehr zu schätzen. Chuck Vance und Larry Sheafe (sie sind einfach die Besten), Bill Carroll, Andy Podolak und all diese unglaublichen Köpfe von Vance International, die mir beigebracht haben, wie man Leute aufspürt. Richard Bert, Sheri James und die anderen wundervollen Menschen bei FinCen, die mich so viel über Wirtschaftsverbrechen und ihre Verfolgung gelehrt haben. Glen Dershowitz, Joe Epstein, Rob Friedsam, Steven Heineman, Roman Krawciw, Amanda Parness, P. J. Solit, Greg Stuppler und Jon Weiner, die mich durch die Welt der Finanzen bugsierten. John Byrne, Tom Lasich, Laura Mouck, Charles Nelson und Bob Powis für ihre Einblicke in die Kniffe des Geldwaschens. Chris Campos, Louis Digeronimo, Nancie Freitas, Mary Alice Hurst, Terry Lenzner, Ted O'Donnell, Rob Russell, Robert Smith und Joseph T. Wells, die mir ihr Privatleben und ihre Ermittlungstechniken enthüllt haben. Steve Bernd, David Boyd, Greg Hammond, Peter Migala und Sean Rogers, der Rest meines High-Tech-Überwachungsteams. Cindy Bonnette, Jeanine Butcavage, Vincent Conlon, Mike Martinson und Bill Spiro für ihr Fachwissen des Bankwesens. Noel Hillman und Dan Gitner für die Rechtsberatung. Cary Lubetsky, Eric Meier und Roger White, die mich wieder in meine Heimatstadt eingeführt haben. Sue Cocking, Greg Cohen, Jon Constine, Tom Deardorff, Edna Farley, Michele und Tom Heidenberger, Karen Kutger, Ray McAllister, Ken Robson, Sharon Silva-Lamberson, Joao Morgado, Debra Roberts, Sheryl Sandberg, Tom Shaw und mein Vater, die mit mir zusammen die restlichen Details gesichtet haben. Rob Weisbach, der als erster ja gesagt hat; alle meine männlichen Freunde (Ihr wißt, wer gemeint ist, und wenn Ihr gerade grinst: ich rede von Euch!), weil Ihr die Brüder seid, die in diesem Buch leben. Und wie immer Dank an meine Familie und Freunde, deren Namen auf diesen Seiten vorkommen.

Schließlich möchte ich auch meiner Familie bei Warner Books danken: Larry Kirshbaum, Maureen Egen, Tina Andreadis, Emil Battaglia, Karen Torres, Martha Otis, Chris Barba, der schwerstarbeitenden Verkäuferstreitmacht im Showgeschäft, und auch dem Rest der verblüffend netten Leute, bei denen ich mich immer wie zu Hause fühle. Herzlichen Dank und eine feste Umarmung auch für Jamie Raab, für ihr punktgenaues Lektorat, für ihren ungeheuren Enthusiasmus und für ihre ständige Aufmunterung. Jamie, ich kann Dir gar nicht genug dafür danken, daß Du uns in die Familie geholt hast. Schließlich möchte ich mich aufs herzlichste bei meinem Verleger Rob McMahon bedanken, der die ganze Schwerstarbeit geleistet hat. Schlicht gesagt, ist Rob ein Prinz unter Menschen. Seine verlegerischen Beiträge sind ebenso aufrichtig wie sein Verhalten, und seine Vorschläge haben mich immer nach dem Besseren streben lassen. Danke, Rob, für Deine Freundschaft und vor allen Dingen für Dein Vertrauen.

Er führt uns ins geheimnisvolle Tibet: Eliot Pattison

Der fremde Tibeter
Fernab in den Bergen von Tibet wird die Leiche eines Mannes gefunden – den Kopf hat jemand fein säuberlich vom Körper getrennt. Shan, ein ehemaliger Polizist, der aus Peking nach Tibet verbannt wurde, soll rasch einen Schuldigen finden, bevor eine amerikanische Delegation das Land besucht. In den USA wurde dieses Buch mit dem begehrten »Edgar Allan Poe Award« als bester Kriminalroman des Jahres ausgezeichnet.
Roman. Aus dem Amerikanischen von Thomas Haufschild. 495 Seiten. AtV 1832

Das Auge von Tibet
Shan, ein ehemaliger Polizist, lebt ohne Papiere in einem geheimen Kloster in Tibet. Eigentlich wartet er darauf, das Land verlassen zu können, doch dann erhält er eine rätselhafte Botschaft: Eine Lehrerin sei getötet worden und ein Lama verschwunden. Zusammen mit einem alten Mönch macht Shan sich in den Norden auf.
»Der ideale Krimi für alle, die sich gern in exotische Welten entführen lassen.« BRIGITTE
Roman. Aus dem Amerikanischen von Thomas Haufschild. 697 Seiten. AtV 1984

Das tibetische Orakel
Shan, ein ehemaliger chinesischer Polizist, muß den Mord an einem Mönch aufklären – und dafür sorgen, daß eine alte tibetische Prophezeiung sich erfüllt. Er soll einen heiligen Stein in den Norden bringen, doch plötzlich ist ihm die halbe Armee auf den Fersen.
»Ein spirituelles Abenteuer, großartig erzählt. Ultimativer Mix aus Krimi und Kultur.« COSMOPOLITAN
Roman. Aus dem Amerikanischen von Thomas Haufschild. 652 Seiten. AtV 2136

Der verlorene Sohn von Tibet
Mit seinen Gefährten, den geheimen Mönchen von Lhadrung, feiert Shan, der Ermittler, den Geburtstag des Dalai Lama. Sie wollen diesen Tag zum Anlaß nehmen, ein verstecktes Kloster mit neuem Leben zu erfüllen. Doch ausgerechnet damit geraten sie in einen schmutzigen Krieg, den die chinesischen Besatzer gegen internationale Kunsträuber führen. Eliot Pattison hat mit Shan Tao Yun eine einzigartige Figur geschaffen, die in einem exotischen Land gegen das Verbrechen und für die Wahrheit kämpft.
Roman. Aus dem Amerikanischen von Thomas Haufschild. 522 Seiten. Gebunden. Rütten & Loening.
ISBN 3-352-00714-4

Mehr Informationen über Eliot Pattison erhalten Sie unter www.aufbau-verlag.de oder bei Ihrem Buchhändler

AtV